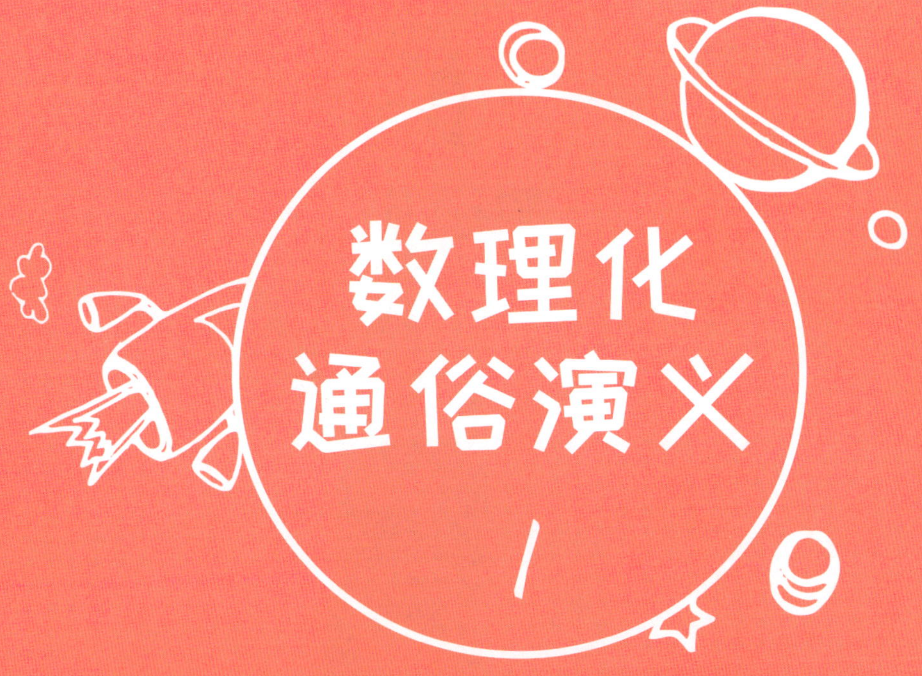

梁衡 著

九州出版社
JIUZHOUPRESS

太阳啊，早晨从东方的汤谷起身，

晚上到遥远的蒙水边歇脚。

就这样从天亮走到天黑，

这一天的行程有多少里之遥？

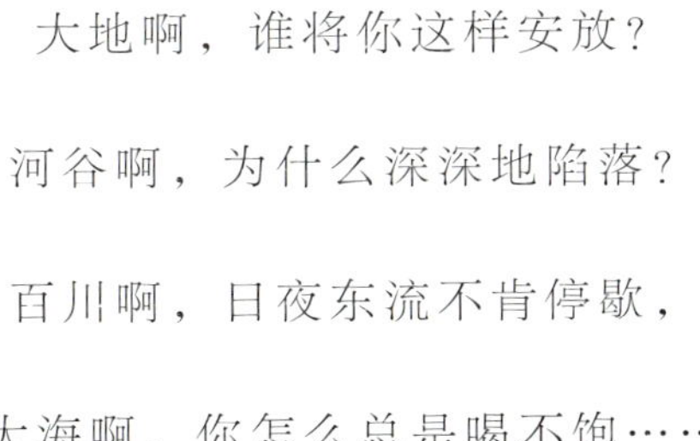

大地啊，谁将你这样安放？

河谷啊，为什么深深地陷落？

百川啊，日夜东流不肯停歇，

大海啊，你怎么总是喝不饱……

阿基米德由澡盆溢水联想到王冠也可以泡在水里，

溢出水的体积就是王冠的体积，

而这体积与同等重的金块的体积应该是相同的。

望远镜就像是一扇窗口，

让我们得以望见浩渺宇宙中那遥远的星河。

月亮啊，有什么奇怪的本领？

月初昏黑，月中又容光闪耀？

它要干什么啊，这样好笑：

将一只兔子在怀中紧紧地搂抱？

新版序

知识、故事和方法

梁衡

这本书从1984年初版到现在，不觉已过了三十一个年头。这期间共出过电子工业版、人民教育版、北师大版、湖北少儿版、香港版、台湾版、连环画版等十七个版本，这次再版算是第十八版了，至于重印的次数已很难统计清楚。在头版序里我曾说过，本书只是一层薄薄的糖衣，想不到这一点甜味竟然三十年不散。值此又新版之际，谨向热情的读者表示深深的谢意。

此书写作的本意是想缓解青年人，特别是在校学生的读书之苦。一个人从小到大以至成人，一是长身体，二是长知识。因此社会才设了小学、中学，进行必需的教育。因为我小时候也备尝学数理化之苦，就想换一个方法来向青年人讲述通常教师们在课堂上板着脸讲，在考场上瞪着眼睛考的科学知识。知识既然如饭一样是一种必不可少的东西，我们也就应该如品美食一样快乐地学习。我想为读者找回这份乐趣。但是在写作过程中我深为科学家的敬业精神和治学精神所感动，同时又为他们的聪明才智所折服，于是就渐渐倾注进了自己的感情和思考。在乐趣之外增加了情和理，尽量表现他们的献身精神和治学方法。现在想三十多年来读者还忘不了这本书，大概是因为这三点：一是科学知识本身的魅力；二是科学家人物故事的吸引力；三是科学家的治学方法。知识、人物故事和方法，这正是贯穿本书的三条红线。三线交织，既不同于虚构的小说，也不同于刻板的教科书，也不是纯粹的方法论，在教育、科学、文学三边地区填补了一块空白。

随着近年来科学的发展，这次再版在内容和文字上又做了一些修订，侧重了对治学方法的提示。另外又增加了插图，改革了版式，力图在形式上更美一些。

2015 年 5 月 5 日

六版序

这本书也许会改变你人生的方向

中国科学院院长 白春礼

以前有句名言："学好数理化，走遍天下都不怕。"这也是许多崇尚科技、望子成龙的家长对子女的劝导。然而，对很多学生而言，学习数理化却是很枯燥乏味的事情，往往提不起兴趣。兴趣不仅对于学习重要，对于工作亦很重要。纵观古今中外的科学家，成功者无不对探索科学奥秘有强烈的好奇心和深厚的兴趣。仅仅把科学研究当作谋生的手段，就不会有献身精神，也难以有所成就。

梁衡同志的这本《数理化通俗演义》，以栩栩如生的事例、深入浅出的语言、旁征博引的叙述、章回小说的体裁，为读者提供了一部难得的科普读物，为枯燥的数理化知识包上了"一层薄薄的糖衣”。这本书的成功，不需要我在此赘言，从1984年初版至今，已六次再版，多次获奖，就是最好的例证。

作为一名科技工作者，我也写过十几本书，包括几本科普读物。我深知写科普书籍之辛苦，之艰难。所花费的时间和精力，绝不逊于写一本专业著作。科学家写科普书，常常习惯于逻辑思维，而不善于从形象思维入手，专业名词顺手而出。同时往往由于学术概念的严谨描述，不取或不善于使用精妙的比喻和文学的语言，因而可读性较差。英国著名科学家霍金在写作其名著《时间简史》之初，也遇到同样问题。他的出版商就对他说：“你的书中多一条数学公式，就会失去一部分读者。”由此可见，撰写一本好的科普读物，并不是人人都可为之的事。

梁衡同志曾长期从事科教新闻采访，接触过很多科学家，了解了科学发展史，也熟悉教育。他对科学文化有很独到的见解。对没有从事过具体科技工作经历的人来说，写成一本科普书并非易事，由此书的几次再版可见他的努力、他的付出和他的收获。

我相信这本书会唤起年轻读者对数理化的兴趣，也许有人会因此改变人生的方向，扬起科学的风帆。更重要的是，无论读者年龄的长幼、职业的差异，都可以从科学的发展史，从科学家的成长史中汲取科学的营养，感悟和领会科学精神。科学家对破解科学难题苦苦求索的恒心与毅力，为昭示科学真理勇于献身的无私与无畏，逆向思维、敢为人先的创新精神，提携后进、甘为人梯的大家风范，将给我们以深刻的启迪。这在提倡学习科技知识，树立科学态度，弘扬科学精神，掌握科学方法，努力提高全民族科学文化素质的今天，尤其有着重要的意义。

我有幸与梁衡同志在中央党校同窗三月，遵嘱写下以上文字，是为此书六版序。

初版序

只是一层薄薄的糖衣

梁衡

人为了治病总要吃药，而药常常是很苦的。

人为了医治自己天生的无知之病，总得学习，而学习也是一种艰苦的事。

怎样既达目的又少吃苦呢？这在制药方面早有发明，那就是在药的外面加一层糖衣。在学习方面，我以为最好的办法是唤起兴趣。当你被浓厚的学习兴趣所驱使时，一本书可以彻夜捧读而不知累，一个问题可钻研数月而不觉苦。

我在中学时期对数理化是极无兴趣的。那枯燥的公式定理，算不完的习题，一想起就头疼。所以数理成绩并不好。到后来懂得自觉去学，也就是说有了兴趣时，读书的最佳年龄业已过去，真是后悔莫及。我又留心一下，为什么文学能引起一般人的兴趣。一个人一生不做理化实验，不演算高深的习题，大有人在；一生不读一篇小说或散文的人实在不多。中国的老农民即使是文盲，他也知道刘备、张飞、宋江、李逵。这些并不必到课堂上去学，都可通过戏剧、评书、年画，现在还有电影、电视，耳濡目染，自然而得。他们也没有感到一种求学的艰苦。而数理化却是不入课堂便不易学得的。就是说，社会没有给这些科目提供更多的培养人们兴趣的机会，这是其一。

其二，数理化是逻辑思维，与文学的形象思维不同，它没有曲折的故事和生动的形象，自然也就枯燥些。倘若没有专门的目的和压力，人们很难去亲近它。能不能借文学之力培养数理兴趣，变苦为乐，变被动为主动呢？于是，我就想到用我们传统的文学形式——章回小说，去将那些数理方面的知识写出来。其实，每一个公式、每一条定理后面都隐藏着一段血与火与汗的历史，这里面有慷慨的悲歌，有胜利的喜悦。要论人物形象、故事情节，一部科学史绝不比一部社会科学史逊色。当我们循着那些科学家的足迹再走一遍时，我们就会发现，那些公式定理是多么珍贵，多么可爱。这时再学习它，不但有了兴趣，而且有了感情。

我岂不知自己这点知识是驾驭不了这种题材的。但是，我的工作使我接触到科学、教育，我一看到现在青年人的苦读，便又想起学生时代自己的苦恼，于是在朋友们的鼓励下先试着写了一二回。感谢《科学之友》编辑部的同志们抓住不放，边写边发，一下连载了四年。更要感谢出版社的同志逼我在一两个月内汇集成册，出版问世。不然，诸事繁杂，这件工作早就半途而废了。我知道这是一种新的尝试，而且自己实在才疏学浅，书中定会有不少缺点错误，现在大胆印出来也是为了向更多的专家、读者求教。但愿这些文字如苦药片上一层薄薄的糖衣，能为苦读苦学的青少年们增加一点乐趣。也愿这本书能为别的高手们以后进行新的创作，做一点材料上的准备，我就感到无限欣慰了。

1985 年 4 月 9 日

目录

第一回　洞庭湖边屈原问天
金字塔下泰氏说地

——世界是什么

大约公元前 4 世纪的时候，我国南方的楚国是一块美丽富饶、文化发达的地方。源远流长的湘江碧波粼粼，渔夫们长篙扁舟，在撒网垂钓。高高的巫山，竹木青青，云霭漫漫，山寨中的人们穿着鲜丽的衣服，扮着各种神鬼，载歌载舞。我们的祖先，从北京周口店的山顶洞里走出来已四十多万年了，他们对这个世界已经积累了许多丰富的知识。

这天湘江边走来一个人，他瘦长的个子，清癯的脸庞，眼神呈现出一种庄严的沉思。他腰佩长剑，头戴高高的帽子，身着齐脚的长袍。这个人穿过齐腰深的白艾，踏着岸边的兰草，他那明亮的目光扫过天边的白云，扫过江面远处的烟波，边走边吟诵起来：

遂古之初，谁传道之？

上下未形，何由考之？

冥昭瞢暗，谁能极之？
冯翼惟像，何以识之？

明明暗暗，惟时何为？
阴阳三合，何本何化？
……

这歌的大意是：

那远古渺茫的情形啊，
是谁来将它传道？
那时天地本没有成形啊，
又是谁将它查考？

混混沌沌啊，昼夜不分，
可怎去将它的根由找寻？
一团热气啊，笼罩四方，
又怎去将它的面目研讨？

天明天黑啊，暮来朝去，
为什么这样交换，没完没了？
阴阳二气啊，掺和无穷，
哪是源头？哪是末梢？

圆圆的天啊，高达九层，
是谁来设计，谁来画稿？
何等雄伟啊，这样的工程，
是谁来修建，谁来督造？

斗转星移啊，是什么将它们系住？
天的轴心啊，怎样来将它安牢？
八根巨柱啊，怎样撑起这面天空？
东南方向啊，却为什么向下倾倒？

天上九个广阔的区域啊，
它们伸向何方，在哪儿终了？
各个区域里无数的角落，
到底多少，我该向谁去请教？

这天穹怎么会合成一个整块啊，
黄道十二区，是谁划分得这样巧？
这日月怎么会悬在半空？
星罗棋布，是谁安排得这样好？

太阳啊，早晨从东方的汤谷起身，
晚上到遥远的蒙水边歇脚。
就这样从天亮走到天黑，
这一天的行程有多少里之遥？

月亮啊，有什么奇怪的本领？
月初昏黑，月中又容光闪耀？
它要干什么啊，这样好笑：
将一只兔子在怀中紧紧地搂抱？

大地啊，谁将你这样安放？
河谷啊，为什么深深地陷落？
百川啊，日夜东流不肯停歇，
大海啊，你怎么总是喝不饱……

这人就是我国伟大的诗人屈原（公元前340—前278年）。

以上吟的就是他的《天问》。他在这篇名著中一口气提了一百七十二个问题，涉及天文地理、日月星辰。一千多年以后，我国中唐时期又一位大诗人柳宗元与屈原的思想发生了共鸣，相似的遭遇驱使他挥笔写出《天对》，探讨了宇宙的起源和构成，有力地批驳了神灵创世说，成为我国科学发展史上的又一颗启明星，这是后话。

屈原雕像

就在屈原叹问苍天前不久，地中海的南岸又是另一番景象。那里有一个和我国一样古老的国家——埃及。碧蓝的太空下是一片金黄的沙漠，尼罗河浩浩荡荡地向北流去，两岸留下厚厚的淤泥。几座由大条石垒成的金字塔，矗立在沙漠中直接云霄。大地啊，是这样的平坦，人们的思想也在驰骋翱翔。这时在金字塔下有一小群人，他们席地而坐，围成一个小圆圈，几把陶壶，一些碎肉。人们手里拿着树枝折成的小棍在地上画着，嘴里吃着，说着。他们可以说是世界上最古老的一群科学家，其中不少人是从希腊来到这里的，经常这样谈天说地，讨论问题。这时一个叫泰勒斯（约公元前624—前547年）的人站起来说：“我认为这地就像一个菜碟子一样，平平的，圆圆的，整年整月地在空中转着，太阳、月亮、星星都在围着它动。”这时，另一个叫亚诺芝曼德的人立即反对：“不，大地是一个长筒子，筒底的直径是筒高的三分之一，筒的四周空气有相等的压力，所以它总是悬在空中。太阳一晒，地上的泥水就起泡，泡里出来鱼，鱼又变成人。”他还没说完，又有人发言：“我认为一切都是气组成的，我们手摸着的是气，吸的是气，人心也是空气一团。”“不对，不对，世界是水组成的，你看，尼罗河里不能没有水，庄稼少不了水，人更要喝水……”他们就是这样争着，吵着，提出许多问题，想出许多解释，可是谁也说服不了谁。

真的，那高高的天空，茫茫的星河，无边的大地，到底有多少奥秘？这世界上万物的变化有没有个规律？人们既然提出了问题，自然会找见答案的。在屈原和泰勒斯之后许多东方和西方的哲人从各个方面不断探寻着客观世界的本质，他们为此做出许多牺牲，留下许多可歌可泣的故事。

且听我将这些故事一个个地慢慢说来。

第二回　聪明人喜谈发现
蛮横者无理杀人

——无理数的发现

上回说到泰勒斯与一群人在金字塔下议论，到底世界是什么。有的说是水，有的说是气。不料更有怪者，数年后他的一个学生却说世界是“数”。这个学生叫**毕达哥拉斯（公元前 572—前 492 年）**。

毕达哥拉斯从小就极聪明，一次他背着柴火从街上走过，一位长者见他那捆柴火的捆法与别人不同，便说：“这孩子是数学奇才，命中该成为一个大学者。”他闻听此言，便摔掉柴捆南渡地中海到泰勒斯门下去求学。真是名师出高徒，毕达哥拉斯本就极聪慧，经泰勒斯一指点，当时许多数学难题在他的手下便迎刃而解。比如，他证明了三角形的内角和等于 180°；算出你要用瓷砖铺地，则只有用正三角、四角、六角三种正多角砖才能刚好将地铺满；证明了世界上只有五种正多面体，即：正四、六、八、十二、二十面体。他还发

毕达哥拉斯铜像

现了奇数、偶数、三角数、四角数、完全数、友数，直到毕达哥拉斯数。但他最伟大的成就要算是发现了后来以他的名字命名的毕达哥拉斯定理(勾股弦定理)，即以直角三角形两直角边为边长的正方形的面积之和，等于以斜边为边长的正方形的面积：$a^2+b^2=c^2$。据说，这是当时毕达哥拉斯在寺庙里见匠人们用方砖铺地，常要计算面积，于是便发明了此法。

这定理是提出来了，用起来也确实方便，但是怎么从理论上加以证明呢？

正是：

毕氏无心一道题，费尽后人多少力。

自从这个定理问世以来，东西方不知有多少数学家来设法证明，真是百花齐放，各有所妙。这都是后话。我国在清朝初年有一位数学家叫**梅文鼎（1633—1721年）**，他发明的一种证法却极简便，只需用一张硬纸，剪上几刀，一拼就知，列位如有兴趣不妨一试。

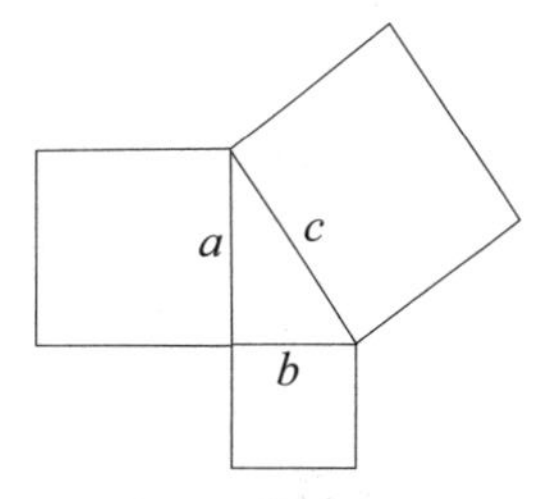

毕达哥拉斯定理

再说这毕达哥拉斯将那数学知识运用得纯熟之后，觉得这实在是一套了不得的本事，不能只满足于用数来算题解题，于是他要试着从数学扩大到哲学，用数的观点去解释一下世界。经过一番刻苦实践，他提出“凡物皆数”的命题。认为数的元素就是万物的元素，世界是由数组成的，世界上的一切没有不可以用数来表示的，数本身就是世界的秩序。毕达哥拉斯还在自己的周围建立了一个青年兄弟会，入会者都宣誓不把知识泄露给外人，这样他才肯向他们传授数学。可见当时才萌芽的数学是多么神秘。毕达哥拉斯死后大约五十年，他的门

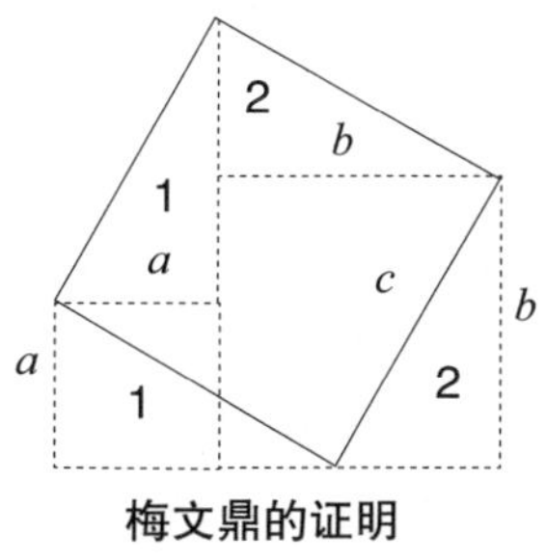

梅文鼎的证明

将大方框 c 里的1、2三角形调到框外，正好可变成两个小方框 a 和 b。证明：$a^2+b^2=c^2$

徒们把这种理论加以研究发展，形成了一个强大的毕达哥拉斯学派。

这天，学派的成员们刚开完一个学术讨论会，正坐着游船出来领略一下山水风光，以驱散一天的疲劳。这地中海海滨，蓝色的海湾环抱着品都斯山，长长的希腊半岛伸进海面，就像明亮的镜子上镶着一粒珍珠。这天，风和日丽，海风轻轻吹来，荡起层层波浪，大家心里好不高兴。一个满脸胡子的学者看着广阔的海面兴奋地说："毕达哥拉斯先生的理论一点不错。你们看这海浪一层一层，波峰波谷，就好像奇数、偶数相间一样。世界就是数字的秩序。"

"是的，是的。"这时一个正在摇桨的大个子插进来说："就说这小船和大海吧。用小船去量海水，肯定能得出一个精确的数字。一切事物之间都是可以用数字互相表示的。"

"我看不一定。"这时船尾的一个青年学者突然发话了，他冷静地说："要是量到最后，不是整数呢？"

"那就是个小数。"

"要是这个小数既除不尽，又不能循环呢？"

"不可能，世界上的一切东西，都可以相互用数直接准确地表达。"

这时，那个学者以一种不想再争辩的口气说道："并不是世界上一切事物都可以用我们现在知道的数来互相表示。就以毕达哥拉斯先生研究最多的直角三角形来说吧，假如是等腰直角三角形，你就无法用一个直角边准确地量出斜边来。”

这个学者叫**希帕索斯（生卒年月不详）**，他在毕达哥拉斯学派中是一个聪明、好学、很有独立思考能力的青年数学家。今天要不是因为争论到这一步，他还不想发表自己这个新见解呢。那个摇桨的大个子一听这话就停下手来大叫着：“不可能，不可能，先生的理论置之四海而皆准。”希帕索斯眨了眨一双聪明的大眼，伸出两手，用两个虎口比成一个等腰直角三角形说：

“如果直边是3，斜边是几？”

“4。”

“再准确些？”

“4.2。”

“再准确些？”

“4.24。”

“再准确些呢？”

大个子脸涨得绯红，一时答不上来。希帕索斯说：“你就再往后数上10位、20位也不能算是最精确。我演算了很多，任何等腰直角三角形的一边与斜边都不通约，都不能用一个精确的数字表示。”

这话像一声晴天的霹雳，这是多么反常啊！全船立即响起一阵怒吼：“你敢违背毕达哥拉斯先生的遗言，敢破坏我们学派的信条！敢不相信数学就是世界！”

希帕索斯这时倒十分冷静，他说：“我这是个新的发现，就是毕达哥拉斯先生在世也会奖赏我的。你们可以随便去验证！”

可是人们不听他说，愤怒地喊着：“叛逆！叛逆！先生的不肖门徒！”“打死他！打死他！”大胡子冲上来，当胸给了他一拳。

希帕索斯抗议着：“你们无视科学，你们竟这样无理！”

“捍卫学派的信条永远有理！”这时大个子也冲过来，猛地将他抱起：“我们给你一个最高的奖赏吧！”说着就把希帕索斯抛进了海里。

蓝色的海水很快淹没了他的躯体，吞没了他的声音。这时，天空飘过几朵白云，海面掠过几只水鸟，静静的远山绵延起伏，如一道屏风。一场风波过后，这地中海海滨又显得那样宁静。

科学史就这样揭开了序幕，但却是一幕悲剧。

鲁迅先生说，悲剧就是将人生极有价值的东西毁灭给人看。一个很有才华的数学家就这样被奴隶专制制度下的学阀们毁灭了。但是这倒真使人们看清了希帕索斯的思想的价值。这次事件后，毕达哥拉斯学派的成员们确实发现，不但等腰直角三角形的直角边无法去准确测量斜边，圆的直径也无法去准确测量圆周，那个数字是 3.14159265358979……更是永远也无法精确的。慢慢地，他们后悔了，后悔杀死希帕索斯的无理行为。他们渐渐明白了，明白了直觉并不是绝对可靠的，有的东西必须靠证明；他们明白了，过去他们所认识的数字 0、自然数等应该叫“有理数”，还有一些无限的不能循环的小数，这确实是一种新发现的数，应该叫它“无理数”。这个名字反映了数学的本来面貌，但也真实地记录了毕达哥拉斯学派中学阀们的蛮横无理，说明了科学进步的艰难。

各位读者，为了一个学术争论就要死人，这件事好像很不近情理。要知道在古代，当人们对社会、自然的认识还很模糊的时候，科学、政治、宗教、派别等，也都混混沌沌搅在一起，就像一块似明不明的毛玻璃，人们就借这块毛玻璃观察世界。用占卜迷信认识自然，用宗教统一思想，用政治、宗派，甚至个人感情来对待学术，用自然征候来评估政治，等等，所以科学这棵幼苗是在愚昧、迷信、无知、专制的混沌状态下艰难地生长的，当然就少不了有许多牺牲。人类的头脑是随着对自然的逐步认识而逐渐清醒的。随着科学的进步，愚昧、专制才逐渐减少，科学、民主才渐渐增多，所以一部科学史绝不只是一本公式、定理、符号的记录，不只是人与自然的斗争史，它同时也是人类内部不同思想和代表这些不同思想的人的斗争史。所以在发明、发现的光环中，同时也血泪斑斑，可歌可泣。特别是在古代科学和近代科学之初，这种情况更为突出。

正是：

科学史才揭序幕，科学家便有牺牲。

第三回　举手扬沙欲塞宇宙
立竿见影可测地周

——人类第一次测量地球

还接上回说起。自从地中海边发生的那件因为争论无理数而酿成的悲剧之后，大约又过了一百年，到公元前338年的时候，希腊北方有一个马其顿王国逐渐强大起来，并控制了希腊。公元前334年，马其顿国王亚历山大发动远征。十年间，便占领了东到印度、南到埃及的广大区域。这位国王为了炫耀自己的战功，便在地中海岸的尼罗河口修建了一座港口城市，取名亚历山大里亚。

亚历山大死后，马其顿王国立即一分为三。到公元前305年时，埃及托勒密王朝兴起，国王托勒密一世大力扩建城市，网罗人才，很快使这里成为当时世界上最大的都市和科学中心。城内建有一百尺宽的马路、豪华的广场、花园、喷水池、体育场。还特别建了一个亚历山大里亚博物院，包括图书馆、动物园、植物园、研究院等，其中，图书馆藏有希腊和东方典籍达七十万卷。当年在希腊本土由毕达哥拉斯辛苦经营的学派，已经销声匿迹，而希腊和东方的许多著名科学家，像欧几里得等又都云集到这里。

这天，落日的余晖刚刚消失在远处的海面，亚历山大里亚港外那座壮丽的灯塔便发出耀眼的光芒。这灯塔是古代的七大奇观之一。八根花岗岩的圆柱支撑着巨大的圆顶，顶端有一座七米高的海神波赛冬的雕像，圆顶下是一团熊熊的大火，火后立着一面大铜镜，将火光反射得倍加明亮。随着这灯塔的点燃，整个城市也闪烁起万家灯火，街道上车辆如梭，港湾里船桅如林。到剧院里去看戏的、到体育场去看角斗的人们三五成群，街上一片喧闹。

这时在离城稍远一点的海滩上，有两个人平躺在沙滩上。一个是**阿基米德（公元前287—前212年）**，也是从地中海彼岸的西西里岛来这里留学的；另一个是他的朋友，地理学家**埃拉托色尼（公元前275—前195年）**。他们在博物院里工作了一天，现在要到海边上来吹吹海风。这时潮起潮落，云开月显，凉风习习。他们仰卧观天，谁也不说话，思想的翅膀已经在太空中任意翱翔。突然，阿基米德一骨碌翻身爬起，手里捏着一把沙子道：

“埃拉托色尼，你说这一把沙子有多少粒？”

阿基米德雕像

“大概有几千、一万粒吧。”

“这一片海滩的沙子有多少粒？”

“这可说不清！”

阿基米德跳起来，双手捧起一捧沙子向天空扬去：“假如我把沙子撒开去，让它塞满宇宙，把地球、月亮、太阳和金、木、水、火、土等行星通通都埋起来，一共要多少粒？”

“啊？”埃拉托色尼也一骨碌爬起来，惊得说不出话来，半天才回答道：“不可能，不可能！亲爱的阿基米德，你怕不是疯了吧，要知道你是永远算不出来的！”

“我就要算一个给你看看。”

“我不信。”

“好，三天后我们再在这里见面。”阿基米德说完后，两人挥手而别。

埃拉托色尼的担心不是没有道理的。当时世界上还没有发明方便的阿拉伯数字，希腊人用他们的 27 个字母分成三组，分别代表个、十、百、千位数，到一万就是最大的了，再大就无法表示和计算了。

可是，阿基米德这个怪人，他能想出这个怪题目，也能找到好办法。他立即找来一粒球形的橄榄核，算出它的体积等于几粒沙子，又依次推算地球的体积、宇宙的体积等于多少枚橄榄核。当数字超过 10000 时，他聪明地把万作为一个新起点，叫它“第一阶单位”，然后再往上数到万万，叫“第二阶单位”，这样就可以依次推到很大很大。接下来的两天，阿基米德废寝忘食，他终于算出了这个庞大的数字：塞满宇宙需要一千万个一千万的第八阶单位粒沙子，用今天的数学方式来表示可以写成：10^7(1000 万) $\times 10^7 \times 8$(第八阶)，再确切一点就是：1 后面写上 63 个零。

当然，这个数字在今天看来是不能成立的，因为宇宙是没有边缘的，阿基米德是根据当时人们认为的宇宙半径来算的。可是这样一算，他倒是找到了一种数学新概念——阶。“阶”相当于后来数学上的“幂”。

第三天中午刚过，阿基米德便如约向沙滩走去。他高高的个子，一头金发，鼻略高，眼微凹，走起路来总是昂首看着远方，好像那水天之际有他正在思索的答案，他集年轻、潇洒、刚毅、聪颖于一身，仿佛世界就在他的手中。当他来到沙滩时，埃拉托色尼比他来得还早，正面对大海，左手叉腰，眼睛看着海面的远处，好像在仔细地搜索什么。奇怪，他右手还拄着一根高高的细竹竿，既不像要钓鱼，也不像要撑船。阿基米德悄悄走到他背后大喊一声：“我来了！”

埃拉托色尼让他这么一喊，肩膀不觉抖了一下，猛一回头，嗖的一声将竹竿平握在手中，一见是他，忙笑着说：“啊，原来是你！是来认输的吧？”

“科学无戏言，阿基米德什么时候说过假话？”接着阿基米德便将他算的结果如此这般地说了一遍。说完又得意扬扬地抓起两把沙子抛向天空：“世界在我的手中！”

不料埃拉托色尼并不以为然，他将竹竿往沙地上一插说：“你能知道宇宙装得下多少沙子，可是你知道地球周长是多少吗？”

这一问倒把阿基米德问住了，他没想到这个比他小十二岁的朋友这样年轻气盛，今天是专和他斗法来的，便反过来将他一军："难道你知道有多长？"

"不瞒你说，在你数沙子的时候我已经测好了。"

"啊！"阿基米德觉得新鲜极了，"你用什么办法测的？"

"这很简单，我只用了一根三尺长的竹竿。"

"难道你用竹竿把地球量了一圈？"

"不！我就站在这里不动！"埃拉托色尼认真地讲述起来，"你知道，离亚历山大里亚5000斯塔迪姆（埃及长度计算单位）有一个城市叫塞恩，夏至那天，阳光可以直射到井底，说明光线与塞恩城的地面垂直，而在我们亚历山大里亚的物体却会有一个短短的影子。我就拿这一根竹竿在亚历山大里亚广场上这么一立，就能算出阳光与竹竿的夹角，然后就能推出这两个城市与地球球心形成的夹角，再一量这两个城市间的距离……"

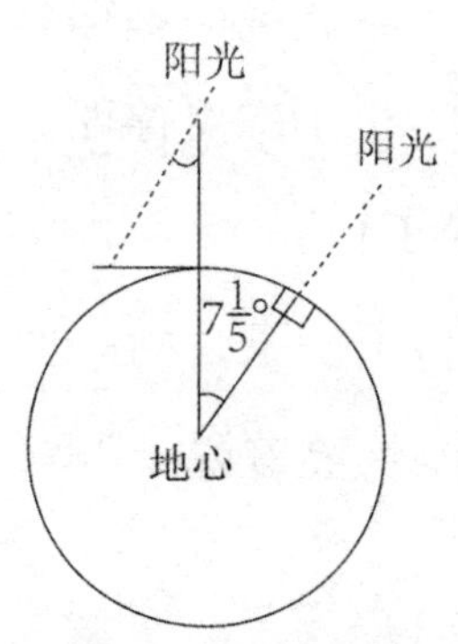

埃拉托色尼测地试验

（利用日光测出两地到地心的夹角，便可推算出地球的周长。）

"就能推出地球的周长。妙，妙！"整天研究三角、圆弧的阿基米德心有灵犀，一点就通，他不等埃拉托色尼说完就着急地问："夹角多大？"

“7°。”

“距离多少？”

“5000 斯塔迪姆。”

“啊，地球周长 25 万斯塔迪姆。”阿基米德说的这个数字合 4 万千米，与我们近代测得的数字仅差 100 千米。

“阿基米德，你这个数学脑袋可真厉害啊！”

他俩都仰天大笑起来，阿基米德尤其兴奋，他说：“我们还可以算出月亮、太阳，算出地球怎样绕太阳转，我还要制造一个天体模型，让人们亲眼看看天体怎样运动……”

正当他们高兴地大笑时，突然礁石后面跳出一个人来，大喝一声：“站住，两个好大胆的书呆子，还要不要脑袋！”

究竟礁石后面跳出一个什么人来，且听下回分解。

第四回　赤身裸体长街狂奔
一对好友海边争论

——比重与浮力的发现

上回说到阿基米德和埃拉托色尼谈论天体结构的时候，突然听到有人大喊“还要不要脑袋”，两人大吃一惊，忙回头仔细一看，原来是他们的好友亚历山大里亚博物院的天文学家亚利斯塔克，这才松了一口气。阿基米德正要回敬他几句，亚利斯塔克暗示他不要嚷嚷。他一抬头才发现不远处还有两个人在散步，其中一人叫克利安西。阿基米德耸了一下肩膀，三人立即悄悄地返身离开海滩往回走去。

原来，在这个世界学术中心，堂堂的亚历山大里亚博物院里，派系斗争也很激烈。刚才那个克利安西是斯多噶唯心哲学派的领袖。如果要让克利安西知道他们三人讨论地球在绕太阳转之类的问题，是够危险的。要知道，直到阿基米德死后一千多年，布鲁诺和伽利略就是因为坚持这个学说，一个被烧死，一个被判了三百年徒刑。难怪亚利斯塔克问他们还要不要脑袋。

再说阿基米德在亚历山大里亚学习了一段时间后，顿生思乡之情，便回到了自己的祖国——西西里岛的叙拉古。叙拉古国王艾希罗和阿基米德是亲戚，见他在外留学多年，也不问学识深浅，一见面就给他出了个难题。原来一年一度的盛大祭神节就要来临了，国王艾希罗交给金匠一块纯金，命令他制作一顶非常精巧、华丽的王冠。王冠制成后，国王拿在手里掂了掂，觉得有点轻。他叫来金匠问是否掺了假。金匠以脑袋担保,并当面拿秤来称,与原来金块的重量一两不差。可是，掺上别的东西也是可以凑足重量的。国王既不能肯定有假，又不相信金匠的誓言，于是把阿基米德找来，要他解此难题。

一连几天，阿基米德闭门谢客，反复琢磨，因为实心的金块与镂空的王冠外形不同，不砸碎王冠铸成金块，便无法求算其体积，也就无法验证是否掺了假。他绞尽脑汁也百思不得其解。

读者有所不知，这阿基米德还有一个怪毛病，就是家里桌上有了灰尘，从不许别人擦去，以便他在上面画图计算；炉灰掏出来不让马上倒掉，他要摊在地上画个半天。因为当时并没有现在这样方便的纸笔。更有怪者，他常痴痴呆呆地在自己身上涂画。当时人们用一种特殊的泥团当肥皂，一天他准备洗澡，可是刚脱了上衣，就抓起一团泥皂在肚子上、胸脯上涂画起来，画了个三角又画圆，边画边思考那顶恼人的王冠。这时他的妻子走进来，一看就知道他又在犯痴，二话没说，便一把将他推入浴池。他一面挣扎，一面喊道："不要湿了我的图形！不要湿了我的图形！"但是哪由分说，这厉害夫人逼着阿基米德洗澡也已经是平常事了，他还未喊完，就"扑通"一声跌入池中，夫人掩门而去。

谁知这一跌倒使他的思路从那些图形的死胡同里解脱出来，他注视着池沿。原来池水很满，他身子往里一泡，那水就顺着池沿往外溢，地上的鞋子也淹在水里，他急忙探身去取。而他一起身水又立即缩回池里，这一下他连鞋也不取了，又再泡到水里，就这样一出一入，水一落一涨。

再说夫人刚走出门外，正要去干别的事，忽听那水池里啪啦啪啦地响，水哗哗啦啦地在地上乱流。她停步返身，正要喊："连洗澡也不会啊？"忽然见阿基米德浑身一丝不挂，湿淋淋地冲出门来把她碰了一个趔趄，她忙伸手，滑溜溜地没有抓住。阿基米德已冲到街上，高喊着："优勒加！优勒加！"(意即"发现了")夫人这回可真着了急，嘴里嘟囔着"真疯了，真疯了"，随后也追了出去。街上的人不知发生了什么事情，也都跟在后边追着看。阿基米德头也不回地向王宫一路跑去。

原来,阿基米德由澡盆溢水联想到王冠也可以泡在水里，溢出水的体积就是王冠的体积，而这体积与同等重的金块的体积应该是相同的，否则王冠里肯定有假。就是说，同等质量的东西泡进水里而溢出的水不一样，肯定它们就是不同的物质。每一种物质和相同体积的水都有一个固定的质量比，这就是比重。直到现在，物理实验室里还有一种求比重的仪器，名字就叫“优勒加”，以纪念这一不寻常的发现。

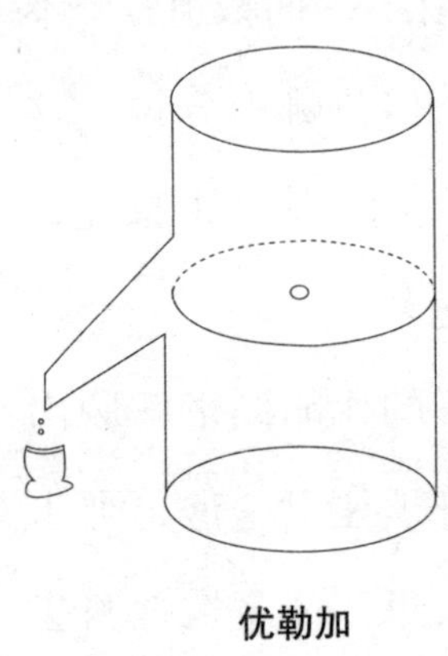

优勒加

阿基米德跑进王宫后立即找来一盆水，又找来同样重量的一块黄金、一块白银，分两次泡进盆里。白银溢出的水比黄金溢出的几乎要多一倍(现在我们确切地知道，白银的密度是10.5克/立方厘米，黄金的密度是19.3克/立方厘米)。把王冠和金块分别泡进水盆里，王冠溢出的水比金块的多，这时金匠不得不低头承认，王冠里是掺了白银。这件事使国王对阿基米德的学问佩服至极，他立即发出布告：“以后不论阿基米德说什么话，大家都要相信。”

这烦人的王冠之谜总算解决了，阿基米德那紧锁的眉头，刚刚舒展一点，可心里又结上了一个疙瘩，真是“才下眉头，又上心头”，他的大脑永不肯休息。原来，这希腊是个沿海国家，自古航海事业发达，阿基米德自从在澡盆里一泡，发现物体排出的水等于其体积后，那眼睛就整天盯住海里各种来往的货船，有时在海滩上一站就是一天，那如痴如醉的样子常引得运货的商人和水手们在他的背后说三道四。这天他和好友柯伦到海边散步，还没有走多远就停在那里。柯伦知道他又想起了什么，正要发问，突然阿基米德倒先提出一个问题：“你看，这些船为什么会浮在海上？”

“这很简单，因为它们是木头做的。”

“你是说，只有比水轻的东西才可以浮在水上吗？”

“当然只能如此。”

“可是你看那些奴隶们从船上背下来的箱子，那些金银玉器，那些刀枪兵器，哪个不比水重，为什么它们装在船上不会沉到水里？”

柯伦一时答不上来。

阿基米德又说：“我要是把一艘船拆成一块块的木板，再把木板和那些货捆在一起，抛到海里，你说会不会沉到海底？”

柯伦惊得瞪大了眼睛："老朋友，你真的要拆一艘三桅货轮做实验吗？"他知道阿基米德搞起实验来是什么都想得出来、干得出来的。

阿基米德淡淡一笑说："不会，不会。"他从柯伦吃惊的眼神里知道自己在别人眼里实在是个疯子。"我想，我们总会找到别的实验办法的。"

从这天起，海滩上就再也看不见这一对好友的影子了。原来，他们待在家里，围着陶盆要寻找"浮力"。阿基米德把一块木头放在水里，从陶盆排出的水正好等于木头的重量，他记了下来；又往木头上放了几块石子，再排出的水又正好等于石子的重量，他又记了下来；他把石头放到水里，用秤在水里称石头，比在空气中轻了许多，这个轻重之差又正好等于石头排出的水的重量……阿基米德将手边能浸入水的物体都这样一一做过实验，终于一拍脑门，然后拿起一根鹅毛管笔在一张小羊皮上郑重地写下这样一句话：

"物体在液体中所受到的浮力，等于它所排开的同体积的液重。"

接着他将那些试验数字整理好，开始书写一本人类还没有过的科学新书《浮体论》。这本书当时自然不会印刷出版，书的手稿在阿基米德死后两千年才在耶路撒冷图书馆被人发现，书中插图的水面竟是球面形状，这体现了他的科学思路：大地是球形的。这是后话。

还说现在，阿基米德躲在小屋子里，地上摆满了盆盆罐罐，桌上铺着一叠羊皮，他正埋头实验和写作。忽然，一个人推门进来，只见他穿着一身华贵的朝服，却满脸汗水，两脚泥浆，站在门口上气不接下气地嚷道："啊，我尊敬的阿基米德先生，原来你躲在这里。难道你不知道外面发生了什么事情？国王正派人四处找你，他心急如火，这会儿正在宫里发脾气呢。"

欲知国王找他有何急事，且听下回分解。

第五回　撬动地球不费吹灰力
横扫劲敌才知科学威

——杠杆原理的发现

且说阿基米德将自己锁在海边的一间石头小屋里，正夜以继日地写作《浮体论》。这天突然闯进一个人来，一进门就忙不迭地喊道：“哎呀呀！你老先生原来躲在这里。此刻国王正撒开人马，在全城四处找你呢。”阿基米德认得他是朝内大臣，心想，外面一定出了大事。他立即收拾起羊皮书稿，伸手抓过一顶圆壳小帽，飞身跳上停在门口的一辆四轮马车，随这个大臣直奔王宫。

当他们来到殿前阶下时，就看见各种马车停了一片，卫兵们银枪铁盔，森列两行，殿内文武满座，鸦雀无声。国王正焦急地在地毯上来回踱着步子。由于殿内阴暗，天还没黑就燃起了高高的烛台。灯下长条几案上摊着海防图、陆防图。阿基米德看着这一切，就知道他最担心的战争终于爆发了。

原来这地中海沿岸在古希腊衰落之后，先是马其顿王朝的兴起；马其顿王朝衰落后，又是罗马王朝兴起。罗马人统一了意大利本土后向西扩张，遇到了另一强国迦太基。公元前 264 年到公元前 241 年两国打了二十三年仗，这是历史上有名的“第一次布匿战争”，罗马人获胜。公元前 218 年开始又打了四年，这是“第二次布匿战争”，这次迦太基起用了一个奴隶出身的军事家汉尼拔，一举俘获罗马人五万余众。地中海沿岸的两霸就这样长年争战，互有胜负。

阿基米德的祖国——叙拉古，是个夹在迦、罗两霸中的城邦小国，在这种长期的风云变幻中，常常随着人家的胜负而弃弱附强，游移飘忽。阿基米德对这种眼色外交很不放心，曾多次告诫国王不要惹祸。可是现在的国王已不是那个阿基米德的好友艾希罗。他年少无知，却又刚愎自用。当“第二次布匿战争”爆发后，公元前 216 年，眼看迦太基人将要打败罗马人，国王很快就和罗马人决裂，与迦太基人结成了同盟，罗马人对此举非常恼火。现在罗马人又打了胜仗，就大兴问罪之师，从海陆两路向这个城邦小国压了过来，国王吓得没了主意。这时他看到阿基米德从外面进来，迎上前去，恨不得立即向他下跪，忙说：“啊，亲爱的阿基米德，你是最聪明的人。听先王在世时说过，你都能撬动地球。”

关于阿基米德撬动地球之说，这还是他在亚历山大里亚留学时候的事。当时他从埃及农民提水用的“沙杜佛”(吊杆)和奴隶们撬石头用的撬棍上，发现可以借助一种杠杆来达到省力的目的，而且他还发现，手的握点到支点的这一段距离越长，就越省力气。由此他提出了这样一个定理：力臂和力(重量)的关系成反比例，这就是杠杆原理。用我们现在的表达方式就是：动力 × 动力臂＝阻力 × 阻力臂。为此，他曾给当时的国王艾希罗写信说：“我不费吹灰之力就可以随便牵动任何重的东西；只要给我一个支点，给我一根足够长的杠杆，我也可以撬动地球。”可现在这个小国王并不懂得什么叫科学，他只知道在这大难临头之际，赶快借助阿基米德的神力救他一驾。

可是这罗马军队着实厉害。他们作战时列成方队，前面和两侧的士兵将盾牌护着身子，中间的将盾牌举在头上，战鼓一响，这一个个方队就如同现代化的坦克一样，向敌阵步步推进，任你乱箭射来也只不过是把那盾牌敲出无数的响声而已。罗马军队还有特别严的军纪，发现临阵脱逃立即处死，士卒立功晋级，统帅获胜返回罗马时，要举行隆重的凯旋仪式。这支军队称霸地中海，所向无敌，他们对一个小小的叙拉古根本不放在眼里。况且新仇旧恨，早想来一次清算。

这时，由罗马执政官马赛拉斯统率的四个陆军军团已经推进到叙拉古城的西北。现在城外已是鼓声齐鸣，喊杀声连天了。在这危急的关头，阿基米德虽然对因国王目光短浅造成的这场祸害心中很是不快，但木已成舟，国家为重，他扫了一眼沉闷的大殿，捻着银白的胡须说："要是靠军事实力，我们绝对不是罗马人的对手。现在要是能造出一种新式武器来，或许还可守住城池，以待援兵。"

国王一听这话，立即转忧为喜说："先王在世时早就说过，凡是你说的，大家都要相信，这场守卫战就由你全权指挥吧。"

两天之后，天刚破晓，罗马统帅马赛拉斯指挥着他那严整的方阵向护城河逼来。今天方阵两边还准备了铁甲骑兵，方阵内强壮的士兵肩扛着云梯。马赛拉斯在出发前宣布："攻破叙拉古，到城里吃午饭去。"在喊杀声中，方阵慢慢向前蠕动。按常规，城上早该放箭了，可怎么今天城墙上却是静悄悄地不见一人？也许几天来的恶战使叙拉古人已筋疲力尽了吧？罗马人正在疑惑间，城里隐约传来吱吱呀呀的响声，接着城头上就飞出大大小小的石块，开始时如碗如拳，以后越来越大，简直如锅如盆，火山喷发般地翻将下来。石头落在方阵里，士兵们忙举盾来护，哪知石重速急，连盾带人都砸成一团肉泥。罗马人渐渐支持不住了，连滚带爬地逃命。这时，叙拉古的城头又射出了飞蝗般的利箭，罗马人的背后无盾牌和铁甲，那利箭直穿背股，哭天喊地，好不凄惨。

正是：

你有万马和千军，我有天机握手中。

不怕飞瀑半天来，收入潭底静无声。

阿基米德到底造出了什么武器使罗马人大败而归呢？原来他制造了一些特大的弩弓——抛石机。这么大的弓，人是根本拉不动的，他用上了杠杆原理。只要将弩上转轴的摇柄用力扳动，那与摇柄相连的牛筋又拉紧许多根牛筋组成的粗弓弦，拉到最紧处，再猛地一放，弓弦就能带动载石装置，把石头高高地抛出城外，落到一千多米远的地方。原来这杠杆原理并不只是简单使用一根直棍撬东西。比如水井上的辘轳吧，它的支点是辘轳的轴心，动力是辘轳的半径，它的阻力是摇柄，摇柄一定要比辘轳的半径长，打起水来就很省力。阿基米德的抛石机也是用的这个原理。他真是把杠杆原理用活了。罗马人哪里知道叙拉古城有这许多新玩意儿。

就在马赛拉斯刚败回大本营不久，海军统帅克劳狄乌斯也派人送来了战报。原来，当陆军从西北攻城时，罗马海军从东南海上也发动了攻势。罗马海军原来并不厉害，后来发明了一种接舷钩装在船上，遇到敌舰就可以钩住对方，军士跃上敌舰，变海战为陆战，奋勇杀敌。今天，克劳狄乌斯为对付叙拉古还特意将舰包上了铁甲，准备了云梯，号令士兵，只许前进，不许后退。奇怪的是，叙拉古的城头却分外安静，墙垛后面不见一卒一兵，只是远远望见直立着几副木头架子。当罗马战船开到城下，士兵们举起云梯正在往墙上搭的时候，突然那些木架上垂下一条条铁链，链头上有铁钩、铁爪，钩住了罗马海军的战船。任水兵们怎样使劲划桨，那船再不能挪动一步。他们用刀砍，用火烧，大铁链分毫不动。

正当船上一片惊慌时，只见大架上的木轮又“嘎嘎”地转动起来，接着铁链越拉越紧，船渐渐被吊离了水面，随着船身的倾斜，士兵们纷纷被抛进了海里，桅杆也被折断。船身被吊到半空以后，这个大木架还会左右转动，于是那一艘艘战舰就像荡秋千一样在空中悠荡，然后被摔到城墙上，摔到礁石上，成了一堆碎木片。有的被吊过城墙，成了叙拉古人的战利品。这时叙拉古城头上还是静悄悄的，没有人弯弓射箭，也没有人摇旗呐喊，只有那件怪物似的木架，伸下一个个大钩抓走了战船。罗马人看着这“嘎嘎”作响的怪物，吓得腿软手抖，海上一片哭喊声和落水碰石后的呼救声。克劳狄乌斯在战报中说：“我们看不见敌人，就像在和一只木桶打仗。”阿基米德的这件“怪物”原来也是用的杠杆原理，又加上了滑轮。

经过这场大战，罗马人损兵折将，又白白丢了许多武器和战船，可是还没有见过阿基米德一面。

晚上马赛拉斯胡乱吃了几口饭，一人在灯下直生闷气："阿基米德，阿基米德，你这个曾赤身裸体在街上跑的怪人，想撬动地球的疯子，你手里到底有多少魔法，今天我连这个小小的叙拉古也拿不下来，回去怎么向元老院交代？"正当马赛拉斯孤灯闷坐、苦无良策时，有一个人悄悄进来，走到他面前说道："将军，我有一计，管保阿基米德三天之内束手就擒。"

第六回　老弱妇孺齐上阵
一面镜子退千军

——凹面镜的聚光作用

却说马赛拉斯作战一天，损兵折将，正在帐内闷坐，这时进来一人献策说，三天之内能使阿基米德束手就擒。他抬头一看，原来是一员副将。那人说：“将军，你怎么忘了，我们也有厉害的武器啊，这时不用，还待何时？”原来罗马人常年征战，攻城略地，也发明了一些专门武器。不过他们还不能像阿基米德那样巧用科学，以智取胜，而是专靠役使大量的奴隶，以力取胜。现在这位副将说有厉害的武器，是指专门用来攻城的“攻城塔”，就是立一座十分高大的木塔，下面装着轮子，攻城时推至城墙边，士兵从塔顶用弓箭封锁对方的城头，然后架上云梯强攻。马赛拉斯经部下这么一讲，才从沮丧中醒来，连忙召开会议，研究新的攻城方案。他又特别派人向海军统帅克劳狄乌斯送信，约定联合行动，务求一举攻下叙拉古。会议结束时，马赛拉斯特意宣布了一条军令：

“抓住阿基米德者有重赏，但一定要保证他的安全，不得有任何伤害。”

第二天，战场上一片寂静，双方相安不动，各自秣马厉兵，期以死战。第三天早晨，从罗马军营里出来一座木楼房，缓缓地向叙拉古城靠近。那正是攻城塔，前有数百人拉着，后面又有许多人推着，渐渐逼近了护城河。这时叙拉古城中又飞出了大大小小的石块，但是，这些石块碰到攻城塔上裹着的几层厚厚的牛皮，嘭嘭有声，却又软软地落地。攻城塔很快接近了城墙，固定好塔脚，塔顶上排好射手，塔下的攻城槌，开始咚咚地捣城墙了。这下叙拉古城内一片惊慌。男子差不多都上了城头，到处是嘶喊声，刀光剑影。这时，马赛拉斯骑着一匹带铁甲的马亲自督阵，脸上显出得意的神情：“啊，阿基米德，你这个老头子，看你今天不败在我的手下！”

真是屋漏偏遭连阴雨，船破又遇顶头风。正当城北罗马陆军架起攻城塔强攻硬上的时候，城南远处的海面上，克劳狄乌斯率领海军舰船，黑压压的一片，乘风破浪向城边压来。这时守城的士兵大都上了北城墙，南门上只有几个老兵放哨，见此情景就敲起钟来，并飞快地来向阿基米德告急。阿基米德正在大营里与将军们商量守城之策，接此报告，向人们吩咐了几句，便只身来到南城门楼上。他眯起那双已经挂上白眉毛的慧眼，向海面上凝视了片刻，又抬头望望天空，只见万里无云，骄阳喷火。便说道：“事情紧急，现在赶快叫全城所有的妇女带上自己的梳妆镜，到南门外集合！”

一些士兵飞快进城传令去了，阿基米德守候在海边。他站在高高的礁石上，凝望着蓝天碧海。他虽然裹着一身铁甲，但是难免又闪过一缕学者的情思。多么美丽的地中海啊，水天一色浩浩茫茫，清风徐来，鸥鹭点点。这个知识之海，和平之海，她那长长的海岸从希腊半岛到尼罗河口，产生了多少科学巨人：泰勒斯、毕达哥拉斯、欧几里得、亚里士多德。她那深深的碧波，从西西里岛到塞浦路斯，融汇了多少东西方的文明：中国的丝绸、印度的象牙、埃及的纸草、希腊的工艺品。可是今天这和平之海上却燃起了火，漂起了血。他又极目远眺，仿佛看到了亚历山大里亚港外的那座有海神波赛冬大雕像的巨大灯塔，仿佛看见了塔顶那团炽燃着的火，火后边那面特别大的凹面铜镜。那团火正好处在凹面镜的焦点上，也就是说在镜面弧半径的中点上，于是那光射到镜面上，又都成平行光束集中反射出去，极强极亮。他永远也不会忘记这座划破黑暗，给远航者指路的灯塔，不会忘记他第一次横渡地中海去亚历山大里亚求学，还未见海岸就先见到那团智慧之火的情景。他想起了在那里学习的时候，正当青春年华，朝气蓬勃，可是，随着岁月的流逝，他已经是72岁的老人，还肩负着卫国的重任。他暗暗乞求海神波赛冬保佑，今天也让我们用那团智慧之火把侵略者埋葬在地中海吧！

这时，罗马人的舰队已渐渐地逼近了叙拉古。克劳狄乌斯站在指挥船上，腰佩长剑，头戴铁盔。为了防备叙拉古城上那木头架子怪物再伸出魔爪，他命令将每八艘战舰锁在一起，连成一个巨大的海上战台，给士兵们配备了特制的大斧，准备砍断木架上伸出的魔手，然后就可以架着云梯登城。可是当他们的战舰接近叙拉古的时候，城头上并没有那个怪物架子，也没有弯弓持枪的守兵，却看到城门大开着！这时城里走出三五成群的妇女，穿着长长的白衣裙，飘飘然然地走向海滩，有的爬上礁石，有的靠近水边，妇女群中还夹着少数老人、孩子。这是干什么呢？阿基米德这个怪老头子，又在玩什么诡计？克劳狄乌斯不觉犯了寻思，他忙令水手停桨，手搭凉棚仔细观察一番。不错，都是些妇女、老弱。对，一定是北面攻打得紧，城将失守，他们出城投降来了。想到这里，克劳狄乌斯高兴起来，他好像看见了妇女们焦愁的面容，听到了她们乞怜求饶的柔语娇声。他哈哈大笑起来，传令水手们快速前进，好抢头功。

这时，分散在海边排成一个弧形的妇女们，每人从怀里掏出了一面镜子，如火的阳光照射镜面，立即反射出一束束强烈的光芒。克劳狄乌斯看着，以为那是一种别致的欢迎仪式，更加欣喜若狂。可是不一会儿，这些光束渐渐集中到船上，对准了桅杆，盯在那高大的白帆上。船随着海浪在起伏颠簸，船帆上下移动，但光束却像被吸住一样，总不离开那面布帆。这时满船将士才不安起来，莫非阿基米德又想出了什么怪点子？一会儿有人喊，船帆有点发黑了；有人又喊，闻到焦糊味了。话还没说完，那桅杆上的白色篷帆腾地变作一团烈火燃烧了起来。接着那浸了油的帆绳、木头桅杆都噼噼啪啪地着了火，火苗四散，继而浓烟大火，弥漫了整个船台。那些八艘战舰拼起来的超级战台，因为互相连锁着，哪一个也不能逃脱。水手们心里一慌，桨法错乱，船台在波峰浪谷间只是滴溜溜地打转。不一会儿，其他的船台上也起了大火，可怜克劳狄乌斯辛苦经营的舰队，都化作了焦糊的木板飘散在地中海上，他自己幸得几只没有上锁的战舰搭救，率领残军仓皇驶向那浩渺的烟波里，逃命去了。

原来这阿基米德真是靠海神波赛冬帮的忙。那灯塔是将火光平行反射出去，他现在是利用光线的可逆原理，将那平行的太阳光聚集起来。似火骄阳放射出的无数光束经这群娘子军手中的镜子一集中，其热度不亚于一团大火。骄傲而又无知的克劳狄乌斯怎么会知道阿基米德指挥这群妇女将他置于这面大镜的焦点上呢？亏得他侥幸逃脱，不然这火将他烤熟也是毫不费力的。

这样说来读者也许不信，但后人对此确曾做过验证。1747年，法国科学家布韦用360面边长15厘米的正方形镜拼成了一个大凹面镜，将阳光聚起来烧着了70米外的木柴堆，烧熔了30米外的铅和18米外的银。到20世纪70年代，在阿基米德的故乡西西里岛的阿拉诺镇，在这个当年曾经用镜子火烧战船的地方，欧洲九个国家决定联合建造一座太阳能电站。工程技术负责人说，这项工程的原理很简单，就是当年阿基米德指挥妇女们打败敌舰的原理。这是后话。

却说当时阿基米德站在高处看见克劳狄乌斯的海军已被火烧水淹，飘零而退，岸上的妇女和孩子们欢呼雀跃，但他只是舒了一口长气。他向来不主张用科学杀人，只是强敌当头，兵临城下，为救全城百姓，才不得不姑且为之。他再望望海面，确实没有敌舰了，便招呼大家回城，一面对身边的随从说："快备马，到城北看看那边打得怎样了。"

第七回　秀才见兵有理说不清
敌酋来访芳草掩哲人

——一个科学家的墓碑

话说阿基米德在南门指挥一群妇孺用镜子火烧敌船后，又赶忙来到北门。其实城北守城之战，他也早有安排。他已告诉守城的将士们可用长箭，箭尾系上油绳，引燃之后射向攻城塔即可破之。当马赛拉斯指挥士兵推起攻城塔逼近城池后，城上带火球的利箭纷纷射来。那塔本是木头做的，上面又蒙了浸过油的牛皮，当这些火箭穿入牛皮时，箭尾上的那一团火挂在了塔上。火一碰上油轰然而起，可怜一座如楼似山的攻城塔被烧得稀里哗啦，焦散在地。马赛拉斯只好收兵而去。昨天是石砸，今天是火烧，强大的罗马军队在小小的叙拉古城下可说是吃尽了苦头。他们从统帅到士兵个个胆战心惊，就是城头闪出一点火星，扔下一根朽烂的草绳，也常常会把他们吓得惊呼三声。

从此以后，罗马军队再没有发动强攻，只是封锁叙拉古的海陆通道，把城死死地围了起来，并造出谣言离间城内的公民与外地人和这部分雇佣军与那部分雇佣军之间的关系。这样一直围了三年。到公元前212年春天，有一个雇佣军头目叛变，打开了城门，罗马军一拥而入，这场战争才告结束。

当罗马军队长期围困叙拉古的时候，阿基米德又回到了他的数学、力学世界里去了。

这是一座古老的院落，浓荫蔽日，青藤掩墙，四周分外安静。正房里是一排排的书柜，里面全是一卷卷羊皮、草纸书稿。窗前有一张厚重的木桌，上面放着陶盆、木棍、各种木石铁块，那是做杠杆、比重实验用的，旁边还有一个颜料瓶子，里面插着一支鹅毛管大笔。阳光穿过前廊斜射到室内，照着蹲在地上的一个正在沉思的老人。这时的阿基米德已是75岁高龄了，一生绞尽脑汁地思索，使他染上了满头白发。近年来的刀兵生活，在他脸上又增添了几道皱纹。

他在凝视着面前的一个沙盘，在他前后左右的地板上画满了各种三角形、四方形、柱形、弧形。那是他设想的宇宙中天体运行的轨道，他的思想正在科学的王国里纵横驰骋。亚历山大里亚博物院的图书，地中海边的学术讨论，叙拉古城头的较量，这一切都铺成了他脚下的大道，他想沿着这条扎实的道路去探寻新的奥秘，为人们解答更多的问题。眼前的科学迷宫之门马上又要打开新的一扇。他正在研究着沙盘里的图形，为什么图画上有一块黑影呢？这是日食？是月食？是地球的影子？还是太阳的影子？这天体中的影子真的来到了我的沙盘上了？他抬起头，猛然发现眼前站着一个顶盔披甲的罗马士兵，沙盘上的黑影原来是这凶神恶煞般的身躯的投影。

罗马士兵大声嚷着："该死的叙拉古老头，快把你的金银财宝都拿出来，不然我就要你的命！"阿基米德这才明白发生了什么事情。祖国已经沦陷，自己已经成为俘虏了！他甩了一下长长的发须，以科学家的诚实态度说道："我是一无所有的，只有这些书，这些图，可它们比金银还要宝贵，但是不属于我个人，它属于祖国，属于所有友好的人们。"这时，从门外又冲进几个罗马士兵，他们经过这三年的打击、嘲弄，早已恼羞成怒，现在只有疯狂的报复、抢劫才能平息心中的那团恨火。先来的那个罗马士兵，见后面又有人来，一脚踢翻了沙盘，靴子踏着地板上的各种图画直向那一排排的柜子扑去。阿基米德猛地转过身来，一把扯住了他的腰带："你可以砍下我的脑袋，但不能踩坏我的图形，不能毁了我的沙盘，这是科学，是知识，是要留给后人的。"那个士兵怒目圆睁，刷的一声拔出那把罪恶的佩剑："你这个疯子，你在啰唆些什么？”说着一剑刺透了阿基米德的胸膛。阿基米德用手扶着桌子，顽强地支撑着，目光扫过了一卷卷的书稿，鲜血溅在地板上，滴进沙盘里，滴在那些三角形、正方形的图案上，一个巨人的心脏就这样停止了跳动。

阿基米德死后，他面前的那些科学之门，直到一千多年以后才被伽利略、牛顿重新打开。那个野蛮的士兵，他哪里知道，他这一剑刺断了科学的咽喉。古希腊的文明从此就跌落下去，再也没有登上过世界的高峰。马赛拉斯自然处死了那个士兵。据史书记载，在为阿基米德哀悼的人群中，马赛拉斯竟是最伤心的一个。他一定是在那飞石火箭的痛击下，深深地懂得了一个科学家的伟大。

这场悲剧又过了一百三十七年，罗马人早已完全统治了西西里岛。公元前 75 年，罗马派了一个年轻的政治家西塞罗到西西里岛任总督。当时阿基米德的科学思想早已飞出叙拉古的城墙，飞出西西里岛，他的故事在地中海广为流传。西塞罗想找到一点儿可以纪念阿基米德的实物。他亲自来到阿黑洛地门附近，在一片墓地上一块块地读着那已被风雨剥蚀得依稀难辨的碑文。突然他发现了牛蒡丛中露出的半截石碑，那上面刻着一个圆柱体，圆柱体内还内接着一个球。伟大的阿基米德原来要将自己的墓碑作为一页书、作为科学之路上的一个里程碑，把自己没有画完的图形和没有解完的题刻在自己的墓碑上。他选择的这个图案，是他生前花了很多工夫得到的一个重要的证明：当一个高度与直径相等的圆柱，内接一个球体时，这个圆柱体的体积等于这个内接球体的一倍半；圆柱体的侧面积，又正好等于球体的面积。

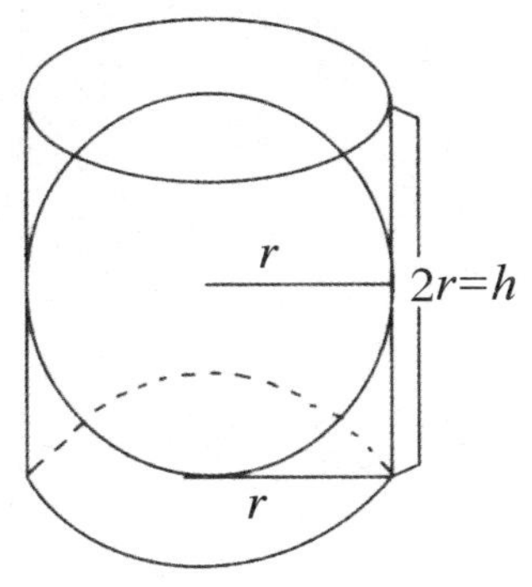

球和圆柱

阿基米德特别重视这个证明，把它专门写在一本《球和圆柱》的书中，并寄给自己的好友多西费。他曾嘱咐自己的家属，死后要将此图案刻在自己的墓碑上。

西塞罗，这个曾是当年叙拉古的敌国的代表，此时怀着由衷的喜悦欢呼这一伟大的发现。他专门写了文章来称颂，并重修了阿基米德之墓，让这个遗迹成为对这位科学家的永恒的纪念。

正是：

政治分左右，军事有敌我。

科学无国籍，知识一长河。

第八回　八龙举首报地动
一骑飞至判真伪

——世界上第一台地动仪的诞生

上回说到古希腊伟大的科学家阿基米德在战争中不幸遇难。此后，欧洲在一千多年内，再没出现可与他相比的人物。虚妄的封建迷信、疯狂的宗教压迫把人们淹没在无知的荒野中。当时的世界文化中心亚历山大里亚已被焚毁，巴黎和伦敦的街上还是一些土房茅舍。整个欧洲没有学校，没有医院，瘟疫到处蔓延，人们大批死亡，欧洲进入了中世纪的黑暗时代。可是，幸亏地球是圆的，正像一半是黑夜，一半就是白天一样，那时在东半球正有一个和罗马一样强大的帝国，这就是中国的汉王朝。就在西塞罗无限追思阿基米德并为他立碑的三年后（公元 78 年），东汉的南阳郡西鄂县（今河南南阳石桥镇）降生了一个人，他就是后来在世界科学史上占有显著地位的科学家**张衡 (78—139 年)**。张衡自幼刻苦读书，16 岁即外出考察游学，后在京为官，一生共有著作二十种五十三篇，涉及文学、史学、哲学、天文、历算、地理、艺术。正如1956年中国科学院院长郭沫若在重修张衡墓时的题词中说的那样：“如此全面发展之人物，在世界史中亦属罕见。”

张衡雕像

话说公元138年的一天，洛阳城里汉顺帝早朝，文武百官班列两旁。顺帝道：“众爱卿，可有什么事情要向朕奏明？”这时班中一位老臣，鹤发童颜，趋前几步跪下道：“臣今早察知京师正西方向发生地动，那里必是房倒墙摧，江河横溢，生灵涂炭，万请陛下速派员安抚，以救民于水火。”这个老人就是年已 60 岁的张衡。他本来在朝中任太史令、侍中，三年前因敢于直言而被排挤出京任河间相，如今刚刚回朝任尚书，第一次上奏就说出这般不吉利的话来。

这时外面风和日丽，朗朗乾坤，没有一丝地震的迹象，当即有人跪奏顺帝：“我朝在和帝永元八年 (96 年) 至安帝延光四年 (125 年)，三十年间就有二十三年发生大地震。安帝元初六年 (119 年)，两次地震，京师和四十二个郡全都受灾，房倒屋塌，山崩地裂。那是神灵主宰，上天垂象，朝将易主，果然连换三朝。自我皇永建元年 (126 年) 登基以来，上应天意，下随民心，天下太平，谷丰粮登，何来凶象之兆？平子 (张衡字) 在朝为官多年，被调为外相，分明是对圣上有怨。今日登殿假借天意，造谣惑上，宜交廷尉 (掌刑法的官) 论罪，以肃朝纲。”此人伶牙俐齿，口若悬河，朝中不少迷信老朽听得连连点头。张衡的一些好友也不敢插嘴申辩，大殿之内一片肃静。

顺帝一时也拿不定主意。先朝的大地震他是知道的，至今想来还心惊肉跳。可是，自他登基十二年来，张衡就有十一年在他身边侍奉，上传下达，犯颜直谏，忠于职守。自任太史以来，推算历法，研究天文，制成浑天仪，演测天象，确有成效，今日之言绝不至于信口开河。想到这里，便问道：“卿言西方地动，有何根据？”张衡说：“臣在家中亲自测得，三日之内必有驿报，若无此事，甘以欺君之罪受死。”于是，当日散朝无事。

再说张衡散朝回来，一班亲朋好友都为他捏着一把汗，将他簇拥至家，七嘴八舌，要讨个放心。张衡脱了朝服，轻捋银须，微笑道：“诸位不必担心，请随我看一样东西。”众人随他来到后院一间厢房，这里满壁都是楠木书架，摆满经、史、子、集各类书籍，还有他的手稿《温泉赋》《归田赋》和那篇花了十年时间才写成的《二京赋》，以及天文著作《灵宪》《浑天仪图注》，数学著作《算罔论》等。这时，蔡伦又刚刚改进了造纸术，所以这张衡的书房和地中海边阿基米德的石头书屋已大不一样，并没有那些大卷羊皮、颜料、鹅毛笔之类的东西。

奇怪的是，书房当中放着一件东西，状如一个大酒樽，圆径 8 尺，顶上有突起的盖子，表面有浮雕的篆文、山、龟和鸟兽花纹。这是他六年前 (132 年) 亲手用青铜制成的，这个大“酒樽”的上部镶着八条龙，龙头分别朝东、西、南、北、东北、东南、西北、西南八个方向排列，每个龙嘴都含有一颗铜球。每个龙头下对着一只蛤蟆，张嘴对着龙口呈接食状。大家仔细一看，八条龙唯有向西这条龙嘴巴紧闭，所含铜球已掉在下面蹲着的那只蛤蟆嘴里。

张衡说：“这叫地动仪，能测八个方向的地动，只要远处大地一有震动，必有一条龙吐球报信。你们看西面这条龙已经吐下铜球，告知那面肯定有地动了，所以我今天上朝奏明圣上，不想那些奸顽之徒又要乘机进谗言，我自信这仪器是不会误人的。”这时人们还是疑信参半，心神不定。大家围着这件怪东西转了几圈，议了一会儿，便也都慢慢散去。

地动仪模型

地动仪为何能报出地震，测出方向呢？原来，大酒樽内立一根很重的铜柱，名曰“都柱”，上粗下尖极易歪斜。都柱周围的八个方向有八根曲杆，与八个龙头相接，只要一个方向有地震波传来，极不稳的都柱便会倒向这个方向，压动曲杆，牵动龙头，张口吐出铜球。这与阿基米德那些抛石机一样也是用的杠杆原理，那曲杆就是我们现在机械学上的“曲横杆”。张衡当年已如此熟练地运用这种机械原理，确是才思过人。

再说第二天，一日不见消息，第三天也无动静。这时，那些反对张衡的人更有了话柄，有的上书要求皇上治他的罪，有的到他家里来讽刺挖苦，张衡的一些朋友更是提心吊胆。按说就是千里路程，如真有地动，驿马日夜兼程也该到京了，莫不是仪器有失？张衡的夫人、子女、家人仆从也无不急得如热锅上的蚂蚁，唯有他自己读书、批文，泰然自若。眼见红日西斜，第三天又要过去。张衡批了一天的公文回到书房，刚捧起一卷书，忽然，老家人闯了进来，不及下跪就慌慌张张地说道：“老爷，不好了，刚才宫里太监宣您到温德殿见驾，怕是为了那日朝上争论的地动一事吧。”

张衡闻言急忙换了朝服去到温德殿见驾。到底是凶是吉，且听下回分解。

第九回　华灯熠熠寿宴威风
阴雾惨惨群愚受惊

——关于月食的一次测报

上回说到张衡报了地动不知吉凶，一听皇帝召见，连忙换了朝服直奔温德殿。只见一群臣子悄无声息，圣上面有愠色，像是刚发过脾气。顺帝见张衡进来，说道：“卿言西方有地动，刚才驿马来报果真如是。汝学富五车又敢直谏，真不愧为朕的重臣，寡人特赐你黄绫五匹。”又转过身来对那班佞臣狠狠瞪了一眼。此时，张衡忙谢恩不迭。他知顺帝优柔多变，朝中又奸臣当道，怕以后节外生枝，就乘势上奏，称年已老迈，该辞官归田，修纂书籍。顺帝准奏。越明年(139年)，世界科学史上的这位伟人便与世长辞了。

张衡去世后，这地球又绕太阳转动了320圈。中国历史经历了东汉、三国、两晋、十六国到了南北朝。这时在建康(今南京)有一个刘宋小王朝，正是第四代皇帝孝武帝刘骏在位。这建康城从两晋开始就做首都，建设得楼台栉比，亭榭相连，满城轻歌曼舞，一派纸醉金迷。这天正是孝武帝大明三年(459年)九月十五日晚上，夜风轻轻，钟鸣声声，一轮满月冉冉升起，那些深宅大院更显出巍峨的轮廓。这时离皇宫不远处有一宅第，红灯高挑，车马不绝，连门口那对石狮子也披红挂彩。这是当朝“旅贲中郎将”“给事中”戴法兴的官邸。今日是他的45岁寿辰，正要大宴宾客。此人官衔不大，仅属宫廷卫队长、秘书长一类，可他出入皇上左右，深得孝武帝信任。他心狠手辣，进一谗言就能让你家破人亡。因此，今日不论亲疏远近，满朝文武都来祝寿捧场。那戴某也容光焕发，表面甚是谦恭。这时，他正挽着一位青年学者的手，走向客厅。

这个青年学者只有26岁，名叫祖冲之(429—500年)，出身官宦人家，少年好学，新近被收入皇帝专设的“华林学省”研究学问。“华林学士”们虽无官职，却由皇帝赐房、赐衣、赐车、赐马，名誉极高。祖冲之学问高深，名噪京师，连戴法兴这样的权臣，也因其赴宴而引以为荣。

一会儿，主宾落座，歌飘舞起。酒过三巡，众人已有醉意。忽然，一个仆人慌忙进来，走到戴法兴身后语无伦次地说道：“老爷，不好了！街上人传今晚有月食……”虽然声音很轻，但是旁边的几个客人还是听到了，立即被吓得酒杯落案，呆若木鸡，戴夫人不等仆人说完，便“啪”的给他一个耳光：“放屁！老爷生日，怎么说起这等不吉利的话来！”仆人连忙跪倒：“奴才不敢胡说，外面贴有告示。”

“谁贴的？”戴法兴满脸杀气。仆人以目示席，不敢再说。这时祖冲之整冠而起，从容答道：“是在下来府时随手贴的。”不想这一句平平淡淡的话却如同晴空惊雷，震得席上歌停舞歇，一片紧张。

祖冲之雕像

原来，古人多讲迷信，不懂日食、月食之理，以为这是一种凶兆。汉宣帝时有一次日食，皇帝认为这是大臣杨恽骄奢犯上所致，竟将他处以腰斩来谢天。今天是戴法兴的良辰吉日，祖冲之怎敢在老虎嘴边拔毛？其实，在此以前，我国早有日月食观察记载，但在预报方面还不太精确，因为这要对月、地、日的运行轨道做出极精确的计算。月球绕地球转，地球绕太阳转，月、地、日走马灯似的旋转不停。月光是日光的反射，月亮自己并不发光。当月亮转到太阳和地球中间时，月球的暗面对着我们，这正是初一或三十；当月亮转到地球的另一侧时，月球的亮面对着我们，这正是皓月当空的十五。这样地球处于日、月之间，就有可能三球一线，地球挡住太阳的光，使月亮不能反光，这就是“月食”。因此，月食常发生在旧历十五。

道理已明，话题还是回到戴府宴会。戴法兴一听说是祖冲之贴的月食布告，脸色刷地变了，先红后白，继而铁青。他想发作，可这青年学者是自己请的，且不是一般官吏；他想忍住，可寿诞喜庆，岂容出这等凶事？几经思考，他终于说出几句肉中带刺的话来：“文远(祖冲之的字)，圣人且畏天命，你我俗夫凡人，怎敢妄言天机？你就不怕上天降罪吗？”

岂不知，祖冲之今天正是有意选中戴的寿宴，借机向人们宣讲月食，好破除迷信。这时他倒干脆坐下慢慢地说起来：“天球上众星运行本有轨道，今日望日，日、地、月成一线，月为地所遮，自然可能发生月食。这不是什么天命、天机，乃是自然之理。”

戴法兴说：“月月有个望日，为何不见月食？”

“这很简单，地行轨道与月行轨道不在一个平面，两者有个夹角(现已测得约是5° 9′)，所以每月一次望日，三星只能大致一线，地并不能遮月。只有当两个平面重合而正好是望日时，三星才完全一线，才会有食。这种情况若干年才遇一次。据我推算，今日当有月食。”

这时，宾客中有人听后直点头。他们知道，祖冲之工于数学，又通天文，观察运算极为精细，比如对一月的测算已前无古人地算到27.21223日(和现在的测算只差万分之一)。他今天敢来这里预言月食，绝非没有根据。于是，众人交头接耳，席间一时纷纷攘攘。戴法兴实在心里不悦，起身凶狠地说：“一会儿要是没有月食，可别怪我戴某不义！”祖冲之立即站起，高声说：“如若没有月食，在下甘愿服罪。”满座立即又静得没有一点儿声音，气氛更为紧张。戴法兴转身举杯，恼火地喊道：“上酒！”客厅里重又笙歌再起，轻舞飘飘。

过了一会儿，正当人们耳热酒酣之时，忽听楼下有人惊呼：“天狗食月了！”人们呼地一下拥到窗前，见空中那轮本来如镜初磨的明月，一点点地被吞入黑影，渐渐如弓如钩，本是月明星稀的十五之夜,突然天地混沌就如初一初二一般。顿时冷风嗖嗖，阴雾惨惨，戴法兴万分沮丧。戴夫人慌忙命丫环老妈子到院中摆设香案，然后亲自烧香叩头。家兵家将也都弯弓搭箭，向天空乱放。院子里，敲锣擂鼓、摔盆打碗地乱作一团。众人疯狂呼喊，想把那可恶的“天狗”轰走，救出它嘴里的明月。然而，在这一片混乱之中，也有头脑清醒者，认为祖冲之讲得有理。街上的人，事先见了告示，现又看到月食，也多相信月食之理。这可真是一次最好的天文知识普及。

戴法兴心里又恼又怕，也顾不得体面，长跪在客厅外的平台上，对天捣蒜似的叩头。一会儿，他忽然想起今天这事的主谋来，便起身问家人：“祖冲之哪里去了？”

第十回　割圆不尽十指磨出血
周率可限青史标美名

——圆周率是怎样算出来的

却说那次祖冲之在戴法兴的寿宴上测报月食，得罪了这个权臣，自觉在京城不好存身了，便应邀到南徐州(今江苏镇江)做了刺史刘延孙的助手。好在这个职务比较清闲，他便把大部分时间继续用来研究天文历法。积三年之辛苦，于大明六年（462年）他终于搞出一部比较科学的《大明历》，呈献给孝武帝，请求颁用。不想那个戴法兴从中作梗，不但新历法不能颁行，到大明八年（464年），就连他刺史助理的官职也被革去了。

祖冲之赋闲在家，心里郁愤难平，他深感当时的世道要干成一件事实在难。可他想自己才36岁，难道此生就这样一事无成？于是就想搞点与政界牵涉不大的事——研究数学。他先为古代数学名著《九章算术》作了注。《九章算术》成书于公元四五十年间，集我国古代数学之大成，历代有不少

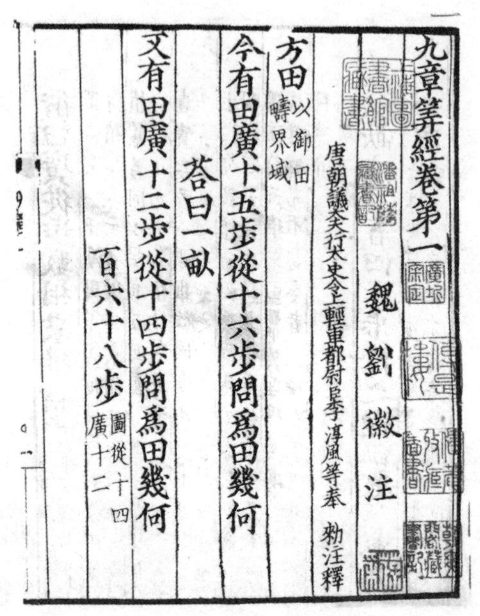
九章筭經卷第一

魏　劉徽注

唐朝議大夫行太史令上輕車都尉臣李淳風等奉　勑注釋

方田 以御田疇界域

今有田廣十五步從十六步問爲田幾何

荅曰一畝

又有田廣十二步從十四步問爲田幾何

百六十八步 圖從十四廣十二

《九章算术》是中国流传至今最早的数学著作

人曾为它作注，但都碰到一个难题：那就是圆周率（现在叫 π，它是圆周和直径之比）。很古时候，人称“径一周三”，即 π=3。王莽新朝时精确到3.1547，东汉时张衡又精确到3.1466，三国时刘徽为《九章算术》作注，则认为最精确的应是3.14。四百多年来众说不一。

祖冲之一接触到圆周率问题，便被困扰得坐卧不安。他的住所里，雪白的粉墙上画了一个大大的圆圈，地上也是大圈套着小圈，桌上到处是纷乱的纸。他背着手在房间里踱来踱去，一会儿好像自己走进了墙上那个大圆圈中，一会儿又好像桌上那一堆圆圈一齐涌进自己的脑子里,如乱麻一团。哎,这周径之比到底是如何得出的呢?他又回到桌前抽出刘徽注的那本《九章算术》坐下来边读边想。

这时屋里还有一个十三四岁的男孩,他是祖冲之的儿子,叫祖暅(gèng)。别看他小小年纪,却天资聪颖,戏耍之余常爱在父亲身边推算那些数字和图形。今天他看到地上这许多圆圈感到很新鲜,便单腿在地上跳起圈来。突然听到父亲拍案喊道:“有了!”将他吓了一跳,忙跑过去拉着父亲的衣袖问道:“什么有了?”

“办法有了。暅儿,你看刘徽这里不是明明写着割圆术吗?只要将一个圈内接上正多边形。不断地割下去,求出多边形的周长,不就有了圆周率了吗?暅儿,你会吗?”

“我会,用爸爸教过的勾股定理一一去求就是了。”

“道理简单,算起来可就费劲了。从今天起,咱爷儿俩就来办这件事,你可要十分仔细啊。”

说完,祖冲之到院里搬来几根大竹子,操起一把刀破成细条,又一一斩成短截,整整干了两天,地上堆起了一座竹棍的小山。现在听起来奇怪,搞计算怎么先干起竹木活来?原来,当时既没有阿拉伯数字可以笔算,当然更没有现在的计算机,运算全靠一种叫算筹的原始工具。它是用竹木削成的一根根小棍，用来拼摆成各种数字。摆数字分纵横两式，一切加、减、乘、除全靠用这些木棍在桌上摆来摆去。摆数时，一般自左而右第一、三、五位用纵式，二、四、六位用横式。例如，2398 的摆法是 𝍡𝍫𝍨𝍰（首位用横式的也有，但少见）。今天遇到这么大的算题，平时的那些算筹哪里够用？

现在的数	1	2	3	4	5	6	7	8	9
纵式摆法	𝍠	𝍡	𝍢	𝍣	𝍤	𝍥	𝍦	𝍧	𝍨
横式摆法	𝍩	𝍪	𝍫	𝍬	𝍭	𝍮	𝍯	𝍰	𝍱

再说，祖冲之将这一切准备停当之后，便在地上画了一个直径为一丈的大圆，将圆割成六等分，然后再依次内接 12 边形、24 边形、48 边形……他都按勾股定理用算筹摆出乘方、开方等式，一一求出多边形的边长和周长。你想这祖冲之何等聪明，他知道求圆周率要用直径除以正多边形的周长，所以他把直径的长定为长度单位，比如说是一丈，计算多边形周长时也以丈为单位，就可以避免每次的除法运算，每个多边形周长的量数即是圆周率一个近似值，这样一次次求多边形的周长便一次次逼近圆周率了。祖暅也在那个大圆圈里跳进跳出地帮他拿算筹，记数字。就这样直算得月落乌啼，直算得鸡鸣日升，那竹棍摆成的算式从桌上延到地下，又满地

转着圈子，一屋上下全都是些竹码子。这批算筹又都是些新破的竹子，还没有来得及打磨，祖冲之用手捏着、想着、摆着，不消几日，渐渐指头都被磨破，那绿白相间的新竹竟染上了红红的血印。

正是：

公式定理虽无声，原来却是血凝成。

莫言数字最枯燥，多少前人拼搏情。

他们父子这样不分昼夜地割着算着。这天，他们割到第四次，圆周已被分为 96 份，真是如攀险峰，愈登愈难。当年刘徽就是到此止步，而将得到的 3.14 定为最佳数据。夜静更深，小祖暅早已眼皮沉重，东倒西歪地想睡了。祖冲之想，这些日子也实在辛苦了这孩子，便忙打发他去睡觉。他推开窗户，深吸了几口这建康城里夜深时分甜甜的空气，看了一会儿星空，又转过身来看着地上那个大圆。那内接的 96 边形，与圆都快接近于重合了。按说能算到这一步已经实在不易，用这个数字再去为《九章算术》作注，也就完全可以了。他用拳头捶了捶酸乏的后腰，又摸摸缠着布条的手指，向墙边的书架踱去，忽然背后刷拉拉一阵响声。他猛一回头，哎呀！原来刚才未关窗户，一阵夜风吹起窗幔，把竹筹摆起的许多算式扫得七零八落，抛撒一地。这式子刚摆完还没有来得及验算，也未抄下得数，要知每算一遍就要进行 11 次加减乘除和开方，多么繁重的劳动啊！祖冲之一下扑在地上，用还渗着血的十指捧起一掬算筹，对着沉寂的夜空，低声喊道："老天啊！你也和戴法兴一样，如此欺人。"他一甩衣袖，索性将桌上的残式全部拂去，又重新摆布起来。

就这样不知又过了多少天，只知花开花落，月缺月圆，父子俩把地上那个大圆直割到 24576 份，这时的圆周率已经精确到了 3.14159261。祖冲之知道这样不断割下去，内接多边形的周长还会增加，更接近于圆周，但这已到了小数点后第 8 位，再增加也不会超过 0.00000001 丈，所以圆周率必然是 $3.1415926<\pi<3.1415927$。当时祖冲之就把圆周率定在这"上下二限"之间。这上下限的提法确是祖冲之首创，他得出的圆周率精确值在当时世界上已遥遥领先，直到一千年后才有阿拉伯数学家阿尔·卡西的计算超过了他，所以国际上曾提议将圆周率命名为"祖率"，这都是后话。

还说当时，经过无数个日夜奋战，图形遍地，算筹成堆，祖冲之终于算出了新的圆周率。这天他兴致极好，便带着儿子祖暅出了都城，到郊外一座小山上的寺院里吃酒、访友、散散心。他边走边说："暅儿，这圆周率在天文、历算、测地、绘图上处处都要用到，前面的几位数字你可要牢牢记熟。”小祖暅手里拿着一枝野花，扬起稚气的圆脸，往山上一指，说：“好记，好记！‘山巅一寺一壶酒’(3.14159)。父亲今日心情甚好，可以开怀畅饮了。”祖冲之不禁仰天大笑，一来这些日子的辛苦总算有了个结果，二来小暅儿如此聪明，不怕事业后继无人。那祖暅后来真的成了我国历史上有名的数学家。

祖暅的那句玩笑还真的又引出了一段故事。且待下回分解。

第十一回　无名僧天台山上收高徒
智和尚一把尺子量北斗

——世界上第一次实测子午线

话说祖冲之推算出圆周率后，告诉儿子说这数字如天机一般珍秘，要他切切记住。那祖暅随口念出的一句“山巅一寺一壶酒 (3.14159)”真的又引出一段故事。

时过二百五十年，到了唐中宗年间。在今浙江省天台县，有座天台山，山上草木葱翠欲滴，层峦叠嶂插云，海风习习，仙雾飘飘。山巅有一寺名国清寺，寺不大而甚雅，僧不多而道深。每日里松涛流水伴着那晨钟暮鼓，别是一番风韵。这日主持和尚在僧房坐着，旁边炕桌上放着一壶用山前桃花、山后梅瓣、房前竹叶、寺后松针酿成的功果酒。这位老僧也不知姓甚名谁，几多年纪，白眉下一双慧眼炯炯有神。老僧命弟子取来一个朱漆木盒，抓出一把檀木算筹，在桌上横竖相间地摆开，算了起来。也不知过了几个时辰，窗外竹影斜移，室内香烟缭绕，静得落针可闻。几个弟子垂手恭立，猜不透师傅今日为何茶饭不吃，如此潜心。忽然，老僧将手中算筹一拍，说道："今日当有弟子前来求见，已到山前，何人下去为他领路？"一位小僧连忙应声下山。过了一个时辰，老僧又将算筹一拍，说道："今日当有异人上山，门前流水合该西流。"言犹未毕，山门外水声哗哗，几个弟子忙推窗而望，只见平日东流的溪水，忽折而返向西，那水面上的落花飘叶也都漾漾荡荡地向西漂去，遇有高坎小坡处，都能顺渠而上，像有什么吸着一般。几个僧人大惊失色，啧啧不止。

这时，僧房门开，只见小僧背后跟进一个二十四五岁的青年，一双芒鞋，风尘仆仆，一件袈裟，斜披肩上，一看就是远游来的。老僧微微启目，见这个青年气色沉静，犹如松间明月，谦恭有态，又如新竹之有节，果可深造，不觉笑上眉梢。这年轻人见老僧看他，忙双手合掌道："小僧有礼，弟子拜见师傅。"老僧忙离座下地用手扶住，说："前几日我就算出你要来求我算法，今日在此坐等多时了。我不久当西去，这么多算书、算法正愁无人可传，今日你来真是命中有缘。"说着便取过桌上酒壶，旁边早有人递上空杯，那年轻人连忙摆手推辞。老僧说："我们佛家向来不食酒肉，但我这酒，非一般水酒，每逢收徒都要赠送一杯。"那青年双手接杯，一饮而尽，顿觉四体轻快，耳聪目明，心里愈加沉静如水，好似道行又长了一寸，便连忙合掌再谢老僧。

这位年轻人是谁呢？原来他姓张名遂，法名一行（683—727 年），从小好学，尤爱天文历算，只因权贵所逼，在河南嵩山的嵩岳寺里出家为僧。那嵩岳寺也是有名的寺院，武则天当皇帝时曾把这寺定为她的行宫，里面有不少高僧和藏书。张遂在这寺里住了几年，遍读藏书，研习数学，但很快他又不满足于现有的学习条件。听说浙江天台山有一位高僧，便千里迢迢来这里请教。再说这位老僧见张遂眉清目秀十分聪慧，心里也很喜欢，便领着他打开一间间僧房，去看那满墙满架的藏书，全是些《周髀算经》《九章算术》《海岛算经》《孙子算经》《夏侯阳算经》《张丘建算经》《缀术》《缉古算经》《五曹算经》《五经算术》之类的珍籍，还有一些从印度传入的算书、算法，墙上画的也尽是些勾股图、割圆图、纵横图，把个张遂喜得开一间房念一声“阿弥陀佛”。从此他便在这里住下，遍读藏书，面请机宜，直到公元 710 年，才又回到嵩岳寺里。这是张遂一生最重要的阶段，至于他学到了什么天机，史书无载，作者也就无从披露了。

再说张遂出家为僧的这些年月，却是社会上政治斗争极其激烈的时期。公元 704 年武则天病死，中宗李显即位。710 年李显又被毒死，睿宗李旦即位。到了第三年，李旦自觉无能，便将皇位让给儿子玄宗李隆基。这李隆基倒是个有为君主，他 27 岁即位，年富力强，有志于改革。开元元年（713 年）他连连下求贤诏书，征召有才之人，开元五年（717 年）又特意遍访有才的功臣弟子。张遂的祖上曾对朝廷有功，因此被征调回京。玄宗对他极为尊重，常请教一些科学方面的问题，张遂因此竭尽全力，改革历法，制造天文、计时仪器。到开元十二年（724 年），他又领导了全国大规模的天文测量。各测量队在北起今河北蔚县，南到今越南河内、顺化的漫长路线上观察日影、星辰的变化，测得的数据全都及时送回长安，由张遂汇总计算。

这天夜静时分，张遂又登上长安城里的天文台仰观星空。浮云似水，繁星如麻。他一一辨认着星座，计算着它们的位置、亮度。突然背后有人说道："夜已很深，法师还未休息啊？"张遂转身，见一中年汉子，长袍便服，正拱手施礼。他借着月光细看，忙道："南宫先生，原来是你，何时返京？"

"我今日下午回到长安，知你定在这里观星，便来找你。有一件事扰得我坐卧不安，所以匆匆来见。"

这人叫南宫说（yuè），是张遂派到河南阳城的天文测量队的队长，也是他组织这次全国大测量的主要助手。测量工作有一项主要内容就是量出各地不同的"北极高度"，因为地球是圆的，各地仰望北极星的视线对该地地平线的仰角就不同，这仰角叫作北极高度，所以肉眼看到的北极星的高度也就不同。但是怎样测算这个角度呢？南宫说在野外作业中碰到了这个问题，很觉为难，因此特来向张遂请教。

张遂听完来意，便说："贫僧看到各队送回的星表、数据，这几天也在思虑这件事。我这里有一把尺子或可试用。"说着，从怀中取出一把直角拐尺，角间有一弧形刻度，角顶有丝线，系一铜锤。张遂整了整袈裟，仰面找见北极星。只见他将拐尺举起，长边对准眼睛，同时指向北极星；铜锤缀线，自然下垂，他用手指指着垂线与短边的夹角，读出弧上的度数，说："这就是地平线与北极的夹角，也就是北极的高度，你可拿去测试。"

南宫说一时还想不出这个简单的拐尺如何能连测带算，一下就解决了一个复杂的难题，便道："敢问师傅，这件宝器可是当年天台寺里所传？"

张遂哈哈一笑说："南宫先生想到哪里去了？你我研究天文，推算历法，三四年来哪件仪器不是靠自已动手，何来神助。快拿去使用，还望你能在测试中不断改进呢。"

张遂的尺子叫"复矩"，不但能测出北极高度，而且这个度数同时也就是地球北半球的纬度。这是因为地球是个圆形，一条子午线穿过南北两极，当我们站在北极时，北极星正在头顶，与地平线垂直呈90°；如果站在赤道时，北极星就在地平面上，呈0°。沿着子午线往北走，北极星的高度也就逐渐变化。这尺子到底是怎样造出来的，无从可考，但这实在是一个了不起的创造，今日凡学过平面几何的人都可以试着去验试一番。一行和尚张遂，用复矩测出了纬度，更重要的是，有了纬度就可以去计量一度子午线的长短，从而可以计算整个子午线的长短。当时他算出每度弧长132.03千米，虽与现在测得的111.2千米相比还不甚精确，但这在世界上确是第一次实测子午线每度的弧长。前面第三回我们曾讲过阿基米德和埃拉托色尼测量地周，但那还是一种推算，并不是实测子午线。在张遂之后九十年，到公元814年，阿

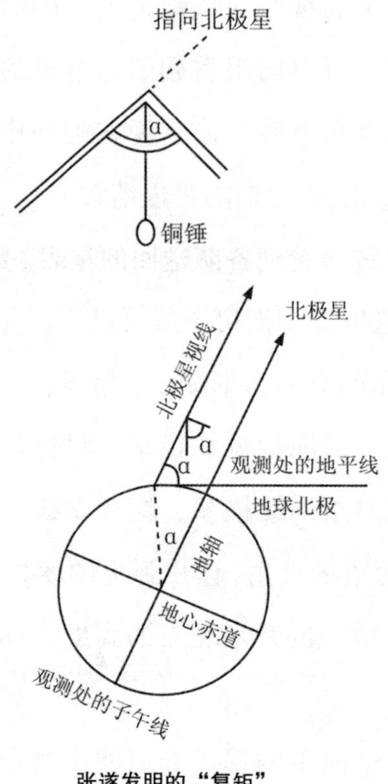

张遂发明的“复矩”

拉伯人才在幼发拉底河平原上进行了一次子午线的测量。

再说张遂发明“复矩”，领导了大规模的天文测量，在掌握大量数据的基础上，又研究了日月食、节气令，编制了《大衍历》，倾满腹学问、一身精力全贡献给天文事业。开元十五年(727 年)十月，唐玄宗要到洛阳出巡，照例把张遂带在身边。这时他已积劳成疾，勉强随着那大队车马，昏昏沉沉地出了东门，到了新丰(今陕西临潼县东北)，便不省人事了。玄宗闻讯，急忙赶到帐前探视，只见张遂半睁法眼，细声说道：“贫僧一生观星尚不能穷其究竟，今当升天，再去究其细微。愿陛下早早颁行新历，以利民生。”说完溘然长逝，时年 44 岁。玄宗君臣自是一番痛哭。

张遂所言升天之事，后来亦有应验，那就是公元 1977 年 7 月，中国科学院紫金山天文台把新发现的并被国际上承认的四颗小行星赋予了中国古代科学家的名字，其中之一就有一行和尚，其他三颗是张衡、祖冲之、郭守敬。这是后话，留后再表。

正是：

佛门静静好养心，摆脱烦恼做学问。

参破禅机悟天机，化作碧空一颗星。

第十二回　黑漆漆长夜待明几点寒星
怯生生新说初出一位巨人

——日心说的创立

前几回说的是中国，这回我们再说欧洲。

正如前面所述，那欧洲在古代沿着地中海岸确曾出现过一个灿烂的文明时代，出现过像阿基米德那样的伟大科学家。以后随着罗马帝国统治的确立，连年征战，亚历山大里亚等文化名城被毁，残酷的奴隶制不但在肉体上对奴隶进行折磨，在思想上也实行可怕的专制。奴隶和平民处在水深火热中而不能自救，于是就幻想出一个救世主基督。到公元1世纪时渐渐形成一个群众性的宗教——基督教。这基督教开始也是受到罗马统治者的镇压，后来，罗马当局发现可以利用这种东西来麻醉人民，巩固统治，便在313年承认了传教的自由，到392年干脆全部拿了过去，进一步定为国教。后来随着封建制度的发展，这基督教竟遍布欧洲，并控制了哲学、法学、政治，至高无上，统治一切。

托勒密

在公元2世纪中叶，亚历山大里亚有一个叫托勒密的天文学家，他总结了古希腊的科学成就，写了一部十三卷的《天文集》，提出宇宙是以地球为中心的概念，这就是天文学史上的“地心说”。本来基督教就认为上帝创造了人，并把人放在宇宙的中心——地球上。宇宙中的一切，包括日、月、星辰，那都是上帝专为人创造的。托勒密的“地心说”对基督教来说如获至宝，以为又找到了一个科学理论根据，把它奉为最高信条，其他一切均视为异端邪说，敢宣传者都要被关、被烧、被杀。从此，欧洲便再无科学可言，进入了一个漫长的中世纪的长夜。到处是尖顶刺天的教堂，到处是黑衣长服的神父，到处是阴森森的宗教裁判所，人们终日在血汗中挣扎，在眼泪中祈祷。

长夜难明，路遥漫漫。从托勒密算起大约又过了一千一百年，人们渐渐不能忍耐这种像闷在罐头盒子里一样的生活，于是，有几个先知先觉的知识分子便首先发出一声两声的呼喊，试着进行一次、两次的反抗。

1294 年，在巴黎基督教会的一座塔里，囚禁着一位 81 岁的老人。他名叫**罗杰·培根 (1214—1294 年)**，他这已是第二次坐牢了，第一次十年，这次又坐够了十四个年头。此刻他倚着铁窗，看着外面蔚蓝的天空，心里说不出是什么滋味。后悔吗？不！想出去吗？也不一定。他知道外面和这牢房里一样，也没有什么自由。现在这个世界上是不允许聪明人活着的。人人只能当傻子，当愚人，因为一切都由上帝安排好了，一切都写在圣经上，你要提问题吗？就是找死。

培根本是一个英国人，19 岁时在牛津大学毕业，后到巴黎研究神学，得了神学博士学位，可是这期间他接触了阿拉伯的异说。1250 年他回国后，在牛津大学讲坛上便大讲起科学。比如那天上的虹，圣经上说是天主垂象，是祝福或是警告，他却说是雨水反映的阳光。法兰西斯教派不能容忍他这个叛逆，便把他召回巴黎，监禁了十年。后来多亏他的一个英国

培根

朋友升任罗马教皇，释放了他，并让他写一本科学总集。这是集阿基米德之后的科学大成的著作。他并不敢彻底怀疑上帝，他只是说，为了更好地理解造物者的合理性只有对一切进行实验。他第一次提出光是由七色组成，并弄清了望远镜、显微镜的原理。他勇敢地指出大地是个圆球，他提出数学是一切学术的基础。但是由于路途遥远，当他派人把写成的那本书送到罗马时，他那当教皇的朋友已经去世。新教皇对他的“邪说”更为恼火，于是他又被押回了这座高塔。本来按教规，他是要被活活烧死的，还算宽大，他被判处永远监禁，不能看书、实验和写字，就这样坐着、站着或躺着。他的身体已被折磨得和一具干枯的尸体差不多了。遥夜沉沉，培根倚窗而望那颗泛着寒光的启明星，自觉生命已到了最后的尽头，怕是看不到日出了。他朦朦胧胧地入睡了，从此再没有醒来。

培根死后，他的著作也全被收集烧毁。他的那部送到罗马的巨著手稿虽没有被焚烧，可也无人问津，一直被埋没了四百五十多年，直到1773年才被重新发现。培根，还有他同时代的反神学的哲学家阿威罗厄斯，及稍后一点做环球探险的哥伦布，意大利伟大诗人但丁，如同划破夜空的几颗寒星，把那黑暗的中世纪撕开了一个裂缝……

中世纪的那些伟人大概都要在古堡里受一点煎熬的。罗杰·培根死后又过了二百四十九年，在波兰一个山区小镇弗劳恩堡的城墙角上，也有那么一座小塔楼。楼外平台上装有四分仪、三角仪、等高仪等，这是一座自装的小天文观测台。楼里住着一位七十来岁的老人，他须发皆白，穿一件长长的黑袍，正在房中来回踱着，他叫**哥白尼(1473—1543年)**，是这里的教长。这时他正在发脾气："真是无知，真是些可怜的奴才。他们已被托勒密和那些教皇愚弄了一千多年，却还有脸来嘲笑别人。”

原来哥白尼自从1502年在罗马留学并任教长后，便对托勒密的“地心说”提出怀疑，从而产生了“日心说”的假设。他和培根一样，学的是神学，最后却倒向了科学。读者有所不知，那个年代，青年人的出路只有两条，或者进神学院，或者当兵。这哥白尼在神学院学到一点文化后自己搞开了观察和计算。他弄清了七大行星都在按各自的轨道围绕着太阳旋转，他房间的墙壁上就挂着那幅大示意图。这当然惹恼了教会中那些顽固分子，他们说哥白尼是疯子，还编了讽刺剧，在外面正在大吵大嚷地上演呢。难怪老人这般气愤。

这时候，正在墙角伏案计算的一个年轻人忽地翻身站起说：“老师，他们这样猖狂，我们就该公开回答。我真不明白，您的日心说思想从产生到现在也有三十六年了，就是《天体运行论》一书，写好也有九年了，为什么不发表出去？”

老人刚才的满脸怒气，突然又转成一脸忧郁，说：“孩子，你不知道，现在因循守旧的势力这样强，我们的学说稍不完备，就会被完全扼杀啊！”

“我相信，就是现在没人理解，后人也自有公论。老师，您你已年近七十，再不发表，就看不到自己的书了啊！”

“是的，我是快升天的人了，宗教裁判所的火刑对我已

芝加哥天文台前的哥白尼雕像

无能为力了，可是孩子你呢？书一发表，他们会加害于你的。”

“我死也不悔！我从德国老远跑来就是因为您这伟大学说的感召。老师，朋友们都在劝您，快发表吧，这里不能印，我可以带到德国去。”这个人叫列提克，是在德国威滕堡大学教书的年轻数学家。哥白尼气愤地关上窗户，转身坐下来，喘着气，心情忧郁地说：“孩子，我给你讲一个故事。你知道西班牙卡斯提腊有个叫**阿尔芳斯**(1221—1284年)的国王吗？他感到托勒密的体系太复杂，只说了一句，上帝创造世界时要是征求我的意见，天上的秩序可能比现在安排得更好些。只这一句话，连王位也丢了。多么黑暗的长夜呀，到现在天还没有亮。”

哥白尼又站起来，颤巍巍地走到壁橱前，拿出那本发黄的手稿，在序言中又加上了一句：“我知道，某些人听到我提出的地球运动的观念之后，就会大叫大嚷，当即把我轰下台来！”然后他将书递给列提克：“一切出版事宜全托你去办吧。”

有这么一首诗单表这哥白尼写了新书不敢发表的矛盾心情：

天将晓，
有人醒来早。
打点行装赴征程，
冰霜重，风如刀，
门开又关牢。
天将晓，
进退费心焦。
重任催人心难宁，
怯怯复跃跃。
顶风霜，踏路遥。

这列提克追随哥白尼多年就是要让这本书尽快问世，今天老师一发话，他不敢怠慢，连忙收拾行装怀抱书稿，回德国去了。一年后，1543年，这本名为《天体运行论》的书终于出版了。别看哥白尼那样怯生生地拿出这本书来，它却意义极大，成了一个里程碑，标志着世界近代科学的开始。后来恩格斯对此还专有一段评语道："他用这本书(虽然是胆怯地而且可以说是只在临终时)在自然事物方面向教会挑战。从此，自然科学便开始从神学中解放出来……"这是后话。

再说这书一印刷出来便在欧洲不胫而走，早有教会密探将书送到罗马。那主教加尔文将书从头至尾慌忙地翻了一遍，早气得脸色白过去再也泛不起红来，又是拍桌又是跺脚地大喊："反了，反了，连上帝也要搬家了！这还了得，还不快去人将这个哥白尼抓来！"

欲知哥白尼性命如何，且听下回分解。

第十三回　砸碎天球探寻无穷宇宙
以身燃火照亮后人道路

——一位科学家的殉难

上回说到哥白尼虽然是怯生生地拿出了自己的“日心说”，但是罗马大主教一见此书就暴跳如雷，并派人速去抓他前来治罪。当罗马宗教法庭的人到达波兰时，另有几个人也急匆匆地赶向弗劳恩堡小镇，那是列提克等人正将新印出的书给哥白尼送来。5 月 24 日这天，书刚送到，哥白尼此时双目已经失明，他躺在床上用手摸了一下散着油墨香的新书，说了一句“我总算在临终时推动了地球”，便与世长辞了。教会的爪牙们余恨未消地骂了声“便宜了这个老鬼”，也就回罗马复命去了。

其实哥白尼迟迟不愿发表自己的著作，除怕受教会制裁外，还有一个原因，就是怕他这大胆的思想不被人理解，一时传不下去，自生自灭。但是，科学自有后来人，就在他逝世五年后，出现了一位更勇敢、更彻底的继承者——**布鲁诺**

（1548—1600 年）。

这布鲁诺好像是一个天生的叛逆。他出生在意大利那坡利一个贵族家庭里，15 岁被送到修道院，25 岁当上牧师。但是由于“冒犯”罪，他三年后逃往罗马，接着便流亡瑞士、法国、英国、德国。自从他在巴黎读到哥白尼的《天体运行论》一书后便走遍欧洲，到处发表演说，热烈支持这一新学说。罗马的主教们恨他恨得牙根发痒，四处派暗探跟踪他，通知各地教会逮捕他。他流亡、坐牢，但意志更坚、学识更广。1592 年，他应朋友之约到威尼斯讲学，但万万没有想到，这个朋友早被教会收买，于是他被诱捕了，并且被送到罗马。

哥白尼所担心的灾难终于降临在布鲁诺的头上。在阴森的宗教法庭上，红衣大主教罗伯特·贝拉尔明(三十年后他还审判了伽利略)主持对布鲁诺的审判。空荡荡的教堂，一张长桌子，几支残烛。罗伯特和几个陪审隐在桌后，几乎看不清他们的身形，烛光中那几只蓝绿的眼睛，令人想起半夜里在田野上遇见的恶狼。

“布鲁诺，你还坚持地球在动吗？”罗伯特的声调阴沉、得意。他很高兴这个教会的叛逆今天终于落入自己的掌中。

“在动！地球在动，它不过是绕着太阳的一丸石子。”

“你要知道，如果还抱着哥白尼的观点不放，等待你的将是火刑！”

“我知道，你们当初没有来得及处死哥白尼，是还没有发现他的厉害。其实他还是对你们太客气了。他说宇宙是恒星绕太阳组成的天球，我却还要将这个天球砸烂，那宇宙其实是无边无岸。他说地球不是宇宙的中心，却还是为你们留下了一个中心——太阳。我说宇宙无边无际，就根本没有任何中心可言。你们说上帝在地球上创造了人，其实别的星球上也有人存在。宇宙是无限的，上帝是管不了它的！”

“住嘴！照你的邪说，上帝在什么地方？基督在哪里拯救的人类？”

“对不起，宇宙中可能没有给上帝安排地方。”

“立即把他烧死！”罗伯特狂怒起来。

法庭上一阵骚动。布鲁诺被人拉了下去。他并没有立即被烧死，而是被推入黑暗的地牢。他们不让他看书，不给他纸笔，让他睡冰冷的石板，吃混着鼠粪的米饭，隔几天就要提出来审讯一次。说是审讯，其实是组织许多教会学者来和他辩论。他们还存着一线希望，希望靠人多势众辩倒这个叛逆的天文学家，希望靠牢狱的折磨来使他投降，借他的口去推翻日心说。但是每次审讯，他们都被布鲁诺驳得哑口无言。这个曾转战欧洲各国、横扫教会势力的伟大的科学家，笔虽被人夺去，舌却还在。他那锋利的言辞、精深的哲理，常使那些上帝的奴仆脊背上渗出冷汗。这样过了很长时间，在一次辩论结束时，罗伯特绝望地喊道："布鲁诺，自从我把你请到罗马，也已经八年了，你最后说一句，你是放弃哥白尼的学说，还是向火刑柱走去？"

布鲁诺仰起头轻蔑地看了他一眼："我告诉你，从被你们抓来的那一天起，我就时刻准备着受刑。我知道教廷的黑暗使许多人不辨南北西东。宇宙的深奥也使人不敢去做进一步的探寻。我希望你们到大庭广众中去把我点燃，这是我最大的快乐，因为我能以自身燃起的光去照亮来者的路，以我燃烧的热，去激起那些已在思考但还缺乏勇气的人的热情……"

罗伯特用发抖的手揪着胸前的十字架，喊着："快把他押下去！"

布鲁诺走下法庭前又转过身来大声说道："我看见了，你们在宣判时比我更害怕！"

这声音嗡嗡地在教堂里回响。主教们赶忙擦着汗，夹起文件匆匆散去。

这天晚上，布鲁诺从睡梦里惊醒，只见铁门上的粗链子"哐啷"一声落了下来，门洞里走进两个举着蜡烛的教士："布鲁诺先生，主教大人有请。"他知道又要审讯了，便不慌不忙地披衣起身，跟着走出门去。

他刚迈出铁门，墙根前忽地闪出两个大汉，“扑通”一声将他压倒在地。其中一个人抽出一把寒气逼人的小刀，伸到他的嘴里，一转手腕将舌头割了下来。他只觉得一阵晕眩。当他醒来时，才知道是被人架着正朝市中心的鲜花广场走去。街上静悄悄的，正是残冬季节，寒风呼啸着，卷起路边的枯枝败叶，拍打着人家的门窗。那些正在梦里云游天堂的可怜的罗马市民，他们哪里知道，为他们争取思想解放的先哲，此刻嘴边、胸前满是冷凝了的血块，正一步一步迈向刑场。广场的中央已经堆起一堆干柴，柴堆上是一个高高的十字架

布鲁诺雕像

柱子，旁边站着一群主教、教士，为首的就是那个脸上总是阴云不散的罗伯特。他手里举着一个小十字架，嘴角抽动了几下，不知对天祈祷了几句什么，便转身说：“布鲁诺，由于你对邪说的坚持和传播，上帝不能饶恕你的罪行，今天我就处以你一种最仁慈的不流血的刑罚。在这最后的时刻，不知你还想讲点什么？”

这个阴险卑鄙的家伙，他知道在临刑前布鲁诺一定会向群众演说，所以决定在半夜秘密处死。他还不放心，又暗中派人去将布鲁诺的舌头割掉，让他最后连口号也不能喊一声。现在却假装慈悲，明知故问。他看着布鲁诺那愤怒的但又说不出话的表情，得意地将十字架一举：“点火！”

浓烟升起了，烈焰腾空，越烧越旺，映红了广场，映红了周围高大的楼房、教堂。布鲁诺被绑在火中的柱子上，他仰望着天空，那里有他的理想、他的思想。他为此探寻了整个一生，为此付出了全部代价。他想大喊几声，让这教皇脚下的罗马人从昏睡中醒来，但他说不出话。他这个习惯以笔和舌奋战的斗士，先是被人夺去了笔，现在又被人夺去了舌，很快还要被夺去生命。他的目光从天上扫到人间，红红的火光已映红了街道两边的窗户。他突然发现每扇窗户里都挤着几个人影，啊，不用我喊，这烈火发出的声、光、热已经唤醒了他们。他满意了。这时火焰飞上高空，映红了整个罗马城。伟大的科学家、哲学家为真理而殉难了。这一天是公元1600年2月17日。

正是：

科学从来艰难多，多少汗水多少血。

暗夜深处炸惊雷，知识丛中卧英烈。

火刑后教会仍然心有余悸，又将他的骨灰收起，扬到台伯河里，好像这样布鲁诺的宇宙观也就整个地被消灭了。

各位读者，历史常常是这样惊人的相似。请大家回想一下我们在这本书第七回里讲到的阿基米德的死。他们同是为科学献身，又同是被罗马人所杀，一个是被军队野蛮的剑，一个是被教会“仁慈”的火。但鲜血绝不会白流，阿基米德的死标志着古代科学的结束，而布鲁诺的死则标志着黑暗的中世纪的崩溃和近代科学的复兴。历史在波浪式地前进，更多的、伟大的科学巨人，正一个接一个地向我们走来。

第十四回　几声犬吠绞架上死鬼失踪
一豆青灯地窖内活人无声

——第一部人体解剖书的出版

科学发展的过程，就是一部人类不断战胜愚昧获得真知的过程。在中世纪的欧洲，像对天体无知一样，人们对自己的身体也同样无知。像对宇宙结构的解释有一个权威托勒密一样，对人体的解释也有一个权威，这就是公元2世纪时的古罗马医学家**盖仑**(129—199年)。

欧洲文艺复兴一开始，科学家便形成两支纵队，一支是以哥白尼为先锋，向托勒密进攻的天文纵队，另一支是以**维萨留斯**(1514—1564年)为先锋的人体研究纵队。事有凑巧，1543年，哥白尼出版了一本《天体运行论》，而维萨留斯也出版了一本《人体结构》。请各位读者注意，一定要记住1543这个划时代的重要年头。这一年标志着文艺复兴的开始，近代科学的开始，就在这一年，这两支近代科学史上的大军便分兵誓师，开始了各自的进袭。

兵分两路，各表一支。先放下哥白尼、布鲁诺不提，单表这个维萨留斯。

1536年时，比利时卢万城外有一座专门处死犯人的绞刑架。白天行刑之后，晚上没有人来认领的尸首便如葫芦一样吊在架上。只要有风一吹，那死人便轻轻地打起秋千。四围荒草野坟，鬼火闪闪，就是吃了豹子胆的人也不敢在夜间向这里走近一步。这天刚处死了几个盗贼。白日里行刑时，那些兵士刀剑闪闪好不威风，围观的人群也熙熙攘攘，唯恐挤不到前面。可是绞绳往起一拉，死人的舌头往外一伸，无论是兵是民，赶快哗然而散，一个个转身飞跑，都怕死鬼附身。不一会儿，日落月升，斗转星移，转眼就到了后半夜时分，一弯残月如弓如钩挂在天边。这时风倒停了，城墙在月下显出一个庞大的黑影，绞架上的尸体直条条的，像几根棍子一样垂着。四周静得仿佛万物都凝固了，什么都不存在了，只有无形的恐怖。突然城门洞下几声狗吠，城墙上蜷缩着的哨兵探身往外看看，没有什么动静，一切照旧，只是更加寂静，不觉背上泛起一股冰凉，忙又缩到垛口下面去。这时，绞架下的草丛里突然蹿出一个蒙面黑影，他三步两步跳到架下，从腰间抽出一把钢刀，只见月光下倏地一闪，绞索就被砍断，一具尸体如在跳台上垂直入水一般，直直地落下，栽在草丛里。这人将刀往腰里一插，上去抓住死人的两臂一个“倒背口袋”，疾跑而去。这时城下的狗又叫起来，一声，两声，顿时吠成一片。城上的哨兵猛地站起，大喝一声：“谁？”接着就听见巡逻的马队从城门里冲了出来，追了上去。那人背着这样一具沉沉的尸体，顺着城墙根走上一条城外的小路，开始还慢跑快走，后来渐渐气力不支，马队眼看着就要赶上来，只见他一斜身子，死人落地，接着飞起一刀斩下人头，提在手里飞也似的钻进一片黑暗中，不知去向。

第二天，卢万城门上贴出一张告示，严申旧法，盗尸者判死刑，并重金悬赏捉拿昨天那个盗尸不成居然偷去一颗人头的人。一边又在绞架旁布下暗哨，定要侦破这件奇案。城里的老百姓更是饭后茶余，街头巷尾，处处都谈论这件怪事。你说是犯人的家属盗尸吧，不像，他怎忍心砍下头呢？你说是一般盗贼吧，可那人头怎能卖钱呢？

几天之后，这事渐渐再无人议论。这天晚上有个士兵挂着刀，袖着手在离绞架不远的地方放哨。说是准备抓人，倒像随时怕被鬼抓去一样，吓得缩成一团，过好大一会儿才敢抬起头来瞅一眼绞架上的死人。就这样不知过了几个时辰，当他再一次战战兢兢地回头一望时，原来分明吊着两具尸体，怎么突然有一具不翼而飞。再一转身，看见城墙根下像有一个人影。他急忙握紧刀柄，给自己壮壮胆，紧走两步跟了上去，但是又不敢十分靠近，就这样若即若离地跟着那个影子，绕过一棵大树，顺着小路跟进一所院子，只见前面的人下到一个地道里去了。这兵想进去，又不知里面的底细，犹豫了一会儿终于有了一个主意：我就守在这里，到天亮你就是鬼我也不怕了。他这样守了一个时辰，渐觉肚饿体冷，又禁不住心里好奇，便想下去看看，弄清情况回去报告也好领赏。

这是一个不大的地道，迈下了三九二十七个台阶，再走九九八十一步，右边就是一个密室，门关着，缝里泄出一线灯光。这士兵蹑手蹑脚摸到门前，先侧耳静听，半天没有一丝响声，静得像城外的绞架下一般，一种阴森森的感觉又爬过他的脊梁，随即全身就是一层鸡皮疙瘩，他用手按按胸膛，那心跳得咚咚的，倒像已跌到了手心里，他颤抖着双腿又挪了两步，将眼睛对准门缝，往里一瞧，不看犹可，一看舌头伸出来却再也缩不回去。只见刚才跟踪的那个人坐在死人堆里，背靠墙根，眯着眼，他的右手捏着一把刀，左手搂着一条刚砍下的大腿，血肉淋淋。桌上摆的，不是人的头骨就是手臂。

各位读者，你道这人是谁，他就是维萨留斯。这时他还只是一个 18 岁的学生，但他对学校里传授的人体知识很是怀

维萨留斯

疑。那时的医学院全是学盖仑的旧书，而这个盖仑一生只是解剖猪、羊、狗，从未解剖过人体。既然没有解剖过，那书又有何根据？维萨留斯年轻气盛，决心冒险解剖来看个究竟。但是教义上说，人体是上帝最完善的设计，不必提问，更不许随便去肢割。法律规定盗尸处以死刑，这种既犯教规又违法律的事必得极其保密才行，因此他就在自己院子的地窖里设了这间密室，偷了死人，解剖研究。不想今天不慎，事情败露。他听见响动，推门出来，忙将那个已吓昏的士兵扶起，灌了几口凉水。那士兵慢慢睁开双眼，不知这里是阳间还是地府，好半天舌头根子才会转动。维萨留斯拿出些钱来打发他快走。这士兵一是得了钱，二是看着这个地方着实可怕，答应不向外说。维萨留斯知道这个地方再也待不下去，便赶忙收拾行装到巴黎去了。

来到巴黎医学院，维萨留斯便专攻解剖。这里倒是有解剖课，但讲课老师巩特尔自己并不动手，只让学生去死背盖仑的教条。偶然遇有解剖时，便由一个理发师来做。说来好笑，那时的理发师和外科医生是一个行当，就可知外科医生的地位是很低下的，极受人轻视。但理发师做解剖也只是有一点割肉刮骨的手艺，连个医学术语也说不准。维萨留斯这么一个矢志求知的人对这种玩笑似的教学法当然不满，这样学了两年他实在不能忍受了。这天，巩特尔又带了一个理发师来上课，他将盖仑的讲义往桌上一放，连看也不看一眼便向学生背了起来。维萨留斯腾地一下站起来说："我们实在不想听了，你每天总是这一套，像乌鸦坐在高高的椅子上，呱呱地叫个不停，还自以为了不起。"其他学生也都跟着哄了起来。巩特尔只好带着理发师愤愤退席。

这学院里还有一位叫西尔维的老师，他教动物解剖，也发现了盖仑的一些错误，但他却不敢说出来。一天，维萨留斯拿着自己解剖的一个标本去向老师求教，他说："盖仑讲人腿的骨头是弯的，我们每天直立行走怎么会是弯的呢？你看这解剖出来也是直的啊！"这位先生支吾了半天，嗫嚅着说："恐怕盖仑还是没有错，现在的人腿直，只不过是因为后来穿窄裤腿之故。"维萨留斯听完真是哭笑不得。事实就在眼前，怎么就是不肯说真话呢!

正是:

道理归道理，事实归事实，

旧理动不得，事实请委曲。

这巴黎医学院也是当时欧洲有名的学府,却还这样荒唐，维萨留斯看着实在学不到东西，便愤然而去。

1537年年末，他被当时欧洲的医学中心——意大利的帕多亚大学医学部聘请为教师，专门讲授解剖。这里条件稍好一些，他把自己多年辛苦积累起来的资料悉心钻研整理，开始写一本关于人体构造的书。1543年，这本名为《人体结构》的书终于出版了。书中破天荒第一次将人的骨肉、内脏准确地表示了出来。更让人惊奇的是，除文字外，还有三百张精致的木刻插图，有三张全身骨骼图，四十四张肌肉图。这些图和现在的解剖图不同，竟还有一点儿感情色彩，例如那全身骨骼图竟是一个农夫的形象,站在那美丽的田园背景之中，带着劳动后的疲倦，七分沉思，三分悲哀，明显带有文艺复兴时期达·芬奇艺术与科学相统一的传统。这维萨留斯从盗尸割头到出走巴黎，转到帕多亚，多年的辛苦总算没有白费，他在这本书中竟指出了盖仑的两百多处错误。他上解剖课，现场操作，仔细讲解，毫不留情地指责旧医学的陈腐。一次讲课中，他将盖仑的文献随手一扬，像撒传单一样抛向空中，说：“这全是一堆废纸，我们还学它何用？”他又指着解剖标本说：“真正的知识在这里。我们不应该只靠书本，要学会靠自己的眼睛去观察，要用自己的手亲自去摸一摸，这才是真知呀！”

维萨留斯这样大胆地著书讲学倒是痛快，但是教会哪能容得下他这个狂人。他们先是鼓动舆论对他讽刺攻击，不久干脆缺席宣判了他的死刑。这位才可补天的勇士、学者，真是有力无处使，有冤无处说。

这天维萨留斯知道了教会要迫害他的消息，便夹着《人体结构》走来上课。他站到讲台前，目光扫了一下这些年轻人。他们许多人正是自己当年盗尸求知的年龄，许多人是慕他之名而来学习的，不觉那泪珠在眼眶里滚动。学生见敬爱的老师半天无语，不知出了何事。这时，维萨留斯走到壁炉前点起一团火苗，然后将书抖开，一下燃成一团大火。学生们这才知道老师今天要烧自己的著作，急忙上去抢。维萨留斯却以目制止，说了一句：“我永远不能为你们上课了！”那一滴眼泪终于跌落在桌子上，摔成八瓣。

要知维萨留斯命运如何，且听下回分解。

第十五回　说真话又一伟人被烧死
摆事实生理科学终问世

——血液循环的发现

上回说到维萨留斯出版《人体结构》一书后，教会判他死刑，并通缉追捕。维萨留斯拿着自己一生冒死研究写成的著作在课堂上当众付之一炬，与学生们洒泪而别。从此他就离开意大利，遁入茫茫尘世，至老而不知所终。

但是在研究人体的这班人马中，除维萨留斯外，还有一位**塞尔维斯**(1529—1553 年)也是一个敢于叛逆的怪人。他本生长在西班牙，因写了反神学的文章而被流放到国外，便在巴黎研究医学。盖仑的经典医学书上说，人身上的血是由肝脏制造的，然后流到全身，被各处吸收，不再返回。而塞尔维斯经过解剖和观察，发现血液是从左心室通过肺动脉进入肺部，在肺血管中靠呼吸来的氧而改造成红色，进入肺静脉，再返回心脏，这便是肺循环，即小循环。这是一大发现，可在当时却遭到一场大祸。当时人们的习惯是，经典上说什么就是什么，只需看书，不必观察实验。特别对于人体，这是上帝所创造，只有权威者才能解释，怎能轮上一般凡人来妄加议论。谁要提出不同意见，便是有违上帝，自然要处以极刑。布鲁诺就是一例。塞尔维斯也是个宁折不弯、不肯说一句假话的人。一次，他居然将盖仑的著作抛到火里说："让这些胡说八道去见上帝吧！"

这一下可不得了，大主教加尔文来找他的麻烦，将他逮捕起来，要他当众认罪。殊不知这塞尔维斯和布鲁诺一样也是个极有骨气的人，宁死不肯放弃自己的观点。结果在维萨留斯的《人体结构》出版10年之后，1553年10月23日塞尔维斯被加尔文用大火烧死了。其惨状与前面写过的布鲁诺受难不相上下，笔者这里实在不忍再述，只从恩格斯的一句话里就可知一斑："塞尔维斯正要发现血液循环过程的时候，加尔文便烧死了他，而且还活活地把他烤了两个钟头。"

正是：

为求真知不惜身，明知有虎虎山行。
死亦不怕何惧火，真金一块留后人。

正如革命事业一样，科学事业也是前仆后继，自有后来人。在医学研究上维萨留斯之后有个塞尔维斯，塞尔维斯之后又出了一位人物，这就是英国的**哈维**(1578—1657 年)。哈维 16 岁入剑桥大学，后立志要学医，又到意大利的帕多亚大学求师，在这座二十年前维萨留斯曾讲过学的大学获得医学博士学位，32 岁便成了皇家医学院的会员。他医术高超，先后担任了国王詹姆斯一世和查理一世的御医。他研究医学不但像维萨留斯、塞尔维斯那样重视观察，还进一步对比实验。

哈维

这天，哈维在一间大教室里准备了一个讲座，他事先宣布将有惊人的发现公布于世。被邀请来听讲的有政界的头面人物，有他的一些好友，还有许多自动来看热闹的市民。这个讲座却也奇特，前面除黑板、粉笔之类的教学用物外，桌上还有几笼子小动物。人们入座后静悄悄的，都想听听哈维到底有什么高论。谁知哈维往前一站并不说话，却“嗖”的一下从铁丝笼子里提出一条数尺长的青花蛇来。前排的人大吃一惊，忙向后面躲闪。哈维却微笑着将蛇抚摸一下，平放桌上，捡起一把小刀，“嘶”的一下，拉开个一寸长的口子。这时他才开讲：“我先来讲一下心脏在人身上到底有什么用。我今天选择蛇来演示，是因为这类冷血动物心脏收缩间歇长，容易看清，而且心脏露出体外后还能继续跳动一会儿。你们看，现在它一收缩就变白了，这说明血被挤出心房，再一扩张时又红了，这说明血又进了心房。心脏在人体内就是这样一个小泵，一辈子不停地一收一缩，将血液在全身鼓荡运行。”这时几个胆大一点儿的人便真的围上去看这条心脏还在收缩的蛇。

哈维趁大家议论之时，便返身在黑板上写下：“1. 心脏的功能。”接着，他又从另一只笼子里提出一只兔子，他摸住一个地方说这是动脉，心脏收缩，血进入动脉，所以它就变粗。“现在我们就来具体观察一下。”话犹未了，他一刀切开那根动脉管，血就如箭一般地射出来，前排的人又是一惊，一阵骚动。他又转身在黑板上写下：“2. 血在血管里的流动。”

下面坐着的不是小姐少妇，就是达官贵人，还有那街上随时挤进来的行人，他们何曾见过这种场面，听过这种演讲。只见哈维那双血淋淋的手，一会儿操起寒光闪闪的尖刀，一会儿又拈起粉笔头。有胆小的早吓得不敢作声，有的则悄悄骂这个刽子手医生。有个认真研究问题的人便站起来高声说：“哈维先生，按照盖仑的说法，血是从肝流到全身后又被吸收的，就算你说是从心脏流出的，又怎么证明他不是被全身吸收掉了呢？”

哈维笑一笑说：“你问得很好，现在我们让数学来帮医学的忙吧。你看，这只兔子的血已经流完，共有这么一小碗。如果是肉能吸收血的话，只这么一小会儿怎么能吸收完这么多呢？我测定过，人的心脏每收缩一次，可以射出 60 ~ 70 毫升血，每分钟跳 72 次，20 分钟送出的血就相当于一个人的体重，如果这血不循环回去，身体里哪有这样快的速度来不断制造它呢？”

又有一人站起来发问：“哈维先生，你虽然解剖了八十多种动物，但人总是和动物不同，你又怎么能证明人体的血液也是在循环着的呢？”

“请放心，我不会在这里用刀解剖自己，可是我却可以证明这个道理。”哈维一边开着玩笑，一边拾起一根绷带，在自己的肘下紧紧地扎了一圈，说：“请你们谁来摸摸，你看这动脉血管靠近心脏的一头是鼓的，另一头却是瘪的，静脉血管又正好相反，这不正说明血是从心脏出来，在身上绕了一圈后又返回心脏吗？”

这下教室里突然陷入一片沉静，人们开始相信这个新奇的推论了。哈维见再无人提问，又转身写下：“3. 血液的循环路线：大静脉→心脏（右心室）→肺动脉→肺静脉→心脏（左心室）→大动脉。”

这次讲演之后哈维名声大振，可奇怪的是上门求医的人反倒突然减少。后来才知道是因为那天他那血淋淋的双手着实吓坏了不少人，这个文静的医生竟如此刀下无情。也有人说他胆大妄为，靠杀几只小动物、搜集一点儿证据就要来推翻圣人盖仑，于是干脆送他一个外号叫“循环医生”，这个词在拉丁文里是走江湖卖药的意思。哈维听到这些倒并不以为然，他哈哈一笑说：“正好，上门的人少点，我可以腾出手来去写我的书。”于是他便将十几年辛苦积累的解剖资料分门别类，悉心推敲，专心著起书来。1628 年，一本《心血运动论》终于问世。

别看这本只有 67 页的小册子，却是一座医学史上的里程碑，它彻底推翻了盖仑在医学界统治了一千四百多年的理论。后来恩格斯认为是“哈维发现了血液循环而把生理学（人体生理学和动物生理学）确立为科学”的。这年他正好50周岁。他已经估计到这本书会遭到传统势力的反对，所以在书中特别小心地写了一段声明：

> 关于血液流量和流动原因方面尚待解决的问题是如此新奇独特，闻所未闻。我不仅害怕会招致少数人的嫉恨，而且想到我将因此与全社会为敌，不免不寒而栗。守旧的习俗已成人类的第二天性，加之过去确立的根深蒂固的理论，还有人们尊古师古的癖性，这些都严重地影响着全社会。然而木已成舟，义无反顾，我信赖自己对真理的热爱，以及文明人类所固有的坦率。

哈维的这本《心血运动论》出版后自然引起一场大轰动，朋友们纷纷祝贺，而盖仑学派的守旧分子却群起反攻，不过他们拿不出什么证据，哈维倒也不怎么介意。这天，又有一位医生捧着那本新印出的《心血运动论》上门求教。他一进门就将书“啪”的一声摔在桌子上，拖长声调说：“好一个新理论，没有弄清事实就敢吹什么发现了循环，真是欺世盗名！”

“你怎么知道我没有事实，书中不是清清楚楚地记录着解剖事实吗？”哈维以为这又是一个旧经典的卫道士杀上门来，也没好气地拍案而起。

“朋友，先不要着急。你说静脉、动脉，它们一头通过心脏、肺脏来交换相通，那另一头呢？”

“另一头像大树变成细树枝一样布满全身，然后相通。”哈维大声回答。

“在身上靠什么相通？请拿出证据。”

这一问不要紧，哈维一下跌坐在椅子上。看来此人真是个行家。他的理论，所有的事实已经拿到 99 分，可是就差这一点他实在捕捉不到，所以到现在也只能算是一个假设，此人怎么会抓得这么准。他这样想着，不觉心里一慌，一时又答不出话来，脸上渗出了一层薄汗，就忙客气地问：“请问贵客尊姓大名？”

来客见状忍不住“扑哧”一声笑出声来，轻轻道出了自己的姓名。哈维一听惊呼一声：“原来是你！”

来人究竟是谁，且听下回分解。

第十六回　咣当一声千年圣人被推翻
寥寥数语满座论敌皆无言

——自由落体定律的发现

上回说到哈维出版了《心血运动论》，发现了血液循环，名噪欧洲。突然有一不速之客登上门来，质问哈维静脉、动脉相通有何解剖根据。这一问正中哈维的要害，他连忙恭敬地请教来人。各位读者，你道来者是谁？他是意大利医生**马尔比基(1628—1694年)**，也是一个积极研究血液循环的人。当下两人坐下切磋交流一番。直到哈维死后又过了四年，就是这个马尔比基终于发现了动脉和静脉之间是靠一种更细的血管相通，他将其命名为“毛细血管”。血液循环理论至此才大功告成。

读者你想，在16世纪近代科学兴起之后，科学与教会的斗争是何等地你死我活，如火如荼。双方在长长的战线上，战鼓如雷，杀声震天。这里我先按下生理科学这头不提，再说天文和物理那路大军。

话说1600年2月17日，罗马宗教裁判所咬牙切齿地将布鲁诺烧死在鲜花广场之后，正庆幸他们制服异端的胜利，却不知这时在意大利的比萨城里，一个比布鲁诺更可怕的叛逆者已经成长起来，他便是近代物理学的鼻祖**伽利略**(1564—1642年)。

原来，在伽利略之前，一切科学、哲学问题，全部包括在**亚里士多德（前384—前322年）**的学说里。后者可是一位古圣人，他的思想被奉为金科玉律。当时，要是有学生提出一个问题，老师只消一句“这是亚里士多德说的”，问者便不敢再生怀疑。而伽利略却与众不同，凡事不但喜欢多想一想，还要去试一试。他的父亲是一位数学家和音乐家，因家境贫寒，不让他再学不能赚钱的音乐和数学，而送他到比萨大学去学医。可是，他学医不用功，却对数学、物理格外有心。21岁那年，父亲见他这样不听话，一生气，再不给他学费，他只好退学。但是，四年之后，因他在数学、物理方面自学的成就，伽利略被母校聘请回去任数学教授。他一登上大学讲台，可不是像其他人那样照宣亚里士多德的教条，而是大力提倡观察和实验。这在当时的学者看来，简直是一个不知天高地厚的疯子。1588年，25岁的伽利略，对亚里士多德的一个经典理论提出怀疑。亚氏说，如果把两件东西从空中扔下，必定是重的先落地，轻的后落地。伽利略却认为是同时落地。这自然没有人信他的，于是他决心搞一次实验，让人们亲眼看看。

说也奇怪，这比萨城里有一座斜塔，拔地之后，却向一边斜去。这塔建于 1174 年，开始还是直的，但建到三层时开始偏斜，只好停工。过了九十四年后人们终不死心，又继续施工，最后共修了八层，高 54.5 米，重 14200 多吨。没想到这个偶然的施工错误，倒造成了世界上独一无二的名胜。说起意大利的斜塔，谁人不知，何人不晓。

比萨斜塔

再说这天，年轻的伽利略宣布要进行一次实验，一帮教授大为不满，便一起到校长面前告他的状。校长转念一想，这样也好，让他当众出一次丑，也好杀杀他的傲气。这时，早有一帮喜欢新奇的学生，将他们的老师伽利略拥到塔下。一会儿，伽利略便爬上斜塔七层的阳台。塔下已是人头攒动。比萨大学的校长、教授、学生，还有许多看热闹的市民，将斜塔围了个水泄不通。就在这时，也还是没有一个人相信伽利略会是对的。人们正在疑惑，只见伽利略将身子从阳台上探出，左右双手各拿一个铁球，一个的重量是另一个的10倍。当他两手同时撒开时，只见这两只球从空中落下，齐头并进，眨眼之间，“咣当”一声，同时落地。

塔下的人，一下子都蒙了。先是寂静了片刻，接着便嗡嗡地乱作一团。这时，伽利略从塔上走下来，校长和几个老教授立即将他围住说：“你一定是施了什么魔术，让两个球同时落地。亚里士多德是绝对不会错的！”

伽利略说：“如若不信，我还可以上去重做一遍，这回你们可要注意看着。”

校长说：“不必做了，亚里士多德全是靠道理服人的。重东西当然比轻东西落得快，这是公认的道理。就算你的实验是真的，但它不符合道理，也是不能承认的。”

伽利略说："好吧，既然你们不相信事实，一定要讲道理，我也可以来讲一讲。就算重物下落比轻物快吧，我现在把这两个球绑在一起，从空中扔下，按照亚里士多德的道理，你们说说看，它落下时比重球快呢还是比重球慢？"

校长不屑一答地说道："当然比重球要快！因为它是重球加轻球，自然更重了。"

这时，一个老教授忙将校长的衣袖扯了一下，挤上前来说："当然比重球要慢。它是重球加轻球，轻球拉着它，所以下落速度应是两球的平均值，介乎重球和轻球之间。"

伽利略这时才不慌不忙地说道："可是世上只有一个亚里士多德啊，按照他的理论，怎么会得出两个不同的结果呢？"

校长和教授们面面相觑，半天说不出话来。一会儿才突然醒悟到，他们本是一起来对付伽利略的，怎么能在伽利略面前互相对立起来呢？校长的脸一下红到脖根，气急败坏地喊道："你这是强辩，放肆！"这时围观的学生轰的一声大笑起来。

伽利略还是不动火，慢条斯理地说："看来还是亚里士多德错了！物体从空中自由落下时不管轻重，都是同时落地，就是说物体无论轻重，它们的加速度是相同的。"（后来测得加速度是 $9.8m/s^2$）

正是：

物体从空自由下，轻重没有快慢差。

你我一个加速度，共同享受九点八。

别看伽利略慢慢地说出这句话来，这却是物理学上一条极重要的定律——自由落体定律。它导致了以后一系列重大的科学发现。请大家记住，这一年是1590年。

再说当时校长和那一群教授听了伽利略的这几句话，半天竟无人能再想出一句反驳的话来，实验可以不信，理又讲不过这个年轻人，眼看着他们所崇拜的千古圣人亚里士多德，就这样被这个初生牛犊轻易地推翻了。那一群青年学生，看见自己的老师得胜，哄笑着簇拥着伽利略而去。校长和那帮教授在塔下气得又瞪眼睛又跺脚，咬着牙，狠狠地说："等着，有你高兴的时候！"

第十七回　拨云望月天上原来没有天
衣锦还乡明人也会做蠢事

——望远镜的发明

上回说到25岁的伽利略，年轻气盛，当众做了自由落体实验，驳得那帮老教授哑口无言。亚里士多德的信徒们恨得牙根发痒，想找借口把伽利略赶出校门。过了不久，这借口真叫他们给找到了。这比萨城所在的佛罗伦萨公国公爵是柯斯摩，他有一个私生子，学识不深，却好出风头。有一天，这人花巨资制成了一架挖泥机械，要去疏通海港。伽利略看了他的机器，说："这怕是行不通的。"这一句话得罪了公爵，别人又乘机说了许多坏话，于是伽利略被赶出了比萨大学，教授的饭碗也没了。

伽利略有不少朋友，靠着大家的帮忙，他来到了威尼斯的帕多瓦大学任教。此时的威尼斯早被教会摒弃，不受什么宗教裁判所的限制，意大利不少学者都逃来这里，自由地讨论学问。伽利略一来便广招门徒，积极社交。他从父亲那里学来的一手好琵琶成了晚会上最吸引人的节目。这伽利略风流倜傥，才华横溢，在他周围很快形成一个热闹活跃的圈子。这时期，他进行了关于地球磁力的研究，自制了复杂的指南针，还有温度计。成果累累，多不胜数。我们现在印象最深的是伽利略发现的那些基本定律，实际上当时人们最崇拜的是他的那些小发明。他玩弄这些东西有如变魔术一般，直把那些凡夫俗子弄得神魂颠倒，叹为观止。他爱吃喝，好交际，要搞实验，常感钱不够花，于是他又开了一个小铺子，出售自己发明的天平、脚规、摆锤等，生意极好。他真是名满威尼斯。

1609 年 8 月 21 日上午，天气晴朗，海风习习。伽利略拿着一个一尺来长的圆筒，身后簇拥着一群人，登上威尼斯城的钟楼。跟在后面的人们都知道十九年前伽利略登高做了一个有名的斜塔实验，今天大约又要出奇，所以谁也不说话，只是拾级而上。这时他们已到楼顶，极目望去，只见亚德里亚海湾里碧波万顷，水天一色，这正是观海的好天气。伽利略将那圆筒架在眼上说："诸位，可曾看到海上有什么船只？"大家齐声说："海上干干净净，并无一帆一船。"伽利略说："天边正有两艘三桅大商船向我们驶来。"说着，他将那筒递给大家。

果然，人们从筒中望见两艘大商船鼓满风帆，破浪而来，

望远镜

把那些人都惊呆了。他们又将圆筒转向西边的市区，透过开着的窗户，一些人正在吃饭、下棋、干活，都看得清清楚楚。一个跟随伽利略前来的小官僚看此情景，忙将圆筒放下，大叫道："这个可怕的魔筒，威尼斯城有了它真不可设想，我要回去告诉我的妻子，叫她千万不要再到阳台上去洗澡了。"大家一阵哄笑。说话间，刚才在筒里看到的那两艘商船已渐渐在海天之际显现了出来，人们又是惊叹一番。原来，前些日子，伽利略听说荷兰一个眼镜商将两片凸凹镜片叠在一起，制成了一个能放大 3 倍的望远镜，他很快便明白了这其中的道理，又重新做了改进，现在这个望远镜已能望远 30 倍了，今天他特地到钟楼上来，向人们演示一番。演示完后，他将这宝物献给了威尼斯公爵。公爵大喜，随即下令聘请他为帕多瓦大学的终身教授，年薪五千元。

正是：

阿翁有镜能烧船，伽郎镜能抓来船。

方信真有缩地法，十里犹如一尺间。

其实，伽利略改进望远镜绝不是为了玩玩新奇。在暗地里，他早就是一个哥白尼学说的拥护者了，只是还没得到更多的观察数据。现在他改进了望远镜后，便可把镜头直指天空，好去验证哥白尼讲的是否正确。1610 年 1 月 10 日晚上，天气格外晴朗，他又架起望远镜观察月亮。有好半天，他的眼睛没有离开望远镜筒。他发现明镜般的月亮根本不是我们肉眼所见的那样光洁，上面竟是山峦起伏，沟壑纵横。“原来天上地下一个样啊！”他失声地大叫起来。幽默的伽利略当即将他观察到的最高的一座山用欧洲的阿尔卑斯山来命名。他再将镜口转向木星，发现木星也和地球一样，有月亮似的卫星，而且居然有四个之多。按照传统的托勒密天文学的观点和圣经所讲，那“天”是一个环绕地球的、里三层外三层晶莹透亮的天壳，天空的星就分别镶在各层的壳子里。可是现在看到的这些星还能绕着别的星转动，哪里还有什么固定的天壳？他再将望远镜指向银河，哪里有什么河，原来是无数的星座，多得数也数不清。伽利略发狂了，他推开望远镜大声喊着："发现了，发现了，哥白尼是对的！布鲁诺是对的！群星在动，地球在动，太阳在动，天上原来并没有什么天啊！那些星球上的人看我们的地球也是天上，他们要信上帝的话，一定以为我们这里的人便是上帝。"

和他一起观天的朋友吓得不知所措，忙上去堵住他的嘴说："哎呀！你疯了，你忘了十年前烧死的那个人吗？你不想活了？看在你儿女的分上，你少惹点祸吧！"

但伽利略今天是真激动了。他更大声地嚷着："哥白尼是靠假设，布鲁诺是靠计算，而我们有了这个望远镜，可以直接观察，也可以让那些不相信事实的人来观察。要知道，他们的亚里士多德、托勒密当初并没有望远镜啊！可是现在我有了，我有了，看他们还有什么话可说。"

可是那些迂腐的老教授还是有话可说。他们说道："这些卫星既是肉眼看不见的，当然对我们没有什么影响，既没有影响便没有用处，因此它也就不存在。"这可真是掩耳盗铃，伽利略也不再理他们了。

伽利略关于星空的大发现又一次轰动了威尼斯城。连日来他到处做报告，到处被人邀请，但是他也没忘记偷闲参加一些舞会、宴会。这天，几个好友为他举办一次宴会，他一进门，大家就起身欢迎，连声问道："伽利略先生，这几日又有什么新的想法吗？”伽利略将手套摘下，神秘地说：“我有一个新的发现，就是我突然觉得，我应该回佛罗伦萨去。”满座宾朋顿时愕然。

原来当初把伽利略赶出比萨大学的那个科斯摩公爵已经死去，现在是科斯摩二世即位，于是伽利略动了还乡之念。他当即掏出一封给新公爵写好的信，向大家念道：“我请求回到您的身边，我将用您可贵的姓氏为新发现的星球命名。我是您忠诚恭顺的仆人，作为您的臣民降生，乃是我最高的荣耀。我万分渴望亲近您，您是初升的太阳啊，把这个时代照亮。”

朋友们听了这封信很不高兴，有的窃窃议论，说这有点近于阿谀了。有的大声喊道：“您为什么不继续留在自由的威尼斯，而要去自投罗网呢？”

伽利略说：“我不会忘记，当年我是被赶出来的。现在和那时相比，我已大不一样，何不回到自己的家乡，去出出那口恶气？公爵已经答应我做他的宫廷数学家，那是多么荣耀的地位，我怎么能在这里屈身一辈子呢？”

各位读者，一个人的行为结果是由两方面的因素决定的。一是他的能力，即他能干什么；二是他的思想，即他想干什么。有的人很有能力，但他偏偏不想干该干的事，或者说，去干了一件不该干的事。只有将自己的能力训练到最强，而又思想高度集中，判断准确，这样才能取得最大的成功。伽利略，正当其能力将要发挥到最好的时候,思想上却动了一念之差。

几天之后，伽利略不听朋友们的劝告，收拾行囊，踏上了通往佛罗伦萨的归程。这是他一生中干的第一件大蠢事，从此他就开始大祸临头了。

欲知后事如何，且听下回分解。

第十八回　大主教家中宴远客
伽利略罗马上大当

——日心说又一次遭禁止

且说伽利略不听朋友们的劝告，回到佛罗伦萨做了宫廷数学家后，自然是名位显赫，十分满意。他仗着自己是公爵请回的客人，又凭着手中掌握的科学证据，便到处演示，到处做报告，毫无顾忌。可是他哪里知道，当年的那班宿敌绝不会让他这样得意下去。

1616 年春天，伽利略突然接到邀请，要他去罗马讲学。教会的主教、神父和许多科学家、神学家给他以盛大欢迎，他那些关于新星的发现、银河的观察、太阳上黑子的移动等等，人们闻所未闻，罗马城里的人们议论纷纷："哥伦布发现了新大陆，伽利略发现了新宇宙。"

这年 3 月 6 日，在红衣主教贝拉尔明的家里，正准备举行一场化装舞会。那些有身份的男男女女穿着节日礼服，手持用硬纸壳制作的各种动物假面具，有猫，有狗，有羊，有兔，跳舞时便戴在脸上，专要享受那种使对方不知底细的乐趣。舞会前先举行丰盛的晚宴，这时，伽利略在主教和一群教会天文学家、数学家的陪同下步入客厅，全场立即起立鼓掌。贝拉尔明先致辞欢迎："今天，伽利略先生能从佛罗伦萨远道来到这里，真使我们的舞会增光不少。我们知道近来伽利略先生对天体的研究和对圣经的理解又有许多新的观点，今天还有许多教会学者与伽利略先生同餐共聚，这也是一次神学界的盛会。"随即他吩咐佣人拿好酒来，又把伽利略让至正位。

伽利略在罗马已逗留十多日，他虽到处讲演，但还从未正式听过教廷对他这些新发现的态度，所以心里总有些忐忑不安。酒未三巡，席不暇暖，急躁的伽利略便忍不住了："主教大人，我送给您的报告，不知可曾看过。如有什么地方要询问的，我可随时向您说明。"

贝拉尔明微微呷了一口酒，并不答话。倒是那个作陪的天文学家插进来说："伽利略先生，我一直想请教一下。您说，根据望远镜观察，金星的位相在不断变化，这说明行星，也包括我们地球，都在绕太阳转动。可是这些，我们靠肉眼看不到啊。上帝给了我们一双明亮的眼睛，既然连眼睛也看不见的现象，那当然是不存在的了。"

“不对！”伽利略放下酒杯说，“上帝给了我们明亮的眼睛，还给了我们聪明的头脑，眼睛不够用时，便要想出法来去补充它、扩大它。”

“不，只有眼睛才最可靠。你发明的那些望远镜，是要给眼睛造成错觉，是渎神的玩具，是要让人们在丑恶的玻璃片中看到一种假象的反射。”

“先生，”伽利略有点不悦了，“您如果以为念一念咒就能把这些新发现的星吓跑的话，那未免太可笑了。”

这时，一直没有说话的大主教贝拉尔明，将酒杯放在桌上慢条斯理地说：“你们不必再争，是上帝规定众星绕地球运行。现在伽利略先生提出要让众星去绕太阳运行，这就是说，上帝还不如我们中间的一个普通人聪明，而要我们帮他去改正错误。”

伽利略立即站了起来，用手在胸前画了十字，恭敬地说：“主教大人，我是教会虔诚的孩子。我想，我们对圣经的理解，有时也会有错误。我以我的发现如实地向教会报告，我不敢欺骗上帝。”

贝拉尔明马上站起身说：“啊，伽利略先生，您不必紧张。今天我们是在家中跳舞、喝酒、闲谈。不过，我以朋友的身份要向您提出一个忠告，关于对圣经的解释，教会的科学家们自然有正确的答案。现在我请您看一件东西。”

他言犹未毕，早有一个文书捧上一卷纸来，打开一看，是教廷昨天晚上才做出的一项新决议：“太阳居于宇宙中心之说，是虚伪和荒唐无稽的。因为它违背圣经，是异教邪说。同样，地球不位于宇宙中心，而能昼夜自转，至少从神学观点来看也是罪孽深重的。从今天开始，哥白尼的一切著作及拥护他的有关著作一律列为禁书，不得再出版发行。”

伽利略颓然靠在椅子上：“这就是说，今后我，不，所有的人，再也不能进行这方面的研究了？”

贝拉尔明微笑着向伽利略敬上一杯酒：“不，只要是不知道的东西，教会认为还可以研究，你可以用数学假设去研究。我今天不过是受教皇之命特地向您转告教廷的决议。”

他一侧身，文书立即递过一张纸，这是他们刚才的谈话记录。贝拉尔明提起一支笔来：“伽利略先生，还是请您签个字，保证执行这项决议吧，您说过，您是教会虔诚的孩子。”

伽利略将手中端着的一杯酒一仰脖子倒进肚里，昔日最爱喝的红葡萄酒，今天变得又酸又苦。他借着酒劲微皱了一下眉头，心想：“这不是明摆着往我脖子上套枷锁吗？但教廷的旨意哪敢抗拒？何况这不过是一纸空文，就权且应诺了吧。”他接过鹅毛笔，草草签了名，这时响起一片掌声，原来人们早就注意着这边的谈话，见这场争论了结才都松了一口气。贝拉尔明立即满面春风：“伽利略先生，请跳舞吧，大家为我们已等候多时了。”说着他自己戴上了一个兔子面具，踏着音乐声向舞场中心走去。

这化装舞会的场面，伽利略不知经过多少次，今天这优美的音乐却使他十分烦躁。他隔着人群的肩膀看着那只来回摆动的“兔子”，白耳朵，红眼睛，多么善良的面孔，但谁知面具后面藏着什么样的祸心啊！十六年前就是他主持将布鲁诺活活烧死的。想到这里，伽利略不由打了一个寒战，脚步也越来越乱，他真后悔回到罗马来。

第十九回　施巧计巨人再写新巨著
弄是非主教又出坏主意

——力学、天文学巨著《对话》的问世

伽利略自从在罗马签字保证再不宣传哥白尼学说回到佛罗伦萨之后，整日闷闷不乐。他想研究的事不能去研究，他想大声呼喊却又不敢，只有独自在屋子里自问自答，做着各种假设，各种计算。这样一直过了九年。

这一天，伽利略来到佛罗伦萨郊外的一所修道院。由于这几年境遇不好，他的身体已大不如前。他在修道院内的林荫小道上蹒跚地走着，两眼茫然地看着前面，他的视力也已不佳了，这是因为前几年他曾得过一次瘫痪病，留下了这些后遗症。和当年在斜塔上做实验时的那个英俊青年相比，可真是判若两人。这时，修道院二楼上的一扇窗口里，闪过一个年轻女人的影子。一会儿她便匆匆地奔下楼，向伽利略跑来。她喘着气，跑到伽利略的面前，一下跪倒在地，拉着他的手吻着，喊着："爸爸，您怎么又来看我，您身体不好，跑这么远，您看，浑身都汗湿啦。”这是伽利略最喜欢的女儿，叫舍勒斯特。伽利略并未正式成过亲，他有一位情妇，为他生了两女一男，其中就数这个舍勒斯特聪明漂亮。她本来已和一位名门子弟订婚,但是自从伽利略在罗马被警告后，人家怕受牵连，这门婚事也就突然告吹了。舍勒斯特一夜哭成个泪人，天明之后取出嫁衣，撕得粉碎，便投身到这个修道院里做了修女。伽利略总觉得自己对不起这孩子，常来这里看望她。

女儿搀着他虚弱的身子，在修道院的林荫道上慢慢地走着。突然一阵钟声，修女们一起跑下楼向教堂里跑去。伽利略拦住刚走下楼的修道院院长问：“出了什么事情？”

院长是认识伽利略的。他常来看望女儿，还常帮院里修修挂钟，也常给院长送点礼物。可是今天见面，她也来不及问候，便急急答道：“啊，伽利略先生，您还不知道，教皇去世了，乌尔班八世已即位当新教皇了。”

“什么？您说谁即位了？乌尔班八世，可是那个叫巴尔庇里尼的红衣主教？”

“是他，是他，和你一样，也是个爱占星观天的人。”

伽利略未等院长说完，立即转过身来大声说：“孩子，我的舍勒斯特，你在这里静心住着吧，我们的好日子快来了。”

他那双已混浊的眼睛，突然放出奇异的光彩。他将手臂上挂着的一篮苹果匆匆递给院长说：“给您，这是我的学生从乡下带来的。”话未说完，便返身大踏步地走了。那矫健的身影，使人感到好像他从未得过病一般。

伽利略一口气跑回城里他那间阴暗陈旧的小屋，一把推开了门。桌子上摆满了地球仪、脚规、望远镜，还有几样小机械模型，墙上挂满星表。他的忠实的学生沃雅尼，还有老朋友——佛罗伦萨城里的一个老镜片匠，正伏在桌上搞着小实验。他们一抬头，见他大汗淋淋的样子，忙站起来齐声喊道：“外面出了什么事？”

“出了大事啦，出了好事啦！你们可知道，老教皇死了，就是那年在罗马发布对哥白尼学说的禁令，逼我签字的那个老教皇死了，这下，我们自由了！我们又可以飞向宇宙了！”

镜片匠倒不以为然，他摆弄着桌上的望远镜说：“老的死了，还会有新的。伽利略先生，您恐怕想得太乐观了吧？”

“不，乌尔班八世是我的朋友，他也爱好天文、数学。当然，我们也不敢太随便。当年主教不是说过允许用数学假设去研究吗？我们这回不要直接讲解，而是通过虚构的人物对话，把这几年的研究成果通通写出来。只要能公布于世，有头脑的人一看就会明白。”

“怎么来安排对话呢？”沃雅尼瞪着一双又喜又惊的大眼。

“孩子，你看。就像我们三个人一样，在这里闲聊天，一连聊它四天。一天讨论一个力学、天文学方面的问题，将这几年亚里士多德、托勒密与哥白尼两个体系的论争全盘端出。三个人的名字我也想好了，一个叫萨尔维阿蒂，他思想深沉，才华过人，代表哥白尼；一个叫沙格列陀，他思路敏捷，言辞犀利，让他来充当中间裁判人；还有一个叫辛普利耶，是个6世纪时期的历史人物，他盲目崇拜亚里士多德，是亚氏著作的权威注释家，我们就用他的名字，让他来代表那个顽固的亚里士多德和托勒密。好，我要让萨尔维阿蒂和沙格列陀去联合进攻辛普利耶，要汇集一切能证实哥白尼学说的论据和理由去推翻亚里士多德和托勒密体系。只是我们自己——作者一定要装扮得超脱一点儿。”

沃雅尼一听，一下高兴得跳起来，上去一把抱住伽利略：“老师，这回我们可要解解心头之恨了，可要向亚里士多德的教廷出出这口憋了九年的怨气了。”

老镜片匠也笑得眉头舒展，嘴合不拢，说：“伽利略先生，你就快写起来吧。”

这本取名叫《关于托勒密和哥白尼两大世界体系的对话》

(简称《对话》)的巨著从1624年动手，到1632年才写成。伽利略还很小心地写了一篇序。果然,此书蒙过了教会的检查,当年就在佛罗伦萨出版了。这本书一出版，立即像一股旋风，数月之内便横扫整个意大利。一个被禁止了十六年的幽灵又复活了。人们又到处议论着哥白尼的日心说，传阅着伽利略的新著,被书中那几个活灵活现的人物和精辟的哲理所吸引。一时无论是政治文章、文艺作品，甚至街头卖唱艺人的歌谣，都乐意吸收和宣传这个新思想，甚至连天文学都成了节日游行的题目。

这本书当然也早就传到了教会当局的手里。这天早晨，教皇乌尔班八世正坐在自己的书房里翻阅着伽利略的那本《对话》。论私交，伽利略和他是朋友；说学问，他得称伽利略为老师。这个教皇可真有点特殊。桌上，这头摆着圣经，那头摆着数学、物理，墙上挂着圣母像，又贴着星表。他对科学本来是有一些爱好，现在又当了教皇，便决心要用科学解释圣经，用神学来统率科学。伽利略的这本新著，他自然要重点研究一下。这时，他正在看一个争论多年的老问题：如果地球会转动，那么，人们只要双脚用力往上一跳，落下时就会不在原来的位置。乌尔班八世将身子更低地伏在案上，用细长的小指甲比着书上一行行的字，急着看伽利略怎样回答。伽利略在书的序中早有声明，自然不会自己去说，他让聪明的萨尔维阿蒂讲了一个故事：

你和你的朋友乘一艘大船就要出海旅行了，你们坐在甲板下的大舱里，舱里还带着几只蝴蝶、苍蝇和几只小飞虫。桌子上有一个大碗，碗里有几尾小鱼。船还没有开，鱼在自由地游，飞虫在自由地飞。你双脚起跳还会落在原地，你给朋友扔东西，不管朝前，还是朝后，都觉得只需要用同样大的力。这时船开了，它在匀速地航行，而且速度很快，只是不左右摇摆。这时你再拼命往高跳，落下时还在原地。你再向朋友扔东西，无论是顺着还是逆着船的航行方向，仍然是只需要用同样的力，而且那些小飞虫，也不会因船向前行，便被甩到船尾。鱼在碗里轻松自如地游，也不会显得向后游时比向前游更费力气。这就是说，要是站在正在运动着的船上，你就根本无法从其中任何一个现象判断船是在运动，还是已经停止。

读者注意，这就是那个很有名的萨尔维阿蒂大船的故事，它讲出了运动和静止是相对的原理——伽利略相对性原理。

当时从根本上动摇了地静说的基础，后来又成了爱因斯坦狭义相对论的基本原理之一。这是后话。

再说这教皇乌尔班读到这里，不觉拍拍额头：“这种比喻倒还新奇。”他站起身，在屋里来回踱着步子，一边自语着：“萨尔维阿蒂的大船，上帝的地球……我们这些坐在大舱里的乘客……觉不出地球在动……圣经上说……”

这时一个侍从悄悄进来，低声说：“陛下，主教贝拉尔明一早就来求见，在外已等候多时。”

教皇漫不经心地回了一句：“请吧。”

贝拉尔明进来了，行礼后便急忙奏道：“陛下，罗马全城都在议论伽利略，比当年他来罗马时还要可怕。这个老头子，他当年曾在禁令上签过字，答应不再宣传哥白尼的学说，现在又背叛前言，欺骗教廷……”

乌尔班这时正踱回到书桌旁，他打断主教的话说：“知道了。我正研究他的这本新书，看他在说些什么，好像还讲了一点新道理。”

“哎呀，我的陛下，书里哪有什么新东西，除了哥白尼的阴魂，就是……”贝拉尔明突然吞吞吐吐起来，再不肯往下说。

“就是什么？”

主教壮了壮胆说："就是对您的攻击。"

"胡说，伽利略是我的老友，他还不至于如此放肆。"

"您看，"贝拉尔明趋前几步，把《对话》翻了几页说，"陛下，明眼人一看就知道，这书里的两个人萨尔维阿蒂和沙格列陀就是哥白尼和伽利略自己。还有一个辛普利耶，他是您最崇拜的历史人物，而在书里却处处被两个对手所嘲弄。外面人都在议论着，这个人实际上就是指您啊。"

教皇不觉一惊："你有什么根据？"

贝拉尔明很快又翻到一个地方，看来他早就研究过这本书了。"陛下，请您读一下他们第一天的这一段对话。"

> **萨：** 你（指辛普利耶）不要去为天和地烦恼，也不要怕把它们搅乱了，或者怕哲学垮台。拿天来说，既然你认为天是不变的，永恒的，那就不必白白地为它担忧。拿地来说，现在我们这样努力地把它说成和天体一样，毋宁说是为了使它变得高贵和完善。不妨说，你的哲学把地球从天上放逐掉，而我们则要它回到天上……

贝拉尔明又飞快地翻过几页：

沙：我觉得，为了说明地球保持静止状态，从而认为整个宇宙运动是不合理的，这正如有人登上你府上大厦的穹顶，想要看一看全城和周围的景色，但是连转动一下自己的头都嫌麻烦，而要求整个城郊绕着它旋转一样，这两者比较起来，前者还要不近情理得多……

贝拉尔明合上书说："陛下，谁不知您用自己的学识最完美地解释了圣经，捍卫了天动地静说，而伽利略却借他人之口说您在'为天和地烦恼'，说您'连转动一下自己的头都嫌麻烦'。"

教皇的眉头渐渐皱成一团，他在地上更快地踱着步子，说："我的主教，这怕有点儿牵强吧。"

"陛下，这不过是我的一点看法，也许不对。不过全罗马城已经议论纷纷，有人这样亵渎上帝，直接讽刺教皇，这对教廷的威严怕是不大好的。"

说完，贝拉尔明退出教皇的书房，但他没有马上离去，而是放慢脚步，一步一停地向外迈着。他早看见刚才教皇紧皱的眉头，还看见他烦躁地双手相握，叭叭地捏响指头，他对这位以科学家自居、最爱面子的乌尔班，是了如指掌。

果然，贝拉尔明还未走出门外的长廊，只听屋里一声闷响，像是什么东西重重地摔在桌子上。接着便是一声怒吼："来人！"侍从早就贴门而进，贝拉尔明也急行几步挤进屋里，俯跪在地："陛下有何吩咐？"

"告诉宗教裁判所，立即传伽利略到罗马来！"

这天是公元 1632 年 2 月 16 日。

第二十回　假悔罪地球其实仍在转
真宣判冤狱一定三百年

——科学史上最大的一起迫害案

上回说到大主教贝拉尔明鼓动如簧之舌，在教皇面前搬弄是非，于是伽利略大难临头。几天后，他身戴枷锁被从千里外的佛罗伦萨押到了罗马。这时他已到 66 岁的迟暮之年，诸病缠身，朝不保夕。本来医生说，伽利略可能等不及到罗马，就会在路上消失到另一个世界去。可是教皇说，就是死了，也要押来受审。他的朋友们曾劝他逃走，并准备好了车马，可是伽利略说："我是一个虔诚的教徒，我应该到罗马去当面把这一切说清楚。"

这天，伽利略被押到宗教裁判所，颤巍巍地站在被告席上。主教贝拉尔明阴沉着脸坐在案后，还不等伽利略喘过气来，便拾起一本书在桌上"啪"的拍了一声，喝道："伽利略，这本宣传异端的东西，可是你写的吗？"

伽利略不需细看，便知道他摔的正是那本《对话》，便说："主教大人，书是我写的，但那并不是什么异端邪说。序里开头说得明白，那不过是一种假想。再者书中的三个人物，各代表一种观点，自由讨论，亚里士多德的代言人辛普利耶也在充分发言啊！"

主教一声冷笑："伽利略，你真会诡辩，你让辛普利耶代表亚里士多德说话，可是，你同时又借那两个狂徒的口百般讽刺挖苦他。你既然是一个虔诚的教徒，为什么又攻击圣经上写明的道理？"

伽利略有点激动了，他抖动着满脸银须，大声反驳道："科学发展到今天，从望远镜里已经看到许多新证据，我只不过如实将这些写出来供大家讨论，而您连这也不允许，这分明是要一个科学家去背弃自己的感情和那些无可否认的事实。这是你们在制造异端！"

伽利略努力使自己的情绪镇静下来。然后，他以自己对教会的虔诚，历数许多新证据，从各种角度对圣经进行解释，并且他一再说明，这只是假设，是为了讨论问题方便，绝无宣传邪说之意。他说得口干舌燥，眼睛里噙着泪花，虔诚之中掩藏着愤怒。他愤怒于胸却又不敢直陈于口，但是又决不甘于投降认罪，他站在那里内心矛盾，两手发抖，脸涨得通红。他尽腹内所有的学识，努力掌握着一定的分寸，与主教大人进行着马拉松式的辩论。从上午开庭，一直这样辩论到暮色苍茫，直到教堂的天窗上那最后一缕阳光也已消失，还是没有任何结果。

这时贝拉尔明早按捺不住了，便将桌子一拍，拿出一张纸，恶狠狠地说："伽利略，这里有你十六年前在罗马保证不再宣传哥白尼学说的亲笔签字，这次你的态度再不好，可是要判'重犯'罪的！"说完便宣布休庭，拂袖而去。

审讯就这样一直进行了三个多月，毫无结果。教皇大怒，下令对伽利略进行"严厉审判"。这"严厉"二字非同小可，它是宗教裁判所专门对付异端的手段。大致分五个步骤：一、先对犯人提出警告；二、拿出刑具威胁；三、领犯人看别人受刑的惨状；四、加上刑具，给最后一个招供的机会；五、施刑，如不招供直至折磨致死。这整个施刑过程都是"维里亚式"(意即"不眠")的。法官四小时换一批，犯人却不得有片刻的休息。

这天，伽利略在自己心爱的学生沃雅尼和罗马几个朋友的搀扶下来到"严厉法庭"门口。沃雅尼眼里含着泪花，望着伽利略那一阵风便可吹倒的身体，难过地说："老师，请多保重，看来今天他们要对您下毒手了。"伽利略以手扶着他的肩膀，仰望着教堂顶上的十字架说："上帝做主，理性是不会屈服的。"

几个老朋友也都眼泪汪汪地围过来，欲言无语，生离死别。这时，伽利略反倒很沉静，他微笑着，看着天空说：“不管怎样，地球，我们大家，连同这座教堂，都在围绕太阳转动。三十二年前布鲁诺为此而献身，今天又需要我去殉难了。”说罢，他整了整长袍，毅然向裁判所大门里走去。那大门像一只张大的虎口，待伽利略的背影一闪进去，虎口“咔嚓”一声便合严了。沃雅尼看着那两扇满是铁钉的大门，哇的一声哭出来，一下跌坐在门前的台阶上，再也站立不起来。

伽利略的朋友和学生在裁判所的大门口从早晨等到天黑，那扇大门还是冷冰冰地没有一点动静。他们心焦如焚，不知此时老人正在过第几道关。他那十分衰弱的身躯可经得起那些刑具？他们想着，猜着，看着日落月升，冒着飒飒寒风，直熬到东方发白，又过了一天一夜。

第二天早晨，连他们自己也已身心困顿，实在难以支持了。这时，那扇黑大门“哐当”一声突然打开了，大家一起从地上跃起，但出来的却不是伽利略，而是一个教士，手里举着一纸文书，身后还跟着几个人。这时教堂上的大钟也突然当当地响起来。沃雅尼一下挤到最前头，他努力向里面张望，却看不见他的老师出来。这时钟声停了，教堂门口早已黑压压地聚来一片人。那个教士手里举着一纸文书喊道：“上帝的孩子们！伽利略已经向教廷认罪，承认自己是宣传了违背圣经的异端邪说，并在悔罪书上签了字，现在就来宣布他的悔罪书。”

> 我，伽利略，亲临法庭受审，双膝下跪，两眼注视，以双手按着《圣福音书》起誓，我摈弃并憎恶我过去的异端邪说……我忏悔并承认，我的错误是由于求名的野心和纯然无知……我现在宣布并发誓说，地球并不绕太阳而运行。我从此不以任何方法、语言或著作去支持、维护或宣扬地动的邪说。

沃雅尼愤怒地喊着：“这不可能！这是诬蔑，是捏造！让伽利略先生亲自出来说话，让……”

这时，伽利略真的出现在教堂门口。他已经被折磨得叫人难以辨认，满脸银须被汗水湿成一撮一团，脸色白得像一张纸，混浊的目光直视着前面。沃雅尼一见便扑了上去，半跪着拉住伽利略的长袍：“老师，这是怎么一回事，您签字了吗？这是真的吗？”

伽利略那苍白的脸上，泛起一点儿羞愧的红晕，他不敢直对沃雅尼的目光，用低得几乎听不见的声音回答：“是真的，我……签了。”

沃雅尼一下跳了起来，用手背狠狠地擦了一把眼角的泪水，喊道：“伽利略先生，您真的投降了吗？您是我的导师，是人们心中的神，您在比萨斜塔上，在威尼斯钟楼上，在罗马广场上，都以自己伟大的发现征服过愚顽的恶势力，赢得了众人的爱。您坚信自己的学说，终身宣扬自己的学说，您说过：‘谁不知道真理，他只是个傻瓜，但谁如果知道真理，却把真理说成谎言，那他就是一个罪犯，您今天向教廷认了罪。可是对真理，对您自己却犯了大罪啊！”沃雅尼急了，疯了，现在最难受的好像不是伽利略，而是沃雅尼。他泪光闪闪，盯着伽利略的眼睛，拉着他的袖子，摇着，问着，他希望这一切都是假的。

伽利略仍用几乎听不见的声音说：“孩子，真理我当然不会抛弃，悔罪自然是假的，但是我真的签了字，你们骂我吧，我已再不属于那个科学的世界，已不配做你们的老师了。”

沃雅尼眼中冒出怒火，一下甩掉他的衣袖，愤愤地说：“你去认罪吧，地球还在转动！”

正是：

实验证据千千万，独辟蹊径向峰端。

可惜只缺牺牲志，伟人憾留污一点。

这时钟声突然又重新响起，大主教贝拉尔明从教堂里走了出来。他向台阶下傲视一圈，举手在胸前画了个十字，发出一种庄严的腔调，开始大声宣布法庭对伽利略的判词：

“本神圣法庭要阻止引起神圣的信仰遭受毁灭和愈益扩大的混乱和毒害。根据教皇和最高的世界异端法庭各位枢机主教的命令，两个原理——太阳静止和大地运行——受到神学家的审查如下：

——太阳是世界中心而且静止的原理，在哲学上是荒谬的，虚伪的，而且形式是异端的，因为它和圣经上说的相矛盾。

——大地不是世界的中心，而且不是静止的，也是昼夜运行的原理，在哲学上也是荒谬和虚伪的，在神学上至少是信仰的错误。

为了处分你这样严重和有害的错误与罪过，以及为了使你今后更加审慎和给其他人做个榜样和警告，我们宣布，用公开的命令禁止《对话》一书。判处暂时把你正式关入监狱内。在三年内，每周读七次忏悔圣歌……”

教廷对伽利略的这项宣判，直到三百多年后的1980年才又经罗马教廷复议平反，宣布取消。这是科学史上时间拖得最长的一起冤案。

图书在版编目（CIP）数据

数理化通俗演义：插图版：全五册 / 梁衡著. —北京：九州出版社，2017.4（2021.1重印）
ISBN 978-7-5108-5331-9

Ⅰ. ①数… Ⅱ. ①梁… Ⅲ. ①章回小说－中国－当代 Ⅳ. ①I247.4

中国版本图书馆CIP数据核字（2017）第111228号

数理化通俗演义：插图版：全五册

作　　者	梁衡　著
出版发行	九州出版社
地　　址	北京市西城区阜外大街甲35号（100037）
发行电话	（010）68992190/3/5/6
网　　址	www.jiuzhoupress.com
电子信箱	jiuzhou@jiuzhoupress.com
印　　刷	北京市十月印刷有限公司
开　　本	870毫米×1280毫米　16开
印　　张	63.75
字　　数	450千字
版　　次	2017年7月第1版
印　　次	2021年1月第11次印刷
书　　号	ISBN 978-7-5108-5331-9
定　　价	125.00元

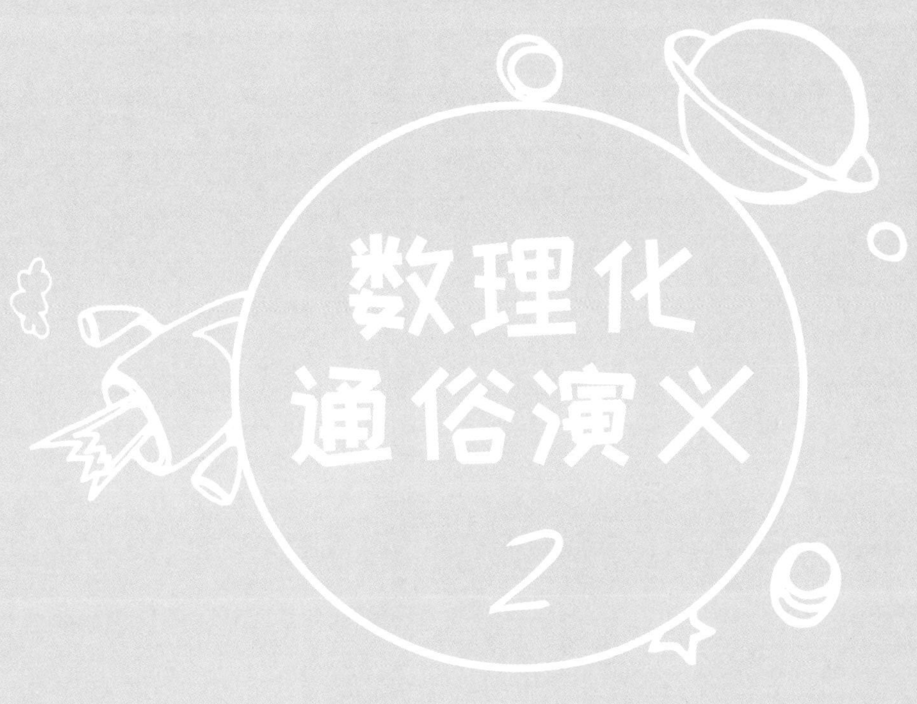

数理化通俗演义 2

梁衡 著

九州出版社
JIUZHOUPRESS

有色有味紫罗兰，任人品嗅任人看。

一朝落入知己手，却为化学来指南。

苹果熟了就会落到地上，

那月亮为什么不会落下来呢？

再者，这苹果为什么不会与月亮一样飘上天，

却非要往地上落不可呢？

为什么月亮绕着地球转，也不会飞走？

天上这么多星，随便哪一颗，

只要向这两支箭上分别引两条垂直线，

就会得出两个数字，这位置就被表示得一清二楚了。

目录

第二十一回　佛罗伦萨意公爵难堪
马德堡外德皇帝受惊

——大气压力的发现

上回说到伽利略被教廷宣布监禁，但因为他身体实在虚弱，便由他的一些老朋友作保，监外执行，到佛罗伦萨郊外树林里找了一间小屋，悄悄地隐居起来，于是他也就慢慢地被人们忘掉了。

读者或许还有不知,你道这佛罗伦萨是何等热闹的地方。公元 14 世纪前后，它正处在意大利的南北通衢大道上，人口已达十万，手工业工厂发达，仅毛纺厂就有三百多家，而且并不是自产自销，原料来自西班牙，染料来自埃及，产品又销到英、法。世界各地的商人南来北往好不热闹。要说文化，这里又是文艺复兴的重要基地，一些有名气的代表人物都是这里的人氏。伽利略就不用说了，还有写《神曲》的诗人但丁，画《蒙娜丽莎》的达·芬奇，制作了《大卫》雕像的米开朗琪罗，建了著名的无柱圆顶教堂的建筑家伯鲁涅列斯基。这里虽然扼杀了一些如伽利略那样的新文化名人，但是就连那些上层贵族人物也不能抗拒这个新文明冲击。一些上层人物也是总想把自己打扮成有知识的样子，想把自己的庭院装修得更华丽些，好向市民们和外国商人炫耀。

现时这佛罗伦萨的大公爵塔斯坎宁别出心裁，要在自己家的院子里建一个大喷水池。他想，这种阔气谁人能比？钱是不发愁的，至于设计，他要亲自动手。他安排了水池、喷头、假山，还在池山之间栽种了从国外引进的奇花异树，建了亭廊，亭间廊边遍设烛台，为的是夜间一样可以酣饮畅游。为了加大水量，他又特别吩咐管家找来了打井工人，为喷水池专挖一口井。那井也挖好了，抽水机也装好了，只差机器一转，就可珠滚荷叶，银落水面，人们便可隔着水帘，披着湿雾，跳化装舞了。但这般光景公爵不准备一人独享，这是一次向全市炫耀自己学识、财富、才华和风度的好机会。他选了一个良辰吉日，遍请了市内的头面人物，大工厂厂主、教授、艺术家，还有那些从波斯、西班牙等东西方来的富商大贾，还特地邀请著名的诺尔鲁神父来光临新水池“开喷典礼”。

这天刚日压西山，公爵家的大门口就车塞马鸣，门内廊上亭上也早美酒侍候，佳肴等人了。不一会儿，红烛高照，华灯齐放，乐声轻轻地漫上了树梢屋檐。这时塔斯坎宁公爵举起一杯红酒，笑容满面地说：“各位先生，今天本公爵亲自设计的喷水池竣工，特邀你们来参观一下我的拙作，并参加我们家庭庆祝舞会,我和我的夫人及全家表示非常的感谢。让我们大家为这项庭院工程的胜利竣工来干一杯。”接着就听一阵酒杯相碰的叮当之声。然后公爵向早就在亭外侍候的工匠一挥手：“开始抽水！”

可是这水井里的水半天也抽不到地面上，更不用说从喷头里喷出来了。那些工匠摇着抽水机的摇把累得满头大汗，只听那水好像是提到了半腰，可是“咕噜”一声，就像人咽了气一样，又下去了。公爵忙命工匠仔细检查一遍，每一个螺丝都看过了，机器完好，设计也看不出问题。现在就连公爵自己脸上也是汗津津的了。

这时，从来宾席上走出一位年轻人来，他略带嘲弄地将公爵看了一眼说：“不要费劲了，今天这井里的水是不会上来了。”

“你怎么知道？”

“伽利略说的。”

这一句话就像是有人突然在席间放了一颗炸弹，顿时大家都惊呆了。伽利略不是早就被教会监禁了吗？怎么他的幽灵今天又出现在这里。

这青年看着这些吃惊的人，哼了一声说："你们当然早把他忘了，可是不管你们忘不忘，地球照样还在转，这水照样不会听你们的话上到地面来。下午，我刚从郊外回来，他老人家知道这里在打井，说，只要超过10米，水就别想上来！"

"为什么？"

"因为抽水是靠抽掉水管里的空气，产生真空，外面的大气压强发生作用才能把水从管子里压上来。但是这压强是个死数，管子长了，它没有那么大的劲，自然就压不上来了。"

"什么？你说什么真空？里面什么也没有？这是不可能的。"这时在座的一个神父立即站起来与他辩论。

"是的，什么也没有，连上帝也不存在。"年轻人好像很高兴有人出来应战。

"你是谁？"

"我是伽利略的学生，一个伽利略分子。"

这个青年叫**托里拆利（1608—1647年）**，他崇拜伽利略，到处自称是伽利略分子，比伽利略更直率地宣传伽利略的学说。

公爵和神父万没想到今天这个场合会冒出一个伽利略的学生。真使他们扫兴，便恼怒地说："既然你发现了什么真空，就当众拿出来给大家看看。"他们冷笑着，很为自己出了这么个绝好的难题而自豪，想瞧这青年的难堪。

青年不慌不忙地说：“这很容易，我现在做一个实验，拿来‘真空’让你们看看。不过在看以前先讲个条件，要是实验做成了，高贵的公爵，还有尊敬的神父，你们得当众承认伽利略的学说是对的。”

“要是做不成呢？”公爵连想也不想他会做成，急着反问。

“任你们怎样处置。”

“好，那就马上把你送到罗马教廷去审判。”神父急忙宣布。

他知道自从伽利略被监禁后，又有一个叫佛罗伦萨中心实验学会的青年团体，还在到处实验和宣传伽利略的学说，教廷已经抓了一些。那次有一个青年拒捕，还跳楼死了。想不到今天在这里又碰见一个这样胆大妄为的毛头小子。

“好，一言为定！”

只见托里拆利从桌上拉过一个又细又扁的黑匣子，打开，取出一瓶水银和一根一米长、一头开口的细玻璃管，管上有刻度。他又随手拿过一只小碗，倒满了水银，再把玻璃管里也灌满，用拇指按紧开口，然后一下倒过来连手指浸入碗中，再抽出手指。只见那细管中的水银开始下滑，但是当液面落到 76 厘米处时便不再动了。托里拆利指着 76 厘米以上的那

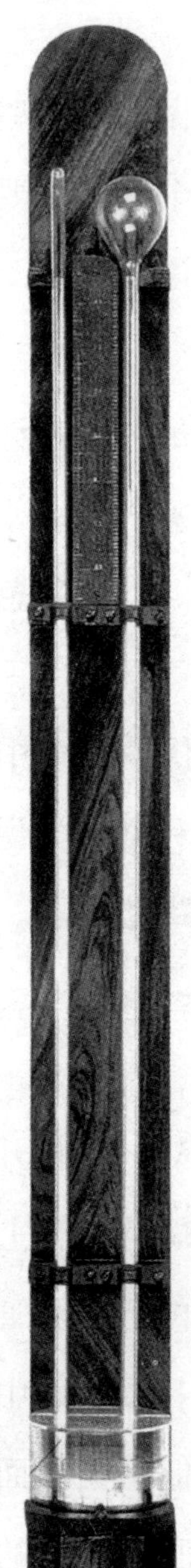

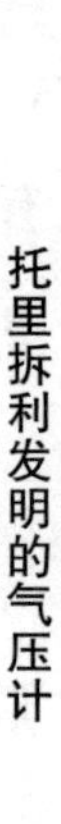

托里拆利发明的气压计

一截管子说："各位先生，请看，这管子里就是真空，空得连空气也没有了。"

"可是为什么水银不再下落，让管子里再空一点呢？"客人中有人显然对此已发生兴趣，忙插话提问。

"对。为什么水银不再下落了呢？正是由于空气的压力。这压力就像能把井水压上来一样，它能把水银正好托在这个高度。水银的密度是 13.6 克 / 厘米 ^{3}，因此这水银柱的压强就是 13.6×76=1033.6 克 / 厘米 ^{2}，这就是空气的压强。那水的密度是 1 克 / 厘米 ^{3}，如果 10 米深的井管，水柱就有 1×1000=1000 克 / 厘米 ^{2}。差不多正是一个大气压强。你想，井深超过 10 米那水还能压上来吗？幸亏公爵打的是一口水井，要是一口水银井，怕井深不到 1 米就要报废了。"托里拆利说完，以嘲讽的眼神向公爵看了一眼。他就是这样年轻气盛，成心要让这帮贵人难堪。

客人中有人点头称是，有人津津有味地听着这个闻所未闻的新课题。

诺尔鲁神父眼看着这场面要让这个毛头小子左右了，也顾不得体面，忽地一下站起来说：“你这是变魔术。你又怎么能证明上面那截管子里真的是空的呢？怎么能证明这水银柱真的是空气的压力托着呢？”

“别忙！”托里拆利向神父揶揄道，然后又从黑匣子里抽出一根Y形管子做证实真空存在的实验。这是一根直管，在顶头上弯出一个弯，形成一个钩子，又像根拐杖。弯头处开了个洞。只见托里拆利用一个指头堵住小洞，弯朝下，灌满水银，倒过来和刚才一样浸在水银碗里，这样长直管里又是个76厘米的水银柱，而那弯儿底部也存下一截水银，上面却出现了真空。这一个连通管里就有两截水银，两截真空了。托里拆利向大家扫了一眼，说：“现在只要我的手指一离开这个小洞，由于空气进来产生压力，长管里的水银就会全部落入碗里，小弯里的水银就会被空气托到管头上去。这正好说明刚才这里确实是没有空气的，你们信不信？”

“不信！”公爵愤愤地应道。

只见托里拆利将手一抬，那直管里的水银柱像是空中的悬物断了线，刷地一下跌落碗里，而那个弯管底部的水银倒像有一个无形的手在下面推挤，眼睁睁地升上了管的顶头，像贴在管子上一样不再下来。这时全场的人都顾不得那佳肴美酒了，一个个伸长了脖子，都看着这根魔管。有的人还在胸前画着十字，轻轻地喊着："啊，上帝！"托里拆利这时扬起头很认真但又像是在开玩笑地说了一句："那不是上帝，是空气！"而公爵呢，看着这个像变魔术一样的场面，一边掏手帕擦汗，一边说："可能伽利略真的是对的。"

托里拆利见公爵终于说出这句话，便收拾起他的黑匣子，一个鞠躬，飘然离去。这时半天没有插上嘴的公爵夫人看着这个扫兴的场面，才想起把管家叫来，怒斥道："他是怎么混进来的？"管家怯生生地说："我见他夹个匣子，还以为是乐队里的人呢。"

这就是 1643 年进行的有名的托里拆利真空实验。水银柱上的那段真空也就被后人称为"托里拆利真空"，而那种玻璃管也被叫作"托里拆利管"。

再说这真空实验的消息立即不胫而走，人们都竞相演示这个实验。消息传到法国，数学家**布莱斯·帕斯卡 (1623—1662 年)** 不但在家里做实验，还到山上、山下对比着做。他发现空气的压力与海拔是相关的。在海拔 2000 米以内每升高 12 米，托里拆利管中的水银就要下降 1 毫米。德国马德堡市的市长奥托·格里克竟也放下繁重的公务来做这个科学游戏。他想的主意更为新奇，他把两个铁制的直径有 20 厘米的半球扣在一起，并不做任何焊接，只把里面的空气抽掉，于是无论多么强壮的大力士，一人抓住一半也拉不开，人们简直不敢相信这球的魔力。

1654 年 5 月 8 日，德国马德堡郊外春日融融，绿草如茵。这天，山坡下的空场上围了有上千人，草地上又是跳舞又是赛马，好不热闹。沿山坡临时搭起了台子，上面旗杖华丽，鼓乐齐鸣，原来今天皇帝、皇后也在这里与民同乐。一会儿，奥托·格里克双手各拿着一块他设计的半球来叩见皇上，请求为陛下表演一个科学游戏。皇上正在兴头上，便欣然允诺。

只见他双手将这两个半球啪地往一起一合，助手递上抽气机，三下两下就将里面的空气抽光了。这球的直径不过 20 厘米，里面的空间顶多也只能装三个拳头。然后奥托·格里克将两根又粗又结实的丝绳系在半球两边的环上，招手叫过来两个大汉，一边一个拔起河来。只见他们脸涨得由红变紫，双方或左或右，互有进退，而那球的两个半球倒是平平稳稳地相抱在一起。

皇帝、皇后看得发呆了，刚才明明是两个随便合起来的半球，怎么会吸得这样紧？这时奥托·格里克又命令两边各加到两人，加到三人。铁球呢，倒像越拉越紧。草地上千人之众鸦雀无声。奥托·格里克喝了一声：“住手。”又干脆牵过两匹马来，一边套上一匹，两个驭手挥起鞭子，两匹马仰天长嘶一声，四蹄叩地向两边拉起来。可是那球还是依然如故。奥托·格里克又将两边再各加一匹，一会儿又加一匹，这样一直各加到七匹健马，还是不见分晓。这时，皇后忘了她那在臣民面前应保持的尊容，双唇大张，右手紧紧抓住皇帝的手腕。奥托·格里克又命令两边再各加一匹马，驭手的鞭子甩得如爆竹炸响，马嘶啸啸，尘土飞扬，围观的人群也沸腾起来，各喊加油。只听"嘭"的一声，铁球终于裂成两半，两边的八匹马各带着半块小球一下冲出几百米远。这时皇后才闭口松手，喘出一口气来，皇帝的手腕也早被捏出五个指头印来。他忙将奥托·格里克召至台上问："你变的是什么魔术？这两个小半球，怎么会有这样大的吸力？"

"启奏陛下，这小球上的力不是吸力，是空气对它的压力。"

"你知道这压力有多大吗？"

"按托里拆利的计算，大气对物体的压力是每平方厘米1千克。这小球的截面积是半径的平方乘上圆周率，等于1256平方厘米，作用于它身上的力就是1256千克，每边八匹马要各使出157千克的力才能将它拉开呢。"

皇帝闻听半信半疑。他想了一会儿说："这样一个拳头大小的球就要受大气的千斤压力，那朕的皇宫不早被压塌了吗？”

“陛下不用担心。铁球拉不开是因为里面抽成了真空，只外面受压力，陛下的皇宫高门大窗，空气自由出入，自然不会形成真空，上下压力也就互相抵消了。”

“那我们这些人每天生活在大气里不也要被压瘪了吗？”

“是的，我们一般人的身体面积约 2 平方米，他昼夜不停地受着 2 万千克的压力呢。可是陛下也不用担心，我们有口鼻可以呼吸，所以肚子里也绝不会形成真空的。”

皇帝听到这里才知自己是一场虚惊，大可不必为此担心，脸上也有了轻松的笑容，嘉许道：“想不到你这个市长还知道这么多新知识。”说罢，又传令摆酒，要借这明媚春光与奥托·格里克及臣子们痛饮一场。草地上又鼓乐齐奏，舞姿翩翩。

这正是：

人头朝下随地转，人身受压数万斤。

世代千年竟不知，只缘身在此事中。

第二十二回　未能观天穷底第谷氏临终相托
盯住火星不放开普勒出奇制胜

——开普勒第一、第二定律的发现

前面说到伽利略为了天上那遥远的星星竟被判刑受罪，其实在那茫茫星海的探索中，虽九死而不悔的何止他一个。1601 年，在奥国的布拉格一座古堡里正气息奄奄地躺着一个人，他叫**第谷·布拉赫(1546—1601 年)**，丹麦人。14 岁那年，第谷正在哥本哈根大学读书。这年天文学家预告 8 月 21 日将有日食发生，果然那天他看到了这个现象。他奇怪，那些天文学家何以能妙算如神，便决心去观天，究其原因。他从小由伯父收养，老人原想让他学法律，但是任性的他哪听这些，他每晚只睡几个小时，其余时间都在举目夜空，直到天亮。到 17 岁时，他已发现了许多书本上记载的行星位置有错误，便决心要绘制一份准确的星表。腓德烈二世把离首都不远的赫芬岛拨给他，建造起一座当时世界上最先进的天文台供他使用。二十年后新王即位，逼迫他离开了这座辛苦经营的基地。

第谷和开普勒的雕像

幸好 1599 年奥地利国王鲁道夫收留了他，并给他在布拉格又重修了一座天文台，他才得以继续自己的工作。

第谷能言善辩，恃强好斗，年轻时他曾为一个数学问题的争执与人相约决斗，被对方一剑削掉了鼻子，所以不得不装上一个金银合金的假鼻子。别看他鼻子有伤，眼睛却极好，二十多年来，他观察各行星的位置误差不超过 0.67°。就是数百年后有了现代仪器的我们也不能不惊叹他当时观察的准确。他一生的精力就是观天，就是记录星辰。但现在他再也不能爬起来工作了，因此急忙从德国招来一个青年继承他的事业。这人叫**开普勒（1571—1630年）**，身体瘦弱，眼睛近视又散光，观天自然很不合适，但是他有一个非常聪明的数学哲学头脑。第谷在1596年就看到他出版的《宇宙的奥秘》一书，感到他是一个人才。

在这个古堡式的房间里，地上摆着一个巨大的半圆轨道，轨道上有可移动的准尺，对准对面墙上的洞眼，屋里摆满仪器，墙上是三张天体示意图（托勒密体系、哥白尼体系和第谷体系）。第谷老人费力地睁开眼睛，对守护在他身边的开普勒说："我这一辈子没有别的企求，就是想观察记录1000颗星，但是现在看来不可能了，我一共才记录了750颗星。这些资料就全留给你吧，你要将它编成一张星表，以供后人使用。为了感谢支持过我们的国王，这星表就以他的名字——尊敬的鲁道夫来命名吧。"第谷说着喘了口气，看着周围那陪伴了他一生的仪器，还有墙上的图表，又招了招手，让开普勒更凑近些："不过你得答应我一件事，你看，这一百多年来人们对天体众说纷纭，各有体系。我知道你也有你的想法，这个我都不管，但是你在编制星表和著书时，必须按照我的体系。"开普勒心中突然像有什么东西敲击了一下，但他还是含着眼泪答应了这个垂危老人的请求。

老人又微微转过头，对守在床边的女婿滕格纳尔说：“我的遗产由你来处理，那些资料，你就全交给他吧。”说完便溘然长逝，屋里一片静默。

开普勒用手擦掉挂在腮边的泪水。他从外地辛苦跋涉来拜见这位天文学伟人，才刚刚一年，想不到老师便离他而去，哪能不潸然落泪。这时，滕格纳尔却突然转身在那个大资料箱上“咔嚓”一声上了一把锁，走出门外。

第谷一死，开普勒本应实现诺言，着手《星表》的编制出版。但是当时连年战争，加之滕格纳尔又争名夺利，不交出全部资料，所以开普勒只好暂停《星表》的编著，转向了火星的研究。

无论是托勒密还是哥白尼，尽管体系不同，但都认为星球是做着圆周运动。起初开普勒自然也是这样假设的。他将第谷留下的关于火星的资料，用圆周轨道来算，直算得头昏眼花，心慌神烦，但是连算了几个月还是毫无结果。这天他的夫人走进房间，看到这些画满大小圆圈的纸片，气得上去一把抓过来，揉成一团，指着他的鼻子直嚷：“你自己是不准备过日子了，可是还有我们母女。自跟上你就没过上一天舒心的日子，你每天晚上看星星，白天趴案头，我穷得只剩下最后一条裙子，你还在梦想你的天体、天体。我早就说过，

托勒密的地心说

哥白尼的日心说

不要到布拉格来寻找这个老头子。他这一死给你留下这个乱摊子，钱没有钱，人没有人，看你怎么收拾！”说着便呜呜咽咽地抹起泪来。开普勒是个天性柔弱之人，很少会与人顶嘴，而且他也自觉对不住妻子。这女人本是个富有的寡妇，开普勒娶她是为能得点财产来补助研究的，不想分文没有得上，反倒拖得她也成了贫家妇女。开普勒看了看桌上墙上那乱七八糟的样子，无可奈何地哀叹了一声，便提笔写起来：“我预备征服马尔斯（指火星），把它俘虏到我的星表中来，我已为它准备了枷锁。

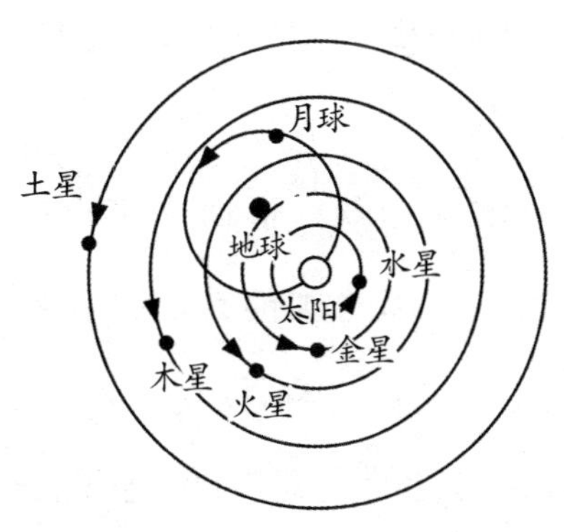

第谷的众星绕太阳，太阳又带众星绕地球转说

开普勒像

但是我忽然感到毫无把握。这个星空中狡黠的家伙出乎意料地扯断了我给它戴上的用方程式连成的枷锁，从星表的囚笼中冲出来，逃往自由的宇宙空间去了。”

各位读者，开普勒这段话讲得多么幽默，他道出了自己的艰辛与无奈。这时他没有觉察到，他用的枷锁其实是托勒密、哥白尼用过的旧枷锁——圆周轨道，当然套不住这匹烈马。开普勒有一个好习惯，他常常及时将自己的研究进展、喜悦、苦恼记录下来，这些可贵的记录给我们留下了追溯他思路的线索，成了科学史上难得的第一手资料。

却说，火星越是从开普勒的圆圈里溜掉，开普勒就越是不厌其烦地寻找新的圆圈。这天布拉格来了一位老翁，叫马斯特林，是开普勒的恩师、挚友。当年开普勒在图宾根神学院临毕业时，正是这位数学教师保举他到格拉茨去教数学，使他从此离开神学步入了科学领域，多年来他们一直保持通信，探讨天文、数学、物理。这次他远道而来，见到开普勒屋子里这许多乱七八糟的圆圈，便奇怪地问他："朋友，我不知道你这些年到底在干什么？"

"我想弄清行星的轨道。"

"这个问题从托勒密到第谷，不是都毫无疑问了吗？"

"不对，现在的轨道和第谷的数据还有 8 分之差。"

马斯特林摸着一头白发不禁失声叫了起来："哎呀，8 分，

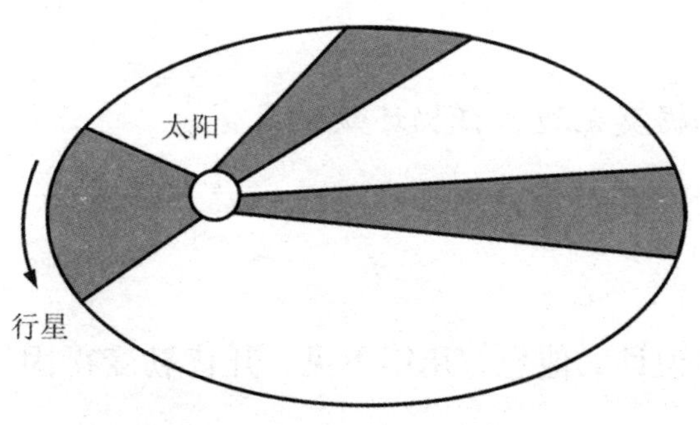

开普勒的众星绕太阳沿椭圆轨道旋转说

这是多么小的一点啊，它只不过相当于钟盘上秒针在 0.02 秒的瞬间走过的一点角度。我的朋友，你面前是浩渺无穷的宇宙啊，难道连这一点误差也要引起愁思？难道你就不怀疑第谷会记错吗？”

开普勒虽然神色疲倦，但是口气却十分坚决地说：“是的，我已经查遍第谷关于火星的资料，他二十多年如一日的观察数据完全一致——火星轨道与圆周运动有 8 分之差。感谢上帝给了我这样一位精通的观测者。这 8 分绝不敢忽视，我决心从这里打开缺口，改革以往所有的体系。”

“既然第谷的那许多观测都是对的，为什么他自己没有对行星轨道提出怀疑呢？”

“老师，我对第谷的尊敬绝不亚于对您。请听我直言一句：第谷是个富翁，但是他不懂得怎样来正确地使用他的这些财富。”

正是：

搜求证据莫无边，证据还须理来穿。

纵然摸瓜百十千，不如抓住藤一端。

老师不说话，他想，几年不见，开普勒变得固执狂妄了。妻子的反对，老师和朋友们的反对，周围人的不理解，没有

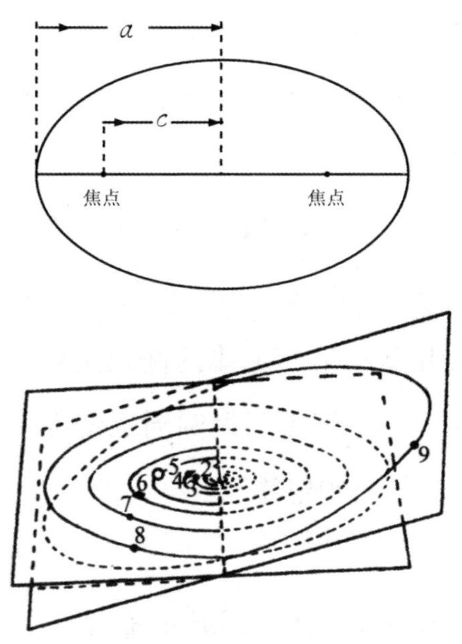

九大行星绕日运动轨道示意图

1- 水星　2- 金星　3- 地球　4- 火星　5- 木星

6- 土星　7- 天王星　8- 海王星　9- 冥王星①

使开普勒动摇。他没有像第谷那样决心要研究 1000 颗星，而他相信规律只有一个，便紧紧盯住了一个火星，解剖现象，探求规律。他不仅是一个天文工作者，而且也是一个热爱数学又教过多年数学的人，现在几何学要来帮天文学的忙了，

---

① 2006 年 8 月，第 26 届国际天文学联合会大会就有关行星新定义的决议草案进行了表决，冥王星被排除在太阳系九大行星行列之外，被列入“矮行星”。

开普勒从那许多圆圈里找到了蛛丝马迹。古希腊的阿基米德就知道世界上不只有一个圆，还有更复杂的圆锥曲线。开普勒终于发现，火星的轨道不是圆，而是椭圆。他用这副笼头去套那个火星烈马，火星只好就范了。第谷的数据天衣无缝。这件天文史上划时代的大事出现在公元1605年，这个发现就是后来被称为开普勒第二定律的椭圆定律。这之后，他还发现了第一定律：行星绕太阳做圆周运动在一定时间内扫过的面积相等，即“等面积定律”。

正是：

人说大海捞针难，更有捞针宇宙间。

探微察变须认真，一洞进去是桃源。

为什么一个看来很简单的题目拖了千百年后才由开普勒揭晓呢？尊敬的读者，容我这里补叙几笔。圆有一个圆心，椭圆有两个焦点。椭圆度到底有多大全靠两个焦点距离(焦距，c)与椭圆的长直径(长径，a)来决定，即 $e=\frac{c}{a}$。

可以看出，当两个焦点越来越近，直到重合时，$c=0$，因此 $e=0$，椭圆就是圆，所以圆实际上是椭圆的特殊形式。但是，茫茫宇宙中，行星绕太阳转的那个无形的圈子 e 值是很小的，所以，以往的天文学家都把行星轨道当作圆来看待。这首先要感谢第谷那二十多年来精确的观测，还有开普勒精确的计算。更幸运的是，他又正好选中火星这个典型来解剖，而火星恰是太阳系中椭圆度最大的星,这个天机终于被他看破了。

再说开普勒发现了火星的椭圆轨道，真是高兴得如癫如狂。他立即写信给他的恩师、老友马斯特林。不想马斯特林对他这一新发现置之不理，而欧洲其他有名的天文学家对他更是公开地嘲笑。这让他想起一个人来,就是意大利的伽利略。在伽利略最困难的时候，开普勒曾写信支持他说："伽利略，鼓起勇气，站出来！我估计欧洲重要的数学家中只有少数几个会反对我们。真理的力量无比强大。"而伽利略对他也很冷淡，连信也不回一封，连他一再想要一架伽利略新发明的望远镜也没有得到。这同时，伽利略却写信给科斯特公爵，把他捧为太阳，愿去做他的宫廷数学家。后人猜测，伽利略可能是忌妒他的发现。反正，伽利略的这种沉默成了科学史上的一个谜。

开普勒兴冲冲地取得这个发现，又冷冰冰地碰了这许多壁，此后便闭门不出，一人写起书来。过了些日子，一本记录有他的这个伟大发现的《新天文学》便完稿了。这天他将手稿装订好，放在案头，像打了一个胜仗一样高兴。虽然家境日趋贫寒，他还是连呼妻子预备一点儿酒菜，要自我庆祝一番。妻子见他这样，脸上也泛出一点儿笑意。

正当全家人难得高兴一会儿时，突然有人“当当当”叩了三下门。开普勒连忙起身开门，门还未完全打开，他倒暗自叫起苦来，刚才他脸上的那点喜气霎时也无踪无影。来人也不与主人寒暄，进门走到桌旁大声喊道：“开普勒，你好大胆子，不经我的同意，你就敢偷偷出书？”

究竟来人是谁，且听下回分解。

第二十三回　智达宇宙有权立法束众星
贫病一身无钱糊口死他乡

——开普勒第三定律的发现

上回说到开普勒在第谷死后经过四年的辛苦研究，终于弄清了行星的椭圆轨道，刚写成《新天文学》一书准备出版，突然有人闯进家来横加干涉。来人正是第谷的女婿滕格纳尔。他拿出当年第谷临终时的话来要挟开普勒，并以第谷遗产继承人的身份提出：要出书，也得署上他的大名。开普勒气得半天说不出话来。他曾答应过第谷，以后写书用老师的观点。可是他现在的认识已比老师进步许多，怎好再退回去？这样，书只好不出。又拖了四年，直到1609年夏天，双方互相让步，答应可以让滕格纳尔写一篇文章放在书的正文前页，这本书才算出版。在这篇文章里，这个女婿对开普勒的新体系进行了一通攻击，大喊开普勒对他岳父如何背叛。但是不管怎样，书总算出了，作为现代天文奠基石的开普勒第一、第二定律也总算正式问世。

开普勒在研究火星轨道问题时，心中无时不在惦念着第谷托付的《鲁道夫星表》。可是，整个国家政局不稳，宗教斗争严重，炮火连天，哀鸿遍野。开普勒被迫离开首都布拉格，居住在多瑙河边的一个叫林茨的小城里，为了糊口，去做数学教师。

这天早晨，他凭桌傍窗而坐，望着窗外多瑙河面上粼粼水波，不觉犯了愁思，直瞅着那河，像个木头人似的呆坐了很久。过去是绝没有这种情况的，只要一靠近桌子，他就像磁石见铁一样埋头写作、计算，而近来他有说不出的烦躁和凄凉，他这个数学家已名存实亡。他想起 1611 年——那个最使他辛酸的年头。这年 2 月，他最心爱的小女儿夭折；3 月 24 日，政变部队攻进首都，他的靠山鲁道夫皇帝不久身亡；7 月 8 日，他的夫人去世……而新皇帝不喜欢他，他只好离开首都来到这个小地方。家破人亡，靠山倒台，他的境遇十分艰难。恩人鲁道夫死了，但以他的名字命名的《星表》还未编成。他本想隐居此地埋头整理《星表》，但是 1618 年开始了一场“三十年战争”。他的薪水总是一再拖欠，他穷得连一个助手也雇不起。现在第谷的那些资料，倒是都已在他的手中，那个总是捣乱的滕格纳尔也家境败落，自顾不暇，不再找他纠缠。可是他身无分文，连那个他视为知己的伽利略，近来干脆拒绝与他通信了……他这样对着多瑙河想了一番心事，叹了几口气，也无可奈何，又提起笔，对着第谷留下的那一堆数字去动脑筋了。

行星是在做着椭圆运动，但是它们绕太阳一周到底要多少时间,为什么有的快,有的慢呢？这茫茫宇宙是无法丈量的。多病、穷困但又十分聪明的开普勒想出了一个妙法，他将人们最熟悉的地球到太阳间的距离 R 定为 1，地球绕太阳的公转周期 T 是一年，这样以此为标准，再换算其他行星的周期和距离，便得到这么一堆数字：

行星	T	R
水星	0.241	0.387
金星	0.615	0.723
地球	1.000	1.000
火星	1.881	1.524
木星	11.862	5.203
土星	29.457	9.539

它们之间到底有什么关系？开普勒看来看去，这些数字四散在桌子上，它们之间就像多瑙河里的鱼、桌上的蜡与天花板上的尘土一般，看不出一点点联系。但是开普勒坚信宇宙是一个和谐的整体，他和数学家毕达哥拉斯一样，认为世

间一切物体都有一定的和谐的数量关系。于是他便将这一堆数字互加、互减、互乘、互除、自乘、自除，翻来倒去，想碰碰能否发现它们之间的规律。这样变了一阵“魔方”，但终究还是乱麻一团。

大约有很多日子，他就这样，一直在乱麻堆里寻求和谐。现在出入书房送茶倒水伺候他的，自然已不是先前那位跟着他吃尽苦头的贵族出身的夫人了，而是一位年龄与他相差甚大的少妇。原来，开普勒的原配夫人死后，由于他的名望，立即有十一位姑娘想来做他的夫人候选人。这个极讲和谐的科学家选夫人却也有趣。他自知自己瘦小，所以第一个高大强健的女子便被淘汰；第二个矮胖女人也不在入选之列；直到最后，他选了一位不高不矮、身体略瘦的木匠的女儿。他挑选结婚的日子，也很特殊，得在“天文学的精灵藏匿不见的月食那一天”。1613 年 10 月 30 日他们终于完婚 (其实由于计算不准，这日子比月食晚两天)。从此，在开普勒绞尽脑汁追求天体和谐的日日夜夜里，就是这位与他的体形、性格都和谐的年轻夫人服侍着他。

一天早晨，红日照进书房，一夜没有离开桌子的开普勒正把头埋在稿纸堆里，夫人轻轻走了进来，先吹灭桌上的蜡，又伸手去推窗户。突然开普勒霍地从椅子上弹了起来，一把拉住夫人："啊，我亲爱的，我找见了，我发现了，感谢上帝将你赐给我，我们是这样的和谐，宇宙是这样的和谐。啊，发现了！弄清了！"他说着甩开夫人，自己上去一把推开窗户，多瑙河上带有雾气的凉风吹了进来，拂动他蓬乱的头发。

妻子以为他累疯了，忙喊："开普勒，亲爱的，你怎么了？"

开普勒什么也不说，忙将一张纸片递给妻子，这张纸上是这样几行数字：

行星	T	R	T^2	R^3
水星	0.241	0.387	0.058	0.058
金星	0.615	0.723	0.378	0.378
地球	1.000	1.000	1.000	1.000
火星	1.881	1.524	3.54	3.54
木星	11.862	5.203	140.7	140.7
土星	29.457	9.539	867.7	867.7

木匠的女儿自然不懂这些数字。但是，现在我们却可以看出最后两列数字一模一样。开普勒做了那么多加减乘除之后，终于碰着了天体上的一个电钮，漆黑的宇宙在他的眼前忽然大放光彩。原来行星绕太阳运转时，其运转周期的平方等于它与太阳间平均距离的立方：$T^2=R^3$，这就是后来所称的"开普勒第三定律"。这是一个天文史上极伟大的发现，开

普勒的“和谐”思想找到了根据，它说明太阳与其他行星绝不是一群乌合之众，而是一个极严密的系统——太阳系。

再说开普勒的妻子将这张纸片拿在手里正不知何意，却见开普勒不言不语，早伏在案头，又奋笔写起他的笔记：

> ……这正是我十六年以前就强烈希望探求的东西。我就是为这个而同第谷合作……现在我终于揭示出它的真相，认识到这一真理，这已超出我的最美好的期望。大事告成，书已写出，可能当代就有人读它，也可能后世才有人读它，甚至可能要等一个世纪才有读者，就像上帝等了六千年才有信奉者一样，这我就管不着了。

正是：

耗尽心血流尽汗，踏破铁鞋翻群山。

十年求得一个数，灵犀只在这一点。

开普勒写完这段话，把笔一甩，拉着妻子，便推门向外跑去。阳光灿烂，清风徐徐，多瑙河波光粼粼，他惊讶地发现大自然这样美好。多少年来，他一直是在黑洞洞的宇宙里探索，今天才有空留心一下自己所生活的地球和傍依多年的多瑙河。

开普勒将他的“第三定律”等成果写成的书《宇宙谐和论》于1619年出版。开普勒发现的这三条定律可真是非同小可，它使貌似杂乱的宇宙星空顿然井然有序，开普勒也被后人誉为天空立法者。为了便于记忆这三条重要规律，单有一首打油诗唱道：

第一定律限面积，第二定律画椭圆，
周期半径归第三，天上从此再不乱。

发现第三定律后，开普勒一生的最后目标便是赶快完成《星表》了。但是战乱不断，他只好离开林茨，坐船逆多瑙河而上来到雷根斯堡，然后将妻儿留在那里，一个人到乌尔姆组织印刷，后来又举家迁到萨冈。1627年，他将这本书的样本送给皇帝。他在致皇帝的呈词中这样倾诉自己的辛酸：“……经过二十六年的艰辛完成了奉献给陛下的这部著作……我能说些什么呢？我就像一个坐着一艘外国轮船的人一样，船在哪儿靠岸我也只能在哪儿上岸。仅此而已，别无他求。”1629年，这部《星表》终于开始印刷，但是开普勒这时已经穷得揭不开锅了。这天晚上，他把家人叫到一起，说：

“我这一辈子研究天体，总算找到了它们的和谐关系，可地球上总是这样乱哄哄的。我虽然有发现，有著作，可是现在却没有能养活你们的面包。我这一生的研究就到此为止了。明天一早，我就离开这里到林茨去，去给你们寻饭吃。那是我生活了多年的地方，那里的国会还欠我一大笔薪金，他们总不能这样拖到我死才还吧。你们在家里安心等着，我去些日子就会回来。”说完，他特别把他的女婿，也是他最信任的助手巴尔奇叫到跟前：“孩子，这是我过去写的两行诗，假如我此去不再归来，就请用它做我的墓碑碑文吧。”这两行诗是：

我欲测天高，现在量地深。

上天赐我灵魂，凡俗的肉体安睡在地下。

第二天全家人泣涕而别。

11月初，开普勒到达雷根斯堡。三天后，他突然发烧，在大路旁的一间小旅馆里，这位曾使天上的众星俯首听命的伟人就这样在孤独和饥饿中死去。这天是公元1630年11月15日。

第二十四回　千里投书亿万里外猎新星
百年假说一夜之间变成真

——海王星的发现

上回书说到开普勒以毕生精力刚弄清天体运动的规律，便穷途潦倒死于他乡。当时人们已经逐渐发现太阳系有水、金、地、火、木、土六大行星，1781 年 3 月 13 日，赫歇尔又发现了第七颗行星——天王星。人们将这些行星按照开普勒的轨道一一摆开，倒也运转得服服帖帖。各位读者，前面我们讲过，自从哥白尼 1543 年出版《天体运行论》，提出“日心说”以来，这新天文学经历了许多苦难。布鲁诺被焚身，伽利略被判刑，开普勒又是这般下场，几代人以血泪汗水和泥垒砖终于筑成这座天文学的大厦，呕心沥血，总算摸到了一点规律。他们的辛苦没有白费，就是我这写书人也替他们感到无限的欣慰。

但是，到 1821 年有个法国人布瓦德，将 1781 年以来四十年的天王星资料进行了一番细细推算。这一算不得了，这天王星总也进不了开普勒的轨道。他又将 1781 年以前的观察资料(当时人们是将它错当恒星记录的)再算一遍，又是另一个轨道。事情又过了近十年，即 1830 年，有人将天王星的轨道再算一遍，却又是第三种样子。这下，已平静二百来年的天文界又哗然起来，难道是哥白尼的假设、开普勒的“立法”都错了？如果不错，那只有一种解释，就是天王星外还有一颗未发现的新星通过引力在影响它的轨道。但是经过八十年的探索，却杳无踪影。你想，天王星距太阳约 28 亿公里，绕太阳一周，要用八十四年，如果它的轨道外再有一颗星，找起来真是大海捞针了。

19 世纪 40 年代，几乎全世界的天文学家都在为找这个暗藏的调皮鬼而绞尽脑汁。原来在宇宙中，这一颗星会对附近的另一颗星的运行轨道发生影响，这叫摄动。根据开普勒等人在理论上的发现，在当时对已知星计算摄动是不成问题的。现在要反过来，靠这么一点点的摄动就要去推算那颗未知的新星，这里面有许多的未知数，简直无从下手。所以寻找这颗新星既像是要去抱一个金娃娃使人急不可待；又像是要去捉一只虎，叫人想而生畏。一时整个天文界，整个天文体系，都让这颗星搅得心神不安。1846 年 9 月 23 日，德国柏林天文台的老台长加勒正坐在自己的办公室里，侍者送进

勒维烈像

来一封信。此信是从法国寄来的，落款是一个陌生的名字：**勒维烈（1811—1877年）**。是谁又来向他求教什么呢？可是当他仔细一读，不觉大吃一惊：

尊敬的加勒台长：

请您在今天晚上，将望远镜对准摩羯座δ星(中文：垒壁阵四)之东约5°的地方，你就会发现一颗新星。它就是你日夜在寻找的那颗未知行星，它小圆面直径约3角秒，运动速度每天后退69角秒(一周天360度，1度=60角分，1角分=60角秒)……

满头银发的加勒读完信,不禁有点发愣。他心里又惊又喜,是谁这么大口气，难道他已观察到这颗星？不可能，这个未出名的小人物不会有什么样的观察设备，他怎么敢预言得这么具体?

好不容易，加勒和助手们熬到天黑，便忙将望远镜对准那个星区。果然发现一个亮点儿，和信中所说的位置相差不到 1° 。他眼睛紧贴望远镜，一直看了一个小时，这颗星果然后退了 3 角秒。“哎呀！”这回加勒台长跳了起来。那个陌生人竟预言得 1 角秒不差！大海里的针终于捞到，加勒和助手们狂呼着拥抱在一起。几天后他们向全世界宣布：又一颗新行星发现了！它被命名为——海王星。

一个月后，加勒匆匆赶到巴黎，按着地址找到一个实验室里，急切地要见那个叫勒维烈的写信人。这时，桌边一位 30 岁左右的小伙子羞涩地站起来说：“如果我没有猜错，您就是从柏林来的加勒先生，我就是给您写信的勒维烈。”

加勒这回更加惊诧，万没料到指导他发现海王星的竟是这么一个年轻人。他一下扑上去，和他紧紧地拥抱，然后迫不及待地说：“你太伟大了，太了不起了，请让我参观一下你的仪器，你的设备。”

小伙子还是羞涩地笑了笑，从抽屉里取出一大本计算稿纸说："我是用笔算出来的。"

"请您介绍一下您的算法。"

"其实也没有什么。我研究了一下其他行星与太阳的距离，木星、土星和天王星轨道的半径差不多后一个都是前一个的 2 倍，就设未知星半径也是天王星的 2 倍，列出方程。算出的结果和观察当然有误差，经过修正，再算，再修正，再计算，逐步逼近。"

"算了多长时间？"

"我也记不清了，大概有好几年。"

"就这样直算到误差小到 1 角秒？"

"嗯。"勒维烈又是羞涩地点了一下头。

"小伙子，有毅力。这颗星终于让你摘去了。"加勒仔细地审查了这堆稿纸：共三十三个方程。这位老天文学家流泪了。他冒着寒风在星空下观察了一辈子而不得其果，这个未出茅庐的小伙子却用一支笔将结果精算于帷幄之中。科学的假设、科学的理论一旦建立，竟有如此伟大的神力啊！

正是：

大海拉网苦办法，明人顺藤来摸瓜。

巧用理论去指南，岂肯盲人骑瞎马。

发现海王星的消息传开，英国皇家天文台急急忙忙查找自己的资料，这时才发现正好也是一年前 9 月里就有个叫亚当斯的青年计算出这颗新星的位置，并将结果转告给台长。但这位皇家台长瞧不起这个 23 岁的无名小卒，根本没有做认真的观察，以致在这场重要的竞争中，使法国人和德国人捷足先登 (不过后来在科学史上倒也承认，这海王星是他们两家同时发现的，勒维烈和亚当斯也成了好友，他们后来分别担任了巴黎天文台和剑桥大学天文台的台长)。哥白尼、开普勒的学说终因他们这一伟大的发现而站稳了脚跟。

后来，恩格斯论及此事时特别感叹地说："哥白尼的太阳系学说有三百年之久一直是一种假说，这个假说有 99%、99.9%、99.99% 的可靠性，但毕竟是一种假说，而当勒维烈根据这个太阳系学说所提供的数据，不仅推算出一定还存在一个尚未知道的行星，而且还推算出这个行星在太空中的位置的时候，当后来加勒确实发现了这个行星的时候，哥白尼的学说就被证实了。"

至此，天文学进入了一个新阶段。

第二十五回　河边一梦繁星点点指坐标
船上一觉几个数字缚海盗

——直角坐标系的创立

上回说到 1846 年 9 月 23 日夜，柏林天文台台长加勒靠着千里外一封来信的指点，顺利地找见那颗全球天文学家都感到头疼的海王星。这到底用的什么方法呢？要说清这事，还得再退回二百二十六年前。

1620 年深秋，莱茵河畔的乌尔姆小镇扎下一排军用帐篷。入夜，万籁俱寂，唯有秋风轻轻，云破月来树弄影。这时帐篷里，一个年轻士兵翻来覆去怎么也睡不着。他就是后来闻名于世的大哲学家、数学家**笛卡尔 (1596—1650 年)**。这年他 24 岁，正服军役。说来好笑，笛卡尔一生有两个怪癖，一是睡懒觉，二是旅游。他出生在法国北部都兰城的一个议员家庭。因从小体弱，很受家庭宠爱。后来上了学，校长见他瘦小而聪明，又碍着他父亲的面子，便特许他早晨想什么时候起床就什么时候起床。想不到，这倒使他慢慢养成了一个习惯：躺在被

笛卡尔

窝里思考问题。这天晚上，在这个陌生的地方，他一时难以入睡。多瑙河细碎的波浪声，天窗外点点的繁星，原野里秋天枯草的香味，凑成一个美妙的环境。笛卡尔想着最近研究的几何与代数的结合，眼前这些星星像豆子一样，满天乱撒，如果用数学方法，怎么表示它们的位置呢？当然最好是画一张图。但这是几何的方法。古埃及人在尼罗河边丈量土地时就学会使用这个办法了。但这纷乱的星空多么复杂，就算画出来，当你要指给人看一颗星时，还得拿出整个一张图。可又有什么方法只用几个数字就能标清它们的位置呢？他又想，自己随军到处奔波，前几天还在多瑙河右岸，今晚又到左岸，时而在上游，时而在下游，要是给上级报告部队的位置，该怎样表示呢……

笛卡尔正这样躺在被窝里做着研究，忽然门口传来“嗒嗒”的脚步声。排长查铺了，他慌忙将被子往头上一蒙，支起两耳，听着响动。可是奇怪，脚步声到门口又折回去了。他猜想，一会儿还会回来，于是不再探头，继续进行图与数的冥想。

过了一阵，果然排长又来了。他闯进帐篷，揭开被子，一把拉起笛卡尔就向外拖去。笛卡尔想喊喊不出，想披件衣服，可手又被攥得紧紧的。等到走出帐外，排长才说：“你不是整日研究，想用数学来解释自然和宇宙吗？趁现在夜深人静，这荒野旷地不会有谁偷听，我告诉你个妙法，你要切切记在心中。”说着，排长从身后抽出了两支箭，拿在手里搭成一个“十”字。箭头一个朝上，一个朝右。他将十字举过头说：“你看，假如我们把天空的一部分看成一个平面，这个平面就分成四个部分。我这两支箭能射无限远，天上这么多星，随便哪一颗，你只要向这两支箭上分别引两条垂直线，就会得出两个数字，这位置就被表示得一清二楚了。”

笛卡尔说：“你慌慌张张地把我拉出来，我还当有什么新鲜玩意儿，画坐标图，古希腊人就会使用。现在最难的是那些抽象的负数，人看不见摸不着，显示不出来就不好说服人。”

排长在笛卡尔肩上打了一拳，哈哈笑道：“我说，你这么聪明，怎么这层窗纸就没有捅破。你看，将这两支箭的十字交叉处定为0，向上向右是正数，向下向左不就是负数吗？这乌尔姆镇是交叉点，多瑙河上游是正，下游是负，右岸是正，左岸是负。我们行军在镇的东西南北，不是随时就可用正负两个数字表示出来吗？”

笛卡尔高喊道：“这是个好主意！”

他一下扑上前去想抓过箭来看看，不想排长忽地将箭往身后一藏，不悦道：“你就知道每天睡懒觉，自己不会去做一副吗？”说着便向河边跑去，眼见到了岸边，他竟踏水而过，如履平地。笛卡尔也一脚踏上水面，却“扑通”一声跌入河中，忙大喊救人。

突然，他觉得屁股上重重挨了一脚，睁眼一看，帐篷里已射进阳光。排长正站在他的身边喊道：“你这个懒鬼，还不起床，又在做什么美梦！”笛卡尔眨了眨眼，一骨碌爬起，双手抓住排长的肩膀直摇：“你说什么？你刚才对我讲了些什么？”排长骂道：“神经病！”又去催别人起床。笛卡尔却像突然发了疯似的从枕头下抽出一个本子和半截铅笔。他先画了一条竖线，标明为 y；又画了一条横线，标明为 x。在这两条轴上又标出许多正负刻度，如梦中见到的一样。外面集合的号声嗒嗒地吹响，他慌乱套上衣服，提起枪便冲出帐外。后人都说笛卡尔的坐标系真的是这样从梦中得来的，时间是 1620 年 11 月 10 日，地点是乌尔姆镇(二百六十年后爱因斯坦就诞生在这个小镇上)。

再说笛卡尔当了一阵儿兵后，渐渐觉得厌烦，便离开军队去游历德国、哥本哈根、波兰等许多地方。这天在一个小港湾，他带着仆人和一大箱书，登上一艘不大的荷兰商船，准备回到祖国。笛卡尔躺在又窄又暗的舱里，被昏沉沉地摇了一个晚上，早晨醒来身体像散了架一样，按照懒习惯他只是翻了个身，不想立刻起床。仆人可能到甲板上吹海风去了，突然隔壁有谁在说话，他将耳朵贴在木板缝上听。原来，船长和船副在用荷兰话密谈。

船长说："……客人中要数那个法国大兵了，你注意到他那只大箱子了吧？仆人扛时腰都被压弯了。"

船副说："估计天黑前到卡斯岛，上岸后就会有人接应。"

"嘘，小声点，那家伙是当过兵的，漏了风不好对付。"

"不怕，我试探过了，他听不懂荷兰话。"

笛卡尔一下全明白了，他是上了海盗船。这可怎么脱身？他先冷静下来，脑子里闪出卡斯岛的位置。过去当兵时他曾去过那里，那是一座荒岛，现在看来是他们的老窝了。他不敢有任何动静，就在被子里悄悄地掏出一个小小罗盘，测定了船现在的经纬度，眉头一皱，脑海里闪出一幅这一带海域的坐标图。根据经纬度在坐标系里的位置，他轻易地算出了卡斯岛的距离。根据航速，船今晚无论如何也驶不到那里，相反，沿途倒是有一个住人的小岛。盘算好了，笛卡尔整天都躺在被窝里装着若无其事，只是仆人送饭时，他才悄悄告诉仆人要做好准备。

夕阳斜照，笛卡尔到甲板上散步。他悠闲地眺望着天际，海面像一匹绿绸子柔和地飘向天边，海鸥掠着浪花翻飞，时而倏地栽下来点一下水，又突然翻身冲向天空。他心里在祈祷，但愿他的计算不会有错。船长也来到甲板上，他先扫了一眼笛卡尔腰间的佩剑，随即用法语与笛卡尔交谈起来，但同时焦急地扫视着海面。笛卡尔心里说："你的岛？至少后半夜再说吧！"远方慢慢出现一个小岛的轮廓。船长脸上显出喜色，对笛卡尔说："天气真热，先生，我们靠岸到岛上稍歇一会儿好吗？"笛卡尔也偷偷打量着这岛，上面一片寂静。他不由地心里直打鼓：难道我算错了吗？渐渐的，岛上的树木、房屋现出来了，这是一座岛，但不是那座荒岛，上面有渔村，这是一座救命的岛啊！

船靠岸了，船长向岛上张望着，他一定在寻找来接应的同伙。大概他也发现不对劲，正在犹豫不定。这时笛卡尔却大声地笑着说："先生，我们去喝一杯吧，我请客。"船长脸上努力装出一种随便的样子，顺着长长的木板走下船来。他的双脚刚刚站到岩石上，忽听后面"嗖"的一声，一回头，却见笛卡尔右手的剑尖正顶着他的鼻尖，左手里的一把手枪也瞄准了他的胸口。船长愣住了，只听这个法国人用荷兰话大声喊着："快命令你的水手把我的箱子送下岸来！先生，您下错了地方！""哎呀！他原来会说荷兰话啊！"船长心里想，再一细看这个小岛，山上有几户渔民，此外并没有什么自己人前来接应。他的头上顿时渗出一层冷汗。

法国大兵的箱子送下来了，笛卡尔说："船长，请看看我的金银财宝吧。"打开一看，都是些书，还有一堆手稿，上面满是弯弯曲曲的线条、数字。笛卡尔哼了一声，对又失望又恐慌的海盗船长说："你大概没想到吧，今天俘虏你的就是这些数字。天黑前你只能到这里就擒，我给你计算得一点不差！"这时，笛卡尔的仆人也在船上用火枪顶住了船副，并叫其他几位乘客赶快下船。船长跪在岩石上，直求饶命。

笛卡尔轻蔑地说道：“我不会让你的血污了我的剑，不过以后再出来做海盗时，别忘记船上该雇个数学家！”

却说这次笛卡尔历险之后回到祖国，就将他那在军营里、在车上、船上所思所想的东西整理成一本书，书中专有《几何》一篇。他第一次将几何和代数联系起来，创立了坐标系，这样，在坐标系里只要知道一个点，这个点的轨迹，不管它是直线、曲线、圆、椭圆，都可以通过相应的方程式精确地推出。这一下，变数进入了数学、物理、化学、天文等领域，一切运动的过程都可以在这个坐标系里得到明确的综合描述。正因为有这一步，才有后来牛顿一系列的重大发现。所以，人们常说笛卡尔是牛顿的人梯。近代科学渐渐地就要迎来一个新阶段。

第二十六回　无形学院研究无形物
科坛新人脚下有新路

——波义耳定律与化学科学的确立

科学探索有时像大海的潮涌，一俟勃发，就能创造出奇迹。后人评价笛卡尔，说这位法国科学家的坐标系是从梦中得来的，时间是1620年11月10日，地点是德国乌尔姆镇。其实这笛卡尔才高智广，何止在数学领域，他对于物理、天文、生理、医学、化学也都无所不通。他认为“世界是一本大书”，为读这本大书，他始终不肯闲下来而不停地游历各国，与当时欧洲的一些名士学者切磋学术。这天他又游历到英国的斯泰尔桥。不过这次他倒不是来讨论什么学问，而是拜访他的老朋友莱尼拉芙夫人的。

却说他叩门入内，落座接茶。莱尼拉芙夫人见是老友光临，早跑前跑后，又是取水果茶点，又是吩咐仆人备饭。笛卡尔仰坐在椅子里仔细打量起朋友的住所来。这是一座漂亮的私人庄园。窗外红楼绿树，白木栅栏，室内墙上留着精细的浮雕，有鼓着双翅的小天使，有娴静美丽的淑女。这时外面“咩咩”的一阵羊叫，几声鞭响，他探头一望，只见如血的夕阳从群羊的背上抹过，一团白云红雾飘过绿草清水，好一幅牧归图。他这个四海为家终身飘零的人不由得顿生归根之念，他下意识地摸摸自己斑白的鬓角，真是学海无边，何日是岸啊。自己要能有这样一座庄园，让他这只孤舟也能傍岸暂歇一时多好。这时莱尼拉芙夫人也已忙完，笑盈盈地坐在他对面，说：“怎么，看上我这个世外庄园了？”

“是啊，这里太清静了。”

笛卡尔话音未落，忽听楼上脚步杂沓，人声鼎沸，像是开会，又像是吵架。他刚才隐隐升起的闲适之感顿消云外，忙问：“上面在干什么？”

莱尼拉芙夫人无可奈何地一笑，说道：“世外庄园也不清静啊，一群毛头小子，整日议论什么世界，什么物质，一个个都想当你这样的科学家呢。”

不想这么一说，笛卡尔倒忽然来了精神，旅途的疲劳一扫而光，说：“快领我上去看看。”

莱尼拉芙夫人笑道：“你呀，天生是个跳不出苦海的人。”

他们上到二楼，一推门，只见七八个年轻人，有的坐在桌子上，有的卧在沙发里，还有的倚在窗前，正指手画脚、脖粗脸涨地辩论。桌上书本倒扣，纸张乱叠，他们见有陌生人进来才赶快打住话头。莱尼拉芙夫人指着当中站着的一个二十来岁的小伙子说：“你还没见过，这就是我的小弟弟**波义耳 (1627—1691 年)**，这些都是他们组织里的人。”又回过头说：“你们也认识一下，这就是我的老朋友，你们常议论的大人物笛卡尔。”

小伙子们不禁大吃一惊，喜得如遇着上帝下凡一般，一起围了上来。笛卡尔问：“你们在议论什么？”

波义耳

“还不是亚里士多德老头早就讲的那个老问题，世界到底是什么。是水，是火？还是土，是气？”他们乱哄哄地一齐回答。又有人补充道：“最近还流行什么‘三原质’说，说是一切物质遇火都要分解成三种元素：硫磺、水银、盐。说木头点着火后，火苗是硫磺，冒的烟是水银气，留下的灰是盐。”

“这都是些胡说。”一扯到这个话题，波义耳又恢复了刚才咄咄逼人的架势，忘记了面前新来的这位贵客：“物质遇火不一定都是分解，有时反倒是合成。如灰和沙子经火一烧倒成了玻璃。再说，就是那‘三原质’也不是不可再分的东西。如他们说的盐里就有碱和酸。从亚里士多德以来，人们总是在这些无形的东西上辩论来辩论去，其实真正解决问题的方法还是要实验，要一样一样地去试，这些无形的东西就可以看得见摸得着了。它们至少有三样特点：形状、大小和运动。”

笛卡尔在一旁听着，觉得这些年轻人确实有胆有识，一切经过实验，这不是培根提倡的方法吗？他们敢于反对旧的经院式研究去闯自己的新路，便又问：“刚才听说你们还有个组织，叫什么名字？”

“无形学院。”

“什么意思？”

“我们自愿结合到一起讨论问题，无拘无束，无形无体，不就是无形学院吗？”

笛卡尔闻听哈哈大笑：“好，好，有意思。你们比牛津的那些学院并不差分毫啊，真是后生可畏。”

再说这波义耳也真是说到做到。他父亲是一位保皇分子，前不久在与克伦威尔革命军作战中刚刚阵亡，留下了一笔家产。他就用这些钱在领地里修起冶炼大铁炉，买来瓶瓶罐罐，雇了工人、秘书。波义耳是个百科全书式的学者，物理、化学、生物、医学、哲学、神学无所不爱，无所不去研究。这些实验大都是由他精心设计，由别人去做，他分析记录，研究规律，然后口授论文。

这天他正在实验室里巡视，助手威廉报告刚从国外买来两瓶盐酸。波义耳说：“拿来让我看看。”这时老花匠刚采了一大篮子紫罗兰，扎成一束束正向各房间里分插。波义耳闻着沁人心脾的芳香，看着那紫里透蓝的花瓣，随手从篮子里抽了一束，拿在手里一边玩儿，一边看威廉往一个烧瓶里倒盐酸。那淡黄色的液体一流出瓶口，便冒着滚滚的浓烟，缓缓地在瓶子周围滚动。波义耳和助手都感到一阵刺鼻的难受，他忙用花束下意识地扑打了几下，又把花举到鼻下。等看过新买的盐酸，他举着花束又欢快地回到书房，这时花上还在冒着轻烟。多娇好的花朵，不幸竟也沾上了盐酸的飞沫。他赶忙将花浸到一个有水的玻璃盆里，然后在地上一趟一趟地踱着步子，开始给秘书口授文章。

不知这样走了几趟，他偶一抬头，突然发现玻璃盆里的花变成红色的了，他以为是玻璃与阳光的作用，忙上去一把抽出来。刚才这花明明还是蓝莹莹的一瓣一瓣，怎么转眼就成了红艳艳的一朵一朵？秘书听他不说话了，一抬头见波义耳正对着一束水淋淋的鲜花发愣，他正要问话，波义耳却大喊道："快到花园里去再采一大把紫罗兰，还有药草、苔藓、五倍子，各种花草树皮都采一点来。"

原来聪明的波义耳立即悟到是盐酸使紫罗兰变成了红色。那么对其他花草会怎样呢？他将各种花草制成浸液，然后用酸碱一一去试，果然有的遇碱变色，有的遇酸变色，而更有趣的是，用石蕊、苔藓制成的一种紫色浸液，却是遇酸变红，遇碱变蓝，一身而兼二性，实在妙极了。他用这浸液将纸泡湿，然后再烘干，以后遇到新的液体不知是酸是碱，只要剪上一条这种试纸，投入液中，或红或蓝，酸碱立判。

正是：

有色有味紫罗兰，任人品嗅任人看。

一朝落入知己手，却为化学来指南。

我们现在中学生在课堂上用的指示剂，原来就是这样发明的。

各位读者，波义耳发现酸碱测试法这件事好像纯属偶然，但仔细一想，偶然中有必然。就是哲学上说的必然性寓于偶然之中。科学发现的必然有两个含义，一是事物本身存在着必然的规律，不管你知道不知道，它都存在，都在起作用，它今天不在这里露头，明天必然会在那里露头，总有一天要让人在一次偶然的机会中发现它。像一头小鹿，尽管它躲躲藏藏，但是只要它在林子里生活，就总会被猎人发现。二是研究者自身，他有既定的目标，又划定了一定的范围，锲而不舍，总能达到目的。就像一个猎人，今天没有猎获，明天没有猎获，后天总会有猎物撞在他的枪口上。“必然”就这样在偶然中实现。这里要紧的一条是，你必须去干，首先做到主观的必然，才能发现客观的必然。近水楼台先得月，你总得走近事物才可能发现事物。许多科学家都是守着一个题目，十年、三十年，甚至一生，才得以抓住那一点点“偶然”。但只因这偶然一得，便扯出了一条线，一条贯穿全过程的必然的规律之线。

却说这波义耳发明了指示剂后就更认真地要分出各种物质的特性，他早已不相信那关于水、土、气、火是最简单的物质的说法，认为世界是由一些最小的微粒组成，但是微粒是怎样结合在一起，他又要亲自来试一试。这天，波义耳又和自己的新助手罗伯特·胡克将一些不同的反应物放在一个U形管里，管的一头密封，再从另一头加压。波义耳说：“我想压力提高，这些微粒的结合就会更快。请将压力平衡管提高，增大压力一倍。”胡克将压力慢慢升高一倍，波义耳去看U形管的刻度，他惊奇地发现：气体体积缩小了一半。他喊道：“再加大一倍。”体积又缩小了一半。这回他亲自操作，压力慢慢减小，当小到等于最初压力时，气体的体积也正好恢复到原来的大小。他立即挥笔在本子上记下一句话——气体的体积和它的压力成反比。

这就是1662年发现的著名的“波义耳定律”。

现在波义耳手中已掌握了大量的实验材料，于是他集中精力开始写一本新书《怀疑的化学家》。他在这本书里力排众议，把过去认为的化学就是炼金术，就是制药之道，元素是四种或三种的说法批驳得体无完肤。他另指新路，认为化学应当说明化学过程和物质的结构，元素就是再不能分解的物质。近代化学出现了。恩格斯说，是“波义耳把化学确立为科学”。

波义耳就是这样从亲自做实验入手，积累了资料，又上升到理论著书立说。现在他暂时离开了烧瓶、熔炉，而每天与墨水纸张做伴。这天波义耳正专心致志地写书，胡克突然慌慌忙忙地推门进来，高喊着：“好消息，好消息。波义耳先生，伦敦来信了！”

究竟伦敦来信带来了什么消息，且听下回分解。

第二十七回　苹果月亮天上地下一个样
痴女傻男你东我西难成双

——万有引力定律的发现

上回说到波义耳正在家里安心写书，忽然胡克跑进来大喊有好消息。原来是伦敦来信，要成立皇家学会，请波义耳去主持。波义耳一听也喜上眉梢，不久他便带上胡克等前往伦敦。这无形学院真的发展成一所有形的皇家学会了。彼时科学浪潮滚滚，科学队伍人才辈出，也实在需要一个组织将大家团结起来，这皇家学会集很多学术团体而成。另一方面，当时在各学科研究领域已出现了很多重要人物和重要的科学成就，如伽利略在力学上的发现，开普勒对天空的立法，笛卡尔在数学上的发明……真是各路英雄风云集会，各个领域百花齐放，这时也实在需要一个更高的伟人出来，将这些新成果总结一番，归纳出一个解释自然世界的总法则。说也奇怪，就刚好在伽利略逝世的 1643 年，**牛顿 (1643—1727 年)** 来到人间。

牛顿

真是天降大任于斯人，必先苦其心志，劳其筋骨。这牛顿未出娘腹，父亲便去世；不到两岁，母亲又改嫁；在舅舅和外祖母的抚养下长大。他从小体弱多病，1661 年 6 月，他以“减费生”身份考入剑桥大学三一学院。他比一般同学都大四五岁，但他从小有个好习惯，就是爱亲自动手做小机械之类的玩意儿，手极巧。入学后遇着一个叫巴罗的好老师的悉心栽培，这迟熟的牛顿茅塞顿开，学业进步很大，经常提出一些自然和数学方面的问题，使巴罗又惊又喜。谁知好景不长，学习不到三年，便发生了席卷全国的大瘟疫，伦敦在 1665 年一个夏天便死了三万多人。学校只好放假，牛顿又回到老家沃尔斯索普村。

这时的牛顿脑子里已装了许多天文、数学知识，和当时在村里割草锄地时自然不同。他大部分时间用在闭门读书上，或有时到田间、树下仰头做着谁也猜不透的冥想。好在离他家不远住着一位斯托里小姐，这是他青梅竹马的女友。他俩常在一块儿聊天，倒也不算寂寞。

这天夜幕初降，晚餐过后，牛顿在自己的房间里刚捧起伽利略的《对话》，忽听窗外有风由远及近，簌簌飒飒，摇着那些树叶，奏起一阵秋声。不一会儿，“扑通”一声，轻轻地像有什么东西落在院里，接着又是一声。牛顿合上《对话》，披衣出门。院里月光如水，落叶满地，他在树下踱着步子，想着刚才那声音。忽然又是“扑通”一声，一个东西擦着他的肩膀，跌落在脚边。他吃了一惊，忙蹲下一看，是一个熟透的苹果，再向地上摸了摸，早落下有五六个了。牛顿心里一喜，将苹果拾到衣襟里，想：“我现在就给斯托里送去，让她高兴高兴。自我回家以来，她常常给我送些果酱、草莓，我却没有回谢过人家。”

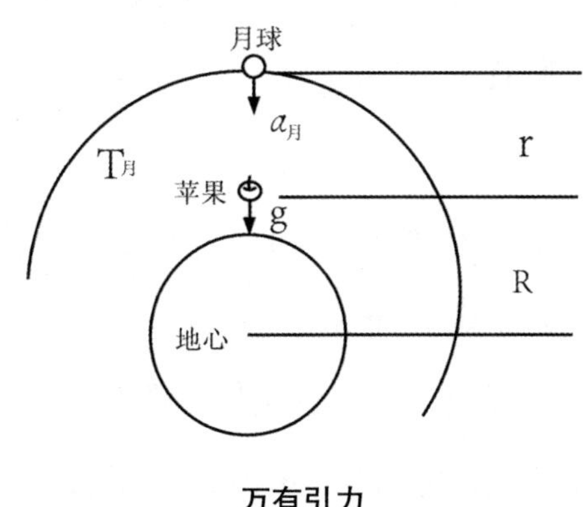

万有引力

牛顿蹲下拾苹果时这样想着，可是当他兜着衣襟直起身时，抬头看见了那轮明月，不觉又犯起寻思来：苹果熟了就会落到地上，那月亮为什么不会落下来呢？再者，这苹果为什么不会与月亮一样飘上天，却非要往地上落不可呢？为什么月亮绕着地球转，也不会飞走？伽利略说，物体不管轻重落地时是一样快的，这月亮与苹果为什么不一样？“月亮、苹果……”他这样一路念叨着，不觉已走到斯托里小姐家的门前。

响声惊动了小姐，她掀起窗帘，一看那个瘦高的身影，慌忙一阵风似的跑出来：“啊！亲爱的，你怎么来了？”她知道每天晚上牛顿是要关门读书的。

牛顿笑了笑，捧出衣襟里的苹果。斯托里想不到他还会这样多情，忙将他让到屋里，心头高兴得怦怦直跳。她忙着又搬椅子又倒茶，而牛顿放下苹果，转身便走。

斯托里忙追上去：“好不容易来我家一趟，也不多坐一会儿？”

牛顿却答非所问：“亲爱的，外面月色正好，你说月亮为什么不会掉下来？”

“哎呀！你又中什么邪了，每天净和我说这些怪问题，我才不管呢！我只知道月亮下面我俩好散步。”斯托里格格地笑道。其实她是很喜欢听牛顿讲这些怪问题的，虽然她听不懂，但能和他在一起，心里总觉得热乎乎的。这时她将那只温柔的小手伸在牛顿的大手里，牛顿不再说话。

他们就这样默默地走着，一会儿又回到牛顿家那棵苹果树下。牛顿这才如梦初醒，说："斯托里，我再送你回家吧。"

"你今晚这样痴痴呆呆的，送走我，怕你也找不见家了。"斯托里笑了笑，忙抽出手来，转身疾走着回去了。

一连三天，牛顿没有出门。他把在巴罗老师身边学的知识全部调动出来，又翻出伽利略、开普勒的书来。他每天睡得很晚，又起得很早，起床后常常是刚穿上一只袖子，就拿起笔来伏案计算，直到外祖母来喊他吃午饭，才发觉衣服还未穿好。他和前人不一样，他们是靠观察，靠测数据，而他觉得关键是要找出这些已知材料之间的联系。他要靠思考，靠数学推导来攻这个苹果与月亮是不是一样的难题。他想，那月亮绕地球飞行的速度 $V_{月}$ 应该是它的绕地轨道长除以绕地球周期 ($V_{月}=\frac{2\pi r}{T}$)，月亮的向心加速度 $a_{月}=\frac{v_{月}^{2}}{r}=\frac{4\pi r^{2}}{T^{2}}$ =0.0027 米 / 秒 ^{2}(T=27.3 天 =2.36 × 10^6 秒，r=3.8 × 10^8 米)。这是天上的规律。那么地球吸引苹果呢？它的加速度就是自由落体加速度 g=9.8 米 / 秒 ^{2}。根据开普勒三定律可推出两行星间的吸力与它们间的距离平方成反比。天上地下的规律一个样，那么这个比例是成立的$\frac{a_{月}}{g}=\frac{R^2}{r^2}$ (R 是地球半径，即苹果到地心距离；r 是地月间距离)。g=9.8，r=60R，所以 $a_{月}=9.8\times\frac{1}{60^2}=0.0027$ 米 / 秒 ^{2}。妙极了，从不同的途径推出了一样的结果，这就证明天上地下、苹果月亮原来一个样啊。物体间都是一种同样的吸力，其所以大小不同，只是由于它们的质量和相互间的距离不同：$F=G\frac{m_1m_2}{r^2}$ 。这种力是不分天南海北，春夏秋冬，天上地下，到处都有的万有引力啊！

正是：

事物此和彼，都有相似点。

可贵在联想，举一可反三。

这天深夜，牛顿呆坐在他那间房子里，脑子顿时开了窍，他发现了宇宙。他真不敢相信，从 1543 年哥白尼发表《天体运行论》到 1642 年伽利略去世，两代巨人奋斗了整整一百年；从第谷 17 岁起在赫芬岛一直不停地观察星座，到他的学生开普勒 1630 年出版《星表》不久病死他乡，多少人前赴后继呀。而他自己，这个才 23 岁的大学生，不过为躲瘟疫，退居乡下，却因为看到几个苹果落地，就这样幸运地窥见了宇宙的奥秘。他不敢相信这是真的，他面对桌上纷乱的稿纸，抬头眺望夜空，真有点儿替伽利略可惜——你为什么不愿承认开普勒的椭圆定律，再用你非凡的才智去计算一下呢？还有开普勒，你那开阔的思路囊括宇宙，检索众星，怎么忘记将这地上之物也查一查呢？还有笛卡尔……啊，这许多巨人将肩膀支起，是等我来踩着攀登啊！上帝在那天晚上将苹果摔落地上，是启示我的啊！

和那些科学巨人比，牛顿觉得自己还是一个毛头小孩，他也不敢一下子相信自己的发现（这原理直到二十二年后才正式公布），只是这胜利鼓舞着他。他又终日伏案，将那些太阳、土星、木星一一地去做着推算。

再说，斯托里几天不见牛顿露面，心里总觉空落落的，牛顿虽总有那样一种傻气，但她内心对他还是一片痴情。这天早晨，她从自家鸡舍里新收了十几个鸡蛋，用头巾包着来看望牛顿。牛顿见她来了自然十分高兴，便也离开书桌在床边坐下，握着她的小手兴奋地讲着月亮和苹果的关系，这回又说到数学计算，她自然更是难懂，不过还是依在他的身旁勉强听着。一会儿大概牛顿自己也觉得没有合适的听众，突然停下不说了，斯托里倒真愿这样和他一起安安静静地坐一会儿。她将身子更靠近他一些，脸却不去看他。这时，牛顿从桌上拿起一个木雕的大烟斗，自从来到乡下，他对乡下人抽的这种烟斗很感兴趣，舅舅特意雕了一个送他。

这时他手拿烟斗，脑子里不知又在想着什么。这样静坐了一会儿，斯托里将一只手伸向他，眼睛只管看着窗外，她等着他捧着她的手指去吻一下，想着，自己的手指就要触着他那温柔的嘴唇了。忽然她感到手指被挤得生疼，便不由尖叫一声，扭头看时，牛顿将她的小指头下意识地往那个大烟斗里填，眼睛却不知看着哪里。她就大喊道：“伊萨克，难道你要把我的手指揉成烟叶吗？”牛顿这才如梦初醒，红着脸忙不迭地道歉。斯托里又故意喊几声疼，笑了一阵。她看屋里这个狼藉样子，知道牛顿肯定还未吃早点，就去帮他生火。

这个小房间也真够乱的，尘土封窗，碎纸满地，床上被子未叠，盆里衣服未洗。斯托里先一把推开窗户，一股新鲜空气扑面而来，她又打了一盆水去擦窗台，这时火炉上锅里的水已经开得哗哗直响。她回过头来，招呼一声牛顿：“亲爱的，我那头巾里包着鸡蛋，请你煮到锅里去。”“是，谢谢。”牛顿说了一声，很认真地站起，掀开锅盖，将鸡蛋放入锅里。过了一会儿，斯托里一边揉着衣服一边说：“亲爱的，鸡蛋快熟了，你得先准备一碗凉水，才好往外捞的。”牛顿说：“是，应该的。”身子却没有动一下，还在纸上画着什么。斯托里看着他的背影不觉笑了起来：“你呀，没人管准会饿死。”便起身拿了一把勺子到锅里去捞鸡蛋。这一捞不要紧，她脸上的笑容顿然消失。她将牛顿推了一把，说："先生，你就吃这个吗？"牛顿回头一看，原来锅里煮的竟是怀表！

这回，斯托里可真生气了。她还是帮他收拾着房间，又重新煮了几个鸡蛋，但是却一句话也不说。牛顿自知今天在女友面前出了这许多洋相，实在不体面，忙将桌上的书呀、纸呀，一起堆起，想，我今天真该陪她坐一会儿才是。但是他无论说什么，斯托里美丽的脸上却总露不出一点笑容。他们就这样默默地煮熟鸡蛋，吃完。斯托里拿起自己的头巾，道了声："再见！"便悄悄地离去。

第二天，小姐让人送来一封短信："亲爱的，也许我与您的来往打扰了您的工作，也许您本来是属于整个宇宙，不会属于我。我想，我们要是在一起生活，说不定哪一天您也会将我错当鸡蛋煮到锅里。再见。"直到这时，牛顿才知道这个祸已是闯得不小，连忙又是回信求情，又是当面谢罪。

到底斯托里小姐态度如何？且等下回分解。

第二十八回　胡克妒贤皇家学会大失策
哈雷识货又当伯乐又赚钱
——万有引力的公布

上回说到牛顿在家乡一边研究万有引力，一边与斯托里小姐谈恋爱，可是他对于科学未免太痴，以至于怠慢和惹恼了爱他的姑娘。他虽然想挽回局面，重叙旧情，但镜已破碎，终难再圆。这是牛顿的第一次恋爱，也是他一生的唯一一次恋爱。他总认为自己是不善于恋爱和组织家庭的，所以终身未娶。

1667 年，可怕的瘟疫刚消失，牛顿便重返校园，翌年获硕士学位。不知是胆怯还是出于慎重，他对自己在乡间从苹果落地而得出的万有引力定律，再未张扬。在这时，伦敦物理界的几个优秀人物也在做同类研究。他们是**胡克 (1635—1703 年)、波义耳、哈雷 (1656—1742 年)**，还有雷恩等。这里面胡克是当时皇家学会的负责人，又是当时物理界赫赫有名的权威、泰斗。哈雷则迷恋于研究彗星。一天，大家又

胡克

凑到一块儿，讨论那令人伤脑筋的天体运行问题。雷恩拍拍手中一本价值40先令的厚书说：“谁能把行星轨道证明出来，我愿以这本书为酬谢。”

胡克说：“我想，我们居住的这一部分宇宙，太阳一定是有一种引力，将地球和其他星球吸引着绕它旋转，地球也有这种引力。”

“那么，你能用数学方法具体地证明吗？”哈雷急切地插问。

胡克回答：“开普勒定律不是已经讲清楚了吗？你为什么要具体地证明呢？”

“胡克先生，你知道我正在研究那奇怪的彗星。它出没无常，要能知道天体运行的计算方法，是多么重要呀！”

“哈哈，原来如此。”胡克扭动着肥胖的身躯，看着这坐在对面比自己小21岁的年轻人，得意地说：“年轻人，这个证明我早已完成，但暂不拿出来。等那些不知天高地厚的人们在这个问题上碰得头破血流后，我才肯拿出自己的证明。”

哈雷立时感到一种莫大的嘲讽，他忽地站了起来，大声说道：“胡克先生，你指的是谁？”

胡克没有想到对方这样敏感，忙说：“请坐，请坐，哈雷先生，我指的当然不是你们。”

“胡克先生，请您珍重晚辈对您的尊敬。”哈雷说完便拉着雷恩摔门而去。

哈雷当然知道胡克影射的不是他，而是牛顿。胡克和牛顿虽也常有学术来往，但已多年不和，事情是由光学研究引起的。1672年2月8日，牛顿在皇家学会上宣读了《光和颜色的新理论》的论文，其观点与胡克不同，这便首先结下了学术冤仇，两人长期打着笔墨官司。后来牛顿又搞起苹果和月亮的研究，这对冤家又在天文学的阵地上相遇了。年轻的哈雷看不惯胡克的蛮横，便转而求助于牛顿。

1684年8月，在与胡克争吵的七个月之后，哈雷来到剑桥。在那间仍然是衣服、茶具与稿纸相混杂的房间里，已身为教授的牛顿拖着一双掉到脚跟的袜子，起身迎接来访的哈雷。

这位不修边幅的教授，待人却温和文雅。

“哈雷先生，您最近在研究些什么？”

“尊敬的牛顿教授，我最近在研究彗星。这种拖着一条大尾巴的星星，一直是传说中的灾星。一百五十多年前，鞑靼人正在和基督教徒打仗，这颗星突然出现在天空，基督教徒就慌忙对天祷告：‘主啊，请快来解救我们吧。’这以前，还有一次，英王赫罗德正与来犯的威廉姆霸王激战，突然这星又出现在天空，赫罗德说：‘这是不祥之兆，怕要失败了！’部下听言，便先失斗志，果然他也兵败身死。我现在也正被这颗灾星缠得坐卧不安。1680 年我观察到一颗，我怀疑它就是前几次有记载的那一颗，这家伙又转回来了。但是，我无法计算它的轨道与周期，因此也不能确定它们是不是同一颗星。”

牛顿眨了眨那双智慧的眼睛，微笑着说：“这倒是一个很有趣的问题。”

这时，哈雷激动地站起来：“我此行就是专门为这件大事前来求教的，你说假如一颗星受到太阳的吸引，这引力是以与它们距离的平方成反比来递减，它是以什么曲线运行呢？”

牛顿十分平静地答出了两个字：“椭圆。”

这种平静反倒使哈雷大为震惊，他大瞪着眼睛问：“怎么得出的？”

“算出来的。”牛顿的声音还是那样平静。这时他在微积分方面的研究已在计算上大大帮了他的忙。

“这是真的吗？你知道胡克先生说他早已算出，不过不愿公布罢了。亲爱的牛顿先生，快将你的证明给我，我要向皇家学会汇报，这是一件天大的事情啊。”

这年 12 月，在哈雷的鼓动下，牛顿的《论运动》送到皇家学会，两年后，有关万有引力的巨著《自然哲学的数学原理》第一编也送到皇家学会。在审查这些论文的会上，牛顿与他的冤家不得不再次相见。胡克这次不是得意地嘲讽，而是暴跳如雷了，他指着牛顿说：“你这是剽窃我的成果，我早已解决了的问题，你又来著书立说，真是一种无耻的行径。”

牛顿拍案而起，这个本来很温和的教授，今天也控制不住自己：“你自己一事无成，却好意思指责别人。我倒真想剽窃一点儿东西，可是你那计算的手稿到如今也不敢拿出来，以至于我真不知该到哪里去剽窃。我不知一个只知道吹牛撒谎的人，怎样会混到这样的身份。”

哈雷见事情已弄得很僵，慌忙起来圆场，他在伦敦与剑桥之间已穿梭多次做“红娘”，今天能有这部书稿摆在案头，已是成绩不小了。他提议说：“我们还是讨论一下这部书的出版问题吧。请学会能考虑拨一笔出版费，使这个《原理》

尽快问世。”

胡克一听火冒三丈：“对不起，皇家学会现在经费困难，拿不出一个先令来印什么原理。”说完夹起皮包转身出门，临到门口，又补了一句：“我宣布，以后拒不参加任何一次这样的会议！”

牛顿也早已气得发抖，他将手中的笔往桌上一摔，说：“算了！后面几编我看也没有必要再写了。”

正是：

莫道政界仇难消，学界恨火却更高。

本是一致对自然，偏要你我见分晓。

几个月后，哈雷又来到了剑桥大学牛顿那间杂乱的房间里。一进门，他就大声说：“牛顿先生，请您加快写作，您的书可以出版了。”

“怎么，皇家学会又有钱了？”

“不，用不着它的钱，我已借到一笔钱，以个人名义来出版这本书！”

牛顿看着这个比自己小 14 岁的青年天文学家，一时不知说什么才好。他从小孤苦伶仃，顿觉面前的哈雷就像自己的小兄弟一般，忙喊仆人快去拿酒，又搂着哈雷的肩膀在沙发上坐下。哈雷也赶快取出特地为他带来的资料，说：“牛顿先生，你看，这是格林尼治天文台新测的月球与地球距离的数据，这是巴黎天文台最新测得的地球子午线数据……”

“啊，好极了，好极了。有了这些，我们的推导、计算就可以更精确了。”

牛顿将这些资料捧在怀里，也不问问哈雷一路是否辛苦，就像饿汉抢着面包一样地翻阅起来。哈雷也不介意，他接过仆人送来的酒杯，斜靠在沙发上，慢慢地呷着。忽然，他的目光停在门下角的两个一大一小的洞口上，再一看对面通向卧室的那扇门上也有两个。他用手碰碰牛顿问道：“牛顿先生，为什么每扇门下都要开两个一大一小的洞呢？”

牛顿将目光从资料堆里移过来看了看门，很认真地解释道：“噢，哈雷先生，你知道我有一只漂亮的大花猫。为了能让它自由出入，我在门上开了一个大一点的洞，可是最近它又生下一窝小猫，于是，我又让仆人在旁边开了一个小洞。”

哈雷一听，立时笑得前仰后合，杯子里的酒也差一点洒到地上。牛顿很诧异，忙问为何发笑。哈雷说：“尊敬的牛顿教授，苹果和月亮都能同享一个你发现的万有引力，难道你开的那个大一点的洞，就只许大猫走，而不许小猫走吗？”

牛顿听了，自己也哈哈大笑起来，随即将资料放到桌上说：

“先吃饭，吃饭。”两人手挽着手向餐厅走去。

1687年夏天，这部科学史上划时代的巨著《自然哲学的数学原理》终于在哈雷的资助下出版了。牛顿对哈雷的帮助非常感激，他在书的前言中特别写了一段话：

> 埃德蒙·哈雷，是目光敏锐、博学多才的学者，为本书的出版付出了艰辛的劳动。他不仅为勘误和制版操劳，而且从根本上来说，他也是鼓动我撰写本书的人。因为正是他要我论证天体轨道的形状，正是他要我把这项论证呈报皇家学会。

《自然哲学的数学原理》刚刚出版就被抢购一空，以后又接连再版三次（但是牛顿的《光学》一书硬是等到胡克死后的第二年，即1704年才正式出版），这本书的问世可以与欧几里得的《几何》、伽利略的《对话》媲美。许多人争相购买，有人买不到书，竟将这500页的巨著亲手抄了一遍。人们狂热地希望弄懂牛顿提出的新道理。有一位贵族问牛顿：“要读懂这本书，是不是一定要懂数学？”牛顿答：“除此之外，别无他法。”这位贵族立即花钱雇了一位数学教师。《自然哲学的数学原理》热一时遍及欧洲。

哈雷出版这本书,原本是出于一种对科学事业的正义感。但是他万万没有想到书会这样畅销，因此，作为发行人的他也赚了一大笔钱。到底赚了多少，这自然是他的一个不便公布的秘密。

第二十九回　门缝里牛顿玩弄三棱镜
小旅店歌德细看少女郎

——颜色本质的第一次突破

上回说到牛顿发现万有引力定律，出版了《自然哲学的数学原理》一书，这实在是物理学上的一件大事。殊不知这牛顿浑身才华，犹如大坝水满，渠水四溢，这智慧之水又在光学上冲开一个缺口，奔涌而出。

原来，在颜色问题上，千百年来一直有一个难解的谜。那太阳光谁看也说是白的，可不知为什么雨后的天空会突然出现一条七色彩虹。于是众说纷纭，有说这是一条长龙弯身下海吸水；有言这是一座彩桥，仙人踏空而过；有那刚登王位的，就说这是吉兆，上天呈祥；有那宝座不稳的，就疑是江山气数已尽，终日惶惶……反正谁也说不清。中国古代已注意到虹是阳光与水珠的变幻。甲骨文里“虹”是“日”加“水”，写成“[illegible]”。唐代张志和的《玄真子》中记载：“背日喷乎水，成虹霓之状。”——端着一碗水背向太阳一喷，眼前竟也能现出一条多彩小链。但这喷出的霓，伸手抓是一把湿气，想多看一会儿，又瞬间即逝，既不能抓在手里玩，更不能用刀将它剖开，终究还是弄不清这颜色是怎么来的。至于平时红的花，绿的叶，五颜六色的东西，人们更不知到底是怎么回事。前面提到的法国数学家笛卡尔说，颜色是许多小粒子在转，转速不同，颜色也就不同；化学家波义耳说，光是有许多极小粒子向我们的眼睛视网膜上撞，撞的速度不同，看到的颜色也就不同。反正，为解这个谜有不少人都想来试一试，而运气最好的，还是牛顿。

1666 年，牛顿还在剑桥大学当穷学生时，他脑海里就翻腾过这个颜色问题。说来真巧，他在乡下，因看到苹果落地发现万有引力；回到学校，却又因看到门缝里的光而解决了光学中的颜色问题。那是个假日，同学们都去郊游了，刻苦的牛顿却将自己锁在房中，推演着那引力的公式。不觉日已当午，他饥肠辘辘，便推开稿纸，抬起头来伸个懒腰，这一抬头不要紧，只见紧闭的门缝里露进一缕细细的阳光，在幽暗的房间里显得格外明亮。他不由自语道：“从来没有见过这样细的光丝，不知可否将它再分成几缕？”这么想着，他便伸手从抽屉里摸出一块三棱镜，迎上去截住那丝细光，然后又回过头去看这光落在墙上的影子。

这一看不要紧，那墙上竟出现一段红、橙、黄、绿、青、蓝、紫的彩色光带。他将镜子转转，光带不变，再前后移动，终于选出一个最佳点，这一下天上的彩虹便清楚地出现在他的房里。他捏着三棱镜就像抓住了那条巨龙的尾巴，任他细看细想。从这天起，牛顿一有空，就把自己关在房子里，还把门窗都用床单遮严，只放一道光进来，做着这种玩三棱镜的游戏。他已经悄悄地领悟到一个秘密：我们平时看到的白光，其实不是一色白，它是由许多光混合成的。但是那各个单色又是什么呢？它们之间靠什么区别成不同颜色呢？按道理应将那单色光再分一次，但这还得要一块三棱镜，还得有实验室设备，他这个穷学生是办不到的。

前面说过，牛顿在剑桥大学有一位恩师叫巴罗，他们生尊师爱，情同鱼水，结下了忘年之交。这巴罗几日不见牛顿来走动，一天便到房里来找牛顿。他见门虚掩着，屋里静悄悄的不像有人，便推门而进，不想一头正撞在一个人身上。巴罗刚从阳光下走进这间暗屋里，他一时看不清是谁，只听有人喊了他一声“老师”，将他扶住，又一把扯下窗户上的床单——原来是牛顿。巴罗说：“你又在搞什么名堂，几天不露面，我还以为你病了呢。”牛顿却笑嘻嘻地如此这般地说了一遍。巴罗也大为惊喜，连声埋怨他何不早说。

第二天，他就给牛顿又弄来一块三棱镜，布置起一个真正的暗室。他们先让一束光穿过一个黑色木板上的小孔，用三棱镜将它分成七条不同的彩色光，再用一个有孔的木板挡住分解后的光，让每条单色光逐一从孔里通过，木板后再放一个三棱镜。这时新的发现出现在粉墙上：一是这单色光通过三棱镜时不会再分解，二是各色光束经过三棱镜时折射的角度不同。凭着数学天才和实践才能，牛顿很快就计算出红、绿、蓝三色光的折射指数。这一实验不久，1669 年年底牛顿便接替巴罗老师，开始在剑桥大学向学生们开设光学课了。可惜学生们听不大懂他在讲些什么。

1672 年 2 月 6 日，牛顿向皇家学会写了一封详细的信——《光和颜色的新理论》，归纳了十三个命题。他指出：我们平常看见的白光不过是发光体发出的各种颜色光的混合。白光可以分解成从红到紫的七色光谱。一切自然物体的颜色是因为它们对光的反射性能不同。对哪一种光反射得更多些，就是哪种颜色。按这个理论，虹的问题解决了，它不过是白光让空中的水滴(相当于三棱镜)分成七色而已。物体的颜色不同不过是因为各自的反射性能不同，这又是一大发现，牛顿因此而创立了光谱理论。后来恩格斯说：“牛顿由于进行光的分解，而创立了科学的光学。”

说到颜色，各位读者，容我这里插上一笔。这个问题在当时，从 17 至 19 世纪的一两百年间实在是一个难题，也是一个热门问题。比牛顿晚一些的还有一位大名鼎鼎的人物——德国诗人**歌德（1749—1832 年）**，他以诗人的气质，到处靠眼睛去观察各种颜色。冬季爬上阴森寒冷的山顶，看落日熔金，积雪变红；黄昏走进小铁铺，看铁匠的大锤下金黄的火星炸开又渐渐裹拢来的夜幕。他像一个猎人到处猎取各种

歌德

颜色奇观，分析和研究各种颜色现象。甚至见了脸白唇红的少女也要盯住研究一番，使人奇怪这个快60岁的老头儿是否正常。在他的《色彩学》里就有这样一节记载：

> 有一天，我走进一个小旅馆的房间里，一个美艳的少女向我走来，她的脸色洁白而有光泽，头发乌黑，身上穿一件绯红色的紧身衣裙。当她在距我稍远的地方站定时，我在微暗的黄昏光线下对她注视了一会儿。她离开时，我在对面的白色墙上，看到一个被发亮的光晕包围着的黑色脸庞。那件裹着极其苗条体型的衣裙，竟是美丽的海水绿色。

歌德的研究进入另一个领域，他已经提出了视觉生理上的补色问题。我们看的实物突然从红的波段过渡到白的混合波段时，视神经系统不能一下适应，会在中间绿波段上停一会儿。这正符合牛顿的光谱学说。但可惜牛顿的弟子们极力嘲笑歌德老头儿的非实验室研究，所以后人都很同情这位诗人在科学上费力不讨好的遭遇。

这段插曲说过，还说牛顿向皇家学会送上那封信后，皇家学会立即成立了一个专门评议委员会来评议这个新理论的价值。真是冤家路窄，这个委员会主席，又是在学术上与牛顿不和的胡克。虹的现象，颜色现象，就算牛顿说清楚了，但光本身，不管红光还是绿光，本质又是什么？牛顿也有他的看法，说光就是一些高速运动的粒子，它能按直线前进，碰到物体过不去，就投下了影子；镜子能反射光，是因为那些小粒子碰到镜面就弹了回来。但是胡克却很干脆地否定了牛顿的微粒说，他提出振动说，就是连白光中包括了其他颜色这一点胡克也不承认。他们两人的怨恨越结越大。牛顿想："你不承认我的微粒说，由你去吧，反正我是对的。"他这样安慰着自己，也就不再去生这份闲气。

但没过多久，一条爆炸性消息又使他大为吃惊。1678 年，荷兰人惠更斯又提出一个"波动说"。这个惠更斯着实厉害，但他不像胡克那样蛮横，却以冷静的分析卡住了牛顿微粒说的咽喉：你不是说光是小粒子吗？那么两束光交叉时，那些小粒子为什么互不干扰？而波动说却能解释：因为波是不会相互干扰的，我们常见的水面上两个波就可以交叉通过。

胡克等人也觉得这下子可借来了生力军，高兴得忘乎所以。牛顿急忙起而申辩："你们说光是波，那为什么它不能像水波那样绕开障碍物前进呢？"

胡克又来发难：你说光都是一样的粒子，为什么不同颜色的光在同一物体中却有不同的折射角度呢?

正是:

公说公有理，婆说婆有理。

是波是粒子，难分高和低。

牛顿这人在科学发现上算是运气不错，一个接一个，个个顺利。但好事多磨，他与别人的争论也一个接一个，个个难缠。从此，物理学上便开始了一场粒子说和波动说的大争论，一争就是一个世纪。

到底结果如何，且听下面慢慢分解。

第三十回　崇上帝巨人甘心当仆人
入歧途半生聪明半生愚

——神是第一推动的妄说

话说牛顿由于在光学和引力方面的成就，立即使他名噪欧洲，成了科学界的一颗新星。他本想一鼓作气再完成一系列的课题，但 17 世纪 90 年代初却出现了使他最难过的岁月。由于为《自然哲学的数学原理》的写作付出了巨大的劳动，他的身体渐渐不支，患了严重的忧郁症。他又不断因科学发明权而与人打官司：在光学问题上与胡克争吵，在天文方面与格林尼治天文台台长弗拉姆斯蒂德闹翻了，在微积分的发明权上更是与莱布尼茨闹得全欧洲都议论纷纷。不久，他的母亲去世，更使他心痛欲绝。他长期在学校教书，工资不高，又不会管理生活，工作、学术、生活绞成一团乱麻，真使他伤透了脑筋。他早没有心思再看一页书，整天在那间杂乱的工作室里坐立不安，若有所失。这天，正当他又心神不宁时，仆人送进一封信来，他忙拆开，先看信后的落款，是财政部长查尔斯·蒙塔古。这人比牛顿小十九岁。也是三一学院的学生，但早就混入了官场，今天突然来信有什么大事？只见信是这样写的：

“先生：我非常高兴，因为我终于能对我们的友谊以及国王的赏识，给您一个良好的证明。造币厂督办欧佛顿被任命为海关督办，国王已应允我任命牛顿先生为造币厂督办。这个职位对您最合适，是造币厂的主管，年俸约有五六百英镑，而且事情不太多，不必费心照料……”

牛顿现在最缺的就是钱，这真是要瞌睡就给了个枕头，牛顿立即走马上任。1696年3月29日，他连家也搬到了伦敦。三年后他又正式升任为造币厂厂长。

伦敦这个地方是欧洲最大的都会，当然与那安静的剑桥学府又有不同。牛顿在这里整天结交宫廷权贵，参与政界、财界大事，忙忙碌碌，好不热闹。而且自从升任厂长后，他的年薪又涨到两千英镑，他现在已经一跃而成为大富翁了。他住的房子富丽堂皇，而且常有贵人登门，他也不再那样邋遢，于是便把他的外甥女凯瑟琳·巴顿接来，专门给他料理家务。由于《自然哲学的数学原理》一出版即已脱销，牛顿又请了一位年轻的数学家罗杰·科茨来做他的助手，准备第二版的出版。他在这个新地方又开始了新的工作。

这天哈雷来看望牛顿。自从牛顿来到伦敦后，他们的来往就更密切了。他进门时看见牛顿斜靠在那张大圈椅里，正在向对面的科茨口授《自然哲学的数学原理》二版的序言。他见哈雷进来，欠起身子，示意请坐，又喊凯瑟琳倒茶，然后继续说下去："我只是通过上帝对万物的最聪明和最巧妙的安排以及最终的原因，才对上帝有所认识。我因为他至善至美而钦佩他，因为他统治万物，我们是他的仆人而敬畏他，崇拜他……"

哈雷不愿打断他们的写作，悄悄坐到桌旁，翻着一些文稿，拿起牛顿刚起草好的一篇关于他的科学发现的备忘录：

在 1665 年开始，我发现计算逼近级数的方法……同年 5 月间，我发现了计算切线的方法……11 月间发现了微分计算法。这一年里我还开始想到重力是伸向月球的轨道的，于是我把月球保持在它轨道上的力和地球表面上的重力做了比较，发现它近似相等。所有这些发现都是在 1665 ~ 1666 年的鼠疫年代里做出的，因为在那些年代里我年轻力壮，对发明的兴趣也很浓厚。在此以后，任何时期我都更致力于数学和哲学的研究。

哈雷看着这个备忘录，听着牛顿口授的序文，两两相比很觉得不是滋味。23 岁时的牛顿是初生牛犊，月亮、太阳、整个宇宙都敢去探索，而现在已经 73 岁的牛顿，却将自己一生的发现又都还给了上帝，而且连他自己也已匍匐在上帝的脚下，做了一名最顺从的仆人。他又顺手翻翻桌子上的文稿，都是“关于上帝在七天中创造世界的考证”“关于圣父、圣子、圣灵三位一体的研究”“关于圣经史和自然史年表的一致性”……他突然觉得自己现在像是坐在一座神学院里或是一座教堂里，牛顿口授文章的喃喃声，像一个主教在诵读圣经，又像一个教徒在祈祷，他不觉打了一个寒噤。可是眼前分明是他尊敬的牛顿教授，他们是一同研究彗星、出版《自然哲学的数学原理》的朋友啊。哈雷的心里不由升起一种惆怅之情。

一会儿，牛顿口授完了序文便热情地招呼哈雷坐近一点儿，他永远不能忘记哈雷对他的帮助。哈雷犹豫了一会儿，终于怯生生地提出他刚才思考的问题：“先生，您近来主要研究些什么？”

“研究神学。你知道，我们这个世界的完美，全靠神的摆布。我研究自然规律，越到后来，越发现一切都可以在上帝那里找到答案。他早就为我们安排好了，我的一切工作都不过是圣经里的一个小小的注解。”

“先生，您的万有引力不是把世界已经解释得很清楚了吗？众星，还有世间的物体不是都按着这些规律和谐相处吗？”

“这引力是它们维持现在的运动轨道的力，但它们一开始怎么转起来的呢？我想这第一推动力就是上帝，是上帝推了一下，这个世界才动起来。所以我现在正集中精力考证圣经上说的年代，考证上帝创造世界的时间。”

“先生，您知道，您的《自然哲学的数学原理》揭示了宇宙的奥秘，将哥白尼、伽利略、开普勒都包容了进去。现在大家都在拼命地研究这本书，可以说，您给人们打开了一个新的世界，全欧洲都在崇拜您，尊敬您，您应该再给我们大家多指出一些规律……”

牛顿还不等他说完，突然从圈椅上直起身子，正襟危坐，以责备的目光看着这个晚辈：“哈雷先生，怎么能这样说呢？我们的一切工作只能是更好地证明上帝创造的世界。我是上帝的仆人，我们大家都应该崇拜和尊敬上帝。”说完，用手在胸前画了个十字。

哈雷赶忙下意识地正了正身子，好像牛顿对神的崇拜对比出他对神的亵渎。他感到一种无形的威严向他压来，不觉垂下眼睑，看着自己的双手。一会儿他又小心地问道：“先生这样虔诚，为什么当初在三一学院毕业时不接受神职呢？”

“这正是出于对上帝的崇拜与敬仰。我选择自然哲学，就是要用自然哲学的思维去证明神的存在。你知道，他们那些神职人员是不能完成这个任务的。”

哈雷无话可说了。喝了一会儿茶，他知趣地起身告辞。在走廊上他叫住凯瑟琳问道：“你舅舅近来脾气怎样？”凯瑟琳手里端着盘子，将嘴凑到哈雷耳边说：“越来越固执了，谁的话也听不进去。每天来访的都是些神父、主教。”说完匆匆走了。

刚才牛顿的那些话使哈雷心里沉甸甸的。他百思不得其解，这个科学巨人，他的朋友，他的师长，正当他在对自然的宣战中取得如此显赫的成果，全欧洲都在羡慕他，以他为旗手、为偶像时，而他自己怎么一下子又带着这全部的战利品、全部的荣誉去甘心投靠上帝，去做一名仆人，做一名小卒呢？这确是一场悲剧。后来恩格斯有一句名言替哈雷回答了这个问题：“哥白尼在这一时期的开端给神学写了挑战书，牛顿却以关于神的第一推动的假设，结束了这个时期。”

牛顿的晚年除了写他那有150万字的神学巨著外，就是享受非凡的荣誉。1703年11月30日，他被选为皇家学会会长，连续担任这个职务近四分之一个世纪。1705年，他被封为贵族。

1727 年 2 月 28 日，牛顿以 85 岁高龄在伦敦刚刚主持了皇家学会的一次会议，突然胆结石症发作，一阵疼痛昏迷过去。整整一天一夜，他才睁开那双疲倦的眼睛，汗水将他两鬓的白发湿成一团。他看看周围，守在床边的有他的外甥女凯瑟琳；有他忠实的朋友，《自然哲学的数学原理》第一版的出版助手哈雷；有《自然哲学的数学原理》第二版出版的助手，一位年轻的医生亨利·彭伯顿。他突然喊道："科茨呢？他为什么不在？"哈雷见他被疼痛折磨成这个样子，眼眶里早已噙着两汪泪水，又见他问起科茨，便知他的神志已不大清楚了。可怜的科茨，在 1716 年年纪轻轻就不幸离开了人世，所以才调彭伯顿来继任牛顿的出版助手的。

这时牛顿也已清醒过来，便不再问什么，只是紧紧地闭上眼睛，眼缝里渗出两行浑浊的泪水。凯瑟琳一下扑在舅舅的身上，不停地呜咽着。牛顿伸出他那双青筋突起、上面布满由于化学实验造成伤痕的手，抚着凯瑟琳的肩，睁开眼。他看看哈雷和彭伯顿，声音不大但很清晰地说："是的，我该走了，连科茨他都先走了，我还留在这里干什么？我本来就是上帝的仆人，早该回到他的身边。这一生，我为自然哲学，为我们至高无上的上帝尽了一点儿义务。我不知道世人将对我如何评价，不过我自己觉得我只不过像一个孩子，在海滨嬉戏，不时拾起一块较光滑些的石子，一个较美丽的贝壳，高兴地赏玩，至于真理的大海，则在我的面前还远未被发现呢。”

1727年3月20日，牛顿病逝，享年85岁。英国政府为他举行了国葬，享受伟人待遇，葬于威斯敏斯特教堂。他睡进了只有英国历史上最著名的艺术家、学者、政治家、元帅才配安息的地方。他去世四年后，人们为他立了雄伟的墓碑，并刻了这样一段铭文：

牛顿墓

伊萨克·牛顿爵士安葬在这里。他以近乎超人的智力第一个证明了行星的运动与形状、彗星的轨道、海洋的潮汐。他孜孜不倦地研究光线的各种不同的屈折角，颜色所产生的种种性质。对于自然、考古和圣经，他是一个勤勉、敏锐和忠实的诠释者。在他的哲学中确认上帝的尊严，并在他的举止中表现了福音的纯朴。让人类欢呼曾经存在过这样伟大的一位人类之光。

牛顿便这样在科学与神学的混合中结束了自己的一生，这颗巨星陨落之后，近代科学的舞台上又有哪些人物登场，且听以后慢慢分解。

牛顿站在巨人的肩膀上

主要贡献
《自然哲学的数学原理》
万有引力定律
《对话》
伽利略相对性原理
《宇宙谐和论》
开普勒三定律
《论无限、宇宙及世界》
大量天体观察
《天体运行论》
日心说
牛顿
（1643—1727年）
伽利略
（1564—1642年）
开普勒
（1571—1630年）
布鲁诺
（1548—1600年）
第谷·布拉赫
（1546—1601年）
哥白尼
（1473—1543年）
1450年
1500年
1550年
1600年
1650年
1700年
1750年

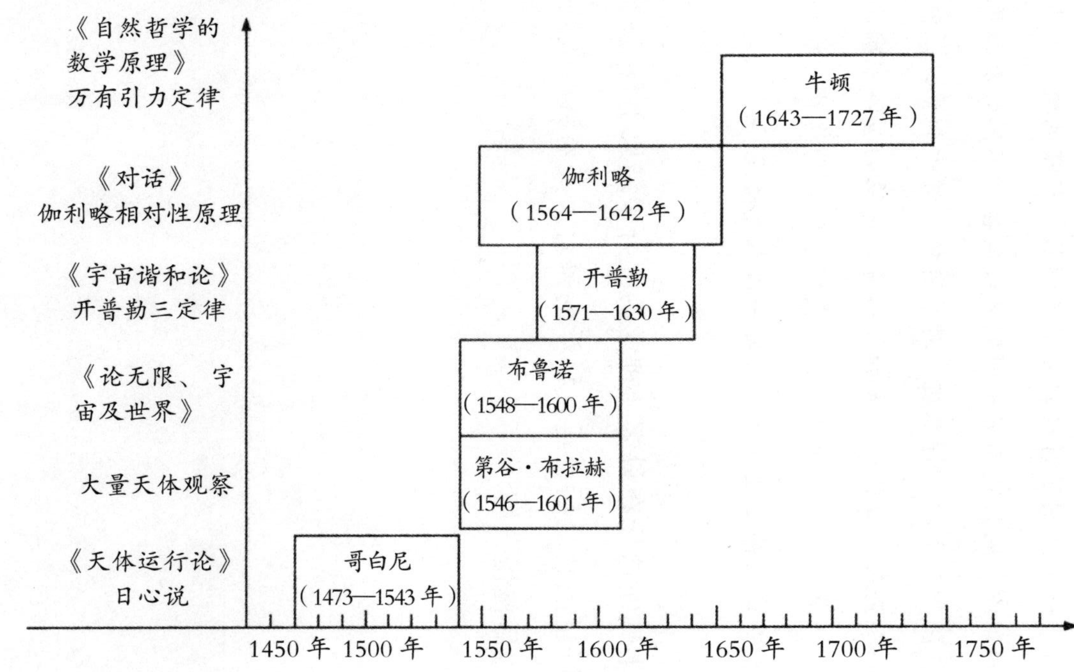

第三十一回　兄妹齐心探遥夜
歌舞妙手撷新星

——天王星的发现

上回说到在天文学领域做出重大贡献的牛顿不幸去世，一颗巨星陨落。但是后继有人，一个叫**赫歇尔**(1738—1822年)的法国人紧跟他的足迹，又不断开辟出天文学的新领域。

赫歇尔从小极富音乐天才，他家境贫困，15岁便在军乐队供职，吹拉弹唱无一不会，尤其是吹得一手好双簧管，其声昂扬时响遏行云，婉转时如泣如诉。许多乐团都抢着要这个少年演奏家。但是由于法国战乱，到18岁那年，赫歇尔只身流亡英国，在一个乐团里以演奏风琴为业，很快他便誉满伦敦。只要他在台上左手拉动风箱，右手打起琴键时，全场听众就感到那风箱里挤出的音符像都钻到了自己的血管里，全身让这风箱扇动得激动不已，脚尖不由自主地打着节拍。到高潮时，狂热的观众就一起击掌伴奏或干脆引吭高歌。读者或许要问这赫歇尔哪来这手好功夫，能使他的观众神魂颠

赫歇尔

倒到这般田地。你或许有所不知，大凡从事某种技艺都有两个阶段，一是模仿，二是创造。有的人只能停在第一阶段，将别人教给的技艺练得纯熟，就像学着画圆圈，再好也只是个圆而已。但有的人很快就不满足于此，必得精通其中规律，再探新路。他熟中有巧，巧中有变，变而后新，新而后创，就独辟蹊径与众不同了。

赫歇尔虽是爱好乐器，但他不止于会吹会拉，他还要钻研乐器的结构，弦的长短之比，管的粗细之别，孔的大小之分；他还要研究乐理，声音的高低，音域的宽窄，和声的共鸣与和谐，这便要用到数学知识。于是赫歇尔便又由此闯入了数学领域，他得了数学这个武器再去指导演奏，音色、音高便精确得不差分厘，那美妙的乐声按摩着听众的耳鼓，梳理着他们的神经，鼓荡着他们的感情，自然使人如沐春风了。

但是数学这东西却不是只管音乐的，它是一门与其他一切学科都密切相关的学问，它是一个十字路口，只要往这里一站，条条大道都在眼前。像牛顿当年得了数学之精妙便立即在力学、光学、天文等方面打开局面一样，赫歇尔今天得了数学方法，哪肯再偏安于音乐一隅？他立即将视线转向浩渺的天空，决心要计算出天上到底有多少颗星星。但是谈何容易！观察需要望远镜，需要仪器，还需要时间，谁来白养活他这个业余天文爱好者？于是赫歇尔就只好继续去演出，但这已不是他所愿意从事的职业了，只是为了赚取一点微薄的收入以便进行天文研究，他就这样节衣缩食开始了自己艰苦的科学征程。

却说一天下午赫歇尔坐在自己的房间里背门迎窗，正整理着这几天的观察数据。晚上是演出，后半夜观星，上午是排练，一天之中就这一会儿时间还可坐下来专心思考一点问题。这时门“吱扭”一声响，走进一个人来。赫歇尔有个习惯，只要一工作起来就伏案不起，他是故意将桌子背门面窗而摆的，一般人推门进来，看他这般专心，也就自觉掩门而去；要是熟人进来取什么乐器也听其自便，他不用分心抬头答话。今天的来人推开门后好像并不急着进来，先在门口小停片刻，然后轻手轻脚地迈向桌子，赫歇尔觉得有点异常，他一回头，一位漂亮的姑娘出现在眼前。

“卡罗琳，原来是你！”这卡罗琳是赫歇尔的妹妹，也极好读书，总是追随他研究科学。兄妹已多年没有见面。他问道：“卡罗琳，你这样跋山涉水远道而来，一定有什么大事吧？”

“是，有一件大事，一件我思考已久，最后才决定的大事。”卡罗琳认真地说着，但说完又调皮地眨了眨眼睛。

“到底什么事？”

“来追随哥哥，研究天文，实现理想。”

本来已经坐下的赫歇尔呼的一下站了起来：“这么大的事，爸爸妈妈会同意吗？”

“他们本来不同意，但我就每天在他们的耳边念叨，后来我又加倍干活，我一口气织了一筐袜子，全家人十年也穿不完的。他们的心软了，就放我出来了。”

“不行！你还要回去。你根本不知道，天文学是一个最吃苦、最吃人的学科。土星绕太阳一周就要二十九年，可我们的全部生命也只不过七八十年。人生之于天体是多么渺小，多么短暂。以第谷那样优秀的天文学家直到死也未能如愿观察够一千颗星而抱恨辞世，以哈雷那样幸运的人，虽发现了哈雷彗星，但也未能再见它一面。这还是些治学有方、已功彪于世的伟人。这期间更不知又有多少默默无闻的天文工作者，一生一世受着寒夜的折磨，在迷乱的星阵里探索，到末了一事无成，所以我说天文是一门吃人的科学，谁要沾上它的边便要准备牺牲。成功的希望实在太渺茫了。大概也正因如此吧，这个领域从来是女子不敢涉足的地方。卡罗琳，你听说过从前有哪一位女天文学家呢？所以我劝你还是不要来跟我吃苦冒险。”

“这些我都知道。但是你该明白，我一个女孩子，要么就每天在家里织袜子，等着出嫁；要么自己去闯一条求学的路，但是学校里又不收女子。我怕自己再过几年还不走上一条轨道，就连这点儿才气和决心也要萎缩，也要消耗光了。今天我来跟您吃苦正是为了我更好地成长，而且您一个人这样苦干也需要一个助手啊。”

“卡罗琳，我了解你，也相信你的才气，可是眼下我穷得只有一架手风琴，这里既不是大学也不是天文台，你不用说研究，怕连生活也难以维持啊。”

卡罗琳看哥哥的态度有一点儿转机，立即兴奋地说："我到你们乐团里当一名歌手，至少可以养活自己。您从小就训练我唱歌，现在不正好是用武之时吗？"

"好吧，先试一段再说，不行你就赶快回到父母身边去。"

"您放心，我还没有走过回头路呢。"

卡罗琳从此就留在哥哥身边。她比赫歇尔小十二岁，怀着十分崇敬的心情向哥哥求教天文、数学知识，又仔细地照顾他的生活。

闲话少叙，话说卡罗琳一来伦敦就是几年，整日台上唱歌糊口，回家操持家务，晚上还要观察记录。由于生活过得充实，虽苦一些倒也乐在其中。但是有一件事在卡罗琳心里存了很久，就是哥哥已经35岁，却还不娶亲，而且身体也越来越不好。这天晚饭后，兄妹桌边闲坐。她看着哥哥疲惫的面容和满脸的胡须，终于鼓足勇气说道："哥哥，您今年已经35岁，也该有个嫂子来照顾您的生活了。"

赫歇尔淡淡一笑说："家庭幸福，谁不向往？但是出类拔萃的人常常是得不到这种幸福的。我们既自信可以去干常人不敢干的事，也就不再希冀得到这种常人的幸福。因为它是以时间和精力为代价的。卡罗琳，你不记得开普勒吗？他为了妻儿付出了多少时间与精力，最后是为给家人讨一点钱，而饿病交加死在外乡的路上。我没有开普勒的才智，更不敢再去背这个家庭的包袱。我现在最缺的是时间，但这种东西是无法向别人借的，只有两个办法，一是砍掉与研究工作无关的事，这当然也包括组织家庭，把分散的时间拢回来；二是抓紧工作，尽量往前赶，把前面的时间抓过来，因为过去的时间是无法再利用了。当然这样赶身体是要苦一些，也许这是生命的提前支出，但是对于万有引力的发现来说，23 岁的牛顿和 85 岁的牛顿又有什么区别呢？”

卡罗琳听着哥哥这番激动的演说，也暗暗发誓将永不结婚，去追求心中那个伟大的目标。

于是只要没有演出，他们兄妹两人就爬上房顶的小平台观天。这里摆着一些简单的天文仪器。原来，当时人们只看见夜空中一条银河，但是并不能解释这种现象，赫歇尔决心弄清这条大河里所有的星星。他先买来了望远镜，但根本不能发现什么，他就自己磨镜片，制大型望远镜。他一生亲自磨了四百多块镜片，最大的直径竟达 1.22 米，小演奏员成了一代制镜宗师。为了弄清天上到底有多少颗星星，他把天空分成 638 个天区，一个区一个区地数，记录下来，标在图上，共数了 117600 颗。可以想象这是一项多么艰巨的工作。夜晚河汉茫茫，遥夜沉沉，城里人家的灯火也都渐渐熄去，微弱的星光之下，唯有这一对顽强的兄妹，在苍茫的星海里仔细地捕捞着什么。这时已交初冬，又是半夜，寒风吹过，钻领入袖，不要说手把着冰冷的仪器，就是袖手缩颈在屋顶上站一会儿也手僵足麻寒冷难忍。赫歇尔举镜观察片刻便随手拿起笔到小桌上的瓶子去蘸墨水，不想硬邦邦地蘸不上一点水来。他喊道："卡罗琳，瓶里没有墨水了。"卡罗琳拿起瓶子一看，墨水已经冻成冰块。她将瓶子一把抓过掖在怀里说："您先观察，它一会儿就会还原成水的。"赫歇尔回头见此情景，作为兄长，突然感到一阵心酸内疚。

正是：

莫道遥夜凉如水，兄妹情热可化冰。

却说赫歇尔兄妹无论怎样挤时间研究天文，但演出还是必须参加的。因为这是他们生活和研究费用的唯一来源。而且他们兄妹的演技早已闻名全城，一次不出场那些狂热的歌迷便感到十分扫兴，必得向乐团老板问个究竟。全城人只知有一对能拉能唱能舞的兄妹，却还不知他们在下台卸妆之后的艰辛。岁月流逝，赫歇尔已是四十出头的人，冬去春来，大地又恢复了它的温馨。

这天晚上演出结束后，兄妹两人照例稍事休息又上房观星。他们还沉浸在今天演出成功的幸福中，一边摆弄着望远镜，一边议论着今天的演出。

他们正这样你一言我一语地说着，突然赫歇尔大声喊道："来了！一个陌生客闯进了我的望远镜，卡罗琳，你快来看！"

卡罗琳将眼睛贴在镜筒上，真的看到一颗过去从来没有见过的星，它行动迟缓，发光微弱，如果不细心是很容易忽略的。卡罗琳说："这也许是一个很远很远的恒星吧？"

"这好办，如果是恒星，距离遥远，无论用多大的望远镜看，它的体积也应该是一样大才对。"

赫歇尔说着立即把他的十八般兵器都搬了出来。他先用能放大 270 倍的望远镜观察，再换上放大 460 倍的望远镜，这颗星体积有所增大，他又换上能放大 930 倍的望远镜，这星体积又更大了。看来不是恒星，但会不会是彗星呢？不会，因为连续观察并没有发现它的长尾巴。赫歇尔心里突突直跳，难道这会是太阳系里除金、木、水、火、土、地球以外的又一颗新星吗？难道像开普勒，像哈雷，像牛顿，这发现的机遇今天也轮到我的头上了吗？赫歇尔一把拉过卡罗琳的手说："快记下这颗新星。我们成功了，就在今天晚上！"

这一天是 1781 年 3 月 13 日。他们根据国王乔治三世的名字将它命名为"乔治星"。后来德国柏林天文台台长为了表示对他们兄妹的敬意，又重将此星命名为天神乌拉纳斯(天王星)，天王星的符号是“♅”，H是赫歇尔名字的第一个字母。

天王星发现了！它距太阳约28亿公里，绕太阳公转一周要84年，这样太阳系的范围一下就扩大了一倍。不仅如此，经过观察，赫歇尔还第一个提出了银河系的模型，得出了银河系有限、银河系内恒星可数的结论。他正确地解释了银河系是一块凸透镜状的圆盘，太阳系处于其中心，我们沿透镜的长轴看去，全是灿烂的星群，沿两边的短轴看去，星星稀疏，露出了背后的黑色空间。所以我们看到的银河就呈带状。赫歇尔的伟大发现使他一举成名，英王乔治任命他为皇室天文学家，年俸两百英镑，他们兄妹再也不用靠卖艺来接济天文研究了。

赫歇尔后来也成了家，卡罗琳后来更加勤奋地工作，后来也多有发现，成了一位伟大的女天文学家。她却终身未嫁，一直活到98岁，在84岁时作为第一个女会员破格被英国皇家天文学会接收入会。

正是：

莫道女子无大才，最怕明珠甘自埋。

只要心比男儿烈，终教须眉拜裙钗。

第三十二回　穷夫妻吵架一脚踢出新纺车
智瓦特发愤廿年造成蒸汽机

——引起世界工业革命的两项大发明

前几回说到近代科学由于伽利略、牛顿等人的努力，在物理、天文等方面已经积累了足够的知识。而科学知识的丰富，又为新技术的出现创造了条件。英国在 18 世纪开始的几十年间确实集中了当时世界上最优秀的科学家，又最先完成了资产阶级革命，所以来一场工业革命是势在必行了。

这技术上的改进是先从纺织行业开始的。原来英国的纺织品向来质量不高,平时市场上的货全靠从中国和印度输入。为了保护本国资本主义发展，1700 年英国国会专门通过一项法令，禁止从中国、印度进口棉纺织品，逼着本国纺织业快快赶上去。真是有问题就有解决问题的人。到 1733 年，终于出来一个叫凯伊的穷织工，发明了一种“飞梭”。那原来靠手臂一下一下来回穿的木梭，现在用脚一踏便如流星般地来去，这样一来纺纱倒赶不上织布了。

公元 1764 年，在英国的一个小镇上住着一对夫妻，男的叫哈格里沃斯，女的叫珍妮，他们都是被剥夺了土地后从乡下来到城镇的。小夫妻女纺男织，惨淡经营，维持着艰苦的生活。可是哈格里沃斯用的飞梭织机，珍妮用的手摇纺车，一快一慢，两天纺出的线不用半天就已织完。纺不出线就织不成布，就换不来钱，也就买不来面包。珍妮终日不停地摇着纺车，腰酸臂痛还是出不了几磅纱。哈格里沃斯呢，闲着没事，看着家中生活这般拮据，织完布后就腰插一把斧头到外面去给人家做木匠活，以求一点儿微薄的补贴。

这天他出去后还不到半个上午便回到家里，脸色阴得难看，也不说话，便坐在织机上喊着要纱。珍妮见状知道是又没有揽到活，明天的面包还不知哪里去寻，也不敢多问，只是将昨天纺出的纱一起抱上，哈格里沃斯就闷着头啪啪地织了起来。不消两个时辰，这堆纱就已织完，他先叫声妻子，没有应声，便自己走下织机到院里去讨纱。只见珍妮还在吃力地摇着纺车轮，那支纱锭上才刚薄薄地裹了一层纱线，这时已日过中午，他腹中早就“饿火中烧”，便没好气地喊道：“珍妮，你这样摇法，就是把我们的肠子都纺成线，也不够换一块面包充饥。”珍妮却好像不知道他来到身后，头也不回，只是把那纺车疯也似的摇着，嗡嗡直响。哈格里沃斯心里更加烦躁，便抢上一步，一把按住她的右手，说："从明天起你就在家做饭管孩子好了，我到外面去干活，这样一天纺几根线还不够织根裤腰带呢。"

没想到，珍妮突然转过头来嘶喊道："这能怪我吗？有本事你来纺，你摇断胳臂也不会在一个锭上转出两个纱团啊！"

哈格里沃斯这才看到珍妮眼里已饱饱地含着两汪泪水。是的，这哪能怪她，家家不都是这个样子吗？他心早软了一半，但口里却还不肯就软下来，说："不怪你，不怪你，怪这个劳什子纺车，要它有什么用，不如劈了烧火。"说着顺手抄起斧子便要砍下去。珍妮知他是个火暴脾气，真要砍了这纺车，一家人眼下就只有喝西北风了，忙上去抱住他的胳膊不肯松手。哈格里沃斯的胳膊让妻子抱住，举不起斧子，浑身的气憋得无处发泄，便就势飞起一脚将那纺车踢出六七步远，将斧子扔到地上，重重地叹了口气。珍妮这时早趴在他的肩上嘤嘤地啜泣不止，一场夫妻冲突也就这样渐渐地缓解下来。再说珍妮见哈格里沃斯的火已渐渐消下，她的委屈才真正地翻了上来，便索性紧紧地搂住丈夫的肩膀一把鼻涕一把泪地不肯停歇，非要等他道个歉不可。

但是，珍妮这样真哭假怨，好半天却好像是搂了一截木头一般，不见哈格里沃斯有一点儿反应。她觉得无趣，也就松开双手，抬起泪眼。谁知这一松不要紧，丈夫却嗖地一下冲向那辆纺车，她一把没有拉住，哈格里沃斯却大喊起来：“亲爱的，你看，你看！”珍妮见他突然又像孩子一般，却赌着气偏不去看，撩起围裙抹一把眼泪准备去收拾午饭。丈夫却过来一把拉住她的手说：“亲爱的，办法有了。你一看就会明白。”原来那辆纺车挨了哈格里沃斯这狠狠的一脚，这时正仰面朝天，那本来平躺着的纱锭已经垂直立起，还被车轮带着旋转。哈格里沃斯说：“你看我们就照这个样子把纺车改造一下，纱锭立起来，一个车上就可以并排放两个、三个，不就可以多出纱了吗？”他这时早已喜得忘了肚中的饥饿，转身在珍妮挂着泪珠的腮上吻了一下，便去摸斧子干活，珍妮也忙到厨房里去备饭。

各位读者，你想这哈格里沃斯何等聪明，他本是一个木匠，又是一个织工，只要脑子里得了这个主意，制作起来并不困难。他很快做了一个大木框，上面横列竖插了八个纱锭，旁边装上一个木轮，一试就成。以后又不断改进，纱锭加到十六个、三十个、一百个，效率提高100倍。这时再摇起这种车来，倒是纺线人将织布人赶得气喘吁吁了。

正是：

死胡同里莫硬钻，退一步时路更宽。

发明原来有诀窍，这边不行试那边。

再说哈格里沃斯得了这种发明，不敢忘记这纺纱机实际是那天与妻子吵架所得，所以就将它命名为“珍妮纺纱机”。珍妮纺纱机很快在英国纺织业中得到推广，以后又有人不断改进用上了新的动力，英国纺织业迎来了一场大革命。所以马克思后来论及此事时说：“18 世纪的产业革命就由此开始了。”

珍妮纺纱机

纺织机的改革随之带来一个问题，就是动力。机器效率提高后人力当然不够用了。有人发明用风力，但很不保险，有人发明用水力，但那必须到远离城市的山乡去，于是人们便想到一种全新的动力——那就是蒸汽。

说到蒸汽，这便又引出一个科学史上大名鼎鼎的人物——**瓦特(1736—1819年)**。瓦特生于英国的格林诺克，他好像生来就与蒸汽有缘。他还是五六岁的孩童时，就常守着火炉，看那开水壶上的壶盖被汽顶得一上一下地跳动，经常问这是为什么。后来由于家穷他没有机会念书，先是到一家钟表店里去当学徒，后又到格拉斯哥大学去当仪器修理工。这时社会上已开始有简单的蒸汽机，而当时的科学发展，正如我们前几回说过的，托里拆利实验，马德堡半球实验，也都从理论上解决了“壶盖为什么会上下动”的问题。瓦特聪明好学，又在这样一个大学的环境里，常抽空旁听教授们讲课，又终日亲手摆弄那些仪器，学识也就积累得不浅了。

话说1764年，格拉斯哥大学收到一台纽可门蒸汽机，请求修理，任务交给了瓦特。这种机器是苏格兰铁匠纽可门1705年发明的，又大又笨。机器的汽缸下方有三个活门，蒸汽从中间活门进入，将活塞推上去，人工将气门关死，再从右边活门里注入冷水，热气遇冷收缩，缸内形成真空，活塞自然下落，这时又要手忙脚乱地关上进水活门，打开左边的退水活门。这样活塞才能上下一次，连杆带动汲水工具也上下抽水一次。瓦特将这台机器修好后看着它这样吃力地工作，就如一个老人在喘着粗气，颤颤巍巍地负重行走一般，觉得实在应将它改进一下才好。他注意到毛病主要在缸体，随着蒸汽每次热了又冷，冷了又热，白白浪费许多热量。能不能让它一直保持不冷而活塞又照常工作呢？

瓦特从小学徒出身，既能吃苦，又很顽强。他一有这个想法便立即自己出钱租了一个地窖，收集了几台报废的蒸汽机，决心要造出一台新式机器来。他告别妻儿，一卷行李搬到地下室，整日摆弄着竹筒、木轴，左比右试，这样有两年时间，总算弄出个新机样子。可是点火一试，那汽缸四处漏气。瓦特想尽办法，用毡子包，用油布裹，几个月过去了，还是治不了这个毛病。连这第一步也迈不出去，以后还不知有多少险阻呢！

瓦特原以为他的革新方案很快就能实现，就去向一个叫罗巴克的工厂主借债，两人签订合同，如果新机器试验成功，工厂主将要分享三分之二的利润作为偿还。现在瓦特这样一直拖下去毫无进展，罗巴克宣布不再给他资助，瓦特反倒负债如山。他骑虎难下，心烦意乱，不知该怎样收拾这个局面。一天，他又趴到汽缸前观察漏气的原因，不小心一股热气冲出，他急忙躲闪，右肩上已是红肿一片，就像被一把热刀削过一般，辣辣地疼了起来。晚上他回到家里，左手捂住右膀，躺在床上不言不语。钱无着落，试验又不知何时才有个完，再这样下去真怕连妻儿也要搭进去了。他想这事也许压根儿就不该他自己去干，格拉斯哥大学有多少教授，这城里有多少工厂主，有学问的有学问，有钱的有钱，谁也不敢去碰这个难题，我这个穷工人为什么要去讨这份儿苦吃？“罢，罢，罢！”他越想越觉得后悔，嘴里这么说着就翻身坐起，将桌上的图纸卷作一团，向炉子里塞去。

这时，瓦特的妻子正好进来，见状忙一把抢过，正色说道："亏你还是个男子汉呢，就这样没有出息！这两年满城里谁不知你在发明什么新蒸汽机，今天就这样打了退堂鼓，我看你怎样上街见人。你不记得那年你要开个小钟表修理铺，行会里的人都说你学徒期不够，不许开，后来这个大学不讲资格，破例收留了你，连那么大的机器都让你修，你修好了又不满足，自吹还要造个更好的。今天，我看你要么真的造出个新机器，要么就摔掉饭碗，我跟你沿街要饭去！”这瓦特夫人是个受过教育的人，知书识礼，极有志气。今天她见丈夫要打退堂鼓，一进门就劈头盖脸地说出这般言语，把瓦特羞臊得半天抬不起头来。过了好一会儿他才说：“亲爱的，你知道我们现在就要揭不开锅了。再这样借债，借到何时？”夫人忽地站起，伸手摘下脖子上的项链，又摘下手上的结婚戒指说：“能变卖的先变卖掉，咬咬牙过下去。”瓦特见妻子越说越绝，更羞愧难当，起身下地，随手抓过桌上的一把木尺，一折两半，说："我瓦特要造不出新蒸汽机来，就算我这双手白白摆弄了十几年机器，到时我就这样扯断自己的手指。"说完头也不回地又向他那个地窖跑去。

各位读者，引起世界第一次工业革命的两大新机器虽是两个男人发明的，但都实实在在得力于他们的妻子。尤其是瓦特的妻子，在瓦特自己都已没有信心时，反而忍饥挨饿，咬着牙支持丈夫再坚持一下。这不是写书人编故事，而是确实如此。只可惜瓦特不像哈格里沃斯那样多情，用夫人的名字来给蒸汽机命名。所以后人只记住了珍妮，很多人反不知瓦特有个妻子。

闲话放过。再说瓦特回到地下实验室里，将过去的资料重新翻检一番，打起精神又干起来。干累了就守着炉子烧一壶水喝茶。一天，他正这样闷头喝着苦茶，看着那个儿时就感兴趣的一动一动的壶盖。也是苦修必有果，功到自然成，该着今天瓦特开窍。他看看炉子上的壶又看看手中的杯子猛然喊道："茶水要凉，倒在杯里；蒸汽要冷，何不把它从汽缸里也'倒'出来呢？"瓦特这么一想，便立即设计了一个和汽缸分开的冷凝器，这下热效率提高了3倍，用的煤只有原来的四分之一。这关键的地方一突破，瓦特顿然觉得前程光明。他又到大学里向布莱克教授请教了一些理论问题，教授又介绍他认识了发明镗床的威尔金技师，这位技师立即用镗炮筒的方法为瓦特镗制了汽缸和活塞，解决了那个最头疼的漏气问题。这时，早有另一位慧眼识英雄的工厂主博耳顿开始向瓦特投资。瓦特有了资金接济如虎添翼，到 1784 年他的蒸汽机已装上曲轴、飞轮，活塞可以靠从两边进来的蒸汽连续推动，再不用靠人力去调节活门，所以这才是世界上第一台真正的蒸汽机。但这时距瓦特接手修理那台纽可门蒸汽机已经整整二十个年头过去了。瓦特终于完成了这个划时代的发明。以后他又与人合办了一个蒸汽机制造厂，他这一生再也没有离开过蒸汽机，直到 1819 年他以 83 岁高龄离开这个因他的发明已经变得很热闹的人世。

各位读者，或许我们今天看来，一台纺纱机、蒸汽机不值几个钱。但科学的进步重在突破，有第一步，就有第二步；有昨日之粗之低，才有今日之精之高。譬如孩童走路，别看初时东倒西歪，明日也许是个“飞毛腿”。再者，科学原理的发现与具体技术的发明是整个自然科学进步的左右腿。用一根木棍撬石头，多么简单的发明，但它导致了杠杆原理的发现；而有了这杠杆原理才会有瓦特蒸汽机上的那些曲柄、拉杆；又有了真空的发现，才会有活塞的来去。现在这个蒸汽机比那撬石头的木棍自然不知要高级多少倍，它所提出的问题也自然要引起这新时代的阿基米德们的联想，以后还有什么重要发现，且听我慢慢讲来。

第三十三回　旧学说百年统治终破产
新原理一时沉埋永放光

——质量守恒定律的发现

上回说到随着纺纱机、蒸汽机的发明，一场工业革命从英国开始了。工业技术和生产的发展必然引起人们对生产原料更深刻的认识。而纺织业的发展必然促使人们去研究染料，研究酸碱，这又向化学提出了新的要求，而在这方面打头阵的，现在该轮到一个法国人了。他就是**拉瓦锡**(1743—1794 年)。

1743 年 8 月 26 日，拉瓦锡生于巴黎。他的父亲是一个很有钱的律师，这使小拉瓦锡不愁吃穿，上了中学又上大学，法律系毕业后他当上了律师。但不知是什么缘由，使拉瓦锡对矿物特别感兴趣。在他办公桌的抽屉里，常常放着一些石头，什么硫磺呀，石膏呀，就连卷宗里也不时可抖出一些红绿颜色的矿粉来。一次，他的一篇化学论文在竞赛中获得法国科学院一枚金牌，这更使他决心辞掉律师职务，闯入自己酷爱的化学领域。

拉瓦锡

但是私人研究化学，要建实验室，要买仪器，钱从何来？这拉瓦锡凭借他律师的阅历，用特殊的眼光上下左右在财政界一扫，便发现了一个诀窍。原来18世纪中叶，法国新兴的资产阶级已积聚成一股强大的力量，但封建王朝还不甘退位，更加紧了对人民的搜刮。搜刮的一个妙法就是收重税。可政府并不出面，而是承包给“包税人”。包税人先向国家交一笔巨款，然后再去收税。包税人只要向国家交了钱，至于向老百姓收多少，国家是不管的。为了研究化学，拉瓦锡从父亲那里借来钱作押金，违心地当上了一名包税人。很快，拉瓦锡就拥有了自己的化学实验室，同时，又很快认识了一位金发碧眼的姑娘玛丽。玛丽是包税公司经理的女儿，才 14 岁。但他们感情笃深，终成眷属。这玛丽性情温柔，又写得一手好字，并擅长绘画，为丈夫抄论文，绘图表，天赐一个好内助。拉瓦锡真是要钱有钱，要物有物，要家有家。比起那开普勒、牛顿来，真是科学家当中少有的幸运儿了。

却说 1789 年冬尽春来的一个夜晚，寒气还笼罩着巴黎，拉瓦锡和娇妻玛丽正围炉夜话，玛丽手中拿着一篇刚收到的文章说："亲爱的，听我给你念一段，这里说的这个实验可真有意思。"文章不长，喝杯茶的工夫便已念完，但拉瓦锡听罢便再也没有喝茶谈天的闲心了。他一把抢过文章连读了两遍。原来这文中说到将一块金刚石烧得炽热后，它便会消失得无影无踪。他想，这是不可能的，任何东西烧完总要留下一点儿灰烬。拉瓦锡立即钻进实验室，照做了一次，确实如文章所说，金刚石不翼而飞了。整整一夜，玛丽感到睡在身旁的丈夫翻来覆去不能成眠，但温柔的她不敢说话，怕引起他的话头更不能入睡。天将亮时，玛丽见他还在瞪眼看天花板，就说："都是我不好，睡觉前不该给你说什么实验的新消息。"拉瓦锡却拉住她的手，翻身坐起："玛丽，我们赶快进实验室去，办法有了，也许问题正出在这里。”

拉瓦锡只穿一件睡衣坐在实验台旁，他将一块金刚石用不怕火的石墨软膏厚厚地裹起来，然后放在火上高温加热。他想：过去人们研究燃烧都是在空气里进行，被烧过的东西多啦、少啦，都看作是这东西自己发生了变化，谁敢保证这看不见的空气里不会有什么物质在燃烧时参加进去，或是又带走什么呢？我今天将这金刚石裹得严严实实不见空气，看它会出现什么样子。他就这样睡衣拖鞋、蓬头黑手地在实验台旁忙着，亏得玛丽贤惠，一会儿捧过一块热毛巾为他擦擦满脸的汗水，一会儿又往他嘴里塞一块面包干，心疼得怕他饿坏肚子。这时在高温火焰下，那裹着石墨的金刚石已被烧得通红，就像炉子里的红煤球一样。拉瓦锡小心地停了火，等待它慢慢冷却下来剥开一看，金刚石竟完好无损！

“看来燃烧和空气大有关系。”他一边洗脸，一边说。

“燃烧不是物质内的燃素在起作用吗？”玛丽一边收拾仪器，一边问道。

“大家都这么说，我看未必就是这样。”

原来自波义耳研究燃烧现象之后，1606年，他的学生终于建立了一种燃素说，凡物质能燃烧就用含燃素来解释。但是一些金属烧过后重量反而增加，燃素既然烧掉了，怎么物质反倒加重？这真有点儿让燃素说下不了台。但是拥护燃素说者又想出一种解释，说那燃素与一般肉眼看见的物质不同，它含有的是一种负重量，负重量一走，东西自然就重了。可见当时燃素说已经露出破绽，难自圆其说了。拉瓦锡也早就对此产生了怀疑。今天这个实验更明明白白地证明，金刚石被裹严时就不变，露天时就发生变化，说明根子不在燃素，而在空气。

正是：

多少糊涂事，只因太孤立。

单见树有叶，不见枝连理。

到底在燃烧过程中空气发生了什么变化呢？最好的办法就是检查一下它的重量。拉瓦锡立即设计出新的实验。

他在密室的容器里燃烧金属，燃烧前后他都仔细地用天平称过重量，并没有一点儿的变化。他再称金属灰的重量，是增加了，又称烧过后的空气的重量，却减少了，而减少的空气和增加了的金属灰正好重量相等。于是拉瓦锡便发现了化学上一条极重要的定律——重量（质量）守恒定律。物质既不能创生也不能消失，化学反应只不过是物质由这种形式转换成另一种形式。

自从拉瓦锡由燃烧金属发现燃素说不可靠后，他立即放下其他研究而专攻各种燃烧现象。他又投资添了一些设备，选了几个助手，将自己的实验室重新布置一番，这里可真成了一个燃烧展览馆。他在这个豪华的实验室接待过许多科学名人，瓦特、富兰克林都曾到这里做客。这一天英国学者普里斯特利又来访问，拉瓦锡陪他在这仪器丛林间边漫步边讨论问题。一会儿来到几个玻璃罩前，普里斯特利问："这里在干什么？"

"我将磷用软木漂在水面罩着燃烧，烧后水面就上升，占去罩内空间的五分之一。你看这个罩内是烧硫磺的，水面也上升了五分之一。这说明燃烧时总有五分之一的空气参加了反应。"

"对。我也早发现空气中有一种'活空气'，蜡烛见它着得更亮，而小老鼠没有它就会死亡。拉瓦锡先生，你知道杜勒在1772年就曾找见过这种空气，叫它'火焰空气'，我想，这和你找见的那五分之一的空气是一回事。可是，我觉得物质燃烧是因为有燃素，恐怕和这种空气没有关系。"

"不，有没有它大不一样。你看这罩里剩下的五分之四的'死空气'，你再放进什么有'燃素'的东西，无论磷块还是硫磺，它也不会着了。尊敬的普里斯特利先生，你的发现对我太有启发了，看来空气里一定有两种以上的元素，起码这‘活空气’就是一种，空气并不是一种元素。”

“这么说，水也不是一种元素了。因为我已经发现水里也有这种活空气，而且用这种活空气和另外一种空气（氢气）在密闭容器里加热，就又能生成水。”

“真的吗？”拉瓦锡突然停下脚步，眼睛直盯着普里斯特利。

“真的。你这里的实验条件太好了，我们马上就可以重做一次。”

普里斯特利熟练地制成两种气体，混合到一个密封容器里，开始加热，一会儿容器壁上就出现了一层小水珠。拉瓦锡等实验一完就拉着普里斯特利到客厅里，连叫玛丽：“快拿酒来，我们今天要庆祝一件天大的喜事。”玛丽立即托着三杯酒，轻盈地走出来，连问：“什么喜事，这样高兴？”说着也陪客人坐下喝酒叙话。

“玛丽，你知道，我们今天不但进一步找到了燃烧的秘密，还找到了新的元素，它既在水中，又在空气中，这一下子就打破了水和空气是元素的旧说法，说明它们都是可分的。这种东西能和非金属结合生成酸，又能使生命活下去，就叫元氧吧（氧由希腊文酸、活二字而来）。”

“拉瓦锡先生，你真是一个大胆的科学家，我做了不知多少次实验，可就是不敢放弃燃素说，总也没有找到问题的关键。今天这个发现真是我们化学界的一件大喜事。”

各位读者，这氧气本是杜勒和普里斯特利最先发现的，但是他们为什么看不到它与物质燃烧的关系呢？原来是旧燃素说的束缚，使他们不敢有任何非分之想。本来做学问一靠观察积累，二靠思考比较。这观察积累基本上还是在旧理论指导下的收集、整理，要的是细心与吃苦；那思考比较是在新事实的基础上归纳突破，要的是大胆与勇敢，有如雏鸡在壳经二十一天的暖孵，只待那猛力一啄，跃出壳外，眼前便是一个好大的世界。一个旧理论的推翻就是一个新天地的开拓。当年地心说借上帝之力何等顽固，人们做了许多改良，却终不能突破，出了个布鲁诺只一句话：“对不起，我的体系没有给上帝留下位置！”一切问题便迎刃而解。过去人们总说行星在做圆周运行，可多年测量总有误差，开普勒抛弃圆周说而立椭圆说，众星便各行其路再不出轨。但可悲的是许多人在足已长而鞋还小时，宁肯削足而不弃旧履；在身高而檐低时，宁可弯腰而不换个新地方，科学史上确有不少这类的悲剧。只有少数既聪明又勇敢的人才知道要不断观察新问题，收集新材料，同时又敢于打破旧理论，抛弃旧假设，于是胜利便属于他们了。

回头再说拉瓦锡三人正添酒举杯，满心欢喜，忽然一个仆人走了进来，手里拿着一张《人民之友》日报，像有什么事要回主人，但又不便开口。拉瓦锡说：“什么事？你说吧，普里斯特利先生也不是外人。”

“报上说您的坏话了，先生。”

拉瓦锡接过报纸一看，只见一篇署名马拉的文章写道：“法国公民们，我在你们面前谴责拉瓦锡这个诈骗大王、暴君的伙伴、流氓的徒子徒孙、窃贼的大师……请你们相信，这个自夸每年有 4 万里亚尔收入的税收员不知从你们身上搜刮走多少财富……”

拉瓦锡一看，脸色顿时沉了下来。他知道这个马拉前几年曾写了一本《关于火的特性的研究》，漏洞百出，他曾著文反驳。不料 1789 年法国大革命后，这人倒成了革命领袖，看来现在是要报仇了。他生气地将报纸往桌上一放，说：“我是赚了一点儿钱，但没有这钱，哪儿有这实验室，哪儿有这些成果，钱是给科学用了啊！”普里斯特利不知怎么一回事，连忙放下酒杯，取过报纸一看，便也就知趣地起身告辞。因科学发现而引起的这阵小小的欢乐，却因一个政治黑影的介入而又突然消失了。

自从这次被报纸点名攻击之后，拉瓦锡的处境便明显困难起来，不久他正式被控贪污，又过了不久，他的实验室被查封。拉瓦锡倒觉得不会有什么大事，他想，我一个科学家，总要为社会办好事，于是他便加紧编书。过去他出过一本《化学教程》，总结了他多年来的实验，提出氧化学说，统治化学界近百年的燃素说才被真正地戳穿。书一出版即被抢购一空。现在拉瓦锡正在补充修订，准备再版。他又将这几年新发现的元素整理成一张表，共 33 种，分作四类：

1. 气体单质：光、热、氧、氢、氮。

2. 非金属单质：硫、磷、碳、盐酸根、硫酸根、硼酸根。

3. 金属单质：锑、银、砷、铋、钴、铜、锡、铁、锰、汞、钼、镍、金、铂、铅、钨、锌。

4. 土类单质：石灰、镁土、钡土、铝土、硅土。

这是化学史上第一份科学的元素表。那水、土、气、火的四元素说到此也彻底破产了。化学在拉瓦锡面前是彻底敞开了大门，许多新奇的现象、有趣的问题，一个接一个地跳了出来。但是他有一种预感，觉得有什么祸事就要临头，手头的工作怕是干不完了。这种莫名的念头自然不好对玛丽说，所以他只是整天埋头写作，玛丽就加紧帮他画插图。

果然，一天上午，拉瓦锡刚在桌旁坐定就有两人进来，只说法庭传他去一趟。他知道那个模糊的预感今天要变成现实了。

他冷静地站起来说：“幸好我的书已经全部写完。”返身取了一顶帽子便随来人而去。法庭上的审判极为草率，他这个律师出身的人也未能张口为自己辩护几句。一位好心的律师提醒法官：“拉瓦锡先生可是一位全欧洲闻名的科学家啊！”法官说：“革命不需要科学家，只需要正义。”当即判了他的死刑。

1794 年 5 月 8 日，拉瓦锡被反绑着双手，推向广场中心的断头台。这时广场上已人山人海，将要被砍头的几个人一字排开站在台上。这断头台是挖空心思想出的一种杀人方法。先搭一个一人高的平台，台上竖两根丈余高的方木，两木间吊着一把斜刃大铡刀，足有桌面那么大，寒光闪闪，凉气逼人。下面有一张大桌子，犯人就趴在桌子上，伸长脖子，等着那刀落下来砍头。拉瓦锡被推赴刑场，惊动了巴黎的许多科学家，什么时候听说过一个科学院的院士被抓起来砍头呢？和他一起研究化学命名法的柏托雷连忙赶来。玛丽也来了，她一夜之间像老了十岁，这时正抱住拉瓦锡的头失声痛哭。拉瓦锡多么想用手为她拭去泪水，去拥抱一下这个从 14 岁就开始追随他的妻子，可是手被反绑着。他让玛丽抬起头来，说要最后一次仔细看看她。拉瓦锡平静地说：“玛丽，你不必为我悲伤，感谢上帝，我已完成了自己的工作。我今年 51 岁，可以说已经度过了够长够愉快的一生，而且可以免去一个将会有诸多不便的晚年。我为后人留下了一点儿知识，也许也留下了一点儿荣誉，应该说是幸运的。”那玛丽瞪着两只泪眼，只是直直地望着他，下巴在一下下抖动，喉咙里却像被什么东西噎住，发不出一点声音来。

这时，只听身后那面大铡刀由空而降，卷起的一阵凉风，扫得人心里直抖，接着就听“嚓”的一声，一颗人头就像被菜刀剁下的一截黄瓜滚在台上。刚杀掉的是一个僧侣。接着，那面铡刀又“嘎吱吱”地升了起来，就听监斩官吼道：“下一个，拉瓦锡！”玛丽闻听这一声吼，先自昏倒在拉瓦锡脚下。柏托雷还抱一线希望，冲到监斩官面前，高声喊道：“不能杀他啊，法国不能杀掉自己的儿子。你们一瞬间砍下他的头，再过一百年也不会长出一颗这样的头脑啊！”

究竟拉瓦锡性命如何，且听下回分解。

第三十四回　聪明人向天攫雷电　蠢国王要改避雷针

——电的本质的发现

上回说到法国化学家拉瓦锡被推在断头台上，虽有许多人求情，可那把无情的大铡刀还是从空而降，这位现代化学的创始者便人头落地。自拉瓦锡死后，他开创的化学事业就和电的发现与研究连在一起，所以我们现在先来补讲一个电的故事。

话说 1750 年 5 月，英国皇家学会突然收到一篇论文，说天上的雷电和我们在实验室里摩擦产生的电是一回事，还列举了十二条相同处，如放光、有声、能点燃易燃物、能杀伤动物等等。还说到电是通过金属的尖端释放传递的，因此为使建筑物免遭雷击，可以在屋顶上装一个尖头铁棒，再以金属线接地，电就被引入地下。那皇家学会的会员们都是天文、力学、数学方面的专家，他们研究的是那些高深的题目，那时化学还是刚刚起步，这电学也还不算一门学问呢。学会秘书看着这篇文章想，这大概又是什么江湖骗子的法术。再一看作者，是一个十分陌生的名字。寄出地址呢？美洲的宾州。秘书不看犹可，一看随即“啪”的一声扔到纸篓里去了。

读者，你知道为什么这样？原来那英国当时正称霸世界，无论政治、经济、科学各方面它都不把别人看在眼里。当时的世界上根本就还没有个美国。美洲大陆原是印第安人在这里世代居住，1492 年哥伦布发现这块新大陆，英国便立即派来了探险队。1607 年英国又向这里派遣了第一批移民，开始在这里霸占殖民地。就说秘书刚才看到的宾州吧，它原来哪有什么名字，不过是一块荒地。1681 年英王查理二世将这块土地赐给一个叫威廉·宾的业主，由此得名。连这种半开化的地方也配向皇家学会送科学论文？这文章能进皇家学会的纸篓也就算它高攀了。

你知道这个大胆送论文的人是谁？他叫**本杰明·富兰克林 (1706—1790 年)**。当时他虽然名不惊人，可后来他倒成了电学的开山鼻祖。这人聪明绝顶而又极有志气。小时因家贫不能上学，就跟着开印刷所的哥哥当学徒，这倒使他有机会读到许多最新的书。他见几个大人写稿办报，自己也就写了稿子，晚上悄悄投到哥哥的门缝里，署名却是莎伦丝·多古德夫人。有一段时间这些文章天天见报，人们天天议论这才华横溢的夫人，却不见她来领稿酬。他后来大了就独立办报、办厂，但是他的聪明才智还是多得无处释放。

富兰克林

一个冬夜他外出归来时，抱起床上的小女儿吻一吻，她那小脸蛋竟冻得冰凉！当晚他通宵未睡，天亮时竟发明出一种新式火炉，那种散热率极低的老式壁炉一下就被淘汰了。到现在我们用的铁火炉基本上还是他设计的样子。一天他在家里请客，夫人在厨房里又忙又乱，还烤糊了一只鸡。第二天他就在自己厨房顶上凿了一个洞，上面装了一个小风车，用皮带连着下面的肉叉，制成了一个自动烤肉机。一次乘船，他见船速太慢，就叫水手将货物向后移，船头微微抬高，果然速度快多了。他由此又研究了船的快慢与它吃水多少的关系。但只可惜这里是落后的殖民地，没有像皇家学会那样的科学团体，没有许多科学家可以相互研讨，他只是自己一人摸索。好在他极聪明，发明这些总像玩儿一样的轻松。

一天，富兰克林的朋友洛根前来看他，一进门，洛根把双手藏在背后神秘地说："富兰克林，今天我让你看一件东西，叫你知道世界上还有比你更聪明的人。"

"当然，世界上聪明人多得很，我算老几？不过我倒想看看你带来了什么聪明玩意儿。"

洛根将手向前一摊，原来是一本新出的杂志，里面尽是些方格子，格里填满数字。他说："你看这是些魔方格子，那数字不管横加竖加，它们的和总是一致的。"

富兰克林不看犹可，一看哈哈大笑："这有什么了不起，我这里也有几张自制的魔方格子，你看这张，不管横竖，都有八个数呢。"(见下表)。

"你听我给你细说。只要你进了我这个魔方阵里，就总跑不出 260 去。第一，不管横、竖，每行每列的和都是 260。第二，你从下面两角的对角各数四个数，成一段折线，则这折线上的八个数的和是 260，而每条与这线平行的线上的八个数也都是 260。第三，你从上面的两角出发作这么几条折线，其和也是 260。第四，你从左边的两角出发，这样

52	61	4	13	20	29	36	45
14	3	62	51	46	35	30	19
53	60	5	12	21	28	37	44
11	6	59	54	43	38	27	22
55	58	7	10	23	26	39	42
9	8	57	56	41	40	25	24
50	63	2	15	18	31	34	47
16	1	64	49	48	33	32	17

数，其和还是260。第五，你从右边的两角出发，这样数，其和仍是260。不信你就试试，保你逃不出这260的网去。”富兰克林说。

“魔高一尺，道高一丈，你这260有什么了不起，你看这张魔方格子，是十六个数的正方形，又比你多一倍。它不管横加、竖加、对角加，都是2056。”洛根说着真的又翻出一张表来（见下表）。

这下富兰克林可有点儿傻眼。不过他并不服气，说：“且慢，现在咱们点燃一支烟，在这烟燃尽前，我立即再给你设计一张也是十六个数的魔方格子。”只见富兰克林抽出一支铅笔，在一张空格纸上横填竖写，如点豆种瓜一般。一会儿，那支烟还未着完，他便叫：“好了！我这格子纵横相加也

200	217	232	249	8	25	40	57	72	89	101	121	136	153	168	181
58	39	26	7	150	231	218	199	186	167	154	135	122	103	90	71
198	219	230	251	6	27	38	59	70	91	102	123	134	155	166	187
60	37	28	5	252	229	220	197	188	165	156	133	124	101	92	69
201	216	233	248	9	24	41	56	73	88	105	120	137	152	169	184
55	42	23	10	247	234	215	202	183	170	151	138	119	106	87	74
203	214	235	246	11	22	43	54	75	86	107	118	130	150	171	182
53	44	21	12	245	236	213	204	181	172	149	140	117	108	85	76
205	212	237	244	13	20	45	52	77	84	109	116	141	148	173	180
51	46	19	14	243	238	241	206	179	174	147	142	115	110	83	78
207	210	239	242	15	18	47	50	79	82	111	114	143	146	175	178
49	48	17	16	241	240	209	208	177	176	145	144	113	112	81	80
196	221	228	253	4	29	36	61	68	93	100	125	132	157	164	189
62	35	30	3	254	227	222	195	190	163	158	131	126	99	94	67
194	223	226	255	2	31	34	63	66	95	98	127	130	159	162	191
64	33	32	1	256	225	224	193	192	161	160	129	128	97	96	95

是 2056，虽对角相加不是这个数，可是只要你在大方格内任意挖出一块十六个相连的格子组成的小方格，它们的和也是 2056。”(其实这表里有两组数是错的，读者如有心可以找一找，但这已是极不易了。) 洛根这时更佩服富兰克林的才智了。

暂时不说富兰克林与朋友拼方格斗智，却说 1745 年 11 月科学史上出了一件值得纪念的大事。荷兰莱顿大学的教授穆申布勒克和他的朋友阿利曼特·库诺伊斯做了一个有趣的实验。他们先用摩擦机产生电，再用金属丝把电引入玻璃瓶内，可以看见闪电的火花。于是这二人就想，能不能将电储存起来呢？他们将瓶内灌满水，接通导线，再继续摇动摩擦机，却看不见一个火花。这时库诺伊斯像是要把电捞出来一样，一只手端起瓶子，另一只手到水瓶里去探摸，突然他大叫一声，觉得右臂一阵麻胀，猛然缩回手来。可以说这库诺伊斯一下便占据了一个世界第一：他是世界上第一个被人工电打着的人。穆申布勒克立即由此得到启发，将玻璃瓶贴了锡箔制成了能储存电的瓶子。

真是说者无心，听者有意。穆申布勒克等人只是想实验一下摩擦生电，而富兰克林听说了这个实验，1746 年到波士顿看望老母亲时，又亲眼看到了这种实验，这聪明人立即想到天上的雷电经常打死人畜，也能放出闪光，天上地下的两种电是不是一回事呢？这年富兰克林已经整整 40 岁了，而且已经成了当地很有名气的出版商，当上了州议员，可是在科学发现的诱惑下，他立即又像变成了一个十几岁的孩子。自从波士顿探亲回来后，他的妻子就成天抱怨她的厨房里再也不得安宁了，盐钵、醋罐常会不翼而飞，被富兰克林拿去“生电”。这还不算，富兰克林每天还冥思苦想着，怎样在打雷下雨时把天上的电引下来，好亲眼看看，亲手试试。可是在当时，雷电是天火啊，谁敢这样去想？妻子听说富兰克林竟敢有这样的狂想，一边桌前枕边地苦劝他不要去冒犯上帝，一边又在背后虔诚祷告，求上帝千万原谅自己的丈夫。

1752 年 6 月，终于盼来了一个大雷雨的天气。这天下午，富兰克林正在家里摆弄着那些瓶瓶罐罐、金属导线，突然一阵风扑来，窗户被摇得嘎嘎直响，窗帘飞起如一面狂舞的大旗。他探头一看，见西边天上的乌云像泼了一天的墨汁，如浪如涛般地压了过来。他不觉喜上心头，忙叫一声："威廉，准备行动。"一会儿就领着儿子，架着一架用丝绸制成的大风筝迎着狂风向野外奔去。

富兰克林选了一块广阔的草地，将风筝向天空徐徐放去。渐渐地，一张桌面大的风筝已变成一本书似的一个小点，又像是升向云海里的一叶小舟，被颠着、摇着，在远处怯生生地回望着自己的主人。突然一道闪电劈开云层，在天空划了一个"之"字，接着"嘎嘣"一声脆雷，那如铜钱般的雨点就瓢洒盆泼般地倾泻下来。富兰克林转身一看，草地上正有一间牧人用过的旧房，忙招呼儿子站到房门里，让他拉紧风筝线，这样靠近手的一节线就不会因淋湿而导电。这一切都是精心设计好的，风筝是绸子制的，不怕雨淋，线是麻绳，很结实，靠手的一节又换成绸带，不导电，麻绳与绸带间用金属线挂了一把铜钥匙。富兰克林站在屋檐下紧张地注视着西边的天空，只见电光闪过一道又是一道，雷声一声更比一声响亮。他想，这些云海里的“天火”今天不知肯不肯乘我的这个风筝小船来到人间做一回客。多少年来人们与它要不就是隔天遥望，要不就是被它的震怒吓得关门闭户，还从没有过一次促膝相见、握手言欢呢。他正这样想着，突然，威廉大叫：“爸爸，快看！”他顺着儿子的手指一看，那拉紧的麻绳，本来是光溜溜的，怎么现在突然怒发冲冠，那些细纤维一根一根都直竖起来。富兰克林到底聪明，他眼睛一转，突然高兴地喊道：“天电引来了！”因为毛皮摩擦带电时细毛也会竖起，这说明风筝线上已有电了。他一边嘱咐儿子小心，一边用手握成拳头慢慢接近那把铜钥匙。突然他像被谁推了一把，跌倒在地上，浑身发麻。他顾不得疼痛，也不知道害怕，喊着：“是他来了，他乘着风筝下来了！我们握手了！”(还算富兰克林幸运，第二年，一个叫李赫曼的俄国人也学着富兰克林做这个实验，当场就被电击死了。)富兰克林从地上一骨碌爬起来，将带来的莱顿瓶接在钥匙上，果然这瓶里储存了电，而且这电也有火花，可以点燃酒精灯，可以用它做各种电气实验。天电、地电原来一个样！一会儿雨停云散，富兰克林收了风筝，和儿子抱着藏有天电的莱顿瓶，就像钓到一条大鱼一样高高兴兴地回家去了。

且不说富兰克林回家后妻子怎样地埋怨，怎样诉说她在家里担惊受怕。他一回家就爬上房顶竖起一根数丈长的铁棒，下面连上铜线，一直伸到土里。这便是世界上第一个避雷针。聪明的富兰克林，从风筝引电想到在房顶上用铁棒引电，再直接导入地内，房屋自然不会遭雷击了。于是这个小小的避雷针立即风靡一时，传到英国、法国、德国，传遍欧洲、美洲。凡高一点儿的房子都安上了这个装置。这根小针不知救了多少人的命。面对这一事实，1756 年，那个当初对他的论文连看都不愿看一眼的英国皇家学会，在富兰克林没有办申请手续的情况下，就主动授予了他皇家学会正式会员的称号。

避雷针

各位读者，富兰克林因是无名小辈，向皇家学会投稿被掷之纸篓。后来他从天上引来了雷电，皇家学会又主动上门来请他。真是店大欺客，客大欺店。学者慕名求学会，学会慕名求学者。许多青年学生以考入名牌大学为荣，而许多名牌大学为加重自身的名声又到处重金聘请名教授。这名气是什么，是宝塔上辉煌的塔尖，是大树参天的树冠。但塔尖下是一寸一寸垒起的砖石，树冠下是粗壮的树干和穿石破土的根须。所谓功成名就，就是一步步地去干，名气也就如塔生尖、如树长叶一样自然而生了。有的人刻意求名，自封为什么“著名”“资深”，人们却不知他名下有何物，还是记不住他的名字。有的人埋头苦干，奉贡献于社会，人们得益之后就很自然地要缘物寻人，因此就牢牢地记住了他们的名字。这部书里所记载的这一百多位科学家，无不都是这样本无心求名而得大名，本无心传世而彪炳青史的人。

富兰克林发明的那根通天小针传到世界各地我们且不细说，单说它传到英国却又引出一段奇怪的故事。前面我们说过，那美洲本是英国的殖民地，英国对美洲人民只知掠夺、压迫，哪儿顾他们的什么利益。所以美洲的一些州就联合起来向英国抗争，并且派富兰克林作为代表去伦敦谈判。这种谈判拖了很长时间毫无结果。1776 年干脆爆发了一场独立战争，富兰克林也是独立宣言的五位签字者之一。那英王眼见美洲十三个州联合起来，用武力将自己的势力一天天地挤了出来，成立了美利坚合众国。可是，隔着一个大西洋，鞭长莫及，气得又是咬牙，又是跺脚，想方设法要出这口恶气。一天，英王乔治三世在宫前草坪上散步，正生着闷气，一抬头看到克攸王宫顶上那根尖尖的避雷针，不由又想起富兰克林这个闹独立的罪魁，便立即把大臣们召来发狠道："富兰克林带领美洲人造反了，我们还用他发明的避雷针，真是不顾国耻，你们难道就能咽下这口气？我命令，从明天开始把全国的避雷针都拆掉！"

"陛下,这避雷针可真的是一件有用的东西,自从装上它,全国的雷击事件就基本绝迹了。您忘了，我们的火药库还是您亲自组织人装针保护的。"几个开明些的大臣连忙据理解释。

"那就把针的尖头改成圆球形的。反正不能照富兰克林那个样子。自古以来，圆就表示完美无缺！"

"可是圆的不如尖的能引电啊！"

"我是国王，我说圆的好，就是圆的好！"大臣中有那不懂科学的，就极力奉承，有那知道个中利害的，就连忙去英国皇家学会，请他们赶快出面说句话。这时皇家学会的会长正是普林格尔，他一听这事真是哭笑不得，连忙进宫来见英王说："陛下，许多事情都得听您的，可是这事涉及自然规律，实在不能照您的话去办啊。"

国王一听更是暴跳如雷："在别国我可以不管，只要在英国，自然规律也要听我的！想不到你身为皇家学会的会长，竟不顾国家荣誉，也替富兰克林说话！现在有两条路由你选择，要么以你的名义发表声明，说避雷针制成球形最合理，要么我就撤掉你这个会长的职！"

正是：

自然规律算什么！是尖是圆由我定。

令出如山谁敢抗？不知雷电却无情。

普林格尔原以为他进宫一劝，国王就会收回成命，不再干这些蠢事，谁知连他自己也被牵连了进去，不觉脑门上沁出细细的一层汗珠。究竟结果如何，且听下回分解。

第三十五回　一条蛙腿抽动起风波
两位能人斗法显神通
——电压的发现

上回说到富兰克林发明了避雷针，但是他又积极参与领导了美洲反英独立战争，英王乔治三世极为恼火，下令要将避雷针的尖头一律改为圆头。皇家学会会长普林格尔据理力争，也被撤职。不过那避雷针的尖头始终也未被改掉。

虽然官家蛮横无知，学界却细心有余。话说 1786 年的一天，意大利解剖学教授**伽伐尼 (1737—1798 年)** 正在实验室解剖青蛙，妻子柳契雅是他的得力助手，在一旁伺候。只见他手中的解剖刀一刀下去切开青蛙的腰部，再一刀下去剥出腰部的神经，他又顺手拿起一把精巧的黄铜小钩，一钩穿了过去，随手递给柳契雅，吩咐挂将起来。妻子顺手将这死青蛙挂在实验桌上的一根横铁梁上。当伽伐尼将第二只青蛙剥开皮正准备再下刀时，突然柳契雅惊叫了一声：“天呀！青蛙又活了！”她顾不上满手的血污，一把抓住伽伐尼的手臂，叫他快看这个“显灵”的青蛙。只见那只靠近铜钩的蛙腿正在一张一弛，抽搐不停。

伽伐尼向这只青蛙凝视片刻，见它还是不慌不忙地做着表演，便自语道：“我这半生也不知杀过多少青蛙，从来还没有见过这么耐活的小精灵，再剥一个试试。”伽伐尼吩咐柳契雅再取几只青蛙来，手起刀落，游刃如电，霎时便有五只青蛙也这样铜钩倒挂，铁梁横挑，齐刷刷地排起队来。可是再定神一看，这五只青蛙又都伸开它们的右腿，齐齐地一紧一松，像哭泣时的抽搐，又像是在向教授夫妇做着友好的招手，这回柳契雅可真有点儿怕了。她转身抱住伽伐尼，瞪着大眼说道：“亲爱的，怕是我们荼毒生灵太多，上帝在发警告吧。”伽伐尼呢，却手握刀柄倚着实验台陷入沉思。一会儿他慢慢地说：“上帝如果给宇宙以灵魂，这灵魂是什么呢？是电！”他像突然来了灵感，一把抓住柳契雅大声说：“这话是谁说的？对，是德国哲学家谢林说的，电是宇宙的活力，宇宙的灵魂，无处不有。摩擦时就能发现琥珀、丝绸上的电，富兰克林发现了空中的电，我们又发现了青蛙身上的电。”他将解剖刀往桌上一摔，高喊着：“我们又发现了一种电——动物电。”

1793 年的一天，伽伐尼来到英国皇家学会表演他的新发

伽伐尼

现。因为这是继富兰克林之后，人们在电知识方面听到的又一个爆炸性新闻，所以这天皇家学会的报告厅里人们摩肩接踵、引颈踮脚地来看这场奇怪的魔术。只见伽伐尼在台上布置好一个实验桌，还和那天一样打横放一根细铁梁，上面挂上一溜铜钩，将青蛙解剖一个往上挂一个，那蛙腿也尽如人意，轻轻动弹起来，直叫在座的这些名教授、学者一个个目瞪口呆。实验做完了，伽伐尼又讲了一番凡动物身上都带电的道理，大家好一顿庆祝，伽伐尼夫妇也着实光彩了一番。

不想说者无心听者有意，在台前看表演的有一个中年汉子，虽目不转睛地看伽伐尼操作，却又不肯跟着人们去说一句好。读者，你道此人是谁？他也是意大利人，叫**伏打(1745—1827年)**。伏打从小聪慧好学，尤爱钻研刚刚露头的电学，24岁时就发表了一篇关于莱顿瓶的论文，引起人们的注意，到1777年发明了电盘，一下又闻名世界，并得到教授之职，已经是个电学行家。今天搞医学解剖的伽伐尼竟在这皇家学会大讲起电学发现来，他哪能服气。他想，谁知那些青蛙是真死假死，有电无电，待我回家去亲自试它一番再说不迟。

果然数月后，这伏打也向皇家学会送来一份报告，说关于什么动物电，纯是胡编乱造，并说他已经解开了这个谜，也要求表演。又过几天，他真的又在上次伽伐尼表演的地方摆起了擂台。这天自然又是人头攒动，水泄不通。那伏打照样端来一盘活蹦乱跳的青蛙，也一一杀死剥好，横挑竖挂起来。他做完这些后说："诸位请到近处一看，哪条蛙腿还会动弹一下吗？"听讲的人真的围了上去，有的还戴上夹鼻眼镜，果然一排青蛙就像泥捏纸剪就的一般，纹丝不动了，一个个不禁瞠目结舌。这时伏打才放下刀子，讲开他的道理：

"上次伽伐尼教授说死蛙腿会动是青蛙身上有动物电，

其实那是一种错觉。这几日，我仔细研究了一下，伽伐尼教授实验时，是用铜钩勾起青蛙，再挂在铁棍上，实际上只要是不同的金属接触就会产生微弱的电流。蛙腿的动是这种电流刺激的结果，而不是它自身带电。你们大概还没有发现今天我在这里表演时，用的是铁钩、铁棍，同一种金属就不会产生电，自然蛙腿也就不动了。可见伽伐尼教授的动物电一说不能成立。”

这时人群里挤出一个人来，大声说：“伏打先生，话先不必说死，你有什么根据肯定动物电不存在呢？”

伏打抬头一看，不觉吃了一惊，说话的原来正是伽伐尼本人。这个老头子今天怎么也从意大利赶来了呢？他忙赔个笑脸回答道：“要找根据吗？伽伐尼先生，我刚才的实验就是根据，你看蛙腿不是已经不会动了吗？”

“你刚才的表演是真是假，我回头再去检查，现在我先请你看一样东西。”

伽伐尼说罢向后一挥手，立即有他的两个助手从人堆中挤出，抬过一个大木桶来。只见里面噼啪有声，像有什么东西在动。伽伐尼将盖子打开，说声“伏打先生请看”。原来是一条 3 尺长的大鱼。这鱼长而不宽，圆圆滚滚，猛看倒像条蛇，正贴着桶边飞速地打旋。大概它也发觉人们在议论自己，转几圈之后突然停了下来，贴着桶壁像静听着什么声息。

伏打看这阵势一下摸不着头脑，说："伽伐尼先生，你是不是要让我解剖这条鱼？"

"大可不必，一解剖你又会扯到什么铜钩、铁棍上去。我现在只要你伸手摸一下这条活鱼，我们的实验便见分晓，不知你敢不敢。"

"这有什么不敢！"伏打想，这一生就是吃鱼也不知吃了多少，还能不敢摸吗？便卷起袖子伸手向那鱼尾抓去。说时迟那时快，伏打的手也还没弄清是否碰到鱼尾巴，就听他"哎呀"一声，连忙缩了回来，又觉全身麻酥酥、软绵绵，一下跌靠在实验台旁，这位电学教授知道自己分明是触了电。

伽伐尼忙上前一步将他扶住说："伏打先生，你今天可该相信确实是有动物电了吧。幸亏我远道而来，桶浅鱼小，要是我带一条丈余长的大鱼来，你今天真要性命休矣。"说着他又转向那些吃惊的人群说："自从上次表演之后，我又做了多次实验，证明动物自身是带电的。这种鱼叫电鳗，在它的头部两侧的皮肤里就各藏着一个由纤维组织组成，并由神经纤维相连接的蜂窝状发电器。它就是靠放电击倒强敌、捕捉食物的……"

再说伏打这时才从这突然一击中清醒过来，他听着伽伐尼的讲演，看着那些专家、教授、一般听众一窝蜂似的拥到伽伐尼的周围，倒像今天这场表演是专门为伽伐尼组织的。眼见着自己设的擂台成了别人炫耀的场所，心里好不窝火，无奈眼下一时又否定不了伽伐尼的动物电说，他只好面红耳赤地去拾捡自己那些刀剪、钩棍，准备收兵。

正是：

你说绿柳一株树，我说青松树一株。

好笑青松与绿柳，都言对方不是木。

却说这次伏打斗法受辱后回到意大利帕维亚大学，从此闭门不出，发誓要钻出个名堂重摆擂台。他这样含辛茹苦地干了七年，终于又有了新的发现。他将一个金属锌环放在一个铜环上(银环更好)，再用一块浸透盐水的纸或呢绒环压上，再放上锌环、铜环，如此重复下去，十次、二十次、三十次叠成了一个柱状,便产生了明显的电流。这就是后人所称的“伏打电堆”或“伏打柱”。这柱叠得越高，电流就越强。这是为什么呢？原来伏打经过实验创立了一个了不起的电位差理论。不同金属接触,表面就会出现异性电荷,也就是说有电压。他还找到了这样一个序列：⊕铝、锌、锡、镉、铅、锑、铋、汞、铁、铜、银、金、铂、钯⊖。在这个序列中，任何一种金属与后

伏打

面的金属相接触时，总是前面带正电，后面带负电。这是世界上第一个电气元素表。只要有了电位差、电势差，即电压，就会有电流。这样人们对电的认识一下子就跳出了静电的领域，就不再是摩擦毛皮上的电，雷雨中的电，莱顿瓶里的电，也不只是动物身上的电，而是能控制流动的电。伏打电堆也就成了最早的电池、电流发生器。人们为了纪念伏打，便以他的名字“伏”来做电压的单位。

却说当时伏打的这一发明一传出去，欧洲的科学杂志上几乎每期都是关于伏打电堆实验的报告，人们竞相试制这新奇的玩意儿。俄国科学院有个院士叫彼得罗夫，他想这金属环既然是叠得越多产生的电流就越大，我何不就多多地往上叠呢。他一下就叠加了4200个，创造了当时伏打电堆的世界之最，并且还出版了一本书，那书名大概也是世界上最长的——《关于物理学家彼得罗夫在圣彼得堡外科医学院借助4200个铜环与锌环构成的巨大电池组所做的伽伐尼—伏打实验的消息》。当时伏打电堆热的情况可见一斑。

在这种电学新突破的狂热之中，这次不用伏打自己去设擂台，巴黎科学院便主动邀请他去做一次动人的表演了。1801年11月，伏打带着他的仪器来到巴黎，不只法国的科学家和一般人等，就是伦敦那些当年看过他与伽伐尼斗法的人也有赶来看热闹的。正当大桌子上瓶瓶罐罐、环环片片已摆下一大堆时，伏打先不做实验，却离开桌子，趋前一步，面对观众说："在表演前，请允许我先向七八年来一直在和我激烈争论的伽伐尼教授致以崇高的敬意。很不幸的是他在三年前离开了人世，今天不能和我们共享发现的欢乐。虽然我们观点不同，但没有他的启发和驳难也不会有我今天的发现。我永远感谢他，我们永远不可忘记他。"

伏打今天表演的发明又有改进，它已不是一个个金属柱，而是一个个并列的玻璃缸，里面放上稀酸，每个缸都是这边放进铜片，对面放一块锌片，两个缸之间用导线相连，而成一个整体。它产生的电流比那金属环叠起的柱又大了许多。伏打将这装置接好后说：“我们现在就可看到这样产生的电流，第一，它能将水分解。”说着伏打将电的两极插入水中，水竟顺着极板的一边冒出了氢气，另一边冒出了氧气。这时台下的人不由喝起彩来。

伏打接着说：“第二，这电还能从溶液里将金属重新析出来。”说着，伏打又将电极插入蓝色的铜矾水溶液中，一个电极上便很快出现一层红色的铜，而且那铜极纯，是我们平常很难见到的。

伏打就这样津津有味地、一项一项地报告着他的新发现，听讲的人也早就被他牵走了魂，会场上时而议论纷纷，惊叹不绝，时而又鸦雀无声。正当这种表演达到高潮，伏打为自己终于能有今天的胜利而喜上心头时，突然一个全副武装的法国军官走上台来，在伏打耳旁轻轻说道：“你的表演现在可以收场了，拿破仑将军已在台下听讲多时，他马上要接见你，请你立即到后面休息室去。”

伏打一听此言，真如五雷轰顶，他万没想到拿破仑这个威名赫赫、东征西讨的武人怎么也会混到人群里来听这种书生学者们关心的事。而且伽伐尼就是因为不愿宣誓效忠于拿破仑扶植起来的意大利政府而被他无情地解职，郁闷而死的。我今天开讲前那段颂扬伽伐尼的话，拿破仑一定也已听到，恐怕是惹恼了这位凶狠的雷公，要不然他何以要马上召见我呢？伏打越想越觉得凶多吉少，草草收起摊子，向台下的听众道声谢便向后台走去。

要知拿破仑召见伏打是凶是吉，且听下回分解。

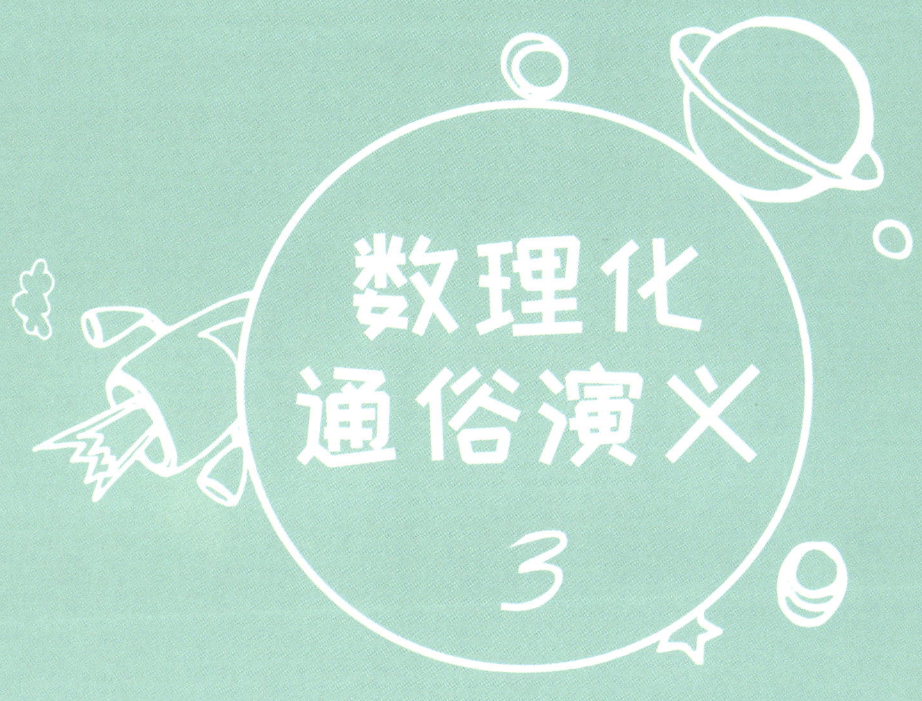

梁衡 著

九州出版社
JIUZHOUPRESS

有了元素周期表，元素世界一目了然。

它像一幅大地图，只要我们一展开，

万里河山就尽收眼底。

我们平常看见的白光不过是发光体发出的各种颜色光的混合。

白光可以分解成从红到紫的七色光谱。

一切自然物体的颜色是因为它们对光的反射性能不同。

那肉眼不可见的微生物，也藏着一个新奇的世界。

奇形怪状，有的像个圆球，有的是一根长皮条，

有的浑身是毛，有的两个连在一起像个孪生的怪胎……

它们一个个都不安静，在不停地飞跑，互相碰撞。

诺贝尔不但将数百项发明留给了后人，

还留下了一个科学家最可贵的无私的献身精神。

目录

第三十六回　浪子回头皇家学院得奇士
功夫到处元素家族添新丁

——钾、钠等新元素的发现

上回说到伏打发明伏打电池组后正在巴黎兴冲冲地当众表演，突然有人来传，说拿破仑后台有请，一时不知吉凶。伏打收拾了摊子忐忑不安地来到后台休息室。谁知一进门，那威名赫赫的小个子将军倒突然立正向他行了一个军礼，并大声宣布："你为科学事业干出了伟大的业绩，我宣布授予你侯爵封号，任命你为意大利王国的上议员。"伏打一时不知是忧是喜，他那个装满电学知识的脑袋半天也没转过弯儿来。

读者要问，这拿破仑是法国人，怎么有权任命意大利的议员？原来在1797年拿破仑亲自率领军队灭掉了意大利旧政权，自己重新扶植了一个傀儡政府，他当然是太上皇了。不过这拿破仑有一点不错，就是很重视科学家。他创办新式学校，聘请著名学者任教，甚至还有些科学家在政府担任了要职，如数学家蒙日任海军部长，数学家拉扎尔·卡诺任陆军部长，化学家克鲁阿担任火药局长、教育部长等。

再说这伏打发明了电池组，开辟了电化学，这条路一拓开便有人大步走来。这人就是**戴维 (1778—1829 年)**。

戴维出生在英国沿海小城盘森斯的一个木匠家庭，小时候他是一个出名的浪子。父母指望他能成才，好改换门庭，就送他到学校去读书。不想小戴维虽十分聪明，就是不肯在书本上花力气，他每天左边口袋装着鱼钩鱼线，右边口袋装一只弹弓，就是早晨上学前也常要跑到海边打几只鸟，钓几条鱼，所以经常迟到。而且有时正上着课，他就悄悄将口袋里的鸟放出来，学生们便一窝蜂地去扑鸟。老师也知道戴维这个罪魁，所以他一迟到就气得先提住他的耳朵厉声训斥几句，追问又去干什么坏事，并没收了他口袋里心爱的弹弓、鱼钩、小鸟等物。这天戴维又迟到了，两个口袋鼓鼓囊囊，疯了似的冲进教室，正要向自己的座位上奔去。老师厉喊一声："戴维！又到哪里闯祸去了！"说着上来一只手将他的耳朵提起。谁知戴维向他鼓了鼓小眼睛，一句话也不答。老师受到学生的如此蔑视大伤面子，就更提高嗓门吼道："把口袋里的东西掏出来！"

"就不给你！"戴维说着还故意用手将口袋护住。

"给我！"当着全体学生，老师的面子更无处搁了，他一只手掐紧戴维的耳朵，另一只手就向口袋里掏去。谁知他的手刚伸进口袋便“啊”的一声尖叫，抽了出来，连提着戴维耳朵的那只手也早已放开。随着他那只手的抽出，一条绿色的菜花小蛇落在老师的脚下。满教室里一下炸了窝，学生们又是惊叫，又是哄笑。而戴维呢？不说也不笑，一本正经地拾起小蛇，装进口袋里，又慢慢过去坐在自己的座位上，等待老师讲课，就像刚才没有发生任何事情一样。他越是这样一本正经，学生们就越是笑得前仰后合，而老师越气得脸红脖子粗说不出话来，最后夹起书本，摔门而去。

戴维

老师离开教室并没有回办公室，而是径直向戴维家走去。戴维的父亲是个木匠，正在叮叮当当地干活，老师急呼呼地推门而入，如此这般地说了一遍，直把老木匠气得两手发抖、五脏乱颤。一会儿，戴维放学回来了，一进门就劈头吃了一巴掌。母亲闻声过来忙抱住父亲，一边心疼地喊："你手那么重，真要打死孩子吗！"

"这样的孽子要他还有什么用！"

一个要打，一个要拉，两位老人倒厮缠在一起，累得上气不接下气。过了一会儿总算静了下来。戴维看看再不会有什么大祸，便抄起一只小木桶、一根鱼竿向门外走去。父亲厉声喝道："又去干什么？"

"去海边钓鱼来孝敬二老！"

"你呀……"老木匠气得一屁股跌在椅子上，"我这辈子算是对你没有指望了。"

这件事过后不久，戴维的父亲真的一病不起，作古而去。戴维的母亲拖着五个孩子，这日子实在无法维持，就将他送到一家药店里去做学徒，也好省一张吃饭的嘴。这戴维给人抹桌子扫地、端脸盆倒尿壶，到月底别人领得了工资，他却分文没有。他伸手向老板去要，老板当众将他那只小手狠狠地打了一巴掌说："让你抓药不识药方，让你送药认不得门牌，你这双没用的手怎好意思也伸出来要钱！"店里的师徒哄堂大笑，戴维羞愧满面，转身就向自己房里奔去，一进门扑在床上，那眼泪刷刷地便洗开了脸。而外面，刚发了工资的师徒们正大呼小叫地喝酒猜拳。他从前哪里受过这种羞辱，可是现在不比在学校、在家里。现在是吃着人家，喝着人家，再说就是跑回家去吧，四个弟弟妹妹也都是一声声地向母亲喊肚子饿，难道我也再去叫母亲为难吗？

戴维在学校时功课学得不好，却爱写几句歪诗，想到这里，他一翻身揪起自己的衬衣，撕下一块，随即又咬破中指在上面写了几句，便冲出门去。外面店员们正闹哄哄地向老板敬酒献殷勤，不提防有人"啪"的一声将一块白布压在桌子中央，只见上面有这样几行字："莫笑我无知，还有男儿气。现在从头学，三年见高低。"再一细辨，竟是鲜血涂成，大家大吃一惊，忙抬头一看，只见戴维挺身桌旁，眼里含着两汪泪水，脸面绷紧，显出十二分倔强来。他们这才明白，这少年刚才受辱，自尊心被伤得太重，忙好言相劝拉他入席。不想戴维却说："等到我有资格时再来入席。"返身便走。

从这一天起戴维发愤读书，他给自己订了自学计划，只语言一项就有七种。他又利用药房的条件研究化学。果然，不到三年，在这间药铺里戴维已是谁也不敢小看的学问家了。原来，我们常说才学、才学，世上却有许多人是苦学的，但是缺才，最终也只能是个平才、庸才；但也有许多人本是有才的，就是不肯用在学问上，只能成个歪才、废才；只有那些既聪明又好学的人才能成为栋梁之材。这戴维本是有才之人，一朝浪子回头用在治学上，自然如干柴见火就发出许多的光热。这时，恰好有个贝多斯教授在布里斯托尔成立了一个气体疗养院，专用新发现的气体为人治病，而戴维竟被邀请去一块儿工作。在这里，戴维发现了一种“笑气”(N_2O)，人一吸入就会不自觉地兴奋发笑，于是更名声大振。1801 年，他又被请到伦敦皇家学院去任讲师，第二年又升为教授。第三年，他还不满 25 岁，又当选为皇家学会的会员。

各位读者，容我这里插上几句做个说明。那英国有个皇家学会，还有个皇家学院，是两回事。皇家学会是英国数学家约翰·威尔金斯在 1660 年 11 月 28 日发起成立的英国“物理数学实验知识促进学会”，后来有如我们在本书第二十六回提到的波义耳、胡克等人加入，而成为一个有权威的国家科研机构；皇家学院是 1800 年由英国物理学家伦福德伯爵在伦敦发起成立的，最初叫“发展科学和普及重要知识学会”，经费靠私人捐助，主要是为了普及科学知识，而不是进行教学，以后才逐渐变成专门科研机构。这戴维 1801 年被请到这里，1803 年，伦福德伯爵和拉瓦锡留下的寡妇玛丽结婚后移居法国，因此这个学院的实际支撑者便是戴维了。他人长得标致，又有一副好口才，皇家学院的收费讲座由他主讲，场场都是听众爆满。伦敦上流社会只要提起戴维，已是无人不知无人不晓了。

再说这戴维本是一钓鱼打鸟的顽童，浪子回头，发愤读书，十年工夫就有如此成就。他更知光阴可贵，条件难得，因此也就更加刻苦研究。在许多研究题目中他对伏打电池的电解作用尤感兴趣。他想电能将水分解成氢、氧，那么一定也能将其他物质分解出什么新元素来。而化学实验最常用的就是苛性碱，不妨拿它一试。戴维就是搞起科研来也还有一点儿少年时胆大豪爽的遗风，他一有这个想法，便立即和他的助手、堂兄埃德蒙德把皇家学院里所有的电池都统统集中起来，其中包括二十四个大电池，光那锌、铜制的正负电极板就有一英尺宽，又有一百个中等电池，电极板有半英尺宽，还有一百五十个小电池。这真是一支电的大军，戴维站在这套电池组前就像大将统兵一样得意，他说一定要让那苛性碱在他的手下分出个一清二白。

这天戴维和他的堂兄起了个大早，开始了这场计划已久的战斗。他们先将一块白色的苛性碱配成水溶液，然后将那庞大电池组的两根导线插入溶液中，溶液立即沸腾发热，两条导线附近都出现了气泡，冲出水面。开始他们还为这热闹的场面而高兴，但过了一会儿就发现上当了，跑出的气泡是氢气和氧气，刚才被分解的只不过是水，而苛性碱还是原封未动！难道这苛性碱真的就是一种元素而不可再分解了吗？戴维那倔劲又上来了，他才不信呢！水攻不成，改用火攻。这回他将一块苛性碱放在白金勺里，用高温酒精灯将它熔化，然后立即用一根根导线接在白金勺上，将另一根导线插入熔融物中，果然电流通过了，在导线同苛性碱接触的地方出现了小小的火舌，淡淡的紫色，从未见过的美丽。戴维大叫："埃德蒙德，快看，它出来了！"

"它在哪里？"

"就是这火，这淡紫色的火。"

埃德蒙德也极兴奋，他把鼻子凑近白金勺，仔细看着说："可是我们总不能把这火苗存在这瓶子里啊！"

对，怎么收集这种物质呢？戴维又犯愁了，看来是因为熔融物温度太高，这东西又易燃，一分解出来就着火了。水攻不行，火攻也不是个好办法。

1807 年 11 月 19 日，是皇家学会一年一度举行贝开尔报告会的日子，戴维满心希望这次能拿一样新发现的元素去轰动一番。但是时间还剩六周，这苛性碱却软硬不吃，水火不入，他设计了几十种方案都不见效。这些日子戴维就像只拧着发条的滴滴答答一刻不停地摆动的钟，他一会儿冲到楼上摆弄一下电池，一会儿冲到实验桌上，墨水飞溅地在记录簿上随便涂几行字。他走路风风火火，说话高喊大叫，沉默起来眉头皱成一个麻团，高兴了又突然大声唱歌，一些珍贵的仪器稍不合用，他便高叫重换一台，那些烧杯、试管等玻璃器皿他更是随手打破毫不心疼。他到底不是书香门第之家熏陶出来的循规蹈矩的子弟，身上还有那海边小镇上的野风与儿时的顽皮习气。他实验紧张也忘不了享乐，正像当年上学不误打鸟一样，每晚只要有舞会宴席，场场必到，只是忙得顾不上换衣服，从实验室里出来，在外面再套一件干净外衣就去赴宴，回来后也不脱衣服歪头就睡，第二天赴会时再套上一件。这样越穿越厚，过几天猛然醒悟再一起脱掉。所以人们常说戴维教授常常胖几天，瘦几天，叫人无法捉摸。他好冲动，少冷静，极聪明，缺耐心，怕寂寞，爱虚荣，最顽强，又自信。对他这种风风火火的工作作风，助手们早已熟知，而且大家又极信任他的才气，所以总是有呼必应，实验室上下一致，倒也配合得得心应手。

再说戴维眼看报告日期就到，电解苛性碱还是水路不通，火路不行。他焦焦虑虑地苦思苦干了十几天，比较了十几个方案。也真是车到山前必有路，这天他一拍脑门忽生一计：

我何不把苛性碱稍稍打湿，令其刚能导电又不含剩余水分呢？这个点子一冒出来，他高兴得两手一拍大腿高喊一声："成了！"倒把埃德蒙德吓了一跳，忙问："什么成了？"

"不要多问，快拿碱块来。"

一个碱块放在一只大盘里端了上来。要让这东西轻轻打湿并不必动手。只需将它在空气中稍放片刻，它就会自动吸潮，表面成了湿乎乎的一层。这时戴维和他的一群助手围定这块白碱，下面垫上一块接电的白金片，一等表面刚刚发暗变湿，就一声令下："插上去！"那架势就像几个人正在杀一头猪一样紧张，埃德蒙德是专门等着"捅刀子"的，不等话音落地，另一根导线早"呲"的一声穿入碱块。忽然"啪"的一声，像炸了一个小爆竹一样，那导线附近的苛性碱便开始熔融，并且越来越快。你想那小小碱块哪能经得住这数百个电池的电流的锥击，一会儿便渗出滴滴眼泪，亮晶晶像水银珠，"吧嗒吧嗒"地流下来。有的刚一流出就"啪"的一声裂开，爆发出一阵美丽的淡紫色火焰，随即消失得无影无踪，而有的"珠子"侥幸保存下来，却很快失去光泽，蒙上了一层白膜。

戴维看到这里突然离开实验台，就地转了一个漂亮的舞步，如醉如狂地大跳起来，那样子真如范进中举。他边跳边拍着巴掌，嘴里念道："真好，好极了！戴维，你胜利了！

戴维，你真行啊！”他这样疯疯癫癫地在实验室里转了几个圈子，带倒了三脚架，打落了烧杯、试管，碰翻了墨水瓶。大约有五六分钟他才勉强让自己镇静下来，忙喊道：“拔掉，拔掉导线，埃德蒙德，不必要了，我们找见了，成功了！”

这次戴维真的成功了，他电解出来的那亮晶晶的金属就是钾。接着他又用同样的方法电解出了钠。

正是：

山重水复疑无路，柳暗花明又一村。

千寻万觅终得见，功夫不负有心人。

做报告的日期到了。这几天戴维已经疲劳到了极点，而且身上还时冷时热，但他怀着极大的兴奋支撑着病体走上了讲台。开讲前，皇家学院的报告厅里早已水泄不通。那些上流社会的爵士、贵妇们其实也不懂什么是科学，但是化学表演就如魔术一般，还是能满足他们的好奇心的。这天戴维也真不负众望。他将自己这些日子辛苦制得的一小块钾泡在一个煤油瓶里，向人们介绍说：“这是三天前世界上才发现的新元素。我给它起个名字叫‘锅灰素’(英国人叫苛性钾是锅灰)。它是金属，可是性格真怪，既柔软又暴烈，身体还特别轻，入水不沉，见水就着。”

戴维说着用小刀伸进煤油瓶里轻轻一划就割下一块钾来，又把它挑出来扔进一个盛满水的玻璃盆里。那钾块立即带着“咝咝”的呼啸声在水面上着了魔似的乱窜，接着一声爆响，出现一团淡紫色的火焰，声音越来越小，体积越来越小，慢慢消失在水里，无影无踪……

世上哪有这样的金属，台下的人简直看呆了，大家都凝神屏息看着这种奇轻的新元素突然出现又突然消失，他们不愿让这个魔术就这么眨眼之间结束，也许那玻璃盆里一会儿还会出现什么新东西。他们看戴维俯首在盆上也不说话，头都抵住盆沿了，全场一片肃静。可是这样等了一会儿，盆里什么也没有，主讲人也不说话。突然有谁喊了一句：“戴维先生怎么了？”

这下提醒了人们，前排几个人立即跳上台去，将戴维扶起。一碰他的双手，早冷得像冰一般，再一摸额头，倒湿淋淋地甩了一把冷汗，人们狂呼着：“快送医院！快送戴维到医院！”

欲知戴维性命如何？且听下回分解。

第三十七回　惜人才戴伯乐收高徒
妒新秀法拉第遭白眼

——电磁感应的发现

上回说到1807年11月19日戴维在皇家学院做报告时突然昏死过去，被送到医院，经全力抢救方才苏醒过来，虽保住了性命，却遭了一场大难。他病势极度恶化，有好多天躺在医院里，不会说话，不会翻身，看样子离见上帝也差不多时了。许多崇拜者都络绎不绝地前来探望，弄得医院没办法，只好在大门口挂一个告示牌，每日公布一次病情。以后他出了院在家静养，有一年时间不能做实验，不能做报告。只要戴维不登台就没有人来听讲，皇家学院1808年的收入竟比上年一下减少了四分之三，戴维当时的影响之大可见一斑。

再说戴维自从这次身体大伤元气之后也不像从前那样社交活跃了，有时去做实验，有时就待在家里。这天正是圣诞节的前一天，早晨起来，他用过早点，拿一本杂志，靠在沙发上消遣，突然仆人送进一封信来，随信还有一本368页的厚书，封面上用漂亮的印刷体写着“戴维爵士讲演录”。还有时间、地点。他这一看吃惊不小，一下从沙发里跳起来喊道：“是哪个出版社这样大胆，竟敢借我的名字偷偷出书。”他再一翻内页，三百多页全是漂亮的手写体，还有许多精美的插图，又不像是机器印刷。可是这装订都是正正规规的精装布面，书脊上是烫金大字。戴维一下堕入云里雾中，莫名其妙。他再看那封短信，原来是一个叫**迈克尔·法拉第**(1791—1867年)的青年写的，大意是：我是一个刚出师的订书学徒，很热爱化学，有幸听过您的四次讲演，整理成这本笔记，现送上，作为圣诞节的礼物。如能蒙您提携，改变我目前的处境，将不胜感激，云云。

戴维将信看了两遍，将书捧在手中，来回抚摸着，心里也不知是惊是喜，是酸是甜。他想起这几年来他在上流社会里，终日结交的不是大腹便便的绅士，就是香粉袭人的贵妇，他们大把大把的英镑随手撒，整桌整桌的酒席彻夜摆，东家拉，西家请，要他讲，要他演，可是何曾有一个人真正理解他的发现，认识他的学问。这些人不过是附庸风雅，赶赶科学时髦而已。而今天一个订书店的学徒却对他的思想理解得如此精深，看那插图，简直比他真正做的实验还要干净利落。想不到市井小巷里竟藏有这等人才啊！他又想到自己当初还不是一个打鸟捉蛇的顽童，何曾受过什么正规教育，多亏伦福德伯爵的提携才进到这皇家学院，现在已是爵士了，而这订书青年却还在和自己的命运挣扎。想到这里，戴维教授动了恻隐之心，起了爱才之意，便提起鹅毛大笔写了一封信：

先生：

承蒙寄来那本笔记，读后不胜愉快。它展示了你巨大的热情、记忆力和专心致志的精神。最近我不得不离开伦敦，到1月底才能回来。到时我将在你方便的时候见你。我很乐意为你效劳。我希望这是我力所能及的事。

亨·戴维

1812年12月24日

果然，一个月后，戴维在家里亲自接待了法拉第，并安排他在皇家学院实验室当助手。

正是：

不用金砖去敲门，不必摇尾求怜悯。

法氏举起书一本，皇家学院敞开门。

1812年3月，法拉第到皇家学院正式上班了。他本是学徒出身，干起活来处处小心。他虽然是一名实验室里刷瓶子搬仪器的勤杂工，但对实验内容却都能理解，与人配合起来总是得心应手。所以没过多长时间，实验室里上上下下没有一人不说法拉第的好活。戴维更是得意自己引进了一个好人才。

这年秋天，戴维和夫人要到欧洲大陆旅行了。说起这位夫人，也真不同寻常，她仗着自己的脸蛋还算漂亮，更仗着自己的门第高贵，所以平时在家里一身珠光宝气，一出门就必须车随仆跟。有客来访，要不是个爵士贵族有地位的人，她能转过脸去装作没看见。到别人家赴宴，只要她一进门，主人也就成了她的仆人，平时在家稍不如意就摔盆打碗，只要看见街上谁家的女子穿了一件华贵的衣服，便立逼戴维马上给她也买一件。人常说爱情就是给予，就是牺牲，而戴维夫妇的结合正好相反，就是互相要，互相用。他要她的漂亮和金钱，她要他的爵士地位和科学家的名声。穷小子出身又极爱虚荣的戴维得着这么个漂亮尊贵的妇人也就够满意了，所以也甘心捧着、哄着这个宝贝。现在他们要到欧洲旅行了，第一站就是繁华的巴黎，这是戴维夫人早就望眼欲穿的。可是他们选择的时机实在不巧，这时英法两国正在交战。那个铁腕皇帝拿破仑正气势汹汹地要吞掉整个欧洲呢！所以临出发前，戴维平时的两个贴身仆人突然变卦不愿跟去了，他们怕被当作奸细抓去杀头。而那个贵妇人哪能没有仆人伺候，于是戴维就要法拉第充任，法拉第也想借机到欧洲大陆去见见世面，双方谈妥，法拉第以私人秘书身份暂兼仆人，一到法国就另雇一个仆人。

10 月 13 日，戴维一行上路了。他们先乘马车，到达普利茅斯港，再横渡英吉利海峡，10 月 29 日到达巴黎。在这里逗

法拉第

留两个多月，又经威尼斯，翻越阿尔卑斯山到意大利，再去瑞士。法拉第沿途看那滔滔海浪，茫茫群山，维苏威火山上的烟雾，罗马万神庙的石柱，真是大开眼界。还有在巴黎见到了安培，在米兰见到了伏打，在日内瓦见到了利夫，这都是当时名扬欧洲的大科学家，法拉第能在一旁倾听他们的交谈，其兴奋之情简直和第一次进皇家学院听戴维的报告一般。但是只一件事叫他扫兴，就是戴维那个难伺候的夫人。原说好一过海就雇人的，可是到了巴黎戴维就再不提这件事。法拉第要照看随身带的仪器，准备实验，安排会客，还要照顾夫人那一大堆衣、帽、鞋、袜、脂粉、首饰。到巴黎下榻的第一天，戴维夫人就将脚上的鞋子往下一脱，说："请你给我擦好，明天一早还要穿。"法拉第哪能受得了这份气。他也不搭话，转身去查看那些箱子里的仪器。这位贵夫人立时变成了一个泼妇，她不顾旅馆里人多，大哭大喊："戴维伯爵收了你这个忘恩负义的东西，一个订书徒也想摆弄什么仪器，装起科学家来，我看你快反了……"戴维忙将她推回卧室。这一夜只听里面哭哭啼啼没有安宁。法拉第知道，明日戴维要不亲自去擦那双皮鞋，那个娇奶奶是不肯出门的。想到这里，他悄悄将扔到门外的鞋子拿到自己房里擦个雪亮，自我解嘲地想道："这也算是替老师解忧吧，戴维总是我的恩人啊。"

这法拉第自从跟了戴维，虽然有时不免忍气吞声，但处在科学家堆里，耳濡目染也真正学到不少东西。哥本哈根有一个教授叫**奥斯特 (1777—1851 年)**，在 1820 年发现当导线上有电流通过时，导线旁的磁针就会发生偏转，消息传来震动了英国的科学界，这说明电和磁是有关系的。皇家学会的一名会员沃拉斯顿很聪明，他想电能让磁动，磁为何不能让电动？便跑来找戴维，还设计了一个实验，在一个大磁铁旁放一根通电导线，看它会不会旋转。可惜，没有成功。更可惜，沃拉斯顿不过想想而已，一碰钉子就后退了，也就再不提此事。

但机遇专给有心人。皇家学会两个大权威失败了的实验，倒让一个小学徒记在了心里。那天法拉第就站在旁边，事后他独自一个人躲在实验室里又夜以继日地干了起来，他想那导线不能转动是拉得太紧，就干脆取来一个玻璃缸，里面倒了一缸水银，正中固定了一根磁棒，棒旁边漂一块软木，软木上插一根铜线，再接上伏打电池，果然电路一通，那软木轻轻地漂动起来，缓缓慢慢地居然绕着磁棒兜开了圈子。一根线通电转得慢，要是一个通过强电流的线圈呢，不就转得快了吗？啊，成功了！这就是世界上第一个最简单的马达。法拉第这个沉静温和、能自制不激动的人，现在却忍不住在皇家学会的地下实验室里一个人围着这个水银缸跳起舞来。软木轻轻地漂，他也跟着欢快地转，这样转了几圈，他猛地跑到桌边，翻开实验日记写道：“1821 年 9 月 3 日。……结果十分令人满意，但是还需要做出更灵敏的仪器。”

各位读者，这法拉第在记笔记这一点上可很不像他的恩师戴维。戴维的实验笔记常常是大涂大抹，有时写错了，干脆用指头蘸上墨水一勾。实验成功了，就狂草大书；失败了，就懒得去记。而法拉第因为是订书徒出身，又受过美术训练，他的日记每日必记，每次实验无论成功与否都要记，而且按顺序编号，一直编了 16041 号。后来到他白发苍苍，自觉将不久于人世时，就像当年装订戴维的讲演录一样，用自己特有的装订技术，将这些实验日记装订好送给皇家学院。这是科学史上一笔了不起的财富。他死后 100 周年时人们才分成七卷整理出版。这是后话。

再说法拉第发现导线可以绕磁铁旋转后，立即写成一篇论文在伦敦科学季刊上发表。这下又惹出麻烦，沃拉斯顿说法拉第抢了他们的成果。戴维明知沃拉斯顿的实验并没有成功，可是出于嫉妒也不出来为学生说话。于是满城风雨，是非难辨。不久，法拉第又做成了氯气液化实验，在皇家学会正式报告前，戴维又在报告上加了一段，说明这个实验是在他指导下做成的。老师要从学生的饭碗里抢食吃了。当年看见可怜就热心提拔，现在眼看要出头了就赶快去堵去压。戴维这个人的心理实在复杂。好在法拉第逆来顺受惯了，而且定了一条规矩，就是刀子到了头上也不肯说恩人一句坏话，所以虽有些小小不快，事情总还可以收拾。而且他还亲自登门向沃拉斯顿解释，他的实验是导线绕磁铁“公转”，沃拉斯顿的实验是“自转”，并不一样，沃拉斯顿也就释然没事了。

可是出头椽子先烂，树欲静而风不止。这法拉第要是好好地洗瓶子、扫地，也就会师恩徒贤，和和睦睦，绝无闲事了。谁叫他发现了导线绕磁铁转动后，又去发明什么氯气液化，于是皇家学会的一帮会员看他是个奇才，便出于好意，联合了二十九个人签名，要保举他为会员。一个洗瓶子杂工竟要挂上堂堂的皇家学会会员的头衔，戴维就绝不能答应了。这天下午，法拉第正在地下室做实验，戴维突然怒气冲冲地推门进来。

“法拉第先生，听说你最近准备进皇家学会了，我劝你还是撤回自己的申请。”

法拉第自从进了这个恩师的门来，便是一边求知，一边受气，一直忍了十年。想不到这关键的时候，这个当年引他进皇家学院的恩人，却会在皇家学会的大门中将他阻拦。他头也没抬，用冷静而压抑着愤怒的声调答道：“是他们要提名的，我本人从来就没有递什么申请，你让我撤回什么呢？”

“那你就劝他们撤回。”

“那是他们的事，我不想干涉。”

戴维怕把事弄僵，便缓和一下口气说：“我不是不同意你加入学会，只是你现在年纪还轻，再过几年加入也不迟嘛。”

“戴维爵士，我年纪还轻，今年也已经31岁了，可是你当年加入皇家学会时才24岁啊！”

这一句话将戴维噎得只见口张，不闻有声，他“啪”的一声摔门而去。

1824年1月8日，皇家学会就法拉第的会员资格进行无记名投票，在只有一票反对的情况下顺利通过。这一张反对票正是戴维投的。至此，这对师生的矛盾发展到顶峰。

却说法拉第受了这许多闲气，就更要咬牙干出个样子。自从1820年奥斯特宣布电能使磁针偏转后，法拉第就想，这一定是电产生了磁，才影响到磁针。果然到1825年皮鞋匠出身的电学家斯特詹，在一块马蹄形软铁上通电后竟能吸起4千克的铁块。不久一个美国人又改进实验，吸起了300千克的铁块，电真的变成了磁，而且力量这样巨大。法拉第反过来想，磁为什么变不成电呢？如果能变成电，那力量也一定不会小的。自从1821年他做完那个电绕磁转的实验后，脑子里就每时都在转着这个问题。他在笔记本上写了“转磁为电”几个大字，口袋里常装着一块马蹄形磁铁，一个线圈。就这样冥思苦想，常验常试。他先是用磁铁去碰导线，电流计不动，在磁铁上绕上导线，还是没有电。干脆把磁铁装在线圈的肚子里，接上电流计，指针依然纹丝不动。法拉第就这样颠来倒去，从 1821 年开始到 1831 年不觉已过去整整十年，脑汁绞尽，十指磨破，也没变出一丝电来。

一天，他又在地下实验室干了半天，还是毫无结果，便说了声：“算了吧！”气得将那根长条磁铁向线圈里咚的一声扔进去，仰身向椅子上坐去。可是就在他仰身向椅子上坐的一刹那间，他忽然看见电流计上的指针向左颤动了一下。他赶快眨了一下眼，再看指针又在正中不动了。他想也许是看花眼了，因为人们在高度集中精力的实验中，有时看到的只是自己希望的假象。他这么想着就欠着身子将磁铁抽出来再试一次。不想这一抽指针又向右动了一下，这回可是真真切切的。他忙又将磁铁插回，指针又向左偏了一下。哎呀，有电了，磁成电了！十年相思苦，一朝在眼前！法拉第将那磁铁在线圈里不停地抽出插入，上上下下就如同捣蒜一般，把个桌子捅得咚咚直响，那电流计上的指针也就像拨浪鼓似的左右摇个不停。原来磁变电是要通过运动！这时法拉第的妻子萨拉见他还不上来吃饭，又端着一盘面包、牛奶、几样小菜送到地下室来，刚一推门见法拉第正对着线圈“捣蒜”，扑哧一声笑着说道：“迈克尔，开饭啦！”法拉第抬起头，扔掉磁铁，像一只小鸟一样飞到萨拉面前，展开双臂搂住她的肩膀，就地打了一个旋，萨拉手中的牛奶、面包、菜碟统统掉在地上。她喊道：“迈克尔，你怎么啦？牛奶洒了，盘子打了，你吃什么呀？”

“不要了，什么也不要了。今天有电了，有电就够了，只要电就行了！”

他这样语无伦次地念了一段“了了”歌，便翻身去记日记：“1831 年 10 月 17 日。磁终于变成了电……”

各位读者，磁变电这种伟大发现的幸运何以偏偏落到订书徒出身的法拉第身上？原因很多，但有一点却应引起我们特别的注意。就是十年前奥斯特通过实验将电变磁，法拉第听说后即反过来这么一想：磁能不能变电？这便是一种相似思维。原来世界上的事物都是互相联系的，而这种联系常常表现为它们之间的各种相似，抓住这个相似点也即抓住了它们的纽带，伟大的发现常常由此而始。阿基米德身在澡盆里由物落水溢而悟出浮力定律；牛顿见苹果落地而推及地球与苹果相互吸引，终发现万有引力；富兰克林由毛皮摩擦的电火花而想到雷鸣电闪，因此探得电的本质；波义耳因酸雾使紫罗兰变色便反向联想到以此来检验酸碱，竟发明了化学试剂。善于发现物与物间的相似，善由这相似现象进而探究其内在的联系，这是科学研究的一条重要方法。犹如进瓜地而先理其藤，藤在手则瓜无所漏；入宫寻宝而先寻其路，路既通则宝无所遗，新的发现就会层出不穷。我们在以后各回中还将看到许多科学家对各种思维方法的妙用。

闲话少叙，却说这法拉第虽发现了磁变电，但他还是穷追不舍。他先将直棒磁铁换成马蹄形的，将线圈换成一个铜盘，铜盘可以连续摇动，这样就可以获得持续电流了。这就是世界上第一台发电机。

实验做成了，他又在理论上探索，磁电之间是靠什么联系转换的呢？牛顿总结过万有引力，认为引力是在空间起超距作用，没有速度。法拉第想，不对。磁铁周围有磁力线，有一个磁场，导线周围也有电场，它们是通过场相互作用，而且有速度。但是，他的数学基础太差，不会推导这个公式，一时也无法用实验验证。他在发明权问题上是吃过几次亏的，便将这个思想先写了出来，以免将来有人又来抢头功：

> 我倾向于把磁力从磁极向外散布，比作受扰动的水面的振动，或者比作声音现象中空气的振动；也就是说，

我倾向于认为，振动理论将适用于电和磁的现象，正像它适用于声音，同时又很可能适用于光那样。

这些想法，我希望能用实验实现。但由于我的许多时间用在公务上，这些实验可能拖延时日，在实验进行的过程中，这些现象可能被他人首先观察到；我希望，通过把本文件存放在皇家学院的文件柜里，那么将来我的观点被实验证实，我就有权声明，在某一个确定的日期，我已经有了这样的观点。就我所知，在目前除我本人以外，没有人知道这些观点，也没有人能说自己已经有了这样的观点。

迈·法拉第于皇家学院

1832 年 3 月 12 日

却说法拉第将这个假设封成一个锦囊存入皇家学院的柜子后，就静等知音上门求见了。到底有没有人来，且等下回分解。

第三十八回　茶壶煮饺子笨女婿失去讲座
实验加方程物理学登上高峰

——电磁理论的创立

上回说到法拉第通过实验发现电磁感应现象，并从直观的猜想出发提出了磁力线和电场的假设，但是他一时无法用实验去证实，便将这预言封了一条锦囊存入皇家学院地下室的文件柜里，专等知音上门。

法拉第 1832 年 3 月将这预言存起来，就这样静静地整整等了二十三年，还未见有一人上门，也未听到一句能理解他的热乎话。相反，倒是有不少人，包括当时一些著名的物理学家，常讽刺挖苦他说，连牛顿这个老祖宗也翻脸不认了。当他工作得实在很疲倦时，就靠在椅子上闭目养神，有时会想起开普勒在发现三定律后说的那段话，反正我是发现了，也许到一百年后才会有人理解。哎，看来此生我只好忍受这种发现的孤独了。

一天，他正这样唉声叹气地翻着每天收到的一大摞学报、杂志，忽然眼前一亮，一篇论文的题目跳进眼帘：《论法拉第的力线》。他就如饿汉捡着一块甜面包一样，一口气将那些字连标点都扫了个遍。这确是一篇好论文，是专门阐述他的发现、他的思想的，而且妙在文章将法拉第充满力线的场比做一种流体场，这就可以借助流体力学的成果来解释，又把力线概括为一个矢量微分方程，可借助数学方法来描述。法拉第从小失学，未受正规学校训练，最缺的就是数学，现在突然有人从数学角度来为他帮忙，真是如虎添翼。他忙看文章的作者是谁，却是一个陌生的名字：詹姆斯·克拉克·麦克斯韦。从这一天起他就打听这个作者，但是就如这篇文章突然出现一样，作者也突然消失，真是来无影去无踪。法拉第只好望着天花板叹气了。

就在法拉第乍喜又忧、无可奈何之时，通往苏格兰古都爱丁堡的大路上正匆匆走着一个小伙子。他满脸热汗，衣襟敞开，像有什么急事在搅得他心绪不宁，催得他行步如风，埋下头来只顾赶路。这人正是**麦克斯韦 (1831—1879 年)**。他本是在伦敦剑桥大学毕业后留校工作的，但是前几天突接家里来信，说父亲病重，便放下手头的工作赶回老家来了。

麦克斯韦生于 1831 年 11 月 13 日。正好是法拉第发现电磁感应那一天后的第三十三天。好像上帝将他送到人间就是

麦克斯韦

专门准备来接法拉第班似的。麦克斯韦 9 岁那年母亲因肺病去世，他从小与父亲相依为命。他父亲是一位极聪明、极不受传统束缚的工程师，一次父亲在桌上摆了一瓶花教他画写生，不想卷子交来，满纸都是几何图形，花朵是些大大小小的圆圈，叶子是些三角形，花瓶是个大梯形，父亲摸着儿子稚气的脸蛋说："看来你是个数学天才，将来在这方面必有所成。"于是便开始教他几何、代数。这麦克斯韦也真是个神童，在中学举办的一次数学、诗歌比赛中，他一个人竟囊括了两项头等奖。15 岁那年他中学还未毕业就写了一篇讨论二次曲线的论文，居然发表在《爱丁堡皇家学会学报》上。16 岁他考进爱丁堡大学，一次上课，他突然举手站起，说老师在黑板上推导的一个方程有错，这位讲师也不客气地说："要是你的对，我就叫它'麦氏公式'！"不想这位老师下课以后仔细一算，果然是学生对了。

爱丁堡大学实在容不下他这个天才，1850 年，父亲又把他送到曾培养过牛顿、达尔文的剑桥大学。1854 年，他以数学优等第二名的成绩毕业，立即又对电磁学产生了浓厚的兴趣，第二年即发表了《论法拉第的力线》。正当他才华初露要在这新领域里拓地夺标之时，忽得家信父亲重病，便急急赶回家里来。

麦克斯韦是一个孝子，一进家门见父亲形容枯槁，卧床不起，想起幼年失母，父亲拉扯自己的艰难，不禁抱头痛哭，接着他终日侍药床前，百般孝顺。为能就近照顾病父，他又写信给剑桥大学，辞去职务，准备在离家不远的阿伯丁港的马锐斯凯尔学院任教，但第二年父亲便溘然长逝，他便到马锐斯凯尔学院上任，主持一个"自然哲学"的讲座。

不想这麦克斯韦虽满腹学问，却极不善辞令，茶壶煮饺子，有货倒不出。他第一次登台，说起话来如机枪扫射一般，一堂课的内容半节课就讲完了，他以为已经讲清的问题，学生却瞪目摇头。他再讲一次，学生的思维还是赶不上他的舌头。第一堂课就这样草草而过。他满头大汗，学生满肚子意见，校方虽还不好意思说什么，却也露出不满。麦克斯韦从小学习拔尖，一直受老师和同学的尊重，何曾尝过这种为人耻笑的滋味。第二天一早他就夹着几页讲义，跑到校园的小花园里，对着一棵高大的刺玫瑰，两脚抓地，双目平视，一手持稿，一手斜举，清清嗓子，便嘟噜嘟噜地开始练习演讲。

正当他进入角色之时，忽听得后面一串银铃般的笑声。他一回头不见人影，又静下心来对花上课，后面笑声又起。立时，昨天羞愧未退，今时恼怒又生。他大喝一声："谁家女子，如此无礼！"

树后闪出一个姑娘，白衣绿裙，丰臂细腰，脸生红云，目含秋波，就如这眼前的玫瑰，体态轻盈又似园中的新柳。姑娘手中拿着一本书，趋前几步，轻轻说声："先生，对不起！"虽只几个字，却伶牙俐齿，抑扬顿挫，而又表情得体。麦克斯韦一看就知道是个大家闺秀，反倒觉得自己刚才不该粗鲁。

姑娘问道："您起得这么早，一人在这里和谁讲话呢？"

"我是刚来的教师，不会讲课，一讲起话来就紧张得收不住舌头，因此趁早起无人，自己多练习练习。"

“这并不难，我教你一个妙法。你自己觉得快时，就马上咬住自己的舌头尖，话头自然就可以收住。静静神，理理思路再慢慢说就是。如果你不见怪，我就来做你的学生，陪你练一次，总比那没有表情的刺玫瑰强吧！”

麦克斯韦这样试了一次果然见效。他询问姑娘大名，原来她叫玛丽，正是院长的女儿，就更生敬意。自此，麦克斯韦天天起早，来这花园里练讲演，玛丽也天天来这里看书陪练，三日两月，两人便渐生爱慕之心，指花为媒，暗订终身。院长爱麦克斯韦的才，事后也就欣然同意招他为婿。

闲话搁过，冬去春来，转眼到了1860年，麦克斯韦来这里已经四个年头，他关于土星光环、气体力学的研究也已取得两项重要成果，只是无暇光顾他时刻挂念的电磁学。而这时又赶上马锐斯凯尔学院和另一家学院合并，他主持的讲座也被撤销，新的饭碗还不知在哪里。这时，他的母校爱丁堡大学正要招一名自然哲学讲座教授，他连忙报名。同考的共有三人，论学问和名声，他自然会稳被录取。不想在口试的时候，他面对台前母校里的那些老一辈师长，不觉又紧张起来，虽然也努力去咬舌头，但反而时快时慢，话语断断续续。最后竟因“口头表达能力欠佳”落选了。于是，麦克斯韦只好带着妻子又来伦敦投靠皇家学院。但塞翁失马，焉知非福？

他万没想到在爱丁堡落选，却成就了他的一番事业。

再说法拉第自从读了麦克斯韦的那篇文章后，就每天留心有无类似的文章问世，同时也打听麦克斯韦的消息，谁知就如彗星划过天空一样，知音来得快，走得也快，岁月流逝，杳无消息。而他也一天天地老了，到 1860 年，他已是一个 79 岁的龙钟老人，越发悲伤自己怀抱卞和之玉不为人知，莫非那地下室里的文件真要到几百年后才去兑现吗？这天早晨，他拄着拐杖在自己门前的草坪上散步，还在想那件放不下的心事，这时远处走来一男一女，男的年轻潇洒，女的恬静美丽，他看着这两个人忽然觉得那就是四十年前自己和妻子萨拉的影子。这样想着，那对男女已经走到眼前，女的手中提着花花绿绿的大堆礼品，男的趋身近前弯了一下腰，恭敬地问道："您可是尊敬的法拉第先生？"

"是的，我就是那个普普通通的迈克尔·法拉第。"法拉第最怕人对他恭维，所以在自己的名字前面总要加这个定语。

"我是您忠实的学生麦克斯韦。"

"你就是写论文谈我的力线的麦克斯韦先生吗？"

"是的。我在您的面前，在您的学识面前，不过是个小孩子。"麦克斯韦整整小法拉第四十岁呢。

当法拉第证实在他面前的就是麦克斯韦时，他一把甩掉拐杖，眼里顿时放出光芒，麦克斯韦也一下扑上去，两人紧紧地拥抱在一起。一个实验大师，一个数学天才，这是物理和数学的拥抱。是物理学的大幸！法拉第又喊：“萨拉，来贵客了！”萨拉一见玛丽立即就从心里生出一种由衷的亲热。这两个女性，在科学史上无数科学家的妻子中，她们是少有的美丽、温柔，终身勤勤恳恳，默默无闻地支持丈夫的研究。两位夫人一见如故，便到客厅里叙话，又到厨房里弄菜。法拉第早拉着麦克斯韦进了书房。

法拉第说：“我等你等得好苦，你终于回伦敦来了。”

“是你身上的磁场太大了，终于把我又吸引回来。这回不但回到伦敦，还回到皇家学院，回到您的身边。”

法拉第谦虚地笑了一笑说：“可惜我老了，不过还来得及。第谷向开普勒交班时，生命只剩下一年。上帝能再给我一年也就够了。”

“老师您会长寿的。”

“祝我们的新理论长寿吧！”

两人都高兴得哈哈大笑起来。

法拉第经过几年的研究已经证明了磁能变电，能变出电流，能变出电场。电流和电场还不一样，前者很明显能使导线发热，能电解水，叫传导电流。后者随时间的变化虽也有电流的某些性质，但很不明显，聪明的麦克斯韦就给他起了一个名字叫“位移电流”。传导电流能激发出磁场，影响磁针偏转，那么这“位移电流”能不能激发出磁场呢？这不比那具体的有热感能击人的电，也不比那很明显能吸铁的磁，它们实在太不明显了，太玄秘了，法拉第实验了多少年还是没有找见它们的联系。正像一些微雕专家在一根头发丝上能刻一首诗一样，他早已不靠眼而只靠感觉来创作了，事情往往到极微妙的程度时不是用实验而是用推理来决定了。这个难题果然由麦克斯韦用数学公式推导出来了。1865 年，请读者记住，这是科学史上电磁理论的诞生年——麦克斯韦发表了一组描述电磁场运动规律的方程，他证明了变化的磁场可以产生电场，变化的电场又可产生磁场，这比法拉第的“磁性能产生电流，电流产生磁性”又高了一筹。磁场→电场→磁场→电场，这两个场的作用不断运动着，并不是像牛顿力学描述的那样的真空超距作用。法拉第的预言得到了最完美的阐述和严密的数学证明。而且更妙的是，麦克斯韦用自己的方程居然推出了电磁波的速度正好等于光速，这又证明光是一种电磁波。光学和电磁学在这里汇合了。当年牛顿和胡克、惠更斯为了光的本质发生了一场多么伤感情的争吵啊，今天才回到真正的统一。

正是：

牛顿攀登靠人梯，麦氏盖楼有基石。

科学从来是接力，接过旧知创新知。

法拉第毕竟比第谷更幸运。他看到了自己理论的完善，看到了接班人的业绩。在电磁理论确立后的第二年——1867年，这位电磁学的开山鼻祖不带遗憾地离开了人世。而麦克斯韦在1865年发表公式后，就立即隐退到乡间老家的庄园里，闭门谢客，写作详细阐述这一理论的《电磁学通论》。八年后，这本可以和牛顿1687年出版的《自然哲学的数学原理》媲美的巨著终于出版。牛顿筑起一座经典力学的大厦，而麦克斯韦则盖起一座经典电磁学的高楼。物理学经过一百八十六年的艰难攀登，终于又跃上了又一个高峰。

再说这麦克斯韦躲到乡下去写书，而伦敦方面哪能允许这样的名教授隐姓埋名、悠然自得？他的母校剑桥大学更是派人今日叫、明日请，左一封信右一封书，终于把不愿割舍田园之乐的麦克斯韦夫妇又请回了伦敦。麦克斯韦一边筹划剑桥大学的第一个物理实验室——卡文迪许实验室，一面开设讲座，讲解他的电磁理论。但是他的理论太高深了，曲高和寡，听讲的人越来越少。

1879 年，麦克斯韦虽然才 48 岁，但是他已走到自己生命的最后一个年头。曾夺去母亲生命的肺病现在又来缠他了。他身体虚弱，气力不足，但还是按时上课。这天他走进宽大的阶梯教室，教室空荡荡的，只有前排坐着两名学生。这个著名的教授、理论物理学家在讲坛上好像从未交过好运，他知道学生们听不懂他的思想，一个个都自动缺席了。他侧身问坐在前排的两个学生：“你们为什么不走呢？”这两人中有一个就是后来发明了电子管的弗莱明。他恭敬地站起来说：“先生的理论我能听懂，太完美和谐了，简直是一门自然美学。”另一个说：“走了的人里也有人是能听懂先生的理论的。但是他们说，现在还没有人用实验找见电磁波，所以也就不相信、不愿听了。”

麦克斯韦说：“会发现的，理论总是要超前一步的！牛顿 1687 年公布万有引力，据此理论，勒维烈 1846 年才找见海王星，过了一百五十九年。我相信，电磁波的发现不会再等一百多年了。”

麦克斯韦说着翻开讲义，向两个忠实的学生笑了笑，对着空空的大教室，又像是对着世界，对着未来，继续认真地讲着他的理论。而他的预言也没有错，这时在与英国一海之隔的德国，已经给他准备了一个 22 岁的接班人赫兹。科学历程发展到这里，出现了一个戏剧性的预言，这是一个科学家对未来科学的预言，小小的电磁波牵动的是一份大心愿。

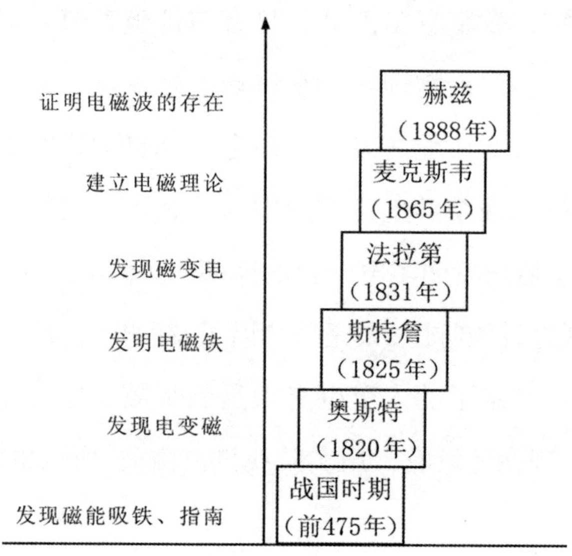

电磁学的进程

第三十九回　忽辞世短命人发现电磁波
见讣告有志者发明无线电

——电磁波的发现和使用

科学之路是一条既深奥又有趣的探索之路，1879年，英国理论物理学家麦克斯韦虽没有亲手做多少电磁实验，但他在临死前预言一定会有人通过实验发现电磁波。果然，在他死后的第九个年头，1888年，在柏林有一位叫**赫兹**(**1857—1894年**)的青年实验物理学家完成了这项工作。

赫兹

当时许多人虽叹服麦克斯韦对电磁波的完美描述，可就是找不见它。26岁的赫兹却另有绝招。他将两个金属小球调到一定的位置，中间隔一小段空隙，然后给它们通上电。这时，两个本来不相连的小球间发出吱吱的响声，并有蓝色的电火花一闪一闪地跳过。不用说，小球间产生了电场。那么，按照麦克斯韦的方程，电场再激发磁场，磁场再激发电场，连续扩散开去，便有了电磁波传递。到底有没有呢？最好有个装置能够接收它。他在离金属球 4 米远的地方放了一个有缺口的铜环，如果电磁波能够飞到那里，那么铜环的缺口间也应有电火花跳过，他将这些都布置好后，这边一按电键，果然那圆环缺口上蓝光闪闪，这说明发射球和接收环之间有电磁波在运动了。既然有波，就也该有波长、频率和速度，于是他又想亲自量量它的波长。其实这也很简单，他将那铜环接收器向圆球发射器靠近，火花时亮时无，最亮便是波峰或波谷，不亮时便是零值，于是他便求出了波长，接着又算出了速度每秒 30 万千米，正好相等于光速，波也有如光一样的反射、折射性。麦克斯韦的理论彻底得到了证实，从法拉第到麦克斯韦再到赫兹，两位实验物理学家与一位理论物理学家巧妙的配合终于完成了这个伟大的发现。

正是：

实践理论再实践，淘尽黄沙真金现。

磁场电场又磁场，事物本来总相连。

各位读者，这赫兹何以有这样的成就？原因可以有许许多多，但追溯到他的学生时代，有两条却极为重要。一是他从小养成了亲自动手的好习惯，对技术和技能的学习十分爱好。他在课余时间拜了一位木工为师，锯、刨、斧、凿已使得极为纯熟，他还学了一门车工技术，后来赫兹的车工师傅听说他成了大学教授。还对他母亲惋惜地说："唉，真可惜！他本是一个难得的车工啊！"俗话说心灵手巧，大凡只有手脑并用毫不偷懒才能聪明。第二，赫兹小时候学习兴趣相当广泛，他学了英语、法语、意大利语，特别是在阿拉伯语方面表现出惊人的才能，以致老师向他的父亲郑重地建议他去选学东方学；他爱美术，素描画得很好，这又训练了他的形象思维；他爱数学，常参加数学比赛，这又训练了他的逻辑思维能力；他想当建筑师，曾专攻过建筑，后来又当过兵，这使他得到了吃苦耐劳、紧张有序的锻炼。他给父母写信说："惰性从我的身上真正被取缔了。"读者中定有不少人是渴望成才的青年，我这里就他的成才略叙几笔，或许对诸君能有一点儿启迪。

却说这赫兹发现了电磁波时，就如当年牛顿发现了万有引力，戴维电解出钾、钠之时，都是刚刚二十几岁的年纪，正宏图初展，前途无限。但从 1893 年开始他就患一种齿龈脓肿的病，虽不是大病却很顽固，多次手术只能缓解痛苦而不能去根，后来连情绪也越来越低落，他已自觉到将不久于人世。1893年12月4日夜，他秉烛展纸，强忍眼泪向双亲写了一封既是安慰又是预告的信："假若我真发生了什么事情的话，你们不应当悲伤，但你们要感到几分自豪，并想到我属于那些生命虽然短促但仍算有充分成就的优秀人物。我不想遭遇，也没有选择这样的命运，但是既然这种命运降临到我的头上，我也应感到满意。"

这世界上实在是不公平，许多酒囊饭袋，活到百八十，朽而不死；而赫兹这样有功于世的人在1894年1月，以37岁的轻轻年纪却猝然谢世。这在当时欧洲物理学界着实引起了好一阵悲哀。在他死去的第二天，意大利帕多瓦大学门口贴出了这样一张讣告：

> 波恩大学赫兹教授不幸于昨日去世，物理学界的一颗明星突然陨落，这是全欧洲的损失。
>
> 赫兹教授对人类最伟大的贡献，就是他通过实验终于找到了电磁波，他虽然是个德国人，但是他告诉我们意大利人，告诉全世界人，每个人身边都有电磁波，都是可以互相传递接收的，他虽然去世了，但他指给我们

的这种波却永远存在，永远陪伴着我们。所以赫兹教授是属于全世界的，赫兹教授没有死，他永远活在我们中间……

为了表达对这位世界伟人的尊敬和悼念，兹定于明天上午在本校礼堂举行隆重的追悼会。

在这张讣告下边，有的人瞥一眼便匆匆离去，有的人读后一声叹息，唯独有一个小伙子却像双脚被钉住一样，两眼瞪着讣告，嘴唇微张，半天不言不语，脸色哀伤又含沉思，心情悲痛却又激动。他在这里大约站了一个多小时，才勉强挪动双脚，可还是鞋底上抹了一层胶似的一步三回头，迟迟不肯离去。

各位读者，你知道这青年是谁？他叫**马可尼**（1874—1937 年），出生在意大利帕多瓦城一个富有的家庭中，从小

马可尼

受过很好的家庭教育，养成了勤奋好学、爱动脑筋的习惯。

大凡读书人可分为两类，一类是“书袋”，从小学到大学读过的书有一人多高，不管是什么书，只要是学校规定的便只管读来，一本一本地装到肚子里，并不消化，也不会创造，所以叫书袋。另一类是“书锥”“书钩”，这些人的眼睛就像锥子，读书时处处问个为什么，必须把那本书锥穿再勾出点儿什么才肯罢休，他们读过的书不一定多，但是思维越训练越敏捷，碰到问题一针见血，又能举一反三，因此也就不断有所创造发明。

马可尼正是这后一类人。今天见到一张讣告也要从中勾出一点儿学问，他想这位赫兹教授发现的电磁波既然德国有，意大利也有，为什么不可以利用这些无声无形的波传递信号，传递人们的意志，让死波变活？如果真能做到这一步，赫兹的功绩不是更加与日月同久长了吗？我们纪念死者，就是要发扬他的成果，为活人多办点儿好事。他这样痴痴地想着，回到家里，就对父亲说：“我似乎有这样一种感觉，即这些电磁波会在不远的将来成为供给人类以全新的和强有力的通信手段。”

马可尼自从读了这张讣告之后，就立即到处收集资料，又在他父亲的别墅里架天线、埋地线，白天试、晚上调，而且居然改进了检波器，制成了发射机和接收机，终于在住地与1.7公里外的山间，实现了第一次通信联系。他欣喜若狂，立即向意大利邮电部写信要求资助，愿将自己的发明贡献给祖国的通信事业。不想他这封信却石沉大海，马可尼一气之下转而向英国申请专利。

1896年，在伦敦港，一个青年手提着一只大箱子正要下船，海关检查人员见这人衣帽不整，神色不定，便一把拉住他，问他箱子里是什么。这青年正是马可尼，他初来伦敦不免慌张，结结巴巴地说这是一台发报机。当时哪有什么无线电发报机，海关人员更没听说过这个玩意儿，把箱子翻来倒去，又将马可尼上下打量一通，这时旁边又一个海关人员说：“怕是一个炸弹吧。”那检查员闻听不禁大惊，忙双手举起箱子“扑通”一声扔到海里，返身推了马可尼一把：“去，去，去！还不赶快滚下船去！”

马可尼初出家门就受到如此欺凌，他举目无亲，原想来找专利局的，现在手中没有了东西，谁认得他这个叫花子？他只知邮电局是管通信的，便忍气吞声下了船，朝伦敦的邮电部大楼找去。

邮电部总工程师普利斯是一个十分和蔼可亲又颇爱才的老头。他一听说来访者就是马可尼，立即离开椅子将这个可怜的小伙子搂在怀里。原来他早从英国《电气杂志》上看到了马可尼的专利申请，并且一直在寻找此人，无奈没有地址，今天终于相见，喜不自禁。这马可尼几天来一肚子委屈，现在突遇知音，不觉扑簌簌地掉下泪来，又说那只宝贝箱子已沉在海里。普利斯大笑道："孩子，有你在就有了一切。这座大楼里的设备都供你使用，还愁再造不出那只箱子？"马可尼闻听，真不敢相信自己的耳朵，又问了一遍方相信这是真的，不觉喜上眉梢，那两行泪珠也被这笑容挤得滚落地下，不知钻到哪里去了。

马可尼有了如此强大的后盾，如鱼得水，如虎添翼，没有几天便制出了收发报设备，在邮电部大楼顶上与相距3公里外的银行大楼实现了通信联系。过了几天，又赶上当地一场传统的游艇比赛，出发点在港口，终点在15公里外的海面上。过去，比赛结果总得等几个小时后才能送回，岸边一般的观众常常等得不耐烦，不等比赛结束就已散去，而那些对赛艇押了赌注的人又都一个个像热锅上的蚂蚁。今天为了试试这新的通信设备，也为了向人们宣传一下无线电报，邮电局将来好赚钱，普利斯一早就布置了两艘绿色的邮船，他在终点发报，马可尼在起点接收。当发令枪一响，码头上笛鸣鼓响，人声鼎沸，游艇划破碧绿的海面，拖着一道白浪，转个弯很快在人们视野里消失了，这时狂热的码头也暂时冷了下来。

正当人们的神经刚刚松弛了一会儿，马可尼突然举起双手连蹦带跳地喊道：“玛丽号，玛丽号第一！玛丽号赢了！”

这时，那些向这艘船押了赌注的人都半信半疑地看着这个意大利人，而那些押了其他船的人却恨得直咬牙，骂他造谣，一时起了纠纷。正哄闹间，海面上报信的快艇已经折回，证实是玛丽号夺魁。此时，人们方才相信那个“滴滴答答”的铁盒子真有千里眼和顺风耳的威力。狂欢的胜利者拥上那艘邮船，一起将马可尼抬了起来，那个铁盒子被你争我夺地看来看去，船小人多，马可尼担心把铁盒子又挤落到海里，忙喊着：“放下！放下！要落水了！”

“海边的人还怕落水吗？”疯狂的人们还以为是他怕落水，索性把他抬起扔到水里。大家好一阵狂跳大笑，尽兴而散。

1898 年，无线电波跨越了英吉利海峡，并正式用于商业。

1901 年 2 月，马可尼在英属牙买加的康沃尔建成了一座 170 英尺高的电波发射塔，然后他带领助手肯普和佩基来到利物浦港，准备乘船横渡大西洋到纽芬兰去接收康沃尔电台发出的信号。这时已是寒冬季节，朔风起，海浪翻，甲板上薄冰覆盖，人连站立都很困难，马可尼的父亲，还有他敬爱的老师都来送行，父亲劝儿子还是不要去冒险："孩子，不是我拖你的后腿，电波能飞过45千米的英吉利海峡，可是绝不会飞过大西洋的，再强的电波也会在空气中慢慢消失。"

老师也帮着老人劝自己的学生，还是不要干这种异想天开的事，说："你若想让电波飞过大西洋，就得先在大西洋上悬一面像欧洲那么大的镜子，你要知道电波和光一样只能走直线，而地球表面是弧形的，除非高空有一面大镜子反射，电波才能射到大西洋彼岸去。这一点，就是赫兹教授生前也是这样认为的啊！"

马可尼说："事情总是干出来的，过去谁能相信磁能变成电呢？法拉第一试，麦克斯韦再一总结，不就既有道理又成事实了吗？干成干不成，我今天就要亲自去试试，哪怕失败了也能为后人提供一点儿实验数据。"说罢，他便登上"撒丁号"破浪远去了。

12月12日，马可尼带着两名助手来到纽芬兰面对大西洋的一座小山上，在一座钟楼内安好收报机，又在山上放起一面特大的六边形风筝，上面带着电线，升到400米的高空，这是他想出来的升高天线的妙法。一切安置停当，他便将听筒贴在耳朵上静静地捕捉着那神秘的信号。窗户外，佩基操纵着风筝，万里蓝天没有一丝云彩；室内，肯普站在他旁边，瞪着一双大眼，紧紧地盯着桌子上的收报机。突然，耳朵里传来“嘀—嘀—嘀”三声，他觉得是自己心脏的跳动，再屏息细听，又是三声，他忙将耳机扣在肯普的耳朵上说：“你听，这是不是信号？”

肯普双手按住耳机，有那么几秒，突然大声喊道：“三个短码，是他们发来的，我们胜利了！”

马可尼的电波一下子就飞出了3700公里，在大西洋的上空人类第一次建起了通信的桥梁。世界各国的报纸都用头条发了这条惊人的消息。1909年，马可尼因此获得了诺贝尔奖。

读者看到此不禁要问，电磁波不是走直线的吗？怎么会绕过大西洋呢？难道空中真的有面大镜子吗？是的，真有一面大镜子，后来人们终于发现了这面大“镜子”，它就是整个地球大气层中的电离层，它可以不断地将地面发射的电波再反射到地面。不过当时马可尼并不知道这些，但是他勇于试验，凡事都要先试试再说，终于让他碰对了。

正是：

莫笑马氏去乱碰，机遇原在运动中。

未干就怕有失败，件件事情都难成。

第四十回　千年妄想石头变金何曾见
一朝点破物质本性各不同

——原子论的创立

各位读者，前面我们讲了一个化学家戴维的故事。可是这戴维身为化学家，手中却操的是物理学的武器，就像那林冲反倒借了李逵的斧子。戴维借了刚刚出现不久的电学这把利斧，在还是一片荒芜的化学世界里，噼噼啪啪一阵乱砍，终于拓出一条小路，找见了钾，找见了钠，找见了钡、镁、钙、锶等元素。就在这挥斧拓荒的途中，他还收了一个徒弟法拉第。谁知这徒弟并不注意师傅每天砍什么树，却十分注意那把砍树的大斧。就这样，他对电一路研究下去，居然又拓疆扩地闯入一个电磁王国，而且他也扯起帅旗招来了麦克斯韦、赫兹、马可尼几员大将，浩浩荡荡拉起一支电磁学大军。这支大军一路冲杀下来，横穿19世纪，直勒马在20世纪的大门，好不威风。

兵分几路，各表一支。我们暂先按下电学那路人马，回过头来还从化学说起。再说那戴维自从借得电学大斧后，许多复合物在电斧下都被分解出来，他一路砍得性起，后来连硫、磷、碳、氮这些毫无问题的元素也要砍上几斧，希望再砍出几个新元素来，其结果当然是失败了。这便又生出一个问题，什么物质还能分解开来？什么物质不易再分？若要一直分下去，又会分成什么样子？而这又回到古代哲人提的那个“世界是什么”的老问题上来了。

世界是什么？凡人睁开眼看到天地万物便不觉想寻根究底。三千年前中国古代学者认为，世界大概是金、木、水、火、土这五种“元素”组成的，它们相互搭配，所以世界就出现千差万别。古希腊学者泰勒斯曾推断水为万物之源，只有湿润才能生万物，物质由水而来，又化水而去。稍后的希腊学者赫拉克利特又提出火是万物的基础，世界不过是一团燃烧着的永恒的火。毕达哥拉斯则认为数是万物之源，不过这已有点儿神秘了。这些古希腊学者中最有学问的要算德谟克里特了。他认为事物的本源是原子的排列，它们所以有形态、颜色、味道等许多的不同，那是因为组成它们的原子大小、形状及排列方式不同。这个猜想真还想到了最要紧之处。它的出发点是唯物的，就是要沿着事物本身去寻根究底。与此同时，我国战国时期也出现了类似的思想，墨翟就提出物质微粒说，他称之为“端”，而在《墨子》中已论述到物质无限可分的思想了：“一尺之棰，日取其半，万世不竭。”即你拿一根短棍，今天取一半，明天取一半，后天再切一半，这样一直切下去，那是永远切不完的。

可是正当德谟克里特刚提出原子说要接触到世界的本质时，希腊又出现了一个学者叫亚里士多德，他认为世界是由火、空气、水、土四种“元素”组成的，而每种“元素”又都表现为热、冷、湿、干，一种元素通过热、冷、湿、干的变化就可以过渡而成为另一种元素。亚里士多德当时是学术界的最高权威，神圣不可侵犯，他的思想竟统治世界近一千年。这种元素能互变的思想，比起原子论当然是一种退步，而且无论在中国、外国，它又引出一种炼金术来。许多炼丹术士，梦想能炼出长生不老的金丹。就是那雄才大略的秦始皇、汉武帝也都受骗上当，在这方面花费了许多钱财。他们总梦想点石成金，经过一烧一炼，将普通的铜铁炼成贵重的黄金。从公元前二三世纪开始，希腊就有人干这些蠢事，竟一直延续到 18 世纪，许多君王都想通过这来解决他们的财政问题。一直到 1782 年，英国科学已很发达，出现了牛顿、戴维，出现了皇家学会，也还有人在做这个梦。

有一天，英皇乔治三世在宫里闷坐，正为日渐拮据的财政发愁，忽有人来访，说他能点铁成金，而且还带来了黄金样品。英皇一听，连忙召见，来人捧上样品，真个沉甸甸，黄灿灿，耀人眼目。英皇忙问，怎么个炼法。来人称：“臣自幼学习化学，现是皇家学会会员。现在所用炼金之法，并不像古术士那样火烧顽石，而是用最新化学方法使几种元素参加化学反应生成黄金。”英皇一听，又是皇家学会会员，又是最新方法，面前又摆着这一堆真金，喜得君颜大开，忙命收下样品，并通知牛津大学授他一个博士学位。

谁知这事惹起牛津大学和皇家学会的教授学者们的激烈争议。有人说也许真能点铁成金，有人说根本是异想天开，争论的结果，还是请这位18世纪的术士当众一试。那人也慨然应允，约好日期，他去准备。到那天，观众到齐，人们到实验室请他出台，谁知一推房门，他已伏在桌子上服毒身死。他本是自欺欺人，现在当然过不了这一关，只好一死了之。

却说化学就是这样在浑浑噩噩中摸索，有时柳暗花明，有时山重水复。直到英国出了个波义耳，才推翻了亚里士多德的“四元素”说，确立了元素的科学概念；法国出了个拉瓦锡又推翻了“燃素说”，确立了氧化的科学思想，而且排出了最初的元素表。看来物质确实是可以越分越细的。就像力学在伽利略之后要有牛顿，电学在法拉第之后要有麦克斯韦，这化学也着实需要一个人出来在理论上概括一下了。

正是：

科学摸索千百年，机关只待一人点。

总有历史幸运儿，勿将机遇来轻看。

各位读者，你道这个赶上机遇的幸运者是谁？他是英国一个教会中学的普通教员**道尔顿**(1766—1844 年)。

道尔顿

这道尔顿出生于一个贫寒的农民家庭，只读了几年小学就在家种地，但他顽强自学，1780 年时终受聘到肯达尔城的一所教会中学任教。你想这个道尔顿在乡间耕锄之余还要寻书觅字，现在进了城更是如鱼入海，终日访贤问能，汲取知识。一日，他听说城东住着一个叫约翰·戈夫的老人极是博学，便去造访。他轻轻叩门，里面一个苍老的声音应声道："请进。"他推开门，只见迎窗背门坐着一位满头白发老者，听见有人进来也不转身，问道："你是谁？"

"先生，我是约翰·道尔顿，刚来的中学教员。"

"找我有什么事吗？"老人回过头来。

道尔顿这才看清，他已经双目失明，忙回答："向您请教一点儿数学、化学方面的学问。"

"我能感觉到你很激动，大概是没想到我是个瞎老头吧？"

这老头虽是双目失明，感觉却十分敏锐。他转过椅子和道尔顿攀谈起来，不一会儿两人就成了好朋友。他们谈天说地，从数学说到物理，说到天文，说到化学，谈到高兴处，老人站起来走到一张大桌旁要给道尔顿亲自做几个实验。只见他伸手抽出一支试管，又从架上拿下一只瓶子倒出一点儿药粉，装入管内，"嚓"的一声，划火柴点着酒精灯，将试管移向灯头加热，准备水缸，收集蒸汽，又测比重，又测压力。那双手熟练得恰如他用什么物件，那物件就正等在那里。那双眼不像是失明了，倒像是一个明眼人干这种事干得太熟了，懒得睁眼去看。道尔顿在一旁看得屏气凝神，真没想到此时会有这么一个奇人。实验做完他连忙请教老人何以有这样高超的技艺。老人答："一是靠熟练，二是靠细心，要干的事没有不成。"

自此，道尔顿就常来请教，约翰·戈夫老年无后也就以子相待，倾其胸中才学，教他希腊文、拉丁文、法文和物理、化学、数学。道尔顿在这个小城市教中学十二年，倒跟这位盲老人补习了大学的全部课程。各位读者，也不要只说是道尔顿赶上了历史的机遇，你想与他同时的人何止千万，而像他这等见缝插针、自学自强的人却着实不多，原来机遇却又是专奖给那些经过苦苦追求的人。

道尔顿经约翰·戈夫指点，积十二年之功，已经是学富五车，才思敏捷，更可喜的是养成了一个勤观察爱思考的好习惯。有一次他为孝敬老母买了一双长筒袜子送回家里，不想老母一见立即不悦道："孩子，就算你有孝心吧，也不能让我这样的年纪穿这樱桃红的艳色袜子去教堂做礼拜吧？"这一句话把道尔顿说得丈二和尚摸不着头脑，他说："这明明是正合你老人家穿的深蓝色嘛，怎么会是樱桃红呢？”在场的人见状都哈哈大笑。

后来，道尔顿又拿各种颜色纸让他的学生去认，终于他成了第一个发现和研究色盲的人。于是他专门就此写了论文，并且留下遗嘱，死后请将自己的眼球拿去解剖，好探清色盲的原因。

道尔顿除研究色盲外，长期的大量的工作就是观察天气，他一生记录了20万条观察记录，直到临死前的15分钟还记了一条：今日微雨。他的生活极有规律，每天8点起床，先生好实验室的火炉，然后吃早饭，整个上午做实验，下午1点吃饭，然后再在实验室工作到5点，喝茶，再干到晚上9点，吃饭，休息。他在观察天气时对空气发生了兴趣。空气是那么自由均匀地流动，而盛在容器里，又给容器壁均匀的压强。他工作累了，在炉边喝茶时，那茶香又均匀地飘散到整个房间。看来气体是些极小的微粒，要不它怎能这样自由地、匀称地溶融呢？他想起德谟克里特的关于原子的设想，看来有一点道理。不过那毕竟还是一种哲学的推测，要变成化学的原子论，自然还得经过化学实验的验证。

但是在无数次实验中，道尔顿早就发现这种元素的结合总是按一定的比例，比如把氢气和氧气放在一起化合，总是两份氢气和一份氧气结合成水。要是氢气用完了，氧气还有剩余，它永远也只能是氧气而不可能硬挤到水里去。这样，一个伟大的思想产生了，他在 1808 年终于写成《化学哲学的新体系》一书。指出："化学的分解和化合所能做到的，充其量只是使原子彼此分离和再结合起来。物质的新的创造和毁灭，却不是化学作用所能做到的。其所以不可能，正如我们不可能在太阳系中放进一颗新的行星或消灭一颗现存的行星那样，或者正如我们不可能创造出或消灭掉一个氢原子一样。"就是说，物质由各自的原子组成，想把铁原子变成金原子是办不到的，千百年来那些梦想炼铁成金的人，不知个中底细，就这样一代一代地炼啊，炼啊，你想怎能不是一场空梦？

既然元素的原子各自不同，那么它的重量一定不同。但你想那原子何等的小，后来人们才知道，它的直径只有一亿分之一到一亿分之四厘米。拿 50 万个原子摆在一根细头发丝的直径上也能放下，而一个原子的质量也只有 100 万亿亿分之一克 (10^{-23} 克)。道尔顿当时自然不能拿杆秤去称它一下，但是聪明的道尔顿却想出一个妙法，根据各种元素在化合反应时的比例，选择最轻的氢，定它的原子量为 1，以它为基准，其他元素是氢的几倍就是它的原子量。各位读者可能还记得，开普勒寻找行星间的运动规律，当然也不能用尺去量它们之间的距离，但是他巧妙地把地球到太阳间的距离定为 1, 以之为基准，然后类推。这真是任你小到再小，大到再大，秤不能称，尺不能量，可是人的思维却无孔不入，无远不至，轻而易举地解决了这个难题。这道尔顿在 1803 年 9 月 6 日就用他的这种办法，很快列出了化学史上第一张有六种简单原子和十五种化合物原子的原子量表。为了区分这些各不相同的原子，道尔顿制定了一套元素的符号表。

道尔顿一下子成了名人。他并不注重名誉，但是戴维不和他商量就把他吸收为皇家学会会员。英国政府授予他金质奖章，柏林科学院授予他名誉院士，法国科学院授予他名誉院士。

正是：

功夫不负有心人，风雪过后梅自开。

无意逐利利上门，不想求名名自来。

现在道尔顿开始走出那间拥挤的实验室，到欧洲各国去游历。但他不像当年戴维那样，马车里有一个漂亮的妇人陪伴。他还是孤身一人，并且终身未娶。别人问他为什么不结婚，他用手指指脑袋说：“这里面让化学反应装满了，也就再装不下一个妻子。”

1822年，道尔顿出游来到法国。这法国当时也有一位名气极大的化学家叫**盖吕萨克(1778—1850年)**。他盛情接待道尔顿，请他参观实验室，出席讲座，参加宴会。就在访问结束的那天，盖吕萨克又把道尔顿请到实验室里，说是请他指导一下实验。这实验说来极普通，就是氢氧化合成水。他取了两升的氢和一升的氧混在烧瓶内，密封燃烧，生成了水蒸气，一量，得到的水蒸气是两升。这时盖吕萨克说：“道尔顿先生，我们都认为同体积气体的原子数相同，而你看刚才的反应是两个氢原子加一个氧原子生成了两个‘水原子’，这样一来岂不是每个水原子里只能含有一个氢原子、半个氧原子了吗？按照你的原子论，原子是化学反应中最小的不可分的单位，这‘半个’又怎样解释呢？”

道尔顿的原子论问世以来已成功地解释了不少化学现象，比如反应物都成整数比、成整倍数等，今天，盖吕萨克突然提出“半个原子”的问题，叫他一下摸不着头脑。连日来只是听着恭维、祝贺、夸奖之词，现在突然被人将了一军，一时无法下台。他拍拍脑门，又看看烧瓶，只觉汗从额头出，话却无处寻。究竟道尔顿如何收场，且听下回分解。

第四十一回　孤军深入化学不幸陷困境
天降奇兵物理仗义助其功

——光谱分析法的创立

上回说到在盖吕萨克的实验室里，盖吕萨克突然问道尔顿，怎么解释“水原子”里含有半个氧原子的问题。道尔顿一时语塞，无法下台。这个问题只用原子论是解释不了的，自然道尔顿无法回答。直到 1811 年，意大利科学家**阿伏伽德罗（1776—1856 年）**在原子论中引进了分子概念，创立了原子—分子论，这事才得以圆满解决。

原来，气体都是以分子状态存在的，化合物的分子都是由几种不同的原子构成的，而且在同温、同压下，相同体积的气体所含原子数并不一定相同，而所含的分子数则是肯定相同的，都是 6.02×10^{23} 个。后人将这个数字叫“阿伏伽德罗常数”。在原子和宏观物质之间有了分子这一层过渡，许多化学反应就都很好解释了。这实在是化学的一大突破。所以恩格斯指出，化学新时代是从原子论开始的，“近代化学之父不是拉瓦锡，而是道尔顿”。这是后话。

再说化学从拉瓦锡到道尔顿，确有很大发展。1789 年，拉瓦锡的元素表上有 33 种元素，但实际上只有 24 种是真的。又过了四十年到戴维去世时，化学家已经敢肯定有 53 种不同元素的存在。19 世纪初，人们又发现铱、锇、铑、钯四种元素，1844 年又发现钌，元素数字已上升到 57 种，但这种发现却从此止步不前。二十年过去了，世界上正是资本主义大发展的时期，陆地上修了铁路，大海里漂着轮船，空中载人气球也已上天，人们四处探险，收集矿石，收集标本，大型的冶炼，精密的化验，各种先进的手法都已用上了，但是“排空驭气奔如电，升天入地求之遍。上穷碧落下黄泉，两处茫茫皆不见”。像当年戴维一人就发现十多种元素，何等得意，而现在几十年全世界都发现不了一种元素，真是山穷水尽了。各位读者，原来科学的发展各学科间是相辅相成的。戴维当年本得力于电学帮忙，不想这化学得了物理的好处便只顾自己扬鞭催马、孤军深入，现在再无别的力量可以借助，于是便陷入泥潭进退两难。

却说化学这种裹足不前的局面直恼了一个人，叫他坐立不宁，寝食不安。这人叫**本生**(1811—1899 年)，德国人。他的父亲是个教授，他大学毕业后也当教授，他一生就是极平静地读书、实验、讲课，他不用像拉瓦锡那样担心政治迫害，因为他从不介入政界；他没有失恋的痛苦，因为他一生就没有谈过恋爱；他每天的生活节奏像时钟一样准确，一样平衡。但是近来，他就连散步也要不时抬起脚将路边的石头踢出老远，来发泄他心中的烦闷。

这天黄昏时分，本生那高大的身躯又出现在布勒斯劳大学门口。他真是个像样的男子汉，浓眉大眼，宽肩厚胸，大礼帽顶在头上，雪茄烟叼在唇边，既有学者风度，又有军人气魄，只可惜近来眉间总有一缕愁云。这时，迎面走来一个又瘦又小，脸上总抹不去笑容，嘴唇总不肯合拢，边走边和熟人开玩笑的人，他叫**基尔霍夫 (1824—1887 年)**，也是这个学校的教授。他一见本生，便故作吃惊地说道："我们的化学将军，为何这样心事重重？我这个物理小卒可否鞍前马后尽一点儿绵薄之力？"说完也不等本生答话，便挽着他的手，向校园东边的路上散步而去。他的头刚比着本生的肩，他们是一对好友。

本生和基尔霍夫走在一起就开始诉苦了。他说："我这个搞分析化学的，近来有一种新的发现，就是不管什么物质，在火里烧时都有一种固定的颜色。比如钠是黄的，钾是紫的，我想用这种方法也许能检查出新元素。可是最近又发现不同物质却可以烧出同一颜色，比如钾盐和锶盐都是深红的。刚刚摸到一个路口，却又是一条死胡同。真是走投无路啊！”

机灵的基尔霍夫不以为然地说道：“这有什么了不起。车路走不通走马路。要是我们搞物理的就不去看火焰的颜色，而是去看他们的光谱。”

“光谱？”

“对。牛顿发现的那种光谱。”

“我怎么就没有想起这一招呢？”

“将军，只因你的大帐下没有物理兵啊。如蒙不弃，我愿效劳，我手头还保存一块四十五年前大光学家夫琅和费亲自磨制的石英三棱镜呢。”

第二天，本生布置了一个暗室，还准备了他发明的“本生灯”。这种灯烧瓦斯气，灯头能大能小，火焰温度可高可低，最好的是它发的光是白色的，做实验时不会像酒精灯、蜡烛那样火焰总有颜色。基尔霍夫也抱来了几件仪器。说是仪器，其实简单得可笑：一块三棱镜，一个直筒望远镜，一个雪茄烟盒，一片打了一道窄缝的圆铁片。只见基尔霍夫先将烟盒内糊了一层黑纸，将三棱镜装在中央，再将烟盒打了两个洞，又将长筒望远镜一锯两截，分别插在烟盒的两个洞口上，一边是目镜，这便是用眼观察的窥管；一边是物镜，镜外再盖

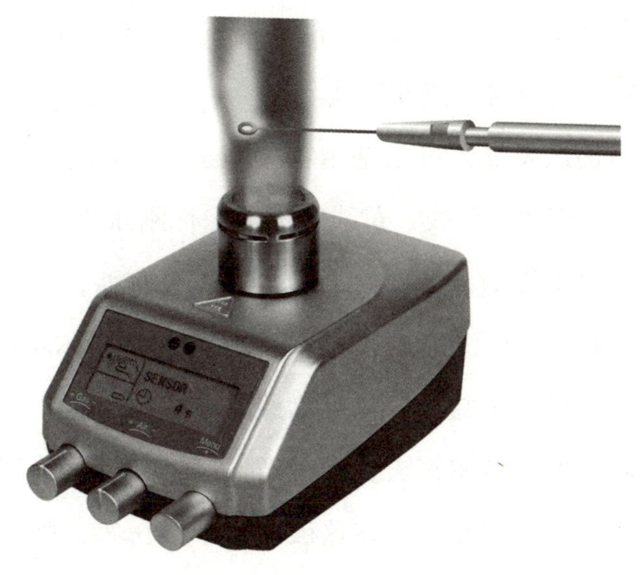

本生灯

上那只有一条细缝的铁片，只许一线光进来。基尔霍夫那双灵巧的手，三下五除二便制成了世界上第一台“分光镜”。

实验开始了。先让阳光从铁片缝里射进，从窥管里看去，光谱上有一条条的黑线，这就是“夫琅和费线”，到底是什么意思，当时谁也不懂，我们先不去管它。

接着他们把本生灯的火焰对准铁片缝，然后本生用一根白金丝挑着各种盐往灯焰里送，基尔霍夫对着窥管看，一边读出光谱上的线条：“钠盐——两条黄线；钾盐——一条紫线，一条红线。”这时本生挑了一点儿钾盐，火焰发红，基尔霍夫对着窥管读道："一条明亮的红线，一条较暗的橙线。"

"好，我再挑一点儿钾盐。"

火焰仍然发红，可是基尔霍夫喊道："这是一条明亮的蓝线，几条红线、橙线、黄线。不对，你刚才放的什么？"

本生也不答话，又向灯上加了一点儿东西，一把抢过窥管观看，果然是蓝、红、橙、黄的线，他忙喊基尔霍夫："请往灯上投一点儿锂盐。"只见谱线是蓝、红、橙、黄。他离开窥管一下抱着基尔霍夫，大喊道："锂和锶分清了。刚才我第二次放的是锶盐啊，你这破烟盒子真厉害，骗不了它。我们有新武器了！"

他们两人就如小孩玩万花筒一样，在这间暗室里对看这个雪茄烟盒子，从早晨一直玩到中午，早已忘了时辰。这时那各种盐粒也快要让他们烧光了。本生灵机一动，对基尔霍夫说声："请先闭上眼。"接着他把那些各种剩余的粉末一起搅拌起来，投入灯焰，说："现在再看！"

基尔霍夫对着窥管边看边说："你这里一定有钠盐、钾盐、锂盐、锶盐。"

"对！一点儿不错！"本生激动极了。

这时，基尔霍夫的眼睛还贴在窥管上，他看着那些五颜六色的谱线慢慢变淡、消失。他也脖颈发麻眼发酸，正要推镜抬头，忽然镜里又出现了两条极明亮的黄线，他大喊一声：“哪里又来的这么一块钠？”一抬头，只见本生正将右手食指伸向灯火里面烧。基尔霍夫抢上去一把打开他的手，喊道：“你疯了！”

“不。刚才一高兴，眼睛一湿，我抹了一点儿泪水，想让你这个烟盒子看看泪水里面有什么新物质。”

读者有所不知。这本生是有名的铁指头，他经常在实验室里和酸碱打交道，十指连烧带磨早就长了厚厚的老茧。他还有个爱好，就是守着一个火炉烧玻璃，自己吹制出各种形状的仪器。天长日久，火里的铁块、玻璃棒他都敢去抓一下、捏一会儿。他上实验课时经常平平静静地将一只指头伸进灯火里对学生说：“此处的温度大约是华氏 300°。”他刚才用指头抹了一滴泪水，那泪里有盐 (NaCl)，自然能看出钠的线谱。不要说一滴泪了，就是手上稍有一点儿汗，摸一摸白金丝，再到火上一烧，也能显示出钠的黄色线谱。原来只要有三百万分之一毫克的钠盐就足够使灯焰的光谱显出黄线，你只要将一本有灰尘的书在离本生灯不远的地方“啪”的一合，那灯里也就有黄色火星闪过。原来海洋上含有盐的水汽吹到地球各处凝在尘埃里又轻轻飘落，就这么一点儿都逃不出分光镜的眼睛。真是明察秋毫，铁面无私。

却说本生自从有了这个能分光的烟盒子，就像戴维当年一得了电斧就到处乱砍一样，他把这个“照妖镜”往眼前一架，照得兴起，就是茶水、牛奶、肌肉、血液、石块、木片也都要抓来看看它们的光谱。他这样一照还真照出了新东西。1860 年 5 月的一天，本生寻来一瓶矿泉水，他将水浓缩，放在灯上一烧，再往镜里一看，光谱面的一个位置上出现了从未有过的天蓝线条，再一找，又找见一种没有见过的暗红线谱。他将灯“啪”的一下拧灭，高声宣布：“我发现了！”他真的这样轻而易举地发现了两种新元素：铯(拉丁文意为“天蓝”)和铷(拉丁文意即“暗红”)。接着，1861 年，英国人克鲁克斯又利用光谱法发现了铊(拉丁文意为“绿色”)，又过了两年，法国化学家又找见了铟(拉丁文意为“蓝靛”)。寻找新元素的化学家们在茫茫的沼泽地里苦苦挣扎了十六年后，终于又拔腿前进了。

我们且不说本生庆贺新发现的胜利，回头再说基尔霍夫正被太阳光谱里那一条条的“夫琅和费线”缠得好苦。这夫琅和费（1787—1826 年）是德国天文学家，他最早观测发现太阳光谱中的暗线，后人就称之为“夫琅和费线”，他奠定了天体光谱学，被称为“天体物理学之父”。我们再说基尔霍夫，他拿“夫琅和费线”的位置和地球各种元素的线谱位置相对应，铜、铁、锡、钠、钾、钙，每一种元素的亮线正对太阳光谱的每一条黑线。难道地球上的这些元素在太阳上都没有吗？他想了一个妙法，就是用纯氢氧燃烧产生高热，再把这高热的火焰打在石灰棒上，石灰棒就发出耀眼的光，这是一种“人造太阳”，发出的光谱连续均匀很像太阳，好处是上面没有那夫琅和费黑线。他先让人造太阳进入分光镜，观察了一下，又在这石灰棒光前摆了一盏烧着钠盐的本生灯，让两种光重叠进入分光镜。这时他再对着窥管望去，这一看不得了，他不禁“哎呀”一声。

原来那本应出现钠的黄线的地方却出现了一段黑线，正如太阳光谱上的黑线一样。聪明的基尔霍夫用手将脑门一拍，立即悟出了一个道理：钠的火焰不仅自己能发出黄光，它还能吸收外来的黄光，所以外来的光在这一段上就留下了黑线。那么，太阳周围的炽热大气里一定有许多和地球上一样的元素，截留了与自己相对应的光，所以留下许多黑线。夫琅和费线原来是这么一回事啊，又是天上地下一个样！

这基尔霍夫是个性急的人，他一有新想法就半会儿也憋不住。这时正是中午时分，他不顾烈日当头就向本生的住房跑去。本生住在校园后面，独身一人，独房独屋，门前草坪一块，翠柳一株，平时甚是安静。谁知今天他刚一转过墙角，就听见本生在大喊："抓住他，帮帮忙，抓住他，抓住他！"本来兴冲冲的基尔霍夫突然吃了一惊，想一定出了什么大事，急忙拔腿向前跑去。只见本生在草坪上东追西赶，还有一群小学生也跟着乱跑乱嚷，却看不清是追什么人。突然一个小学生，手挥一只捕蝴蝶的长柄网兜向地上一扑，本生也像足球守门员一样，扑身倒地。这时基尔霍夫已经赶到，只见本生早已大汗淋漓，忙问："你们在抓谁啊？"

本生抬头一看，见是老友基尔霍夫，才擦把汗，喘口粗气说："呶，在抓它！"基尔霍夫这时才看清，网兜里有只普通苍蝇。原来本生今天正在做计算铍的原子量的实验，他见天气好，就将吸有铍的滤纸拿在窗台上曝晒，不想一只苍蝇飞来贪婪地吸着那带有甜味的铍。本生一见忙追将出来，亏得这群小学生帮忙，才将这个盗贼捉拿归案。基尔霍夫说："要不要用我的分光镜看看它的腿上是否已经偷了你的铍。"

本生说："我好不容易制得一点儿，让你拿去一烧，还怎么计算？我另有办法。"

后来本生将这只苍蝇放入白金坩埚里焚化，又将埚底物质细心收集，竟算出苍蝇偷走的铍是 1.01 毫克，再加上滤纸上的总数，终于得出铍的精确原子量。

先说本生见基尔霍夫大中午跑来便知有要事，而基尔霍夫急慌慌地将他的新发现讲了一遍，语言也没条理，说着干脆点起本生灯将刚才的实验重演一遍。本生连听带看，甚是高兴，他收拾起灯具说：“这么看来，当真天上地下一个样？”

“是的，地上的元素都能在太阳光谱里找见对应的线段。”

“但是，老兄你不要高兴得太早，我这里刚刚收到一本杂志。你看法国人让逊和英国人洛克尔在观察日食的时候都从太阳光谱上发现了一条从前没有见过的黄线，你说这是什么元素？”

这基尔霍夫可谓是当时世界上第一位光谱权威，不管天上的元素还是地上的元素，在他的脑海里都早已刻下固定的谱线。他此时端详着这本杂志上的光谱照片，又闭目想想自己记录过的所有光谱表，半天竟找不出它的位置。到底这种元素是什么？且听下回分解。

第四十二回　踏破铁鞋得来却在故纸堆
种瓜得豆辛苦总会有收成

——惰性气体的发现

上回说到天文学家让逊和洛克尔在日食光中发现一种新谱线，给物理学家出了一个难题，有好几年谁也无法解释。人们只好猜测太阳里可能有一种新元素，于是就把它定名为“氦”(希腊文“太阳”之意)。谁知一波未平，一波又起。1892年，洛克尔突然收到一封信，信中提出一个无法解释的疑团，洛克尔干脆把它发表在自己主办的《自然》杂志9月号上：

今有一事特向贵刊和贵刊的读者求教。我最近多次用两种方法制取氮气，但它们的密度总不一样。既是同一物为什么会有两种密度呢？

瑞利

1892年9月24日

各位读者，你知道这个**瑞利（1842—1919年）**是谁？他是英国剑桥大学的教授。此人有极好的耐心，因此他也就选了一个极要耐心的研究题目，那就是测量各种气体的密度（密度是指一升气体在0℃和一个大气压下的质量）。而他的实验室里也有当时极好的一架天平，灵敏度可达到万分之一克。他制作了一个大玻璃球，用真空泵将球内空气抽空，称出球重，算出体积，再充进各种气体，称出净重，求出密度。干这种重复枯燥的事，他真能不厌其烦。每种气体都要称几次，而且气体每次都得以不同方法制得，如果测量结果都一致了，这才放心。他就这样称了氢气又称氧气，称了氧气又称氯气，称了氯气又称二氧化碳，对着那个玻璃球，抽了又充，充了又称，称了再算，从1882年开始一直干了整整十年。这工作虽然枯燥，但那些气体在他的手中都有了个精确的密度，内心倒也十分愉快。

不想到第十个年头上，瑞利这个办法再也不灵了。他测氮气密度，第一个办法是让空气通过烧得红热的装满铜屑的管子，氧与铜生成氧化铜，剩下的就是氮气，密度为每升1.2572克。第二个办法是让氧气通过浓氨水，生成水和氮气，这种氮气的密度为每升重1.2560克，比空气中的氮轻了0.0012克。瑞利百思不解，便向《自然》杂志写了上面那封信。

信发表后，瑞利一面盼着回音，一面不停地重复这个实验。谁知道这个 0.0012 就像鬼影一般，挥之不去，闭眼又来，直气得他真想把那个玻璃球一拳砸烂。小数点后面三位的小误差，这在一般人也就算了，但是细心的瑞利却绝不肯放它过去。

他的信在杂志上公布了两年，竟没有收到一封回信。瑞利实在等不得了，便带上他的仪器直闯皇家学会。1894 年 11 月 19 日，他向许多化学家、物理学家当面做了一个关于“两种氮气”的报告。这一招还真灵，报告刚完，便有一个化学家**拉姆赛 (1852—1916 年)** 自告奋勇出来帮忙，他说：“两年前我看到你那封信还没有弄懂其意，今天我明白了，你从空气中得到的氮气一定含有杂质，所以会密度稍大。”这真是响鼓不用重槌，明人不用多说，瑞利恍然大悟：杂质不就是未发现的新物质吗？原来一块新大陆正在召唤他呢！瞬间，心头的愁云早已化成了眉梢上的笑意。他想，或许我已经抓住新元素的尾巴了。

这瑞利正喜不自禁，突然有一个叫杜瓦的物理学家又走上前来将他的肩膀拍了一把：“老兄，这个问题卡文迪许早在一百多年前就曾提出过，我建议您去查查他留下来的笔记，或许能帮您一把。”

瑞利现在就正在卡文迪许实验室工作，那些旧笔记就锁在他手边的柜子里。他一听这话更是喜上加喜，连忙喊道："我现在就收拾东西回剑桥去。"

各位读者，你知道这卡文迪许何许人也？他可算得上科学史上的一个怪人。**卡文迪许（1731—1810年）**，他出身贵族，很有钱，但是一不做官，二不经商，三不交际，他把钱都用来买科学仪器和图书。他还盖了一个很像样子的私人图书馆，任何人都可以来借书，但是一定要按时归还，就是他自己看书也要先打个借条，办个手续。他的穿戴全是旧时的打扮，所以一出门就有许多小孩子跟在后面，又叫又笑。他一辈子没有结婚，不知缺根什么神经，从心里厌恶女人，家里用着女仆，但又规定不许与他见面。每天早晨，他将吩咐女仆办的事写在纸上，放在固定地方。吃饭时女仆先摆好饭菜退出餐厅，他再进来落座。他离开后，才许女仆进来收拾餐具。一天，他在楼梯上与女仆偶然相遇，一时竟气得发抖，返身找到管家，命令再造一个楼梯，男女各行其便。他思维怪异，一生发现甚多，比如：第一个从水中电解出氢、氧，并测出比例，第一个测出地球的密度等等。但是他又极少公开发表，宁肯让这许多成果掩藏在尘封土埋的笔记本里。直到他死后五十年，麦克斯韦受命筹建卡文迪许实验室，才十分吃力地将这些“天书”一本本地整理发表。这件事，着实使那个极聪明的麦克斯韦晚年耗费了许多的精力。

再说瑞利连忙赶回剑桥，一进实验室就开箱启柜，抱出那一摞摞纸色发黄的笔记，终于在皇家学会 1784 年和 1785 年的年报中找见卡文迪许的一篇《关于空气的实验》，而在他的笔记中又读到了更详细的实验记录。原来这个怪人想出了这样一个怪办法，他将一个 U 形管的两头浸在两个装有水银的酒杯里，架起一个天桥，再用当时还原始的摩擦起电机从两头通电，U 形管中的氧气和氮气在电火花一闪时便化合成红色的二氧化氮，接着滴进一种特殊溶液将其吸收，再通氧，再化合，如此反复多次。卡文迪许和他的助手轮流摇起电机，整整摇了三个星期，最后弯管中还剩下一个很小的气泡，任你怎样通电，它也再无丝毫的表示。卡文迪许当时就断定，看来空中的氮气（当时叫浊气）不是单一物质，一定还有一种不与氧化合的气体，而且他还算出了这种气体不会超过全部空气质量的一百二十分之一。

啊，原来如此。这真是：

踏破铁鞋无觅处，得来却在故纸中。

却说瑞利找见卡文迪许的笔记，喜得手直发痒，立即架起仪器，重做这个一百零九年前的气泡试验。不过，他现在已有了最新设备，这气泡立时就得。他又将此事通知拉姆赛，拉姆赛用其他方法也获得了同样的气泡。看来，这东西肯定是一种未发现的元素了，而且十有八九就是洛克尔和让逊在太阳上发现的那个氦，现在又用得上基尔霍夫发明的那个雪茄烟盒子照妖镜了。他们兴冲冲地取来分光镜，谁知不照犹可，一照忽如一盆凉水贴着半个身子从头到脚淋了下来。读者或许要问，怎么会是半边凉呢？原来瑞利满以为这回他一定捕到了那个二十六年没有归案的逃犯——氦，不想分光镜里的谱线却又是另外一种，所以身上顿时就凉了半边。可是他再仔细一看，这谱线是橙、绿两条，和其他已有元素也对不上号，不禁又激动起来。种瓜不收反得豆，他没有逮住“氦”，却发现了另一种新元素。瑞利给它起了个新名字叫“氩”，这在希腊文里是“不活动”的意思。同时，拉姆赛在伦敦也找到了氩。这是 1894 年 8 月的事。

却说瑞利和拉姆赛种瓜得豆找氦得氩后，拉姆赛总不死心。这时，他们找见氩的消息传出，一位化学家给拉姆赛写信说，钇铀矿和硫酸反应会生成一种气泡，不能助燃，也不能自燃，说不定就是你的氩。拉姆赛连忙一试，这种气体的光谱竟和氩又是不同。他实在想不出这又是一种什么新玩意儿，便连同装着新气体的玻璃管和分光镜一起送给当时最权威的光谱专家**克鲁克斯**(1832—1919 年)，请他鉴定。1895 年 3 月 23 日，拉姆赛正在实验室里工作，突然收到一份电报：

“你送来的气体，原来就是氦。——克鲁克斯。”

真是有心栽花花不发，无意插柳柳成荫，想不到追查了二十七年的氦，倒这样轻易地被逮捕归案了。

但是拉姆赛脾气很犟，他总觉得氦这样躲躲藏藏地和他作对，虽然找见了也不痛快。而且，氦既然很不易和其他元素结合，那么它一定会独立存在于空气中，所以他决心要在空气中直接找到氦。他知道氦、氩都有惰性，已不易通过化学反应将它们分离，这回他换了一个物理的办法，就是将空气冷凝到零下 192℃，变为液体，根据它们蒸发的先后次序不同，再将它们一一分开。

这天上课了，拉姆赛教授走进课堂，他在桌上放了一个特制杯状的大器皿。里面是冷凝的液态空气。学生们从没有见过空气会像水一样盛在杯子里，都瞪大眼睛看教授要做些什么。只见拉姆赛拿起一个小橡皮球在器皿里浸了浸，往地上一扔，球没有像往常那样蹦起来，却“嚓啦”一声跌了个粉碎。只听教室里齐刷刷地“呀”了一声，学生们惊得一个个眼睛溜圆。教授不慌不忙，又往一只装满水银的试管里插进一根铁丝，连试管往器皿里一泡，再抓住铁丝往外一拉，竟拉出一根水银“冰棍”，拉姆赛拿起一个钉子，用这根“冰棍”当锤使，“当当当”，几下就将钉子钉到墙里，这时教室里又响起一片笑声。但是还不等笑声散去，教授又从口袋里掏出一块面包，大家还没有看清怎么一回事，面包早在器皿里打了一个滚，又捞了上来。拉姆赛说：“快将窗帘拉上！”只见室内一暗，这面包竟发出天蓝色的光。但是这时学生们却有点儿急了，那宝贵的液态空气越蒸发越少，难道花那么多钱就为今天变一阵魔术吗？不想，拉姆赛干脆宣布实验结束，大家回家吃午饭。他将那杯液态空气大敞着口，锁上门，扬长而去。

原来拉姆赛心中有一个既定主意。他想氦一定比氧、氮蒸发得慢，最后留在器皿底下，慢慢来收拾也不会跑掉。下午，拉姆赛将器皿底那点儿已不多的空气经过除氧、除氮处理，收得一个小小的气泡，再用那个分光镜一照，氦没有找见，可是又出现了一种新谱线——这一定又是一种新元素了。这真是种瓜收豆，种豆收麦，跌跤拾宝，阴差阳错。拉姆赛把这种新元素定名为“氪”，希腊文“隐藏”之意。这天是1898年5月24日。

没有找见氦，拉姆赛并不气馁。他想，你没有留在最后就说明你先蒸发走了。这回他学聪明了，将液化空气一点点儿蒸发分馏，然后逐次抽样，用分光镜检查。他先查出一种新元素把它定名为“氖”(希腊文“新”之意)，然后终于找见了那个最狡猾的氦，接着在 1898 年 7 月 12 日又找见了“氙”(希腊文“陌生”之意)。这样，拉姆赛用分馏法加光谱法，在不到半个月内就连克三城，发现了三种最不易为人看到的惰性元素。到此为止，那个氦已经让人发现过三次了。第一次在太阳上，第二次在钇铀矿里，第三次在空气里，因为找它，又牵出了一串惰性元素。后来拉姆赛说：“寻找氦使我想到老教授找眼镜的笑话。他拼命在地下找，桌子上找，报纸下找，找来找去，眼镜就在自己的额头上。氦被我们找了一大圈，原来它就在空气里。”

正是：

种瓜不成反得豆，阴差阳错总能收。

只要张网细打捞，鱼虾蟹蚌都不丢。

第四十三回　推演规律一副彩牌定乾坤
预言未知十种元素都找到
——元素周期律的发现

前几回说到化学家们为发现新元素真是废寝忘食，绞尽脑汁。他们在元素王国这片陌生的土地上东奔西突，左砍右杀，各人祭起自己的法宝，八仙过海各显神通。那戴维用的是一把电斧，东劈西砍发现了钾、钠等几种元素；那本生、基尔霍夫用的是一柄光剑，一路刺开去找见了铯和铷；瑞利和拉姆赛则使的一把牛耳尖刀，专爱一层一层地剥竹笋，这就是分馏法，他们终于发现了氦、氖、氩、氪、氙等惰性气体。到此，化学家们已将所能使的各种化学、物理方法都已用尽。19 世纪中期，元素已发现到了第 63 种，又是山穷水尽再无路了。而且就是已发现的这 63 种元素也够使化学家们眼花缭乱的。你看：有那硬的，一刀剁下不伤分毫；有那软的，指甲掐去如碰豆腐；有那性格沉稳的，任怎样摆弄也不去与别人结合；有那脾气暴躁的，放在空气中就冒火。更有那一物多变的，如磷，有红、有黄；如碘，有时棕色，有时紫色。就是一块灿烂的黄金，当把它打成极薄的箔片时竟会变成蓝绿色，而且还透明呢。现在不要说再去发现新元素了，就是先把这 63 种分分类、排排队也无从下手。这化学，真是刚从泥潭里拔出来，又在森林里迷了路，不知如何是好。

话说公元 1867 年，俄国彼得堡大学里来了一位 33 岁的化学教授**门捷列夫 (1834—1907 年)**。此人身材修长，眉清目秀，一看就是那种才华横溢、精力过人的青年学者。只要他一上台讲课，教室门里门外、窗台上、台阶下都挤满了学生。那奇妙的化学变化伴着他沉稳的手势和多彩的语言，直把听

门捷列夫

者吸引得就如钉钉住、胶粘住一般。连学校当局也暗自高兴聘了一个好教授。但是这门捷列夫却有两样毛病，一是爱喝酒，二是爱玩牌。他平时备课，桌子上就是少了纸笔也少不得一瓶白兰地和一只银杯。要是有一点儿伤风感冒的小病，他从不上医院，最妙的办法就是一仰脖子，咕嘟嘟半瓶酒下肚，然后拉过一件老羊皮袄，全身一裹，往沙发上一滚，呼噜噜地睡上一觉，什么头疼脑热都会在梦里云散烟消。他身为化学教授，大部分时间不是在实验室里度过，而是将自己关在书房里，手里总捏着一副纸牌，颠来倒去，整好又打乱，乱了又重排，也不邀请牌友，也不去上别人家的牌桌，真不知他这个牌是怎样的玩法。

再说化学界因为那些难以捉摸的元素正闹得乱哄哄的，莫衷一是。1869 年 3 月，俄罗斯化学会专门邀集各方专家进行了一次学术讨论。学者们有的带着论文，有的带着样品，有的带着自己设计的仪器当场实验，各抒己见，好不热闹。而那个门捷列夫只身空手，裹一件黑色外衣，蓄着一把小胡子，静坐在桌子的一角，三天来不言不语，只是瞪着一双大眼睛看，竖起耳朵听，有时皱着眉头想。这天眼看会议日程将完，主持人躬身说道："门捷列夫先生，不知你可有什么高见？"只见门捷列夫也不答话，起身走到桌子的中央，右手从口袋里抽了出来，随即就听刷拉一声，一副纸牌甩在了桌面上，在场的人无不大吃一惊。门捷列夫爱玩纸牌，化学界的朋友也都略有所闻，但总不至于闹到这步田地，到这个严肃的场合来开玩笑。在座的有一位长者寿眉双垂，银须齐胸，他叫齐宁，是门捷列夫的老师，过去很赏识门捷列夫的才华，推荐他来校任教，今天他见学生这样开玩笑心中早已不快。

只见门捷列夫将那一把乱纷纷的牌捏在手中，三两下便已整好，并一一亮给大家看。这时人们才发现这副牌并不是普通的扑克，每张牌上写着一种元素的名称、性质、原子量等，共有 63 张，代表着当时已发现的 63 种元素。更怪的是，这副牌中有红、橙、黄、绿、青、蓝、紫 7 种颜色。门捷列夫真不愧为一个玩纸牌的老手，他用拇指和食指轻轻一捻，纸牌由红到紫便成一排，再一捻又是一排。这样前排靠着后排，整整齐齐，竟在桌上列成了一个牌阵。要是竖看就是红、橙、黄……分别各成一列。

门捷列夫将这个牌阵摆好，叫大家看个明白，然后用手一搅，满桌只见花花绿绿，横七竖八，不过是一堆五彩乱纸片。他说："这混乱的一团，就是我们最感头疼的元素世界，实际上这些元素之间有两条暗线将它们穿在一起。第一，就是原子量。尽管不同元素有时会有相似的某种特性，尽管同一元素不同情况下又会表现出不同的颜色、形状，但有一点它们却永不会变，就是各自有自己特有的、互不重复的原子量。因此，我们可以根据原子量的大小将它们排成一条长蛇。”

说着，门捷列夫十指拨弄一番，一堆乱牌变成整齐的一线。谁知这一排，却明显地看出那7种颜色的纸牌就像画出的光谱段一般，有规律地每隔7张就重复一次。门捷列夫又将其一截截地断开，上下对齐说：“可见，按原子量的大小，元素的性质在做着有周期的重复。如果竖着看，每一列的元素性质相似，这就是第二条暗线——原来每列元素的化合价相同。你们看，左边这列红纸牌上标的是氢、锂、钠、钾、铷、铯，它们都是一价元素，性质活泼，除氢外都是碱金属。它们构成相似的一族，而在这一族里因原子量的递增，元素的活泼性也在递增。锂最轻，原子量是7，也最安静，落到水里只发一点儿嗞嗞声；钠的原子量是23，落到水面上就不安地又叫又跑；钾的原子量是40，落到水面上会尖叫着乱窜、爆响，还起火焰；排尾的那个铯，原子量是133，简直不能在空气里待一秒钟，立即就会自己燃烧起来。这63

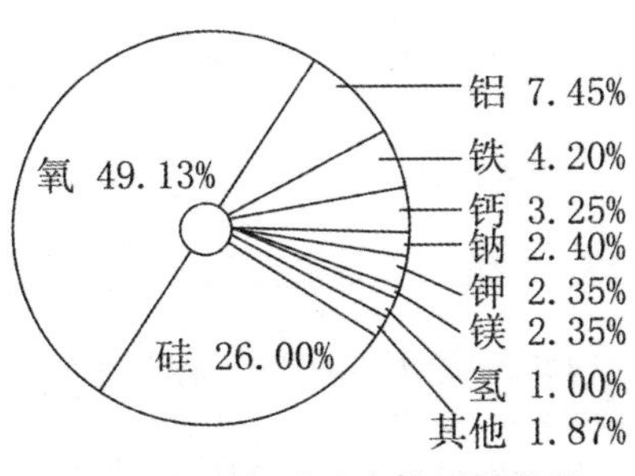

地壳内所含各种元素的质量分数

种元素，原来就这样暗暗地由原子量这条线穿起来，又分成不同的族，每族有相同的化合价，按周期循环，这就是周期律——元素周期律。”

只见门捷列夫双手像变魔术一样将那副纸牌在桌上变来变去，口中念念有词讲着每一个元素的性质，滚瓜烂熟，如数家珍。他放下红牌又拿起绿牌，说了第一族又说第二族，周围的人直听得目瞪口呆，他们这些在实验室钻了几十年，手上也不知被烧起多少伤疤，掉了几层皮的专家、教授，想不到一个青年人玩玩纸牌就能得出这番道理，要说不服气吧，好像有理，要说真是这样，又哪能这样容易。

这时突然有人说道：“先生，我看你那几张牌也未必就能将元素规律演示清楚。你看六年前发现的新元素铟，原子量是 75.4，应排在砷和硒之间，可是这样一来砷无法和它相似的磷在一族里，硒也被挤出了硫那一族，岂不是扰得四邻不安？这还算什么规律？”

“先生，莫急。我看那铟的原子量很可怀疑，它的性质和铝相似，按我推算它的原子量应是 113.1(后来测得是 114.82)，它本来就不应该挤在砷后面，应排到镉与锡之间去，这样大家不都相安无事了吗？”

这时，一直坐在旁边看着的齐宁早已气得胡子撅起老高，他一拍桌子站起来，以师长的严厉声调高声说道："快收起你这套魔术吧。身为教授、科学家，不在实验室里老老实实做实验，却异想天开，摆摆纸牌就要发现什么规律。这些元素难道就由你这样随便摆布吗？"

门捷列夫一见是老师发了脾气，忙将纸牌收拢，毕恭毕敬地解释道："不是我不做实验，是前人，戴维、本生、基尔霍夫他们已经做了够多的实验，发现了这么多元素，我们该从理论上做一点儿思考了。开普勒当年从他的老师第谷手中接过 700 颗恒星的观察资料，并没有按照师嘱再去观察第 1000 颗，他做了理论思考，终于发现了能解释众星运行的三定律。勒维烈之前有多少人在观察寻找天王星外的新星，他并没有把主要精力放在实地观察，而是做了理论推算，一下就准确地找见了海王星。在研究元素的过程中人们使用的武器够多了，有光，有电，有分馏法，这些都不够了，现在需要理论，化学该有自己强大的理论武器问世了。"

"你这是什么理论？像是说梦，像是小孩玩积木。你何不按字母顺序去排元素周期呢？那样不是更省事，更整齐吗？"这齐宁老头越说越激动，一边说一边就收拾皮包离去，别人见状也都纷纷站起，这场讨论不了了之。

再说门捷列夫回到家里后还是继续推着这副纸牌，遇有哪个地方的顺序接连不上时，他就断定一定还有什么新元素未被发现，暂时补上一张空牌，再根据它所在的族起一个“类铝”或者“类硼”等样的名字。他这样一口气预言了 11 种未知元素，那副纸牌也已是 74 张。自从那天在会上碰了钉子，他闭门谢客。每日起来独自玩一会儿纸牌，翻几本新到的杂志，便叫助手安东拿过酒瓶自斟自酌，倒也悠闲，这样一连过了几年。忽一日他正品酒翻书，突然大叫一声，将酒杯扔出老远。安东不知出了什么事，急忙推门进来。门捷列夫一下扑上去，双手摇着安东的肩膀喊道：“我们胜利了，他们这回要投降了，有人已经证实了我的预言！”

原来他刚才看到一个材料，法国科学院宣布他们的科学家布瓦博德朗在 1875 年 9 月发现了一种新元素——镓，而且那发现过程是多么艰苦，多么神秘。这个布瓦博德朗是一个光谱分析的好手，在 1875 年 8 月 27 日深夜 3 点多钟，他在分析从比利牛斯山送来的一种闪锌矿时捕捉到一丝紫色光线。他对这个新发现没有把握，但又怕别人抢了先，于是连忙写了一个备忘录，用火漆封好，寄交法国科学院备案。又过了三个星期，他手头的这种新物质已经积累到一毫克，他又测了它的比重、原子量，于是就正式宣布他发现了新元素。

再说门捷列夫见有人发现了新元素，喜得酒杯也扔了，牌也不玩了。但过一会儿他发现布瓦博德朗的测量并不准确，立即提笔写了一封很自信的短信：

先生，您发现的镓，就是我5年前预言的“类铝”，只是它的比重应该是5.9，而您却测得是4.7，请您再做一次实验，我想大概是您的新物质还不太纯的缘故吧。

这布瓦博德朗在巴黎正为自己的新发现所陶醉，不想突然收到这样一封信。全世界就只有他拥有这么一点儿镓，这个俄国人由哪里得到的数据呢？他半信半疑立即将新积累的共1/15克镓拿来再仔细测算一次。天啊，果然是5.94！这个法国人立即给彼得堡回了一信：

尊敬的门捷列夫先生，首先祝贺您的胜利。我能说什么呢？这次实验，连同我的发现都不过是您的元素周期表的一个小注解。这是您的元素周期律的伟大之处的最好证明！

没过几天，齐宁也亲自登门。这回他手里提着酒瓶，一进门就开朗地喊道：“年轻人你赢了，我们俄国人赢了，让我们一起来痛饮一杯！”

事情还不止于此。这门捷列夫坐在家里，千里之外不断地向他送着捷报。法国刚发现了镓。1879 年瑞典人尼尔森又发现了钪，就是门捷列夫曾预言的“类硼”。1886 年，德国人温克莱尔又发现了锗，就是门捷列夫曾预言的“类硅”。尤其是这锗和门捷列夫十五年前的预言竟然吻合得如此严密。门捷列夫说：“它的原子量可能是 72。”温克莱尔说：“测到的是 72 或 73。”门捷列夫说：“比重该是 5.5。”温克莱尔说：“是 5.47。”门捷列夫说：“新元素的氯化物比重大约是 1.9。”温克莱尔说：“是 1.887。”

门捷列夫惊人的预言、准确的周期表一时间轰动了法国、瑞典、德国，轰动了全欧洲。各国科学院纷纷请他去访问，争先恐后地向他授予学位、学衔。他预言的 11 种未知元素后来都一个个被人找到，乖乖地到他的周期表里排队站位去了。特别是后来找齐了的氦、氖、氩、氪、氙、氡，又给周期表增加了新的一族。元素世界一目了然，周期表真可谓天衣无缝了。它像一幅大地图，只要我们一展开，万里河山就尽收眼底。以后人们对化学的研究就全靠这幅指南图了。

元素周期律的发现，最典型地说明了实践产生理论，理论指导实践，并又进一步在实践中检验真理。各位读者已随着我们这本书从古代科学走入近代科学，现在大致可以看出一点儿科学发现轨迹。当人们对世界还一无所知时，便有如屈原、泰勒斯、毕达哥拉斯、德谟克里特这些先知从宏观的哲学的角度提出世界是什么。然后就是一批实验科学家一点一点儿去探寻，试想第谷观星、伽利略研究运动、戴维找元素、法拉第找电和磁，就如探险家深山探宝一样，没有任何目标，全靠辛苦去找。但是在实践一段后，各学科相继都产生了理论，并且在实验物理学家、化学家之后出现了理论物理学家、化学家，这就分别是开普勒的三定律、牛顿的万有引力、麦克斯韦的电磁理论和门捷列夫的元素周期律等等。有了这些理论的指导，科学家手里就有了一张“藏宝图”，以后的探宝活动就不那么盲目了。勒维烈坐在家里就推算出海王星，门捷列夫坐在家里就推算出十几个未知元素，然后再由天文台，由实验室一一证实，理论显示出多么强大的指导作用。

却说门捷列夫发现周期律后，当时有人真的以为他是在喝酒、玩牌就发现了周期律。有一天，彼得堡的一位小报记者上门采访说：“门捷列夫先生，您是不是承认您是一位天才？”

“什么是天才？终身努力，便成天才！”

“可是我听说您是在一个晚上做了一个梦，梦见您桌子上的牌变成一条蛇，这蛇又弯成几折，醒来后就制出了周期表。”

门捷列夫哈哈大笑，笑得胡子都在颤抖，答道：“您要知道，这个问题我大约想了有二十年，而您却以为坐着不动，五个戈比一行、五个戈比一行地写，就写出来了，事情哪有这样简单。”

门捷列夫本来就是学院里有名的教授，发现周期律后他更受学生的欢迎了，每天慕名来听课的人挤得连教室的走廊上也插不进一只脚。这天，像往常一样，门捷列夫又来上课，照样是满堂屏气凝神，鸦雀无声。一会儿讲课结束，学生们欢呼雀跃，掌声雷动。可是门捷列夫却将讲义合上，示意学生们静下来，走到讲台的前沿。他沉默了片刻，像要说什么，却又说不出，眼里含着愤怒，还闪着一点儿泪光，最后只说了一句：“对不起，同学们，这是我给大家上的最后一堂课。希望你们今后认真读书，各自珍重。再见！”

门捷列夫为何突然罢课，请听下回分解。

第四十四回　一声霹雳满面鲜血高呼胜利
万贯资财留作基金激励后人

——强力安全炸药的发明

上回说到门捷列夫突然罢课，原来这位科学家不但投身于科研事业，他还深切地关心着当时俄国的革命运动。1890年3月，彼得堡爆发了反沙皇的学生示威游行，门捷列夫立即挺身而出表示支持，并代表学生向教育部送了请愿书。当局拒不接受，门捷列夫就决定辞职，以示抗议。这以后他离开了自己曾任教三十三年的彼得堡大学，又任了几处闲职，1907年1月20日清晨5时他不幸与世长辞。送葬那天，队伍前面抬着一张巨大的元素周期表，自动参加的群众有一万多人。

在一个学科领域里常常是一些人在理论方面开疆拓地，标新立异，而另一些人则在应用方面发明创造，大显身手。正像前几回在物理方面我们讲过麦克斯韦又要讲讲马可尼一样，现在，在化学家中我们说过门捷列夫之后还要再表一个

诺贝尔

人物，这就是只比门捷列夫大一岁，却比他早死了八年的黄色炸药发明者**诺贝尔**(1833—1896 年)。

这诺贝尔与一般科学伟人的不同之处，就是他有一个科学研究和进取精神极强的家庭环境。读者中如有哪一位希望自己的子女成才便不可不留心于此。却说公元 1833 年 10 月 21 日，后来成了世界名人的诺贝尔在瑞典的斯德哥尔摩降生。这是一个刚刚遭受一场大火洗劫后的家庭，一家五口只靠借债度日。而诺贝尔一降生就好像不准备在这个世界上过一样，今天发烧，明天抽风，可怜的小脸上没有血色，很少有笑容。妈妈几乎整天把他搂在怀里，经常轻声叹息说：“他在这世界上待不了几天的。”到六七岁诺贝尔能到院里玩耍时，他还是慢慢腾腾，弱不禁风，因此他很少和伙伴们一块儿游戏。但是在他这个羸弱的躯体里却开始一点一滴地凝聚着坚强的意志。这首先是父亲的影响。父亲当过海员，学过建筑，头脑聪明，性格顽强，嗜好发明，不肯安于现状。家里遭火灾之后他便决心重振家业，出国到芬兰谋生，后来又转道俄国。两个只有 7 岁和 9 岁的哥哥一有空就到街上找活干，为家里挣一点儿小钱。而母亲呢，性格刚烈，心地善良。她一面支持丈夫到外面去闯天下，一面当孩子们挣得钱时，她却掷钱于地，厉声说道：“知道吗？你们这个时候应该读书。用少年时光去换钱，给多少也不合算的！”她一个人担起沉重的家务，为三个儿子的生活、学习，特别是为诺贝尔的身体操碎了心。到 1842 年一家人迁居彼得堡，家境才逐渐好了起来。

在彼得堡，父亲为俄国军界开了一个制造地雷和水雷的大工厂，已经很有钱了。他为三个儿子聘请了最好的家庭教师，一心要让他们成才。孩子们学习成绩极好，特别是诺贝尔，时间不长，俄文水平就超过了父亲，他很快又学会了英语、法语、德语、意大利语，这为他以后走遍世界打下了一个极好的基础。

再说诺贝尔在彼得堡一天天长大，他和两个哥哥每天跟着父亲出入工厂，接触生产，对技术问题发生了浓厚的兴趣。当时俄国正在和英、法、土耳其打那场历史上有名的克里米亚战争，军火生产供不应求。一天，突然有两位彼得堡大学的教授来访诺贝尔的父亲，请求制造一种威力极大的新炸药。只见客人从箱子里小心翼翼地取出一个通常装眼药用的小瓶，倒出一滴黏稠的油状液体，用火柴一点，“呼”的一声就冒起一团2英尺高的大火。教授说：“这就是硝化甘油，比我们传统使用的中国人发明的黑色火药爆炸力要大十倍。但是它1846年问世以来，快二十年过去了，谁也没法驾驭它，所以一直没有用于炸药制造。连它的发明者意大利的索布雷罗先生也被这雷神炸得受了重伤，面容被毁，实验室被炸得粉碎。据我们所知，英法等国虽然也在研制新炸药，但是也没有一家敢从这里入手，不知你们这个厂敢不敢承担这个任务。”

前面说过，那老诺贝尔是个为发明不要命的人，如此有诱惑力的新炸药他哪肯放过，便一口应承下来。但是时隔不久战争结束，工厂订货急剧下降，生产难以维持。接着又是一次爆炸事故，他们全家一夜之间又成了穷光蛋，只好再搬回瑞典。可是硝化甘油却像梦魇一样压着诺贝尔父子的心。

他们在衣食都难以保证的情况下还维持着一个小小的实验室，贤良的母亲就每天在这充满火药味的厨房里操劳，她没有一点儿怨言，经常悄悄地向上帝祷告，祝他们早日成功。

这天正当母亲收拾完碗筷，坐在床边歇一下腿脚的时候，忽听房后“轰隆”一声巨响，她连忙推开门一看，只见他们父子的那间小实验室的窗户里正往外喷着浓烟，火苗舔着门框，玻璃碎落在地。她吓得只是张口却喊不出声来，腿软得挪不出半步，心想：这回全完了！可怜的孩子，上帝总不肯放过他！忽然那浓烟烈火中跳出一个人来，满脸鲜血，袖口裤角处还带着火苗，胸前的衣服被撕去一大块，还露着血迹。只见他一边往外跑一边举起一只手大喊着：“成功了！我成功了！”原来诺贝尔这些日子正在研究怎样使硝化甘油引爆的办法，今天试装了一个雷管，刚一点火，想不到会有这样大的威力，气浪将他一下掀在地下。他爬起来伸手一摸满把血水，再一看屋里烟火弥漫，也不知惊怕，不知疼痛，反倒欣喜若狂。母亲见儿子成了这个样，忙上去一把搂住他，边扑打火苗边喃喃地说：“感谢上帝保佑，你真算命大啊！”诺贝尔却说：“好妈妈，感谢您虔诚的祷告，上帝保佑了我的成功。”

正是：

创造发明要勇气，书生火中敢取栗。

却说这诺贝尔自从试制雷管成功，硝化甘油炸药便开始投入应用。当时欧洲到处修铁路，开矿山，这炸药自然极受欢迎。可是自从上次事故之后，他和父亲建的炸药厂又出了一次大事故，厂房被炸了个粉碎，有五人血肉横飞，他的哥哥也不幸遇难。由于人们对硝化甘油的性质认识不清，在运输和携带当中也事故不断。有人以为它既是一种油也就有普通的油性，因此便随手取来润滑车轴、擦皮鞋甚至掺到灯油里点灯，自然都招来了横祸。有一次在一座大饭店里，服务员看见一个客人存放的箱子冒烟，忙提了出去，刚走到马路中间，霹雳一声，平平的马路顿时出现一个约一米深的大坑，两边楼房的玻璃全都如秋风摇落叶一般哗啦啦地碎落下来。于是这炸药的发明者到处遭到人们的非议，诺贝尔简直被人看作死神的化身。

一天，诺贝尔被警察局叫去，受到严厉的警告。当他心情烦乱，拖着沉重的步子走回家时，门口正围着许多愤怒的人，大门上也让人刷了几个刺目的大字："专门制造恐怖和死亡的人家！"人们高喊着："走远一点儿，死神！""我们不要这样的邻居！”“不能和魔鬼在一起！”他年迈的父亲正颤巍巍地给大家说着好话，母亲两眼含着泪水，一只手在胸前画着十字。诺贝尔心中就如打翻了五味罐子不是滋味。他靠在路边的灯柱上，脸色煞白，强忍着才没有让自己跌倒。

怎样发明一种既威力强大又使用安全的炸药呢？诺贝尔知道下一步是该攻这一关了。但是他若再这样试验下去，愤怒的人群会将他砸为肉酱的。于是他便来到人烟稀少、森林环抱的梅拉伦湖畔，买了一条廉价的旧船，将船停在湖心，又开始了新的试验。到夜深人静之时，人们常会听到湖心传来“砰砰”的爆炸声。远远望去漆黑的湖面闪着一星灯火，大家说那就是那个不要命的炸神诺贝尔。

诺贝尔就是这样整天和死神厮混在一起，后来终于想到：要是能将液体甘油变成固体，不就容易保存，便于运输，安全多了吗？最好能找到一种吸附剂。他试了纸屑、木粉、煤末、木炭，最后终于找到一种“硅藻土”，这种东西可以天然开采，有许多小孔，重量很轻，将硝化甘油往里一拌，要捏成什么样就是什么样。在岩石上打个圆洞，将它搓成长条塞进去，用雷管一点火，那些坚硬如铁的山石立即就被炸成个天女散花。这就是黄色炸药，它彻底取代了人们使用了上千年的黑火药。而且这种炸药还很安全，你就是从高处抛下来，放在铁板上用铁锤砸，它也不会爆炸。诺贝尔创办的炸药公司立即大批生产，行销欧洲各国。1868 年时年产量还只有 78 吨，到 1874 年时已上升到 3120 吨。诺贝尔已经由一个科学家变成大企业家，他在十四个国家建立了十六座炸药工厂，真正成了一个炸药大王。他本人也干脆在巴黎买了房子，建了人实验室，迁居法国。不久，他又在这里进一步发明了威力更大的胶质炸药和无烟炸药。

诺贝尔的大名已经和他发明的炸药一样传遍全球，于是各种应酬的麻烦事情也就接踵而来。有请他出席各种仪式的，有要给他授衔的，有订货谈生意的，有和他争专利打官司的，还有许多人是写信或找他要钱的。他们都知道诺贝尔先生是当今世界上少有的富翁，就都来向他拔毛。有一次，诺贝尔年轻的女厨师来向他请假，说她要去结婚了。诺贝尔说："您想要一件什么样的礼物？"这姑娘脱口而出说："我只想要先生一天的收入。"诺贝尔觉得很有趣，但他一天的收入是多少，他自己也不知道。他说："请让我算一算。"过了几天后这个姑娘得到一笔 4 万法郎的赠款，光靠利息她就可以过一辈子了。据统计，邮局平均每天送来的乞求信，所要求的钱加起来就有 2 万法郎，实在是树大招风。法国商人怪他的炸药抢了他们的生意,便诬告他的发明是盗窃别人的成果。法国政府更诬告他盗窃军事机密,出动警察搜查了他的住所。他在巴黎再也住不下去了，只好于1891年离开了这座居住了十八年的城市，迁到意大利的圣雷莫重建自己的实验室。

这时诺贝尔已经是一个近60岁的老人了，本来他从小就体弱多病，一生又和炸药打交道，药物中毒得了一种“硝化甘油头痛症”，其他还有慢性支气管炎、慢性伤风、轻度坏血症，心脏病也不时发作。他发明的炸药不知为人类改造地球带来了多少好处，他登记的发明专利总共有三百五十项，包括人造橡胶、人造皮革、煤气表等许多与人们生活有关的东西。此时，他真的觉得自己老了，像过去那样周游世界，用五种语言去谈生意、打官司的精力，再也没有了。他想有一块能使自己安静的地方，继续再想一点问题。圣雷莫在波嫩特河畔，气候湿润，风景宜人，站在高坡上可以望见碧波荡漾的地中海,海面上自由来往的帆船和鼓着白翅膀的水鸟。他叫人在别墅的周围栽起一片橘园，又种上一片棕榈，房前屋后全都种满鲜花，然后又布置了一个优雅的客厅，客厅正面的墙上亲手题着一行大字——我的安乐窝。

谁知环境安乐，他的心境却无法安乐。就在诺贝尔迁居圣雷莫不久，有一位巴黎时期的老朋友来看他，进得别墅，

诺贝尔奖章

见那红花绿树，亭台楼阁，颇为赞赏，只是一进客厅，抬头看见那一行大字，便哈哈大笑道："安乐窝，安乐窝，既是个窝，里面就应该有两只鸟啊。"这一句话，正说中诺贝尔的痛心处。送走朋友，他挑灯伏案，抱头沉思，心如刀割。他想自己这一生征服了最暴烈的炸药，却未能征服一个女人；拥有庞大的跨国公司，却未有一个小小的家庭，命运真是这样地捉弄着他。

他曾有过一次真正的恋爱，17 岁那年在巴黎碰见一位美貌少女，两人已经好得难分难离，但是突然一场疾病，夺去了心爱恋人年轻的生命。1876 年他又认识了一位叫索菲的女子，他一下就爱上了她，爱她那双迷人的眼睛，那一泓秋水里总是映着一个童话般的世界。从他们第一次见面，他就觉得这女子好像生就应该做他的漂亮居室的主人。但是他错了，索菲是那种专以漂亮为本钱只恋爱而不愿结婚，只要男人的爱抚而不愿受家庭约束的人。他为她在巴黎、奥地利等地准备了豪华的别墅，安排好仆人，他带她出入上流社会，陪她看戏，启发她读书，他想尽力将她改造成一个有教养的女人。但是索菲开始还装装样子，以后只要一见面或者一写信就是要钱，要高级服装，要华贵的马车，而且到处以诺贝尔夫人的名义招摇撞骗，到处用他的名字借款、欠债。他欲罢不能，就这样痛苦地维持了十八年。最后，1891 年 7 月，索菲突然来了一封信，说她最近生下一个女孩，并且理直气壮地告诉他，这女孩的父亲是一个匈牙利军官，又振振有词地提出要 30 万匈牙利克朗。诺贝尔通过律师给了她 30 万克朗，并好心地劝她和这个军官结婚，安心去过日子。这漫长、痛苦的恋爱才算告一段落。他付出了数不清的金钱，付出了自己炽热的感情，但是得到了什么呢？得到的是现在这豪华别墅里一片空虚和冷寂，这难道就是自己的家吗？

诺贝尔在这间宽大凄清的客厅里踱着步子，朋友一句话点破了他心灵深处那颗充满了孤独和伤感的心，不由得两滴泪水慢慢地挂到腮边来。

他突然觉得心脏隐隐发痛，忙转身扶着椅子坐下，在桌上摸过一个小药瓶。他看着药瓶上的三个字："饮料剂"，不觉脸上泛起一丝苦笑。医生可真会开玩笑。什么饮料剂，这明明是一瓶硝化甘油，怕病人紧张换了这么个好名字。我这个炸药大王到头来要吃炸药来治病，这真是上帝绝妙的安排。他又想到这强力炸药发明以来，用于战争不知炸死了多少人，用于建设又不知开了多少山，修了多少路。一项发明问世，是祸是福，发明者实难驾驭。他想自己是真正的老了，大概不会久存于人世了，应该让我的这些发明多为人类造点儿福。我自己没有一个亲人，虽有百万财富有谁继承呢？还是让这些由科学发明而换得的财富去资助后人新的发明吧。这样想着，他提笔写下了这样一份永垂青史的遗嘱：

请把我的全部财产作为基金，以其利息作为奖金。

把奖金分为五等份，作为下列五种奖的奖金。它每年奖给为人类做出了最卓著贡献的人。

（一）物理学奖：奖给在这个领域有最重要发现或发明的人。

（二）化学奖：奖给在这个领域有最主要发现或重要改良的人。

（三）生理学和医学奖：奖给在这个领域有最重要发现的人。

（四）文学奖：奖给在这个领域表明了理想主义的倾向，有最优秀作品的人。

（五）和平奖：奖给为国与国之间的友好、撤除或裁减军备、召开和平会议及实施和平会议的原则做出了最大努力的人。

各奖的获奖人由下述各委员会确定：

物理学奖、化学奖由瑞典科学院院士确定；

生物学、医学奖由斯德哥尔摩卡洛林研究所确定；

文学奖由斯德哥尔摩科学院确定；

和平奖由挪威议会选出的五人委员会确定。

不论世界上哪个国家的人都可获奖。我衷心希望世界上最有成就的人获奖。

阿尔弗雷德·诺贝尔

诺贝尔立完遗嘱一年后，便在圣雷莫不幸逝世。为了争取他这个伟大遗嘱的实现，他的助手、遗嘱执行人又做了许多艰苦的工作。首先，清理他的财产便是一大难事，他的工厂遍布各国，而各国的法律又不相同，他祖国的政府对将这笔钱奖励别国人也有意见。另外，还有不少真假亲朋乘机提出财产要求。诺贝尔的侄子们倒是继承了父辈的好品质，立即声明并不想要叔叔留下的财产，同意按遗嘱办事。可是那个曾和诺贝尔恋爱了十八年而始终不肯结婚的女人索菲，现在又跳出来要钱了。她看到诺贝尔去世的消息，立即不知从什么地方钻出来，找到遗嘱执行人索尔曼，将诺贝尔生前给她的216封信放在桌子上说："你敢不给我一大笔钱，我就将这些信的原件出版权卖掉。"为维护一个伟人的名誉，索尔曼只好同意出钱购买版权。诺贝尔九泉有知，他那颗孤独的心怎能再承受这种残酷的打击？

总之，经过几年的工作，诺贝尔奖终于在1900年正式设立。诺贝尔献出的这笔基金共是920万美元，每年的利息约20万美元。他不但将数百项发明留给了后人，还留下了一个科学家最可贵的无私的献身精神。

第四十五回　小医生叩响物理大门
啤酒匠发现科学新理

——能量守恒和转化定律的发现

前几回说到19世纪中叶化学上的重要发现与发明，而这一时期物理上也有了重要突破，这就是被恩格斯列为19世纪自然科学三大发现的能量守恒和能量转化定律。而这条定律的发现，却是和一个被称为“疯子”的人联系在一起的。

却说这个“疯子”名叫**迈尔(1814—1878年)**，德国人，从小学医。1840年他才26岁，便在汉堡独立开业行医了。他平时对事情总要问个为什么，而且必得亲自观察、研究、实验，别人笑他这股痴劲，他却反笑当时形而上学的诡辩哲学，并对它“已讨厌到了恶心的程度”。他一天天不再满足于自己生活着的汉堡这个小天地，和亲友们闹着要到外面去闯一闯。机会却也真的来了，有一支船队要到印度尼西亚远航，正缺一个随船医生，他便欣然应征。1840年2月22日这天，他便开始漂泊在浩浩荡荡的海面上了。

他这样顶风破浪、颠簸摇荡，也不知过了多少个白天黑夜，经了几回月亏月圆。那迈尔终日在船上凭栏远眺，但是不见陆地，不见林木，除了绿水就是白浪，只是觉得气候越来越热。在汉堡时坐在诊所里清凉宜人，而现时却如坐蒸笼；那家乡的太阳温暖可亲，这里的烈日却如火球一样炙人。一日，好不容易到达爪哇岛的巴达维亚（即今日的雅加达），人们才终于能登陆休息。但是因气候水土不服，许多船员又都突然生起病来。迈尔就按照他过去的老办法，放血治疗。在德国时治这种病只要在病人的静脉管上刺一针就会放出一股黑红的血来，现在他仍然是一针扎下，可是自己这些德国同胞的静脉管里却冒出了鲜红鲜红的血。船员们的病倒是治好了，迈尔却开始头疼起来。他本就有一个爱观察、爱思考的癖好，今日遇到这等奇事，他的脑海哪能平静？

经过多日的冥思苦想，他终于得出一个道理。他想：血液之所以是红的，是因为里面含有氧，氧在人体内燃烧产生热，维持人的体温。这里正是赤道附近，气候炎热，人的体温并不用那许多氧去维持，血里的氧消耗不多，静脉管里的血液自然就还是鲜红的。这一个推论不一定正确，但是他却天才地想到一个人们从没有想过的极重要的问题，就是人身上的热究竟由什么转化来的，是由于肌肉的运动吗？不是，他计算了一下，顶多只有500克重的一颗心脏，它运动做功产生的热根本不能维持全身的体温。看来体温是靠全身的血肉来维持，而这又是靠人吃食物、吃肉得来。肉是其他动物吃草长成，草是靠太阳的光热转变成化学能而生长成。太阳的光热又是从何而来呢？他想，太阳假如是一块燃烧的大煤，按1克煤可以放出热量25千卡计算，这块大煤只能燃烧4600年。看来不是这个道理，他又想那一定是无数陨星、小行星高速撞击到太阳表面使之发热的，他推出太阳中心的温度是2750万度～5500万度(今天我们知道实际是1500万度)。

却说迈尔就是这样做着没完没了的联想，各种能的形式在他的脑海里不断置换，越想越多，越想越宽，越想越从具体上升到抽象，最后他想应该集中到一点：用什么来说明、来衡量这些能量间的转换呢？这就是热、热量。各种能都可以转化或换算成热量，这便是它们之间的相似点。迈尔不知不觉中已从狭窄的医学领域纵身一跳，跳在众家学科之上。这正是：

有的人
只敢在隧道里行走，
胆怯地盯着前面的亮点。

行走，行走，

两旁是冰冷的石岩。

有的人

喜欢在高原上登攀，

狂热地追求着前面的峰峦。

登攀，登攀，

脚下是辽阔的平原。

却说迈尔这次从北海之滨远征南洋，得了这样一个新思想，喜得就如抱了一个金娃娃一般。他一回国就写成一篇论文《论无机界的力》，提出机械能与热能的思想，而且还自己设计实验测出热功当量是 365 千克米 / 千卡。他兴冲冲地带上这篇文章来到当时德国最权威的科学杂志《物理年鉴》，声言一定要亲见总编。总编辑波根道夫一见到这个年轻人便先问他道：“您是搞什么专业的？”

“我是一名医生。”

“医生怎么到我们物理杂志来投稿呢？”

“我的这个新理论不但管医学，也管物理、化学，一切自然学科都逃不出它的管辖。”

“年轻人，你在说疯话吧？”

波根道夫答应，可以把论文先留下。可是迈尔回到汉堡，左等右等总不见发表。他料想自己这个无名小卒人家不会相信，便又将此论文送到一家医学杂志，终于在 1842 年 5 月发表。但物理学家们谁会去注意这种医学小刊物？他到处演说，挤进去参加人家的物理学术会议，让人们相信世界上能量是不生不灭的。这天他又在一个讨论会上大声演说：“你们看，太阳把能量撒向地球。地球绝不会让这些能量浪费掉，就到处布满了植物，它们生长着，吸收着阳光，并生出各种化学物质……”

但是他讲的这些谁也不相信，下面议论纷纷：“这纯粹是胡扯，是瞎猜，有什么实验根据？”其实迈尔所提出的是光合作用问题，后来果然为俄国科学家季米利雅捷夫所证实。人们不愿听迈尔的演说，对他很不尊重，说：“看来他真的有些疯啦。”

迈尔气极了，大声喊道：“什么叫疯子？疯子是不按常规想事、做事，但不循常规的人并不一定都是疯子。哥白尼、布鲁诺、伽利略、哈维不是都打破了常规，都曾被人称为疯子吗？可是历史证明他们是真正的伟人！”

“哈哈，原来你是想当哥白尼啊！”

“你还是当一个好医生，先治治自己的精神病吧！”会场上一片哄笑。

迈尔不被人理解，他陷入极度的痛苦中。正赶上他的两个儿子又相继去世，精神上更受打击。他走到街上，人家议论着：“这就是那个疯医生，连自己的孩子也治不好。”渐渐地，他的诊所也无人光顾了。他也一天天形容枯槁，脾气狂躁。

1850 年的一天晚上，他拖着疲惫的身子走回家来。刚迈上楼梯就听到家里有人说话，是妻子的声音：“先生，请您拿个主意，他大概是该去住一段医院了。”他推门进去，见本地一位精神病院的名医师正坐在沙发里。原来家里人也把他当精神病人了。他大怒，将桌子一把掀翻，喊道：“你们全都疯了，你们不要我这个疯子，我就离开这个全是疯人的世界！”

说罢，他推门出去，从阳台上一头栽下楼去。家里人半天才反应过来，看着黑糊糊的楼下，一时又哭又喊乱成一团。到底迈尔性命如何，我们暂且按下不提。

再说和迈尔同时期研究能量守恒的，还有一个英国人叫**焦耳 (1818—1889 年)**。他从小身体瘦弱，不能到学校上学，只能在家里自学。后来又投到道尔顿门下学化学、物理、数

焦耳

学。焦耳的父亲是一位啤酒商，他为儿子留下了一个啤酒厂，焦耳便一边经营啤酒厂一边研究科学。长期的酿酒实践，使他懂得准确测量的重要。自从他听说法拉第发现电磁感应后，又迷恋于电的研究。真是条条大道通罗马，就如迈尔从静脉血液的颜色想到能量转化一样，焦耳从导线通电后可以发热，想到了电能和热能的转换。1840 年他才 22 岁，便发现将通电金属丝放在水里，水会因此而发热。通过多次精细的测试他得出这样一条定律：通电导体所产生的热量跟电流强度的平方、导体的电阻和通电时间成正比。这就是有名的“焦耳定律”。当时焦耳就将自己的结论写成论文，送给英国皇家学会。但是这个酿酒匠的文章，被拖到第二年 10 月才在《哲学杂志》上登出。

这焦耳的性格毕竟与迈尔不同。他谦和大度又极有韧性，无论社会上承认不承认，重视不重视，他总是埋头苦干下去，打破砂锅问到底，一定要弄个水落石出。1843 年，他测了水电解时产生的热，测了运动线圈中感应电流产生的热，计算出无论化学能、电能等何种能所产生的热都相当于一定的功，即 460 千克米 / 千卡。1845 年的一天，他带上自己最新测得的数据和实验仪器，参加在剑桥举行的学术会议。他当场做完实验，坚定地宣布：“自然界的力 (能) 是不能毁灭的，哪里消耗了机械力 (能)，总能得到相当的热。”

台下坐着的都是一些赫赫有名的大科学家，他们对这种闻所未闻的理论一个个直摇头，连法拉第也转过身来对身边的人说：“这怕不可能吧。”更有一人当时十分恼火。此人叫**威廉·汤姆孙 (1824—1907 年)**，后来的英国皇家学会会长，这年才 21 岁，但已是一个远近闻名的才子。他父亲是格拉斯大学的数学教授，他 8 岁就随父亲听大学数学，10 岁就正式考入该大学，后又到剑桥学习，这年刚毕业就获得了数学学士和史密斯奖章，自认为学富五车，才高八斗，那些数理化的规律早就烂熟于心。今天听了焦耳的这段奇论，他转身问道："这台上站着的是哪个大学的教授？"别人告诉他是曼彻斯特啤酒厂的厂主。他鼻子一哼道："原来是个酿酒匠啊，也配来这里说话？"说完便起身退出会场。

台下的议论，汤姆孙的举动，焦耳自然也都听到耳中看在眼里。但他都不放在心上。回到家里继续一边酿酒，一边搞业余研究。他不仅用水来测机械能转化成的热，还换了水银、鲸鱼油、空气，又用铁片摩擦生热，后来又把热功当量精确到 423.9 千克米 / 千卡。这样锲而不舍的实验竟连续做了近四十年，达四百多次，其毅力着实惊人。1847 年，焦耳终于设计成一种后来在科学史上很著名的实验，就是一个密封水桶里装上桨，桨上有轴，轴与两边的重物相连。这样重物下降便带动桨的转动，使桶内的水摩擦生热而通过下降的高度来求热功当量。这年英国科学协会又在牛津召开会议，焦耳又兴冲冲地带上自己的实验装置前来赴会。会议主席一见他来便皱起眉头说："焦耳先生，你的那些东西据我所知现在还没有一票支持，是否最好不要再浪费时间了。"

"我匆匆赶来正是为了取得支持，我相信经过现场表演，这些聪明的教授会看出其中的道理，会支持我的。"

“那好，实在是时间有限，请只介绍实验，就不必做报告了。”

“可以。”

焦耳将他的仪器摆好，转动摇把，让重物升高下降，又测出桶内水的温度说：“你们看机械能就是这样可以定量地转化为热，反过来1千卡的热也和423.9千克米的功相当。”

他话还没有说完，突然台下站起一个人来高声说道：“这是胡扯！热是一种物质，热素，它与功毫无关系。”

焦耳抬头一看说话的正是汤姆孙，想不到今天他又来了，真是冤家路窄。现在的汤姆孙已是格拉斯大学的教授，年轻得志，而比汤姆孙大六岁的焦耳却还是一个酿酒匠。焦耳对汤姆孙的无礼并不以怨相报，他让自己冷静一下，以一种温和的语调说：“热不能做功，那蒸汽机里的活塞为什么会动呢？能量要是不守恒，那永动机为什么总是造不成呢？”

这真是秤砣虽小压千斤。这个酿酒匠不紧不慢，不软不硬的两句话，顿时让场内鸦雀无声。他虽然没有教授的风度，但是他那酿酒房里特殊训练出来的熟练的操作技巧，精细的计算、推理，都无懈可击，再加上他那双谦虚的眼睛，诚恳的笑容，使这些教授们不由得认真思考起来，一会儿纷纷起来发言，争论得好不热烈。他们又上前眼看、手摸，仔细检查了焦耳的仪器，实在是新颖简明，不得不佩服这个啤酒匠的才智。

再说汤姆孙自以为聪明多才，不想今天在会上碰了这个钉子，羞愧难当。他回到学校后，也自己动手做起实验。不久，他在资料室里随意翻检旧杂志，竟发现了前几年迈尔发表的那篇论文，其思想与焦耳完全吻合，这才使他大吃一惊。他忙将这篇论文藏在怀里，又带上自己最新的实验成果，急匆匆地赶去见焦耳。他抱定负荆请罪的决心，想请焦耳原谅他过去的傲慢，共同来探讨这个伟大的发现。

却说汤姆孙来到啤酒厂里，只见满地酒桶、酒瓶。他打听焦耳，别人指向一处房子，他推门进去，酒气扑鼻，雾气腾腾，只见一个身系帆布围裙的大个子正在指挥工人添料、加水。他一眼认出这就是两次在台上讲演的那个身影，忙趋前几步说："焦耳先生，汤姆孙前来拜访您。"这焦耳两手酒浆，回头一看，不提防却是他这个论敌。看他这身笔挺的教授服装，这副诚恳的神态，不知出了什么事。忙双手在围裙上抹了两把，喊道："原来是您，汤姆孙教授，快到实验室里去休息。"

两人在实验室里坐定。汤姆孙打量着他这里堆着的酒瓶酒罐和各种代用的仪器，暗暗为焦耳这种坚忍不拔的精神所折服。待焦耳洗了手，换了衣服，他站起来说："焦耳先生，看来是您对了，我今天是来认错的。”

“哪里，哪里。我自己也还有很多地方没有想通，正要向您求教呢。”

“您看，我是看了这篇论文后，才感到你们是对的。”说着就掏出迈尔的文章。

焦耳不看也罢，一看，刚才脸上的喜色顿然消失：“汤姆孙教授，可惜您再也不能和他当面讨论问题了。这样一个伟大的天才因不为人所理解，已经愤而跳楼自杀了。”

“啊？”汤姆孙的眼睛睁得鸡蛋似的喊道：“他已经不在人世了吗？”

“在。那天跳楼并没有摔死，但已精神错乱，住进精神病医院里，怕难康复了。”

汤姆孙低下了头，半天无语。一会儿他抬起头，真诚的目光盯着焦耳的眼睛，说：“实在对不起，我现在才知道自己的罪过。过去我，我们这些人曾给了您多大的压力啊。焦耳先生，请您原谅，一个科学家在新观点、新人面前有时也会表现得很无知的。”

焦耳连忙上前扶他坐下说道：“汤姆孙教授，不要这样说。就是我的实验也有许多不完善之处，难以立即服人。”他为了缓和一下气氛又补充道：“况且我这个人一向会自我解嘲，反正我这里有的是酒，不顺心时喝上几大杯，也就愁云四散了。所以我经常醉，却永不会疯的。”说完他先哈哈大笑了，汤姆孙也一阵大笑。两人亲密地并肩而坐，研究起汤姆孙带来的新实验报告来。

正是：

唇枪舌剑亦无妨，灵犀一通释前嫌。

心底无私胸怀阔，化敌为友亦不难。

从此，焦耳和汤姆孙成为一对密友。汤姆孙毕竟是经过专门训练的，1853 年，他帮助焦耳终于完成了关于能量守恒和转化定律的精确表述。至此，辩证唯物主义得以产生的基础，自然科学中的三大发现之一的能量转化和能量守恒定律宣告得到公认。后来两人又合作发现了著名的汤姆孙 – 焦耳效应，即气体受压通过窄孔后会发生膨胀降温，为近代低温工程奠定了基础。

第四十六回　施法术铜铁竟能作人语
用心机棉线也会放光明

——电灯的发明

上回说到汤姆孙和焦耳言归于好，两人终于合作完成了能量守恒定律的最后表述。读者也许已经注意到：我们这套书主要是写那些在科学规律、定理、公式、法则方面发现的伟人，在具体技术方面落墨不多，但是，在科学理论方面的重大发现，必然带来具体的技术发明和生产的发展，生产实践又促使人们去探索新的未知的规律，所以个别虽不是科学家，但有伟大发明的人物我们也还得介绍一二。这类人物中影响最大的有两人，一个是我们前面已经说过的瓦特，再一个就是我们这回要表的美国人**爱迪生** (1847—1931 年)。

读者也许要问，有史以来的发明家千千万万，灿若星汉，你何独厚爱他们二人呢？因为这两人将科学转化为技术，又将技术转化为生产力，对社会的贡献实在太大。马克思有一句名言："手推磨产生的是封建主的社会，蒸汽磨产生的是

爱迪生

工业资本家的社会。”原来，工业的发展决定于它所使用的能源。在人们只能使用人力、畜力的时代，自然只能是发展农业和小手工业。人们找到的第一个大的能源是地下的煤，这地下之火的露头为工业革命和资本主义初期的发展立下汗马功劳，而驯服“地火”，使之转化为机械能的就是发明了蒸汽机的瓦特。谁知时日不久，喜新厌旧的人类对地火之能已不满足，转而又去找天上之火，这就是电。电能的利用立即使资本主义摆脱了充满煤炭味的旧时期，从而进入垄断资本主义的新时期，而驯服天火使之实用于照明和动力的大功臣便是爱迪生了。

大凡在科学上有成就的人总是离不了聪明和勤奋。这爱迪生从小就极爱动脑筋，遇事一要问个为什么，二要亲自试一试。6 岁时他见母鸡落窝，问这是干什么，母亲说这是母鸡在用自己的体温孵小鸡。一天，爱迪生忽然不见了。大人东找西找，到吃晚饭时才发现他趴在一个草垛里，怀里正抱着几个鸡蛋。问他在干什么，回答说在孵小鸡。父母直笑得泪花飞溅。到 8 岁时他上了小学。开学三个月后的一天，老师讲算术，在黑板上写 2+2=4，他立即站起问：为什么就等于 4。全班同学大笑，老师也真说不出为什么，只是气得大骂他是一个糊涂虫。爱迪生受此委屈，回家向母亲诉苦。母亲南希过去也当过教师，觉得这样的老师哪能教好学生，便愤而替儿子退了学，自己在家里教他读书。这小学三个月便是爱迪生一生仅有的一点儿学历。

爱迪生回到家里后，再没有学校里那一套上课下课、考试提问的束缚，由着他的性子读书，不会时就随时去问母亲。他的聪慧立即表现出来，一目十行，过目成诵。9 岁时便读了《罗马兴亡史》《美国史》《世界史》《解剖学》，11 岁时便自学了《科学百科全书》和牛顿的著作。到 12 岁他就在家里关不住了，到外面找工作，卖报、当报务员，用赚来的一点儿钱买些化学药品搞起实验来。1868 年，他受聘到西方联合公司，开始研究法拉第的《电学实验研究》，从此就和电打上了交道，终日埋头实验，而且每次实验必有详细记录，这个习惯一直坚持了六十年。他一生仅在专利局登记的发明就有 1328 种，实际上早已超过了 2000 种，从他出生直到他 84 岁逝世，平均每十五天就有一项发明问世。爱迪生有一句为世人所熟知的名言："天才是九十九分血汗加一分灵感。"他一生中最大的乐趣就是工作，他性格中最主要的就是顽强，就是毅力。他 84 岁高龄的那一年有人问他："您什么时候退休？"他说："等到出殡那一天。"勤奋确实是他成功的主要原因。但是爱迪生还有比其他科学家、发明家高人一筹的地方，就是以办企业的方法来搞研究，一懂得抓钱，二懂得抓人。有了资金，有了人才，他的天才思想就一个接一个地变成了现实。

闲言不表，书归正传。却说爱迪生 12 岁走向社会，历经艰辛，先是在火车上提篮叫卖，后又当电报员。到 1869 年他 22 岁时，时来运转，当时股票市场行情变化急剧，爱迪生凭自己的才智为华尔街"老氏金融报告公司"发明了"证券报价机"。老板问他要多少报酬，他还真不好意思开口，再说常常是靠一个面包就顶一顿饭的他，也不知道金钱的分量。他想这回可要捞个高价，要五千吧？不行，太多，人家不会给，三千？可是老板已经等得不耐烦了：“年轻人，四万，行不行？”爱迪生惊呆了，但又很快装出不在乎的样子说：“行，行。”他后来回忆，当时他心跳得厉害，真怕对方听出自己的心跳声。后来爱迪生又因一次发明专利得了十万元。于是他再不零打碎敲、单枪匹马地干了，便选中了新泽西州的门罗公园，盖起了一个大实验室。实验室呈长方形，分上下两层，附近还矗立着机械加工车间、木工房、图书馆。他聘请了从专家到会吹玻璃的工匠这样一批出类拔萃的人物，世界上第一个大型实验室开张了。

这时爱迪生才刚30岁，但是实验室里的人比他更年轻，大家都叫他“老头子”。这老头子率领这批富有幻想又极聪明、极能吃苦的勇士们，开始建设一个科学王国。爱迪生给实验室提的要求是：每十天一项小发明，六个月一项大发明。果然实验室成立不久，这片本是十分荒僻的公园就不断有新鲜玩意儿出现。本地居民简直以为这里降落了一批神仙，各家报纸也不断派记者来向这些怪人采访。他们一个个不修边幅，衣着邋遢，工作起来没时没点，机床边吃饭，桌子上睡觉。那个首领爱迪生就是这样。他的一位部下曾这样描述道：

“爱迪生睡觉，不分时间，不分地点，什么都可以当床。我曾见他用手作枕头睡在一张工作台上，还见过他两脚架在办公桌上睡在椅子里，有时他也穿着衣服睡在小床上。还有一次我见他一连睡了36个小时，中间只醒来一个小时，吃了一大块牛排和一些土豆、馅饼，抽了一支雪茄。此外，还有站着睡觉的时候。更妙的是，他睡觉时常常爱枕一本辞典，一觉醒来精力充沛，仿佛那辞典里的知识已在刚才渗入他的大脑中。”

却说爱迪生这天在实验室里又这样一觉醒来，忙抽出辞典又随手从笔记本里撕下一张纸，从上胸口袋里抽出铅笔，三勾两抹画成一张草图，连声喊道：“克罗西，快来！请把这个东西加工一下，下午就要。”

前面我们说过爱迪生手下有最得心应手的几员大将，他们是英国工程师查尔斯·巴切勒、瑞士钟表匠约翰·克罗西、法国技师西格蒙·伯格曼、数学家厄普顿、玻璃吹制工贝姆等。只要爱迪生脑子里转出个新花样，一声令下，这些人就能按他的想法把实物捧上桌来。今天点的是这位克罗西最拿手的本事，无论爱迪生的图怎样潦草，他也能准确地制出样品。

不足一个时辰，克罗西已经将一个小怪物摆到爱迪生的案头：一个圆铁筒连着一把铜摇柄，筒内有两根铁针。克罗西虽然制出了东西，但不知它有何用，问：“爱迪生先生，你要这个不伦不类的东西干什么？”

“我要让他和你说话。”

因为爱迪生常爱和部下开玩笑，所以克罗西也不当真，他说：“这铜和铁都能说话，我当场输给你一大筐苹果。”

“你这话可算数？”

“算数！”

只见爱迪生取下铁筒，小心地裹上一层锡箔，然后咳嗽两声，清清嗓子，右手扶起摇把开始缓缓地一圈圈地转动，然后开始对着铁筒唱儿时母亲教给他的那首儿歌：“玛丽有只小羊羔……”

克罗西坐在桌子对面，眼睛瞪得快有鸡蛋大了，这时实验室里的技师、工人也都静静地围了过来。每当有个新发明问世，他们总是这样围在老头子周围，做世界上的第一批享受者。这时爱迪生已唱完了儿歌，他将铁筒退回原位，又顶上另一根铁针，再慢慢摇动手柄，只听铁筒里传出一阵轻轻的歌声：

玛丽有只小羊羔，
雪球儿似一身毛。
不管玛丽往哪去，
它总跟在后头跑。

大家屏气凝神，这声音多么遥远，仿佛是外星球传来，但又真真切切是爱迪生那浓重的中西部口音。儿歌唱完了，爱迪生又换上一张锡箔，这时围在他身边的人都像被谁使了定身法一样，只剩下张嘴瞪眼的份儿，就算他们与这个被报界称为魔术师的发明大王朝夕相处，可怎么也不敢相信这每天摸来摸去冰冷坚硬的铜铁竟会说话呀！一会儿，还是克罗西先醒过来，他从口袋里掏出一把钱递给一个工人说："快去，快到门口买一大筐苹果来！"

那个工人正要抬腿，爱迪生一把按住他，示意大家安静，他又将滚筒复位，再轻轻摇转，只听那铁筒里突然传出一个又粗又急的声音："快去，快到门口买一大筐苹果来！"

全屋子的人"哗"的一下笑出声来，那欢喜的声浪骤然冲出门窗，就像突然爆了一颗笑的炸弹。其他车间的工作人员不知这里出了什么事，也都一起向这间房子拥来。狂喜的人们不知该怎样表达这第一次听到铁会说话的兴奋之情，有的把帽子扔到天花板上，有的敲着手里的工具，有一个年轻人甚至就地打了一个滚儿，还有几个人就要去将爱迪生抬起来。爱迪生却说："且慢，一次就成功的东西，总会有许多缺点，我们要赶快将它完善，二十天以后就上专利局去。"

这时克罗西又挤到前面，摸着这个自己亲手加工的神秘东西说："爱迪生先生，你怎么一下子就想出这个会说话的机器？"

"克罗西，你知道我的耳朵不好使，所以我试验电话时就用触觉来试耳机膜板的振动，用一根短针一头抵住膜板，一头抵在手心，于是就想到：声音能使这根针颤动，反过来这根针的颤动是否也能变成声音呢？"

各位读者，这是一种相似思维方法，不过是逆向相似，就如化学反应中的可逆反应。法拉第当年不就是从奥斯特发现电变磁，逆向相似地推出可让磁变电吗？从声音变运动，悟出运动变声音，就发明了电话；从电变磁，悟出磁变电，就发明了发电机。这就是爱迪生、法拉第成功的奥秘。科学史上这种例子可以举出很多。

却说克罗西等人静静地听着爱迪生的分析。每次一项发明完成后，他们听爱迪生讲发明思路，是一种最高的享受，它清晰明白像哲理，却又形象丰富像音乐。克罗西这时早已不再关心那个具体的说话机器了，他目光注视着爱迪生那宽大的前额，心里在说："他简直是一个海啊，谁知道这里面储存了多少智慧。他浑身都是机关，随便一个什么原因的触动，都会像扳机引发子弹一样地迸出一串发明来。"

白炽灯是爱迪生的一大发明

克罗西正这样发着愣，忽听爱迪生又说到他的名字：“今天还得感谢克罗西，没有他的合作，我光想想也拿不出这机器来。这正是我们门罗公园实验室的力量所在。”

说着，爱迪生拿过实验记录簿来，拔笔在上面记下了几个大字：“克罗西今天完成留声机的制作。1877年12月6日。”他总是这样忘不了大家。

正是：

红花哪能无绿叶，将军越大越要兵。

一人之力终有限，需知众志始成城。

却说十八天之后，爱迪生果然提着这台留声机闯荡到纽约城。他先来到权威的《科学美国人》杂志编辑部，也不言声，只把机器往桌上一放，用手一摇就听那个铁筒在说："编辑先生，你们好。你们终日伏案工作十分辛苦，爱迪生先生托我向你们问安致意！"直把那些编辑们惊得手里的笔抬在空中半天落不下来，就像桌上突然跳出一个小魔鬼来。这件事立即成了当时报上和总统竞选一样大的新闻。专利登记之后，爱迪生被请到科学院、总统府去表演。爱迪生让他的机器背诗唱歌，给别人录音，真是无所不能。他对《纽约每日写真报》记者风趣地说："我还要改进这个机器，话筒里装个人嘴大小的音箱，也许还有舌头、牙齿，声音就更好听。我虽然制出了许多机器，但只有这个是我的孩子，我盼着他快些长大，以便在我年迈之时能尽些赡养之责。"

但是爱迪生的"孩子"实在太多了。留声机刚问世，他又有了一个更可爱的宝贝——电灯。电灯的历史最早可以追溯到戴维 1812 年设计的电弧灯。但这种灯太刺眼，所以当时一般照明还是大量使用煤气灯。自法拉第之后人们逐渐完善了发电机，电源再不只靠化学能电池了。爱迪生决心将电能应用于照明，彻底革掉那又冒烟又呛人的煤气灯的命。

电灯的发明最能证明爱迪生的那句名言，即"天才是九十九分血汗加一分灵感”。具体发明前，他先从理论探讨入手。为了打倒“敌人”，先要了解“敌人”，所以他买下了煤气工程学会所有的与外界交易的文件和历年的煤气杂志，经常反复钻研。有人说爱迪生在成为电灯专家以前，已是一个最权威的煤气专家了。爱迪生自己说：“我在电灯方面建立了三千种不同的理论，每种理论似乎都可能化为现实。可是，我在试验中只证实了其中的两种行得通。这么说，并不是言过其实。”其艰苦，其付出的心血可见一斑。

1879 年 10 月的一天，爱迪生在实验室二楼将他手下的几员大将叫到一起，开始部署这场光明与黑暗的决战。他穿着一件奇怪的工作服，领口很高，下摆很长，一直拖到地板，这是为了防止溅上酸碱液。他那头总是蓬乱的鬈发，可有可无似的随便堆在头上，由于连日痛苦的思索，两颊微凹，面容有些憔悴。但是他明眸闪闪，双眼放出兴奋的光芒，好像这光马上就能把电灯点亮。部下们知道，这是他脑海里已经有了新方案的证明。爱迪生说：“现在除我们之外，还有三家公司也在研究电灯，还有煤气公司在拼命想保住它们对光明的垄断，我们公司已经争取到三十万元的资金。钱不算很多，所以要抢时间快干。我这里已有各种图纸。贝姆，你来吹制各种形状的灯泡；厄普顿，你负责计算；巴切勒，你寻找最合适的灯丝。”

门罗公园又开始了一场科学发明前沿的总攻战。爱迪生像个将军一样，从这个车间到那个实验室，来回巡视指挥。他来到图书馆，厄普顿正为各种圆形、椭圆的容积大伤脑筋，满是公式、数字的纸张铺满一桌，他已经熬了整整一夜了。爱迪生过来看了一会儿，拍拍他的肩说：“数学家，你的才华和时间不应该卡在这里吧。”说着，他拿起几只空灯泡，叫秘书端来一盆水。他将灯泡灌满水，再将灯泡里的水倒进量杯，又指着刻度说：“这不是你要的容积吗？”

他走到玻璃吹制间，从火红炉膛里蘸出一团玻璃亲自吹了两个，试试这批玻璃的性能。

他走到一楼实验室，巴切勒正在这里试制灯丝，这是成败的关键所在。他们已经试过了各种各样的材料，木纤维、鱼线、纸条、果皮，直到爱迪生的头发、巴切勒的胡子，现在他们已将包围圈缩小到棉线上。他们在坩埚里将一根棉线碳化，然后小心翼翼地捧在手里送到吹制间去，可是这种极脆的碳化丝，手一颤就断了。他们又制了一根，不小心一张纸落在它上面，又断成两截。他们再做，从上午到下午，从日落到东方发白，一根碳化后的棉线终于被平安地封进灯泡里。

白天，爱迪生命令所有的助手去睡个好觉，晚饭后，这只灯泡像从天国里请来的圣物一样被供在工作台上。以往的灯泡只能点到两三个小时，今天运气如何？大家吃饱了，睡足了，希望这只新灯泡能和他们比比耐力。

电源接通了，实验室里立即洒满明亮而柔和的光。节令已入初秋，室外已是夜幕笼罩，秋风新凉，而屋子里却似春光明媚，旭日初升。大家屏神静气看着这个明亮可爱的小东西，想着人类为了寻找光明走过了多么漫长的路程。篝火、火把、蜡烛、油灯、煤气灯，都离不开火的直接燃烧，而今天将要用电了，用这种不冒烟、没有味道的新能源。一想到这些，他们就更觉得身上有一种神圣的责任，他们是在开辟一个新时代啊！

开始，大家谁也不说话，好像一出声就能将这灯泡震破似的。一小时、两小时，五个小时过去了，那明亮的光辉似乎毫无收退的意思。人们渐渐松了一口气，而且情绪也兴奋起来。巴切勒首先打破沉寂说，我们何不借这美好的灯光，请爱迪生先生再讲一点儿发明方面的事。爱迪生这时也很高兴，他说："好，这电灯要是试成之后我们还可以试很多东西。比如咱们实验室外农夫种的黄瓜，它每天吸收阳光，如果可以逆转这个过程的话，黄瓜就会变成一节节释放出光能的电池。"

大家都大笑起来，克罗西说：“要能这样就好了，当我们的蓄电池没有电的时候，隔着篱笆伸手摘一条黄瓜，接上导线就可以工作了。”

不等大家笑声停止，爱迪生又开始讲另一个幻想故事：“还有，电还可以用于军事。我们在城堡里放一台两万伏的交流发电机，一条线接地，另一条线与高压水流接通。这样只要随时放开龙头，那些攻城的敌人就是千万人一起拥上来，我们只要几个消防队员就足够应付。而且可以调整电压，不一定非得把对方击死不可。只将敌人击呆，然后上去将中电的将军捉回，以便索取赔款……”

爱迪生讲得一本正经，大家都早已笑得前仰后合。他的脑海是一刻也不会平静的，许多发明都是在随便的谈笑、旅行参观，甚至吃饭时产生的。

他们就这样说笑着，也认真讨论一点儿电灯制作中需要解决的问题，不觉东方发白，可这灯光却毫无向日光让位之意。爱迪生兴奋极了，连忙喊厨房送早点和酒来，大家围着这盏灯共进早餐。他们一连在这灯下吃过一天的三顿饭，天又是日落月升，这灯光却更加柔和甜蜜。人们虽已很疲倦，但谁也不肯去休息。爱迪生的日记留下了这个美好的记忆：

我们坐在那里留神看着这盏灯继续点燃着。它点燃的时间越来越长，我们笑得神驰魂迷。我们中间没有一个人能离去睡觉——共 40 个小时的工夫，我们中间的每一个人都没有睡觉。我们坐着，洋洋自得地注视着那盏灯，它继续亮了 45 个小时。

灯灭了。爱迪生和他的部下流着热泪拥抱在一起，这时他们的激动之情早已超过当年发明了会说话的机器。高兴过后，爱迪生又拿过记事本在上面写了一行大字：“1879 年 10 月 21 日，灯泡寿命 45 小时。下一个目标——1000 小时。”

以后他们又不断寻找新的灯丝材料，灯泡寿命也上升到 100、200、300 小时。但是那些和他竞争的公司，那拼命要保住自己传统地位的煤气公司，那些个别并没有看到这项发明的潜力的科学家，纷纷指责爱迪生的工作是毫无希望的蛮干。他的部下沉不住气了，要求他出来说话。爱迪生却说：“这才是一群不懂得怎样竞争的傻瓜。让他们去夸夸其谈吧，我们正好埋头苦干。时间从他们的嘴里流走，却流到了我们的桌上。”

爱迪生不说一句话，却把他们的门罗公园里里外外都挂起灯泡。夜幕降临，这里却是一片灯海，是一个落地的银河。

他请报社记者来参观，就在这灯下谈话，发稿。请他们参观自己电灯照明下的排字房。于是许多报社立即请爱迪生给自己的印刷车间装灯，这样一来，夜班效率大大提高。不出几个月，爱迪生电灯的光辉就将那些攻击者的流言烧化得灰飞烟灭。谁要是想从生活中赶走电灯，简直就像要摘掉太阳一样难了。

闲话少说，却说这爱迪生发明了电灯之后又改进了供电系统，又不断发明了电影，发明了橡皮，甚至还被聘为海军顾问去发明武器。他的发明把他自己人生时间的口袋塞得满满的，到高潮时，一天就有两项发明问世。他这样追着时间，不觉匆匆已过半个世纪。当时有一个叫福特的美国人，创办了一座规模巨大的历史博物馆。他忽生奇想，要把爱迪生的门罗公园复制一个在博物馆里，好让后人知道这光明的起点。他还在1929年10月21日搞了一个大型的白炽灯50周年纪念，这天爱迪生应邀出席，他惊奇地发现自己又回到了门罗公园。福特确实费了不少心思，连铺地面的土也是专门从门罗公园运来的，那白色的篱笆、二层楼实验室、实验室里毫不走样的摆设！爱迪生已经82岁，显得有点儿老态龙钟了。他在自己当年的椅子上坐下，默默地陷入沉思。当年他和朋友们就在这里分享留声机、电灯诞生的喜悦，现在这种喜悦已经为全世界人民共享了。大家都在离开他几步的地方静静地站着，不愿打扰这位发明大王那最丰富的回忆，他们看到老人的双眼里噙满了泪水。一会儿，还是爱迪生打破沉寂，说这实验室复制得只有一分不像。福特问："哪里不像？""这地板从没有这样干净过。"大家都笑起来。

晚上，庆祝活动在"实验室"举行。实验室重又回到五十年前，点着煤气灯，一片昏暗。这时爱迪生由总统亲自搀扶着入席，他扳动开关，挂在屋里各个角落的电灯一下子大放光明，接着是一片掌声和欢呼祝贺之声，全国数百万听众这时围在收音机旁收听这一激动人心的实况。同时全国各地的电灯也在这时大放光明，这是比放多少响礼炮还要隆重的仪式。

宴会结束时，爱迪生发表了简短的谈话，他说："我这一生行将结束。我的人生哲学是工作，我要揭示大自然的奥秘，并以此为人类造福。我在世的这短暂一生中，我不知道还有什么比这更好的了。"

人们纷纷举杯向爱迪生祝贺，祝他长寿，祝他再为人类完成几项发明。老人也举起杯来，他的眼里放着光彩，这艰苦和紧张的一生是在汗水里泡过来的，在他的记忆里，似乎还没有过今晚这样闲暇和轻松的场面。他站起来向大家致意。

但他突然眉头一皱，右腿一阵痉挛，老人暗暗咬了一下牙想挺住，但是没有挺住，滑倒在椅子上。

欲知后事如何，且听下回分解。

第四十七回　看门人推门闯进小王国
磨镜翁窥镜发现微生物

——微生物的发现

上回说到在庆祝白炽灯发明50周年的宴会上，爱迪生突然发病跌倒，两年后这位大发明家便不幸辞世。像爱迪生这样有功于人世的伟人如能多活几年，又不知能给人类再带来多少幸福。

人为什么会有病有死呢？解答这个问题又是生理学和医学方面的任务了。前面我们说过，自1543年出版《天体运行论》《人体结构》，科学进入近代时期，便兵分两路：研究外部世界的，从哥白尼直到上回才说过的爱迪生，成绩卓著；而研究人体本身的，从维萨留斯到哈维，也大有进展，并且已经逐渐探源求本，向微观世界迈进。在这方面的第一个开拓者，是荷兰人**列文虎克(1632—1723年)**。

这个列文虎克，在我们所讲述的科学家中，至少有两点是很特殊的。一是他的高龄：一直活到91岁，而且工作到

91岁；二是他经历的单纯：他出生在荷兰的德尔夫特市，在当地布店里当过几天学徒，又在当地市政府做看门人，直到死也没有换个工作，也没有离开过德尔夫特一步。但是这个原地不动的人，其声名却远播全球，而且顺着历史的河床流传至今。

却说列文虎克在二十多岁时就到市政府门房上班，每天看着人进人出，早晚照管开门闭门，他浑身鼓荡的血液、隆起的筋肉，渐渐就要被这悠闲枯燥的岁月消磨和吞噬。他想，我总得找点儿什么事情来干，才对得起上帝给我的这些时间。一个偶然的机会，他得到一块凸透镜，发现能放大镜下的东西。可惜这镜片已很模糊，他就决心重磨一个。凡人只要找到一件自己喜欢干的事，便如找到自己最理想的情人，时间、精力、身体、欢乐、痛苦等一切，便都托付给了它，一定要做到为它牺牲一切。这列文虎克自从迷上磨镜片后，每天茶饭不香，睡觉不安，黎明即起，手捧一块油石，一块玻璃，非常认真又十分吃力地磨来磨去。只要没有什么人到门房里打扰他，他就这样从日出干到日落。说什么“铁棒磨针”“面壁十年”，那些都比不上列文虎克磨镜的诚心和辛苦。这样一直磨了四十年，他门房里间的屋子成了当时世界上最大、最齐全的透镜库。列文虎克有个怪癖，就是总和自己过不去，他磨出的镜片只要自己发现有一点儿不满意，比如光洁度差那么一点儿，椭圆度还不够理想，都要立即返工。如果还不满意，便气愤地一把摔碎在地，再向自己的腿上狠狠地砸上一拳，然后抹一把汗水又重新磨一片。他不但磨镜片，还要把这些镜片镶在铜的或银的架子上，就像一个个漂亮的工艺品，为此他又学习了金属的冶炼、浇铸、加工。反正，为了他的小镜子，他什么苦都愿意去吃。

这列文虎克磨镜成癖，有了镜子就拿着它到处去照，这也成了癖。他把木块、虫子、石块、肉、毛发、种子等，统统拿到他的镜下一一检查。他看见本是平光光的木块在他的镜下竟是沟沟洼洼，洞洞眼眼；看见一个平常的小虫子竟像一头小猪一样走来，他高兴得哈哈大笑，把他的邻居、朋友都请来共同大饱眼福。1665年的一天，他竟像小孩子一样突然想起:要是把河里的小蝌蚪放在镜片下不知会是什么样子。于是，这个近60岁的老人立即带上女儿玛丽亚到河边捉回几条蝌蚪。他将小蝌蚪吸在一个细玻璃管里，将管子固定在镜前，当他将眼睛对准镜片时，他大叫道：“玛丽亚，蝌蚪透明的尾巴里原来还有这么好看的东西啊！”他的观察记录里留下一段兴奋的文字：

“最初看着，真使我欢喜之至，血液的流动，竟像小河里的水一样，循环流动到各处……”

哈维当年发现的血液循环，意大利医生看到的毛细血管，今天才让这个看门老头第一次实实在在地观察到它的运动。以后，他又发现了红血球。皇家学会的胡克在他的启发下，观察到软木片上的空腔，取名为“细胞”，促成了以后(1839年)细胞学的创立。这个看门人绝没有想到他会有这么大的功绩。

这一天，外面正淅淅沥沥地落着秋雨，列文虎克在一排排的镜架前凝神工作，听到这雨声又生一计：“玛丽亚，到院子里舀一点儿雨水来！”雨水舀回来了，他用头发丝一样细的管子吸了一滴，眼睛又贴近在镜子上不动了。足足有半个小时，他不说话，也不抬头，躬着腰，只是实在难支持时，揉一下酸困的眼睛。玛丽亚看着老父亲这种痴样，不觉又笑了，她悄悄将一根手杖塞在父亲手里，让他支撑一下腰身。而列文虎克突然一把抓住女儿的小手，大声喊道：“孩子，你知道你刚才舀回了什么？这是一个小王国啊！它的人口大概有几百万，比我们全国人口还要多。这是些什么样的居民啊，奇形怪状，有的像个圆球，有的是一根长皮条，有的浑身是毛，有的两个连在一起像个孪生的怪胎……它们一个个都不安静，在不停地飞跑，互相碰撞。它们怎么总是有使不完的劲啊？它们每天吃什么好东西？怎样生活的啊？”

列文虎克这样一直喊个不停，倒把玛丽亚吓坏了，她是个很孝顺的女儿，每天尽心伺候老父。而父亲近来脾气古怪，总是钻到他的小镜子里，有时说话也文不对题，邻居们甚至怀疑他是患上精神病了。今天玛丽亚听见他这样喊，心里就跳，忙拉过椅子，硬按他坐下。列文虎克这才捶捶酸疼的腰，又抹掉眼边的泪，问："你刚才舀的水里到底有什么东西呢？"

"这不是，这杯水还在这里呢，什么也没有呀！"

列文虎克端起玻璃杯来，仔细看着，果然是一杯透明而没有什么杂物的水。"你刚才在什么地方舀的？"

"在院里水缸里。"

"再去舀一杯来。"

水舀回来了，再观察，还是有那许多小生物。这回老头子非要自己动手不可了。他拄着拐杖，一步一滑地冒雨走到院子的最中间，举起一只杯子，向天空托着，心里想这回要直接得一杯天上的水，看它里面有什么。果然，这杯水里没有刚才看到的那许多小东西。那么这些小东西是从哪里来的呢？他在自己的房间到处摆满了水盆，在通风的地方，不通风的地方；光亮处，阴暗处；高处，低处，然后一一观察对比。最后他发现，无论开始多么纯的水，放上几天后，这些神秘的小动物便又突然蜂拥而至了。

列文虎克百思不得其解。老头子这几天真的是得了精神忧郁症，再也不说不笑，就是对着那些水盆发愣。这天饭后，老人又在桌前坐下想心思，他这样闷坐了一个时辰，看着桌上一个牙签盒，便下意识地抽出一支剔牙。突然他想这牙垢里会不会也有个小王国，便把它稀释在水里送到镜片下面。他这回更是吃惊不小，原来自己的嘴里还饲养着这些可怕的东西啊！它们有的像鱼，有的像蝌蚪；有的是直线，有的成螺旋状；有的慢悠悠地像散步，有的急速跑着像在冲锋。列文虎克看得高兴了，忙叫玛丽亚煮一杯滚热的咖啡来，但是当他刚喝完咖啡，再观察自己的牙垢时——啊，这回他更吃惊了，这些小东西怎么一个也没有了，原来它们是这样怕热啊！

列文虎克已经发现了细菌和怎样灭菌，不过他当时并没有意识到这一点。

再说列文虎克自从发现这个奇怪的小王国后，再也按捺不住自己的兴奋。他这个 16 岁就当学徒，后来一生看门的勤杂工，决心用自己这双被油石磨出许多老茧和伤口的手写成一篇论文。当第一篇又像记录，又像论文，又像是一封信的文字寄到英国皇家学会时，学会主持人胡克大吃一惊。他连忙按照列文虎克的指点找来显微镜观察一滴水，天啊，这里面果然有一个小王国！这一发现由于得到皇家学会的认可，立即震惊了全欧洲。列文虎克的小门房前从此人来人往，比闹市还要热闹十倍。人们并不是来市政府办事的，他们只进这座门房，却一个也不到政府大楼里去，列文虎克这个看门人现在比市长大人还要神气了。

这天下午，列文虎克正拄着拐杖在那一排显微镜架子间做着骄傲的巡视，忽然市长大人亲自推门进来。虽然市长每天从这个大门里要进出几次，可是多年来他们从没有说过一句话。今天什么大事让市长屈尊登门呢？列文虎克忙躬身让座，又喊玛丽亚倒茶，可市长今天倒没有一点儿架子，只是急慌慌地说："列文虎克先生，快将房子收拾一下，英王陛下亲自来参观您的小镜库了。"

"女王陛下也知道我这个看门老汉啊？"

"知道，知道，你现在早已不是为我看门了，你是守在一座新王国的门口，谁都想到这个门缝里来求您允许他往里看一眼呢。连俄国皇帝也已经准备前来看您了。好啦，您快准备一下吧。"

不一会儿，就听门外车马喧闹，女王在一大群侍从和本国大臣的陪同下向门房走来。由于列文虎克的镜室实在太小了，大部分侍从被挡在门外，列文虎克陪着女王和本国的大臣挑帘进到屋里，外面的人只好顿足叹气了。

这是一排长方形的平房，列文虎克因陋就简把它布置成镜室，也就是他的私人实验室，环墙一周和地当中的一排平台上摆满了各种大小和各种形状的镜子。这些小镜子都嵌在金属板上，那讲究的几块是嵌在铜板和银板上的。金属板后面有一个小支柱，上面有一根极细的玻璃管子，要观察的东西就吸在这个管子里。支柱上的物体和镜子之间的距离都可以通过手柄的旋钮来调节。奇怪的是，不少细玻璃管里都放着东西。女王不解地问道："列文虎克先生，难道您每天都在观察它们吗？"

"陛下，这些小东西有的已在我这架子上住了好几个月了。我每天就这样走来走去，和它们打招呼，问好，它们告诉我别人都不知道的东西。我这样摆着，就像书架上插满书，随时就可翻阅一样。"大家听到老人这个奇怪的回答都笑了。

这时女王发现一台奇怪的镜子，镜片小得只有一粒大米那样大，它嵌在一块银板上，镜边镶了一圈金丝，镜片后面的物架是一只正展翅飞来的小鸟，鸟嘴里衔着的一根细玻璃管里装有一个黑点，却不知是什么东西。女王将这个小巧的家什拿在手中左看右看，爱不释手，这哪里是科学仪器，就是她宫里珍贵的艺术品也不会再比这个精致了。她指着管子

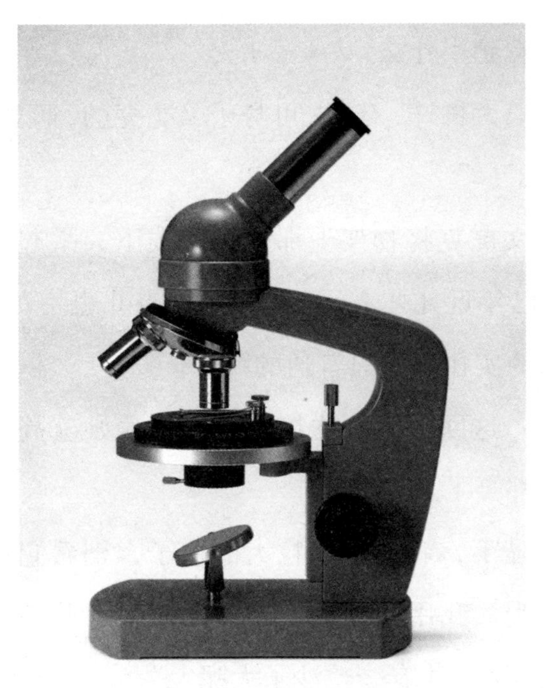

显微镜

里的小黑点问："这是什么？"

"请陛下将一只眼对准小镜子，就能发现它的真相。"

女王将架子举到眼前，对着窗户进来的亮光。她刚把眼睛对准镜片，突然"啊"地惊呼一声，镜子差一点儿失手落地，大臣忙上前搀扶，女王也自觉失态，忙恢复了镇静，说："列文虎克先生，您这架子上绑着一头什么怪物啊？"说着又将镜子移到眼前。

“陛下看到了什么？”

“像一只大蜘蛛，有腿，可身子又亮亮的，瞪着一双牛眼，啊，太可怕了！”

这时列文虎克将物架上那根管子拔下，举起来给女王指点着，他虽已年近九九十，可是眼睛一点儿也不花。“陛下，您刚才看到的实在是一只普通的跳蚤。”

“啊？”这回女王更吃惊，不过接着她就高兴地笑了，周围的人也都笑了。

“禀告陛下，我那个米粒大的镜子，别看它小，却可以放大 200 倍呢。我用我的镜子看到的水里那些小动物，就是 100 万个加起来，才有一粒沙子大呢。”

女王今天非常高兴。大英帝国虽然曾经统治过全球的许多地方，但是对这个陌生的小王国却闻所未闻。她在这间小实验室里转了一圈后，招手让侍从捧上一个银色的盒子，取出一张印得很精致的厚纸，双手送到列文虎克面前说：“尊敬的列文虎克先生，英国最权威的科学机关——皇家学会已经荣幸地接收您为它的会员，我此行就是特为向您表示祝贺的。”大家一阵掌声，列文虎克忙将拐杖丢在一边，双手恭敬地接过银盒子，人们看到他偷偷地抹掉一滴眼泪。

列文虎克以一个没有受过正规教育的看门人，被破例吸收为皇家学会会员，他的名誉已经不亚于国王权臣了。但是他还是终日在那间小房子里磨镜、观察、记录。1723年，他刚度过自己的91岁寿辰，觉得身体大不如去年，他知道自己老了。这天他叫女儿去把自己的老朋友胡格夫利埃特请来，他领着老朋友在实验室里走着，用拐杖指着那些显微镜，还有大本大本的记录，冷静地交代着后事：这是我一生的收获，我的心血。我的生命已经迈入了自己的90年代，我想上帝不可能让我在这里待够一个世纪。九十年的生命中我有半个世纪是不停地磨着镜片。我深信一千个人当中没有一个能做这样的研究。因为这需要无限的时间，要花许多的金钱，还因为一个人要想有所成就，就必得呕心沥血，孜孜不倦。我努力这样去做，一共得到了419块镜头，制成了247台显微镜，它们都在这里了，还有我写好的375篇论文。现在我暂时还要用到它们，我辞世之后请您将这些东西转交给皇家学会。只是还有一点，我虽然发现了这个小王国，但那些小生物到底是什么，它们与我们人类又有什么关系呢？看来，我只好带着这个问题去问上帝了。

列文虎克一口气讲完这许多话，已经有点儿微微喘气。老朋友忙扶他坐下，祝福着：“您对人类的贡献已经够大了，上帝会让您活到100岁的。”

正是：

生命有时限，使用要集中。

矢志在一点，必能获成功。

列文虎克感到遗憾的问题，他发现的那些小生物到底是什么呢？且听下回分解。

梁衡 著

九州出版社
JIUZHOUPRESS

居里夫人一生共得了10项奖金、16种奖章、107个名誉头衔。

她将奖金慷慨地捐献给科研事业和处于战争灾难中的法国，

那些奖章她想不出好办法保存，就给6岁的女儿当玩具。

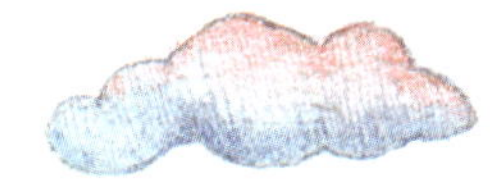

鹰和野猫科的动物，

由于捕食的需要就逐渐长成了尖利的但又可伸缩的爪；

长颈鹿是因地上的食物缺少，

为了吃到高处的树叶，脖颈就越来越长；

蒲公英为自己的后代能够延续，

它的种子带着轻软的茸毛，可以随风飘得很远……

这种情况叫做“自然选择”，

也是生物为自身延续进行的一种生存斗争。

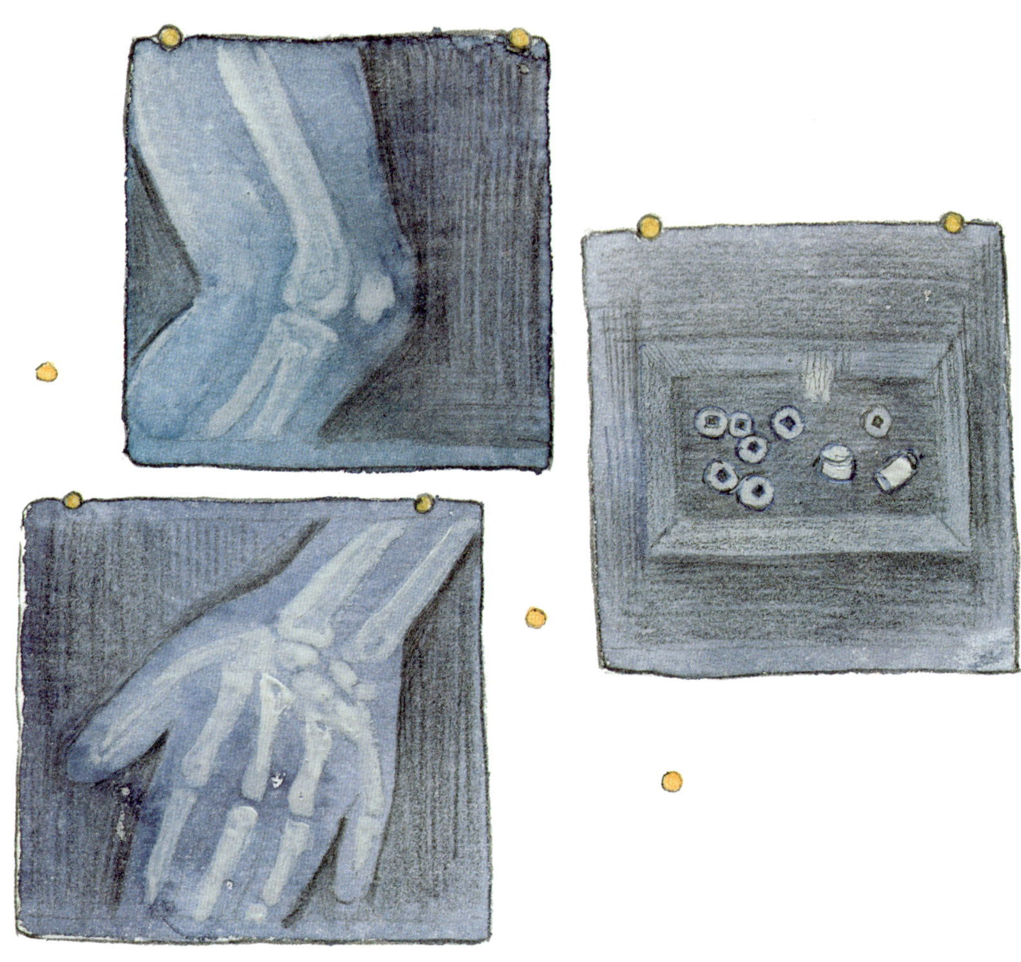

X射线成为19世纪90年代物理学上的三大发现之一，

也为伦琴赢得了1901年的诺贝尔物理学奖。

目录

第四十八回　求佳人才子喜得贤内助
攻化学医学却展新前程

——微生物学的确立

上回说到列文虎克观察到许多“小生物”，却不甚明白这到底是些什么东西。在他死后整整一百年，终于又出来一个接续他的研究者，这就是法国微生物学家和化学家**巴斯德**(1822—1895 年)。

说来有趣，这巴斯德一生不知攻克了多少个难题，而第一大难题就是怎样赢得一个女子的爱，我们就先从这里慢慢说起。

1851 年 1 月，年轻的巴斯德来巴黎大学任化学教授。一日他正端坐窗前凝神备课，抬头间忽见窗外园中的小路上走来一白衣红裙的女子。那女子款款而行，真个“翩若惊鸿，宛若游龙”，她神态自若，抬头时神清气朗，如芙蓉出水，光洁玉润；低眉时心沉志凝，如凤落梧桐，端庄恬静。这女子沿园间小路走来，越走越近，渐渐更看清她那一头金色秀发、

巴斯德

红润的脸庞，尤其是那双深蓝色的眼睛，像一汪深深的湖水，巴斯德仿佛已在其中照见了自己的影子。他正这样痴看呆想，忽那女子一抬头，眼光一扫正遇着他的眼神，吓得巴斯德心跳脸红，立即低头将脸埋在书里。约莫这女子已走过窗前，他才慢慢抬起头来，只见绿荫里一角红裙飘飘忽忽，渐渐隐去。巴斯德哪还有什么心思备课看书，他将笔往桌上一摔，用拳头砸着自己的脑袋，轻轻喊道："上帝啊，这就是我梦中的情人！"

从这天起巴斯德一伏案读书，好像那书上没有字，一提笔写字，好像那笔里没有墨水，食不知味，睡不成眠，好端端一个教授被那女子的倩影折磨得颠三倒四。好在巴斯德毕竟是受过高等教育而且又有抱负的人，深知事业为重，不可使自己的这种状态长期持续，就在研究记录本上暗暗记下，先解决这个课题。他再一调查，知道这女子竟是校长大人的千金，这下心里更是高兴。这倒不是他要攀龙附凤，而是校长一向爱巴斯德年轻有才，这门亲事或许更有希望。于是他便心生一借风使船之计，提笔先给校长写了一信：

> 我的父亲是一个阿尔波亚地方的鞣皮工人，我的三个妹妹帮助他做作坊里的工作和家务，以代替去年5月不幸去世的母亲，家道小康，当然谈不上富裕。而且我早就决定日后将我所有的全部家业让给妹妹们，因此我是没有财产的。我所有的只是身体健康，工作勇敢，以及我在大学的职位。我计划把一切献给化学研究，并希望能有某种程度的成功。我以这些微薄的聘礼，请求允许我和您的女儿订婚。

这可真是欲擒故纵，说是递上聘礼，反倒没有一文，不过真袒露了一颗赤心。而校长倒也开明，便将信转给女儿玛丽，要她自己决定。玛丽一看字里行间的书呆子气，“啪”的摔入纸篓，胸脯一挺，到校园里又唱又笑地独自玩耍去了。

巴斯德等了七天不见动静，又再换一个进攻角度提笔给玛丽的母亲写了一封信：

> 您知道我是多么爱您的女儿，但我怕的是，玛丽小姐太重视初步印象了，而初步印象对我是不利的。我确实没有什么吸引人的地方。但回想过去的经历，我知道那些深知我者，总是深爱我的。而我今天才第一次将我的爱奉献出来。

这封信也照样转到玛丽手里，但照样是一周毫无动静。

这回不必迂回使用火力了，巴斯德直接给玛丽写了一封信。他说：“我知道您嫌我身上这股书呆子气，但我只祈求您一点，不要匆忙地下判断。您知道，您可能错了。时间会告诉您，在我的这个矜持、腼腆的外表下，还有一颗充满热情的向着您的心。我虽然一无所有，但我会给您带来荣誉。”

这回玛丽小姐芳心动摇了，这一封封朴实无华的信证明巴斯德不是那种纨绔子弟，她完全可以托付终身。他们开始在花园里幽会，在巴斯德稿纸成堆的书桌前对灯静坐到很晚很晚。爱情再不是折磨巴斯德感情的绞索，而成了他这架科研机器的润滑油。有玛丽在身旁，他写作时就文思泉涌，千言立就。他钻进实验室里，虽然总想早点儿出来去看看她，但一想到应该对得起她的爱，便又沉下心来工作了。而玛丽时间长了不见他，就像一只小猫一样悄悄地溜进实验室，将一双小手轻轻地搭在他的双肩上。

巴斯德这次爱情攻关虽再三迂回，却事半功倍，不到半年时间，1849 年 5 月 29 日，他们便举行了婚礼。但就在宾客临门，典礼就要开始之时，却找不见了新郎，大家都十分焦急。这时只有玛丽不慌不忙，她说："别急，他一定在实验室里，可不能让那个实验半途而废啊！"

婚后不久，他们夫妇便迁居里尔，巴斯德任里尔学院的院长兼教授。里尔，这是一个酿造业很发达的城市。巴斯德很快在这里找到了自己的新课题，掀起一场关于微生物的轩然大波。

一天，当地的造酒商来找巴斯德，说几个月来，他们的酒突然一下子都发酸了，一桶一桶地倒掉，他们的厂子眼看就要倒闭，请化学家务必救他们一把。巴斯德这个皮匠的儿子，从小闻惯了鞣皮子的味道，连酒坊门也没有进去过，但他确信有列文虎克留下的武器——显微镜，不怕弄不出个结果。

他到酒厂取回好酒浆和坏酒浆各一桶。先从好酒浆里取出一滴放在显微镜下，里面有许多细小的球，这是酵母球，就是它使甜菜浆变成了酒。他再从坏酒浆里取出一滴，奇怪，酵母球没有了，有的只是一些细杆杆，它们很小很小，大约只有二万五千分之一英寸。他立即又从厂里搬来许多桶一一化验，都找到了这种小细杆。他明白了，一定是这些菌消灭了酵母球，独霸了天下，于是香甜的酒就变成了苦酸的黏液，像一桶酸奶。他又配了一瓶酵母汤，然后往里面滴入一点细杆菌液。他想如果我这个推论正确，这种细杆菌就会在这瓶里繁殖起来的。

它会不会活、会不会繁殖呢？夜深人静了，巴斯德做完这一切，才洗洗手，怀着忐忑的心情，掩上实验室的房门回到卧室。床头亮着一盏小小的灯，这是给他留的，玛丽已经入睡。自从他们结婚以来，几乎想不起有几次是同时就寝的，总是玛丽收拾完家务，又帮他抄写一会儿论文，实在困乏至极，只好一人上床去，所以每次巴斯德深夜回房，总怀着一种深深的歉疚之情。

当巴斯德轻手轻脚刚走近床头时，玛丽突然将被子一拉，蒙上鼻子，喊道："呀，你又去摆弄那些酸酒桶了。"

"亲爱的，对不起，我应该先去洗个澡的。"

这时玛丽嫣然一笑，退下被头说："算了吧，也不看几点钟，再洗完澡就天亮了，再说化学家身上的气味哪儿是肥皂就能洗掉的？”

巴斯德上了床，但是眼看着天花板，还是不能入睡。玛丽知道实验室的温箱里一定又放上了什么瓶子，才搅得他这样心绪不宁。每逢这种晚上是巴斯德最难过的，也是玛丽最焦虑的。她用自己柔嫩的手抚摸着巴斯德那双被药品烧起一层老茧的大手，抚慰着他疲倦的身体。当手碰到巴斯德的胸口时，她感觉到他的心脏在剧烈地跳动。她吓坏了，一下将耳朵贴在他的胸口上：“亲爱的，是不是心脏病又犯了？为了那些小动物也不能不顾自己啊。”

巴斯德拍拍她的手平静地说：“别怕，心跳快一点儿说明工作速度快，抢到了时间，有什么不好。”

玛丽说：“我们会成功的。明天这实验一做完，你就是我们的牛顿，我们的伽利略。”

他们真的成功了！第二天一早，巴斯德抽出那个小瓶子，昨天放进去的一个小灰点，现在起了气泡，他轻轻摇晃一下，瓶底升起缕缕灰雾，他取一滴放在显微镜下，惊呼道：“它们活了，它们繁殖了！”像牛顿开辟出经典力学一样，巴斯德开辟了微生物领域，他也是一位科学巨人。

这巴斯德跃马横刀闯入微生物领域，便势如破竹，如入无人之境（本来，以前也没有几个人涉猎这里）。他先帮助葡萄产地的农民解决了防止酒变酸的难题。说来简单，只要把酒加热到55℃，就可以将细菌杀死，这就是后来被普遍采用的“巴氏消毒法”。他发现了寄生在蚕身上的微生物，挽救了全法国的养蚕业；他发现了羊炭疽杆菌，并治好了羊炭疽病，挽回了2000万法郎的损失。他由此又推断出：人身上的传染病，也是由这些看不见的杀人犯传播的。这可是一个大胆的结论，这就不是化学，也不是微生物学的事了，巴斯德已经扬鞭催马踏入了医学的领地。当时的欧洲正对突然间流行全境的瘟疫束手无策，在俄国的一个乡村里，深更半夜，男人们起来把四个寡妇绑在犁上，赶着她们绕村犁上一圈，认为这样就可以抵挡瘟疫，而医生们也只知降温、放血，或开点儿不顶用的药丸。现在巴斯德突然闯了进来说：“这些统统都是骗人的！”于是，整个医学界就像一个被捅了的马蜂窝。

巴斯德是一个性格豪爽，拼命向前，苦干务实，想到就要说、要做的人，况且他也不大会装出一种谦虚去争取同情。他手头有了许多实验事实之后，就到处做学术报告，做科普宣传，而且态度直率，语言尖刻。在一次学术会上他说：“我真够聪明的，我居然能发现这一切，而你们真傻，竟到现在还不肯相信。”

一次巴黎举行科普讲座，会场里本来灯火通明，他突然将灯全部熄灭，然后打出一束光划破黑暗，只见这光中许多细小的微粒上下翻动。他指着这些微粒说：“你们看见了吧？斑疹伤寒、霍乱、黄热病……一切传染病菌就都在这些小微粒上面。你们不要小看这些小东西，它能量之大绝不亚于狂风暴雨。比如一种破坏酒精的微生物，几天之内能使比自己重100万倍的酒精变成醋，好比一个200磅体重的人，几天之内就可以劈掉200万磅木材，谁能有这么大的力气？如果这种病菌钻入人体，不难想象，欧洲几天之内就会尸横遍野……”

巴斯德这些话使听众们不寒而栗。包括那个大小说家大仲马，那天他也在场，无论他曾构思过多么惊险的小说，也不如巴斯德这几句话叫大家瞠目结舌。

好像别人都是聋子，都是瞎子，巴斯德大声向人们讲着他听到的、看到的一切。而大家都觉得他实在是个疯子，因为他们每一个人都既没有听到什么，也没有看到什么。因此，他们对这个疯子搅得他们上下不安简直不能容忍。他们开始在自己还占绝对优势的阵地——学术会议、各种刊物、报纸上——指名道姓地攻击巴斯德了。但是他毫不退让。

这天，巴黎医学会又举行一次医学报告会，讨论当时死亡率达 90% 的产褥热，还有外科手术感染问题。一个叫奎茵的顽固老头正在夸夸其谈这种病的病因，突然前排站起一个人说："完全是胡说八道！这些病首先得由你们医生、护士负责，是你们的手、医院里的床，还有手术刀、绷带，将那些致病微生物传给一个病人，又传给另一个病人，你们还全然不知。医院成了殡仪馆的前厅，手术台成了杀人台，你们却死抱住旧习惯不放，还在每天杀人。我昨天刚收到一封信，是苏格兰医生李斯特先生的，他在手术前将双手、刀具、纱布，甚至刀口周围都用硼酸彻底消毒，结果病人死亡率从 90% 一下就降到 15%。"此人正是巴斯德。

这时下面有人摇头，有人很注意地听，而奎茵早就不耐烦了，他打断巴斯德的话说："你总是这样像巫婆念咒似的叨叨，可是你说的可怕的微生物到底在哪里？它怎么能有这么大的本事？怎么能无孔不入地传播？你能给我看一看吗，它到底是什么样子？"

巴斯德三步两步迈到黑板前面画了一个链状物，说："引起产褥热的就是这种菌。"

奎茵冷笑一声："算了吧，你口口声声说我们没有见过微生物，倒是你恐怕连手术刀、绷带也没有摸过呢。"

"我看你不是没有看到显微镜下的微生物，而是没有看到自己心灵上的微生物。”巴斯德也冷笑一声。

但是他没有提防，被激怒的奎茵突然挥动老拳，向他当胸击来——各位读者，不是作者在编造，这实在是科学史上一件不好说出口的丑事。19 世纪后期，像 16 世纪教会蛮横镇压伽利略那样的事是不可能再发生了，但偏见和顽固仍然是科学的大敌。再说当时幸亏有人上去一把抱住奎茵，这架才未打起来。可是奎茵立即提出：“你要有胆量，明天我们到郊外决斗去！”

巴斯德冷笑一声：“我的任务是救人的命，而不是杀人！我死并不足惜，可惜我还有一个重要课题没有完成呢。”

巴斯德回到家里，由于刚才的不快，两只手还在颤抖。玛丽知道最近他常在外面受委屈，就过来挽着他的手坐下。现在他们已是年过花甲的老夫妻了，但还是如在蜜月里一样的情深。巴斯德心里的怒气也立即烟消云散。

他所说的课题，就是寻找根治狂犬病的办法。这是一种必死无疑的病，只要被疯狗咬了的人和任何动物，伤口都会像火灼一样地疼痛，而且狂躁不安，直到被折磨而死。巴斯德想，这一定又是一种微生物在作怪。他知道自己时日不多了，便想加快解决这个课题。

这天，他和助手设计了一个方案，就是从疯狗唾液里取来病菌，然后注射到好狗身上，或许可以获得免疫。但那是一条疯狗啊，取液谈何容易。巴斯德命令助手将一条壮实的疯狗绑在桌子上，再用撬棍将它的嘴撬开。那狗愤怒地哼着、呻吟着，嘴里渗出唾液。巴斯德取来一根玻璃吸管，含在嘴里就要向狗嘴里去吸。突然玛丽从房间里冲出来，一把搂住他的胳膊："亲爱的，难道你真的疯了吗？你的命真的这么不值钱吗？"

"不怕，我轻轻吸一点儿，病菌不等到我嘴边，我就会把它吐到杯子里的。"

"不，如果这样还是让我来吸。你的生命怎么也比我有十倍百倍的价值。"

"亲爱的，反正都一样，你万一染病离开人世，我与其受悲痛的折磨还不如一死。况且论技术，当然我比你熟练一些。"

巴斯德说得轻松，但玛丽浑身都在发抖了。她瞪着一双吃惊的大眼看着巴斯德和疯狗嘴对嘴，将那根细管子伸到狗的舌根，巴斯德那撮小胡子仿佛已经触到了狗的嘴唇，她突然用双手捂住了自己的眼睛。

菌苗制好了，在动物身上试验完全成功。但总得过人身试验这一关，巴斯德决定给自己注射。这回玛丽和几个助手坚决不干了。他们将药品锁起来，玛丽更是整日不离开他一步。

巴斯德像一个壮士被困在监牢里，他坐在实验室的长沙发上，捋着自己已花白的胡子自语道：“还有什么法子呢？上帝不会再给我多少时间，玛丽又不给我冒险的机会，还有什么法子呢？”他正这样愁眉不展地坐着，突然听到门口吵吵嚷嚷，还夹杂着哭声，一个助手推门进来，但还不等他开口，后面又跟进一个老妇人来。她一见巴斯德便一头跪在地上哭求道：“巴斯德先生，都说您是上帝派到人间的救星，快救救我的小儿子吧，他今天刚被疯狗咬伤，除了您谁也没办法啊，他不能死啊！”这妇人说着，早已泣不成声。

孩子被送来了，伤口已开始发红，可怜的孩子，无疑是得了这个可怕的病。他从现在开始还有半个月的时间，病菌将从皮肤、血液里慢慢地向他的脊髓、脑液里进攻，到那时他将发狂、昏迷、死亡。现在唯一的希望就是趁病菌还未进入脊髓、脑液之前，每天注射一点儿疫苗，以毒攻毒，培养起抵抗力来。但是人类有史以来还从未这样试过啊，到底有没有把握呢？这第一针是准备打在我这个将不久于人世的老头子身上的啊，怎么能在这个孩子身上试呢？这时老妇人还在地上叩头如捣蒜。

助手说：“只有这样，孩子也许有救，要不试一试吧。”巴斯德还在犹豫，老妇人早已抱住助手的手臂不住地恳求了。

巴斯德站起来说：“就试一试吧。可是如果失败，那些人一定会说我是杀人犯的。”

第一针打下去了，孩子安然入睡。

第二针打下去了，没见什么别的反应。

以后每天一针。到第十四天头上，最后一针了，毒性也已积累到最多了。巴斯德觉得自己的心在抖，他不敢到临时病房去，只好吩咐助手去注射这最后一针，自己又坐在那个长沙发上，呆呆地捋着他的小胡子。他不知道自己这是当一回牛顿呢还是当刽子手。他这样从早坐到晚，玛丽进来送了两回饭，助手进来报告了两回情况，倒没有异常。但是关键是今晚，能不能平安度过这一夜呢？这是阴间和阳间的界河啊！

当晚巴斯德没有回卧房，就躺在这个长沙发上。玛丽抱来了毯子轻轻给他盖好，虚掩着房门出去了。他在黑暗中看一会儿天花板，又透过窗户数一会儿天上的星星，不知什么时候迷迷糊糊地刚睡去。忽听见门外又是那个老妇人的声音：

“巴斯德先生在哪里？快，我要见他！巴斯德先生，您还没起床啊，我非见您不可。啊！我的孩子……”

巴斯德听到声音，一个鲤鱼打挺，翻身下地，摔落毯子，就向院里冲去。这时玛丽、助手也都早已跑出来，他们一起搀住老妇人，紧张得三颗心都已提到嗓子眼儿里。

到底这孩子性命如何，且听下回分解。

第四十九回　五年环球先从自然探得实际
六个便士只向爸爸买点时间

——进化论的创立

上回说到巴斯德第一次给病人注射狂犬病疫苗后，病人生死未卜，直弄得他六神无主，寝食不安。忽听老妇人一声大喊，早叫他冷汗淋淋。其实是一场虚惊，老妇人是来报喜，感谢大恩人的，她的儿子已然康复。人类终于第一次征服了这种可怕的“不治之症”。正当巴斯德一路人马研究那些只有在显微镜下才能看得到的微观生命时，有人却把目光转向整个世界，将整个地球把在手里，仔细琢磨：这地球上的花草树木、飞禽走兽，乃至人类的生命是怎样地来去。正是花开两朵，各表一枝，从这回起我们来讲这方面的故事。

这个故事的主人翁就是鼎鼎大名的**达尔文 (1809—1882 年)**。达尔文从小出生在一个书香门第。他的父亲是个医生，便送他去学医，但是他见解剖室里的尸体就怕，他说：“这些可怜的人，和我们一样地爱过人也被人爱，今天竟这样任人切割！”于是决计不学医。父亲又将他送到剑桥大学科学院，不想他对科学更无兴趣，三年的科学院生活除了应付考试，大部分时间就是打猎、郊游、搜集动植物标本。当时他还说不清将来要创造什么，但是他酷爱大自然，爱得发疯。他自己后来的回忆录里有一段描写可以为证：

> 有一天，我剥去一些老树皮，看到两只罕见的甲虫，就一手捉住了一只。正在这个时候，我又瞧见第三只新种类的甲虫，我舍不得把它放走，于是我把右手的那只放进嘴里。哎呀！“砰”的一声它排出了一些极辛辣的汁液，烧痛了我的舌头，我不得不把这只甲虫吐出来，它就跑掉了，而第三只甲虫也没有捉到。

大凡有成就的人都会在青年时代就给自己设计一个轨道，并使自己及早进入轨道运行。达尔文在科学院三年完全是按照自己的轨道奋进，绝没有让官方的课程浪费他的时间和精力。他一是读了很多自然科学的书；二是有机会就到野外观察，收集标本；三是拜了一个好老师：研究植物的亨斯洛教授。他在成名后说：“我所受的学校教育束缚了我的观察力，我所学到的一切有价值的知识都是靠自学获得的。”但是剑

达尔文

桥的天地他已觉太小，这时英国政府正在向全球扩张，不断派船探险，达尔文便经亨斯洛教授推荐登上了贝格尔舰，于1831 年 12 月 27 日开始了五年的环球考察旅行。中国有句古话，“饱以五车读，劳以万里行”，道出了做学问的诀窍。达尔文现在正是这样去身体力行，他在剑桥先饱饱地读了一肚子书，然后乘船去观察实践，这进化论的创立自然非他莫属了。

各位读者，我们在这本书的第一回就提出世界到底是什么。从屈原问天、泰勒斯说地开始，我们就随着那些可敬可爱的科学家去上天入地寻求探索，陪他们一起流汗、流血，一起被拷打，一起受火刑，终于将世界从上帝的手里一块一块地解放出来。但是上帝还有一块最后的、最顽固的阵地——生物学领域。世界上这许多生物怎样出现和存在的呢？当时的经典说法是上帝创造的，这就是所谓“神创论”。它认为从上帝创出来那一天起，各种生物就原封不动地存在了，今天是什么样子，当初就是什么样子。上帝还将这个世界安排得非常完善，有老鼠就有吃老鼠的猫，有吃草的鹿就有吃鹿的狼，真是无懈可击。所以科学家要夺回这块阵地，比之天文、物理、化学要难得多，这达尔文比哥白尼也就迟生了三百三十六年。闲话不表，我们且看达尔文是怎样发起这场最后的攻坚战的。

贝格尔号驶离德文港后，舰长菲茨罗伊为达尔文安排了一个小房间，中间是一张很大的绘图桌，桌上是一个睡觉的吊床，他将在这里整理标本、绘图、观察。舰长又派给他一个叫科文顿的仆人。这人以后帮他猎取鸟兽、制作标本，成了一名重要助手。贝格尔舰的环球路线是：出英吉利海峡，进大西洋，贴着南美洲东岸下行绕过合恩角，再北上进入太平洋，到澳大利亚后进入印度洋，绕过非洲的好望角，再次进入大西洋，返回英国。

他们一登上南美洲大陆，热带雨林中的动植物立即以它们特有的魅力和无穷的奥秘紧紧将他们吸引住。这天达尔文和科文顿正在林中披荆斩棘，艰难前行，忽觉头上有什么东西闪闪发光。一抬头见是一片蜘蛛网，这网也特殊，蛛丝比一般的要粗，要亮，像一根根钢丝紧绷在树枝间，一个瓶盖大的蜘蛛正在紧张地吐丝工作。达尔文正有兴致地观察着，科文顿忽然举手说："快看！"他顺着手势一转头，不觉"哎呀"一声。原来头上的整片林子都已结成一张大网，那亮晶晶的蛛丝东来西往，四通八达。一个手掌大的蜘蛛雄踞中间，各处又有许多小蜘蛛分兵把守，有的在吐丝修补被风吹断的网子，有的在闭目假寐，专等猎物落网。这时一只黄蜂飞来，它的翅膀不慎触在一根蛛丝上。也只这一触，它便厄运难逃，越是挣扎，越陷在网里不能起飞，那只假寐的蜘蛛早圆睁双目，怒冲冲地扑来。只见它口中喷出一点亮光——却是一根丝头，先粘在黄蜂身上，然后就拉着这根丝围着它绕圈，三转两转早把那只黄蜂捆得结结实实。不想，正当蜘蛛得意之时，头上又有一只黄蜂飞来，趁其不备挺起自己的刺向它猛地螫去，蜘蛛受此一击疼痛难忍，翻落网下。它知道敌人还会做第二次攻击，就忍痛爬入草丛。但黄蜂不断地做低空飞行，很快就发现了它。这黄蜂也知道蜘蛛那双毒螯肢的厉害，不敢贸然下手。它先做了几个佯攻的假动作，趁蜘蛛一仰身之际，一下刺中它的胸部，蜘蛛不动了。其实它并没有死，黄蜂只是注射一点儿毒液让它昏迷，好不死不活地留给自己的子女食用。

达尔文被这紧张的战斗场面所吸引，早看得忘了时辰，一会儿只觉腿上发痒，他以为缠着草藤，蹬脚甩了两下，觉得很沉，低头一看，哎呀！原来是一条一握粗的长蛇，早将他的小腿缠了三圈。科文顿也看见了，拔刀跃起，就要去砍。达尔文却示意他不要动，只见这条蛇吐着又长又红的信子，已经发怒脖子鼓得有皮球那么大。这是他在英国从没见过的品种。达尔文敏捷地将蛇的颈部一卡，那蛇气急，狂吐红信，却不能动，他大喊："科文顿快动手！"科文顿上前一只手将蛇身一捋，另一只手提起蛇尾来了一个"倒松井绳"，这蛇就落入他们的标本袋里了。自然，刚才那双冤家——黄蜂和蜘蛛，也都让他们这两个渔翁得利收走了。他们高高兴兴向海边走去。

科文顿只顾低头开路，一个毛茸茸的东西正与他撞个满怀。他吓了一跳，退后三步，原来是一只长尾猴从树上倒卷下来。这猴子已经死去，但那尾巴却还有这么大的卷缠力。

达尔文觉得有趣，想取下来回去制作标本。无奈那猴尾比蛇身卷力更大，他们只好连那树枝一起砍下，才将这猴子取下带回。这一路他们主仆二人好生奇怪，蜘蛛会织网，黄蜂有刺，蛇有毒液，猴子有这么一条神奇的尾巴，它们都靠着这些绝招来御敌、觅食、生存。科文顿边走边赞美全能的上帝，他怎么将这个世界安排得这样好呢？他在造物时，怎么能造出这许多千差万别又各有本领的物种呢？他们走出树林了，已经看见海湾里的船。科文顿将那只沉重的猴子从背上放下，达尔文也放下肩上的标本袋，他们坐在软软的沙地上小憩。达尔文仰面看着这一望无垠的蓝天，不由轻轻地自语：“上帝啊，您创造世界的计划是多么伟大，这个工程又是多么的完善！”

确实，达尔文在刚出海之时还坚信世界是上帝创造，世界上的各种动植物都是上帝在最初一次造好就放到地上，它们就这样永远不变地、一代一代地繁衍下来。但是大自然这本书却不比那种普通白纸黑字的书，你越是仔细读下去就越能发现许多从未见过的东西。

1832 年 9 月，达尔文来到阿根廷中部东海岸，发现地上有许多古代陆生物化石。他十分高兴，立即和科文顿奋力挖掘起来，苦战了三个多小时，挖出一个完整的巨大的剑齿兽化石。这东西真是有趣，和现代动物比，它的躯干像大象，牙齿像兔子，眼、耳、鼻又像海牛。象、兔子、海牛现在不是分属于不同的目吗？过去它们怎么会集中在一起？半天的挥镐撬石早把达尔文累得上气不接下气，现在这个新难题又叫他困惑不解。他一屁股坐在土坑里，双手捧着那个奇怪的头骨化石，豆粒大的汗珠顺着脸颊慢慢滚下，他一动不动像突然遭了雷击电打一样地麻木了。半天，他才仰天长叹一声："上帝啊，请原谅我对您的怀疑，难道在造物之初，物种并不是现在这个样子？或者这物种本来就不是您造的？"他刚把最后这半句话说完，不由浑身打了一个寒战，一身热汗瞬间变成一身凉水——啊，我这样想是不是亵渎了上帝？

科文顿在一旁听见这话也忙问："达尔文先生，您说什么？"

"啊，我没有说，什么也没有说。天不早了，我们赶快收拾东西回船吧。"

但是，从此这个疑团就占据了达尔文的心："地球上新的生物第一次出现到底是什么样子？"

各位读者，许多伟大科学家之成长，常常起于最初的那自我一问。伽利略见自由落体，一问而研究出落体规律；牛顿见苹果落地，一问而终悟出万有引力；哥白尼见托勒密体系的烦琐，一问而产生出自己的日心说；开普勒见火星轨道与观察记录的8分误差，一问而发现行星运行定律；迈尔见人身上的血，一问而导致能量守恒定律的发现……一个人品质的养成，要学会坚内而拒外，防微杜渐，出污泥而不染；相反一个人学问的做成，则要虚怀而多求，见缝插针，追蛛丝马迹而不舍。当他遇到可疑的东西时那一扪心自问，正是已将钥匙插入了锁孔，只待一拧，再一推门，一座神秘王国就豁然展现在眼前。

这达尔文自从心里暗暗起了对上帝的怀疑，在以后的考察中就处处留心，时时在意了。

又过了三年，1835年9月，达尔文随贝格尔舰来到加拉帕戈斯群岛。这个岛位于太平洋东部，离南美洲西海岸950千米，它的历史不长，是几千年前由于海底火山喷发从海水里钻出来的一小块陆地。当达尔文和科文顿背着猎枪和标本袋上岸后，他们立即感到这支枪实在多余，岛上所有的动物都不怕人。这主仆二人在岛上悠然自得地随意散步，而那些鸟兽或嬉戏于前，或不舍于后，好不快乐。突然，他们看到许多大龟排成长队，足有几里长，浩浩荡荡地向前爬着，而每个龟少说也有100多千克。原来这个岛上缺水，它们是前往水源地喝水的。看它们那个样子，一会儿探出头来望望前面，离泉水还远呢，又缩回脖子，一步一寸，不慌不忙地往前挪。

达尔文看得好笑，便跳上龟背，这龟就如背上落了一片树叶一样，毫无负重之感，还是四平八稳地前进。泉水到了，龟们不顾一切地将头伸到水里，一连喝几十口才喘一下气。原来它们这样喝一次水就可以忍受好多天的干渴，那水都贮存在心包和膀胱里，难怪当地居民遇到缺水时就杀这种大龟取水呢。同样是龟，为什么这个岛上的龟就有这种特殊本领呢？难道这是上帝为这里专造的新种吗？可是这个岛不过才几千年啊！这以前上帝不是早就将所有的物种都造好了吗？

达尔文经过仔细观察，发现岛上的物种与南美洲属同一类型。但是由于这里气候奇特，它们又很不同。他收集了岛上的生物标本，26 种陆栖鸟类中，有 25 种是岛上特有的；15 种海栖鱼类全部是新品种；25 种甲虫中，只有两三种是南美也有的；185 种显花植物，其中新品种就有 100 种。看来这些新物种并不是上帝创造的，是这里特殊的气候、特殊的环境创造的，物种是可以变的，是受自然选择的。

1836 年 10 月 20 日，经过五年的海上漂泊，达尔文回到了英国。这五年他饱览了自然风光，到过大西洋、太平洋、印度洋三个海洋；他看到热带森林中枝叶如盖、藤蔓如麻的郁茂风光；他看到了地震后海中会升起一片小岛的奇景；看到了火山喷发，岩浆从天而降的奇景；他看到了如碧玉泻流的冰川，看到了如工艺品一样的珊瑚岛。但是更重要的，他在这各种奇景迭现的地方发现了在伦敦根本不可能见到的物种。就在他返回前不久，那些标本箱打着美洲、大洋洲各城市的邮戳，也源源不断地寄到了伦敦。他五年前出门时还是抱着对上帝的无限信仰和对自然的好奇，想去搜集一点儿标本；五年后他再返国门时，已将上帝甩在脑后，开始思索这一系列风光和标本内在的联系规律。

1839 年，他与自己的表姐爱玛结婚。达尔文的腹内已经是一座富矿——那是五年环球生活中一点一点儿形成的，现在他就要坐下来一点一点儿开采了。他将资料整理后，出版了《考察日记》、《贝格尔舰航行期内的动物志》五卷、《贝格尔舰航行中的地质学》三卷。他知道自己虽收集到许多材料但专业知识还是不够，他继续和他崇拜的地质学家赖尔联系，又找到植物学家霍克合作。赖尔比他大十二岁，霍克比他小八岁，但是他们却结成了一个真正的“忘年联盟”，这个联盟后来还有比达尔文小十六岁的**赫胥黎（1825—1895年）**加入，组成了一个进化论向旧势力开战的坚强堡垒。

有了材料，有了战友，现在达尔文要做最后冲刺了。为躲避过多的社交活动，达尔文在伦敦郊外 15 英里的地方买了一所房子，这就是唐恩村那座他一直住到逝世的有名的住宅。

现在一反过去那种不规律的生活，达尔文为自己安排了一套极严格的时间表。上午八点到十一点半工作，下午一点到四点工作，然后又从五点半工作到七点半。中间是散步或听爱玛朗诵小说，晚饭后听爱玛弹琴或两人下棋，十点睡觉。他说："我的生活过得像钟表那样规则，当我生命告终的时候，我就会停在一个地方不动了。"

能迎风搏浪，到大自然中去探索，又能潜心静性，埋头在书房里研究，这实在是大学问家的风度。但是这个环境的造成，首先得感谢爱玛。达尔文共有五个儿子，两个女儿，不用说，这家里就如幼儿园一般。但是爱玛规定孩子们谁也不许进父亲的书房，而且经过书房门口时就要像猫走路那样不得发出一点儿声音。达尔文本是个极爱孩子的人，他控制住自己的感情，在一天的三段工作时间里一定闭门不出，只有在吃饭或休息时他才和孩子们游戏。他每天这样或埋在书籍笔记堆里查找资料，或伏案疾书，每当写完一张稿纸。听着那"嚓"的一声，便感到一种极大的安慰。由于五年的海上生活，或许还有遗传的原因，现在他的身体很不好，头晕、失眠、呕吐，有时一天也写不了几页，但精神一好就赶快工作。那潦草的初稿从书房里一页一页地递出来，爱玛就伏在会客室的那张大写字台上为他誊清。

这天，达尔文正这样拼命地写作，忽然听见几下低低的敲门声，不像是外面来的客人，因为如果赖尔或霍克他们到了，爱玛一定会先招待的。他捶了捶发酸的后背起身去开门，门缝里显出一个幼小的身影，原来是4岁的小儿子弗朗西斯。只见他怯生生地伸出一只又黑又脏的手，手心里有六个便士，鼓着腮帮子也不说话。孩子来书房这是犯禁的，但达尔文一见儿子这个样子就心软了，而且“执法官”爱玛正好也不在眼前。

父亲弯下腰问道：“小弗朗西斯，你进来有什么大事吗？”

“我每天早晨一醒来就找不见爸爸了，所以就想来看看您。”

一股父子柔情突然袭上达尔文的心头。他探身摸着儿子红红的脸蛋，又捏着他的小手说：“那么你拿这六个便士干什么呢？”

“我怕爸爸不让我进来，就向姐姐要了……”

可爱的儿子原来是要用这六个便士买爸爸的一点时间啊！达尔文禁不住热泪夺眶而出，他一把抱起孩子，在他的小脸上狂吻着，泪水滴在儿子的脸上，又被他的胡子擦成一片。他觉得自己的内心受到了深深的一击，好像被打穿了一个洞那样疼。他自语着：“我真是个不够格的父亲。我对不起你啊，孩子，走，今天爸爸不写了，这一天的时间全是你的。我们到花园里去捉蝴蝶、挖蚯蚓去。”

他抱着孩子走出房门。弗朗西斯难得有个得宠撒娇的机会，他紧搂着父亲的肩膀不肯下来，小嘴紧紧地吸在父亲的脸上。当走过窗下时，达尔文看见爱玛正在那里抹眼泪，她已经看到这一幕了，达尔文不觉一怔，随即快活地喊道：“爱玛，叫上我们所有的孩子到花园里去。我宣布今天放假！”

1858 年，闷热的夏季笼罩了唐恩村。夜深了，达尔文从灯下抬起头来，伸手抽出一支雪茄，点燃，思绪和着缕缕轻烟在这间书房里游荡。他翻开刚写完的《物种起源》第十章，用手抚摩着刚刚渗入纸里的墨迹。这每一个字就是一滴汗，甚至有时还要咬一下牙。他的身体越来越糟，经常彻夜不能入眠，那种要向上帝宣战的冲动，在他的心里时时泛起，搅得他每一根神经都不能有一会儿安闲。这部稿子是在 1842 年动手的，最初只写了 35 页提纲，后来又扩充到 231 页，到 1856 年赖尔建议他赶快成书，不然必定有人抢先。但是他知道这个问题实在和哥白尼反抗托勒密一样，虽不至于再被教会烧死，但那反对的浪潮也足以将他淹没。所以他再三核对材料，寻找根据，又将那 231 页的稿子压缩了一半。这样反复提炼，再三推敲，现在总算有了个样子，不久就可以送去出版。赖尔、霍克他们早就等得不耐烦了。

这时门开了，后面响起轻轻的脚步声，一会儿，一双温柔的手搭上他的双肩，这是爱玛。他抬起头，爱玛以手背触着他消瘦的双颊说："你这实在是拼命啊。"

"我知道自己是在拼命。工作已使我的疲倦超过了通常的程度，但是我没有其他的事情好做。只要进化论能够成立，我想我的精力无论是早一年耗尽，还是晚一年耗尽，这都是无关紧要的。"

"不要这样说，查理。现在这本书眼看就要完成，你应该减缓一下自己的疲劳，我给你取一杯葡萄酒来。"

酒端过来了，达尔文没有接酒却轻轻握住妻子的手，扶她坐下。他眼中已饱含着泪水："爱玛，你真是世界上最好的妻子，你的价值比等于你体重的黄金还要宝贵很多倍。世人将来可能知道达尔文，但不知道有个爱玛。但是，假如没有你，我就没有这许多聪明、愉快和勇气，没有人来听我对疾病的诉苦，我会在冗长的岁月内成为一个孤单的悲惨的病夫，也根本不会有这本书。"

"不，世人没有必要知道我。查理，你和你的事业是一个大海，我是一滴水。不只我，还有你的许多朋友，我们都甘心溶进这片蔚蓝色的海水中去。"

“但是你，还有孩子们实在受苦了，这都是为了我才淹到这个苦海里。”

“可是最苦的还是你，我只恨自己不才，不能去替你承担一个题目或写几页纸。”

这时达尔文的眼泪怎么也忍不住了，他不愿让爱玛看见，赶快掩饰地端起酒杯，一仰脖子，连泪带酒咽进肚里。爱玛也激动不已，她拿起桌上的书稿，轻轻地摸着，这全是她誊写过的，有她的心血、她的汗水，禁不住眼眶也热了。两人隔灯对坐，良久无言。月光透过纱窗，一片幽静。爱玛又斟上一杯酒，达尔文不去接酒，却提笔在纸上一挥而成一首小诗。那原诗自然是洋文，容笔者将它翻译成方块汉字，大意如下：

葡萄美酒心中泪，月明如镜夜如水。
相对无言言难尽，莫问苦甜同一醉。

这晚上他们夫妻因书稿将成，苦中见甜，喝了一点儿酒，又说了许多安慰的话，很迟才睡。大约是如释重负，达尔文难得有这样的好觉，第二天直到日上三竿还未起床。爱玛一早起来做完早餐，她打发孩子们先吃，并让他们轻声点儿不要吵醒爸爸。这时邮递员按时送来今天的信件，爱玛就坐在花园里的圆桌上一封一封地拆阅着，这是她每天的功课。可是当她看完了其中一封信时，不觉拿信的手抖动不止，仿佛这信烫手似的，她将信从左手倒到右手反复读了两遍，然后再也不顾达尔文还在睡觉，便急忙向卧室跑去。

到底这是一封什么重要的信件，且听下回分解。

第五十回　飞鸿一叶华莱士已着先鞭
掷笔三叹达尔文欲弃前功
——进化论的发表

上回说到爱玛接到一封信顿时脸色大变，你道这信是谁写来的？原来是一个叫**华莱士**(1823—1913年)的人，他当时正在马来亚考察。这人也在探寻物种起源问题，过去常来信向达尔文请教，可是他今天随信寄来一篇论文，大有捷足先登之势，达尔文多年的辛苦岂不白费？爱玛将这封信急慌慌送到卧室，达尔文拥被而坐，睡眼惺忪，也急忙读了起来。先是一页短信，说他夜来辗转床头着实难眠，又回忆了这几年考察研究的结果，遂得出一奇怪的理论，写成一篇论文，不知是否妥当，转送上请过目，并请转赖尔，也请他提提意见。达尔文立即如磁石遇铁，捧着论文读了下去：

野生动物的一生是生存斗争的一生，它们所有的器官和力量都是为了保护自己以及子兽幼禽的生存而发挥作用的。在不适宜的季节觅取食物的可能性，逃避最危险的敌人的可能性，以及其他，等等，都是决定个体生存和整个物种生存的首要条件，这些条件也决定了物种群体的大小。仔细考虑这些情况以后，我们就能够理解，并且在一定程度上解释原先看来是不能解释的事情——为什么有些物种个体数目非常多，而另一些和它们密切相关的物种个体数目却非常少……

达尔文读着读着，激动之情已无法按捺。多么似曾相识的文章！就差这稿纸上不是他自己的手迹了。他一把撩起被子，只穿一件睡衣，坐到窗前的桌子上，飞快地扫过下面的文字：

最能适应环境以获得经常性食物供应，并且能够抵御天敌和气候变化的物种，它们的数目必定有所增加，而力量和身体结构上有缺陷的、在食物来源减少的情况下不能适应的那些物种，在数目上一定会减少，甚至完全灭绝……

达尔文读着读着只觉眼前一阵晕眩，他稍一定神，将拳头轻轻地击着桌子，喊道："世上竟有这样的巧事！华莱士啊，你知道我在研究物种和变种问题，可是我从没有把变异的原因和方式告诉过你，怎么你的论文简直就是我的书的缩写呢？赖尔先生，你在前几年就劝我快点儿写书，快点儿发表，不然总有人要抢先的，不想今天被您不幸而言中。这个抢先者今天真的出现了，他已经大摇大摆地走进我的研究室，捧着他写好的论文，傲视着我桌上这一堆散乱的手稿。华莱士先生，你既然写好了论文就该直接去发表啊，为何又要让我看，让我改，给我出些难题呢？"

爱玛一直站在达尔文的身后，她看他像是突然被雷击了一样浑身瘫软，两手发抖。她上前搀扶他，让他到床上休息。达尔文却捏着那几页纸，哆嗦着示意扶他到书房里去。书房像一个战场，桌子上还留着昨晚激战后的痕迹，墨水瓶开着口，稿纸散在桌上，几十本笔记或者敞开摊在灯下，或者里面都夹了纸条，卡片都用小铁夹子分门别类夹成许多小叠，在桌子的右角堆成一个高台。达尔文坐在他那把已经磨穿几个洞的大藤椅里，把目光从桌上移开，环视四周，靠墙都是一人高的资料柜，有各种标本，整柜的笔记，还有别人的和他自己已出版的著作。这间房里无处不渗透着他的心血啊！

他从椅子上站起来，先将散乱的卡片全部收在一起，用

三叶虫化石

夹子夹好，又将笔记本一本一本地合上。爱玛站在旁边忙顺手接过，放回资料柜里。她熟悉达尔文的习惯，每写完一章就这样清理一次，那桌子也就难得地干净一次。但不会超过一天，下一场战斗又打响了，“战场”上又是一片混乱。今天看来他是要彻底打扫了，连墨水瓶也都放进了抽屉。

达尔文最后收拾的是那半尺厚的手稿。他将它细心地理齐，查过页数，又找来一根丝线拦腰捆了一道，然后交给爱玛说：“我们现在可以宣告结束战斗了。”

“怎么，现在就立即送去出版吗？”

“不，请你把它送到那里去。”达尔文用下巴指指书桌旁的壁炉，又拾起一盒火柴放在爱玛手心里。

“查理，”爱玛突然明白了他要干什么，她喊着，声音都变了：“你不能这样，这是二十年的辛苦啊，是你的生命啊！难道就这样付之一炬，就这样前功尽弃？”

温柔的爱玛，达尔文这位可亲可爱的妻子，今天突然却显得十分威严。她将手稿重新放到桌上说：“你最应该知道它的价值，这是伟大的成果，是将要照亮整个生物界的火炬，你怎会这样轻易地抛弃？”

“它是一个伟大的成果。但是这个成果没有我别人也照样能将它取得，说明它在我这里已经毫无意义。现在，只有此法才是最合适的处理。假如我将这本书立即出版，华莱士一定以为是我抄他的。那么世人将认为我不是科学家，而是盗贼。我宁肯不要首先权，也不背这个坏名声！”

“你关于物种起源的研究早就不属于你一个人，赖尔先生、霍克先生，还有热情的赫胥黎，他们给了你多大的支持！没有赖尔在地质方面指导，没有霍克在植物学方面的合作，哪能有今天这样的结论？再说你也该想想我们夫妻的情分，这部手稿上不只有你的心血，也有我的许多手迹啊！”爱玛说着禁不住鼻子一酸，背转身去轻轻地饮泣起来。

爱玛这几句话真叫达尔文心软了。他说：“好吧，我先给赖尔写封信，听听他的意见。”说罢便提笔写道：

您的话已经惊人地实现了——那就是别人会跑在我的前面……我从来没有看到过比这件事更为显著的巧合。即使华莱士手里有过我1842年写的那个草稿，他也不会写出一个比这更好的摘要来！甚至他用的术语现在都成了我那些章节的标题。请把草稿还给我，因为他没有说叫我发表，当然我立即写信给他，建议他把草稿寄给任何刊物去发表。因此，我的创造——不论它的价值怎样——被粉碎了……

希望您会赞同华莱士的论文，这样我可以把您说的话告诉他。

1858年6月18日

信发出后的第三天，赖尔就来到了唐恩村，他的身后还跟着霍克。

在达尔文的客厅里一场很奇怪的谈判正在激烈进行着，隔壁的爱玛不时紧张地竖耳静听，他们搬进这所房子以来，这里还没有发生过像今天这样的争吵。辩论的一方是达尔文，而他代表的却是华莱士，另一方是赖尔和霍克，却代表达尔文。

赖尔将达尔文的手稿捧在手里激动地说："查理，我曾劝您早点儿发表这篇东西，您不听劝告再三推辞，说是要听听不同意见，那么今天反倒听见了相同的声音，若再不发表，就该轮别人去听不同意见，享受优先者的光荣，所以我和霍克今天再次当面请求您立即公布这些研究成果。"

"不，赖尔先生，如果没有华莱士的这封信，我可以立即将手稿托您去发表，现在却反而不能发表了，而且永远也不能发表了。华莱士先生近年来与我书信往来，我们彼此都知道对方从事的研究，他确实独立地完成了这个艰巨的划时代的课题。"

这时霍克插进来说："达尔文先生，您不是比他更早就开始研究这个课题了吗？而且您还掌握了最丰富的材料，已经陆续发表了《考察日记》和地质、动物、植物各方面的著作，就只差这层窗纸没有被最后捅破，没有公布最后的结论了。不错，华莱士先生是在搞这项研究，但是当您 1831 年就出发去环球考察时，华莱士才是一个刚背上书包的 6 岁孩子；1842 年您已经写出那份详细提纲时，他才是一个 19 岁的学生；1854 年他在马来半岛进行考察，只花了两个晚上就写成这篇论文,而您得出这个结论已经有二十多年了。您就是现在发表,谁敢说您是在抢优先权呢?”

“不，霍克先生，年龄的大小不能说明成果的先后，正像您比我小 8 岁，但在植物学方面仍是我的老师。华莱士如果有我这样的环球经历，有我这么长时间的研究，他会得出更完善的结论。”

“但是，您早就在辛苦研究，而且已经得出了结论，这也是事实。”

“对，结论我已经得出，而且华莱士也已经得出，现在冠以谁的名字就更无足轻重了。我常想我们英国人对世界科学是做出了巨大贡献的，但是有一件事让我一想起就不愉快，就是伟大的牛顿因为微积分的优先权和莱布尼茨争吵了几十年，这与数学本身的发展有什么关系？难道让世人将来评论说，在牛顿之后英国人又出了一场科学官司，是达尔文和他的朋友在物种起源研究的优先权上吵架。你们知道，我在科学研究上，在事业上，可以像钢一样的硬，可以不顾一切地往前冲，任何难题都是我要消灭的敌人；可是我在感情上却像水一样的软，经常在左顾右盼，任何对我表示爱和友谊的人，都会使我屈膝投降。我不愿朋友之间有一点儿的误解，一点儿的怠慢，这种心灵上的一点创伤要赛过来自敌人的一次扫荡。我不忍心这种痛苦降临到华莱士身上，他还年轻，他多么聪明，他应该没有烦恼地轻轻松松地去干更多的事情。同时我纯净的感情之水里，也绝不允许滴进这一滴污水。这样我会心神不安，即使终日面对稿纸却将再也写不出一个字了！”

这时，赖尔看这场谈判越谈越僵，便起身趋前一步，以师长的身份缓慢而严肃地说：“查理，这是科学，不光是感情……”

早就悄悄守候在门口的爱玛生怕达尔文又会说出什么更无法挽回的话来，忙上前说：“查理，您不看已经几点，该让客人吃饭了。”

说完，他们四人一同走进餐厅。

1858 年 7 月 1 日，林奈学会在伦敦举行学术报告会，这又是一次科学史上奇怪的学术会。论文作者是达尔文和华莱士，但是两人都未出席。华莱士这时还远在马来群岛，无法赶回。而达尔文虽勉强同意同时宣布他们两人的论文，但听说华莱士不能到会，他也不去。他对赖尔说：“虽说同时宣布两人的论文。可是只我一人趾高气扬地坐在主席台上，我不干。我坐在那里想起这时正在热带酷日下艰苦考察的华莱士先生，会羞红了脸。”他向会议请假说身体不适，论文请霍克先生代为宣读。

赖尔主持会议，他说：“各位先生，今天我们要宣布两篇关于物种起源和变异方面的论文，无疑这是一个科学上的最新命题。但是更可贵的是，两位科学家达尔文和华莱士先生他们同时发现这一理论，但又谁也不想争优先权，只此一点在科学史上也足可大书一笔，这是我们林奈学会的骄傲！是我们英国科学界的骄傲！”

全场响起一阵热烈掌声，大家都很兴奋。霍克就在这种情绪中走上讲台，开始了介绍：

“生物为什么会有许多的品种？它并不是上帝一次造成的。它先有较少的品种，然后由于环境的作用出现各种变异。比如鹰和野猫科的动物，由于捕食的需要就逐渐长成了尖利的但又可伸缩的爪；长颈鹿是因地上的食物缺少，为了吃到高处的树叶，脖颈就越来越长；蒲公英为自己的后代能够延续，它的种子带着轻软的茸毛，可以随风飘得很远……这种情况叫作‘自然选择’，也是生物为自身延续进行的一种生存斗争。”

“其实除自然选择外人工选择早就在进行。达尔文先生以鸽子为例进行了研究。我们一般人认为各个品种的家养鸽子都是从自然中的鸽子得来的，达尔文先生解剖了所有的家养鸽种，比较了它们的骨骼，称了每一根小骨的重量，研究了它们的羽色，他发现无论品种有多少，它们都起源于野生的‘原鸽’。人们偶尔发现一只鸽子胸部突出，觉得好奇，开始繁殖它，一代一代，最后就出现了‘突胸鸽’；人们发现有只鸽子尾巴宽，就繁殖它，最后出现了如凤凰展翅一样的‘扇尾鸽’。达尔文先生还亲自做实验，把一只白鸽和黑鸽杂交，得到了一只黑白斑驳的鸽子。这说明物种是可变的，可以通过自然选择和人工选择实现变异。”

“达尔文先生还特别研究了中国的情况。我们知道，在养殖业和种植业方面中国是世界上最古老的国家之一。达尔文先生说：如果以为选择原理是近代的发现，那就未免与事实相差太远了。在一部古代的中国百科全书中已有关于选择原理的明确记述。朱红色鳞的鱼最初是在宋朝（始于公元 960 年）于拘禁情况下育成的，现在到处的家庭都养金鱼作为观赏之用。在中国，竹子有六十三个变种，适用于种种不同的家庭用途。甚至中国皇帝也发出上谕，劝告人们选择良种。据说‘御米’就是康熙皇帝出巡在一块地里看到一个品种，亲自在御花园里进行栽培，后来就成了能在长城以北生长的唯一品种，变得很有价值。达尔文先生还举例，牡丹在中国有一千四百年的栽培史，养蚕则是在公元前 2700 年就开始了。他的许多文章在讨论物种时直接提到中国的材料就有一百多处。”

霍克越谈兴致越浓。这是多么新鲜的道理，多么新奇的材料，与会的生物学家们一个个都被吸引得忘记喝水，忘记吸烟。会场里十分安静，就像一座刚打开窗户的空房子，一股新鲜的晨风吹了进来，轻轻飘荡，那是霍克的讲演。

达尔文是真够幸福的。他有爱玛那样贤能的妻子帮助他的事业，又有赖尔、霍克这样的朋友在关键时刻出来撑腰帮忙。是他自己那看似柔弱实则博大宽厚的情怀换来了这深沉的爱，成了他事业上的一种无形的后盾和力量。

此时达尔文正坐在唐恩村的书房里，他还是深深地不安，他想，这时伦敦的会场上会是什么情况呢？一种新观点的出现自然会有人反对，那倒是不足为奇的。但是人们会不会议论说我硬挤进这项成果中来呢？会不会说我去抢青年人碗里的饭，老师却怕学生出头呢？这件事是赖尔和霍克力主办成的，他原来的意思便是将书稿一烧了事。这时他那只心爱的狗“波利”从门缝里溜进来，用嘴咬着他的裤角拉他起身。噢，该到每天散步的时间了，但是他今天实在没心思到花园里去。他那铁的时间表今天也不得不有所变更。他伸手轻轻拍拍“波利”的脑门，“波利”夹起尾巴怏怏不乐地溜出房门。

达尔文又靠在藤椅里思索了一会儿，他想应该向华莱士写封信，虽说他知道今天这个会议，但是还应向他说明一下，顺便问候他的间歇热好了没有。他在桌上铺开一张纸，飞快地写道：

亲爱的先生：

今天林奈学会正在宣读您和我的论文。在繁重的工作中，同情是一种有价值的和真实的鼓励。我们远隔千里却能得出这样一个全新的相近、甚至相同的结论，我感到由衷的高兴。我几乎同意您文章中每个字所含的真理。如果有着可钦佩的热情和精力的人应该得到成功的话，那么您就是最应该得到成功的人。

今天的学术会议结束后我们的论文将同时发表在林奈学会的会刊上，这得感谢赖尔、霍克他们的安排，不知道这样处理您是否满意……

达尔文写好了信，叫爱玛派人送走，好赶上中午的第一班邮车，他这才到花园里散步。从此他就每天等着华莱士的回音，仿佛只有华莱士来信批准了这件事他才会放心地去干别的事情。爱玛和赖尔都劝他不要这样太重感情，他说不只是感情，更重要的是品德，绝不能伤朋友的心。

就这样日复一日，达尔文心事重重，大约过了两个多月，突然桌子上出现一封已磨破了皮的信。他一看那个有荷兰国王头像的邮票就知道是从马来亚来的，不由得惊喜地喊道：“爱玛，华莱士先生有消息了！”

到底华莱士来信说了什么，且听下回分解。

第五十一回　大主教口溅飞沫护上帝
小斗犬灵牙利爪捍新论

——进化论的传播

却说达尔文给华莱士发出信后，日想夜盼，这天终于有了回音。他都有点儿不敢直接去读，忙叫爱玛念给他听。爱玛也早急不可待，忙拆开读了起来：

亲爱的达尔文先生：

您的伟大的谦虚反倒使我十分不安。您大可不必为我们的事这样挂心。我一心把您作为可敬的师长，当我还是一个匆忙急躁的少年的时候，您已经是一个耐心的、下苦功的研究者了，您总是尽量地责难自己，轻易不肯发表这个新理论。我不过是一个顽皮的牧童，偶然发现了一个藏宝的山洞，而您早就是这个山洞的看护人。我知道自己在做学问方面还有许多天生的弱点，缺乏您在收集事实时那种不倦的耐心，做实验时的灵巧，完整的精确而丰富的生理学知识。还有，您清楚、精确而令人信服的笔法，这一切都使您最有资格成为从事这项巨大工程的人。而且，您已经将您的全部智慧、整个身心都牺牲给了这个事业。所以我将向社会提议将我们研究的学说定名为“达尔文主义”，而我只不过是一个荣幸的达尔文主义者。

下面还有一些自谦的和对达尔文表示敬意的话。达尔文摆摆手，示意爱玛可以不念了。虽说华莱士是由衷之言，可是达尔文生性不爱听一句恭维的话，有时他独自一人在家看到这样的来信也会立即脸红的。他只知道华莱士不会埋怨他，就十分放心了。华莱士在信的末尾还希望他加紧《物种起源》后几章的写作，争取早日出版，同时真诚地请求他一定不要过分劳累。

现在达尔文可以安心《物种起源》的写作了。虽然这是一本反上帝的大逆不道的书，但是有赖尔、霍克、华莱士这样一些心心相印的朋友，他觉得有了坚实的后盾，就更勇敢地向前冲锋。

1859 年 11 月 24 日，这本绿色封面、全名为《根据自然选择，即在生存斗争中适者生存的物种起源》正式出版。打开第一页，导言部分就是一行行勇敢的宣言：

> 物种和变种一样，是其他物种所传下来的，而不是分别创造出来的。
>
> 许多自然学者直到最近还持有的、也是我过去所接受的那种观点——每一物种都是被个别创造出来的——是错误的。我完全相信，物种不是不变的；那些所谓属于同属的物种，都是另一个一般已经灭亡的物种的直系后代，正如现在会认为某一种的那些变种，都是这个种的后代。
>
> 此外，我又确信自然选择是变异的最重要的途径，但不是唯一的途径。

书中甚至还提到人类的起源也是这个道理。

这真是振聋发聩的霹雳之声！伦敦几家书店的门前立即人头攒动，头一次印刷的1250册，当天就销售一空。几天之内物种起源成了大街小巷人们见面谈话的首要话题，就像当年罗马街头人们争购伽利略的《对话》一样，伦敦街头也出现了一股《物种》热。在这股沸沸扬扬的热浪中，自然反对的浪潮也很强大。因为当时英国所有受过教育的人都是信教的，连科学家也没有一个人公开出来反对宗教。伟大的牛顿虽已窥见了自然规律，但他还是给上帝留了一个位置。所有科学的成就最后都用来证明上帝确实英明，在生物学领域更是如此。今天，达尔文否认物种神造，就如同布鲁诺当年在宇宙里不给上帝留下位置，这真该千刀万剐了。

但是也有支持者，就是那些伟大的社会革命家和少数敢坚持真理的自然科学家。书出版不到二十天，马克思和恩格斯就读完了这本书。恩格斯在给马克思的信中写道：

> 我现在正在读达尔文的著作，写得简直好极了。目的论过去有一个方面还没有被驳倒，而现在被驳倒了。此外，至今还从来没有过这样大规模地证明自然界的历史发展的尝试，而且还做得这样成功。

但是现在的达尔文和当年的伽利略不同，他没有亲自站到旋涡中间去抗争、去申辩，他身体衰弱又拙于言辞。他是唐恩村一位多病的老者，隐居乡下，几无人知。那些反对的话也好，赞美的话也好，都无法灌进他的耳朵。一大部分意见是写成信件投到出版社，才转到他这里的。每天早晨，唐恩村的人都会看到一个邮递员背着沉重的邮袋向达尔文的住房走去，而读信则成了达尔文夫妇近来主要的工作。

还是那间书房，不过今天这张宽大的写字台上没有卡片，没有稿纸，平光洁净，像一块刚收割过的平原。奋斗了几十年的著作刚刚送去出版，下一部书还未来得及拟题缀文。现在无论读者还是作者，敌人还是朋友，都被这一本书搅得狂躁兴奋，其他暂时什么也顾不上了。爱玛拣起一封信拆开，说："这是赫歇尔先生写来的。"（我们前面写到的天文学家赫歇尔的儿子。）

人类进化示意图

“噢，我们住在伦敦城里时的老朋友，现在唐恩村这所房子还是他帮我们买到手的，这个天文学家怎么也关心起生物来了。请读吧。”

尊敬的老朋友，一见到您的书就使我想到我们在高尔街12号同住时的友谊，我终日在浩瀚的大海中捕捞，您在地球上的三大洋中捕捞，我们的目的都是为了证明上帝的英明、全能和这世界的和谐。而您这本书实在叫我后背发凉，我真怀疑是不是出自老友之手。书里讲了那么多的动物、植物，从大象到海藻，从苍松到苔藓，可是您却不肯给上帝留一个位置。在您的笔下，世界是多么可怕，弱肉强食，生存竞争，可怜的兔子注定要成为狼的美味，这是些什么杂乱无章的法则啊……

达尔文双目注视着窗外，刚才因为听说是老朋友的来信而引起的一点儿兴奋在他的脸上逐渐消失。这个最以友情为重的学者听到朋友这样板起面孔的训斥，心如刀绞。但他立即又恢复了平静，赫歇尔毕竟是个外行，而且这本来是学术之争。

爱玛又拿起一封信：“这是塞奇威克先生的。”

“好吧，读下去。他是我剑桥时代尊敬的老师。”

查理，寄来的书收到了，我首先表示十分的感谢。但是当我读着您的书时，我感到痛苦多于愉快，因为我认为您这些理论完全是错误的，有些地方简直是令人难堪的恶作剧，我不时不得不为你荒唐的章节而狂笑，直笑得我两肋酸痛。您这简直是理智的腐化，是妄想人性的堕落——从上帝创造的人堕落成一群浑身长毛的动物。我过去曾说过您是我的学生中最优秀者，最有希望成为一名伟大的科学家，但是我现在不得不说，您是剑桥学生中最能胡思乱想、标新立异的一个了。

最后我要告诉您的是，我——过去您的老师，现在一个猴子的后代——虽然体力和精力已大不如前，但是上帝在言行两方面的启示我都谦卑地加以接受，我知道唯有上帝能够在实践中支持我。如果您也能这样做，我们将在天堂里会面。

信读完了，达尔文额上的青筋已经根根突起，苍白的脸上泛起一阵很不匀称的红云，他双手紧捏藤椅，指甲都抠进藤条缝里。他想说点儿什么，但气得只有胡子发抖，好半天才示意将这封信扔到壁炉里去。他看着火苗将那一页页的纸卷起，吃掉，几片黑灰轻轻地旋了一圈又落下去，心里稍微平静了一点儿。他伸手去握爱玛的小手，满眼泪光地说道：“爱玛，我们都曾是虔诚的教徒，而且你现在还是一样的虔诚，你看我是这样的可恶吗？我是一定要推翻上帝标新立异吗？我这本书只不过是用我在环球考察中得到的事例、我的思考、我的语言去说明世界，就像伽利略向人们第一次描述他在望远镜中看到的月亮，难道我也因此要受火刑，受宗教裁判吗？”

达尔文越说越气，脸色铁青，他重重地向椅子里坐去，愤怒的目光直视着桌子上那堆来自全国各地和法国、德国等地的信件。爱玛忙给他捶捶背，又用手背温柔地拭去他前额渗出的一层细汗，内疚地说：“早知这样，我就不该来给你念的，反正书已出版，由他们随便说去。”

爱玛转过身赶紧收拾桌上的信件，还有新到的报刊，她扫了一眼报上的标题：“扑灭邪说，拯救灵魂”“打倒达尔文”，比比皆是。她的手碰着了一个信封，里面有什么硬物，她撕开一看，天啊，是一粒子弹，还裹着一张纸条：“保卫上帝！——亚当的子孙。”她暗吸一口凉气，一把塞进口袋，侧转头看一下达尔文，他正仰面对着天花板叹气。达尔文好像觉着爱玛在看他，就说：“怎么不念了，念下去。我不信全英国科学界都是些瞎子、聋子！”

爱玛又拆开一封信说："是植物学家华生先生的。"

"噢，又一个老朋友，不知现在是否已变成敌人。"达尔文自语了一句，挪动一下身子，等着那劈头盖脸的攻击。

达尔文先生：

一开始读《物种起源》，我就爱不释手。您的主导思想，就是"自然选择"的思想，一定会被看作是确定不移的科学真理，它有一切伟大真理所有的特征，变模糊为清晰，化复杂为简单，并且在旧有的知识上增加了很多新的东西，您是这个世纪自然史的最伟大的革命家。

现在，这些新奇的观点，已经全被提到科学工作者的面前了，似乎真正值得注意的是他们当中许多人不能及时地看到他们的正路。

达尔文坐在椅子里本是准备受审的，听着这一席话忽如僵卧雪地之人，迎面吹来一股春风，愁眉渐展，双颊泛红，虽四肢还是冰凉，心中却涌起热浪，他长长地出了一口气道："我说会有明眼人的吧。"

爱玛也早笑吟吟地又拣出一封信，还未拆封便大呼道："是赫胥黎先生！"声音里充满着十二分的喜气。这赫胥黎是一位年轻的学者，他本是研究矿业的，达尔文的新论一出，他便带着自己丰富的地质知识，全身心地投入到达尔文进化论的阵营里。

赫胥黎

达尔文一听是他的来信，忙将身子欠起，说声："快念。"

亲爱的达尔文：

……我所看到的博物学著作没有一本给过我这样深刻的印象，我最衷心地向您致谢，因为您给了我大量的新观点。我认为这本书的格调再好也没有了，它可以感动对于这个问题一点儿也不懂得的人们。至于您的理论，我准备为它接受火刑。

我认为您对物种的产生已经阐明了一个真正的原因，如果说物种不是按照您所假定的方式发生的，那么您已把证明这一点的责任推给了您的反对者。

达尔文听着这个声音，笑容已经堆在脸上，他以手拍着藤椅说道：“这个赫胥黎，总是这样犀利，这样火暴又十分机敏。”

爱玛继续念道：

> 如果我不是大错的话，很多的辱骂和诽谤已经为您准备好了。希望您不要为此而感到任何厌恶和烦扰。您可以信赖一点，您已经博得了一切有思想的人们的永久感激。至于那些要吠、要嚎的恶狗，您必须想到您的一些朋友们无论如何还有一定的战斗性。虽然您时常公正地谴责这种战斗性，但它对您可能是有帮助的。
>
> 我正在磨利我的爪和牙准备进行战斗。
>
> 1859年11月24日

达尔文只觉浑身热血翻滚，豁然如雾散日出，眼前柳暗花明。他从椅子上跃起，以手击桌高声喊道：“好个赫胥黎，你是我最理想的代表人。有了你我这个腼腆的老头就不会像伽利略那样到教廷受辱了，我们也来它一场反攻！”

达尔文创立进化论虽说也受了一点儿磨难，但他实在是一个最幸运的人。他有贤妻爱玛体贴于内，又有挚友赖尔、霍克奔波于外，现在又得了一员虎将赫胥黎冲杀于前。他以多病之躯，柔弱之性，竟意外地得到这种完美的照应，那个被他彻底打倒的上帝不知为什么反倒对他这样的爱怜。

1860 年 6 月 30 日 (星期六) 清晨，牛津大学幽静的校园里忽然车马辚辚，人来人往。原来《物种起源》出版半年来，报纸上几乎天天都在争论：“人类到底是亚当的子孙，还是猿猴的后代？”街头巷尾，剧场饭馆，无处不谈上帝到底还在不在。牛津大学，这块神学的基地——用达尔文的话说，这里的牧师比教堂里的钟还多——哪容这些“邪说”一天天“泛滥惑众”。以韦柏福斯大主教为首的“亚当的嫡传子孙”，今天就要在这里发起一场大辩论，与这些“叛党逆军”一决胜负。那些忠实的信徒，有身份的绅士、太太自然把今天看成他们的节日，纷纷到来，要一睹达尔文主义者的可悲下场，因为他们完全信赖韦柏福斯大主教的学识和雄辩的口才。会场原定在演讲厅，但因听众还在不断地拥来，干脆改到图书馆的阅览大厅，到最后，门口、窗台上、厅外的草地上都坐满了人群。

会议开始。先是几个无关紧要的发言，试探性的侦察。大主教坐在主席台上故作不想发言的样子，可是他的信徒们却鼓起狂热的掌声，催他讲话，这中间也有青年学生故意要大主教丢丑，他们看见了近来已在伦敦多次讲演的斗士赫胥黎就坐在第一排。双方群众心里都明白，真正的白刃格斗，最好的戏将在他们两人之间进行。

大主教站起来走到台前，他抬头看一眼大厅高高的拱顶，这一微妙的神情好像在向人们提醒天国的存在，大厅里掌声骤收，一片寂静。他又环视一下台下的人群，并平伸出一只手，好像做洗礼抚摸教徒的头，这样全场人一下就感到他那双大手上的神灵，一种神圣、神秘的感觉就突然笼罩全场。这时他才清清嗓子，用那唱诗般的悦耳的声音开始发言：

“上帝的孩子们，我们一生下来就知道这是一个多么完美的世界，山高水阔，绿树成林，花香鸟语，万物峥嵘。我们自己更是有眼睛可以看，有耳朵可以听，有腿可以走路，有手可以工作。这样完美的一个世界除上帝所造，难道还有别的什么可能吗？可是近来，我们英国突然出来一个叫达尔文的人，把这一切都归于自然的创造，甚至包括我们这些在座的人。我们牛津大学动物馆收集了全世界的动物标本，这众多的证据都证明了上帝创造物种的全能。现在窗外开着美丽的鲜花，结着刚成熟的果实，这都是上帝精心的设计，他们却说是自然。自然有手？有脑？还是有鼻子、眼睛？何不请来会场上让我们看看呢？”

这时台下起了一阵哄笑，有人喝彩。韦柏福斯很为自己的博学而得意，而且知道教徒们对他无比的崇敬，会场已经被他掌握，于是就一变刚才那种从容的语调，嬉笑怒骂起来："这些亵渎上帝的人总是忘记他们的前辈所受的惩罚。当然，慈悲的主今天已不会再把他们烧死或监禁，可是他们也逃不过良心的审判。他们也自知罪孽不轻，所以你们注意到了没有，那个达尔文今天就未敢到会。"

大主教的讲话越来越开始使用煽动的口吻，他故意斜视了一眼坐在第一排的赫胥黎，好将众怒迁到他的身上，然后说："当然，今天到会的，据说有他的一个代表赫胥黎先生。达尔文写书隐居不出，赫胥黎到处叫卖，还大喊什么猴子变人，这真是绝妙的一对。我倒要请教一下坐在这里的赫胥黎先生，如果您承认猴子变人，那么请问是您的祖母还是您的祖父的上代为猴子所生？"

这一放肆、尖刻、指名道姓的攻击立即引起教徒们狂热的反应，会场里掌声、口哨声在人头顶上搅起一股小小的旋风。大主教很得意这个精彩的结尾，但他又很礼貌地向台下挥挥手，退回原位，然后以目光向赫胥黎挑战，看他敢不敢登台讲话。

赫胥黎故意不看大主教一眼，他迈步登台，环视全场，然后说："大主教先生特意点了我的名，我也就不得不奉陪了。令我高兴的是，他所举的许多事实，正好让我说明自然选择和物种进化。牛津动物馆里的所有标本只能说明大自然中的千差万别，而不能说明上帝的全能。美丽的花正是因为有昆虫传粉，如果地球上没有昆虫就不会有这些美丽的花，不能有松树、橡树那类木本科植物，它们靠风传粉，开着不引人注目的可怜的花。果实的美丽，那是吸引鸟兽来吃，来传播它的种子。可惜我们知识渊博的大主教只知其一不知其二，让神圣的上帝去充当昆虫和鸟兽！"

这时台下听众中的许多青年学生激动地鼓起掌来，而刚才为大主教捧场的那些绅士、太太一时手足无措，他们没有料到赫胥黎会这样能言善辩，击中要害。

赫胥黎接着说："科学工作者是在理性的高等法院中宣过誓的，他唯一的使命就是老老实实地解释自然。但是如果审判官是无知的，陪审员是有偏见的，那么科学家的诚实又有何用？据我所知，在每一个伟大的自然真理被人普遍接受以前，总有人说它们是亵渎神灵。可喜的是，这些人虽然还像在伽利略时代一样跋扈，但是他们已经不可能像从前那样恶作剧了。"

台下又是一片掌声，有人把帽子抛向空中。

赫胥黎示意大家静一静，继续说：“至于说到人类起源，当然不能这样粗浅地理解，它是指人类在几千代以前，是和无尾猿有着共同的祖先。可是韦柏福斯主教根本没有读懂《物种起源》这本书，而且他已经离开了科学而滥用感情。所以我也只好这样来回答：一个人毫无理由因为他的祖先是一只无尾猿而感到害羞。我倒是替这样一种人害羞，他不学无术，信口开河又不守本分，硬要到他一无所知的科学问题里插一手，煽动宗教偏见，东拉西扯哗众取宠，而把人们从真正的问题焦点上引开去。我想上帝现在如果知道他的代言人正在做着如此拙劣的诡辩，也会羞得满脸通红！”

这时，人群中突然响起一声女人尖厉的惨叫。原来一位太太，虔诚的教徒，被赫胥黎这匕首、投枪般的言词刺得突然心疼难忍，大叫一声晕了过去。台下一阵混乱，而接着就是掌声，是欢呼声，这声浪似海面上的波涛，掠过人们的头顶，冲上大厅高高的穹隆。挤在门口、窗台上，还有外面草地上的青年学生，潮水般地拥进大厅，冲上台去，他们将赫胥黎围起来，向他祝贺，向他致敬。这块科学阵地今天突然来了一场达尔文进化论的大阅兵。那些绅士、太太们慌忙溜出会场钻进自己的马车，而大主教也不知道在什么时候悄悄地溜走了。好个厉害的赫胥黎只身闯进神学堡垒，一席话如闸门拉开，大潮急涌；如炸弹爆炸，这个顽固的堡垒立时裂开一条大缝。他在整个进化论的宣传中真不愧为达尔文的一条“斗犬”，所以后来鲁迅先生论及此事时还说：“便是狗也有好有坏，赫胥黎便是一条有功于人世的好狗。”

自从这次牛津大辩论以后，达尔文进化论就以不可阻挡之势传遍全国，传遍世界。《物种起源》一版再版，许多报刊纷纷发表文章评介。后来达尔文在自传里记述说：

> 书评的篇数极多，曾经有一个时期，我收集到一切评述《物种起源》和我的其他与它有关的著作的文章，统计共有265篇（不包括报纸上的评论）；不久以后，我就感到失望，只好放弃这项收集的企图。对我这个题目，有许多单篇的论文和论集发表出来，而且在德国，已经每年或两年出版一次专门以“达尔文主义”为题的图书目录和参考手册。

而教会也改变了策略，改用妥协的说法：先是上帝创造了最简单的生物，后来自然界就按达尔文发现的规律发展。说达尔文学说并不与宗教抵触，他是上帝忠诚的儿子，云云。

还有一件事是达尔文不曾料到的。当他在宁静的唐恩村正准备一场自然界的革命时，另有一位伟人正在喧嚣的伦敦准备着一场伟大的社会革命。事有凑巧，当1859年他的《物种起源》出版时，马克思的《政治经济学批判》也在这一年出版。马克思一看到《物种起源》立即说："达尔文的著作非常有意义，这本书我可以用来当作历史上的阶级斗争的自然科学根据。"后来《资本论》出版后，马克思还专门赠给达尔文一本，扉页题词是："赠给查理·达尔文先生，您真诚的钦慕者卡尔·马克思"。

至此，19世纪在自然科学方面的三大发现已全部完成，能量不灭和转化规律、细胞学说、达尔文进化论，直接为马克思学说的产生提供了坚实的自然科学基础。

1882年4月19日，达尔文的多病之躯再也不能承担繁重的写作和研究，他不无遗憾地离开了这个长期颠倒着也终于让他又颠倒过来了的人世。家人想让达尔文长眠在他整整生活了四十年的幽静的唐恩村。可是达尔文已不只属于他的家族，不只属于那个村庄，他属于全英国，全世界。国会下议院决议将他葬在威斯敏斯特大教堂，这个专门供名人安息的地方。他的墓碑上只有这样简单的一行字：

《物种起源》及其他几部自然科学著作的作者查

理·达尔文生于1809年2月12日，卒于1882年4月19日。

他的墓离牛顿墓只有几步远。这两位 18 世纪和 19 世纪的伟人在完成自己时代的科学使命后静静地休息了，他们期待着 20 世纪科学巨人的到来。

第五十二回　荧光闪闪揭开物理新纪元
白骨森森美人哪能不落泪

——X 射线的发现

各位读者，我们这套书从公元前说起，现在已陪着大家一步一步走到19世纪的尽头，这期间科学发现高峰迭起，科学家也历经磨难，与天斗、与地斗、与人斗，其乐无穷。在这两个世纪相交之时，科学的标志是什么呢？说来有趣，竟是一丝亮光，如萤火虫那样在黑夜中一闪，便迎来了一个新纪元。

关于电的知识，在公元前3世纪，人们便已开始掌握。后来又经过富兰克林、伽伐尼、伏打、安培、欧姆、法拉第等许多科学家的研究，更加使其完善。到1643年，意大利的托里拆利发现了气压和真空，人们便又把真空和电联系在一起研究。将放电管抽空，再充入各种不同的气体，就会显示出各种美丽的颜色。科学家还发现，这时放电管的阴极会发出射线，这种“阴极射线”能使几种荧光盐发光，还能使照相底片变黑。这种实验是极有趣的，许多著名的科学家，如英国的克鲁克斯、德国的赫兹、列纳德等都在一次又一次地重复观察着这种暗室里的神秘闪光。可是发现的幸运往往只能落在一个人头上，这个人就是德国维尔茨堡大学的教授**伦琴**(1845—1923年)。

伦琴

1895年11月8日，星期五，这天下午，伦琴像平时一样，正在实验室里专心做实验。他先将一支克鲁克斯放电管用黑纸严严实实地裹起来，把房间弄黑，接通感应圈，使高压放电通过放电管，黑纸并没有漏光，一切正常。他截断电流，准备做每天做的实验，可是一转头时，眼前似乎闪过一丝微绿色荧光，再一眨眼，却又是一团漆黑了。刚才放电管是用黑纸包着的，荧光屏也没有竖起，怎么会出现荧光呢？他想一定是自己整天在暗室里观察这种神秘的荧光，形成习惯，产生了错觉，于是又重复做着放电实验。但神秘的荧光又出现了，随着感应圈的起伏放电，忽如夜空深处飘来一小团淡绿色的云朵，在躲躲闪闪地运动。伦琴大为震惊，他一把抓过桌上的火柴，“嚓”的一声划亮。原来离工作台近一米远的地方立着一个亚铂氰化钡小屏，荧光就是从这里发出的。但是阴极射线绝不能穿过数厘米以上的空气，怎么能使这面在将近一米外的荧光屏闪光呢？莫非是一种未发现的新射线吗？这样一想，他浑身一阵激动，今年自己整整50岁了，在这间黑屋子里无冬无夏、无明无夜地工作，苦苦探寻自然的奥秘，可是总窥不见一丝亮光，难道这一点荧光正是命运之神降临的标志吗？他兴奋地托起荧光屏，一前一后地挪动位置，可是那一丝绿光总不会逝去。看来这种新射线的穿透能力极强，与距离没有多大关系。

那么，除了空气外，它能不能穿透其他物质呢？伦琴抽出一张扑克牌，挡住射线，荧光屏上照样出现亮光。他又换了一本书，荧光屏虽不像刚才那样亮，但照样发光。他又换了一张薄铝片，效果和一本厚书一样。他再换一张薄铅片，却没有了亮光——铅竟能截断射线。伦琴兴奋极了，这样不停地更换着遮挡物，他几乎试完了手边能摸到的所有东西。这时工友进来催他吃饭，他随口答应着，却并未动身，手中的实验虽然停了，可是他还在痴痴呆呆地望着那个荧光屏。现在可以肯定这是一种新射线了，可是它到底有什么用呢?我们暂时又该叫它什么名字呢？真是个未知数，好吧，暂时就先叫它“X 射线”。

一连几个星期，伦琴突然失踪了，课堂上、校园里都找不见他。他一起床就钻进实验室，每次吃饭都是夫人贝尔塔派工友去催了又催，才能将他请到饭桌上来。他的好朋友几天不见他，便来关心地问道：“伦琴先生，你最近在忙什么呢？”他总是讳莫如深地说：“在干一件事，还没有结果。”原来伦琴搞实验有两个习惯，一是喜欢单枪匹马地干，经常连助手也不要；二是没有到最后得出结论，绝不轻易透露一点儿消息。他最讨厌无根据的假设，也从不做什么预言。

再说伦琴这样终日将自己关在实验室里,别人可以不管，夫人贝尔塔可不能不问。她见伦琴每次吃饭都心不在焉，甚至有一次叉了一块面包竟向鼻尖上送去。问他在想什么，他只是神秘地一笑。贝尔塔一是担心他的身体，二是出于好奇，这天估计伦琴已开始工作，她便偷偷地溜进实验室里。只见一片黑暗中一个荧光屏发出一片亮光，伦琴举起一本厚书，屏上就有一个模糊的书影，举起一枚硬币，就有一个圆圆的印记，贝尔塔看得入迷，便失声说道：“没有光，哪来的影子呢？”正好这时伦琴高兴，他并没有责备贝尔塔私闯实验室，只是摸黑拉住贝尔塔的手说：“亲爱的，来得正好，请帮个忙。你双手捧着这个小荧光屏向后慢慢退去，我来观察，看随着距离的远近荧光的亮度有什么变化。”

贝尔塔能进实验室本就机会不多，难得丈夫高兴，今天还破例邀她协助实验，而且这又是一个多么有趣的游戏。她小心翼翼地捧起荧光屏，伦琴说“退”，她就向后退一步；说“停”，她就停下来等待他观察。这样越退越远，贝尔塔已完全被黑暗所吞没，伦琴眼里只留下一方荧屏的闪亮。

却说伦琴正看得入神，忽听暗处贝尔塔“呀”的一声尖叫，接着便是“哐当”一声，荧屏跌落在地。伦琴忙喊：“贝尔塔！”却无人应声。他忙将电灯打开，只见贝尔塔双手前伸，两目痴呆呆的却不说话。伦琴一时也六神无主，不知出了什么祸事，三步两步冲上前去搂住她的肩膀喊道：“贝尔塔，你怎么啦？刚才出了什么事？”

“妖魔，妖魔，你这实验室里出了妖魔。”贝尔塔说着，肩膀还在瑟瑟发抖。

“贝尔塔，你冷静点儿，我在你身旁，不要怕，你刚才到底看见了什么？”

“手，刚才我看见了我的手。”

“你这手不是好好的吗？”

“不，它又变回来了，刚才太可怕了，我这两只手只剩下几根骨头。”

伦琴一听，突然一拍额头，说道：“亲爱的，我们是发现了一种妖魔，这家伙能穿过人的血肉，也许这正是它的用途呢。你不要慌，我扶你坐下，我们再来看一遍，但愿这‘妖魔’能够再现。”

伦琴熄灭灯，又重新立起一块荧光屏，这次他将自己的手伸在屏上，果然显出五根手指骨的影子。然后他又取出一个装有照相底版的暗盒，请贝尔塔将一只手平放在上面，再用放电管对准，这样照射了15分钟。底片在显影液里捞出来了，手部的骨骼清晰可见，连无名指上那枚结婚戒指都清清楚楚，这是因为戒指完全挡住了射线。贝尔塔一见这张照片不由全身一阵战栗，她连忙用双手捂住自己的眼睛，泪水顺着指缝渗了出来，她想到了死亡，想到了自己的骷髅，抽抽搭搭地说：“亲爱的，这是多么可怕的事！我这双红润润的手掌一下就变成白森森的骨头，叫我们亲眼来看自己死后的情景，这实在太残酷了，太可怕了！”

伦琴现在却非常高兴，他像一个下围棋的胜者落下了最后一子，轻松、兴奋、自豪。他将房间里的灯打开，一边收

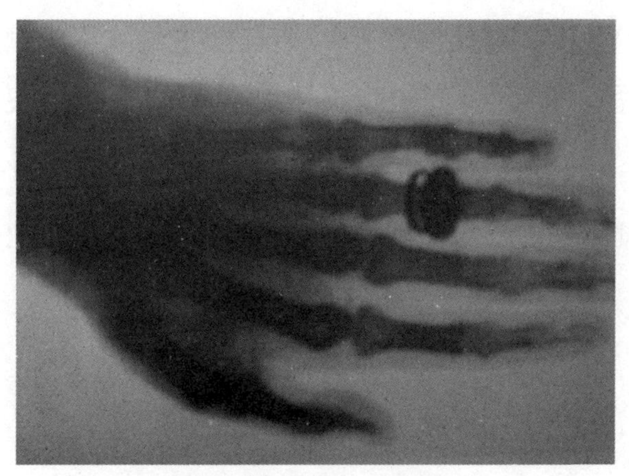

伦琴拍摄的第一张 X 光照片

拾着仪器，一边说道："亲爱的，不必伤心，你看眼前不是又大放光明了吗？你的手掌不是还这样红润柔软吗？我们还幸福地生活在世界上，虽说我们已年近半百，可是死亡还很遥远。人能透过表面看到内在，立于现在预知将来，这正是科学追求的目标啊。科学就是要实在，就是要彻底。维萨留斯第一次画出人体解剖图，哈维第一次揭示出人体的血液循环路线，人，在科学面前，一点一点儿地露出了他的实实在在的血肉，现在这种新射线又要清清楚楚地显示人们一根根的骨头了。科学帮助我们认识世界，也认识自己。亲爱的，我们应该高兴啊，这不是悲剧，这是人类的福音！可以预料，医学将因此会有一场革命，会大大地前进一步。"

在1895年的最后几天，伦琴将这项研究成果整理成一篇论文《一种新的射线，初步报告》，交给了维尔茨堡物理学医学学会，同时又把报告的副本和几张X射线照片邮寄给他的几位物理学家朋友。可是他远没有想到，当他把信件投入校园里那个大邮筒后，等待他的是一场多大的麻烦。

本来，伦琴是一个十分小心谨慎的人，治学态度极严，遇有新成果不经自己再三验证和专家评定决不发表。可是他投送的那些邮件有一份是给维也纳的物理学家艾克斯奈尔的。这艾克斯奈尔与伦琴相交笃深，他一眼就看出这是一项伟大的发现，其欢悦之情不能自禁。一天他正举行家庭宴会，便将伦琴夫人那只左手的X射线照片拿出来向朋友们夸耀，这自然使满座赞叹，家宴生辉。席间又有一位好事者叫雷谢尔，立即提出要将照片借回去好让家人也一饱眼福。碍着面子艾克斯奈尔便借给了他。不想雷谢尔的父亲是维也纳《新闻报》的出版人，这老雷谢尔真不愧为新闻老手，一眼就看出这是一条将震动世界的消息，接到照片的第二天——1896年1月5日，就在头版以《耸人听闻的发现》为题，在全世界第一次发表了这条独家新闻。这个德国科学家的伟大成果竟首先在奥地利发表。之后伦敦《每日记事》驻维也纳记者又立即将《新闻报》的消息发回总社，1896年1月6日，伦敦便向全世界发出这样一条新闻：

> 战争警报的喧嚷不应当把人们的注意力分散而没有看到维也纳传来的令人惊异的科学胜利。据宣布，维尔茨堡大学教授伦琴发现了一种射线，用在摄影方面，它可以穿透木头、肌肉、布以及大部分有机物质。这位教授拍成一张装在密闭木匣中的砝码的照片，还拍了一张只有骨骼，不见肌肉的人手的照片。

真是没有想到，这位教授虽然十二分的小心，他慎重从事，严加保密，X射线的消息却从外国报纸上公布出来，并立即漫及全球。他只好出面公开做一次报告了。

1896年1月23日，伦琴在自己的研究所里举行关于新射线的报告会。

会议还没有开始，小礼堂里已经座无虚席，窗台上、走廊里，凡能下脚的地方都挤满了听众。这是些什么样的听众呀，有贵族、大学教授、高级官员、军官，还有学生和一些设法挤进来的市民。一个高等院校的研究所，一个高深的物理课题，还从来没有这样众多的听众来光顾呢。伦琴还没有出场，人们急得就如同等待皇帝的召见，又像盼着一个大明星的出现，个个都引颈踮脚，直视台口，一面窃窃议论着这个能穿透人的血肉的可怕怪物。这种紧张的准备气氛大约持续了半个小时，伦琴才出现在台前。他高高的个子，留着一把漂亮的卷曲的大胡子，还是穿着平常的实验服，目光平静和蔼，仿佛不是来宣布一项震惊世界的发现，倒像是踏着铃声走进课堂。礼堂里立即响起如潮的掌声。年轻人把帽子抛向空中，人们高喊着“伦琴”“X 射线”，屋子里立即如一锅开水沸沸扬扬。伦琴示意大家静下来，向大家表示真诚的谢意。但是他每致谢一次，这欢呼就掀起一个新的浪潮，这样一连三次，人们激动的情绪才稍稍平息。这时伦琴才开始演讲：

“尊敬的先生们，谢谢大家今天的光临。关于新射线的实验，现在还只在一个初级阶段，但是社会各界对此事都抱极大的兴趣，而且外面又有各种各样的传闻，所以我今天有责任向大家说明一下我的工作情况。

“关于放电研究，赫兹、雷纳特、克鲁克斯等科学家都做了许多有益的工作。1879 年，克鲁克斯先生在做真空放电实验时就发现放电管附近的照相底片变黑了；1880 年，美国两名同行也遇到这种情况；1892 年，我国的物理学家也注意到了放电管附近的荧光。但是大家的注意力都在阴极射线上面，觉得这些怪异是偶然的失误所致。我自己不过是重复了前人的工作，我的成功只不过是比他们稍微细心一点儿罢了。我抓住了X这个未知数去努力求解，当然，现在我们对它也还知道甚少，不过已经确切地知道它能穿过大部分物体，可以用来照特殊的相片。至少这一点对外科医生会帮上大忙，它可以使我们在未开刀前就能观察到人体的内部结构，特别是骨骼结构。为了能使各位更明了这种射线的性质，现在请允许我为今天到会的、著名的解剖学家克利克尔先生当场拍一张他的右手的X光照片。”

按照预先的布置，小礼堂立即一片漆黑。20分钟之后，拍好的底片已展示在众人面前。年近80高龄、德高望重的克利克尔举起这张片子激动地说："我一生不知解剖了多少只手。今天伦琴先生的射线却在我的手不痛不痒、未受一点儿损伤的情况下，这样清楚地解剖出我的手骨，而且还用照片固定下来，这真是伟大的创造。在我作为维尔茨堡物理学医学学会会员的四十八年中，这是我参加的最有纪念意义的一次学术活动。为了庆祝这个造福人类的伟大发现，我提议将这个未知的射线定名为伦琴射线。”

会场上又是一阵雷鸣般的欢呼，接着是一群记者蜂拥而上，他们提出了各种各样的问题：

“伦琴先生，11月8日晚，当您观察到荧屏闪光时想到了什么？”

“我是在研究，不是在想。”

“伦琴先生，请问您打算怎样出卖你的这项伟大的技术专利？”

“根据德国大学教授的优良传统，我认为他们的发明和发现都属于整个人类，这些发明和发现绝不应受专利、特许权、合同等的阻碍，也不应受到任何集团的控制。我的实验室向着专利局的那一面窗户，永远是紧闭着的。”

“伦琴先生，关于神秘射线的研究您将还有什么重大突破？”

“我不是预言家，也不喜欢预言。我只知道我将继续我的研究，而且对暂时还没有把握的结果我现在绝不发表。我讨厌那种投机性的和广告式的狂热，也憎恨一切仓促的出版物，我想永远只应提供成熟的东西。”

“请问您准备在什么时候发表您的第二篇研究报告呢？”

“对不起，我有一个不好的毛病，总不愿单独解决某一个问题，所以一碰到问题就想做得更彻底些，就会前后左右引申得过远，所以我的论文也经常要修改和重编，很难说出准确的发表时间。”

这时记者越来越多，已是里三层外三层，有的问他发现的细节，有的问他的家庭，有的向他索要照片，有的邀他为刊物做广告，问题越提越怪，要求越来越多，伦琴早已被围得大汗淋漓，连挤进来保驾的会议主持人也一起被困在中心，许多青年学生又拥上来要求签名。这时，《英国摄影杂志》的一名记者挤上来说："尊敬的伦琴先生，我们杂志很荣幸地注意到您是一名摄影爱好者，平时您只要一出门，照相机总是挂在肩上。可是近来我们发现您却总把它忘在家里，关于这件事您能向我们的读者解释一下吗？"

伦琴擦一把汗，抬头环视一下人们头顶上许多高高举着的照相机，用手一指说："是，我过去出门总爱背一个照相机，可是近来我一看见这个东西就害怕！"

他这句半是抱怨、半是玩笑的机智的回答引起人们一阵欢快的笑声，记者们也突然觉得将他逼得太苦了，忙收起相机。主持人趁机拉着伦琴挤出圈外，奔向客厅，那里还有一个小型酒会在等他呢。

深夜，伦琴回到家里，贝尔塔还在灯下整理近来收到的邮件。他脱下大衣，端起咖啡喝了一口，好像这时才感到自我的存在。下午报告会上的喧闹，酒会上人们争相握手、祝贺，使他应接不暇，疲惫不堪。贝尔塔扶他坐下，一件件地抽出邮件，大都是各地有关X射线的报道，有1月8日出版的《纽约电气工程师》、1月10日出版的《伦敦电工杂志》、1月14日出版的《慕尼黑医学周报》、1月16日出版的《维也纳临床周报》……这些报纸、杂志有对X射线的严肃报道，也有不少诙谐的评述，还有许多可笑的猜测；有消息，有故事，还有漫画。贝尔塔捡起一份1896年3月12日出版的《生活》杂志说："亲爱的，听我给你读一段。你看，你的射线都成了诗人创作的题材了。"

你是这样美丽，这样苗条，
但你丰满的肌肉哪里去了。
原来你已被无名射线精心改造，
却只用骨骼来向我拥抱。
你用二十四根肋骨来显示自己的线条，
你可爱的鼻子、眼睛哪里去了。
我低声向你耳语："亲爱的，我爱你。"
你用洁白的牙齿向我微笑。
啊，可爱、残忍、温柔的射线，
伦琴教授这个伟大的创造！

伦琴听完这首小诗笑得差点儿将嘴里的咖啡喷了出来，

他说：“报纸上还有什么热闹呢？”

贝尔塔说：“热闹事多着呢，你看这是伦敦一家公司的广告，说他们出售防X射线的外衣，小姐太太们要是不赶快购买，就再也不能遮羞。还有，美国新泽西州有一个州议员提出一个提案，要求州议会立法禁止在戏院里使用X射线望远镜看戏。还有，一家电气公司表示要向您收买有关X射线发明的专利……”

伦琴听着这些新闻，先是觉着好笑，接着越听越生气，他摆摆手说：“亲爱的，别念了，还是不要让他们来亵渎神圣的科学吧，多么纯洁的东西一到商人手里就立即裹上了一层铜臭气。我真不知道，当年是否也有人上门去向牛顿收买万有引力。噢，我的那些朋友，慕尼黑的、维也纳的、布拉格的，我给他们寄去了资料、照片，有回信没有？”

贝尔塔这才想起一件大事，忙从身后书架上取来一捆信札说：“朋友们正抱怨你办事不细心呢，你寄的照片大都没有收到，你签名的明信片全都没有收到。你还不知道呢，现在射线照片是无价之宝，你的签字是最时髦的纪念品。还有，我们家门口这几天已经车水马龙了，你今晚要是早回来一会儿准被记者堵住，不回答一百个问题，今晚别想睡觉。我们家已彻底没有安宁了。”

伦琴将杯子放在桌子上，颓然躺进圈椅里，他沉思了一会儿说："贝尔塔，看来这个发现倒给我们带来了灾难。你知道我是最怕见人的，现在只有一条路——逃跑，出国去旅行一趟。走前只给老朋友岑德回一封信，其他信件一律不回。好，我来口述，你来代笔吧。"

"我没有向任何人谈过我的工作，我只向我的妻子提过我正在进行一件事，这件事人们要是知道了会说：伦琴似乎发疯了。1月1日，我把加印的照片寄出去，于是出了岔子！维也纳《新闻报》首先敲起宣传的锣鼓，然后别的报纸也跟着叫嚷起来。有好几天我都对这件事感到厌恶，在这些报道里再也认不出我的工作了。对我来说，摄影术是达到目的的手段，可是他们却把它看成最重要的东西。我也渐渐习惯于这种喧嚷了，但是这种风暴糟蹋了许多时间，差不多有四个星期的工夫我没有做一次实验。别人能工作，唯独我不能工作。你想不到这里把工作搅乱到什么程度。

"现在附上你所要的照片。如果你想在讲演中使用，我没意见。但是我建议你把它们放在镜框里面，否则是会被偷走的……"

却说伦琴连夜收拾东西，第二天，天刚蒙蒙亮便带着贝尔塔出门去旅行了。谁知他刚登上马车，就听车后一阵议论：

“那个穿棕色礼服的就是伦琴！”原来一群抢新闻的记者和抢着来签专利协定的公司、厂方代表，早就守候在他的门口。伦琴忙将礼服脱下塞进衣箱，一边喝令车夫：“快走！”啪的一声鞭响，马车冲出门外，车后那些人也跟着潮水般地追了上去。

正是：

治学最是要冷静，世人偏爱乱纷纷。

安得一棵遮天树，护我清凉一片荫。

究竟这次伦琴出门能否成行，且听下回分解。

第五十三回　错中错却见真成果
新发现又有新牺牲

——天然“放射性”的发现

上回说到伦琴为逃避人们潮水般的来访，正要登车出门，忽听后面人声喧闹，他连忙换了一件衣服，快马加鞭终于出走，到瑞士、意大利旅行访问数月才算躲过这场“灾难”。他发现的X射线成为19世纪90年代物理学上的三大发现之一，为此他于1901年荣获全世界首次颁发的诺贝尔物理学奖。

这伦琴的发现可是非同小可。你想过去的物理现象都是看得见摸得着的，而伦琴突然在未知世界找来一种东西，你看不见它，它却能直看到你的骨头缝里，实在可怕。本来聪明的物理学家们已经大至星球、小至水珠儿无所不通，仿佛世界已然全在他们掌握之中，而现在他们面前又突然出现了一个新世界，这个世界一片漆黑，只偶尔闪出一丝荧光。于是整个物理学界不安了，立即秣马厉兵要发起一场新的总攻。

1896年1月的一天，巴黎科学院人声鼎沸，那些本来文质彬彬的科学家也在拥挤着，大声争论着，一失往昔的风度，人们还沉浸在伦琴射线引起的激动中。今天是著名数学家和物理学家昂利·彭加勒组织的报告会，会议室墙上布置了许多X光拍的照片，有人体各部位的骨骼，有装在木盒子里的砝码、钱币，有可以看出内部出现裂缝的金属，万物在这射线面前都难遁其形。报告会开始了，彭加勒这位理论家毕竟与众不同，他从现象入手概括出一个猜想："既然阴极射线管在放出X射线时有荧光出现，这说明X射线与荧光物质有关，而许多荧光物质是在阳光照射下才会发光的，所以可以这样推论，是否所有荧光物质在太阳光下都能放出类似伦琴射线那样的射线呢？"

真是说者无心，听者有意。科学史原来也是这样惊人的相似，当年法拉第听说奥斯特能将电变磁，便决心要将磁变电，终成电磁学的一代宗师；莫尔斯在轮船上听人谈论电传信号，决心致力于此，终于发明了电报。这彭加勒在台上正大声讲解，却没想到人群中早有一人侧耳将他这话接了过去。这人叫**昂利·贝克勒尔（1852—1908年）**，他于1852年12月15日生于巴黎，祖父是巴黎历史博物馆的教授，父亲是荧光和科学摄影方面的专家，后来他的儿子也成了有名的物理学家。为了物理王国的兴旺，他们真是一门忠烈，看来这次向未知世界的进军也真该从他家选一员先锋了。

贝克勒尔

话说贝克勒尔一听彭加勒的话便觉言之有理。他自己本就是经常摆弄荧光物的，于是第二天立即找了一块叫硫酸钾铀的荧光物，放在窗台上曝晒。在这块晶体下面他又垫上一块用厚黑纸裹严的胶片。他想太阳光不能透过黑纸，胶片不会感光，如果阳光果真能使晶体发出与 X 射线类似的射线，那么这张胶片就应感光。他将这一切都安排好后，便拉过一把椅子坐在烈日下眼睁睁地盯着那块耀眼的晶体。一个小时过去了，他头顶冒汗；两个小时过去了，他的衬衣已湿透。妻子叫他吃饭，他好像没有听见。他父亲走过来了，奇怪一向很勤奋的儿子今天怎么不进实验室却在这里晒太阳。老贝克勒尔上前大喊一声："喂，你在这里傻坐着干什么？"

"爸爸，轻点儿。"贝克勒尔用手一指窗台上的晶体，好像声音会使它震动似的，"我用太阳光来照射这块硫酸钾铀，也许它能发出类似伦琴射线的射线。"

"那你怎么会知道它有没有发出呢？"

"您看，晶体下面压了一张包黑纸的底片。"

这时贝克勒尔十几岁的儿子听到爷爷与父亲有趣的对话，跑过来伸手就要抽底片看。

"傻儿子，"贝克勒尔在他后脑上轻轻拍了一掌说："这样露天打开你会什么也看不到的。"

"你也够傻的了，"老贝克勒尔拉过孙子对儿子说："晶体放到这里还用你也陪着晒太阳吗？难道会有一只老鹰来把它叼去？走，都给我回屋里吃饭。"

贝克勒尔三口两口将饭吞进肚里便钻进暗室去冲胶片，天啊，胶片上竟有一团黑影，真叫彭加勒说准了，难道这就是伦琴射线？难道我就这样轻易地胜利了？老贝克勒尔和小孙子也围了过来，祖孙三代六只眼睛瞪得溜圆。他们立即又拿出十几块晶体分放在太阳光下，结果底片无一不感光，第二天再实验，第三天再重复，都一一应验。1896 年 2 月 24 日，贝克勒尔在法国科学院正式宣布他的发现：只要阳光照射荧光物就会发出类似 X 射线的射线。人们欢呼继伦琴之后的这一新发现，称之为“贝克勒尔射线”。

贝克勒尔陶醉在自己成功的喜悦之中，他准备再多重复几次实验，多拍几张片子。但是天公不作美，2 月 26 日早晨，巴黎上空乌云密布，贝克勒尔一推开门立即皱起眉头。他只好返身拉开抽屉，将一包准备好的底片无可奈何地扔进去，“嘭”的一声推上就去干其他的事了。第二天仍然阴雨不绝，第三天仍然浓云不开，直到 3 月 1 日浮云才不太情愿地慢慢裂开一丝缝隙。贝克勒尔的心早就被发现的欲火烧得不能按捺，就算阳光弱一点儿吧，也许可以勉强做成实验。他拉开抽屉取出胶片，拿起铀盐，就要往院子里走。可是科学家细心的习惯又将他的腿绊住了，这些胶片包好已经三天，放在这抽屉里会不会跑光呢？他拿起底片又走进暗室。天啊，这回叫他更为吃惊，底片已经感光，更奇怪的是上面还有一个亮亮的钥匙的图影。他急忙拉开放底片的抽屉，果然里面有一把钥匙，这才想起，那天放进底片后顺便往纸包上压了一把钥匙，铀盐是放在桌面上的。这说明它不用阳光直射也能发出类似 X 光的射线，而且还能穿透桌面。

贝克勒尔坐在椅子里半天手足无措，无言无语。这时外面乌云早已散得一干二净，晴空万里，可他的心里反倒阴云密布，愁肠百结。他被自己的新发现搞糊涂了，不知道究竟这是对是错，是忧是喜：如果荧光物根本就用不着什么阳光晒也能发出射线，自己在几天前对巴黎科学界的报告岂不是一个巨大的笑话？想到这里，他不觉有点儿脸红。何必那样急急忙忙地公布实验结果呢？这回要加倍细心了。他立即把铀盐放在桌面上，又包好几张底片，里面分别放了钱币、金属片等各种形状的物件，果然就在屋子里，底片也都被感光而且都照出了这些物体亮亮的影子。他又拿来其他一些分别含硫、磷的荧光晶体实验，但都没有放射性，这说明放射性其实只与铀有关。这铀是 1842 年才发现的元素，几十年来它只有一个小用途，就是给玻璃、瓷和珐琅着色。只要给玻璃里面添上万分之一的铀，玻璃就会发黄色，再加一点儿就成暗绿，再加一点儿就成黑色。想不到这个小配角竟有如此独特的本领，贝克勒尔当时更想不到这铀竟能制成原子弹。

1896 年 5 月 18 日，贝克勒尔重新提出一份报告，他说："我研究过的铀盐，不论是发荧光的还是不发荧光的，结晶的、熔融的或是在溶液中的，都具有相同的性质，所以我得到以下结论：在这些盐中铀的存在是比其他成分更重要的因素……用纯铀粉进行的实验证明了这一假设。”彭加勒关于阳光照射荧光物就可发出射线的假设错了，贝克勒尔关于在阳光下荧光物可使底片感光的报告也错了，而他在抽屉里的偶然发现倒对了。

正是：

错试错想犯错误，强似守株来待兔。

不怕难题四面堵，东冲西突总有路。

各位读者，科学发现常常离不开机遇。这机遇有两种，一是本来要寻找的东西没有得到，却找到一件同样重要或更重要的，谓之“种瓜得豆”，如我们前面讲到的氦气等惰性气体的发现；二是一次不小心的失误却倒撞着了某个机关，导致一项发明、发现，谓之“因祸得福”，如珍妮夫妇吵架一脚踢出一个纺纱机。这贝克勒尔偶将底片与铀盐放在一起正属后者。但是无论哪种机遇，总之是要努力去找，这里应了两位伟人的话。生物学家巴斯德说：“在观察的领域中，机遇只偏爱那种有准备的头脑。”物理学家亨利说：“伟大发现的种子经常漂浮在我们身边，但它只会在有心人心中扎根。”

却说贝克勒尔发现只要将一点儿铀静静地放在那里，不用煮，不用烤，不用加酸加碱，它自己即可放出射线。这就是后来居里夫人命名的天然放射性，它说明原子自己在不断地发生变化而放出某种物质。过去人们认为原子已是物质最小的不变的微粒，贝克勒尔的发现掀开了原子物理学的序幕，导致人们对世界哲学体系重新估价，其意义非同小可。可是他自己当时并未能估计到这种深刻的意义，只是觉得这实在是一个还未揭开的奥秘，就拼命来解这个难题。他收集各种铀盐，将它们粉碎，加热，用酸溶解，做各种对比试验。他爱这种荧光物质赛过珍珠、钻石，桌上摆着，家里供着，甚至床头、书架上也常有一块。他用手摸，用鼻子嗅，仔细端详，仔细琢磨。但是他没有想到，他这个最喜欢的宝贝却在暗暗地来谋杀他了。当时人们对放射性给人体造成的危害一无所知，贝克勒尔整天生活在射线中，他 50 岁刚过便渐渐感到浑身瘫软，头发脱落，手上的皮肤常像烫伤一样疼痛。

这天他的一位医生朋友专门上门来为他治病。可是当时已知的病症都不能解释这些现象，于是医生想到万能的 X 光，就用 X 光照了他的手，照了他的胸，仍没有任何异常。他哪里想到这是在给病人身上又加了更多的射线啊。两个好朋友沉默地对坐着，医生难过地说："您对社会有这样伟大的发现，可是上帝怎么让您得这样的怪病呢？"

贝克勒尔倒很不在乎，他幽默地说："凡是想窥探上帝造物奥秘的人，上帝都会狠狠地报复他的。牛顿发现了宇宙的秘密，晚年受胆石症的折磨；达尔文发现了生物界的秘密，晚年受头痛症的折磨；我现在又要敲开上帝的一块禁地，理当受到这惩罚。"

"不，这不是上帝的惩罚，是科学家自己付出的牺牲。你们的光热都已变作了为人类探路的灯火，这个有限的身躯又不是一架不要动力的永动机，怎么能不虚弱，怎么能支持得了呢？所以我劝您换个环境，离开这里到海滨去疗养一段时间，这样您的身体会重新恢复的。"

"不，除非将我的实验室也挪到海边去。否则我绝不离开这里。医生离开病房，病人只有等死；我离开实验室，那些仪器也会诅咒我的。我知道自己得的是一种怪病，好在我这一生总算为科学发出了一点儿光，虽然只是一点儿荧光。我希望抓紧时间，再将这点儿光亮燃得大一点儿，好让人们看清，天然物质竟能自己放出射线。我真不明白这到底是什么东西在作怪呢？"

医生未能劝动他，摇摇头无可奈何地走了。贝克勒尔从此一病不起。1908 年 8 月 25 日逝世于克罗西克，他是第一位被放射物质夺去生命的科学家。贝克勒尔留下的问题到底由谁来回答呢？且听下回慢慢分解。

第五十四回　奇女子异国他乡求真知
好伴侣濡沫相依攻难关

——镭的发现（上）

上回说到贝克勒尔发现了天然放射性元素铀，还未及深究其中的奥秘即被这种放射物夺去了生命。但是他提出的问题却引起一个波兰青年女子的注意，这就是后来名垂青史的**居里夫人 (1867—1934 年)**。

居里夫人

1897 年居里夫人已完成了大学学业，取得了数学、物理两个硕士学位，正在选择写博士论文的题目。一天，她正在实验室里翻阅近来的研究报告，忽然发现贝克勒尔关于铀的放射性的报告。她再一查所有的文件，并没有这方面的第二个报告。好一个最新的、独一无二的题目，这是一块还没有人涉足的新大陆。居里夫人那双深蓝色的眼睛盯着这份报告的标题足有十几分钟，然后将报告合上，轻轻地但很坚定地说了一句："就是它了！"

居里夫人这个刚从大学毕业不久的青年女子，何以敢选这个划时代的研究课题呢？因为她身上有两样难得的品质：一是专心，二是顽强。

居里夫人原名玛丽·斯可罗多夫斯卡，出生于波兰一个书香门第，从小受到极好的家庭教育，掌握了波兰文、俄文、德文、法文，喜爱文学、数学、物理。她兴趣极广，个性极强，要干什么事必定干成，正在干什么事情绝不分心。她有一个哥哥、两个姐姐，家里经常是一片歌声、读书声、说笑声。可是玛丽只要是想读书了，便一人坐在桌旁，双肘支着桌面，两手捂住耳朵，一会儿便进入书内。接着她的双手自然地离开耳朵，这时无论什么样的吵闹都再也不能使她这个姿势和神志改变一下了。有一次几个孩子好奇，便在她身旁左右叠起两层椅子，上面再横搭一把椅子，把她盖进了一个“小木楼”里。玛丽全然不知，直到她看完这本书，一起身，椅子轰然落地。这时躲在一边的大哥哥姐姐们等着她骂、叫或者高兴地笑，可是她却像一个大人一样地拾起书，看了他们一眼，说了声：“真无聊！”

她好像天生就是一个要超出一般人的女子，要成大事业的人。她本来生得极美丽可爱，但是为了表示对冶艳的轻蔑，故意将自己那头金色的卷发剪得很短。她上学的路上有一座可耻的人物塑像，那是沙皇的走狗们为自己竖立的纪念物。她每过此地必狠狠地唾上一口，如果哪一天和女伴们说着话忘记了，就是已走到校门口，也要再返回来补上。在她那还未退尽稚气的脸庞上已隐隐露出一种莫名的倔强，她那美丽的倩影常使人产生一种刚毅、勇敢的联想。她从小就明白地要求自己，绝不只做一个普通的人，不只做一个普通的漂亮女子。她知道天降我以大才，就要以大的牺牲，大的勇敢，去争取大的成就。她对自己的哥哥说：“毫无疑问，我们家里的人有天赋，必须使这种天赋由我们中的一个表现出来，不应该让它们消失。”

1891 年 9 月，24 岁的玛丽在波兰城里和乡村做了七年的家庭教师，给自己积攒了一点儿学费后，来到巴黎的索尔本大学读书。在当时的大学里，女学生本来就少，这个高额头、蓝眼睛、身材修长的异国女子立即引起大学生们的注意。他们在教室走廊里停下来想多看她两眼，在上课的时候目光搜索着她，他们想法子靠近她，找借口和她说话。玛丽或许还没有感到自己的魅力已在周围造成一个什么样的旋涡，她的女友迪金斯卡却常常要出来赶走那些尾随在她身后的倾慕者，有一次甚至举起了伞柄才把这些人赶跑。所以那些热情的男子尽管在走廊里常常遇到她，议论她白净的皮肤，议论她轻软的头发，但是几乎没人敢对视一下她那双深蓝色的眼睛。她的眼神永远是美丽中闪烁着沉静，如山林深处的一泓秋水，倒映着蓝天白云，却绝没有尘世间的一点儿喧闹，一丝尘埃。她的脸庞是那样秀丽，身材是那样动人，但是这秀丽和动人之外又像披了一层冰霜的薄盔甲，凛然使那些倾慕者不敢靠近。他们只能在教室里远远地找寻她，但是看到的又总是一个背影——她每天到得最早，永远是坐在第一排，专心地记着笔记。

她正是24岁的青春年华啊，一般的女子对别人的美丽都要起嫉妒之心，而玛丽却不屑将自己的美丽作为资本，只这一点就足可见她超凡脱俗的品质，可知她对事业执着的追求。

但是玛丽还需要更安静、更专心的学习环境。她刚来巴黎时住在当医生的姐姐家里，这里整天病人不断，而且总难免要和姐姐、姐夫聊天。于是她毅然搬了出去，租了一间七层楼上的小阁楼，开始过一种更清苦的生活。她的生活费一天只有三法郎，却要应付衣、食、住、书籍、纸墨的花销。但她应付过来了。她的生活用品已精简到最低标准，一张床、一张桌、一盏煤油灯、一个碟子大的煤油炉。为了省煤，冬天家里不生火，玛丽冷得手指麻木，就跑到离家不远的图书馆去，那是她的“幸福的收容所”。直到晚上十点图书馆关门了，再回到自己这个冰窖似的阁楼上来。躺下后实在冷得难以成眠，她将自己唯一的一只箱子里的衣服全部拿出来压在被子上，还是手脚冰凉，就再把地上那把唯一的椅子压在被子上，在这种重压造成的虚假的温暖感里她十分小心地入睡了，因为稍一翻身那把椅子就会滚落下去。

一次，她的一位女友爬上她的这个七层小阁楼，一推门却见她昏倒在地，女友转身去喊她的当医生的姐夫，细心的姐夫立即发现她那干净的盘子、空荡荡的蒸锅，就追问她：“今天吃了什么东西？”

“我刚刚吃过午饭。”

“午饭是什么？怎么锅、盘都这样干净？”

玛丽知道瞒不过去了，不得不承认昨天晚上她只慢慢地嚼了一把小萝卜和半磅樱桃，又看书到半夜三点，早晨起来上学校，回来又吃几个小萝卜，就昏过去了。

1895年，玛丽与比埃尔·居里结婚了。当她读到贝克勒尔的关于铀的放射性的报告时她已在理化学校实验室里工作，她毅然决定以这个题目来作博士论文。但这是怎样的一篇论文啊，就好像我们要到河里挑一担水，但是必须先翻过一座山，她先要完成一件最复杂、艰苦的研究。

不过，这时玛丽已经有了一个靠山，她亲爱的丈夫比埃尔·居里是一位很有经验和成就的物理学家。她现在已不像过去在小阁楼里那样孤单了，她凭着自己的聪明、顽强，靠着丈夫在学识上和精神上的支持，开始了这场科学史上有名的攻坚战。

贝克勒尔已证明铀有放射性，那么其他物质有没有放射性呢？它们的强弱又有什么差别呢？实验一开始就遇到这个问题。玛丽就自己掌握的知识想各种办法来证明这个问题，比如可以把一种物质放到黑纸包的底片上，看它能不能使底片感光，对比感光的强弱来确定放射性的大小，但是这对差别很小的放射物是根本判断不出来的，贝克勒尔的办法在深入研究中已不适用。玛丽整日陷入沉思，坐卧不安，茶饭不香。

比埃尔看到妻子难受的样子，一天，在实验室处理完手边的事后，便过来问她："亲爱的，遇到了什么难题？"

"就是缺少一件灵敏的仪器，能准确地探测出物质的放射性，这样才好下手研究。可是我们现在有测光、测电、测热、测力的仪器，唯独没有测放射性的仪器。"

"是的，连放射性这东西也是去年才问世的，怎么能有人给它设计测量仪器呢，看来只有我们自己动手了。"

"可是，它不像光、电，看不见，摸不着，怎么去测呢？"

"让我想想，我们总会有办法的。"

好个聪明博学的比埃尔，第二天他真的给玛丽拿来一架测量仪，这是他亲手创制的杰作。说来简单，就是用一个普通平面电容器，也就是一层空气隔开的两片金属片，下面那片与电池组相连，再与上面那片用导线构成一个回路，回路上有一个电流计。平常这个电路是不通的，因为两片金属间的空气并不导电。可是铀放射线、X 射线都有一个特点——能使空气导电。这就是问题的根本，我们只要往下面那片金属上撒上一点儿铀盐，电路就通了，电流计指针偏转，指示出它的放射强度。别看这个仪器

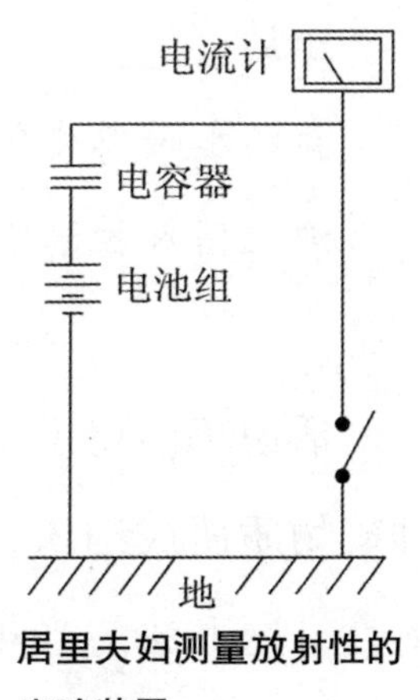

居里夫妇测量放射性的实验装置

简单，可是却极精确。当射线最强的时候，电流的强度也不会超过一安培的几十亿分之一，但是就连这么小的数值在这个仪器上也能读出来。玛丽看着这个自制的仪器禁不住拍手叫绝。

各位读者，比埃尔为什么能制成这个仪器，关键是他抓住了事物间的联系，找见了它们之间的转换点，这实在是科学研究上的一个重要方法。当年本生就是根据不同元素可以转换成不同颜色的光谱，研制成光谱分析仪；焦耳就是抓住机械能与热能之间的转换，测出了热功当量。现在这个神秘的射线虽然看不见、摸不着，而且它刚刚露面，其本性也未充分暴露，但比埃尔只根据它能使空气导电这一点，便可从电流强度来测它本身的放射强度了。

正是：

春江水暖鸭先知，何必亲用温度计。

沟里僧人担水来，深山必定有古寺。

话说玛丽得了丈夫送的这件宝物，便将她能搜集到的各种矿物质研成细末，一样一样地撒到金属片上去试它有无放射性，这办法与当年本生得了光谱观测法后将各种物质往灯焰里撒极为相似。她这样一直试了上百种，电流计上的指针终于动了。她喜得大喊一声，比埃尔忙赶过去，他们测量出一个继铀之后又被人类发现的放射性物质——钍。

初战告捷。现在玛丽更加兴致勃勃地每天守在仪器旁边，精心测量铀射线的强度。很清楚，化合物中含铀越多，放射性就越强。可是有一天当她把沥青铀矿和铜铀矿放到那片金属上时，电流计的指针偏转得比纯铀还大，难道会有一种物质含铀量超过 100% 吗？当然不会。玛丽立即按照这两种矿物的化学成分人工复制出来，放在金属片上再试验，射线强度却比天然矿要小 18%。

玛丽兴奋地喊道：“比埃尔，快过来看，这可真是奇迹，天然矿比人工矿放射性强。而现有元素中，我都一一试过了，除了铀、钍再不会有放射性了，现在出现了比铀还强的放射性，说明一定还有一种人类还未发现的物质。我真不敢这样想，难道我们将发现一种新元素吗？”

比埃尔过来将沥青铀矿粉往金属片上再撒一次，果然电流计指针大幅度偏转，他也禁不住一阵兴奋，又连续再试几次，然后冷静地分析道：“以往物理学给化学帮忙已经有过两次，一次是用电，一次是用光。戴维发明了电解法立即找到了钾、钠、钙、镁、钡等一批新元素；本生和基尔霍夫发明了光谱分析法立即找到了锂、铯、铷、铊、铟，直到 1895 年 3 月又终于找到了那个人们已追捕了二十七年的氦。每一个新方法的出现都伴随着一块新领域的开拓，现在继电和光之后我们又拿起放射性这个武器，物理第三次来帮助化学，按道理是应该发现一些新东西，该有新成果的。”

“比埃尔，亲爱的，这第三次帮忙，说得具体一点儿，就得你来帮我了。放下你手头的工作吧，这个题目很有吸引力，我们或许要创立一门新学科——放射化学。”

“是的，我已看见了这块新大陆的影子，它在召唤着我们，值得我们冒险去闯一下。从明天起，我就停下手头正在做的结晶体研究，我们一起来攻这个难关吧。”

从第二天开始，居里夫妇就将沥青铀矿一点一点儿地分离。他们先用化学办法，将这些矿物质一会儿溶解在酸里，一会儿溶解在碱里，把沉淀滤出，把溶液蒸发干，再溶解，再蒸发，就像剥竹笋一样一层层地向笋心逼近。又像过筛子一样，将杂质一点一点儿地筛去。现在当他们往矿物质的酸溶液里通了硫化氢后，瓶子里立即分成硫化物深色沉淀和透明液体两部分，这时就用得着放射性测量了。玛丽把透明液点到金属片上，放射性不明显，把沉淀物挑上一点儿，指针立即大幅度偏转，读数表示它比纯铀的射线要强 400 倍。沉淀物里有铅、铜、砷、铋。他们再逐一分离，将铅、铜、砷分出去，可是这种未知物和铋关系甚密，再也不肯分开。但既然包围圈已经缩小到这个程度，看来这是一种新元素必定无疑了。1898 年 7 月，居里夫妇向法国科学院提出报告，宣布他们发现了一种新元素，它和铋相似，却能发出强大的不可见射线,如果这一点得到证实的话,就请把它定名为“钋”(法文“波兰”的意思)，以纪念玛丽的祖国。接着他们又在沥青铀矿里查出了一种未知元素。

1898 年 12 月 26 日，法国科学院里又是人声鼎沸，出现了像伦琴射线刚发现时的那种激动。一个波兰女子，五个月前刚宣布发现了钋，今天又要宣布一项新发现。女人能进科学院的门已是很特别了，而在这场擒拿无名放射物的竞赛中又是她连连夺魁，许多顽固的教授早就心中愤愤不平了。玛丽今天仍然穿着那件朴素的黑色长裙，衣服上还能看出许多酸、碱烧下的斑痕。她今天有点儿激动，待大家都坐好后，她回头看看坐在身旁的比埃尔，她想让丈夫来报告这项发现，但是比埃尔只用明净的目光与她对视了一下。她明白这意思，便正正身子，打开报告卷宗，用沉稳优美的语调开始讲话：

“我们今天向科学院提出的报告的题目是《论沥青铀矿中含有一种放射性很强的新物质》。这种新物质和金属钡很相似，我们经过最大努力的提炼、筛选，已经得到了含有它的物质，它所发出的射线是纯金属铀的900倍，所以我们建议将这种新物质命名为‘镭’(拉丁文有射线之意)，它在元素周期表里应该是第88号元素……”

居里夫妇的报告刚结束，会场上立即议论纷纷。不少朋友兴奋地上前握手祝贺，热烈地讨论这个新发现，可是几个老教授却故意大声说道：“说得倒容易，一会儿发现了钋，一会儿发现了镭，科学不是猜想，钋和镭是什么样子，既然发现了就该拿出来让大家见识一下嘛！它们的原子量是多少？哪有发现一种新元素却又测不出它的原子量的，真是笑话！”

这话明明是说给居里夫妇听的，玛丽刚才因兴奋而红润的脸色一下变白了，她知道早就有人在对她嫉妒、打击，不容她这个异国女子涉足科学领地，可是这样讲也未免太过分了。她回头看看比埃尔，他镇静地坐在那里和几个朋友恳切地讨论着问题，他一定听到了刚才的怪话，但是他显得多有涵养啊！玛丽转念一想，也怪自己的研究不彻底，镭到底是个什么样子？看来必须把纯镭拿到手，才能解决问题。

到底居里夫妇是否得到了纯镭，且听下回分解。

第五十五回　愿将事业作爱子
却看名利如浮云

——镭的发现（下）

上回说到居里夫妇虽然宣布了镭的发现，可是还未提炼到纯镭，现在他们决心要将它捉拿归案了。

镭的含量很少，要大量的沥青铀矿才可取得一点儿，可是他们哪有钱去买这许多昂贵的矿石呢？聪明的玛丽立即想到沥青铀矿是玻璃工业上大量使用的，这种工业废渣里一定还会含有镭，而废渣是不值钱的。果然，慷慨的奥地利政府答应将一吨废渣送给这两个不可理解的人。接着就是要找一个可以炼废渣的地方。在玛丽的小实验室的对面，正好有间大一点儿的木棚，只是玻璃房顶破碎漏雨，木板裂缝四面透风，地面返潮，屋里总有一股霉气。棚内有几张残缺的厨桌，一块黑板，一个旧铁火炉。这里原来是仓库，后来搁医学院解剖用的尸体，最后就连这也不合适，便闲置起来了。校长很慷慨地把这间棚子拨给他们使用。

工作就这样开始了。他们作了分工，比埃尔经验丰富，分析镭的性质，玛丽却担起一个杂工应干的活儿，将那还带有波希米亚山区泥土和松针的棕色矿物，每 20 千克一次地倒进一口大锅里冶炼。锅里冒出呛人的气味，棚屋里没有“烟罩”装置，他们便把大锅放在院中，玛丽用一根几乎和自己身长相等的铁棍不停地搅拌着。这样炼完一锅，再拿回棚子里进行化学处理：溶解、沉淀、分离。

这天，玛丽正隔着浓烟观察锅里的变化，突然天上淅淅沥沥地掉下了雨点。比埃尔赶紧跑出来帮她将锅抬回棚子里，棚内又立即充满呛人的烟气。在这冬季的冷天里他们只好打开门窗，比埃尔和玛丽对坐在一张靠近炉子的桌旁做着化学分析。他透过桌子上那些密匝匝的瓶子、试管，又看到了那双蓝色的眼睛，多迷人啊。当年他因为碰不到有才气的女子一直等到 36 岁，正当他准备终身不娶时，上帝从波兰给他送来一个玛丽。他们第一次相见是为了一个研究课题，这却促成了以后的结合。他们相差八岁，他知识丰富，是老师，是兄长；玛丽聪明顽强，往往在攻坚中打先锋。关于镭的研究就是玛丽毅然决定，他先是从旁帮助，最后干脆全力投入的。比埃尔看着玛丽正在摇动试管的手，这双手因为整日和酸碱打交道满是老茧和伤痕。现在因为棚子里太冷，玛丽脸色都

居里夫妇

有点儿发紫。他不觉叹道："玛丽，现在这个环境又使我想起一个地方。"

"什么地方？"玛丽柔和地抬起头看丈夫一眼。

"就是当年你那个像冰窖一样的小阁楼。"

"不过比那里好像增加了点儿什么。"

"那就是这个还能供一点儿热气的火炉。"

"不，亲爱的，那就是你。我现在心里不像当初那样孤独，目标也不像那时那样茫然，我们已被浸泡在一种欢乐的事业里。”

“有了我又能怎样呢？你过去吃苦，现在还是这样苦。你这样美，这样有才华，却好像注定要泡在苦水里。”

“不要这样说。我倒觉得幸福有两种，那些贵妇人珠宝满身，美酒盈杯，不能说没有福气。但这种物质之乐只能给人暂时的享受，福随人亡，过眼烟云。我们追求的是一种创造之乐，这才是永远的幸福，它会长存在我们的记忆里，存在后人的记忆里。现在镭这条大鱼已经落到我们的网里，眼看就要到手了。只要咬紧牙关，我相信它就会出现在这支试管里。那时我们再回忆这段棚屋里的日子，就只觉得甜而不知苦了。”

“话是这么说，可是我们这样一小锅一小锅地炼，沥青矿渣都快用了一吨，代价也太大了。我想等将来条件好一点儿，总会有什么简便办法的。”

“这个苦反正总要有人吃的，我们既然开了头就吃到底吧！”

他们正这样一边工作，一边做着又像是讨论又像是抒情式的谈话。玛丽突然觉得有只小手在拉她的后衣襟。她不用回头就知道怎么回事，忙擦擦手，站起来。椅子后面是她5岁的女儿伊雷娜。因为工作到最后阶段，她经常中午不能回家，小伊雷娜有时就被带到实验室来。玛丽双手一伸把孩子紧紧抱在怀里，这才想起，他们一家人该开午饭了。伊雷娜一边隔着桌子喊着“爸爸”，一边伸手去摸那些瓶子管子。比埃尔探身在孩子脸上亲了一下，全家人围着火炉，打开饭盒。

玛丽说：“其实我们苦一点儿倒没什么，就是对不起孩子。”

比埃尔诙谐地向桌上的试管努努嘴说：“那里还有一个叫镭的孩子，可惜太难产了。”

玛丽爽朗地笑了起来，突然又收起笑容天真地问道：“比埃尔，你说这个孩子会是什么样子？”

“一个元素一个样，真不好猜，不过我希望它有美丽的颜色。”

从 1899 年到 1902 年，经过三年又九个月的艰苦劳动，居里夫妇终于从成吨的沥青铀矿渣中提炼出了 0.1 克的氯化镭，并测得它的原子量是 225。没有让他们失望，镭真的有美丽的颜色，在暗处会发出略带蓝色的荧光，它会自动放热，一小时内放出的热量可以融化与它等重的冰。最麻烦的是它的射线无孔不入，玛丽后来写道：

在研究放射性很强的物质的时候，若要做到精细测量，必须有特殊防备。化学实验室里用的各种东西和做物理试验用的仪器，不久就变得有放射性，并且透过黑纸影响照相版。灰尘、屋里的空气、衣服，都有了放射性，屋里的空气成了导电体。在我们工作的实验室里，这种弊病到了极点，我们简直无法使任何仪器完全隔离。

更值得注意的是，镭的放射性对人体细胞还有杀伤作用，勇敢的比埃尔用自己的身体做了实验后向科学院提出了一份详细的报告：

有6厘米见方的皮肤发红了，样子像是烫伤，不过皮肤并无痛楚，即使痛也轻得很。过些时候，红色并未扩大，只是颜色转深；到20天，结了痂，然后成了疮伤，须用绷带缠扎，到42天，边上表皮开始重生，渐渐长到中间去，等到受射线作用后52天，疮痕只剩1平方厘米，颜色发灰，这可以表示这里的腐肉比较深。

比埃尔立即与他的两个医生朋友合作，证明镭可以治疗狼疮和几种癌肿，于是一种新的疗法——居里疗法又诞生了。

各位读者，这可是一项惊天动地的发现。一块金属自己就会发光、放热，会放出射线。能量守恒定律好像不起作用了，物理学的殿堂遇到了强地震的冲击。后来人们知道得更清楚了，凡原子序数大于 82 的天然元素都有放射性。它们可分为三大家族，即铀镭系、钍系、锕系。每系都有一个老祖宗，然后子子孙孙往下排。铀镭系的老祖宗就是铀（贝克勒尔还算幸运，他一下就发现了这个老祖宗），它放出射线变成别的元素，到第六代时就是镭；镭再放出射线，悄悄地变，速度很慢，1 克镭大约过一千六百年才会消失一半，最后变成铅和氦。事物就是这样在不断变化，不断毁灭，又不断诞生。绝对的静止是没有的，绝对的生和死也是没有的，它在刹那间同时是自己又不是自己。居里夫妇的发现早已冲出物理学的领域而具有了极大的哲学价值。

正是：

滴水不动自蒸发，金属静卧也放能。

世上万物皆在变，瞬间就有死和生。

却说玛丽原本是要选一个作博士论文的题目，不想却碰上一个这样重大的课题，撞在一个从未有人知道的机关上，一下就打开了一个新的领域。工作旷日持久，没有结果，她的论文也就一拖再拖。从 1898 年开始实验，一直到 1903 年，过了五年，她已36岁，实验告一段落，论文也才写成。真是水到渠成，瓜熟蒂落，1903年6月25日这天，玛丽面对一小批最著名的物理学家、化学家宣读完论文之后，用不着辩论，主席李普曼先生只讲了五分钟的话，她便成为一位极荣誉的、真正的物理学博士了。这年12月，居里夫妇和贝克勒尔一起获得诺贝尔物理学奖；1911年，玛丽又单独获得一次诺贝尔化学奖。

各位读者，这时再让我们回顾玛丽在她的七层小阁楼里和在木棚里吃的那些苦，便深深感到没有三九寒，哪有梅花香。天地有奥秘，却将其藏于深山，封于绝壁，以虎豹断其路，以荆棘塞其途，风沙漫漫，雨雪凄凄，只有那些大智大勇，能吃大苦，肯做大牺牲，不以眼前之苦为苦，而以拼搏胜利之乐为乐的人，才有权利有机会得到这奥秘。哥白尼终生观天，风霜不避；伽利略屡受迫害，锲而不舍；法拉第寄人篱下，忍辱求知；达尔文环球五年，出生入死；而居里夫人以一青春女子为求学远走异国他乡，面对大都市的纸醉金迷，苦忍小阁楼里的凄风苦雨，在破木棚里奋斗四十五个月，不怕酸碱烧手，不怕浓烟呛鼻，硬将成吨矿渣一小锅一小锅地炼完，终于轰然一声从那个茫茫然的未知世界里扯出一条镭的金龙。可知一个学者的吃苦耐劳、坚忍不拔绝不亚于沙场上的勇士和那些政界的伟人。

但是居里夫妇从此却再也不得安静。

第一批上门的是那些商人和企业家。镭可以治病，镭如此稀有，它的价格高到0.1克就值75万金法郎，当然炼镭业就成了最热的行业。可是炼镭的奥秘和它的一整套操作程序，全世界只有两个人知道，这就是居里夫妇。就在玛丽的论文答辩刚过几天之后，清晨，他们夫妇正在吃早饭，邮差送来一封信。

“什么事啊？”玛丽看着丈夫专心读信的样子，轻声地问。

“美国来的，一个公司问我们可不可以告诉他们制镭的技术。”

“可以，全告诉他们。”

“可是，我们要不要先考虑一下专利问题。我们太穷，或许我们该改善一下那个破木棚子。”

“不，科学属于全人类，我们发现了科学，又把它据为私有，这违反科学精神，再说镭能治病，我们就更该无条件地献出它的秘密。”

“好，我现在立即就回信。”

就这样，0.1克镭就值75万金法郎的秘密，让他们轻松地公布于世了。

这些以发财为业的人还好打发，那些以宣传为业的人最难应付。记者们总是追求最新的消息，而名人哪怕是吃了一顿最普通的饭，穿了一件最平常的衣服也会成为人们议论的话题。诺贝尔奖刚公布，各大小报纸的记者立即向这对“镭的父母”“伟大的夫妇”发起一场大围攻。不，简直是一场扫荡。他们的那间破木棚、学校、住所，都成了川流不息的不速之客们采写、拍照的对象。他们遇到了一场远比过去的清苦更严重的灾难。比埃尔在1904年1月22日给朋友的一封信里写道：

你看见这种突然发作的镭狂了，这种狂热把声望的好处都给我们带来了。世界各地的新闻记者和摄影记者追随着我们，甚至于记录我的女儿和她的保姆的谈话，并且描写我家里的那一只黑白花小猫。我们收到许多函件，接见许多古怪的人和还没有出名的发明家，还有许多人向我们请求款项。说到末了，还有收藏亲笔签名的人，都到你知道的娄蒙路那个壮丽的地方来看我们。这些事使实验室一刻不得安静，而且每晚还需写许多函件，过着这样的生活我觉得我日渐蠢笨……

一个大发现，科学家急于向纵深扩大战果，商人急于用它牟利，企业家急于办新厂开新矿，记者急于抢独家新闻，一般人急于打听趣闻以填补饭后茶余。这当然苦了科学家本人。居里夫妇尽量逃避一切邀请、聚会和探访。一天，在法国北部的布列塔尼半岛，一个农妇装束的女人正坐在海边的石板上倒着她凉鞋里的沙子，一个男子推着一辆自行车停在她的身旁。但是就如安详的鹿并不知道身后有追踪的猎人一样，一个机警的美国记者突然出现在他们的身旁。

"尊敬的居里先生和夫人，我能在这里单独采访你们感到非常荣幸。"记者很为甩掉了同行，独吞"猎物"而高兴。

"碰到您这样精明的记者却是我们的不幸。"玛丽苦笑着回答道。

"您能谈谈镭的发现过程吗？"

"谢谢，我的报告已经发表，那里面已讲得很详细了。"

"你们现在准备到哪里去？"

"不知道，我们想找一个安静的地方，最好是到一个禁止演讲、集会，不许记者采访的孤岛上去。"

记者也苦笑一下问道："您能谈谈您个人在发现镭以前的情况吗？"

"对不起，在科学上我们应该注意事，不应该注意人。"

居里夫人逃避荣誉，但是荣誉还是不断地飞来。她一生共得了十项奖金、十六种奖章、一百零七个名誉头衔。她将奖金慷慨地捐献给科研事业和处于战争灾难中的法国，那些奖章她想不出好办法保存，就给6岁的女儿当玩具。她把荣誉远远地抛在脑后，更加倍地工作，她在给外甥女的一封信里写道：

> 我们应该不虚度一生，应该能够说：我已经做了我能做的事……那些很活泼而且很细心的蚕，那样自愿地、坚持地工作着，真正感动了我。我看着它们，觉得我和它们是同类，虽然在工作上我或许还不如它们组织得那么好，我也是永远耐心地向一个极好的目标努力。我知道生命短促而且脆弱，知道它不能留下什么，知道别人的看法完全不同，而且对自己的努力是否符合真理没有多大把握，我还是努力去做。我这么做，无疑是有什么使我不得不如此，有如蚕不得不做茧。那可怜的蚕即使不能把茧做成，也须开始，并且那样小心地去工作；而若是不能完成任务，它死了就不能蜕变，就不能补偿。

玛丽的身体实在是越来越虚弱了。她长期经受放射物质照射，得了不治之症，于 1934 年 7 月 4 日离开人世。直到她死后四十多年，她用过的实验笔记还在散发着镭射线，她撞开了放射性这扇大门，但是这些射线到底是什么东西，放射物为什么能自动放出它们呢？且听下回分解。

第五十六回　巧设计是光是电见分晓
细测算质量电量全找到

——电子的发现

花开两朵，各表一枝。自从放电管问世以来，人们纷纷研究真空放电，无意中生出许多课题。那伦琴从管中阴极发出的射线发现了X射线，贝克勒尔又从对X射线的研究中发现了铀的天然放射性，居里夫妇又进一步从对铀矿的研究中发现了镭。镭可以自己发光发热，这又给物理学提出了一个无法解释的大难题。从阴极射线引出的一个链条，环环相扣，连续而生，未有穷尽。但是阴极射线本身到底是什么呢？自然有人会考虑这个问题，这个人就是英国物理学家**汤姆孙（1856—1940年）**。

汤姆孙1856年12月18日生于英国的曼彻斯特，他父亲本是一个摆摊卖书报的小贩，后来靠着自己的奋斗成了一名专印大学课本的书商。他从自己的切身经历中深知没有知识的苦衷，便发誓要教子成才，请了家庭教师指导儿子的学业，并注意培养他的艺术素养。老汤姆孙虽是一名书商，可是因职业关系平时来往的却都是曼彻斯特大学的教授，家里也还有点儿书香气。汤姆孙有严父督教，又有这样一个环境熏陶，学业大进。14 岁便考进了曼彻斯特大学，20 岁被保送到剑桥大学三一学院，27 岁就被选为皇家物理学会的会员。1884 年，卡文迪许实验室主任瑞利年老体衰宣布辞职，大家都等着看谁来继任这个全欧洲学术界最引人注目的职位，结果瑞利却推荐了汤姆孙，这年他才刚满 28 岁。

这时，一场旷日持久的大争论正在等待他的加入。19 世纪 60 年代，英国物理学家**克鲁克斯**(1832—1919 年)发明了一种管子——克鲁克斯管，在一个玻璃管里嵌上相对的两块金属板，两板各与一条电路相连，一块是阴极，一块是阳极，当管内的空气抽得越来越稀薄时，就会出现种种不同的颜色，这种光是由阴极发出的。它到底是什么呢？以德国物理学家赫兹、列纳德为首的一派认为阴极射线是类似于光的东西，是电磁波；以英国物理学家克鲁克斯为首的一派认为，这是一束带负电的粒子流。赫兹认为，既然是粒子流为什么它能顺利通过放在管内的它们路径上的各种屏障，而又没给屏上穿出洞呢？只有波才有这种特性；克鲁克斯说，既然是光一类的波，为什么我把一块磁铁靠近管子时，它就发生偏转呢？

只有带电粒子才会受磁场的影响。这简直就像当年牛顿和胡克、惠更斯争论光的波粒性一样，又是一场难断的官司。双方都是当时最知名的权威，这场辩论竟持续了二十多年没有结果。就在 1896 年，汤姆孙正好 40 岁时，英国科学促进会最高委员会将汤姆孙召来，要他的实验室来解决这桩悬案。

好个汤姆孙，由他来担当此任真是再合适不过了，他在电磁学方面有极扎实的功底，又有一手高超的实验技术。接受任务后，他先将以往的研究成果仔细回顾一番，发现其实早在 1834 年法拉第总结电解定律时已经初步涉及这个问题。实验证明，所有化合价为 1 价的元素，电解出 1 克化学当量的物质，都需要 96493 库仑的电量。而 1 克当量物质所含的粒子数正是阿伏伽德罗常数，即 6.02×10^{23} 个。这样就可算出每个粒子上所带的电量为 4.802×10^{-10} 绝对静电量，它是电的最小单位。就是说电是由这么一点点的小东西集结而成的，揭示了电的粒子性。阿伏伽德罗常数是 1870 年才确定的，之后，对这个问题的研究更加深入。1874 年，英国物理学家斯通尼明确提出用“电子”一词来表示电的一个最小单位。但是为什么还是争论不休呢？因为到此为止也还只是一种理论计算，就像当初居里夫妇发现镭的放射性，但并没有测出镭的原子量，化学家就直摇头一样。现在只推算出电子，而不知道它的质量、性质，物理学家们自然不服，于是汤姆孙毅然决定要称称电子的质量。

各位读者，这“想”和“做”，是科学研究的左右腿。想一想，再做一做，规律就发现了，创造就实现了。想和做，是理论与实践的转换，一部科学史就是这样一步一步走过来的。这里敢想、善于想尤其重要。思想这个东西，可以是最薄最薄的刀片，能深入到事物的最细的缝隙之中；也可以是最大的一张网，能囊括宇宙，捕捉星球。当年道尔顿为了称称原子的质量，就先设想氢的原子量为1，其他元素按此倍数来计算，果然界定了原子，确立了原子论。现在汤姆孙又将物质上每个粒子的带电量推算出来，从而又确立了“电子”的新概念。这样细微的事实只有先通过想象、假设，定下一个思路后才可能通过实验、推理去实现。反过来那些最大的天体实验也是这样。

这可真是异想天开，你要捉一个原子来放在天平上都不可能，一个电子又如何称法？这个主意只有汤姆孙想得到，也只有他能做到。他既是一个理论物理学家，又是一个实验物理学家，设计实验是他的拿手好戏。他立即把学生们叫到一起，准备好一个阴极射线管，射线从阴极一端发出后，穿过两个很窄的缝，成一细束，打在管子的底部，而底部已准备好精确的刻度，以便观察射线的偏转。在射线经过的路上，上下各准备两块金属电极板，形成一个电场。当金属板不通电时，射线沿直线打在管底一个点上，通电后射线受电场的影响发生偏转，并且根据偏转的方向可知它是带负电的粒子束。这时再加一个磁场，使它沿相反方向偏转，又校正到原来的位置。这真是一个极妙的实验，一丝阴极射线随着电场和磁场的强弱变化忽上忽下，就像有两只无形的手来回争着将它拉过来拉过去。汤姆孙最后让它固定在正中的位置上，对他的学生说："现在我们可以来称电子的质量了。这时磁场力和电场力的大小正好相等，方向相反。根据这个条件我们先来求出阴极射线微粒的飞行速度，知道了速度就可进一步测其他物理量。比如，我现在撤掉电场，粒子只受磁场力做曲线运动，我们就可求得它的电荷与质量之比。有了这许多数据我们就可以去推算质量，只是法拉第等人当初是通过电解定律来推算每个粒子上所带的电量，为了证明这个数据我们最好另换一种方法。"

这时在座的一位学生应声答道："我这里有一种办法可以一试。"

汤姆孙一看，说话的是**威尔逊**(1869—1959 年)。原来，这汤姆孙身边高徒满座，他们一个个都年轻聪明，基础扎实又各有所长。现在说话的这个威尔逊对大气电学有特殊的兴趣，1894 年他到海拔四千多米的尼维斯山顶旅游，被那里奇丽的雾景所吸引，便深入钻研，终于弄懂这是气压低的缘故。于是他就在实验室里人工造雾，先是让水分凝结在空气中的尘粒上，后来 X 射线的发现使他想到空气中离子的存在可能导致云雾形成。威尔逊想阴极射线若真是电子粒，虽然这电子粒看不见，可是造成一个条件使带电粒子和水一起凝结成雾珠，不就可见而且可以测算了吗？

威尔逊当即为老师装好一个简单的仪器。一个大玻璃筒，下面有一个底盘与验电器相连接，筒内充进潮湿空气后将筒上的活塞突然向上提，空气膨胀造成云雾，水滴开始缓缓地向底盘上落去。就是这么个简单的装置却演示出一个很了不起的成果，他们可以根据云雾向圆盘降落的速度来求雾滴的大小，又根据雾滴的大小和水蒸气的总量来求出雾滴的总数，再以验电器收到的总电量除以雾滴的总数，就得出每个雾滴上的电荷值，与法拉第电解定律的求法殊途同归。这真是拐着弯做学问。

好了，现在我们来看汤姆孙对电子的称量结果：阴极射线是由带负电的粒子组成，这种粒子的飞行速度是每秒 10 万千米，它的质量是氢原子的 1/1840；它的电荷是 4.8×10^{-10}

个静电单位。汤姆孙还不放心，又把阴极材料几次更换，结果都可以发出同样的粒子流。他还发现：不只在阴极射线中，在其他情况下，如将金属加热到一定高的温度，金属或其他物质受光，特别是受紫外线照射时，也都能放出电子。后来威尔逊不断改进他的云雾室，居然实实在在地观察到了电子的轨迹。现在的问题就不只是一个简单的阴极射线是什么了，它又导出了一个伟大的发现——任何元素中都含有电子。

这电子的质量极小，只有 9×10^{-28} 克，就是只有一万亿亿亿分之一克。这么小的东西汤姆孙也将它称出来了。妙就妙在他能迂回曲折，借助电场、磁场、雾滴，正如本生借光谱识元素，居里夫妇借电流强度识别射线强度一样，善于抓住事物间的联系，步步摸索，终于达到目的。不过这回汤姆孙绕的圈子也实在够大了，他的这个实验在科学史上也就特别的著名。

正是：

曲径通幽处，科学无近路。

目标难直达，请君绕几步。

却说汤姆孙终于捕捉到电子后，他的学生们围着他七嘴八舌地问道："这个方法也不算太难，为什么过去争吵了二十多年就没有人去做个实验呢？”

“事情并不这样简单，我刚开始实验时，曾在两块金属板之间加上一个电场，射线并不偏转。这是由于有气体的存在，压力太高。要解决这个问题就先要解决真空条件，而当时真空技术才刚刚使用，很不完善，可知一项研究总是和当时的技术发展水平相联系的。所以，电子的发现并不是我个人特别聪明，这是前人经过许多知识和技术方面的积累，到现在才水到渠成了。”

“老师，这个积累是全社会共享的，为什么同一个时间，同一个实验室，有人能够利用它去实现新的突破，有的人就做不到呢？”

“所以，我要给你们立两条规矩：第一，接受一个新题目后首先要将这方面的知识系统复习，特别要注意前人已有的成果，这样既避免重复劳动，又可站在巨人的肩膀上登攀。第二，必须学习好实验技术，全套仪器都要亲手制作，尽量不使用现成的。”

学生中不知谁怯生生地说了一句：“这样不是太费时间了？”

“不，费点儿时间有利于培养你们的创造力。实验室首先是培养会思考、有独立工作能力的人，不只是要造就一些死成品。你们不仅是实验的观察者,更重要的是实验的创造者。老师不能教给你所有的知识，而你们掌握了创造能力后却可以得到前人都得不到的知识。”

这些本来就十分聪明的高材生们毕恭毕敬地围在汤姆孙身边聆听师训,他们以后牢记这一教诲,刻苦读书,勇敢创造,这一批学生中竟出了五十多名卓有成绩的大物理学家，其中便有威尔逊、玻尔、卢瑟福等九人获得诺贝尔奖。汤姆孙在卡文迪许实验室任教授和主任辛苦执教三十四年，桃李满天下，育人成果早超过了那些具体的物理发现。

再说汤姆孙发现电子，一时名声大振，许多国家纷纷请他去讲学。但他有个习惯，就是多做少说，轻易不愿登台做报告。美国著名的普林斯顿大学几次恳求，他才去讲了六个小时，而内容却极为精练。英国皇家物理学会规定每星期五晚上要举行一次学术报告会。委员会早就为他安排好了讲演时间，他埋头电子的研究竟拖了三年。直到 1897 年 4 月 30 日晚上，他终于登台了。这天大厅里灯火辉煌，他将关于发现电子的实验一一讲给同行们，在座的物理学家无论是克鲁克斯派的还是赫兹派的人无不点头叹服。一个比原子还小的基本粒子发现了，汤姆孙被誉为“一位最先打开通向基本粒子物理学大门的伟人”，并于 1906 年荣获诺贝尔物理学奖。

电子的发现，和X光、放射性的发现一起，成为19世纪末物理学的三大发现。汤姆孙在那个晚上的演讲中说，电子是世界上最轻量级的运动员，它如此轻微却联合成一支庞大的队伍，形成了近代工业中最重要的动力源泉。

电子是发现了，但是它在原子中的位置呢？有带负电荷的电子，必定还有一种带正电荷的粒子与之相平衡，它们两者是谁绕着谁运动呢？这又是一个新问题。汤姆孙构想了一个原子模型，就像一个西瓜或者是夹有葡萄干的面包。电子就像西瓜子或葡萄干一样均匀地分布在带正电的瓜瓤或面团中，这就是有名的“均匀模型”。现在，无论是居里夫妇发现镭的自动放热，还是汤姆孙发现电子，问题都集中到原子内部来了，一个原子物理的时代就要到来。汤姆孙最先设计的“均匀模型”到底对不对呢？且听下回分解。

第五十七回　悄然无声张原子变成李原子
喜报忽至化学奖却送物理人

——原子衰变的发现

上回说到汤姆孙的研究已经深入到原子内部，发现了电子并提出一个原子“均匀模型”。这个模型到底对不对呢？“不对！”汤姆孙万没有想到说这个话的正是他的从大西洋那边归来的一个学生**卢瑟福** (1871—1937 年)。

卢瑟福（右）

卢瑟福1871年出生于新西兰一个偏僻的小村庄，家里有兄弟姐妹共十二人，这样的家庭自然不能对他娇生惯养，因此小卢瑟福倒尽得自然的优惠。他和伙伴们或山上放牛，或海边捕鱼，风风雨雨练就一副强健的身骨，到后来他在文弱的科学家堆中，无人不羡慕他的体格。另一方面，潮涨潮落，那大自然的奥妙又启发了他的智慧，他从小就不满足于只学点儿能糊口的手艺，而向往解释宇宙，向往发明，向往创造。1889年，他18岁的时候便勇敢地去报考新西兰大学的奖学金，无疑这将决定一个农家孩子的命运。这天，他正在菜地里挖马铃薯，他母亲突然气喘吁吁地跑来，还不到地头便兴奋地喊道："孩子，你得到了！得到了！"

"得到什么了？"卢瑟福还不知是什么事。

"奖学金，考上了！"

卢瑟福闻言将手中的铁锹用力摔在地上，他让自己激动的心稍稍平静下来，然后说："这是我挖的最后一个马铃薯了！"

他大学毕业后先当了一段时间的中学教师，这时英国剑桥大学又给了新西兰一个享受奖学金留学的名额，而卢瑟福在大学时就自己动手制成一种灵敏的检波器，试验了在新西兰大地上的第一次电报，并且还发表了电磁学方面的论文。

商人的资本是钱，学者的资本是论文，卢瑟福就靠这几篇论文来敲剑桥的大门，果然很灵。他的老师克顿教授为他写了一封很不平常的推荐信：

> 卢瑟福先生才华横溢，通晓数学的分析法和图解法，对于电学及其绝对测定法之最新成就具有极为广博的知识。卢瑟福先生为人诚恳，和蔼可亲，乐于帮助他人克服困难，凡与他有过交往的人莫不竭诚赞许，尊为良师益友。我们衷心地祝愿他在英国的科学研究同他在新西兰一样，取得非凡的成就。

卢瑟福从大洋彼岸的乡村来到剑桥的卡文迪许实验室这个物理精英荟萃的地方，他一身的土气还没有褪去。大都市里来的同学都有点儿瞧不起他，见他每天只知道埋头读书，便悄悄给他起了一个绰号——“从安第普斯山上抓来的一只光会挖土的野兔子”。

一天这些同学从外面归来，卢瑟福正在屋里看书，便请他们进屋，顺便请教几个问题。他们自然答不上卢瑟福提的问题，而且发现他桌上有一个从未见过的检波器，那手工之精令他们叹为观止。这是由一根全长仅 6 英寸的金属线缠绕

80 匝而成的线圈，中心一根钢针，长不过 1 厘米，直径只有 1 毫米的 7%。过了几天，卢瑟福就用这个检波器在半英里外检测到电波，并且证明电波可以穿过闹市区、穿过人体和厚墙。而这时马可尼还没有试验成功他的检波器呢。这件事使同学们也让老师汤姆孙对卢瑟福刮目相看。他说："在卡文迪许的所有学生中还没一人对研究的热情能比过卢瑟福的。"那些原来瞧不起卢瑟福的学生自然也就十分敬重"这只光会挖土的野兔子"了。

如果卢瑟福果真沿着研究电磁波的路子走下去，也许物理史就要重写。但他的老师把他领到了另一个路口上，从这里眺望开去，似乎前景更加美好。因为这时汤姆孙正在研究阴极射线，并且已经找到了电子。居里夫妇在很困难的情况下发现了镭，并且正在全力以赴地提炼它。镭的放射性已引起科学界的大轰动。电子也好，放射性也好，X 光也好，这些发现都将人们的视线引向一点——原子内部到底还有什么未知的秘密。汤姆孙建议卢瑟福就来研究这个课题。而卢瑟福生来是个探险家的性格，他也觉得检波器方面已没什么可再搞的了，便欣然开始了对原子的探试。

探试的第一步就是抓住镭放射出的射线，看它到底是些什么东西，然后就可以顺藤摸瓜追踪原子内的秘密。卢瑟福天生是个实验好手，他立即设计了一个实验，用一个铅块，钻上小孔，孔内放一点儿镭。这样射线只能从这个小孔里发出，然后将射线放在一个磁场里。奇怪的现象出现了：一束射线立即分成三股，有一股靠近 N 极偏转，有一股靠近 S 极偏转，还有一股不偏不倚一直向前。卢瑟福一一给它们起了名字，分别叫 α 、β 和 γ 射线。又经过测定，发现 β 射线原来和阴极射线一样，就是汤姆孙证明的电子流。不过阴极射线是在真空放电时从阴极表面发射出来的，电子速度小，只有光速的百分之几，β 射线是原子内部发出的，速度可达光速的 30% ~ 99%，就是说每秒最少 9 万千米。它速度快，穿透力就强，在空气中可走几十米远，碰到几毫米厚的铝片也能穿过，难怪当年贝克勒尔无论把底片藏在何处都要漏光，正是它在作怪。

α 射线和 β 射线相反，粒子带的是正电荷，质量大，为 4 个原子质量单位，速度小，只有光速的 1/10，又慢又笨，穿透能力弱。一张薄薄的铝箔，一层裹底片的黑纸，甚至人体皮肤的角质层，都能将它挡住。

γ 射线不带电荷，非正非负，处于正中，不受磁场的影响而偏转，它是 X 射线，不过比 X 射线的波长还要短，还不到一百亿分之一厘米。

好个卢瑟福，真是出手不凡，19 世纪最后十年的三大发现在他这一个实验里全部得到解释。老师汤姆孙发现的电子流就是他左手中的 β 射线，伦琴的 X 光就是他右手中的 γ 射线，而贝克勒尔、居里夫妇千辛万苦发现的放射性却不过是 α、β、γ 这三个希腊字母。镭为什么会发光发热，原来它在自己放出能量做功呢。当然这里还有许多问题有待探寻，但这些发现足可以叫他和他的同事们狂喜一番了。

却说卢瑟福将这些新发现兴冲冲地去向汤姆孙汇报，汤姆孙自然高兴。但是他听完汇报后却露出一种怅惘之情，卢瑟福有所察觉便恭敬地问道："老师有什么事要吩咐吗？"

"是的，正有一件大事要与你商量。最近加拿大麦克吉耳大学物理系教授应聘到伦敦担任教职，为了挑选一个他的继任者，加拿大方面特意派了代表来剑桥商谈此事。我考虑再三，恐怕你是一个最合适的人选。"

"老师，我是远涉重洋来向您学习的，现在还没有学到多少东西怎能离去？"

"不，你现在已完全能独立开展研究了。像你这样的人才总给我做助手反而压抑了你的才华，你应该有自己的学生，自己的助手，自己的实验室，放开手脚大干一番了。再者你离开新西兰时就已订婚，也早该成家了，经济收入也不能不考虑，那边年薪丰厚，是一笔可观的收入。上任之后你就可以接来家眷，一心研究了。”

“不过，我今年才29岁，我怕自己太年轻，做一个高等学府的教授，人家不一定看得起。”

“不，年龄是次要的，主要的是你有没有挑重担的勇气。我接替瑞利先生任这个卡文迪许实验室主任时，比你现在的年龄还小一岁呢。这正是干事业、闯禁区的最好年龄，你绝不可随俗沉浮浪费了自己的才华。机遇本就不可多得，得到机遇而又失去更会终生遗憾。况且你现在的名声已足可以和那些四五十岁的教授相匹敌了，希望你勇敢地去上任吧。我这里已写好一封推荐信，他们会尊重你的。”

卢瑟福接过信一看，上面写道：“在独创性的科学研究中，我从未见过有比卢瑟福先生更加热情和干练有为的学生。我认为，不论哪个大学，若能请到卢瑟福先生去担任物理教授，将是十分幸运的。”

卢瑟福听了老师这番话，又看了这封信，十分激动。他感谢汤姆孙的知遇之恩，便问临行前老师还有什么指点。

汤姆孙说：“你这一去要当老师了，但要注意向学生学习，敢向自己的学生学习的人永不会骄傲。你要主持一个实验室了，要选好助手，红花要绿叶不只为了陪衬，还要向他们吸取养分，要能在自己周围团结起一批人。”

1898 年 9 月卢瑟福牢记师嘱，横渡大西洋到加拿大走马上任。

他到加拿大之后讲了半年课，仅利用假期回新西兰结了婚。当他带着妻子返回学校时，高兴地发现蒙特利尔实验室来了一位新工作人员，叫索迪。他是这里唯一年龄比卢瑟福小的助手，化学知识却极为丰富，这正弥补了作为物理学家的卢瑟福在化学知识方面的不足。教授和学生，一个 30 岁，一个 23 岁，但是卢瑟福谨记汤姆孙的教诲，与索迪密切合作，他们在一起只有两年时间，但成果惊人，这种师生的亲密关系和工作效率在科学史上是极少见的。

索迪还是从研究物质的放射性入手，他很快从钍中分离出一种神秘物质，它与钍只有原子量不同，其他方面都相同。聪明的索迪立即把这种除质量不同、其他方面都相同，在元素周期表中占同一位置的元素叫了一个新名字——同位素。比如钍，便有钍 –232、钍 –228，而碳的同位素就更多，从碳 –10 一直到碳 –14。同位素不同在放射性方面也有差异，如铀的同位素，有的放出 α 粒子，有的放出 β 粒子，这样对原子内部的秘密探讨得就更细一步了。原来这些肉眼看不到的原子，就是在悄悄地放出不同的粒子而起变化的啊。

这时卢瑟福又想起在剑桥时就遇到的一个老问题，α 粒子从所具有的电量和质量来看像一种已知元素——氦。现在有索迪帮忙，他们立即来验证这件事。他们将少量的镭盐放进一个小玻璃管内，外面再套上一个大玻璃管，两管壁间密封并抽成真空。几天之后，他们将内外管之间的气体抽出来用光谱分析法一化验，果然千真万确，就是氦。这只能有一种解释，是镭放射出的 α 粒子穿过内管的薄壁进入两层管子之间，看来 α 射线就是氦流。那么，镭放出 α 射线后剩下的又是什么物质呢？再一细查，又是一种已知元素——氡。难怪当时居里夫人在寻找镭时总发现它和氡在一起，其实是镭在不断地产生着氡。它们的变化用一个简单的式子来表示就是：

$$^{226}_{88}\mathrm{Ra} = ^{222}_{86}\mathrm{Rn} + ^{4}_{2}\mathrm{He} + \gamma$$

原子序数为 88、质量数为 226 的镭经过自发放射，变成了原子序数为 86、质量数为 222 的氡和原子序数为 2、质量数为 4 的氦，还伴有电荷数和静止质量都为 0 的 γ 射线。以往的化学都是讨论酸呀、碱呀、盐呀等物质之间的分解、化合，而卢瑟福和索迪现在一下就钻入原子壳内去写他们的反应式了。卢瑟福宣布“放射性既是原子现象又是产生新物质的化学变化的伴随物”。化学与物理殊途同归了。

一种元素转变成另一种元素的放射性现象叫作“衰变”或“蜕变”，当物质的放射性减少到一半时所用的时间叫“半衰期”。半衰期有长有短，铀的半衰期是45亿年，镭的半衰期是1560年，而有的物质半衰期还不到一秒钟。你看，原子就是这样以无法控制的力量进行衰变，它不断地“爆炸”，飞出自己的碎片——α、β 粒子，还释放出以 γ 射线出现的其他能量。只 β 粒子的速度就可达光速的一半，一个小小的原子里含有多大的能量啊！卢瑟福立即发现了一个新的世界，其意义就如哥伦布发现新大陆，牛顿发现了宇宙。一时间卢瑟福成了人们议论的中心，连居里夫人也呼吁物理界的同行们要注意卢瑟福的研究。

1907年10月，卢瑟福重返英国到曼彻斯特大学任教，他的学生们又从世界各地追随而来，他的荣誉越多却越谦虚谨慎。卢瑟福本来就身体结实，又因为从小在农村长大，所以他除了紧张的科学实验外，还自己收拾了一个大花园，种草植树，亲自挖土施肥。他也常在广场上的小咖啡馆里和进城的农民边喝咖啡边聊起今年的收成，讲得非常内行。可是有时他碰到合适的对手，又会突然谈起高深的原子物理。一次，一个记者向咖啡馆的老板打听道：“这个农民是谁？”老板告诉他：“这就是卢瑟福。”那个记者惊得半天说不出话来。

再说那个刚来英国时被人称为“野兔子”，现在又被人当成“农民”的卢瑟福，这天正在实验室里安心工作，他的学生罗兹突然跑进来喊道：“快看，瑞典寄来的邮件！”

卢瑟福接过一看，是颁发诺贝尔奖的通知书。实验室立即沸腾起来，学生们都围上来激动地祝贺、欢呼。

可是当卢瑟福打开信细读时不由得大笑起来：“你们看，他们给我发的是化学奖，这真是太妙了。我这一生研究了许多变化，但是最大的变化是这一次，我从一个物理学家变成了一个化学家。”

正是：

海军也有陆战队，空军不能无伞兵。

科学本是总体战，物理化学不可分。

却说卢瑟福收到颁发诺贝尔奖的通知，大家正闹哄哄地议论如何去领奖，卢瑟福却说：“这奖金放在那里总是跑不掉的。现在要紧的是要抓紧实验，我们已经发现了原子内的这许多小东西，它们在原子内到底该怎样摆布呢？”

究竟卢瑟福说出一个什么样的原子结构，且听下回分解。

第五十八回　茫茫太阳系皆是小原子
小小原子内却是太阳系
——原子核的发现

上回说到物理学家卢瑟福，却收到一张要他去领诺贝尔化学奖的通知。但是卢瑟福还是关心物理本身的问题，领奖回来之后便将助手们召集在一起说："过去我们只是捕捉到了放射性元素自己衰变时放出的粒子，除了这些粒子到底原子内还有什么东西就不得而知。还有那些不会天然放射的元素我们就更难知其家底。不入虎穴，焉得虎子，现在唯一的办法就是要将原子砸碎，看看它里面到底还有什么东西。"

卢瑟福天生一个帅才，他来曼彻斯特还没有几天，身边早已聚集了盖革、莫斯利、玻尔、查德威克、安德雷德等一批年轻人，他们来自德、英、法、丹麦等国，卢瑟福的实验室简直是一个"科学国际"，而这些人以后也都成为一个个很有建树的物理学家。当时他们一听卢瑟福的战斗动员令，立刻摩拳擦掌，开始了一个新实验。

新实验是这样设计的：要打碎原子就得找一种炮弹，当时看来最理想的就是 α 粒子，它速度快，质量大。原子结构如果真的是汤姆孙所说的西瓜模型，α 粒子就会顺利地穿过松软的瓜瓤而笔直地前进。而这时盖革已经帮卢瑟福设计好了一个能计算出镭放射出 α 粒子的仪器，这是以后所有向原子核进攻的科学家都离不开的武器，它就以盖革的名字命名，叫“盖革计数器”。靠盖革计数器，他们已能准确地算出在 1‰ 克镭里每秒钟能发射出 136 万个 α 粒子。现在他们准备好了放射源，又以金箔为靶子，靶子一边放一个荧光屏，通过显微镜观察穿过金箔的 α 粒子是否都落在了屏上。

这是一种很费力又很枯燥的工作，助手们常常坐一天也看不出什么新情况。一天，卢瑟福推门走进实验室，凑到显微镜前看了一会儿荧光屏上那一点点的闪光。盖革说：“也许汤姆孙的模型是对的，你看 α 粒子全都顺利通过了。”

“果真是全部吗？要多看，细看，实验要重复几次、几十次、上百次，只有重复才能发现偶然的现象，而必然的规律又常常寓于这偶然之中，居里夫人不是重复测试了几乎能找到的所有元素，才找到有放射性的镭吗？”

卢瑟福说着将荧光屏和显微镜从金箔后面移到侧面，他吩咐盖革多换几个角度，多看一会儿。又过了一天，他正在办公室里备课，盖革急慌慌地跑进来，拉着老师就往实验室里走。原来他发现了一个偶然的现象，就是虽然绝大部分 α 粒子都沿直线穿过了金箔，但是也有极少数的 α 粒子却出现偏转，有的大于 90°，还有的甚至出现 180° 的偏转，竟直直地反弹回来。卢瑟福从此就钻进实验室里，一连几天没有出来。他对学生们说："我们发现了一个多么奇怪的现象，就好像是一群炮兵对着一张薄纸片开炮，而炮弹反而又被弹回炮筒里。虽然弹回来的极少，但这里面必定有一个我们还未发现的秘密。"

他们经过大量的数据记录分析，知道了射出去的每八千个 α 粒子就有一个被弹回来或者偏到一旁。

正是：

阿翁海边点沙粒，第谷深夜查星辰。

更有卢氏数电子，科学属于细心人。

却说卢瑟福和他的学生们将反弹回来的 α 粒子仔细一数，立即悟出一个道理。β 粒子带正电，比电子大 7000 倍，电子没有这么大的力气使它偏转。那么除电子外，原子内一定有一个集中了全部正电荷而且质量很大的核，它对 α 粒子有一个很强的电荷排斥力，α 粒子一碰到它就会被一把推了回来。

但是这个核很小，它在整个原子中的位置犹如太阳在整个太阳系里的位置，四周是大大的宇宙空间，难怪发射八千个粒子才有一个可能撞上它。于是卢瑟福立即抓过一支铅笔在纸上随手画了一个图说：“你们看，我认为原子模型可能不是汤姆孙先生描绘的那个西瓜，倒是哥白尼描绘的太阳系。原子的中心有一个带正电、体积小、质量大的核，核外空荡荡的天空里有一些质量很小、带负电的电子在绕它运动。”

助手们闻听此言一齐欢呼起来：“您是说我们在小小的原子内部又发现了一个太阳系？”

“是的，正像伽利略、牛顿发现天上地下一个样，我们又发现太阳系和原子内部一个样。不过这微观世界会另有一套规律，还需要我们仔细去摸索呢。”

1911年，卢瑟福提出了原子的“太阳系模型”，这是科学史上的一项伟大成就。原子和原子核物理学从此发展起来。后来他的学生玻尔又把量子论引到原子结构中来，修改了这个模型，使之更加完善，人们就把这个模型称为“卢瑟福-玻尔原子”。这个模型成功地解释了许多物理和化学现象，促进了以后的原子能研究。我们现在已经知道核的体积还不到原子体积的一万亿分之一，但它却占据整个原子质量的99.5%以上。就是说，它本身的密度实在是大。如果设想一粒蚕豆全部以原子核组成,那么它的质量就会达到一亿吨!你绝不要想用手去拈得动这粒豆子，因为通常运输一亿吨的物资，就需要用能绕赤道一周的列车来装呢!

再说1919年第一次世界大战刚结束不久，英国教育界正百废待兴。战争期间卢瑟福也被征入海军，研究了几年怎样打潜艇。这时，科学家们又都渐渐回到了自己的实验室，而汤姆孙现在已是63岁的老人，还身兼三一学院的院长，再领导卡文迪许这个处于物理世界最前沿的实验室已力不从心。他想起了自己的得意学生，便四次写信诚恳地请卢瑟福来接此重任。

1919年4月2日，卢瑟福正式到卡文迪许实验室上任。这是他一生中的第三个阶段，也是最后一个阶段。他自任教授以后三易其地，但是由于他的刻苦、谦虚，每到一地都干出了惊人的成果，而且每到一地，在他的周围就立即团结了一批有为的年轻人。这次他到卡文迪许实验室一上任就宣布了一个新课题——研究原子核的构成。在曼彻斯特时，他打碎了原子，现在他又要打碎原子核了。

在一间专用实验室里，窗帘拉得很严，屋角点着一盏光线微弱的煤气灯。助手们已经提前来了，他们必须先适应一会儿屋内暗淡的光线。对面是一架很简单的仪器，使 α 粒子穿过氮气打到靶子上，再通过显微镜观察荧光屏上的闪光点。走廊上响起卢瑟福咚咚的脚步声，他连走路也像个结实的农民，接着助手们听见了他哼的小调“前进，基督的士兵”。大家相视一笑，这是教授的习惯，每当哼这支歌时实验就快接近成功，如果哼起“大干一场”，不用问，是实验遇到了麻烦。

门开了，背后响起卢瑟福洪亮又亲切的声音：“孩子们，准备好了没有？”

“准备好了。”

“开始！”

大家各就各位，而卢瑟福坐在一边喝茶，有时还讲一个幽默的小故事。卡文迪许实验室有着最优秀的人才，最严格的科学精神，还有一种最和谐的气氛，人们把这里称为“科学天才的幼儿园”，研究生们都尊称卢瑟福为“父亲”，而卢瑟福也常常高兴地喊他们“孩子们”。这群“孩子”来自世界上不同的地区，不同制度的国家，他们离开家寻找自己“事业上的父亲”，都有一些曲折的经历。查德威克在曼彻斯特时期就曾追随他，战争中曾被德军俘虏，但是战争一结束便又回到他的身边。从苏联来的青年彼得·卡皮查，初登卡文迪许的门时卢瑟福并不准备收他，因为这里几乎每天都有人想跻身其中，能当卢瑟福的一名研究生是青年人的最高荣誉。

卡皮查问："卢瑟福先生，我能来卡文迪许做一名研究生吗？"

"对不起，我这里的名额已经满员。"

"实验室里的名额允许不允许有一点儿误差啊？"

"一般不得超过10%。"

"那就好办，你们一共三十人，加我一个还在允许范围之内。"

卢瑟福笑了，他一看这就是个十分聪明的青年，便高兴地说："好，收下你。"

卢瑟福对这些孩子们真是倾注了父亲般的爱。战争期间，助手莫斯利上了前线，这是一个极有才华的青年，人们都推测他可能是第二代的卢瑟福。人才难得，卢瑟福通过有关方面采取措施要调他回来。但是调令还未发出，一颗子弹已射中了他的头颅，他死时才27岁。卢瑟福大哭一场，痛呼这是英国在战争中最大的损失。苏联青年卡皮查在他的精心培养下已经成为一名有成就的物理学家，但是1934年当卡皮查回苏联开会时却被扣留下来，再不许返回。卢瑟福立即写信向苏联政府交涉，还是没有结果。他叹息道："卡皮查的研究刚刚起步，他离开这里的实验室将一事无成。既然他们不让人回来，我就将仪器送去吧。”他真的派了一个代表团将卡皮查工作急需的仪器送到了莫斯科。平时，每星期五下午卢瑟福都要让妻子准备一个茶会，来招待他的学生。大家边喝茶，边讨论问题，许多新思想、新的实验设计方案就在这时诞生。助手们后来回忆说：“他倾听一个学生发言时，就好像在恭听一个公认的科学权威的意见。”这样一个严格而又民主的科研集体，怎能不成果累累呢？

闲话少叙，我们看现在卢瑟福和他的这群“孩子们”又创造出了什么奇迹。

卢瑟福小心地把荧光屏调离发射源，相距已经长达40厘米，可是荧光屏上仍可看到闪光点。这还是α粒子吗？不可能，α粒子射程极短，根本达不到玻璃管的这一端。看来这是在α粒子冲撞下氮原子的碎片。他们一测，果然这时的氮已经转变成另一种元素——氧-17，并放出了一个质子(氢核)。这样，卢瑟福就以人为的方法在世界上第一次分裂了原子。1926年，他和查德威克用α粒子成功地轰击了镁和铝等轻金属原子。接着在他的指导下，瓦耳顿和科克拉夫特又制成了一架巨型的原子捣碎机，这架机器就以卢瑟福的一本书的名字《当代炼金士》来命名。这架机器能使原子量为7的锂被氢所渗透，最后形成一个原子量为8的不稳定原子。它很快又分裂成两个原子量各为 4 的氦原子。

这件事情一传出来，报界又是一场大轰动。许多报纸都以特大标题报道："原子分裂了""现代炼金术出现了"。正像当年 X 射线一发现就有投机商推销防 X 射线的衣服一样，社会上一些角落里不知怎么一下冒出那么多骗子，他们到处宣传自己已经能用普通的钢铁制造金子。而一些神经质的老妇人不断写信到报社，询问世界末日是否真的就要来到。达尔文的进化论推翻了上帝造的物种，而卢瑟福的原子理论将上帝造物用的最小零件都打得粉碎，难怪那些唯心论的遗老们这样害怕，而那些投机商们则乘机大肆行骗、捞钱。以每一次科学发现为触媒，社会总要掀起一场不大不小的骚动。

现在连科学圣地卡文迪许实验室也不得安静了，关于炼金方面的报告不断送来，许多自命不凡的发明家常常上门自荐，一些商人也来打听有无合作的可能。为此，卢瑟福只好出面举行一次记者招待会。

"请问，您关于原子分裂的研究会不会使贱金属变成黄金？"

"我们对自己从事的科学工作的商业利益毫无兴趣，所以从未考虑过什么炼金发财。我们的目的只在于探索元素之间相互转变的可能，只在于扩大知识领域。"

“现在常有人声明他们已能炼金，您怎么看这样的事？”

“把一种金属变成另一种金属，并不是不可能的。不过，至少在相当长的一段时间里，要使之商品化是不可能的。”

“关于原子的研究会给将来带来什么影响？”

“这个问题我很难回答。我们卡文迪许的人一向只注意挖掘自然界里真正牢靠的事实，决不靠一些数字和符号来编织什么理论。随着时间的推移，原子内部的秘密一定会更多地被挖掘出来，可以肯定，到那时，一是那些炼金的骗子们绝不敢再这样骗人；二是世界将因新技术的使用而更文明。那些神经质的老妇人也可以放心，世界末日永不会来临。”

“过去的许多理论已不能解释现在的现象，物理学是不是正处在一个危机时期？”

“相反，我认为近三十年来倒是物理学史上无与伦比的、最活跃的时期，它出现的成就足可以和当年达尔文在生物学方面的开拓相媲美。”

为驳斥社会上就原子分裂而出现的各种奇谈怪论，卢瑟福公开发表了一个声明，这种乱哄哄的局面终于过去了。1932年4月20日，卢瑟福在皇家学会上正式解释了原子捣碎机和他做的关于原子嬗变的实验。和社会上的情况成鲜明的对比，大厅里静悄悄的，卢瑟福很平静地讲述着、分析着，台下的人仔细地听着。大家都不说话，但心里谁都明白：一个新的时代——原子时代就要到来。

这个时代将是个什么样子？且听下回慢慢分解。

第五十九回　晴空里飘来一朵乌云
死水上吹起一阵清风

——量子论的产生

上回说到卢瑟福和他的助手们造出原子捣碎机，一步步地向原子内部进军。这卢瑟福是个伟大的实验物理学家，在他的面前没有解决不了的难题。他特别强调实验，他喜欢引用波义耳的一句话：真正的科学就是旨在应用的知识。他还嘲笑一些人整天坐在书斋里，只凭书本上的现成公式来研究科学，说这是一种危险的消遣。有一次甚至说那些理论物理学家们的气焰未免太高了，现在是该我们实验物理学家让他们冷静的时候了。他这些话也未免有点儿偏颇。其实一门科学的进步，理论和实验是不可缺少的左右腿，它们总是一前一后交替前进，哪能再分高低呢？而卢瑟福在原子实验方面积累了许多事实之后，他万没有想到现在真的需要那些曾被他挖苦过的理论物理学家们来帮忙了。

这事还得从头说起。到 19 世纪末叶之时，经典物理学大厦经过了从牛顿到麦克斯韦这些大师们的精心设计和建造，真可谓尽善尽美了。大自然中的物理现象也都能用经典理论解释得清清楚楚。可是好景不长，也真怪物理学家们无事生非，不知谁先想出了一个题目，要是一块全黑的物体，它是怎样吸收外来的热量又怎样放出热量的呢？比如一块铁吧，我们可以把它看成近似的黑体，给它加热，它开始吸收热能，铁块会先呈暗红，而黄而白，发出耀眼的光线。这就叫“黑体辐射”。按经典理论，热的辐射和吸收是一个完全连续的过程，就像管子里流出来的一股水，光和辐射热是一种电磁波。这条连续性原理是经典物理学的一块基石。可是那些无事生非的物理学家们终于给自己找来了麻烦，他们用这种理论来解释黑体辐射，无论如何也不能使辐射能量和辐射光谱统一起来。所以，当时代步入20世纪第一个年头时，物理学界的老前辈威廉·汤姆逊在新年祝词中一面庆贺物理学的新胜利，一面又忧心地提到，天空又出现了两朵乌云，这便是其中之一。

既然辐射能量随温度的升高而增加，于是问题的焦点就是求出能量、温度与波长之间的关系式。英国物理学家瑞利和金斯得到一个公式，它在解释波长较长、温度较高时的黑体辐射现象时还能说得通，但是要把它用于短波的紫外光区，立即出现一个可怕的现象——全部能量老早就在一次性的紫外辐射中散光了。正像我们计算一个10岁孩童的年龄时，误把一月当作一年，结果他早该不在人世了。这当然是一个纯理论的推断，但却得出一个可怕的结果。物理学家们立即给它起了一个不祥的名字，叫“紫外灾变”。而同时，有一个德国人维恩也推出一个公式。维恩公式正好相反，它适用于波长较短、温度较低的情况，而对长波的红外区却又是一场“红外灾变”。又好像我们计算一个古稀老人的年龄时，却误以一世纪为一岁，结果是他还没有出生呢。但是这两个公式依据的都是经典物理学的同一原理啊，何以如此水火不容呢？

各位读者，说到这里让我们回想一下本书前面曾叙述过的一个实验。按照亚里士多德的说法，物体下落时肯定是重物比轻物的速度快。伽利略不信，1590年他站在斜塔上把一个大球和一个小球同时往下一丢，结果同时落地。他在同守旧分子的辩论中用了一个很好的推理：如果把两个球绑在一起，下落速度可能有两个，一是比大球快，因为两球比一球重；二是两球的平均速度，小球慢，当然要扯大球的后腿。显然这两个结论是矛盾的，但是它们都是根据同一个亚里士多德的原理啊！于是伽利略大胆地喊了一声：亚里士多德错了，只有我的实验才是对的。

现在经典物理学也遇到这个问题，根据同一原理怎么在一个黑体辐射问题上得出了两个相矛盾的结论呢？物理学家们惊呼晴朗的天空出现了一朵乌云（请读者注意以后还会出现一朵）。现在也该有一个不知名的新人物出来，如伽利略那样大喊一声：经典理论错了！并且拿出自己正确的解释。

真是时势造英雄。这个人来了，他就是**普朗克（1858—1947 年）**。普朗克 1858 年 4 月 23 日生于德国的基尔，就在这一年本生和基尔霍夫开始研究光谱分析法，而基尔霍夫也没有想到这个呱呱坠地的婴儿将来就要做他的学生和继承他的教授席位。普朗克少年时代极喜欢音乐，以至于中学毕业

普朗克

后选择专业时，在音乐和自然科学间犹豫再三，就是到了大学里他还在留恋音乐，并且亲自领导了一支乐队，又是学院合唱团的指挥。这时，在他通向荣誉的大路上又遇到一次小小的干扰，教师坚决反对他专攻理论物理。1924 年普朗克在讲演中回忆说，当我开始研究时，我可敬的老师约里对我描绘物理学是一门高度发展的、几乎是尽善尽美的科学。现在，在能量守恒定律的发现给物理学戴上桂冠之后，这门科学看来很接近于采取最终稳定的形式。也许，在某个角落还有一粒尘屑或一个小气泡，对它们可以去进行研究和分类。但是，作为一个完整的体系，那是建立得足够牢固的。而理论物理学正在明显地接近如几何学在数百年中已具有的那样完善的程度。

幸亏中学和大学的这两次干扰都没有动摇普朗克最终的决心。他 21 岁时通过了博士论文，他关于热力学方面的研究已开始孕育他后来的新思想。可惜他关于这方面的论文先是被基尔霍夫当作错误观点放在一边，后来他又在物理学会宣读，但全场除一人发言外，其余的人毫无反应，而这一个人还是表示反对。关于这件事，他在自己的回忆录里写道："这是对我那热烈的想象浇了一瓢冷水，我步行回家，抑郁寡欢，但很快就找到了安慰，因为我想，一种好的理论即使没有巧妙的宣传也将会得到承认的。”

普朗克环顾周围无一知音，真是愁闷至极。柏林西郊的格吕内瓦尔德有一片三十多平方公里的松林，里面湖泊星罗棋布，煞是安静。普朗克便带上十几岁的儿子到这里散心，儿子当然不懂他这高深的理论，但是他还是滔滔不绝地说着自己的想法，并扯下一根松枝，狠狠地一折两截，大声说道：“我现在发现的那个东西，要么荒诞无稽，要么也许是牛顿以来物理学上最伟大的发现之一。”但是，除了微风吹动树叶掠过湖面之外，松林间再无一点儿声音。那些粗大的松树矗立着，俯视着这个奇怪的不速之客。普朗克腿一软，颓然靠在树根，呆呆地看着湖面上由近而远的一层层的波纹。

正是：

不到清明不下雨，不遇春风不吐芽。

时机未到且等待，有苞必定会有花。

这机会终于叫他等到了！1900年10月19日，柏林物理学会又在举行讨论会。物理学家库尔鲍姆在会上报告了他最近的实验，数据表明虽克服了“紫外灾变”，但仍与维恩公式不符，又是那道不可逾越的难题。谁知这时普朗克恰巧在座，他前几天就知道了这个实验，这种尴尬局面本是意料之中的事。这真是天赐良机，普朗克立即上前在黑板上写出一个自己推出的公式。这个式子无论对长波、短波、高温、低温都惊人地适用，瑞利－金斯公式和维恩公式被和谐地统一到一起。于是满座大惊，虽然还没有一个人能完全弄清楚这个新公式，但是在事实面前却再无人能提出反对意见。会后普朗克的一篇只有三页的短文在物理学会通报上发表了，它成了物理学史上的一座里程碑。

物理学会再也不能轻视普朗克的挑战了，两个月后，1900 年 12 月 14 日，他们在国会大厦附近的赫尔霍姆茨研究所召开会议，特请普朗克介绍这项新发现。请读者记住这个日子，这天便是量子论的诞生日，它奠定了四十五年后原子武器的原理。普朗克早就如骨鲠在喉，今天终于能说它个痛快淋漓：

“一言以蔽之，我做的这件事，可以简单地看作是孤注一掷。我生性平和，不愿进行任何吉凶未卜的冒险。但是我经过六年的艰苦摸索，终于明白，经典物理学对这个黑体辐射问题是丝毫没有办法的。旧的理论既然无能为力，那么就一定要寻找一个新的解释，不管代价多高也一定要把它找到。除了热力学的两条定律必须维持外，至于别的，我准备牺牲我以前对物理所抱的任何一个信念。问题往往是这样，到实在不能解决时,抛弃旧框子,引入新概念,就立即迎刃而解了。”

普朗克引入了一个什么新概念呢?就是说辐射的能量不是连续的，如管子里流的水那样，而是成一小份一小份的，像机关枪里不断射出的子弹。这一份一份就取名为“量子”，量子在拉丁文里是“分立的部分”或“数量”的意思。把一个整体的连续的能量换个角度看作是无数量子的集合，问题就好解决了。这样还不好懂，我们举一个相似的例子，这本书中曾写到祖冲之求圆周率的故事。圆，这个光溜溜的家伙真不好下手,但是祖冲之偏不把它看成是连续的、完整的圆，而认为是一个圆内接的无限多边的正多边形，边越多，就越趋近于圆，而那个圆周率也越求越精，但总求不完:

π=3.1415926535897932384626……

普朗克现在把能量分成许多能量子，这些能量子相加就趋近于它的总能量。能量子又与它的频率有关，他得出这样一个公式:

能量子 =h× 频率

h后来被称作普朗克常数，是:

0.0000000000000000000000000066……

这真是小到极点，它表示我们把每一块物质看成一些跳动的粒子时，这个跳动是多么微弱。但是不要忘了，就是这么个小数字却决定着原子弹那威力无比的爆炸。

但是，普朗克这个新理论实在是太革命了。物理学会虽然请他做了报告，可是没有一人相信这个新观念，连普朗克本人也觉得最好能把新旧理论统一起来。他虽然勇敢地提出了新观念，但就如儿子对一个专横暴戾的父亲，忍无可忍而大骂了一声，而这一声刚出口，他就立即受到一种伦理上的自责。在后来一段时间，普朗克总在寻找更好的办法把新观念纳入旧理论，就像牛顿后来用科学来证明上帝一样，一个新理论在诞生之初经常会表现得惴惴不安，未敢立即脱离它的母体。

但是，正当普朗克孤立无援而且自己也有四年时间裹足不前时，瑞士专利局的一个小职员发表了一个重大的声明，带着增援部队杀上阵来。

这个人就是当时还未出名的**爱因斯坦**（1879—1955年）。他提出一个光电效应理论，比普朗克还要大胆。普朗克说物质是一份一份地吸收或放出能量，爱因斯坦说还不止于此，每个能量子在脱出物质之后必定以某种方式表现为像一个粒子，一个光粒子，即我们现在说的光子。实验证明在光电效应中，当光的亮度，即光的量增大时，电子的速度却不能增大。这用麦克斯韦的经典电磁理论无法解释，而爱因斯坦的新理论立即来拯救这又一个新的“紫外灾变”了。光子像子弹，射在金属上的子弹越多，撞出的电子数越多，但并不能增加它的速度。要想增加电子的飞出速度，就得改用重子弹，加强碰撞力——这就是提高频率。好了，这一下天衣无缝地证明了我们上面提到的普朗克公式：能量子 $=h\times$ 频率。

这对普朗克真是在关键时刻最关键的支持，爱因斯坦因此获得 1921 年的诺贝尔奖。当然，普朗克也获得了 1920 年的诺贝尔奖。他在一次演说中谦虚地说：“如果一个矿工发现了一座金矿。那是因为地下本来就有金子。我不去发现量子原理，也总有人会去发现它的。”物理学到一定阶段总要推出自己的代表人物的。

再说在风雨中艰难挣扎的量子论有爱因斯坦这个大将振臂一呼，总算举起了一杆义旗，陆陆续续也有人加入了这个队伍。于是物理学家**能斯特（1864—1941 年）**便想召开一个专门会议，检阅一下量子论的队伍以振奋士气。他找到了实业家兼业余科学家索尔维，请他出钱赞助。这个索尔维是比利时人，他因为发明了新的制碱法成了百万富翁。这年他已七十多岁，正考虑死后这笔财产怎么处理，何不学诺贝尔，也来资助一下科学发展呢？于是他欣然答应赞助。两人与普朗克商量后，立即向十八位有影响的物理学家发出了会议通知。而这个通知本身就很有学术价值，幸亏它还被原封保存了下来。

> 我们现在的物质分子运动所依据的那些基本原理，似乎正处在革命性的变革之中。一方面，这个理论一以贯之地发展，导致一个其有效性同一切实验发现相抵触的辐射公式，而到现在为止还没有任何人提出过异议；另一方面，从这理论导出的某些有关比热的公式又被大量测量数据彻底推翻。
>
> 像普朗克和爱因斯坦所特别提出的那样，只要对电子和原子在其平衡位置附近的振动做某些限制（能量子理论），这些矛盾便立即消失；但是这个概念离迄今所应用的那些运动方程是那么远，以致如果接受了它，就势必要对我们现有的种种基本观点来一番大的改造……

1911 年 10 月 30 日，当时世界上这一领域内最优秀的十八名领袖齐聚布鲁塞尔的大都会饭店。但是德高望重的瑞利未能到会，他送来一封短信，对量子论表示反对。琼斯和彭加勒两个大人物也表示反对。不过，临散会时彭加勒已经背叛了经典原理而加入这支义军。还有卢瑟福、居里夫人等五位实验物理学家，他们对这个很玄的理论问题原来也不怎么关心，所以持中立立场，其余十一位科学家表示赞成。十一年过去了，这支新军从一人发展到十二人，虽还不算壮大，却也稍成气候了。

各位读者，我们前面谈到的科学发现的闯将和功臣瑞利、卢瑟福、居里夫人这些大人物，这时却反对起新人物、新理论。这一点儿也不奇怪，一个人的认识不可能永远超前，尤其是随年龄增长更会有一种思维的惰性，我们不可能要求一个人永远独领风骚。

会议的主力当然是普朗克和爱因斯坦了。过去他们只是通信，互表支持，现在为了共同关心的理论相见于会议桌旁，倍感亲切。普朗克说："我应该首先表示对您的感谢。是您在我最困难的时候对我和这一幼弱的理论给予了极关键的支持，并且阐述得比我自己更深刻，更完善。"

"不，您这一发现才是真正的伟大惊人之举，可以预见它将成为20世纪整个物理学研究的基础，分子、原子以及它们变化的能量过程的理论都离不开这一理论的支持，可惜现在人们还不能充分意识到这一点。"

"是的，今天我们一共才邀集了十八个人，而且意见还不尽一致。我想再过一年，最多两年，我们将会看到，经典理论中现已显现出来的那个裂缝将不断扩大，那时目前还置身于这个问题之外的人将统统会卷进来。”

“我相信，用不了两年，这次会议之后就会出现一个量子热的。”

“不过爱因斯坦先生，您的聪明智慧胜过我十倍，为什么您不全力以赴在这个理论上再做贡献呢？”

爱因斯坦幽默地捋了一下他的短胡子说：“可惜上帝给我的精力有限，而他又给物理学的晴空里送来两朵乌云。我现被那另一朵乌云罩住正脱不得身呢。”

爱因斯坦说的另一朵乌云是什么？且听下回分解。

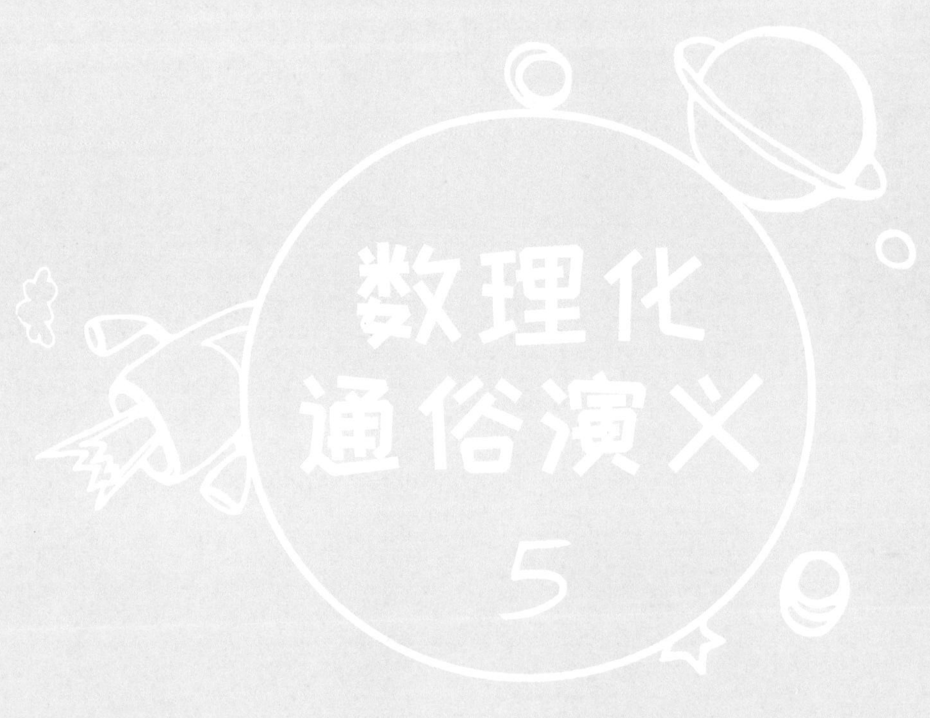

梁衡 著

九州出版社
JIUZHOUPRESS

爱因斯坦连续三次颠覆人类时空观，

成果之多、影响之巨，历史少有。

鸟的翅膀是拱形的，

飞行时空气会对它产生托举力，

飞机双翅也是如此；

鸟飞行时双腿收到腹下，

是为了减少阻力，

于是飞机的起落架也就收起。

蜻蜓双翅的前上方各有一块深色的角质部分，

这是为了消除飞行中空气阻力造成的震颤，

于是飞机机翼上也有与此相似的抗震颤配重部分。

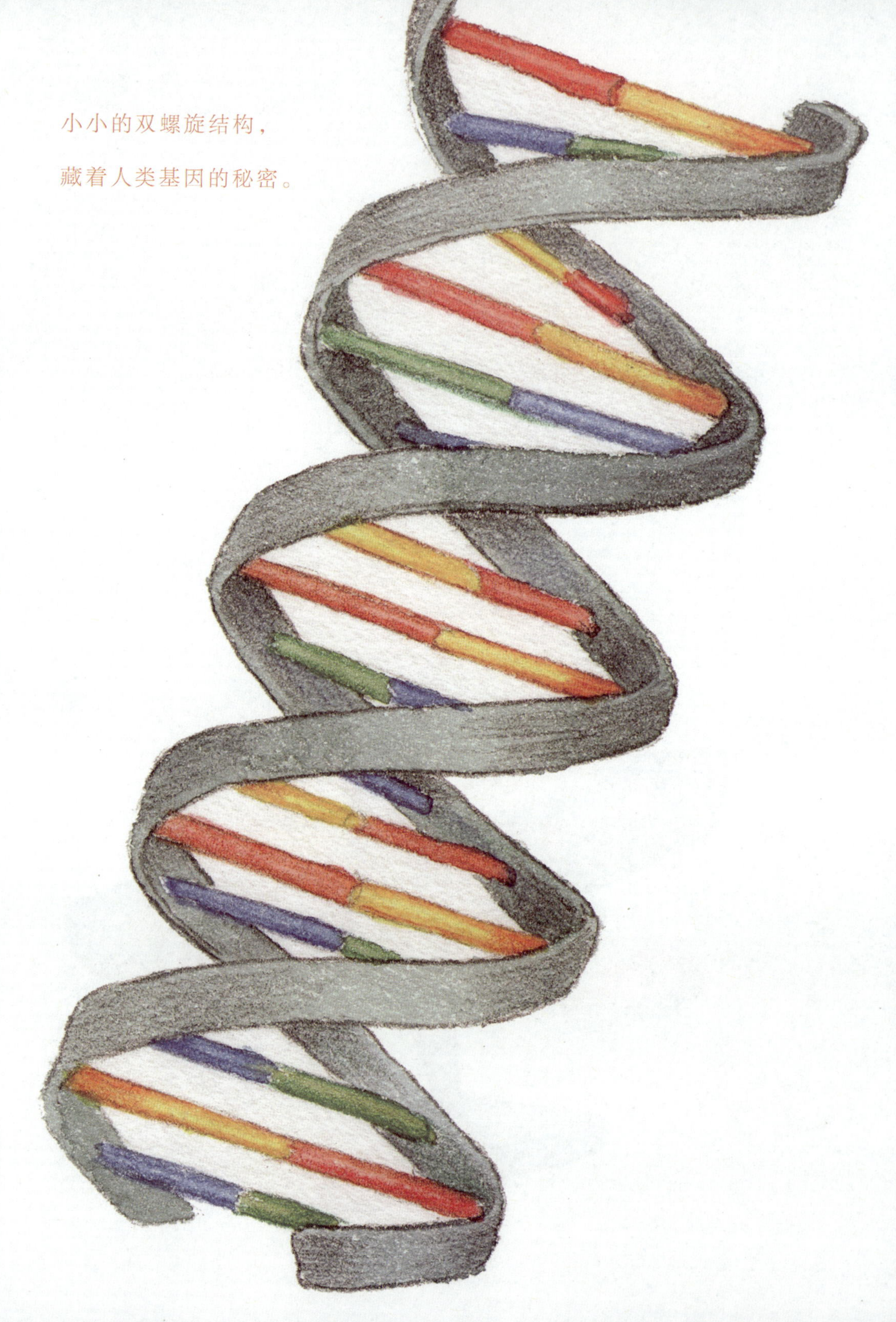
小小的双螺旋结构，
藏着人类基因的秘密。

目录

第六十回　小实验捅破旧理论
巧裁缝难补百衲衣

——以太说的被否定

上回说到普朗克等十多位物理学家在布鲁塞尔高高兴兴地聚会，普朗克问爱因斯坦何不索性入伙，全力来攻量子论。爱因斯坦提醒他不要忘了物理学的天空上除“黑体辐射”外还飘着另一朵乌云。

各位读者，你知道这朵乌云是什么？这便是那个权威的“以太说”，突然遇到了挑战。

原来自从牛顿创立经典力学之后，这物理学的大厦真是金碧辉煌，美妙至极，无以复加。难怪当年普朗克的老师都劝他再不要在物理研究上打什么主意。牛顿力学是一把万能钥匙，好像凡自然界的现象都能用它一一解释。你看偌大个宇宙都在牛顿的手中掌握，伸手一指，那隐匿极深的海王星就赶快前来报到；再掐指一算，外出七十六年的哈雷彗星也要按时回来复命。另一方面，它又成功地解释了我们生活中诸如拉车、走路、流水、刮风等小如鸡毛蒜皮一样的问题。于是力学的分支越来越多，如流体力学、刚体力学、弹性力学等，人们也越来越愿意把一切运动变化都归结为简单的力，如“化学亲和力”“生命力”“光反射力”“电接触力”等，仿佛世界上的一切都可以套用机械的力学来解释了。

牛顿的“力”这样神奇，那么它通过什么传递呢？推车得用手抓住车把，碧波荡漾离不开水，声波传播离不开空气。可是地球离太阳一亿五千万公里，这之间既无水也无空气，太阳通过什么媒介来施展自己的引力呢？物理学家们又想出一个假设，说宇宙间充满一种很稀薄的物质，天体或其他物体间的作用就靠它作媒介，笛卡尔借用古希腊的哲学名词，叫它为“以太”。此说一起，许多难题果然迎刃而解，引力靠以太传播自不必说，法拉第的电磁力也离不开它，麦克斯韦证明光也是一种电磁波，当然光的传播也就离不开它了。更重要的是，以太的存在正好说明牛顿的绝对时空观，有了这么一个绝对静止的以太才会有地球、太阳等一切相对于它的运动，要不那些星球的运动拿什么来参照？以太成了 19 世纪中期物理学家们最温柔的保姆，成了他们可以信赖的上帝。

但是总有一些聪明、勇敢的人在一种迷信和一片虔诚中首先提出问题。这以太既然无处不有，为什么我们就感觉不到呢？另外，光波是一种横波，横波必得由固态介质传递，以太即该是固态了，但这样一来就等于我们被浇铸在一个透明的以太玻璃球里，可是又不影响我们随意的动作，这真是太不可思议了。

有疑必定有问。事有凑巧，1884 年，那个治学严谨、轻易不外出讲学的汤姆孙终于被请到美国来做报告了。美国当时比起欧洲来科学很是落后，它就想方设法请名家来讲学，以后还重金收买人才。汤姆孙的到来自然是一大喜讯，做报告那天科学界人士济济一堂。报告会休息时，大家又挤到这个世界名人跟前七嘴八舌地问这问那，自然也提到那个神秘的以太问题。汤姆孙说："以太到底是否真有其物，现在还不能定论。我们只知道地球是以每秒 30 千米的速度绕太阳运行，那么迎面就应该有一股以太风不断吹来。如谁能用实验证明了这股风的存在，也就证明了以太的存在，但这要靠实验。"又是说者无心，听者有意。这时在人群里有一无名青年，听到权威汤姆孙的这句话心中不由一动，一个新研究课题便"咔嚓"一声在脑子里挂上钩了。

各位读者，这种说者无心，听者有意，从而激发出一项大的发明、发现的事，本书中已出现多次。1793 年伏打听了伽伐尼关于解剖青蛙的报告，转而发现了电压；1894 年马可尼看到赫兹逝世的讣告，转而发明了电报；1896 年贝克勒尔听了彭加勒关于荧光物的报告，转而发现了天然放射性。这正应了那句话：机遇只给有准备的头脑。科学家的大脑永远是一张张开的蛛网，必然能捕到偶然飞过的猎物。

再回头说这个正在听汤姆孙做报告的青年就是**迈克尔逊(1852—1931 年)**。他原是德国人，两岁时父母带着他漂洋过海到美国来谋生。17 岁时他考进海军学校，在海军服役期间省吃俭用积攒了一点儿钱，便于 1881 年到柏林、巴黎等地留学了两年，然后又重返美国。真是人各有好，迈克尔逊被光的各种现象迷得如醉如痴，在欧洲到处拜师访友，专解这方面的谜。他在欧洲还亲自研制了一台可以测定微小长度、折射率和光波波长的光的干涉仪。就是用这台干涉仪，他于 1920 年测算出了猎户星座一等变光星的直径为 2.4 亿英里，这是天文学史上第一次准确地测量星球。运用光来搞测量实在是迈克尔逊的拿手好戏。

再说那天迈克尔逊在人群里听了汤姆孙的话，心中一动，回来后就开始研究找以太的办法。他想地球这只小船在以太海洋里以每秒 30 千米的速度航行，如果向逆着以太风的方向和垂直于以太风的方向同时射出一种东西，根据经典力学原理，它们的合成速度肯定不同。如果能测出这种差别不就证明以太确实存在了吗？用什么东西来做这种实验呢？这当然是他得心应手的武器——光。他这样不断地研究改进，到 1887 年终于在莫雷的合作下完成了物理学史上那个很著名的实验。这年爱因斯坦才 8 岁，他万没想到一个物理学前辈现时正在为他向相对论进军扫清道路呢。

迈克尔逊的实验装置是这样的，在一个大水银池中漂着一块坚固的大理石板，这是为了既能灵活转动又不至摇晃。从石板一侧发出的一束光打到石板中心的玻璃上，玻璃成斜角，上面有一半镀一层银，这样射来的光线就被分成两束，一束照直穿过，一束反射到与光线来路垂直的方向。这两束光走过相同的距离后分别在石板边的两面镜子上再反射回来，汇合在望远镜头里。因为光线分成 90° 角，一束是逆以太而行，另一束必是垂直于以太而行，两束光的速度便应该有差别，这可以根据它们在望远镜头里汇合时的干涉现象来确定。读者也许要问，光速这样快，你这块石板能有多大，就是有差别也难测出。但是你要知道，地球也在以每秒 30 千米的速度前进，那么逆着以太的光和横向的光每秒也应相差 30 千米。而迈克尔逊这个制造仪器的高手，他的干涉仪就是一亿分之一秒的光行差也能测得出来。

再说迈克尔逊和莫雷架起这台仪器，他们先测了一次，从望远镜里看正是最大亮度，这说明两束光是同时返回的，它们的速度相同。迈克尔逊又把仪器转一个角度，这块大石板在水银上极平稳灵活地滑动一下，镜头里的光仍是和刚才一样的亮。他真有点儿纳闷，干脆把石板轻轻推着绕着圈观察。可是无论他将仪器转成什么角度，看到的结果仍然不变。他眼睛都看疼了，便喊莫雷继续来看，莫雷又把那个石板像推磨似的推了几圈，喊道："迈克尔逊先生，仍然看不出什么差别，怕是我们的仪器灵敏度不够吧！"

"不可能。这台仪器我已经把它调到连植物在一秒钟内的生长量都可以观察到。如果有以太存在，每秒 30 千米的光行差是一定能够反映出来的。"

"那就说明以太在随着地球做百分之百的移动，我们应该尽量离开地面，到高空试一试是否有以太飘移。"

但是迈克尔逊和莫雷把他们的装置搬到高山顶上，甚至随着氢气球上升到半空，还是测不出这种以太引起的光行差。结论只可能有两个：要么是地球根本就没有动，要么以太这东西根本就不存在，但无论哪一条都是一说出口都叫人目瞪口呆的新闻。这天体运动经哥白尼发现到牛顿最后证明是绝不能怀疑的。相比之下倒是以太说还有一点儿漏洞，看来宇宙间根本就不存在什么以太。迈克尔逊本是想以精确的实验为以太的存在提供证据，不想结果适得其反，却从根本上否定了以太。一个小小的实验却戳破了人们想象中的宇宙。

正是：

本欲门上去贴金，手指一碰戳破门。

原来大门是纸糊，何必为它费苦心！

这迈克尔逊的实验实在精巧，后来爱因斯坦曾有一段话专门评价他道："迈克尔逊实验得出了一个任何人都应当理解的真正伟大的结果。我总认为迈克尔逊是科学家中的艺术家，他最大的乐趣似乎来自实验本身的优美和所使用方法的精湛。他受过的数学或理论训练很少，又没有理论方面的同事指导，而能够设计出迈克尔逊—莫雷实验，那是非常惊人的。"

再说迈克尔逊的实验结果一宣布立即在物理学界引起一场轩然大波，本来万里无云的蓝天上突然出现了一朵乌云。因为以太一旦被否定，城门失火，殃及池鱼，那牛顿力学的绝对时空观将要从根本上动摇。已经伴随人们过了两个世纪，指导物理学家做出无数发现的牛顿力学现在突然失灵了，经典物理学金碧辉煌的大厦突然出现了裂缝。于是各国的物理学家们纷纷提出各种方案来挽救以太，总希望迈克尔逊的实验能有另一种解释。

1892年英国物理学家**斐兹杰惹**（**1851—1901年**）提出了一个挽救以太的好办法。他假设一切物体在自己的运动方向上都要收缩，而且还给出一个公式，收缩的大小随运动的速率而增加。每秒运动11千米的物体，收缩十亿分之二左右，每秒运动26万千米的物体，收缩50%。物体运动的速度达到光速，它在运动方向上的长度就变为0。长度的收缩不会出现负值，所以光速也就是宇宙中所能达到的最高速度。这就是有名的“斐兹杰惹收缩”。按照这个假说，迈克尔逊在实验时，顺着地球运动方向的两块镜面间距离就会变短，这正好弥补了光束逆以太传播而减少的速度，所以并不影响它和另一束横向光同时返回到观察镜里。

还有一位荷兰物理学家**洛伦兹**（**1853—1928年**），1904年提出一个更严密的假设，他在一篇论文中说：当电子在以太中运动时，电子将会从圆球变为椭球（它沿运动方向的半径变短）。这样，收缩说就更有根据了。好个洛伦兹，为挽救以太，竟一口气提出了十一个方案。他还提出了著名的“洛伦兹变换”，说明相对运动的坐标系之间的转换关系。和斐兹杰惹的长度缩短相似，洛伦兹又提出当电子运动的速度达到每秒26万千米时，质量会增大100%；而达到光速时，质量无限大，这当然不可能，又正好说明光速是一个极限。

光速既然是一个极限，迈克尔逊的实验又证明了无论哪个方向上的光束都是一样的速度，这不就是一个实实在在、干净利索的结论吗？何必又要把以太扯进来呢？而且以太既然是静止不动的，它丝毫没有自己的速度、质量，这和不存在又有什么差别？

各位读者，继承必须超越。一个权威的理论也常常有发生、成长和衰落的过程。因为这权威曾给我们许多指导和信赖，就像父亲对子女一样有养育之恩，所以在权威衰落之时，从感情上我们常常不能摆脱对它的依赖。要冲破旧习惯是一件很难的事情。正像一个旧王朝被推翻之前，总有人千方百计地想出许多改良政策以延长其寿命；一个旧学说被抛弃前，人们也总是想把新事实和旧理论统一起来，希望它还能维持住它的权威。可是这以太说已经如同一件老和尚的百衲衣，补丁实在太多，纵然有斐兹杰惹、洛伦兹这样的好裁缝也实在难以补缀了。

说到这里，容我们做一简单回忆。大凡一个新学说诞生之前，人们总要演一出《霸王别姬》或《长亭相送》之类的戏，以表述自己对旧学说不能长存的哀怨和惋惜。想那哥白尼体系诞生前夕，托勒密体系已摇摇欲坠，大量的天文观察已证明它误差太大。为修正这种误差，人们就假设行星按均轮轨道绕地运行时自己又按本轮运行，一个本轮不行，再加一个，一直加到十八个，真是不厌其烦。在氧气发现前夕，燃素说开始露出破绽，参与燃烧的物质会减轻重量，就说这是燃素跑掉了。可是有时反而会增加重量，这时就说燃素有负重量。在能量守恒定律发现之前，人们不知道热能是运动的形式，而说物体的冷热是热素在来回流动。现在以太说眼看站不住脚，人们又假设出物质运动时会收缩。但是一个老妇人无论怎样梳洗打扮也是不能当作新娘出嫁的。这种改良性的假设总不能维持长久。时间越长，危机越深，结果便是一场必然到来的革命，这就是哥白尼、拉瓦锡、焦耳的出现。现在以太说经迈克尔逊在 1887 年捅破之后，人们修修补补，勉强维持到 1905 年，这时有一个年轻人再也不愿接受这种改良了，于是便振臂一呼，提出一个革命性的学说。

此人到底是谁，且听下回分解。

第六十一回　天马行空小职员发表高论
价值连城短论文装备大军

——狭义相对论的创立

上回说到以太说虽经多方改良但已很难维持局面，这时有人便干脆提出一个全新的革命学说，此人就是爱因斯坦。

1905 年，当物理学界正被天空出现的两朵乌云所困扰时，爱因斯坦还是瑞士伯尔尼专利局的一个三级小职员。他已经想清楚这个问题，提出了一个崭新的“相对论”。

各位读者，这相对论实在难懂，据说当时全世界只有三个人能弄懂它。爱因斯坦成名之后许多人慕名去听他的报告，但又常常听不懂，后来爱因斯坦也摸着这些听众的心理，总是在报告的前半部分讲些热情洋溢的话，然后宣布：“现在休息，那些对下面问题不感兴趣的女士、先生们可以退场了。”爱因斯坦很羡慕卓别林的电影拥有众多的知音。一次，他们见面了，爱因斯坦说：“卓别林先生，您真伟大，您演的电影全世界人人都能看懂。”那位幽默大师立即说：“您也很伟大，您的相对论全世界几乎没有几个人能够弄懂。”相对论如此难懂，我们就只好深理浅说，长话短叙，先简单交代几句再讲爱因斯坦的故事。

迈克尔逊实验证明，无论顺着还是逆着地球运动的方向光速都是一样。爱因斯坦就紧紧抓住这一点把它固定下来，叫“光速不变原理”。就是说，光源无论是向我们跑来、离去或静止，都不能改变光速。这是因为光源的运动造成光的频率和波长的改变，它们互相补偿，所以光速保持不变。这是爱因斯坦理论中基本的一条，有它为前提才能讨论以后的问题。这好像很难懂，但我们用实际生活中的例子一比也就十分清楚了。比如你原地不动，对面有人向你扔过一个皮球来。你能看见他的头、脸、身、手和皮球，这当然是因为光从他身上反射到你的眼里。如果按照经典的速度合成原理，球一出手后就有一个向你而来的速度，这时球反射到你眼中的速度是光速加球速，比球未出手前要快(多出一个球速)。但是这一“快”就糟了，你就会先看到正在空中的球，后看到拿在手里的球。如果真是这样，我们怎么能看篮球比赛呢，生活中的一切动作岂不都要颠倒过来？所以无论光源如何动，光速总是不变的。经典理论的速度合成原理一碰到光速就不适用了。在天文观察中也能说明这一点，有一种“双星”是在轨道上互相绕着运行，就是说某星一会儿向地球飞来，一会儿又绕走了，离地球而去。如果按速度合成原理这麻烦就更多了，这星会以光速加星速、光速减星速(星速对地球来说又在不断变)等不同速度接连送到我们眼里，我们看到的就不再是一颗星，而是一大堆星的幻影了。可是这种现象从没有发生，否则本来就够纷乱的星空就更是一锅粥了。当然，爱因斯坦还有许多具体的证明，我们这里不过是尽量从浅处说明罢了。

既然承认光速不变，我们就有了一个标准尺度，用这个尺度来量时间，这下可发现了一个大问题——原来时间却没有一个固定标准，它是相对的，可变的。这就碰到了牛顿经典物理学最要害的地方。牛顿认为时间和空间都是绝对的，自从上帝将它创造好后就在那里安安静静地存在，独立地存在，与外界任何事物无关。现在爱因斯坦说：“不，在两个做匀速直线运动的参照系中，一切自然规律都是相对的。”在这个参照系里观察是静止的，在那个参照系观察就可能是运动的，不单力学实验，连光学实验，任何实验也测不出绝对运动和绝对时间。因为我们用眼睛看表，看到的是表发来的光信号，而光的传播需要时间，我们所处的位置不同，看到的时间表面上相同，实际已经不同了。从月球到地球，光约走 1.25 秒，地球上红光一闪，一颗炸弹爆炸，在月球上的宇航员和地球上的人都“同时”看到了这一闪，可是实际上月球上的宇航员比地球上的人要晚看到 1.25 秒。我们平时总觉得同时，那是因为光速太快，这种误差根本觉不出来。所以爱因斯坦在给人讲相对论时常先在黑板上画一条白线，幽默地说：“请你们想象这是宇宙中的一条线，在这条线的每一个点上都挂着一块表。”他讲到高兴时常常过了点，便问前排的人现在几点，然后抱歉地说：“对不起，我给宇宙里的每一处都挂上一块表,可是没有能给自己口袋里挂一块表。”

在确定了光速不变，抛弃了牛顿的绝对时空观后，爱因斯坦得出这样几个重要结论。

第一个结论便是看来很不可信的“钟慢尺缩”。就是说，在运动中的钟会比静止时走得慢，尺子也会缩短。我们平时处在低速运动中当然不可能觉察，但是如果以每秒 26 万千米的速度运动时，一米的尺子就会缩成半米，地上过了一小时，运动中的时钟却才走了半小时。一个人要是坐上光子火箭到宇宙里去旅行，当他归来时会奇怪地发现，儿子已白发苍苍，而自己却还那样年轻。这样的实验我们当然还不能做，但是同样道理的实验却完全可以证明运动中的钟确实会变慢。前几回我们讲到原子的放射性时，已经知道了什么叫“半衰期”。

某一种基本粒子的半衰期是固定不变的，因此我们可以把它看成是一个“钟”。根据相对论，运动粒子比静止粒子的半衰期就应该长一些，实验结果，从粒子加速器里出来的已接近光速运动的粒子比其他静止的粒子确实衰变得慢。

相对论的第二个结论是揭示了质量和速度的关系，运动中的物体比静止时质量增加。

第三个结论是讲质量和能量的关系，这就是那个极其著名的爱因斯坦方程：

$E=mc^2$

过去我们讲过质量守恒定律和能量守恒定律，而爱因斯坦现在却把两个定律统一在一个公式里了。E 是能量，m 是质量，c 是光速。从公式中可以看出，每一点物质，只要它有质量(这是当然的)，哪怕是石块、木棍、尘埃都含有极大的能量，因为光速是一个很大的数字。比如 1 千克煤，完全燃烧后只能放出 3.35×10^{14} 千焦的热，这只是它所蕴藏的极小的一部分能量，如果能把它的全部能量都释放出来就有 9.04×10^{14} 千焦。这相当于一个大城市几年消耗的电力。而每克物质所含的能量就有 8.37×10^{11} 千焦，可惜我们现在还没办法将它们全部释放出来。

好，办不到的事我们先不去说它，但是自然界确实存在的事却可以来验证这个公式，很久以来人们一直不理解太阳为什么能如此长期地燃烧而不灭。开始人们解释说太阳就像一块大煤在持续燃烧，可是一算这块煤顶多够烧一千五百年，而太阳系已存在几十亿年了。放射性发现后人们又猜测太阳是一块大铀，在不断地衰变而放出能量，这样倒真可以持续几十亿年。但是，很可惜太阳不是铀构成的，正好相反，它是氢、氦这类的轻元素构成的。到20世纪的二三十年代，人们用爱因斯坦的公式来解释太阳聚变释放能量的过程才圆满地回答了这个问题。这样，爱因斯坦的这个质能等价定律使经典物理学中不能称重的能量也变得可以称一称了。现在我们已经可以算出一个10瓦的灯泡每分钟发射的光轻于7×10^{-12}克，但是每天太阳放出辐射能，其损失的质量将达4×10^{11}吨。电磁场也可以称量，一个1米直径的铜球充电到1000伏的电势时，它周围的场重2×10^{-22}克，一个普通实验室里的磁场重10^{-15}克。热能也可称量，1升水在100℃时比同样数量的冷水重10^{-20}克，一个2万吨级的原子弹所释放的总能量约重1克。

各位读者，这个爱因斯坦真正是不简单，我们平时谁会想到光、热、电、磁是可以称出重量的呢？而他想到了，并且还找到了切切实实的换算办法。人们过去对能量守恒和质量守恒的研究，就如在一座大山的两头挖着隧洞，两条洞就要衔接了，可是彼此谁也不知道。这时爱因斯坦走来举起镐头轻轻这么一敲，两洞之间的阻隔就轰然倒塌，质能之间有了一条可以随意畅行的坦途。这就是科学研究的突破，这就是飞跃。凡科学伟人都是善于找见这个问题与那个问题、这个领域与那个领域之间的接合部和联系点，从而打出一个新的天地，或者将过去人们在向科学进军中建立的分散根据地沟通连成一片。科学成果的取得像我们政权的取得一样，也是这样由小到大，由分散到统一。我们回想一下前面讲过的几个科学伟人，牛顿对比了月亮、苹果之间的重力联系，提出了万有引力；法拉第找见了电磁间的联系，使磁变成了电；麦克斯韦弄清了电场磁场间的联系，创立了电磁场理论；现在爱因斯坦又找见了质能之间的联系，创立了相对论。人类在征服自然中就是这样步步登高，视野愈来愈宽阔。可知，治学之大敌是甘做井底之蛙，只见头上的一眼蓝天而不知世界之大。

这个道理说来容易，但为什么总是只有少数伟人才能做到这点呢？自然那牛顿、法拉第、麦克斯韦各有其长，而爱因斯坦更有他的特殊之处。

爱因斯坦1879年3月14日生于德国南部的乌尔姆小镇。这个小镇就是当年笛卡尔在梦中发现坐标系的地方，而1879

年又正是麦克斯韦完成了他在人世间的伟业后开始长眠之时。真是天将降大任于斯人而精心选择了此时此地。他并不像其他科学家那样小时候就聪慧早熟，5 岁时还不大会说话，以至于父母真怕这孩子会痴傻，中学毕业时又没拿到毕业证。但是他却很喜欢抽象的思维，刚上中学时领到一本新几何课本，他立即被里面严密的逻辑证明迷住了，以至于老师还没有正式开课，他早把这本书自学完了。他喜欢自己学习、思考，他讨厌学校那种强制性的教学法，他说："依我看，学校若主要靠恫吓、威胁和人为的权威教学，那是最坏的。这种教学方法摧残了学生们的健康感情、诚恳正直和信心，培养出来的是唯唯诺诺的庸碌之辈。"爱因斯坦是一个天生不愿受任何约束的人，他大学毕业后在伯尔尼专利局当一名审查专利的小职员，这给他提供了一个自由的环境。他与其他三个青年人组织起来成立了自己的"奥林匹亚科学院"，经常东南西北地乱扯闲谈，从物理到哲学无所不包，而新思想就在这种碰撞中闪出了火花。

大凡一种新科学思想的产生，一是要有充分的外部自由，没有什么旁加的干涉和硬派定的题目，纯出于研究者自觉的兴趣，自由地干他所想干的事，如牛顿在家乡躲瘟疫而发现万有引力，如孟德尔在修道院发现遗传规律，如卡文迪许把

爱因斯坦

自己关在房里发现氧气。二是要敢想，如哥白尼敢把旧天文学倒转过来，如赫胥黎敢想象人是猴子变的，如普朗克敢把连续的辐射想象成不连续的能量子。爱因斯坦就具备了这两条。他还是一个 16 岁的中学生时，就想：要是人和光速一样快的运动，会是什么样子。他 26 岁时在专利局做着小职员。听到了迈克尔逊的一系列实验和洛伦兹修修补补的解释，便大笔一挥连续写了三篇论文，提出了上面我们谈到的那些别人无论如何也不敢想的问题。

就是那个为相对论扫清了道路的迈克尔逊，至死也不敢相信相对论的原理。1931 年，当他 79 岁第一次见到爱因斯坦时，这位老前辈遗憾地说：“我真没想到，我的实验反倒促成了相对论这样一个怪物的诞生。”

这个“怪物”是在 1905 年诞生的。爱因斯坦天马行空般的思维，捕捉到了这种绝妙的构思，于是一挥而就，给当时的权威杂志《物理学纪年》写去一篇只有 3 页的论文。论文中他没有引用任何一个权威人物的结论，全是自己的语言，自己的思想。这篇东西在当时并未引起多大反响，因为它实在太怪了，爱因斯坦自己也说：“推断非常诱人，然而上帝是否在笑我，在骗我，目前还不得而知。”但是以后随着实验的不断验证，这篇论文已变得价值连城。后来，1936 年，美国一支志愿军要出发去支援西班牙的反法西斯战争，但是苦于没有军费。他们就派代表去会见爱因斯坦。爱因斯坦说：“我能给你们帮什么忙呢？”

“我们只要您 1905 年的那篇论文手稿。”

“这对战斗有什么用呢？”

“先生，您的这篇手稿现在可以拍卖四百万美元，这正是目前我们最缺少的东西。”

“噢，原来是这样。可惜手稿早已散失，不过我可以找来杂志重抄一份。”

爱因斯坦找来那本《物理学纪年》，花了一个晚上将论文重抄了一份，真的靠它武装了一支军队。不但是论文手稿，后来只要爱因斯坦到一个地方讲学，他写过公式的那块黑板，也常常是听课人的必争之物，他们视为最珍贵的纪念。

再说，当1905年载有爱因斯坦的《论运动物体的电动力学》一文的黄色封面的《物理学纪年》送到普朗克教授手里时，他正躺在柏林医院里治病。这篇文章就像一支强心针一样使他猛然起身下床，大喊一声：“一个新的哥白尼出现了！”然后立即喊家人拿来纸笔给爱因斯坦写信：

“先生，您的这篇文章将会在世界上引起一场什么样的战斗啊！您知道吗？这只有为哥白尼世界观的传播而进行的斗争才能与之相比。可惜我们未曾晤面，我也是第一次拜读大作。请告诉我，您现在哪里工作，我能为您做点儿什么。”

爱因斯坦回信说：“我现在是专利局的一个三级职员，不过最近他们准备提升我为二级，这样生活问题也可能会好一些。”

普朗克火了，想不到对方竟连个大学的教职也没有得到，他的这些研究是在什么条件下完成的啊！他又立即提笔给伯尔尼的格鲁涅尔教授写信：“我向您推荐一位青年，他是我们当代最伟大的物理学家之一，他就是阿尔伯特·爱因斯坦，请您帮助他在大学里得到一个教授职务。”

格鲁涅尔拿到信立即找到爱因斯坦，请他送一篇论文来，爱因斯坦送上自己关于相对论的那篇论文，格鲁涅尔自己拿不准，又请搞实验物理的福尔斯特教授来审读。几天后，论文退了回来，上面批着：“读过了。然而不知道在说些什么。”

因为爱因斯坦发明了一个超出一般人思维水平的怪理论，所以他尽管得到普朗克等少数物理学家的赏识，但还是在本地找不到一个好工作。直到1909年，他的母校苏黎世大学才聘他为副教授，后来又到布拉格工作几年，再回苏黎世。而普朗克总不死心，他认为柏林这个欧洲物理学的中心不能没有爱因斯坦，决心要把他挖来。

1913年夏天，一列火车驶进苏黎世车站。车上下来两个年过半百的学者，瘦一点儿的是普朗克，那个矮胖子是能斯特。他们今天是专来游说爱因斯坦去柏林的。爱因斯坦手捧一束鲜花早就在车站恭候着，自从上次索尔维会议之后他们已结为忘年之交。

普朗克一下车就和这位34岁的青年物理学家热情拥抱，像对自己的孩子那样亲热，接着他们边走边谈。能言善辩的能斯特立即摆出爱因斯坦到柏林后的优惠条件：“知道您是一个喜欢自由的人，但是我们也不能不给您一点儿荣誉和职务。第一，任威廉皇帝物理研究所所长；第二，任柏林大学的教授；第三，任普鲁士科学院的院士。不过当所长可以不管事，当教授可以不教书，时间全由您支配。另外，其他院士只是名誉，您这个院士却是实任，每月薪水 1.2 万马克。”

爱因斯坦哈哈笑道：“您可真会做买卖，把我作为一只良种母鸡，舍得花大价钱买去好为你们下蛋。可是我自己还不知道能不能再下蛋呢。去不去柏林，容我再做几天的考虑。”

这次普朗克和能斯特到底能不能把爱因斯坦请去，且听下回分解。

第六十二回　太阳作证相对论颠扑不破
纳粹逞凶科学家流落异国

——广义相对论的创立

上回说到普朗克和能斯特专程到苏黎世劝说爱因斯坦到柏林来工作，盛情难却，爱因斯坦便于 1914 年 4 月走马上任，从此在柏林度过了十九个年头。

爱因斯坦刚到柏林不久就遇到两件大事，一是爆发了第一次世界大战，二是他的妻子米列娃与他分居，带着两个孩子回苏黎世去了。米列娃是他大学时的同学，俄国血统，性格倔强，她总认为自己也是很有科学天分的，而爱因斯坦这样把孩子和家务都压在她身上，耽误了她的成就，便决定分手。好不聪明的女人！其实，这样一个世界伟人整个都是属于你的，你与他已融为一体，夫又何求呢？纵然不能如玛丽与居里那样比翼齐飞，就如爱玛与达尔文那样红花绿叶，也同样会家庭幸福，有功于世，何必要单枪匹马自闯江湖呢？青年读者或许从这三个科学家的家庭组合中能悟出一点儿道理。

再说1914年米列娃带着孩子走后，第二年9月，爱因斯坦想子心切，又回苏黎世探了一次亲，顺便拜访了正住在日内瓦附近的法国大作家罗曼·罗兰。幸好这个大作家在他的日记里为我们留下一幅爱因斯坦的素描像，而我们只顾讲他的理论，却倒忘了介绍他的外貌，现正好录存于下：

> 爱因斯坦依旧是个年轻人(他当时36岁)，个子不高，长方脸，深黑的、略微夹杂着几根灰白的头发，长而且密，卷曲着耸在高高的眉毛之上，他的鼻多肉且凸，他的嘴小而唇厚。双颊丰满，下巴圆润，留下一小撮剪得短短的胡子。一口生硬的法语，不时穿插一两句德语。他活泼，富有朝气，喜欢笑。不时在最严肃的思想(交换)中，夹杂着几句俏皮话。
>
> ……没有任何德国人的言行能像他这样自由自在。换一个人也许会在去年这一可怕的时期里深受孤立的折磨，但他却毫不如此。他大笑。他发现在战时仍有可能撰写自己最重要的科学著作。

罗曼·罗兰这里说到爱因斯坦一到德国就受“孤立的折磨”，又说他在写重要著作，是怎么一回事呢？

原来大战一爆发，在“保卫祖国”的幌子下德国军队疯狂地向外侵略，国内实行总动员，许多科学家也穿上军装。而当时最著名的学者文人联合发表了一个为德国扩张政策辩护的声明，说：“要不是由于德国的赫赫战功，德国文化早就荡然无存了。”这个声明共有九十三个人签名，学术界的显要人物几乎全包括在内，连普朗克、伦琴的名字也赫然其上，这就是历史上有名的“九十三人宣言”，它使一些科学家留下了终生遗憾的污点。声明起草者也找到爱因斯坦，他虽然新来乍到，却义正词严地宣布：“我是和平主义者，我反对一切战争！”接着他也出面起草了一份与“九十三人宣言”对抗的“告欧洲人民书”，但是除他一人签名外，其余只有三人，都没有什么名气。当时他确很孤立。

爱因斯坦就在这样孤立的情况下写他的科学著作，这回是一枚重量级的炸弹——广义相对论。

问题还是从一般人认为最平常、最不注意的地方提出的。

牛顿第一定律即惯性定律告诉我们，在做匀速直线运动的惯性系中，物体在不受外力的情况下或者静止或者做匀速直线运动，这早已是一条检验过无数次的真理。假如现在我们坐在一个匀速直线运动的火车上，拉上窗帘，你感觉不出车在动，你自己坐得很稳，地板上放一个小球，也稳稳地停在那里，就是说都保持一个静止状态。这时突然来一个急刹车，你向前跌了一下，球也向前滚去。你和球都没有受到什么外力呀，为什么会改变这种静止状态呢？难道牛顿的惯性定律不适用了吗？对，就是不适用了，牛顿这条定律只适用于匀速直线运动的惯性系。刚才火车一刹车，参照系已经变成非惯性系了。这就像我们在前面讲过的“黑体辐射”问题一样，瑞利公式只适用于较长的波长、较高的温度，反之就立即失灵，现在惯性定律一到非惯性系也就立即失灵了。那么能不能像普朗克导出一个两全其美的公式那样，也有一个既适应惯性系又适应非惯性系的办法呢？爱因斯坦正是想到了这一点，于是他要把适用于匀速直线运动的相对论推广到在非惯性系也能适用，这就是广义相对原理。

狭义相对论是从人们习以为常的“同时”，即绝对时间观上找见突破口的，广义相对论也在一个人们司空见惯的问题上找见了突破口。比如手里拿着一粒石子，一松手，石子直线下落。这可以有两个解释：一是地球的吸引，就是说石子有引力质量；二是石子自由落体，有惯性质量。这在牛顿定律里分成两条来表达，但是这两个质量怎么这样一致呢？看来它们的效果是一样的，这就是“等效原理”。

说起这个原理还有一段故事。1913 年夏天，爱因斯坦邀请居里夫人到瑞士来度假，他们带着两家人的孩子高高兴兴地登上了阿尔卑斯山。脚下白云缭绕，深谷千仞，孩子们高兴地喊着、叫着。突然，爱因斯坦一把抓住居里夫人的手臂说道："要是我们坐着升降机从山谷底上来，突然吊索断了，会有什么感觉呢？"

居里夫人先是吃了一惊，然后笑道："我想您不会让我们现在就来亲身试验一下吧。"

爱因斯坦笑了，孩子们也都哈哈大笑起来。这就是那个有名的"爱因斯坦升降机"实验，虽没有谁亲身去试，但是其中的道理却完全能想得出来。假如有一个升降机处在宇宙空间，你站在里面就会失重，身体飘在空中。这时升降机开始以刚好等于重力加速度的 9.8m / S^2 匀速直线上升，你就会恢复质量，重新站在了地板上。换一个方法，升降机下降，降到地面时你也会恢复质量，站在地板上。前一种情况人受到惯性力，后一种情况人受到引力，只要加速系的加速度等于引力场强度（都是 9.8m / S^2），惯性力场就等于引力场，也就是说是等效的。因为人被关在升降机里是根本区分不出是哪种力产生作用的。根据同样的道理，这个升降机里不是坐着人，而是一粒向斜上方抛出的匀速直线运动的石子，那么这石子也会改变方向而成抛物线弯曲下落。如果是一条平行射入的光线，这光线也会弯曲向下。

好了，爱因斯坦那天天马行空的思维立即又推出下一步极重要的结论。既然惯性力场和引力场是等效的，那么这个实验就不必非在加速的升降机里做不可了，在任何引力场中都会发生这种光线弯曲的现象。既然星球有引力能使周围的时空弯曲，连“引力”这个概念也不必要了——好个爱因斯坦，他在狭义相对论里开除了“以太”，在广义相对论里又要开除“引力”，将牛顿时空观、经典力学彻底改造了。他解释道，地球绕太阳转动不是什么引力，是因为太阳巨大的质量使周围时空弯曲，地球只能按曲线运动。同样，开普勒给众星制定的那些轨道也都能这样解释，牛顿万有引力公式做的那些计算也都可以用这个理论去解释。难怪波恩称广义相对论是：“认识自然的人类思维最伟大的成就，哲学的深奥、物理学的洞察力和数学的技巧最惊人的结合。”

这个伟大的理论是爱因斯坦在研究完狭义相对论后，又经过十年的思考于 1916 年最后完成并公布的。与实验物理学家在实验室里具体操作不同，爱因斯坦是做着“思维实验”。对他来说宇宙是一个实验室，那些星球简直如伽利略手中的一粒石子，如法拉第手中的一块磁铁，他将以往别人都认为是正确的最不怀疑的结论一起拿到这个最广大的实验室里一一验证。他不用像玛丽·居里那样在烟熏火燎中炼镭，也不用像卢瑟福那样去费力地打碎原子，他将自己关在书房里，展开思想的翅膀，尽情地想着“爱因斯坦升降机”的运动。这正中了郭沫若先生在科学大会上的那句祝词：“科学家也需要幻想，不要以为幻想只是文学家的事。”不过，文学家所幻想的是比真实生活更离奇的情节，更完整的形象；而科学家所幻想的是比常见的现象更本质的规律，更抽象的公式。

经过这样冥想了十年之后，有一天爱因斯坦穿着睡衣走下楼来吃早饭，但是他对着盘碗却不动刀叉。第二任夫人爱丽莎以为他病了，忙用手试试他的额头，问他什么地方不舒服。爱因斯坦拉着她的手说：“不，亲爱的，我有一个奇妙的想法。”说罢，他便走到钢琴边弹起琴来，弹几下，又停下来自语一句：“一个好想法，真是一个美妙的想法！”

爱因斯坦弹了半个小时琴返身上楼去了，临走时告诉爱丽莎：“请不要打扰我。”从这一天起，爱丽莎每天上楼给他送三顿饭，其余的话不敢多说一句。爱因斯坦竟两个星期没有下楼。这天他终于出现在楼梯口，脸色苍白，身体疲惫，体重减少了十几公斤。他将两页纸放在餐桌上说：“亲爱的，就是它。广义相对论就要问世，现在我死不死都无关紧要了。”

天才的思考抵得过一百个实验，一个理论物理学家的思想往往够实验物理学家去忙几十年。爱因斯坦创立广义相对论后，立即提出三个预言让人们去证明：一是水星近日点的运动是由于太阳本身引起了空间结构的改变而造成的；二是引力场会使时钟变慢，即会使原子的振动变慢，光的频率变低，光谱红移；三是引力场会使光线偏折。这三个预言很快就被一一验证（不过请读者注意，爱因斯坦这里说的引力场其实并没有引力，就是指的空间弯曲）。

1911 年，爱因斯坦就曾在一篇论文中提出恒星发出的光由于受太阳的影响会发生弯曲，所以我们看到的恒星位置与实际位置会有一点儿误差，但由于平时日光太强，只有在日全食时才好观察，天文学家们如若不信，请去验证。这可真比当年勒维烈测算海王星还要神奇。于是，1914 年有一批好奇的德国天文学家便组成考察队前往俄国（因为预计在那里将可以看到一次日全食），以便趁机验证爱因斯坦的神话。但他们刚到俄国，第一次世界大战就爆发了，德、俄两国成了敌国，他们也就被当作战俘拘留，仪器全部没收。

1919 年 5 月 29 日，又一次日全食的大好时机降临。英国剑桥大学天文台长埃丁顿立即率领一支观测队，携带了大批器材赶到西非几内亚普林西比岛。那天这里本来是朗朗晴空，忽然太阳就如一块冰被慢慢融化一般失去了自己的形象和光彩，最后全部被阴影遮住，只在四周留下一团蔚为壮观的日珥火焰，全食时间共302秒，片刻白日里看不见的星斗却又神奇般地重现天空。埃丁顿和他的队员们顾不得欣赏这一生难遇的奇景，他们屏息静气，只听见计时节拍器的嘀嗒之声和迅速拍照、换底片的咔嚓声。十六张照片送到英国皇家学会，结果证明爱因斯坦的理论没有错，而牛顿错了。一个英国天文学家、皇家学会会员用自己的观察数据证明了一个德国人的正确，却推翻了自己的同胞——伟大的牛顿，皇家学会的老会长——的经典理论，科学是多么无私，多么公正。

但这件事实在关系重大，英国皇家学会与英国皇家天文学会专门举行联席会议，讨论埃丁顿的考察报告。会议气氛紧张而微妙，它将决定在这场理论物理学的角逐中，英国人手中的金杯是否要乖乖地交出来。幸亏我们现在还可以看到当时与会的怀特里德留下的一段记录：

> 整个充满浓烈兴趣的气氛犹如一出希腊的戏剧。我们则是给在超级事件发展中所揭示出的天意注释的合唱队。在现场中充满着戏剧性色彩：传统的仪式，背景中有一幅牛顿的画像，它仿佛在提醒我们，两百多年前所做出的最伟大的科学总结现在要接受第一次修正了。

而在这次会议召开前，洛伦兹就得到了埃丁顿的分析数据，他第一个给爱因斯坦打电报，报告这个天大的喜讯："埃丁顿在太阳边缘发现恒星位移。"爱因斯坦看完后将电报随手丢在窗台上。这时，他的一个学生无意中见到这张电报纸，惊喜地喊道："先生，多么重要的消息，考察结果与您的计算完全一致。"

"我知道是会这样的。"爱因斯坦却无动于衷。

学生对老师的平静感到吃惊，又问："假使这次观察并不能证实您的预言，那怎么办呢？"

"那么，我将为上帝感到遗憾——我的理论肯定是正确的。"

但是，在这扭转乾坤的大发现面前保持了平静的爱因斯坦，在人为刮起的旋风中却再不能平静了。这次科学验证，还有其他两个预言的证实给他带来了巨大的荣誉，就像当年伦琴、居里夫人所遇到过的那样，欧美各国立即掀起一股爱因斯坦热，这对他真是一场灾难。1920 年 2 月他在一封信中写道："随着报刊文章的浪潮而来的咨询、请帖和要求，恐怖地淹没着我，以致我夜夜梦见自己好像在地狱中受熬煎，而邮递员——这个魔鬼——还在不断地咆哮着，向我头上扔来一沓沓新的信件。”

但是，真正的灾难还不止于此。就在埃丁顿验证了相对论的第二年，柏林立即出现了一个反对相对论联盟。这个卑鄙的组织有反犹太势力做后台，谁要在报上写一篇反相对论的文章，就给谁发一笔奖金。爱因斯坦幽默地称它为“反相对论公司”。公司的两员干将是曾获1905年诺贝尔物理奖和1919年诺贝尔物理奖的勒纳德和斯塔克。这个斯塔克获奖后公然违背基金会的规定，把科学奖金拿去开设瓷器厂，做买卖赚起钱来。爱因斯坦曾当面斥责他的这种行为，因此他更怀恨在心。后来爱因斯坦又获1921年诺贝尔物理奖，在这帮人眼里，低劣的犹太人哪配这份重奖？因此排犹和反对相对论的叫嚣更加猖狂。

这天，在柏林大音乐厅里又在举行声讨相对论的报告会，这是最近在德国各大城市举行的二十场这样的报告会中的一场，因为是在首都就更显得热闹。斯塔克挺胸上台开始了声嘶力竭的报告：

“正如政治上我们遇到一个危险的敌人马克思主义一样，现在我们在科学上也遇到了一个危险的敌人，这就是爱因斯坦东拼西凑的相对论。凡是相信这样一个理论的人就不配做一个好的德国人，更不配做一名德国科学家。这个理论不过是爱因斯坦大肆剽窃，故弄玄虚，披上科学外衣的政治阴谋，这是犹太复国主义国际阴谋的一个组成部分……”

坐在台下的啦啦队也跟着大喊起来：“对，什么科学理论，根本不符合德意志精神。”“早该绞死这个臭犹太人！”

这时，爱因斯坦也坐在楼上的包厢里，面对这群无知而又狂妄的人能说什么呢，他笑了笑，还想听听他们的奇谈。陪同前来的物理学家劳厄见势不妙忙拉他起身说：“我们走吧，这班家伙什么坏事都敢干的。”

各位读者，这里看到一个很有趣的现象。法西斯分子把相对论看作是他科学上的敌人，把马克思主义看作是他政治上的敌人。前面我们还讲到，进化论一发表，马克思立即写信祝贺，引为盟友，并说：“这本书我可以用来当作历史上阶级斗争的自然科学根据。”后来又以《资本论》相赠。这说明一点，无论是自然科学还是社会科学，最终在哲学上都汇到一起，分成两大营垒，这就是唯物论和唯心论。所以读科学史是学习哲学必不可少的手段。

希特勒的势力在一天天地抬头，他公开叫嚣，一旦他上台，就要让马克思主义者和犹太人人头落地。爱因斯坦的处境越来越不好。1932 年秋天，他按合同约定准备到美国讲学。正是秋风落叶、冬寒将到之际，他的妻子爱丽莎收拾着行装，她拿起一本书《反相对论百人集》，这是勒纳德那个公司的杰作。爱因斯坦叼着烟斗走进来，他接过书掂了掂说："才凑了一百个，质量还不够啊！"啪的一下扔到了纸篓里。

他刚到美国不久，1933 年 1 月 30 日这天，希特勒正式宣布上台。这个疯子就要给地球上制造一场灾难。爱因斯坦立即在报纸上发表声明，严厉指责德国纳粹主义的危害：

> 只要我还能选择，我就将只生活在这样的国家——在那里普遍遵循的准则是公民自由、宽容和法律面前人人平等。公民自由就是人们有用语言和文字来表达个人政治信念的自由；宽容就是尊重他的任何信仰。这些条件目前在德国是不存在的。那些对于世界发展有杰出贡献的人——其中有一些是第一流的艺术家——正在德国受迫害。

这一下坏了，爱因斯坦在柏林的家立即被查封，他的著作被冲锋队堆在广场上烧成灰烬，他永远不能回到祖国了，从此就在美国定居下来。而美国能收留这个科学伟人真是求之不得。他来到普林斯顿高等研究院，表示每年只要三千美元薪金就足够了，但是院方决不答应，坚持要付年薪一万六千美元，他们认为再少一元就与爱因斯坦的名声不符了。德国柏林，这个世界物理研究中心渐渐就要转移到美国来了。

爱因斯坦这根物理世界的大柱子既然已经移到美国，那么欧洲物理界这时正在做什么事呢？科学不分国界，不同肤色、不同种族的科学家们都有一个共同的使命，那就是用严谨的科学力量推动人类文明的进步。

第六十三回　王子追电子探得微观新奥秘
数学加物理辟出力学新体系

——量子力学的创立

20 世纪的“二战”期间，爱因斯坦被德国法西斯势力迫害而流亡美国。从此，世界物理学研究中心便开始逐渐从欧洲向美国转移。在这个大转移全部完成以前，让我们看看欧洲大陆的物理学家们，正在加紧做着什么工作。

前几回讲到那个索尔维量子讨论会，与会科学家中有一个叫莫里斯的，此人出身公爵世家，却酷爱科学，他在自己巴黎的住宅内还装备了一个完善的实验室。莫里斯有一个弟弟叫**路易斯·德布罗意 (1892—1987 年)**，本是学文科的，但他很尊敬哥哥，也常来他的实验室里好奇地问这问那。这弟兄二人，毫无贵族子

德布罗意

弟常有的那种浮浪之气，整日潜心读书，研讨问题。

再说莫里斯那天开完会从布鲁塞尔刚回到巴黎，德布罗意便到家中看望哥哥，打听会议上有什么科学新闻。莫里斯将会上关于量子理论的争论如此这般地讲了一回，德布罗意早听得如醉如痴。半天，他突然张口说道：“哥哥，我要跟您一起研究物理。”

“什么？”莫里斯大吃一惊，“你再有两年就要拿到历史学方面的学位，现在改行岂不前功尽弃？”

“您放心，文科学位我照样要拿到手，但是我觉得应给自己再开辟一块知识领地。历史，是人们对已经知道的甚至亲身经历过的事实进行梳理、编织；而物理则是去探寻那些早已存在却还不为人知的事实，它对我有更大的吸引力。”

“可是现在早已不是伽利略、牛顿时代，物理学已伸入到微观世界，每走一步就更加艰苦，而且过去的宏观经典理论已不适应，新的理论体系还远未建立。这时你来入伙实在冒险，也许我们这些人费尽九牛二虎之力，捞的却是一个水中的月亮。”

“不，我直觉地感到量子理论是很有希望的，我决心拿出全部精力弄清这神秘量子的真正本质。”

正是：

锦衣玉食何足贵？身外之物由它去。

聪明贵胄有奇志，不爱虚荣爱真知。

再说德布罗意刚下定决心要对理论物理进行研究，第一次世界大战就爆发了，他因服兵役上了前线，直到1922年他才重回哥哥的实验室继续中断许久的研究。渐渐地，他产生了一个大胆的思想：光波是粒子，那么粒子是不是波呢？就是说光的波粒二象性是不是可以推广到电子这类的粒子呢？就像当年法拉第由电变磁推想磁变电一样，德布罗意思路一开立即拓出一片新的天地。1923年他接连发表三篇论文，提出“物质波”的新概念，他坚信大至一个行星、一块石头，小至一粒灰尘、一个电子，都能产生物质波。物质波有其独特之处，它能在真空中传播，不要介质，因此不是机械波。但它又可以由不带电的物体运动产生，因此它又不是电磁波。他还运用爱因斯坦的相对论，推出了物质波的波长公式，即波长与粒子的质量和速度的乘积成反比。他还算出中等速度的电子的波长应相当于X射线的波长。

第二年，1924年，德布罗意将自己的这个新思想写成一篇论文《关于量子理论的研究》去考博士学位。可以说这是当时物理学界独一无二的新观点，许多人看了文章都摇头，眼看德布罗意的博士学位是毫无希望了。这时他的老师朗之万(1872—1946 年)出来说了一句话："我虽然很难相信德布罗意的这种观点，但是他的论文实在是才华横溢，因此我还是同意授予他博士学位。"他总算勉强通过答辩。再说朗之万对这件事总是不放心，也不知他的这个学生到底该算是个天才还是个疯子，便将论文稿寄给爱因斯坦审阅。

爱因斯坦真不愧为一个理论物理大师，他刚读完文章就拍案叫绝，并立即向物理学界的几个大人物写信，吁请对这个新思想给予关注：

> 请读一读这篇论文吧，这可能是一个疯子写的，但只有疯子才有这种胆量。它的内容很充实。看来粒子的每一个运动都伴随着一个波场，这个波场的物理性质虽然我们现在还不清楚，但是原则上应该能够观察到。德布罗意干了一件大事，另一个物理世界的那幅巨大的帷幕，已经被轻轻地掀开了一角。

花开两朵，各表一枝。在物理学中同一个题目常常是理论和实验双管齐下，稿纸上的推算和实验室里的测试刀枪并举，经过一场激战，堡垒才宣告攻克。

事有凑巧，就在爱因斯坦这话刚说过不久，和法国隔洋相望的美国出了一件事。在纽约的贝尔电话实验室里有一个研究人员叫戴维逊，长期以来他和助手革末一直在做电子轰击金属的实验。这天二人正聚精会神地观察，忽然一声巨响，一只盛放液态空气的瓶子倒地炸裂。这下可糟了，实验用的金属靶子是置于真空条件下的，现在液态空气立即汽化，弥漫全室，钻进了真空系统，那块当靶子的钝锌板立即就被氧化了。他们只好自认倒霉，连夜加班，将这块锌板换下来又是加热，又是洗刷，费力地将锌板表面的氧化膜去干净，再装回真空容器里。

第二天，戴维逊和革末又来到实验室，他们将仪器安置好后又开始了那个不知重复了多少次的实验。戴维逊扳动开关将电流直向锌板射去，一边喊革末调整一下锌靶的角度。革末将锌靶轻轻转了一个角度，戴维逊却吃惊地喊道："见鬼，今天怎么连电子也学会与我绕弯子了！革末，再将锌靶转个角度。"

"先生，您发现了什么？"革末一边转动锌靶，一边问道。

"你自己来看，莫非是我的眼睛出了毛病？"戴维逊说着和革末换了个位置。

"哎呀，电子束怎么不稳定了呢？"

各位读者，你知道他们发现了什么？原来随着锌板方向变化，电子束的强度也在变化，这种现象很像一束波绕过障碍物时发生的衍射那样。但是电子明明是粒子啊，它怎么能有波的性质呢？戴维逊师徒两人又将这个实验重复了多遍，仍然如此，他们一下跌入闷葫芦里。要说电子也是波，这简直就好像说人头上长角一样不可思议。他们百思不得其解，就这样在闷葫芦里一直闷了两年。

两年后的一个夏天，戴维逊访问英国，遇到著名的物理学家**玻恩 (1882—1970 年)**。两人刚坐好，戴维逊就迫不及待地将那个在肚子里憋了两年的问题提了出来。玻恩不听犹可，一听戴维逊如此这般的描述，便喜不自禁，也不顾是与客人初次见面，突然在对方肩上拍了一把，大声说道："朋友，您已经撞开了上帝的大门。"

"难道电子真的也是一种波吗？"

"是的，光有波粒二象性，一切物质微粒也有波粒二象性，电子也不例外。这正是欧洲大陆上近年来最新的理论。可惜这个假设还从没有人来验证，想不到证据却操在您的手里。"

"看来我们美国与这里远隔重洋，真是消息闭塞。我要是早一点儿来访问，何至于苦闷两年呢？快请您告诉我是谁提出了这个伟大的假设。"

"就是那个法国人德布罗意，这个人本是学文科的，半路出家投身物理。但也正因此他没有我们同行中惯有的旧框子，所以倒捷足先登。他不但提出假设，还推出公式，能具体地求出粒子的波长呢。他的论文发表在法国科学院会议周报上和英国的《哲学杂志》上，您可以仔细研究一下。"

这两个科学家越谈越有劲，而戴维逊心里已在悄悄地说，只今天这一席谈话我就不虚此行了。拜会过玻恩之后，戴维逊已无心再到哪里转了，便草草结束了这次访问。他回到美国后，重做了两年前的实验，果然与德布罗意的预言和计算完全一致。原来两年前的那次液态气瓶爆裂帮了他的大忙。他和革末对锌板加热、洗刷后，锌板就变成了单晶体，而任何一种波经过晶体，都会产生强度周期性的变化现象。他们真是因祸得福。同时还有另一名英国物理学家小汤姆孙，则从另一条途径获得一张电子衍射的照片。德布罗意的理论从此得到了有力的证实。德氏也因此获得 1929 年的诺贝尔物理学奖金，而戴维逊和小汤姆孙则共同分享了 1937 年的诺贝尔物理学奖金。读者或许要问：这个小汤姆孙与我们前面提到的老汤姆孙是何关系？原来他们正是一父一子，老子发现了电子，儿子又证实了电子是波，父子二人在物理学方面做着接力研究，一时在科学史上传为美谈。

各位读者，容作者在这里插几句闲话。德布罗意和戴维逊等人证明电子是波，这实在抽象，我们这里只举一个例子就可知这个理论的威力。我们平常所以能看到东西是靠光，那是平常的光作用于物体，再反射到我们眼里。光学显微镜显示物体微小细部的能力，以所使用的光的波长短到什么程度而定。因此，放大能力最强的显微镜便使用紫外光。这好比我们撬一块大石头，要用一根粗木棍，而剔牙时却只能用一根细牙签了。好了，现在证明电子和光一样也是波，而且它的波长比紫外光要小几千倍，何不用它来代替光显示物体呢？果然，人们把电子束集中在一个焦点上，射过物体，便在荧光屏上得到一个放大的图像。1932 年世界上出现第一架电子显微镜。1938 年美国人制成了一架能放大三万倍的电子显微镜，而当时最大的光学显微镜也只能放大两千五百倍，现在人们使用的电子显微镜已经能放大到二十万倍以上了。

好了，闲话暂且不提，我们还回到德布罗意的故事上来。这德布罗意假设一提出，当时大部分物理学家都抱着试试看的态度。其中有一个奥地利物理学家**薛定谔（1887—1961 年）**，1926 年他正在苏黎世大学（就是爱因斯坦曾工作过的那所大学）任教授。有人建议他把这个假设拿到学生中去讨论，他很不以为然，只是出于礼貌，才勉强答应下来。可是当他为讨论准备介绍报告时，立即被德布罗意的思想抓住了。现在我们又要看到科学史上一次惊人的相似。这薛定谔的特长是数学很好，于是他就像牛顿总结伽利略、开普勒的成果，麦克斯韦总结法拉第的成果一样，立即用数学公式将德布罗意的思想又提高了一层，得出一个著名的“薛定谔方程”。这个方程一公布立即震惊物理界。它就像牛顿方程解释宏观世界一样，能准确地解释微观世界。它清楚地证明原子的能量是量子化的；电子运动在多条轨道上，跃迁轨道时就以光的形式放出或吸收能量；电子在核外运动有着确定的角度分布。这样，他用数学形式开辟出一个量子力学新体系。同时，还有一个德国物理学家海森堡从另一角度研究量子力学，提出一个矩阵力学体系。薛定谔用的是微积分形式，海森堡用的是代数形式，物理学早已不是人们靠眼看手摸形状、温度来描述，它现在要用更抽象的概念才能做出更准确的表述了。正像我们绘画时为了更准确更传神，白描反而不够，而要用写意。

再说这个**海森堡**（1901—1976 年）越研究越深。最后，他发现我们虽然可以在宏观世界里准确地观察任何现象，而在微观世界里简直做不到这一点。这好比我们用一支粗大的测海水温度的温度计去测一杯咖啡的热量，温度计一放进去，同时就要吸收掉不少热量，所以我们根本无法测准杯子里原来的温度。而作为原子内的能量如此之小，任我们制成怎样精确的仪器，也会对它有所干扰。观察者及其仪器永远是被观察现象的一个不可分割的部分，一个孤立自在的物理现象是永不存在的，这便是“测不准原理”。我们生活在这个物理世界，身在此山中，难识庐山真面目。

量子理论现在是越发展越深，当初的一个幼芽，现在已经渐渐长成一棵枝叶扶疏的大树。于是，1930 年一批物理学家又齐集布鲁塞尔召开第六届索尔维会议，检阅 1911 年第一次会议以来量子理论的发展成果。这次会议的主角已不是普朗克，而是**玻尔 (1885—1962 年)**。

玻尔是丹麦人，1911 年毕业于哥本哈根大学，后追随卢瑟福求学，1916 年起就返回母校任教，并创办了物理研究所。他将当时世界上一批有才华的青年如海森堡、泡利等都团结到自己的身边。玻尔治学严谨，却又继承了老师卢瑟福的民主学风。他有一句名言，就是：“我从不怕在年轻人面前暴露自己的愚蠢。”在他的研究所里一争论起学术问题，便没有长幼、师生之分。这种充分的学术民主，依靠集体的智慧，后来被称为“哥本哈根精神”。

玻尔身体强壮，年轻时曾是丹麦国家足球队队员，所以他后来获诺贝尔奖时，一家丹麦报纸曾有这样一条幽默的大标题：足球名将玻尔获诺贝尔物理学奖。

后来，玻尔虽已成了名人，但还时常干一点儿孩子们爱干的事情。一天晚上他和几个学生外出归来，街上静悄悄的，一个学生看到银行大楼的墙面是用水泥格子拼成的，就好奇地向上爬了两层。玻尔也要逞能，说他也敢爬。当他爬到一层高时，跑来两个警察，以为是盗贼在作案，可是走近一看，说了声“这不是玻尔教授吗”，便走开了。还有一次，他和几个学生看电影，看到电影里的恶棍和英雄比武，总是恶棍被打死。他解释说这是因为英雄有一种自我反射，所以比恶棍动作快，学生们不服。于是他们就吵吵嚷嚷的，到玩具店里买了几把手枪，在院里比武，结果玻尔真的将他们一个一个“打死”了。玻尔就像卢瑟福当年领导卡文迪许实验室一样，在哥本哈根当着孩子王，其淳朴、天真可见一斑。

再说第六届索尔维会议开幕，玻尔打出的第一张牌就是“测不准原理”。他阐述道：“根据这个原理，我们要想精确地测定粒子的位置，就无法测定它的速度；反过来，要想测定其速度，就无法测定它的位置。”

正当与会的大部分科学家都点头表示理解时，想不到爱因斯坦一人站起来反对：“事物是客观具体地存在的，我不相信上帝会在随便丢骰子，碰运气。”

“这和您的相对论并不矛盾啊？”

“可是您在这里否定了因果关系，我不相信世界是捉摸不定的。现在我来设计一个实验，请您解释。假如有一个理想的盒子，里面有光源，在固定的时间打开一下盒上的闸门，放出一些光来。我们再称一下盒子的重量，根据质量的变化就能算出光放出的能量。这样，我们不就可以任意精确地测出光放出的能量、放光的时间了吗？”

爱因斯坦真不愧为理论物理学家，他随意就设计出一个思想实验，一时把个玻尔问得无言以对，好端端的一个会议竟无法再开下去。

这玻尔哪能服气，整整一晚上没有睡觉，召集他的学生们紧急商讨对策。第二天，天一亮，玻尔就去敲爱因斯坦的门，并且手里真的捧着一个“爱因斯坦盒子”，盒子吊在弹簧秤上。他笑眯眯地说：“爱因斯坦先生，请看您的盒子，它一放出光，质量就要变化，弹簧抽动，盒子做上下运动，盒子中的钟也在动，就是说它在引力场中的位置已经变化。而根据您的相对论，这时钟的速率必定也要变化，这样您首先就得不到准确的时间。时间测不准，当然您的盒子还是逃不出我的测不准原理啊。”

爱因斯坦正因昨天的胜利甜甜地睡了一个好觉，玻尔三言两语反叫他张口结舌，无言以对了。但是爱因斯坦还是不服气，不到一天，他又想出了一个实验，可是以后每次设计的实验都让玻尔驳倒。就这样，这场争论一直持续了几十年，直到爱因斯坦离开人世，他也不承认测不准原理。人们很为他第一个支持普朗克的量子论，但最后又反对量子力学感到遗憾。但是玻尔和爱因斯坦无论怎样争论，双方都襟怀坦荡，谦虚地吸取对方的意见，发展自己的理论。这与牛顿同莱布尼茨的争论已经截然不同了。爱因斯坦称赞玻尔说："他无疑是当代科学领域中最伟大的发现者之一。"玻尔则说："在征服浩瀚的量子现象的斗争中，爱因斯坦是一位伟大的先驱者，但后来他却远而疑之，这是一个多么令我们伤心的悲剧啊。从此他在孤独中摸索前进，而我们则失去了一位领袖和旗手。"

玻尔虽和爱因斯坦经常争论，但是两人友谊极深，他每次到美国的普林斯顿讲学，并不住什么旅馆、饭店，而是干脆住在爱因斯坦家里。一来是老友多时不见，感情上很愿意能多待在一起，二来便于继续探讨问题。1939 年，玻尔又来到美国，他爬上爱因斯坦的那个二层小楼，还不等气喘平息便说："亲爱的，您知道我今天带来了什么重大消息？"

"不过是又想出了什么思维实验的好例证，来证实您的测不准理论罢了。”

“不，今天已顾不上辩论理论问题，这可是实验物理学家们干出的大事，它可能直接关系着我们的生活，关系着政治。”

到底玻尔说出一件什么大事，且听下回分解。

第六十四回　战乱将起实验室已难平静
为渊驱鱼科学家云集美国

——原子核裂变的发现

上回说到玻尔来访，给爱因斯坦带来一个重要消息。要知这条消息是什么，还得从这条消息的来源说起。

自从卢瑟福第一个用 α 粒子做“炮弹”轰击原子得到质子以来，许多科学家都感到这是一条通往原子核内的大道，于是纷纷向原子核开炮，希望能看到过去没有发现的东西。1932 年，英国物理学家詹姆斯·查德威克用 α 粒子轰击铍，得到一种不带电的粒子——中子。有趣的是，卢瑟福用 α 粒子轰击氮，氮原子变成了氧原子，查德威克轰击铍时，铍原子变成碳原子……要是这样一直轰击下去，还能发现多少秘密呢？元素之间一定还有我们未知的重要规律。

在人们向原子大进攻的炮击战斗中有一位女炮手，她就是居里夫人的女儿伊伦娜。1933 年 (就是爱因斯坦流亡美国的那一年)，她和自己的丈夫约里奥一起用 α 粒子轰击铝，

居里夫人在指导女儿伊伦娜做实验

却得到了一种自然界并不存在的同位素——磷的放射性同位素，从而发现了人工放射性。伊伦娜和她的丈夫因此而获得诺贝尔奖。居里夫人很为自己的孩子已经成长为有出息的物理学家而高兴，她深知这个发现所启示的重大意义，可惜由于她长年接触放射性而得了不治之症，几个月后便不幸去世，卢瑟福亲自为她写了讣告。

在英国、法国所进行的这些工作现在由一位意大利人来接班了，他叫**费米**（1901—1954 年）。

费米小时候就已表现出非凡的才能，他父亲的一位同事便有意识地培养他，给他读数学、物理方面的书。当他还是一位 17 岁的中学生时就具备大学研究生的水平了。后来他在比萨大学读书，这个伽利略当年生活过的地方处处给他以科学的召唤。他每次走过那个世界闻名的斜塔，都肃然起敬，伫立片刻。大凡一个人成才之前总要有一个巨人将他托上自己的肩膀，费米也是这样。这时罗马大学物理实验室主任柯比诺认定，费米就是复兴意大利物理的希望，专门在罗马大学设了一个理论物理学讲座，聘请 26 岁的费米来任首席教授。费米在自己周围很快团结了一批青年物理学家，他们自信伽

费米

利略的故乡在物理研究方面不该落在英、法、德等国的后面。

不久，伊伦娜用 α 粒子轰击原子核获得人造同位素的消息传到了罗马。好个聪明的费米，他想我不能总跟在人家后面，你用 α 粒子，我就用中子。α 粒子带正电荷，原子核也带正电荷，它们间的斥力必然要抵消一部分冲击力，而中性的中子正可避免这个缺点。于是他又找到了一种轰击原子核的新炮弹。

大凡科学家们每找到一种新武器就如同孩子得到一个新玩具一样，玩得不肯放手。费米这一群人虽已是物理学家，但论年龄都还是些小伙子呢，他们现在玩起这新鲜的“中子炮”来哪肯罢休。中子从哪里来呢？最好是用镭放射的 α 粒子轰击铍制得。但当时 1 克镭要 3.4 万美元。他们这个新组建的小组绝对买不起。费米就用氡来代替镭，不过氡的半衰期只有四天，需要经常更换。他们就用这门简陋的“大炮”对着所有能找到的元素狂轰一气，看看有什么变化。这个劲头就像当年戴维刚发明了电解法，本生刚发明了光谱分析法一样，每种原子身上都要过一刀。果然这新法就是厉害，他得到了许多自然界中不存在的同位素。例如，从普通的钠得到放射性钠，从普通的碘得到放射性碘，从氯得到放射性磷，从硅得到放射性铝等。

但是，当他们把这门“大炮”对准铀时却得到一种想不到的结果。好像经轰击后，铀中产生的放射性元素不止一种，但每一种的数量又极其微小。这群年轻人都是物理学家，他们在化学知识方面不足，无法鉴别新元素。他们猜想，一定制成了一种过去不曾发现过的新元素。铀的原子序数是92号，这种新元素就叫它“93号元素”吧。到底这是不是一种新元素，我们暂且按下不表。

再说费米小组还是不断地用中子去轰击各种元素。一天，他的好朋友拉赛蒂用中子轰击银板，发现如果在木桌上做实验和在金属桌面上做实验，银板的放射性不一样。他立即来向费米汇报。费米沉思了片刻说：“我想这说明放射源周围的物体会影响它的轰击效果，我们不妨试着在银板前挡一块铅板。”

拉赛蒂立即取来一块铅板，并且又在银板前放了一个“盖革计数器”。这是一种专门测量物质放射性的仪器。物质放出的粒子进入计数器就会有响声，进得越多响得越快。一切准备好了，费米将中子源对准银板，只听计数器咔咔地响起来，比刚才速度快了许多。费米说：“铅是一种重物质，让我们来试一试轻物质会怎样，请取一块石蜡板来。”

拉赛蒂几个人立即取来一块大石蜡板，七手八脚在上面挖了一个空穴，把中子源放进去，又开始照射。这时将盖革计数器移近银板，计数器突然发疯似的响个不停。他们几个人都惊得目瞪口呆,整个物理大楼里的人都来看这个怪现象，大家喊道：“真不可想象，活见鬼了！”只这么稍稍放一块石蜡，银的人工放射性就增加了 100 倍。中午吃饭时，这伙年轻人大声争论着，提出各种假设，各人的嘴都动个不停，但是只听见说话不见吃东西，这顿饭足足吃了三个小时，桌上的东西还是剩下不少,但合理的解释却还是没有想出一个。这是 1934 年 10 月 22 日中午的事。

这天晚上，费米夫人带着孩子到乡下度假还未归来，费米一人在屋里安安静静地思考着白天的事。他在地上踱着步子，想这石蜡究竟有一种什么魔力呢？石蜡含有大量的氢，氢核是质子。想到这里费米突然停下脚步，用手一拍脑门自语说：“问题可能正出在这里。”

原来他想到氢核是质子，质子是与中子同样质量的粒子。中子源被封在石蜡块里时，中子射到银板之前就先要与石蜡中的质子相撞，这一撞就要损失一部分能量，减慢冲击速度。正像游得慢的鱼比游得快的鱼容易让人抓住一样。这种慢中子比快中子有更多的机会被银原子俘获，因此银的人工放射性就更强些。但这只能是一种假设，如果别的含氢物质也有这种作用，便说明假设正确。还有什么更方便的含氢物可用来试验呢？最方便不过的当然就是水了。对！来一次水中试验。

但是费米小组实在太穷了，水不值钱，可是要有一个足够大的容器却很难找。他们立即想到物理楼后面系主任柯比诺的私人花园，那里有一个喷水鱼池。

这天早晨，费米和伙伴们就将那些大大小小的实验仪器搬到鱼池上。花园里一株大杏树遮住了半个园子，绿草成茵，红的、黄的小花点缀在墙脚，鱼在池中自在地游。这群年轻人的到来，开始并没有打破这里的宁静，他们轻手轻脚。一来是对这种试验不抱很大希望，不愿让人知道他们的失败；二来，不愿打扰柯比诺先生一家人的安宁。

他们将中子源和银板慢慢沉入水中，开始轰击，盖革计数器又疯狂地叫起来，这说明费米的假设是正确的。这伙年轻人再也忍不住了，随着计数器的鸣响，他们忽地一下狂喊起来，在地上跳着，互相拥抱着，并且嚷嚷着："快给《科学研究》写信，详细报告我们的发现！"

这时正在楼上看书的柯比诺教授听到花园里的喊声便走下楼来，他被这个场面弄糊涂了："孩子们，你们为什么这样高兴？"

“我们有了新发现，正商议向《科学研究》写信呢。”

柯比诺仔细听了他们的汇报，又看了实验，突然发起火来：“你们疯了？难道你们没有看出这其中的工业用途吗？这是一个了不起的发现，你们应该先申请专利！”

他们更吃惊了，真没想到小鱼池里得到一个大发现。

我们先把“鱼池发现”放到一边，回头再说那个“93号元素”。费米发现新元素的新闻在欧洲各报上早已热闹了一阵儿，这消息自然传到了法国、德国。伊伦娜将那实验重做了一遍，这种新元素根本不像在周期表93号位置上应该有的性质，它倒有点儿像镧。

这时在德国也有一个科学家小组，以著名化学家、威廉皇家化学研究所教授**哈恩（1879—1968年）**为首，还有物理学家迈特纳、斯特拉斯曼等人。奥地利籍的女核物理学家迈特纳本是来这里作为访问学者短期工作的，但由于他们几个很合得来，这个“短期”竟然有三十年。迈特纳才华出众，她一眼就看出那个“93号元素”里有文章，但又深知光靠物理学家不能解开这个谜，便说服哈恩来做这个课题，于是这个小组也加入了这场追逐战。

1936年的一天晚上，斯特拉斯曼正在值班，他一人无事，那个困扰他的题目又泛起在心头，从种种迹象看，这个“93号”

绝不是铀后面的元素，倒有点儿像56号元素钡，第二天早晨，迈特纳前来接班。斯特拉斯曼兴冲冲地对她说："我昨天想了一夜，终于有了个头绪，那个未知元素可能是钡，不妨试测一下。"

迈特纳性格豪爽，她闻听此言立即不屑一听地喊道："中学生也不会提这个问题，快把你的想法扔到纸篓里去吧！"

原来过去用中子去轰击元素，只能将它的核打掉一小块，放出一两个质子，所以过去的人工蜕变只能是变成与原来的元素相邻近的元素，怎么可能一下从92号的铀退到56号的钡呢？斯特拉斯曼也觉理由不足，所以不敢再争。

1938年7月，迈特纳因为是犹太人，被迫离开了德国。12月17日，哈恩到财政部去为迈特纳办一些善后事务。斯特拉斯曼在办公室里翻阅几本新到的期刊，其中正有伊伦娜的一篇报告，他立即又想起了自己关于钡的想法。

中午，哈恩刚进门，斯特拉斯曼就拦住他说："请看看这份杂志，这里提出……"哈恩将那篇文章扫了一眼，一见作者是伊伦娜，便没好气地说："我对这位小姐没有好感，不愿看她的东西。"原来他们过去有一点儿小矛盾。

"不，她说是镧，我说是钡，两个元素一个57号，一个56号，很接近，问题可能正在这里。你听，她说……"

不管哈恩爱听不爱听，斯特拉斯曼将论文中最主要的段落飞快地念了出来。哈恩听着听着怨气渐消，一把将杂志抢了过来，从头至尾很快地读了一遍。俗话说，外行看热闹，内行看门道。哈恩和伊伦娜同是放射化学专家，他们的文章对方自然一看就知其中的深浅。哈恩刚把论文读完，便"啪"的合上杂志，一手拉起斯特拉斯曼说："走，快到实验室去！"

哈恩和斯特拉斯曼在实验室里反复测试，就化学性质来说，这个所谓的"93号元素"是钡确定无疑了。但是这话要是让物理学家听见一定要惹人笑的，一个小小的中子怎么能使铀原子一下释放出近一半粒子呢？这时他们更怀念那位被希特勒赶走了的伙伴——迈特纳，他们这个三人小组中两个化学家、一个物理学家，迈特纳的被迫离去，名副其实地使这个小组塌了半边天。哈恩遇到这个新问题便立即提笔给迈特纳写了一封信，迈特纳真不愧为核专家，她一见信立即明白了是怎么一回事——铀原子核被中子从中间一劈两半了！

迈特纳正好要利用寒假期间访问瑞典，那里有几位物理学界的朋友，她收到信便赶快出发了。这几位朋友住在乡下一个安静的小村里，冬天的瑞典白雪皑皑，是一年中滑雪度假的最好时光，但是今年大家心情都不好。希特勒这个疯子正在制造战争，在到处迫害犹太人，许多犹太血统的物理学家不用说工作了，现在连衣食都无着。迈特纳的一个外甥叫弗里施，是个青年物理学家，也刚从德国逃亡到这里。迈特纳一住下就拉着弗里施到外面去散步。她拿出哈恩的信，弗里施怎么也不敢相信铀原子会分裂，姨、甥二人在雪里走了很长时间，最后弗里施建议："我们何不把这个重要消息通知玻尔，他是现在世界上活着的最伟大的核物理学家啊！"

迈特纳和弗里施立即冒着严寒前往丹麦的哥本哈根。弗里施曾在玻尔的研究所工作过，所以对这里很熟，他们便直奔玻尔的家里。弗里施敲门进来，发现玻尔正在穿大衣，旁边有一只手提箱，像要出远门的样子。他忙说道："玻尔先生，您这是准备到哪里去？"

"按照合同到美国讲学，顺便看望我的老朋友爱因斯坦先生。"

"我们有一件重要的事要立即向您请教，可以吗？"

玻尔抬手看了看表，让仆人先将箱子提走，说："我们可以有半个小时来谈话。"

"从德国来的消息说，哈恩已经用中子将铀核一分为二，但是现在还不敢最后肯定，哈恩自己也把握不大。"

玻尔一听，立即脱下大衣，坐到桌旁认真地询问起实验情况。迈特纳详细谈了他们过去做的实验，又拿出哈恩最近写来的信说："看来这是可能的，伊伦娜在法国也得出了近似的结论。"

玻尔说："这件事非同小可，果真是这样，其意义将不亚于贝克勒尔和居里夫人发现的放射性。它将给物理学界，不，给整个社会带来什么变化就很难预料了。"

"那么现在应该怎么办呢？"迈特纳说。

"现在你们要在德国之外立即进行实验，关键是要证实裂变发生时是否放出巨大的能量。"

这时仆人进来走到玻尔身边说："先生，时间已经很紧了。"

玻尔才想起自己正要赶火车，忙起身穿大衣，又说："你们抓紧实验，我立即将这个情况带给爱因斯坦先生。"

他匆匆忙忙地跑到火车站，只差几分钟就要误车了。1939 年 1 月初，玻尔到了美国。

再说意大利的费米，他领导的小组进行了那个"93 号元素"实验，可惜未能穷根究底。发现核裂变这个实验让哈恩接了过去，他最终获得 1944 年的诺贝尔化学奖，所以人们都替费米感到遗憾。

但是费米手中的王牌何止一张。核裂变那件事不必说它了，小鱼池里发现的慢中子反应也是一件足够轰动物理学界的大事，当时朋友们都在暗自猜测这个发现也许能在斯德哥尔摩挂上号呢。但是正像德国出了个魔鬼希特勒一样，意大利也新上台一个法西斯墨索里尼。这家伙对外发动战争，对内实行专制，搅得国无宁日，民不聊生。费米的保护人柯比诺教授又于前不久去世，他的实验室已无一点儿经费。更有比这严重的，费米夫人是犹太人，而墨索里尼的排犹政策已使她难以在这里生存。正当紧张的科学实验一步步走向光明与希望之时，政治却在一步步地走向专制与黑暗。弄得费米欲进无路，欲罢不能，整日里长吁短叹，不知如何是好。

正是：

科学事业多艰辛，征途险阻一重重。

才出黑暗中世纪，又入法西魔掌中。

却说费米夫妇正这样忧心忡忡地在罗马度着时日，这天，1938年11月10日，清晨他们正躺在床上，突然电话铃声急响。费米夫人拿起电话，只听电话台问道：“是费米教授家里吗？”

“是的，有什么事吗？”

“请注意，今天晚上6点钟，将有人从斯德哥尔摩给费米教授打来长途电话，希望他能在家等候。”

费米已经听到电话里的声音，他立即坐了起来说：“斯德哥尔摩，这一定意味着诺贝尔奖了。”

度过了一个难熬的白天，下午5时费米夫妇便坐在电话机旁。夕阳投在白墙上的影子在慢慢地滑动，室内光线渐渐暗了下来，可是电话机静静地卧在那里，像哑了一样。为了打破这令人心焦的寂静，费米夫人说：“我们打开收音机，边听新闻边等电话吧。”

收音机里传来广播员强硬、冷酷的语调：“现在宣读第二批种族法：犹太人的孩子一律不许在公立学校就读；犹太人教师一律解除公职；犹太人律师、医生和其他自由职业者，不许对犹太人以外的人开业；犹太人护照一律吊销……”新闻播完了，费米夫妇更没有话说了，他们两人的眉头都结成一个疙瘩，在心里叹息着：“祖国啊，您真的连您的儿女都不要了吗？”

这时电话铃突然响了：“是费米教授吗？我是瑞典科学院，首先祝贺您获得本年度诺贝尔物理学奖。现在向您宣读奖状：奖金授予罗马大学恩里科·费米教授，以表彰他认证了由中子轰击所产生的新的放射性元素，以及他在这一研究中发现了由慢中子引起的核反应。”

这本来是一个特大喜讯，可是这喜讯在没有到来之前先被刚才那条杀气腾腾的广播新闻给罩上了阴影。费米放下电话心里忧喜参半，沉思片刻，然后拉着夫人的手说：“好机会，我们就乘出国领奖之时到美国去定居，那里已经有爱因斯坦等一大批科学家，这样对我们个人和事业都有好处。”

费米夫人看着这个漂亮的客厅、卧室，还有卧室里面的卫生间，那里有新装好的、她最心爱的绿色大理石浴盆。她眼中流泪了：“难道我们真的要离开祖国了吗？”

“就这一个机会了，一个极难得的机会。”

1938 年 12 月 6 日费米携夫人和两个孩子离开罗马。12 月 10 日在斯德哥尔摩领奖。1939 年 1 月 2 日，他们安全到达美国。两周后玻尔也来这里会合。这时，被法西斯势力从欧洲各地赶来的科学家已经遍布在美国各主要大学。希特勒绝没有想到他的排犹和专制却为渊驱鱼，给美国送来这么多急需的人才。

就在玻尔刚踏上美国国土时，迈特纳和弗里施的电报也同时到达：实验已经做完，和他设想的完全一致，铀在分裂时能放出大量的能量。

这对科学是一个好消息，对时局来说是一个再坏不过的消息，这意味着铀可用来作为爆炸物，每磅铀释放出来的能量可能是普通炸药的上万倍。而这项新发现恰恰是在德国完成的，是那个战争魔鬼希特勒统治的国家，刚从希特勒手中跑出来的科学家忧心忡忡，他们既知道希特勒的能量，又知道铀裂变的能量，这两者加起来简直可以毁灭地球。玻尔教授一个月间好像老了许多，他在学术交流中却越来越多地谈起政治问题，谈论局势。费米一想起那天在收音机前听的排犹法，就浑身发凉，这几个疯子要是手中有了核武器，什么坏事都能干出来的,他坐不住了,便去拜会美国海军上将胡珀。

胡珀说："费米教授，您觉得原子弹会成为现实吗？"

"这只是一种直觉，铀能不能变成战场实用的爆炸物，我还没有把握。"

"谢谢。所以现在我们实在不好采取什么具体对策。"

费米怀着惆怅之情回到他工作的哥伦比亚大学。在这所大学工作的匈牙利物理学家西拉德也是刚刚流亡来美的，他的祖国已被德国吞并。他对费米说："不要灰心，让我再来试试。看来要找一个更有影响的人物出来说话。"

西拉德立即找到了在普林斯顿任教的另一位匈牙利物理学家威格纳，通过威格纳又找到了在那里工作的爱因斯坦。1939 年 7 月的一天，他们在爱因斯坦的二层小楼上整整谈了一个上午。爱因斯坦对裂变很感兴趣，他立即看出了其中的深远意义。谈话快结束时，爱因斯坦说："你们的意思是不是要美国各大学也加紧这项研究，比如普林斯顿研究所也应立即开展这一项实验？”

西拉德说：“不，这恐怕已经不能解决问题了。因为我们现在对柏林方面的研究进展一无所知。我们的意思，是请您出面给罗斯福总统写一封信，希望这件事能引起美国政府足够的重视，并积极组织力量实施。”

爱因斯坦是个很不愿和政界名人来往的人，又加上这事确还没有把握，闻听此言，将手插进他那团乱草似的头发里，半天沉吟不语。

到底爱因斯坦是否答应了这个请求，且听下回分解。

第六十五回　忧苍生科学家上书大总统 传佳音航海者登上新大陆

——第一个原子反应堆的诞生

上回说到西拉德等人请求爱因斯坦出面向罗斯福总统写信，吁请美国政府加紧核武器研究，爱因斯坦一时拿不定主意。他说：“你们向美国官方提过这个建议没有？”

“费米教授拜会过海军上将，但是毫无结果。”

“为什么？”

“因为我们现在也说不出具体的想法和有多大的把握，这一切只有干起来才会知道。”

“那么总统会不会以同样的理由拒绝这个建议呢？”

“现在形势与上次拜会时又有不同，几个月过去了，德国方面的研究我们不得而知，也许他们已造出了这种新武器。”

“好吧，你们先代我起草一封信再说。”

8 月 2 日，一封经过仔细推敲的信送来了。

总统阁下：

我读到了费米和西拉德近来的研究手稿，这使我预计到，元素铀在最近的将来，将成为一种新的、重要的能源。考虑到这一情势，人们应该提高警惕。必要时，还要求政府方面迅速采取行动，因此，我的义务是请您注意下列事实和建议。

近四个月来，由于法国的约里奥及美国的费米和西拉德的工作，用大量的铀达到原子核链式反应似乎已成为可能，由此便可产生极其巨大的能量和大量新的类镭元素。看来，这项成就的取得，已是指日可待了。

这种新的物理现象的发现也将会导致炸弹的制造。纵然把握不足，但可以想象，一种新型的极有威力的炸弹是可以这样制造出来的。这种炸弹仅需一枚，用船运载到港口爆炸，就可以完全摧毁港口连同它周围的部分地区。但这类炸弹也许过于笨重，不便空运。

美国的铀矿含铀贫乏，且数量不多。加拿大及前捷克斯洛伐克有好铀矿，而最重要的铀资源则在比属刚果。

有鉴于此，您也许将认为有必要让政府与那批在美国从事链式反应研究的物理学家保持某种经常的接触。对您来说，做到这一点的一个可取的办法是，把这项工作委托给一位您完全信任的人，他不妨以非官方的身份出面。他的职责是：

一、沟通政府各部门，及时将进展情况告许他们，并向政府提出行动建议，特别要注意确保美国的铀矿供给。

二、为加速目前一直在大学预算范围内进行的实验工作，可由他组织愿意为这项事业做出贡献的私人提供资金，如果需要这样的资金的话，并且，或许也可靠他取得具有必要设备的工业实验室的合作。

我得知，德国如今对它占领的捷克斯洛伐克的铀矿所出产的铀实际上已经禁售。竟然采取这一先发制人的行动，其原因大概毋庸解释。因为德国外交部国务秘书的儿子魏扎克被任命参与柏林凯撒·威廉研究所的工作，在该研究所里，眼下正进行着若干美国对铀进行过的研究。

忠诚于您的爱因斯坦

这封信于1939年10月11日交到罗斯福总统手里。美国政府立即任命了一个“铀顾问委员会”，陆军、海军也首批拨出六千美元的款项，供科学家们购买实验用材料。

实验选择在芝加哥大学进行。一是因为芝加哥位于美国腹地，敌机不易轰炸；二是学校已经放假，而且人们也不会想到在这里进行这种实验。实验的代号是“冶金实验室”，但是这里面没有一个冶金专家。选实验场地很费了一番周折，需要一间很大的房间，而大一点儿的房子都让军队征用了。最后他们选中了芝加哥大学足球场看台下面的一个室内网球场，它有30英尺宽，60英尺长，26英尺高，估计能摆开战场。校长宣布从今以后再不许任何人来足球场踢球，网球场自然更不能靠近了。人们只见一群科学家在看台后面搬运东西，进进出出，绝想不到他们在干一件将要载入史册的大事。这项工作由芝加哥大学的康普顿教授负责，费米具体指挥。

各位读者，我们知道哈恩和迈特纳已经证实中子能使铀

芝加哥大学

核裂变，并能放出能量。但只用少量的中子进行一次轰击，产生的能量当然有限。费米现在需要大量的中子，大量的裂变，他推想，当铀核受到一个中子轰击而分裂开来时，它自己同时也会放出一个或几个中子，这些中子再去轰击其他的铀核，又放出中子，于是裂变就可以不断进行下去，不断放出能量，这叫“链式反应”。这就是说哈恩是发明了一根火柴，能擦着火苗，但是立即就熄灭了，而费米则要想办法点燃一堆干柴，让它能持久地燃烧。

怎样点燃呢？这就用得着费米发明的慢中子的办法了。那个在鱼池中的发现，虽然当年柯比诺教授曾要求申请专利，可是战乱骤起，他们哪有心思去管这个。想不到这时派上了用场。当初的小小实验是用石蜡和水来减慢中子，现在费米准备用石墨代替。将铀块和石墨块间相隔堆放，这就名副其实地成了一个“堆”——原子能反应堆。只要将一个中子源（它相当于一根点火的火柴）

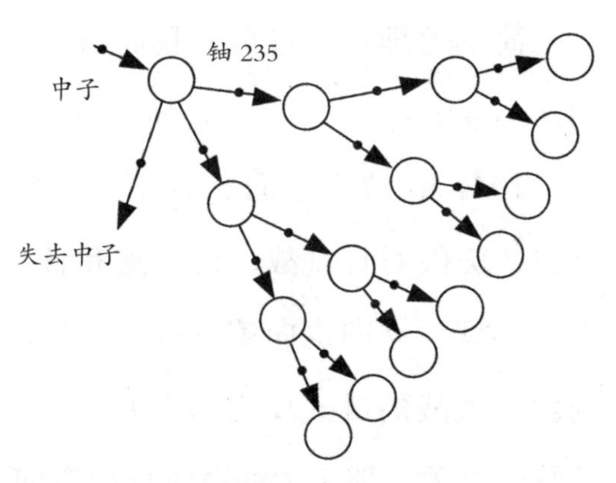

铀原子核裂变示意图

一点燃，堆中就可以不断地裂变，不断地放出中子，实现链式反应了。

点燃之后又怎样控制呢？一旦中子释放过多，铀核迅速裂变，这就是科学家所说的“临界状态”，将有爆炸的危险。这时的办法就是赶快吸收中子，所谓控制就是控制中子的数量。世上的铀原子核裂变表明，事物总是有矛就有盾，一物降一物。中子能将铀核打开，有如此威力，可是专有一种物质能吃中子，这就是镉。在石墨和铀堆中插进一些镉棒，只要调整镉棒就可以控制反应的强弱了。

简单道理交代过后，我们再看费米他们是如何建造和控制这个堆的。

1941 年 12 月 7 日，日本飞机突袭珍珠港，太平洋战争爆发，美国对日宣战，德、意和日是法西斯同盟，当然不能坐视不理，立即也向美宣战；美国随即又向德、意宣战。一场世界大战的链式反应马上升到“临界状态”。这时，美国总统就更关心那个铀的链式反应有何进展，“铀顾问委员会”汇报了工作，总统命令集中一切必要的人力物力加速进行。

芝加哥大学的室内网球场现在完全成了一个军用场所，老远就岗哨层层，闲人不得靠近。汽车不断将一些黑色的砖块运到足球场的看台后面。这些黑砖就是石墨块。它柔软光滑，就是我们平常用的铅笔芯的原料。为了建造这个反应堆他们几乎征调了全国可以找到的石墨，那些石墨商不知道为什么这个地方突然像水库出现了一个大漏斗一样，石墨流水般地被吸进这个无底洞里。事后他们才知道这个堆用的石墨足够为地球上的每一个人做一支铅笔。

再说网球场内现时已完全成了一个“煤黑世界”。二十个物理学家，还有几个必要的帮工助手，现在早已统统变成黑人。他们的脸上、脖子上、手上、鼻孔里全都是石墨细粉。石墨砖要用机器切削成一定规格，自然就粉末四扬。这时的地板上比任何打蜡的舞池都要光滑，这些物理学家们常常不小心就会摔一个跟斗，汗水在他们的脸上冲出一条条小沟。“冶金实验室”的学者们，要论外表，和一个井下的挖煤工人已完全没有两样。

铀块和石墨块一层层地往上叠放，共叠了五十七层，现在这个堆已经快顶住屋顶了。费米想到空气会吸引中子因而影响继续裂变，应设法使堆与空气隔绝。能干的助手安德森立即找到橡胶商，要定做一个六边形的橡胶布“盒”，以便把整个反应堆全都罩进去。橡胶商从未承揽过这种加工品，瞪着大眼睛问：“干什么用的？”

“一个大氢气球。”

“气球怎么是六边形呢？”

“您不必多问，反正给您钱就是。不然，我去找别人订货。”

六边形“气球”拿来了，反应堆的最后安装就在这个大“气球”里进行，不过后来发现不抽掉空气也可正常反应，所以“气球”有一面始终没有封口。

1942年12月6日，这个历史上有纪念意义的日子来到了。

这天一早，那些浑身污黑的物理学家突然变得干干净净。反应堆的建造工作已经完成，现场也已打扫干净，地板重又露出木纹。核反应堆马上就要开始点火，人类是否可以从原子内部得到可供使用的能量，就决定于今天上午。

科学家们大部分都撤离到反应堆对面的平台上。堆旁边只留一个人——韦尔，他手扶着从堆里伸出来的一根长棒，这是镉棒。反应的快慢将由他通过这个棒来控制。但是这还不保险，堆上又爬上去三个年轻人，他们自己称为“自杀小组”，准备在反应堆一旦失去控制就从上往下灌镉液，以“扑灭”这场原子火灾。

在现场观看实验的除这群亲手建造起反应堆的科学家外，还有冶金室的领导人康普顿教授，有军方领导人格罗夫斯将军（军方1941年8月就接管了铀计划，并把它改名为“曼哈顿工程”），还有一个特殊人物，他是这里唯一与研究工作无关的人——杜邦财团的代表格林沃尔特先生。战时，杜邦公司承担军方的许多生产任务，而前不久格罗夫斯将军又提出要他们建造一座生产型的反应堆。将军说反应堆里的铀裂变后会产生一种新元素钚，钚可用来生产原子弹。可是格林沃尔特这时还根本没有听说过反应堆这个词呢。他不敢冒险，与军方的谈判陷入僵局，这天他也被通知来到现场，好看看反应堆到底是怎么一回事。

费米担任现场指挥，他说："现在我们将抽出镉棒，链式反应就会自动进行，盖革计数器会用声音报告反应的强弱，而这支描笔将在纸上自动描出一条指示辐射强度的曲线。好，韦尔，开始吧！"

韦尔将镉棒抽出一英尺，计数器开始咔嗒咔嗒地响起来，描笔画出一条向上的曲线。

"再抽一英尺！"

计数器的声音响得更急，大家都屏息静气，有的人额头上已经渗出汗珠，大厅里静得就是有根针落地也会哐然有声。这时计数器一声声地响着，像锤子敲在人的心上。谁知道这个堆会不会突然像一颗大炸弹那样爆炸呢？

费米宣布："现在反应堆已进入正常的链式反应。"

堆顶上的"自杀小组"更加警惕，准备好的镉液已经提在手中，现在正是最紧要的关头。全体人员都注视着各种记录仪，这样共 28 分钟之久。费米将手举在空中向下一劈说：“停止！”

试验成功了！大家互相握手、拥抱、祝贺。而威格纳 (就是劝爱因斯坦上书总统的那位匈牙利物理学家) 突然拿出一瓶基安提酒，原来今天上班时他就悄悄在大衣口袋里塞了一瓶酒，他知道一定能够成功。威格纳将酒分倒在许多纸杯里，在场的人每人一杯。喝完后大家又在酒瓶的硬纸护壳上签了名，然后就去忙着收拾现场，整理数据。格林沃尔特也立即握着格罗夫斯将军的手说：“太精确了，简直像一只瑞士手表，我们公司同意生产了，马上就签字！”

正当各人都在忙自己的事情的时候，谁也没有注意，有一个叫沃特姆伯格的青年物理学家将那个有大家签名的空酒瓶收了起来，这是一件最好的纪念品。十年后的又一个 12 月 2 日，芝加哥大学举行反应堆实验 10 周年庆祝会。沃特姆伯格当时正在外地，他特意将这只空酒瓶寄给庆祝大会。但是他又怕酒瓶会打碎，于是就加了保价费一千美元。一只空酒瓶竟值千元，这件事立即成了轰动报界的新闻，而专营基安提酒的商人也因此大赚其钱。芝加哥大学的这个足球场的看台后面，若干年后挂了一块金属牌，上面刻着这样一行字：

核反应堆

人类在这里实现了第一次链式反应，从而开辟了在受控条件下释放原子能的道路。

这里也因此而闻名,成了一个旅游者的参观点。这是后话。

1942 年 12 月 2 日试验成功的核反应堆产生的动力还是很小的，它刚能点亮一只小电灯，几天之后也才可以点亮四盏家用电灯。但是这不要紧，只要迈出第一步就不愁走不完万里路，只要摸清原理就会畅行无阻。瓦特最初发明的蒸汽机只能为煤矿排水，但是以后它几乎用于所有的工业、交通，关键是它开辟了一条新路——将热能转变为机械能；法拉第最初用磁铁和线圈做实验时只能使电流计的指针微微偏动，但他也开辟了一条新路——使磁变电，于是带来了一个电气时代；现在费米的原子反应堆虽然功率还很小，但是他也开出了一条新路——使原子核能转变成热能或其他能，带来了一个原子时代。这验证了爱因斯坦的伟大理论，$E = mc^2$，质能是可以互变的。

自从费米那个只能点亮一个灯泡的反应堆问世以来，各种反应堆立即发展起来，有专门提供动力的动力堆，有用于科学实验的研究堆，有生产核燃料的增殖堆，新能源展示出广阔的前景。以核能发电来说，一座功率为 100 万千瓦的大型火力发电站，每年要烧三百万吨煤，为此电厂得有运煤专线，一辆火车得运上千个来回；而同样功率的核电站，只要六辆卡车一次就能把全年的燃料运来，而且这样可以省出大量的煤去做化工原料；用蓄电池发动的潜水艇，只能在水下潜行几天，然后再浮出水面充电，可是，换成核动力可以十年不换燃料。

反应堆除提供大量能源外，还可以用来制造同位素。我们把各种元素放在反应堆的管子里，经过中子照射就变成了新的放射性同位素。这些同位素由于它们的放射性表现出来的穿透作用、能量、荧光效应、特殊生理效应等，它们在工业、农业、医学、生物学、考古学、宇宙探索等许多领域都有重要作用。比如害虫常会钻到种子、土壤、树皮里面，一般化学杀虫剂无能为力，这时用穿透力很强的 γ 射线一照射，便使它断子绝孙。还有金属内部在铸造、焊接时会出现极小的砂眼、裂缝，肉眼是绝对不能发现的，这时只要用 γ 射线拍一张片子就会清清楚楚地显示出来。如同人们对力学、光学、电学的探索一样，对原子内部的探索已经给人类带来了受益无穷的好处。

让我们现在再回到费米的这个反应堆上来。正当大家在一片兴奋、激动中忙着收拾现场时，康普顿教授突然想起应该给美国政府方面打个电话，报告这一喜讯。他立即给负责这一工作的科南教授挂了一个长途电话。当他拿起话筒时才想到这个绝密的大事怎么能在电话里说呢？对方已经在问话了：“喂，您是康普顿教授吗？”

康普顿灵机一动回答道：“是的，我是康普顿。科南教授，我想您一定很愿意知道，那位意大利航海家已经登上新大陆了。”

“真的吗？”对方听懂了，高兴地大喊起来，“当地的居民对他友好吗？”

“很友好，每个人都安全登陆，并且感到很愉快。”

这是一个很聪明的、在科学史上留名的一次著名的电话。意大利人哥伦布 1492 年发现新大陆，过了四百五十年后，正好是中间两位数倒换一下，另一个意大利人费米在原子世界里又发现了一块新大陆。

康普顿教授还处在兴奋之中，这时格罗夫斯将军走过来，他伸出一只大手说：“祝贺您，康普顿教授。既然试验已经成功，我们的下一步计划就该立即实施了吧？”

格罗夫斯说的下一个计划是什么？且听下回分解。

第六十六回　苦干三年两颗核弹制成功
悔恨万分一纸建议致惨祸

——原子弹的爆炸

上回说到费米领导的原子反应堆顺利实现了链式反应，在场的格罗夫斯将军立即要科学家们投入下一个计划——这就是制造原子弹。

各位读者，容我在这里先将原子弹原理与结构简单交代几笔。

其实，就原理来说它和反应堆没有多少区别，只不过反应的速度不同。那反应堆专门有镉棒吸收中子，唯恐这个不听话的中子乱冲乱撞，使铀燃料骤然爆炸，这叫“可控链式反应”；而原子弹正相反，唯恐铀燃料裂变太慢，不能爆炸，所以并不要镉棒之类的东西来吸收中子，让它去冲，去撞，越快越好，这叫“不加控制的链式反应”。

为了实现快速裂变，原子弹里只能用铀-235同位素，它很容易捕获中子。同时，炸药外面又有一道中子反射层，裂变产生的自由中子无法逃出去，就会一个变三，三个变九，成倍增长，每一个核裂变所需的时间还不到一亿分之一秒，整个原子弹的爆炸也就只有几百万分之一秒。就在这瞬间，原子弹释放出极强的光辐射、冲击波、中子流和 γ 射线辐射及放射性污染碎片，这些东西都可以杀人或摧毁建筑物。那平时被禁锢在原子核里的能量突然间被释放出来，如黄河决堤，如兽笼大开，不可抗拒的灾难便突然而至。

这些洪水猛兽在它未被放出来以前是怎样压缩在一个小天地里的呢？原子弹的结构说来也简单。它里面装着两块铀 –235 或钚 –239 原子炸药，另外还有一些普通炸药作为引爆之用，外面裹了一层中子反射层，再裹一层弹壳，这就是一颗足以毁灭一个中等城市的原子弹了。

我们回头再说那位格罗夫斯将军，此人本是美军工程兵负责人，身材魁梧，办事干练，他被授权组织曼哈顿工程，试制原子武器。那天反应堆试验一成功，他就立即将康普顿教授请去，说："教授先生，您知道国家现在最需要的是什么？是打赢这场战争。所以现在要立即让那个反应堆变成一个原子弹，时间，最多三年。"

"将军，您不是开玩笑吧？虽然对原子弹的构造、原理我们都有把握，可是原料奇缺，铀和钚到哪里去找？就算找到一点铀，其中铀 –238 和铀 –235 的比例是 140 ：1，而铀 –238 是不能产生链式反应的。只说将铀 –235 提纯出来就要多大的工程啊！”

格罗夫斯神秘地一笑说：“工程的事，我这个工程兵头子自会考虑，现在要和您商量的是人，要挑选一批科学家把他们送到那里去。”

康普顿当然知道这个“那里”的含意，便再不说什么了。

难怪格罗夫斯胸有成竹，原来他早做了工程上的准备，在远离大城市的地方买了三块人迹罕至的土地，转眼之间就建起三座城市。不过这城市在美国地图上却找不见，它的居民对外只有一个邮政代号。第一座城市在橡树岭，它是专门分离铀 –235 的。根据铀 –235 和铀 –238 之间这么微小的一点重量差，科学家想了两个办法：一是将金属铀汽化，它们扩散时轻的快重的慢，自然就会分开；二是让汽化的金属铀通过强磁场，它们会出现不同的偏转，也可分开。但是，只前一种办法他们就建造了几千英里长的管道，所耗的电相当于一座纽约市的用电；而后一种办法所用的电磁铁就有一个中等舰船那样大。磁铁外面要绕线圈，战争期间铜太缺了，导线就用银子做，竟用了 1.5 万吨白银。只此一斑就知美国政府为了这颗原子弹花了多少血本。

第二个秘密城市是专门用来生产钚的。铀 –238 虽不能裂变，但是它吸收一个中子后就变成铀 –239，铀 –239 是具有放射性的，它很快放出一个负电荷的 β 粒子，本身就多了一个正电荷，于是原子序数由 92 变成了 93。各位读者，前面我们说费米他们认为自己曾发现了 93 号元素，原来正是这个道理。因为在铀裂变过程中是会有少量 93 号元素出现的，现在我们叫它为“镎”。镎衰变得很快，变成 94 号元素钚，钚像铀 –235 一样可以裂变，是制作原子弹的好材料。这第二个城市就是专来实现这个转变的。它在华盛顿州的西部，沿哥伦比亚河畔竟占地 1000 平方英里，有专用铁路 350 英里，有人口 6 万。但是这样一座城市静悄悄的就像不存在一样，保密成了这里居民的一个共同的性格，比如食堂里挂着“先想好了再开口”“勿谈工作”等标语，所以几千人的食堂除了嚼食物的声音，竟没有人说一句话。

这第三座秘密城市就是格罗夫斯说的“那里”。它是原子弹的组装和实验地点。

1942 年 11 月，在新墨西哥州西北部一座荒凉的沙丘上站着两个人，一个高大魁梧的将军和一个文静的书生。他们极目察看着这一带的地形，山丘顶是一个平台，台地的西边伸来一条绿色曲线，那是吉美兹山脉，而东边突然降落，接着就是一片浩瀚无垠的沙漠。附近只有稀稀疏疏的几个居民点，台地上有几间破旧的石头房子，他们的目光对视了一下，向石房子走去。房子前面有十几个孩子正在踢球，原来这是一所乡村学校。校长出来迎接他们，那位将军说：“对不起，校长先生，您恐怕要换个地方了，这座学校军队买下了！”这位将军就是格罗夫斯，而那位书生便是物理学家奥本海默，原子弹研制的负责人，现在的头衔是研究室主任。不久，以费米为首的那一批科学家便在芝加哥失踪了。

1944 年夏季的一天，费米的夫人突然接到一个电话，告诉她将有人送去三张火车票，她带上孩子到指定的站下车，有人会把她及孩子接到一个叫 Y 基地的地方。

费米夫人到达的当天就领到一块白徽牌，就是说现在她也成了保密对象，她看见自己的丈夫身上佩着蓝牌，意味着绝密。当天晚上，他们举行了一个小小的家宴，费米领来的客人使她大吃一惊，有丹麦物理学家玻尔，有意大利物理学家、费米的老朋友赛格雷，有迈特纳的外甥、奥地利物理学家弗里施，有英国物理学家、中子的发现者查德威克。这么多不同国家的物理学家在这个神秘的地方相聚，大家都有一种说不出的心情，又喜，又悲，又急，又忧。喜的是阔别多年后老友相见；悲的是战乱骤起，他们背井离乡客居此地；急的是听说希特勒也在搞原子弹，在这场看不见对手的竞赛中不知他们能否领先；忧的是这个历史上从未有过的杀人武器制出来后，不知会有什么后果。

作为主人，费米夫人向大家一一敬酒。由于灯火管制，窗帘遮得很严，大家小声谈话。赛格雷淡淡一笑说："我现在为美国政府制造武器，可是从法律上说我是敌人，美、意两国正在交战，我是敌侨。"

费米夫人问："您为什么不加入美国国籍呢？"

"您还不知道，我倒想申请，可是负责审批国籍的法官说美国根本就找不见我们这个地方。"大家都哈哈大笑了。

弗里施说："战争已打了五年，我看快结束了，到时我们各人都可以回到自己的祖国，更用不着申请外国国籍了。"

费米说："我们的原子弹马上就要成功了，希望它能加速这个胜利的到来。"

玻尔半天没有说话，他低头沉思着，已经秃顶的大脑袋在灯下特别醒目。他是在德国人占领哥本哈根后，由游击队救出，用渔船送到瑞典，转道英国，又乘飞机来到美国的。在这群科学家中他是最受尊敬的一个。这时，他抬起头说了一句考虑很久的话："要是战争结束了，德国人并没造成原子弹，那我们大家将是干了一件什么样的蠢事啊！"

到底德国方面是否在造原子弹，这确实是个谜。格罗夫斯一方面在国内组织原子弹实验，另一方面加紧对德国的情报工作。1943年秋，美国特别成立了一个以帕什上校为首的侦察小分队，代号“阿尔索斯”。这个小分队不同于一般战场上的侦察连、排，它除了有军人外，还有一些老练的情报人员和科技人员，任务则是每天翻阅德国的报纸和物理杂志，分析、捕捉德国的原子能研究动向。

1945年春天，侦察工作终于有了眉目。这天帕什上校出现在格罗夫斯的办公室里，他在桌上摊开一张大军用地图和一个卷宗，正详细报告他们的分析结果：“将军，您看，这里是德国南部的黑森林地区。这里有一个僻静的村庄叫黑兴根，村子附近有一个大啤酒厂，它的锅炉已经改装成铀锅炉，这便是德国人的原子能试验基地。实验总负责人是威廉物理研究所所长海森堡，参加工作的科学家有哈恩、劳埃。”

“不得了，好强大的阵容！”格罗夫斯一听到这几个名字就不由得站了起来。他知道这些人论能力并不亚于他手中掌握的费米、奥本海默。他想了一会儿又说：“说下去，还有什么关于试验本身的情报没有？”

“德国人在挪威境内建了一个重水工厂，工厂修在1000英尺高的悬崖峭壁之上，这个厂已被英国人和挪威抵抗力量于1942年12月施行了一次成功的破坏。1944年2月，这个厂修复后将生产的重水装上‘海特洛’号轮船运往德国，途中又被抵抗力量将船炸沉。德国人这样重视重水生产说明他们确实在搞裂变实验，我们推想除挪威之外，他们一定在别处也还有原料基地，将材料运到黑兴根实验、组装，就和我们的曼哈顿工程一样。”

格罗夫斯来回踱着步子，有时停在墙上的大地图前沉思片刻。一会儿他突然转过身，招手示意帕什走近些，指着桌上的地图说：“帕什上校，您来完成这件惊人的壮举，我将向最高当局要求派一个加强集团军。您看，从这里斜插过法军阵地，当然这要请他们配合。您带领您的‘阿尔索斯’部队在他们的掩护下突然袭入黑兴根地区，将海森堡这几个人迅速抓获，立即转移到英国。”

“为几个人动用一个集团军，当局肯干吗？”

“我想会的。对我们来说，得到海森堡比俘获十个德军师都有价值。”

这个计划很快得到批准。美军一个伞兵师、两个装甲师，再加上一个整集团军开始向德国境内闪电般地袭去。1945年4月22日，帕什上校的小分队出现在黑兴根基地，他们顺利地俘获了哈恩、劳埃，但是海森堡却不知去向。

这时海森堡正骑着自行车慢悠悠地向家里走着，他是凌晨3点离开基地的，连日来的疲劳使他想脱离实验现场，换个环境，让自己轻松一下。在路上他又遇到一个小麻烦，一个党卫军横着枪问他为什么一人半夜出行，一定要逮捕他。他不怕，希特勒也不敢把他怎么样，他们现在还用得着他。但为了不打扰自己的休息，海森堡掏出德军元帅刚送他的一包好烟，这个党卫军才放他上路。他就这样不慌不忙地回到家里，煮了一杯咖啡，点燃一支烟，背靠在藤椅里，舒舒服服地长吐一口气，看着窗外天边的星星。突然，背后一只手枪顶住了他的肩膀。他一回头看见一个美军上校，臂带一个徽章，上面一道红色闪电穿过一个白色的“a”字母，他立即明白了是怎么一回事。

此人正是帕什上校。他说：“海森堡先生，对不起，您被捕了。”

海森堡仍然安详地吸了一口烟，甚至微笑地示意帕什坐下，他说：“上校，我想你们这样兴师动众，并不是为了我，而是为了原子武器吧。我可以明确地告诉您，这实在是一场虚惊。1942年年初之前，德国方面曾有过这样的打算，可是到夏天，最高当局就已放弃了这个尝试。因为我们的工业负荷太重，你们的空袭太多，还有抵抗力量的破坏。元首亲自签署命令，只许进行那些半年之内就能见实效的研究。这样倒好，我们这些物理学家在道德上获得了解脱，将来不会让人指为杀人犯了。”

“先生，我现在还不能相信您的话，况且我的任务只是请您跟我们到英国去。”

海森堡和玻尔在一起讨论问题

“是的，我可以跟你们走一遭。但是我要告诉您，美国政府大可不必那样害怕，不必花那么多钱，集中那么多科学家。1941 年秋天，我在哥本哈根见到我的老师玻尔先生时就曾暗示过这个意思，可惜他未能理解，听说他现在也在帮你们工作。”

面对这样一个伟大而又安详的科学家，帕什上校不好意思总用枪口对着他。他将枪插入枪套中，海森堡站起来，帕什甚至还上去扶了他一把。当他跟着海森堡出门时，心里在说：看来我们真的是虚惊一场，德国人确实还没有进入原子弹的试制阶段。

但是，美国人的原子弹已经是箭在弦上，不得不发了。

1945年7月16日晚上，就是抓获海森堡后将近三个月，费米和他的伙伴们匍匐在新墨西哥州的大沙漠里。轰然一声巨响，费米突然跃起向空中撒了一把碎纸片。随着巨响是一阵气浪，将纸片急速地卷走。费米紧追纸片跑了几步，然后大声喊着："成功了！它的爆炸威力相当于2万吨TNT炸药。"原来他是根据冲击波吹走纸片的距离来测算炸弹的威力。过了一阵，他们驱车来到爆炸现场，只见一个直径半英里的大坑，坑内表面上的沙子早已熔化后又凝固成一层玻璃。

现在德国人已经溃败，日本人也已经到了溃败的边缘，而新墨西哥州基地里却有两颗装好的原子弹还没有使用，科学家们感到自己的任务已经完成，战争的胜利就在眼前，这两颗原子弹已无使用的必要。玻尔为此曾专门见了一次罗斯福总统，爱因斯坦也给总统再次拟好一封信，但是罗斯福病逝了，新上台的是杜鲁门，这些努力都太晚了，老虎一经养大便再难限制它的野性，杜鲁门签署了投放原子弹的命令。

1945年8月6日清晨7时，一架美国飞机出现在日本广岛上空，警报响了，但是居民们已经司空见惯，并不去躲避，况且这是一架普通气象观察机。8 时 15 分，空中突然出现两架飞机俯冲而下，其中一架投下一个用降落伞吊着的爆炸记录仪，另一架投下一颗原子弹。顿时，这座有 24.5 万人口的城市便消失在一道紫光之中。一团炽热的火球越胀越大，随即刮起一阵疾风，时速达五百英里。一会儿，一股蘑菇状烟云伸向五万英尺高空，接着烟云凝成乌黑滑腻的大雨点，从天而降。就在这片刻之间，广岛地面上的一切建筑物都被夷为平地，约有八万人被夺去了生命。

这天上午，爱因斯坦正在纽约州北部的萨朗那克湖上，一人乘着自己设计的帆艇滑行。水上运动是他的特殊爱好，虽然年纪大了，兴趣仍未稍减。中午，当他回到岸边时，一位《纽约时报》的青年记者正在那里等着他。

“爱因斯坦先生，您还不知道吧，今晨 8 时 15 分，一架飞机在广岛投下了那个炸弹。”

爱因斯坦瞪大了眼睛，有几秒钟不说话。他那团乱发被湖上的风吹得更乱，根根银丝都像是受了惊似的横竖乱伸。只听见他左腕上的手表在滴答地响着。半天他才说了一句:“这是不能允许的！”

“爱因斯坦先生，人们都说您是原子弹之父，或者原子弹的祖父。现在原子弹诞生了，您有什么感想？”

“年轻人，你们这些掌握舆论的人要明白，战争我们是打赢了，但和平却失去了。我现在最大的感想就是后悔，后悔当初不该给罗斯福总统写那封信。我从来不承认我是什么原子弹的‘父亲’‘祖父’之类的玩笑，我参与这件事的唯一工作就是签署了那封信。我当时是想把原子弹这一罪恶的杀人武器从疯子希特勒手中抢过来，想不到现在又将它送到另一个疯子手中。战争胜利已成定局，我们为什么要将无辜的男女老幼，作为这个新炸弹的活靶子来打呢？”

“先生，您的和平主义思想是尽人皆知的。现在，您认为应该怎么办呢？”

“禁止使用核武器。首先是科学家，无论哪一国的，都团结起来抵制对原子武器的研制，而且要迫使政府通过一项对使用核武器的禁令。假如我们这些制造了这个爆炸的科学家们都不能获得对它的禁令，我们就是给自己，也是给科学家定了死罪！”

爱因斯坦的想法到底实现了没有？且听下回分解。

第六十七回　一念之间救活千万人
十年接力功到自然成

——抗菌素的发现

上回说到爱因斯坦闻听自己建议研制的原子弹在广岛上空爆炸，几万无辜百姓瞬间灰飞烟灭，不觉痛心疾首，大声呼吁科学家要带头设法禁止核武器的使用。从此以后，禁止使用核武器便成了一场世界性的和平运动。

这时我们有必要特别补叙一下奥本海默的故事。奥本海默被任命为美国原子弹研制负责人，被称为“原子弹之父”，但是坚决反对用原子弹杀人。原子弹在日本投放后他一直处于忧虑和焦急之中，杜鲁门总统接见他时，他竟失声痛哭，说：“我们的手上沾满了鲜血。”1946 年 3 月 16 日，他代表美国参加联合国原子能会议，发言时又说：“主席先生，我的这双手沾满了鲜血……”这使美国政府大为恼火，1953 年 12 月 23 日正式起诉他为共产党分子，是苏联的间谍，以后受到长达十年的坐牢、监视迫害。1965 年他患了癌症，1967 年 2

月 18 日去世，终年 62 岁。全世界不会忘记这个伟大的和平战士。

科学是一把锋利的宝剑，人们得到它可以披荆斩棘，去为幸福的生活开辟坦途，也可以同类相残，制造灾难；科学是一把打开自然宝库的万能钥匙，人们用它来取得光、热、电，创造新的文明，但也能用它放出邪恶的火，制造罪孽。第一次世界大战时，人们还只能用老式的枪炮对射，到第二次世界大战时便能用飞机轰炸，用潜艇偷袭。全世界死于两次世界大战的人便有 5120 万人。科学为战争造就了最强大的杀人武器，就是那个爱因斯坦后悔不迭的原子弹，但是科学也在这时发现了一件救人免于死亡的法宝——青霉素。

话说 1943 年春天，正是太平洋战争紧张之时，美国在各处的伤兵源源不断地送回国内，涌进伯利汉城的柏西乃尔陆军医院。这本是一个拥有两千五百张病床的、世界上少有的大医院，但是现在连走廊上都挤满了伤员。他们大都是枪伤、炸伤或烧伤，缺臂少腿惨不忍睹。院长正在巡视现场，他只能在横躺竖卧的伤员堆中跨行。他看着他们渗出鲜血的绷带，听着大呼小唤的呻吟之声，更是愁肠百结，哭天不应。他知道这些小伙子说是被送来这里抢救，但实则是来排队等死。伤员送来之前，伤口几乎全部感染，病菌吞噬着肌肉，侵入骨骼，侵入血液，病人被折磨得奄奄一息，而医生却束手无策。因为他们能用的最好的消炎药便是磺胺了。但这种药大量杀伤人体的白血球，反倒削弱了病人的抵抗力，加快了病人的死亡。

这天，从波士顿来了一位青年医生，他自称带来一种“神药”，可以让这些伤员起死回生。院长不信，但是这些伤员再无其他办法可救了，他便选了四十九名严重骨折的病人来试试看。他们的骨片都已刺出皮肤，伤口严重感染，医生用这种“神药”消除炎症，挖去死肉，缝合伤口，果然再未感染，其中的四十二人竟很快出院。他们又把这种药用于骨髓炎、脑膜炎、血液中毒等，结果接受治疗的二百零九人就有二百零六人活了下来，并很快出院。这真是一个奇迹！院长握住青年医生的手高兴地说：“年轻人，您从哪里发现的这种‘神药’？”

“不，这种药的发现者是一个英国人，他叫弗莱明。可惜它现在还不能大量生产。我这次带少量样品来，就是希望能引起军方对这种药的重视。”

各位读者，这位青年医生用的“神药”当时叫“盘尼西林”，它是人类发现的第一种抗菌素——青霉素。提起它和它的发现者**弗莱明（1881—1955 年）**，这故事还得从头说起。

亚历山大·弗莱明 1881 年生于英国的洛克菲尔特，他在

弗莱明

医学院毕业后专门要求到圣玛丽医院实习。说来这个原因很可笑，因为圣玛丽医院的水球队水平很高，而弗莱明酷爱这项运动，于是便投奔这里而来。他实习成绩优异，医院要留他任住院部医生，可是这时细菌部正在组建射击队，弗莱明对体育无所不好，射击也是一把好手，于是他又被细菌部主任从住院部挖了过来。谁知他这个从游泳到射击的业余爱好的转变，倒促成了他从医生到细菌研究者的专业的转变。柏西乃尔陆军医院得救的伤员，倒是真应该感谢他那浓厚的射击兴趣呢！

再说弗莱明到细菌部上任不久，就赶上第一次世界大战爆发，他立即上了前线，战士们伤口溃烂感染的痛苦给他留下极深的印象。战后他又回到圣玛丽医院细菌部，发誓要解决这个难题。

1928 年，他集中力量研究葡萄球菌。这种可恶的东西，在显微镜下是黄色的，像一堆鱼子，让人一看就想呕吐，它就是导致伤口溃烂、生脓长疮和血液中毒的祸根。研究的办法照例是把这种细菌接种在培养皿上，给它一点儿培养液，让它生长，观察它的形态和生长规律。这是一件很枯燥又要很细心的工作，从列文虎克、巴斯德开始，便只有极富耐心的人才干得了这种事。

1928 年的一天早晨，弗莱明换上工作服，像往常一样推门走进实验室，第一件事就是检查一晚上细菌的生长情况。他将那些小碟子似的培养皿一个个取出来，仔细观察，看到有一只培养皿上的黄色葡萄球菌比昨天少了一半。这是实验室里常有的事，细菌被别的菌污染后，培养皿上又会长出别的菌种。这一碟污染过的菌是不能用了，应该倒掉，重新培养。弗莱明站起身来，左手持碟，右手抓过一把镊子，“哧啷”一声刮在培养皿边上，就要将这些可恶又可怜的葡萄球菌刮入垃圾筒里去。但是，就在这镊子碰着培养皿边哧唧一响之际，弗莱明的手又缩了回来。他转念一想，我何不看看到底是什么讨厌的细菌总是在污染我的培养皿，破坏我的实验呢？

弗莱明这一转念不要紧，他可挽救了千万条生命。

他把碟子拿在手里仔细观察，被污染的地方好像长了一层绿霉。这不知是哪里飞来的一点儿绿霉菌的孢子落在了培养皿上，它便这样迅速地生长开来。更奇怪的是，这种绿色的菌十分强悍，竟将那些黄色葡萄球菌慢慢地吞噬掉了。按一般生物学家的解释，这是因为新菌夺去了培养皿上的养分，旧菌自然饿死。可是弗莱明不愿因袭这个传统观点，他想弄清这支“绿军”是怎样将“黄军”战败的。他在笔记上写道：“是什么引起我的惊异呢？就是在绿霉的周围，葡萄球菌被蚀化，以前它长得那样茂盛，现在只剩下了一点儿枯影。”

弗莱明未敢耽搁时机，他立即取来白金丝，挑了一点霉菌，放在皿上细心培养。这些霉菌在显微镜下很是好看，起初长出一点儿白色的绒毛，后来就变成一层绿色的“地毯”，而每一根就像浸在水里的毛笔，头上还有向四周张开的笔毛。他兴奋极了，立即召来两名助手说：“这种新菌生长力这样强，我看它很可能是葡萄球菌的死敌，它不只是和葡萄球菌争夺养料，而是自己分泌了一种汁液直接杀死了对方。”于是弗莱明吩咐助手将霉菌培养液仔细过滤。然后，他取过一只长满葡萄球菌的小碟，用白金丝挑了一滴过滤液滴入其中，几小时后，那些可恶的葡萄球菌竟消失得无影无踪了。

弗莱明高兴极了，他连连吩咐助手们赶快再制一点儿过滤液来。他们将过滤液稀释到各种浓度，试验于各种细菌。结果，当浓度为1%时就足以杀死链状球菌；到三百分之一时还能阻止葡萄球菌的生殖；到八百分之一时，还可杀灭肺炎球菌。这可真是一件从天而降的大喜事！那些疯狂作乱的病菌原来自有一种与它同样小的玩意儿可以轻而易举地对付它。病菌是可以由其他菌来对抗的，这便是抗菌素，弗莱明把这个人类发现的第一个抗菌素命名为青霉素。

各位读者，青霉素存在于世界上也不知有几千年，何以单单撞在弗莱明的手中，却让他发现？这就要说到科学研究的一个重要方法，就是观察。其实客观事物存在于我们每个人的周围，向每人奉献着平等的发现机会。有人熟视无睹，扫一眼即过，他眼睁着其实并没有看见什么；有的人看了又想，想了又看，总要发现这事物中的特殊之点，找出问题的最新解释。于是这个平等的发现机会在不同人的身上就会结出极不平等的结果。这也就是为什么从古到今科学门庭人来人往，攻关大军浩浩荡荡，而摘冠夺魁者总是少数伟人。他们决定献身科学事业，便努力练就了一双锐利而又冷静的眼睛。弗莱明也正是一位这样的学者。他在孩童时代就养成一种细心的习惯，一次，他随母亲到医院里探望一位病人。他问那人得了什么病，为什么会得这种病，直问得医生再也答不出来，只好说："孩子，人们还没有详细研究的病症多着呢！"他记住了这句话，以后发誓学医，无论在战场上观察那腐烂的尸体，还是在医院里收集培养各种病菌，都要极细心地观察记录和思考。今天他发现青霉素实在是理所当然的了。

再说弗莱明发现了青霉素的抗菌作用，欣喜若狂。他又一转念，还不知这菌本身对动物和人体有无毒性。于是他赶快找来一只家兔和一只白鼠，向它们的耳朵上和腹内分别注射了滤液。还好，并无一点儿不良反应。他又在人的血液内混上一点儿青霉素，证明对白血球也无杀伤作用。于是弗莱明便挥笔将这一成果写成一篇短文，发表在1929年9月份的《英国实验病理学》杂志上。当时有人劝他就这项发现去申请制造青霉素的专利，他说："为了我自己和我一家的尊荣富贵，而无形中危害无数人的生命，我不忍心！在我毕业之时就宣过誓，一定要以所学知识救死扶伤。医药界最可怕的莫过于贪，贪名贪利而不舍己救人无异于拿刀杀人！"他毅然将这一发现过程详细公布。

但是，正像许多重大发现一样，科学原理的发现到转化为具体应用，这中间还有许多技术难题。青霉素可以救命治病，但是靠在碟子里培养，实在太少太少了，哪怕治疗一个轻微的伤口也需要几升的滤液。且不说造不出这样大量的药来，就是能造出来，把几升的滤液倾注到人的血管中去，这也是不可能的。人们一时还找不到一种提取出有效成分的好办法，于是这种“神药”在医学界引起一阵小小的兴奋之后，又渐渐被人遗忘了。

岁月整整过了十年，有一个从德国流亡到英国的青年化学家钱恩，他看到了十年前弗莱明发表的那篇文章，于是又开始做提纯实验。到 1940 年冬，他提炼出很少一点儿青霉素，刚够给四只老鼠注射。他先给八只老鼠注射了致死的病菌，再给其中的四只注射青霉素，结果这四只活了下来，那四只立即死去。但是钱恩提纯的药其纯度才只有 0.3%。而且这种方法所需霉菌培养液极多，要提炼出能治一个恶性病人的药，就需要注满一节火车厢的菌液。所以实验还是只能在白鼠身上做，因为一只白鼠的体积只有人体的三千分之一。

到 1941 年，青霉素研究的接力棒又传到了一位澳大利亚人手里，他叫弗洛里，此时正在牛津大学教病理学。弗洛里想方设法在英国一家化工厂的帮助下，提炼出一小匙青霉素药粉，他估计这足够治疗一个病人了。这年冬天，恰巧有人急匆匆地来请他出诊。他登门一看，床上躺着一位 48 岁的警察，头上脸上全是脓疖，全身也已多处溃烂，眼睛肿得已经睁不开，神志不清，离阎罗殿也就只差一步了。弗洛里想别无他法，只有将这一小匙药粉拿出来，或许还可救命。

弗洛里忙吩咐助手将药粉配成生理盐水,架起输液装置，药液一滴滴地渗入病人的血液中。他也顾不得吃饭睡觉，一直守候在病人身旁。24 小时过去了，病情显著好转，脓疖不再恶化，病人竟睁开了眼睛。到第五天，病人已能吃东西。家属和邻居们都高兴地拥进来，他们欢呼弗洛里带来了“神药”，亲人有救了，从此人类再不怕这种病魔了。可是这时弗洛里却急得坐立不安，他的脸涨得通红，额头上滚下豆大的汗珠，大家越是高兴，他就越是手足无措。原来他那一小匙药粉已经用完。眼看着病菌又卷土重来，病人那本已放出光亮的黑眼重又闭上，脸上的脓疖重又鼓起，死神对他只松了一下手，又紧紧地将他拉走了。

病人死了，是在医生的手中眼睁睁地死去的。弗洛里捶胸顿足，他的悲痛还要胜过别人十分。是自己医术不高明吗？不是。是这种新药无效吗？不是。是这种药太少啊，它被发现已经十多年了，可是总迈不出实验室的门，进不了病房。看来做医生的不能只是坐等药，还要推动生产单位去造药。

弗洛里大声疾呼，在伦敦奔走。但是这时正是第二次世界大战的紧张阶段，炮火连天，伦敦尚在生死存亡之时，有谁来投资生产这种新药呢？战争不能正常生产药品，却在大量地产生伤员和病人。弗洛里眼看着一批批伤员、病人在自己面前死去，心如刀割。他知道在国内一时是得不到支持了，转念一想，大西洋彼岸的美国还未经战火灼烧，或许还可生产这种“神药”，于是便带了一名助手，毅然漂洋过海，投奔美国而去。

正是：

眼见病人辗转死，怀抱妙方无人识。

喊天不应地无声，漂洋过海觅相知。

却说弗洛里到了美国之后又少不了一番游说，为救人类于病痛，他受尽了跋涉之苦与唇舌之累。这样几经周折，一天他找到了美国农业部实验室，又力陈新药的好处和商业应用的可能。真是天无绝人之路，这个实验室发酵组的主任也是一位热心人，他立即表示支持，并组织了二十五人的研究组，就请弗洛里指导开始了实验。果然，不久他们用玉米汁培养出霉菌，青霉素的产量一下提高了十倍。

这个可喜的进展对弗洛里是极大的鼓舞，他立即请求军方帮忙。办法很简单，就是飞行员外出执行任务时从各地机场抓一把土带回来。于是，弗洛里的实验台上很快堆满了印度、中国、非洲、南美洲等地的泥土。他就从这些土中分离菌种，青霉素的产量从每立方厘米 2 单位，一下子提高到 40 单位。真是翻过高山见平川，难关一过，顺利的事就接踵而来。一日，弗洛里下班之后在实验室大门外的街上散步，他见路边水果店里西瓜满架，想这几日工作很有进展，何不买几个西瓜慰劳一下同事们，便步入店内。他正要举手点瓜，忽见柜台上有一只挤破的西瓜，有几处瓜皮溃烂，上面长了一层绿色的霉，他对售货员说："就要这一个。"

"先生，那是我们刚选出的坏瓜，正准备扔掉呢。"

"那就请您送给我吧。"

弗洛里捧着这个烂西瓜回到实验室里，他小心地取下一点儿绿霉，培养出菌种。想不到从这里得来的青霉素又从每立方厘米 40 单位猛增到 200 单位。青霉素的产量从此猛增，到 1944 年美国已有 2000 所青霉素仓库。战后，这种曾是极贵重、极神秘的药已经能在药店里随意买到了。而弗莱明、钱恩和弗洛里三人因为这项伟大的功绩同时被授予 1945 年度的诺贝尔生物及医学奖。

还说弗洛里在美国的两年终于将青霉素从实验室推广到

了病房，虽冒着风浪，远渡重洋，但有此收获也算不虚此行。他还一直惦记着在英国的研究工作，大事办完便收拾行装准备回国。这时美国科学研究院的医科主任听说弗洛里要走，便特邀他去叙谈。因为这位主任近几年主要研究医治枪伤、烧伤，实得力于弗洛里的青霉素。两人坐定，主任说道：“大战中我们科学家研究生产了一种最厉害的杀人武器，又研究生产了一种最有效的救命良药。前者是原子弹，后者是青霉素。先生您真可与爱因斯坦媲美了。”

弗洛里说：“这万万不敢，而且青霉素也不是我首先发现的。但作为一个生理和医学工作者，我要大声呼吁，科学除了研究自然现象外，实在也该将注意力对准我们人体自身。这里面还有许多的谜远没有被解开呢！”

到底人们怎样揭开自身的谜，且听下回分解。

第六十八回　严师长声色俱厉教学子
慈老翁语重心长勉后人

——条件反射学说的创立

上回说到弗洛里为了推广一种药，远渡重洋四处奔波。他面对这个烽烟四起、战事不休的世界，发出一声关心世人的长叹。而有一位伟人正是以此为己任，这便是苏联生理学家**巴甫洛夫 (1849—1936 年)**。

巴甫洛夫 1849 年 9 月 27 日生于俄国中部的梁赞城，父亲是一个穷神父，母亲常外出给人家帮佣，家境十分贫寒。兄弟姐妹十人，他是老大。在这样困苦的条件下，他父亲坚持让儿子读书，并告诉他读书最要紧的是认真，一本书要读两遍，努力理解其中的思想内容。巴甫洛夫谨记父训，从小就刻苦认真，肯动脑筋。一次，他随父亲到一个农家去，替一个危重病人做临终祈祷。在回来的路上，小巴甫洛夫想起刚才病人痛苦的样子，便忧伤地问道："爸爸，您救不了她的命吗？"

巴甫洛夫

“这种病是无法治好的，但愿我刚才的祈祷能救她的灵魂。”

从此，他就暗下决心，将来“要弄清人的构造，帮助人们成为健康、聪明、幸福的人”。他先是考进彼得堡大学博物科，学了几年生理。但到大学毕业时，他对自己掌握的这一点知识很不满足，便写信给父亲说：“这个世界上冤死于疾病的人太多了，实在是人类的一大憾事。虽然我明年即可大学毕业，但我现在正跟教授们商量，可否准许我放弃自然科学的学习，转入医学院从头学起。”

母校的医学院嫌他年龄大,不肯录取,他便进了军医学校。他从军医学校毕业时已 34 岁，因成绩优异留校从事研究。一次，他写了一篇论文，发表在新医药杂志上，一位德国生理学权威看到这篇文章后大呼：“真是一位天才！”便托杂志社给他转去一笔路费，请他到德国合作。1889 年，巴甫洛夫已 40 岁，便启程来到柏林。这时，原来曾拒绝他入学的母校医学院方知道他是一匹千里马，于是再三电邀他回国。数年后他又回到彼得堡大学，任实验医药学院生理研究所主任。

巴甫洛夫一生的研究分三个阶段，先是研究血液循环系统和消化系统，后来又研究神经系统。

1904 年，巴甫洛夫因为消化系统的研究成果而获得诺贝尔奖。这年他已 53 岁，就是这一荣誉也足够他享用终生了。但是他突然提出一个小小的题目：“唾液是怎样流出来的？”他的朋友听说这一决定后专门跑来劝他：“你这个老头子不是发疯了吧？以你这位刚获得诺贝尔奖的伟大生理学家，却搞这样司空见惯的实验，只怕不但不能出新成果，还给人家留下笑柄。”

巴甫洛夫微微一笑说：“一片树叶虽小，却要靠树根、树干给它输送养分。难道这一滴唾液不会牵动人的全身吗？而其中的秘密又有谁知呢？”

巴甫洛夫是一个治学极严又雷厉风行的人，他说干就干，立即和助手们布置起一个实验室。他将一条狗捉来，在它的颊部开一个小孔。狗嘴里本有六条唾腺分泌唾液，这个孔只将一条唾腺的唾液引到外面来，有一个专门的仪器来准确地计算唾液的数量。这只狗被关在一间没有声音的房子里，这种手术也不会使它有什么痛苦，因此它可以照常生活、进食、睡觉。当食物在嘴里嚼动时，它就分泌唾液，只不过其中有1/6没有流到胃里，而是流到下巴边的管子里。

这一切布置好后，巴甫洛夫把助手们召集来，他每次做实验前都要向助手和学生讲清原理及操作过程。他的实验室规矩极严，墙上写着“细心观察”几个大字，地上干净得不许有一张纸片。实验一开始，这里的气氛严肃得不亚于一个军事指挥所。这时助手们都穿着白色工作服，聚精会神地听他说话：

“动物怎样支配自己的活动，我们现在还不清楚。有一种观点，说是灵魂在起作用，这就更玄了。以往的生理学家做了许多解剖，也探明不少问题，但他们解剖的是已停止了生命的动物，所以无法观察动物生命的运动。我们现在这套实验，就是让狗既能正常进食，又能观察到它的唾液分泌。”

“老师，吃东西就要分泌唾液，这不是早已观察过多少次的吗？”

“对。但是我们今天不只观察狗吃东西时怎样分泌唾液，还要观察它不吃时能不能分泌，或在怎样条件下分泌。如果能，这就不只是一个吃的问题，而是什么地方指挥狗到时就分泌唾液。就是说，我们是通过狗的唾液来研究一下它的脑子，看看它的神经是怎样活动的。”

啊，原来如此！巴甫洛夫是想举一反三，通过几点唾液来探测神经活动的奥秘。

他们先是一摇响铃铛就开始给狗喂食物，这样重复了几十次后，只要铃铛一响，即使不喂食物，狗也分泌唾液。后来他们又改成电灯一亮就喂食物，接着又换了其他多种信号。但无论哪一种信号，只要重复配合几十次，就都能得到同样的效果。这种信号刺激的准确度实在令人难以置信。就是我们人耳根本不能区别的振动数每秒500次和每秒498次的音，只要与前面一样同时喂食数十次，那么狗也能在听到前一种声音的情况下分泌唾液，而在听到后者时绝不分泌。这就可以理解，为什么一只狗，当我们刚一举起棍子，或突然蹲下做个摸石头的动作时，它就会机灵地逃避。就是说，动物的每一个微小的器官都是由大脑和神经把它们联系在一起，外部世界对动物有什么刺激，神经和大脑就会做出反应，再重复刺激，以后一遇到相同的条件，就立即有相同的反应。巴甫洛夫将这称为“条件反射”。如果没有这种条件反射能力，动物和人将不能生存。不过人和动物又有不同。动物只会根据具体的条件反射，而人还可以根据语言来反射，这叫“第一信号系统”和“第二信号系统”。

1927年，巴甫洛夫公布了他的研究成果，全世界都为之震惊。人被灵魂支配的学说被彻底击垮了。身体的活动是肌肉的运动，意识的精神活动原来也是作为物质的大脑产生的。这是唯物论的一个最好的例证。第二年，1928年，正好是生理学家哈维诞生350周年，巴甫洛夫应邀参加在伦敦举行的纪念活动，各国学者都向他欢呼，称其为“哈维再世”。

各位读者，这“条件反射”作为一个科学的原理是巴甫洛夫第一个发现和提出的，但是我们平时早就在不自觉地运用它了。据说曹操一次带兵打仗，将士行军艰难，正赶上日午，口干舌燥，但附近又无水源。忽然曹操将马鞭一举说：“前面好大一片梅林！”士兵们闻言嘴里不由得分泌出口水。其实并没有什么梅林，但这一条件反射倒真止了一点儿渴。还有一个故事说的是，清朝时有个地主，每当他骑驴出门就让路上的穷人给他弯腰行礼。当时还是孩子的郑板桥气愤不过，忽生一法。他趁地主不在，就用一根柳条儿对那毛驴猛抽，抽几下，对驴行一个礼，然后又抽几下。这样，这头毛驴再驮着地主出门时，一见有人行礼便一惊，把主人摔落在地。如是几次，地主骑驴出门时便再也不敢让人给他行礼了。那曹操和郑板桥各比巴甫洛夫早一千六百多年和一百五十多年，却也能如此熟练地运用条件反射。这是一段闲话。

再说巴甫洛夫所以能发现“条件反射”原理，实得力于他的认真。他是位一丝不苟的学者，平时实验用的狗，他都要亲自喂食。他就是随便写一张便条，别人猛一看还以为是印刷的。他对学生和助手极诚恳，但又要求极严，决不宽恕他们的哪怕是最微小的一点儿疏忽。一天，巴甫洛夫正指导学生做狗的唾液分泌实验，他的助手因为专心听讲，没有记录下唾液腺分泌的两滴唾液。巴甫洛夫讲完话后查看记录本，便一把将本子摔在地上：“见鬼，你刚才干什么去了？你的职责是什么？你要是对这个专业有兴趣，那就请劳你的大驾，从头到尾自己动手，用你自己的手和眼，这是我们的最高原则。如果你连这一点也做不到，又想得到知识，却又不想认真吃苦，那就请走你的路吧！”

这个学生一直被训得满面通红，脖颈流汗。他想这回完了，好不容易进了这个全世界生理学界都瞩目的实验室，可是就要被辞退了。但到了晚上，他却接到一张便条，上面写着：“不要妨碍事业，明天请来做实验。”凡是跟随巴甫洛夫工作过的人，都受过这样严格的训练，所以他的实验室提出的报告，从来都是无懈可击。有整整五十年，人们竟找不出他们的一项数据错误。

各位读者，科学是要发现世界的真实面目。由于自然现象的纷繁复杂，由于我们的知识和观察手段受一定阶段的限制，我们对世界本来面目的认识总有一定的误差。科学的任务就是不断克服这种误差，弄清真相，逼近真理。为此达尔文才甘冒风浪之险，环球五年，去觅物种起源的根据；为此居里夫人才不避烟火，炼镭八年，去寻放射性的踪迹；为此赫歇尔才不惮其苦地观察记录了十万多颗恒星，终于弄清了银河系的结构；为此卢瑟福才不厌其烦地分析了两万五千张基本粒子的照片，终于从六张片子中找到了人工转变元素的根据。人们为对付自然假象的蒙蔽，克服主观与客观间的误差，最有效的武器莫过于“认真”二字，因此在知识学习和科学研究中，最不能原谅的就是“马虎”一词。试想，科学的任务本就是克服主观与客观间的误差，而我们自己在工作中却又制造误差，容忍误差，这岂不是自己欺骗自己？所以一切老实的、希望有作为的科学家，无不把“认真”二字刻在额头上，有了这件法宝，那就无论什么难题也要退避三舍了。

正是：

自然本是一座城，街巷门牌甚分明。

细心辨认都是路，马马虎虎行不通。

巴甫洛夫对工作要求极严，对自己也有极严格的规定。他每天总是上午 9 点开始工作，下午 6 点离开实验室，中间有一个半小时的午餐。到 70 岁后，他的工作时间改为上午 10 点到下午 5 点。他每天来和去都连一分钟也不差。下午 6 点一到就回家吃饭，饭后玩一会儿牌，7 点到 9 点睡觉，绝不会客，家里的电话筒也拿下来。9 点到 11 点会客，吃茶点，11 点后工作到 2 点再睡觉。

巴甫洛夫就这样像一个时钟一样有规律有节奏地工作、研究、休息。1936 年新年刚过，2 月 27 日，他突然病倒，一阵昏迷之后，脉搏跳到每分钟 150 次。他吩咐把神经病理学教授尼琪琴请来，这位老人很安详地说："我研究了一辈子生理，弄懂了一些生理规律，但并不能阻止和改变它。自然规律是不可抗拒的。我知道自己将不久于人世。我唯一挂念的是国家的科学事业，是下一代的青年科学工作者。我已拟好一篇遗嘱，请您再为我读一遍，看还有无需要修改之处。"

尼琪琴教授含泪轻声念道：

我对于我国献身科学的青年的愿望是什么呢？第一点，最重要的是连续性。

我每次谈起这个有效的研究工作的必要条件，不能不感到心情上的激动。连续性，连续性，最后还是连续性！从工作开头起，在知识的积聚上，必须训练自己严格的连续性。

为达到科学的顶峰，你必须先从它的初步着手。当你还没有把前面弄清楚的时候，切不要急于往前进，切不要用大胆的猜度和臆测来掩饰自己知识上的缺陷。肥皂泡的美丽色彩，虽足以使你目眩，但迟早终要破裂，到那时除了怅惘以外，你什么也得不到。

你必须学习涵养和忍耐。在研究科学的时候，决不能怕用苦功——研究事实，对比事实，还要搜集事实。试看鸟的翅膀，如果没有空气的支持，就不能使鸟体飞起来。事实就是科学家的空气。如果没有事实，你们就不能飞起。同样，如果没有事实，你们的理论都是白费的。但是在研究和实验的时候，又不能停留在事实的表面上。不要仅仅做一个事实的保管者，你必须彻底阐明事实根源的秘密，并且还要寻求支配事实的规律。

第二点，是虚心。

你绝对不要以为你自己已经知道了一切。无论人家怎样器重你，你时时要有自认为无知识的勇气，切不要使骄傲占有了你。因为如果这样，当你应该同意的时候，你就要执拗了，你将要拒绝别人的忠告和友谊的帮助，并且你将失掉你的客观见解。

在我指导的集体里面，一切都靠着合作气氛的支持。我们大家都趋向一个目标，每个人尽自己的能力来推动这共同的事业。在我们中间往往难于分出哪些是你的工作，哪些是我的。但这样的做法，对于我们共同的工作是只有益处没有害处的。

第三点，是热情。

你应记着，科学是需要我们终身努力的。假定你有两倍的寿命，仍旧是不够用的。科学是需要人们最大的努力和热情的。当你工作和研究的时候，必须具有强烈的热情！

尼琪琴读罢这位先辈诚挚的嘱托，泪珠早已挂在腮边，周围的人也都沉默不语。在场的有许多学生和助手，过去不知挨过这位老人的多少次训斥，他们多么希望再跟随他做一次实验，再听听他那严厉的声音。但是，不可能了。老人现在声音已很微弱，而且变得格外慈祥。他听罢遗嘱，平静地说道："好，就照这个样子发表吧。我还有两句话要说。一是自从我生病以来，我就在把自己作为研究对象，也整理了几篇论文，你们可以拿去作资料，这是一个病人兼医生的第一手材料，或许有参考价值。这次昏迷之后，我自己觉得我的脑子肿胀，脑壁加厚了。我对照顾我的住院医生说过，他们不信。尼琪琴先生，您是搞神经病理学的，我死后请您负责对我做病理解剖，验证一下我的判断。还有一件事，我在病中想到，我所以能活到85岁，身体一直健康，大概有三个原因：一是我从不沾烟酒，二是我一生的生活极有规律，三是我父母的身体很好，可能有遗传因素。这些都供你们探讨怎样让人们活得更健康、长寿时参考。特别是遗传问题，还是一个很大的谜，值得我们搞生物、生理的科学家多下点儿工夫。"

老人越说声音越小，他为生理科学奋斗了一生，但还是觉得有许多事未干完，想尽量将自己的身体和自己的经验全都贡献出来，在场的人只有含泪点头，他们这一群医学、生理学专家恨自己没有回天之力，不能再挽留自己敬爱的师长，在人世上多停一刻。

巴甫洛夫平静地说完这许多话后，便闭上双眼。他可以安息了，他为人类的健康幸福，已经付出了足够的劳动。

到底巴甫洛夫留下的话别人怎样去实现,且听下回分解。

第六十九回　黄豌豆绿豌豆　孟德尔详察父和子
红果蝇白果蝇　摩尔根细究雌与雄

——遗传学说的创立

上回说到巴甫洛夫临终时提到遗传问题。欲说清此事，我们还得先退回半个世纪，从遗传学的奠基人**孟德尔**(1822—1884 年)讲起。

凡一个伟人，在其成名之后，总可以从他成长的过程中寻找到一点儿成功的因素。若也用这个道理来分析孟德尔的少年时代，那么可用两个字来概括，一是“美”，二是“苦”。

孟德尔出生于奥地利一个叫海因申多夫的乡村，这里的森林被野草、鲜花遮径，气候湿润温和，有“多瑙河之花”的美名。孟德尔的父亲在家乡务农，也很留心于园艺。孟德尔从小就受到这样一个极美的自然环境的熏陶，对植物的生长、开花极感兴趣。他经常想：为什么不同的植物会开不同的花，结不同的果？而海因申多夫庄园的女主人瓦德堡伯爵夫人也是一个热心科学事业的人，她坚持在本地学校中增加

孟德尔

了一门自然课，这对孟德尔实在是一大幸事。

但是，孟德尔在这样美的自然环境里却过着很清苦的生活。他小学毕业后进了附近的中学，父母供不起他的一日三餐，他半饥半饱地读了六年，虽勉强毕业，身体却大伤元气，经常闹病。虽然他在学校成绩极好，人又聪明，但是他明白，家里是无论如何再供不起他上大学了。恰在这时父亲在一次砍树时被砸伤，再无力气种地，便索性将地卖掉，将钱分给孟德尔和他的姐姐泰妮莎。泰妮莎的这份钱是准备做嫁妆的，但是她看到弟弟聪明好学，便说：“不要因为缺钱耽误了你的前程，你把我这份钱拿去读书吧。”孟德尔就靠着这点儿钱，又半饥半饱地读了四年大学。正像在小学阶段多亏有一个热爱自然的伯爵夫人一样，在大学里孟德尔又遇见一个好的数学老师——富克思博士。这一时期打下的数学基础，竟是他以后在生物学上有所发现的关键。

大学毕业时，吃尽了生活之苦的孟德尔决心要找一个再不为糊口而操心的行业，以便能安心做学问。他去请教老师，老师说："要是这样的话，你最好去当修士。"于是，1843年10月9日，孟德尔进了设在鄂尔特伯伦的修道院。说来也巧，在孟德尔来这里之前，修道院里就有一位叫萨勒的神父极喜好植物。他主持在院里开辟了一个很大的植物园，花草树木一片葱茏，就和孟德尔小时候所在的庄园一般可爱。但是这萨勒有一样坏毛病，就是极爱喝酒，常常在镇上酒店里深夜不归。院长觉得这有损修道院的名声，便在一天晚上等在院门口，见他摇摇晃晃地走来，便大喝一声："好大胆的萨勒，你这副样子还配做一名神父吗？"这萨勒还沉迷在酒后的心荡神摇之中，一听这话，便向院长鞠了一躬说："主啊，我是不配进你这个门了！"说罢竟扬长而去，再不归来。他这一去不归，倒给孟德尔留下了一个园子，留下一块好的实验基地。

各位读者，关于遗传问题在孟德尔之前早有许多生物学家众说纷纭，各抒己见了，但是都没有实验根据，许多国家的科学院还专门为此特设悬赏奖金。到孟德尔着手这一问题时，达尔文已就物种起源做了较透彻的研究，但是他未能回答生物进化中遗传与变异的具体根据。于是，孟德尔就决心站在达尔文的肩膀上，开始更上一层楼。

现在孟德尔有了修道院这个“铁饭碗”，再不用为吃穿发愁，又有了萨勒留下的一座好园子，万事俱备，就只等他一展抱负了。

他仔细分析了前辈们的工作，发现他们一是没有抽出生物的主要性状来研究，许多现象混杂在一起，很难分清遗传的脉络；二是大多局限于个体观察。这样偶然性很大，差异很大，难以概括出规律。于是，孟德尔就选了豌豆来做他的实验材料，因为这种植物是自花授粉，不怕外界的干扰。他在窗后园子里专辟了一块地，从种子商人那里收集了三十二个品系的豌豆，仔细种植、提纯，最后选出二十二种。各位读者，你道这二十二种豌豆是什么样子？其他次要的特征不说，你只要往地里一站，就能看出：它们有七对正好对应又截然不同的性状，这就是种子有圆有皱，叶子有黄有绿，种皮有灰有白，豆荚有饱有瘪，荚皮有绿有黄，花位有腋生顶生，茎秆有高有低。虽说是豌豆长在地里，可是倒像摆在商店里的货色一样，这般齐全又这般巧合。说来容易，要知孟德尔为选出这些性状明显的品种已经整整费了七年心血，寒来暑往，其间辛苦自不必说了。但是，这才只是准备好了实验材料。

现在孟德尔认为品种已经很纯，实验可以开始了。于是他就按照对应品种一一杂交，抛开其他特征，先观察最主要的性状，看它们的杂交一代 (F1) 与父母到底有什么不同。谁知这新长出来的子一代，只清一色地继承了父母之中一方的特性，比如高株和矮株杂交，所得全是高株；灰色和白色杂交，所得全是灰色。孟德尔把高、灰等这类保留下来的特征叫作“显性”，矮、白等叫作“隐性”，这些性状被隐去了。但是他没有灰心，第二年又用上年得到的杂交子一代 (F1) 进行自交 (F1 × F1)，所得的种子再播种，产生子二代 (F2)。这一下奇怪的现象又出现了，和子一代的清一色不同，子二代不但有显性性状，而且曾经消失了的隐性性状又出现了。孟德尔一口气又种了 278 个杂交组合，授粉之后他给豌豆套上布袋，小心地观察记录。这样又经过几年的种了收，收了种，从花色上杂交对比，从种子上杂交对比，等等，翻来覆去地排列组合。现在他那间修士住的小屋里除了《圣经》之外，架子上已堆满了许多小布口袋，里面鼓鼓囊囊全是豌豆，上面还标着 F1、F2，高、矮，黄、绿等只有他自己才能看懂的字和符号。

1865年，新年刚过，这天孟德尔又坐在桌子旁。他将《圣经》推到一边，顺手拾起一个种子口袋，沉甸甸的，心头一阵欢喜，忽然想起自己和这些圆滚滚的小家伙打交道不觉已有十年。再看看架子上那些小布袋，还有那厚厚的一本本观察记录，觉得资料已经不少，也该分析整理一下了。

各位读者，我们前面说过孟德尔在上大学时曾得到一位数学教授的指导，所以他与别的搞生物的人不同，除了勤于观察之外，还特别留心数据的对比分析。现在他将记录本搬开，将十年所得的数据抄在一张纸上，翻来倒去地演算。不一会儿他就列出这样一张表来：

种子的形状	5 474(圆)	1 850(皱)	2.96:1
子叶的颜色	6 022(黄)	2 001(绿)	3.01:1
种皮的颜色	705(灰)	224(白)	3.15:1
豆荚的形状	882(膨大)	299(皱缩)	2.95:1
未熟豆荚的颜色	428(绿)	152(黄)	2.82:1
花的位置	651(叶腋)	207(顶端)	3.14:1
茎的高度	787(高)	277(矮)	2.84:1

孟德尔仔细分析了表的最后一列，发现不管前面两列数

字多么不同，但在这一列中比例却都近似于3 ∶ 1，他不觉高兴地大喊一声：“秘密原来在这里！”从这些数字中孟德尔看到隐性性状并没有消失，它还是传下来了。他假设，每个生物细胞中都有控制性状的因子(我们今天叫“基因”)，因子在细胞中是成对的，到了受精时，精子与卵子就各带一个因子,又结合成一对新的因子。这就是生物遗传的分离定律，即遗传学第一定律。

这就可以清楚地说明，在子一代时，隐性因子与显性因子结合，它被掩盖，所以全表现为显性(如高茎、深色)。但是掩盖并不一定消失，到子二代时，就可能出现纯显性因子结合、显隐性因子结合及纯隐性因子结合三种情况，它在比例上是1 ∶ 2 ∶ 1，但显、隐结合时外表仍是显性，所以显、隐的总比例就是3 ∶ 1。再往下繁殖一代时，显、隐结合的那一部分(即“2”)又可分成1 ∶ 2 ∶ 1，这样显性、隐性的遗传就会准确无误地永远传下去。这就说明，为什么高个子的父亲和矮个子的母亲所生的孩子，不一定都是他们的平均高度。否则，全世界的人早就是一样的高了。

一对性状杂交的子二代是3 ∶ 1，要是两对性状呢？比如黄色圆形种子和绿色皱皮种子，它们的子二代是什么样子呢？这就有四种情况：黄色圆形、黄色皱皮、绿色圆形、绿色皱皮，比例为9 ：3 ：3 ：1，纯显、隐性遗传是32 ：12，要是三对性状呢，正好是33 ：13。以此类推。就是说，这些性状都会参加组合，进行遗传。这样孟德尔又得出一条自由组合定律，即“遗传学第二定律”。

各位读者，故事说到这里，您也许会想起这套书第二十三回曾讲到一个人，他的研究方法与孟德尔多么相似，那就是开普勒。他也是将多年测得的行星运行数据这样列表推算，从最后两列中发现了其中的规律，从而确立了开普勒定律。这说明，科学研究除了观察、实验之外还要善于运用数学统计分析。许多规律和发现不是直接用眼看见、手摸着的，而是用笔、用计算机算出来的。读者诸君中也许有正在中学读书就学的，千万不能看轻了数学的学习，现在看来枯燥的数字、字母，将来都是治学的得力武器，请大家记住马克思的这句名言：“一种科学只有成功地运用数学时，才算达到了真正完善的地步。”

再说孟德尔发现了遗传规律后，1865 年正好在布隆城召开一个奥地利自然科学会议，他就兴冲冲地到会宣布了这一成果，但是台下的人没有一人能听懂他在说什么。第二年，他又写了一篇论文，公开发表，还把这论文分送到欧洲的一百二十个图书馆里去，但是谁也没有注意这篇文章。孟德尔还是在园子里安静地摆弄那些花草、蜜蜂，他对自己的朋友尼斯尔说："让那些论文先睡上几十年觉吧，我相信，承认我的一天终将到来。"

没有人理睬孟德尔的论文，倒不是大家有什么偏见，而是因为他超越时代实在太远了。"超前性"是任何伟大理论的共同特点。麦克斯韦 1864 年发表电磁理论，1888 年赫兹才证实电磁波的存在，他超前了二十四年；门捷列夫 1869 年发表元素周期律，1875 年布瓦博德朗发现镓，才证实了周期律，他超前了六年；爱因斯坦 1905 年提出质能互变 $E=mc^2$，1945 年第一颗原子弹爆炸，他超前了四十年，当孟德尔在 1866 年发表遗传定律时，他奇怪为什么没有人响应，他不知道，他的理论比实践超前了三十四年。只有等人们对微观细胞有了进一步的研究后，才可能验证他的理论。

果然，这一天来到了。1900 年春天，荷兰的德弗里斯、德国的柯伦斯和奥地利的丘歇马克，都各自独立地通过实验得出如我们叙述过的那种遗传规律的结论。但当他们在发表论文前查阅文献资料时，又都同时发现孟德尔早已有言在先。孟德尔的论文在图书馆里被尘土封埋了三十四年后，又这样戏剧性地被重新发现了。

孟德尔理论的重新被重视，还得感谢细胞学说的进步。

原来 1879 年德国生物学家弗莱明发现了一种办法，用碱性染料可以把细胞核内的微粒状物质染成黄色，而且再不会褪色。有了这个标记，观察起来就十分方便了。弗莱明发现这些微粒先变成丝状，这细丝再断裂成数目相同的两半，一个细胞就变成了两个，细胞原来是这样分裂的。1880 年，德国生物学家就把这种能染上色的微粒叫作“染色体”，就是我们现在常说的这个名词。1900 年，孟德尔学说重新发现不久，过了四年，美国细胞学家萨顿突然想到，孟德尔说遗传因子成双成对，我们细胞学界说染色体成对成双，这两个怕就是一回事吧？渐渐地遗传规律就要到细胞内部来寻找根据了。

这时，在美国有一个生物学家叫**摩尔根（1866—1945 年）**，他有间奇怪的实验室，里面只有几张旧桌子和几千只瓶子，就靠这些瓶子，他培养了几万只果蝇。这东西繁殖率高，生活史短，便于观察。摩尔根本是不相信孟德尔学说的，但是 1910 年的一天，他偶然发现许多红眼果蝇中出现了一只白眼果蝇，他出于好奇，便想：“我何不也做一次杂交试验。”他让红白果蝇杂交，结果，子一代全是红眼，显然红对白来说表现为显性，正合孟德尔的豌豆试验。他不觉暗吃一惊。他又使子二代交配，子二代中的红白比例正好是 3 ∶ 1，这下摩尔根对孟德尔佩服得五体投地了。

摩尔根决心沿着这条线索追下去，看看动物是怎样遗传的。他进一步观察，发现子二代的白眼蝇全是雄性。这说明性状(白)和性别(雄)的因子是“连锁”在一起的。而细胞分裂时，染色体先由一变二，可见能够遗传性状、性别的基因就在染色体上，通过细胞分裂一代代地传了下去，染色体就是基因的载体。摩尔根和他的学生真的还推算出了各种基因在染色体上的位置，并画出了一张果蝇的染色体位置图。

摩尔根的染色体理论成功地解释了性别遗传。原来，性细胞，即精子和卵子，除可先一分为二，变成成倍的新细胞外，它还可以“减数分裂”。就是本来细胞中含有 46 个染色体，结果分裂后只剩 23 个。这样一个精子和一个卵子结合，又成为一个有 46 个染色体的新细胞了，这就是新的生命。男女双方的 23 个染色体有 22 个是普通染色体，只有一个是决定性别的。这一个在女性一方都是 X 染色体，在男性一方则有可能是 X 也可能是 Y。精子与卵子结合时，如果双方都含 X 染色体，则生女孩，如果 X 卵子碰到一个 Y 精子则生男孩。这个谜到摩尔根这里才终于揭破了，也因此他终于创立了著名的基因学说，并获得了 1933 年的诺贝尔生理学及医学奖。

各位读者，遗传学的规律自孟德尔到摩尔根，其间过了四十多年才逐渐摸清。先是由孟德尔提出一个遗传因子的假说，然后由后人一步步验证，再提出新的假说，再验证，科学就这样向前发展了。恩格斯有一段话专门谈这种研究方法，他说：“只要自然科学在思维着，它的发展形式就是假说。一个新的事实被观察到了，它使得过去用来说明和它同类的事实的方式不中用了。从这一瞬间，就需要新的说明方式了——它最初仅仅以有限数量的事实和观察为基础。进一步的观察材料会使这些假说纯化，取消一些，修正一些，直到最后纯粹地构成定律。如果要等待构成定律的材料纯化起来，那么这就是在此以前要把运用思维的研究停下来，而定律也就永远不会出现。”

遗传是由基因决定的，那么基因又是由什么构成的呢？生物学还有待向更微观的领域开拓。孟德尔的假说被证实了，摩尔根接着又向后人提出一个假说，他在自己的名著《基因论》的末尾说道：“我仍然很难放弃这个可爱的假设：就是基因之所以稳定，是因为它代表着一个有机的化学实体。”

这个假设是否能够成立，且听下回分解。

第七十回　破密码遗传谜底终揭晓
大融合科学深处无疆界

——生命科学的发展

上回说到摩尔根在他的《基因论》一书的末尾，预言了基因是化学实体的假设。但是摩尔根总是念念不忘他的老本行——胚胎发育学，他做此预言之后就离开对细胞遗传学的研究而重操旧业去了。

这科学的研究总是从现象到本质，从宏观到微观，就如那物理从牛顿探讨天体运行，直到卢瑟福打碎原子。这生物学自从达尔文创立进化论，孟德尔、摩尔根发现遗传规律之后，又渐渐追根到细胞内，进而又研究细胞核的结构。就如物理学进入核物理阶段一样，生物学也进到了一个新阶段——分子生物学，它要对生物细胞的分子结构进行探索，从而来破解基因之谜。

其实在摩尔根之前就有人在做这样的探索，不过当时未能引起人们的注意。1869 年，瑞典人米歇尔发现细胞核主要由含磷物质构成，二十年后人们发现这种物质是强酸，便称之为“核酸”。德国人科赛尔将核酸水解，又发现它含有三种成分：核糖、磷酸和有机碱；而有机碱又含有四种成分：胸腺嘧啶(T)、胞嘧啶(C)、腺嘌呤(A)、鸟嘌呤(G)。这名字有点儿别扭，我们只要记住那四个字母就行，下面还会有用。这细胞核真像一个竹笋，到此为止已被剥掉好几层皮了。但是，科赛尔的学生美国化学家莱文接过竹笋又剥了一层，他发现核酸里的糖比普通糖少一个碳原子，就叫它“核糖”；他又发现有些核糖少一个氧原子，就命名为“脱氧核糖”。这样，核酸就有了两种：核糖核酸(RNA)和脱氧核糖核酸(DNA)。好，现在笋皮已经剥光，下一步且看摩尔根的继承者怎样在这个DNA上做文章。

科学发展到20世纪，和19世纪以前相比，其研究方式已有了明显的不同。一是，一个课题很难由本学科单独完成，出现了多学科交叉。比如原子核的裂变便需要许多费米、哈恩一流的物理学家、化学家共同参与才能发现。二是，一个难题由一个科学家单独解决越来越不可能，需要有庞大的实验室、研究中心，要有许多科学家的通力协作才能完成。这个DNA就在这样的时刻被托到解剖台上，而首先举起解剖刀的却是几个物理学家。

20世纪30年代中期，正是玻尔领导的哥本哈根学派在与爱因斯坦大论战，他们新创立的量子力学正蓬勃向上。这批物理学家不满足于只用物理现象来解释自己的理论，探索的触角又向生物学伸来。

话说1932年夏天，哥本哈根正在召开一个国际光疗会议。作为物理学家的玻尔不怕人说班门弄斧，竟在到会各国医学家、生物学家面前做了一个《光与生命》的演讲。他别出机杼，没有就生物论生物，而是从量子力学出发，大谈物理与生物的互补原理，使在场的许多专家听得茅塞顿开，有如久坐密室忽然打开窗户，吹进一股清新的凉风。单说这时在台下有一位叫**德尔布吕克（1906—1981年）**的青年。他虽然才26岁，但已是一位原子物理学家。德尔布吕克本是德国人，曾就读于著名的哥廷根大学，这时正在丹麦玻尔的实验室里工作。当时他听了玻尔的讲话，忽然觉得和物理学相比，生物学的微观世界还远没有被人涉足，而物理学的一些研究方法和原理正可以用于这门新学科。生理现象比物理现象复杂，这原因就是它是生命的体现，而生命之谜正在遗传这一点，这是一个多么诱人的题目。于是，德尔布吕克暗下决心，改弦更张，由物理学转入生物学研究。

这次大会不久，欧洲大陆战云密布，科学家们纷纷避难美国。前面我们说到玻尔也去美国参加研究原子弹了，他的学生德尔布吕克也到了美国，但是他并没有参加曼哈顿工程，而是一头扎到摩尔根的研究基地——加利福尼亚理工学院。这时他看到实验室里在使用一种“噬菌体”做细菌和病毒研究的材料。这噬菌体是一种病毒，它的结构简单得出奇。它有一个六角形的头，头部中心含有 DNA，头部后面拖着一条尾巴，尾巴梢上又有 6 根尾丝。当噬菌体感染细菌时，先用 6 根尾丝牢牢地黏附在细菌壁上，这时它的尾部放出一种酶，把细菌的细胞壁溶解开一个洞，然后就可钻入。噬菌体与其他生物的细胞染色体的基因有一样的物理、化学属性，但是它又极简单，就是一层蛋白质外壳包了一组基因，而且它繁殖得很快，侵入大肠杆菌内后，只要 20 分钟就可繁殖数百个后代。德尔布吕克见到这东西心中不觉一喜。选择最简单而又典型的对象来研究，不是物理学中常用的方法吗？要研究自由落体规律，就用一枚石子；要研究原子结构就先从只有一个质子、一个电子的氢原子入手；现在要研究基因，何不就从这个噬菌体身上突破呢？

噬菌体头部含有 DNA，其他部分都是蛋白质，现在的问题是要区分它进入大肠杆菌后是靠哪一部分遗传繁殖的。好个搞原子物理的德尔布吕克，他立即从物理学的武库里借来了放射性同位素标记法，和生物学家赫尔希等人设计了一个

1945 年薛定谔（左）在都柏林

极妙的试验。

原来 DNA 中只存在磷，不存在硫，而蛋白质中大多是硫，只有极少的磷。于是他们用放射性磷 (32P) 和放射性硫 (35S) 来分别给 DNA 和蛋白质做了记号，然后用做了记号的噬菌体去感染大肠杆菌。带有放射性的噬菌体就像背了一个发报机一样，人们随时可以接收到它发回的信号，掌握其行踪。果然，这一着很灵。他们发现，当噬菌体侵入细菌内部时是将身体外壳留在细胞壁外，而将 DNA 渗入细胞内，这通过记录到的 32P 和 35S 就可以分得一清二楚，确实是只有 DNA 进入大肠杆菌内。但是 20 分钟后生成的噬菌体仍和原来一模一样，这就再清楚不过地证明只有 DNA 才是真正的遗传物质，执行遗传任务的并不是蛋白质。德尔布吕克因这项发现而获得 1969 年的诺贝尔医学和生理学奖。他半路出家，善借他山之石，终于有了殊勋，被后人尊称为“分子生物学之父”。

DNA 就是遗传物质，那么它是一个什么样的结构，怎样实现遗传的呢？这个生物学中的大难题却又是一个物理学家首先来做答案。读者还记得，1900 年这个年头发生了两件事，一是孟德尔遗传学说被重新发现，二是普朗克创立能量子概念。想不到四十多年后这两条各不相干的河却流到了一起。1944 年，量子力学家**薛定谔**（1887—1961 年）写了一本研究生物学的书《生命是什么》。他指出，遗传物质可能是由基本粒子连接起来的非周期结晶。它就像电报中的电码，通过“·”和“—”组合成一种密码，这种生命的密码被复制，传给后代，这就是遗传。真是无独有偶，薛定谔这本书和玻尔的那篇演讲同样出手不凡，很快成为名著广为流传。

在为这本书所激动的许多读者中，有一位青年物理学家叫**克里克**（1916—2004 年），他本毕业于伦敦大学，曾专攻物理，但看到薛定谔的书后就如德尔布吕克一样决心转攻生物，便来到剑桥的卡文迪许实验室。这时克里克又遇到了从美国来的**华特生**（1928—　），他本是学动物学的，也是受到薛定谔那本小册子的影响来探索遗传之谜。于是，两人合兵一处，开始探求 DNA 的结构。

话说当时一起向DNA这个神秘王国进军的共有三支人马:

这第一支人马是伦敦大学威尔金斯领导的一个小组。他也是用物理办法，请X射线来帮忙。因为DNA是生物高分子，普通光学显微镜根本看不到它的结构。X射线波长很短，穿过DNA分子时，射线打在分子的不同位置，造成在一些方向上加强，在另一些方向上减弱，这叫“衍射”。分析这种衍射图样，就可以确定原子间的距离和排列，这样就可以弄清它的分子结构。威尔金斯就用这种办法拍到了一张DNA晶体结构的照片，这上面是一片云状的圈圈点点，他不敢立即下结论，只猜想DNA的结构大概是螺旋形的。

这第二支人马是美国的结构化学权威**鲍林**(1901—1994年)领导的小组。1951年夏天，他先用X射线探测蛋白质的结构，顺利地得出阿尔法螺旋模型，眼看离探清DNA的结构也只有一步之遥了。

这第三支人马就是半路出家的华特生和克里克了。论实验条件是威尔金斯实验室最好，论知识底子是鲍林最雄厚，但是论年龄却是华特生和克里克最年轻，思想也最少保守。

却说这两个年轻人日夜苦干，决心打破这三军鼎立的局面，首先夺魁。也是该他们得胜，机会终于到来。1951年5月，华特生在一个科学会议上遇见了威尔金斯，威尔金斯身边正带着几张 DNA 的 X 光衍射照片。华特生惊喜异常，立即要了一张。威尔金斯倒不保守，向他诚恳地谈了自己的猜想。

再说华特生得了这张照片，回到卡文迪许实验室立即喊克里克快来，两人伏在案头好一阵切磋。DNA 的结构是螺旋形，看来确定无疑了。这时，华特生拿起一个放大镜仔细扫视图画，突然他把目光停在一个十字状的地方说道："这地方有个交叉，我看这种螺旋很可能是双层的，就像一个扶梯，旋转而上，两边各有一个扶手。"

"对，很有道理。根据我们掌握的资料，威尔金斯小组的弗兰克林也认为它是一种双链同轴排列，现在看来这个问题就只差一层窗户纸没有捅破了。到底在这个双螺旋体里 T、C、A、G 这四种物质怎样组合排列，弄清这个也就弄清了 DNA 的模型。"克里克也感到很兴奋。

"看来我们现在的主攻方向就是要立即制出一个 DNA 模型，有了这个模型才能说清遗传机理。"

他们找来金属绞合线，又参考了弗兰克林测得的数据，两人在实验室的车间里做成又拆掉，拆了又重做，这样连续十几个月，总是找不到一个理想的模式。这天他们正在实验室里累得汗流满面，突然助手推门进来说："有了一个新方案。"

“什么方案？”

“鲍林已经宣布，他完成了 DNA 模型，是三股螺旋！”

这个消息可是非同小可，就是说在这场竞赛中，对手已经超过他们冲到了终点。刚才还是一种迷惘的烦恼，现在更是加了一种失败的沮丧。克里克一屁股坐在椅子上，顺手将那些乱七八糟的木棒、线头推到一旁。华特生痴呆呆地站在那里，半天自语道：“三螺旋，这不大可能吧？”

事实上他们是虚惊一场，没有多久各实验室都证明三股螺旋的模型并不能解释 DNA 的结构。

华特生和克里克经这场虚惊之后对自己的想法更有了把握，更加紧了制作，卡文迪许实验室的车间也为他们帮了大忙。1953 年元旦刚过，华特生和克里克就制出了一个新模型，在两股糖与磷酸的螺旋链之间，夹着一一相同的碱基。A 基与 A 基相对，T 基与 T 基相对。这种模型倒是符合已知的资料，但是构形别扭，因碱基分子大小不同，使两条外骨架发生了扭曲。

华特生坐在桌旁，对着这个奇怪的模型陷入沉思。他想神秘的 DNA 应该是有一种和谐的、美的结构，绝不应该这样歪歪扭扭，他这样想了一会儿便把碱基拆下来重新换了个位置，大小搭配，让 A 和 T 配对、G 和 C 配对。这样一来，面前的模型真如一条凌空翻舞的彩绸，那样舒展自如，那样轻松和谐，而且又符合前不久关于DNA结构的另一项发现：A、T两基的数目与G、C两基的数目都正好相等，DNA结构之谜从此解开了。

读者也许要问，物质的客观形状与人主观的美感有什么关系，那华特生何以从美学角度出发倒找到了问题的根本？原来自然中的生物常常是以一种美的、合理的结构存在。你看树叶上对称的叶脉，飞鸟对称的双翅，还有蜜蜂为自己建造的都是标准的六角形小格的蜂房，就是高明的建筑师见了也叹为观止。所以这美感绝不独为艺术家所有，它又常常是科学家的一种素质。人们靠感觉感知的，最悦目、悦耳、最舒服的东西才是美的。客观存在的最合理、最科学、最实用、最理想的东西也是美的，无论从满足人的主观感觉，还是满足客观世界的科学结构，美都是一个终极目标，就像自然科学和社会科学都能在哲学上相会合一样。作者甚至想象，也许有一天，就像人们解剖基本粒子、解剖细胞核一样，能解剖到“美”的物质根据。

再说华特生和克里克得到这个美的、合理的模型，喜不自禁，便立即写成一篇论文，发表在1953年4月的英国《自然》杂志上。他们在给编辑部的信中说：“这确是个奇特的模型。不过既然DNA是个不寻常的物质，我们也就敢作不寻常之想了。”的确，在这三支力量的竞争中，华特生和克里克资历最浅而首先夺魁，正得力于他们敢大胆想象，不循常规。后来，直到 1974 年，鲍林还遗憾地说：“我深知核酸内含有嘌呤和嘧啶，但为什么就没有想到给它们配对呢？我总在探讨三螺旋，就是没有去试一下双螺旋。哎，那些极简单的概念，有时竟是这样难以捉摸。”华特生他们的论文只千把来字，但是它足可以与达尔文的《物种起源》相媲美，它开创了分子生物学的新时代。华特生、克里克和威尔金斯因此共同获得 1962 年诺贝尔医学和生理学奖。

按照华特生的模型，遗传信息怎样传递呢？在这条双螺旋中两股糖和磷酸组成梯子的两侧 A—T，C—G 连成梯子的横杠。在一个人体细胞中，DNA 梯子全长约有 1 米，所包含的横杠就有 60 亿条之多。一个人的基因，它可能是梯子的一段，约有 2000 条横杠。

当细胞繁殖的时候，这条双螺旋就从中间分开，犹如拉链一样从中间分成两半。这时每一个碱基对都拆开了，但是这剩下的一半在浮游于细胞核内的分子中很快就找到了新的伴侣。A 又与新的 T 结合，G 又与新的 C 结合，这样就形成两个与原来的 DNA 一模一样的复制品，这就是生命的遗传。如果 DNA 在复制过程中出一点儿意外，就会造成物种的突变。

DNA 上怎样携带大量的遗传基因呢？这正是薛定谔假设的密电码。构成 DNA 的四种核苷酸，每次取出三个构成一组，这样排列组合，便有了足够多的遗传基因。20 世纪 60 年代末，用电子显微镜拍摄到的放大了 730 万倍的 DNA 照片已经证实了这一点，而科学家的下一个目标就是破译这些密码了。

各位读者，人类认识世界是为了改造世界。正如认识了原子核的结构就要设法让它释放能量一样，现在既然知道了遗传密码就要让生物按照人的意志来遗传和变异了，这便是生物遗传工程。1973 年，美国科学家第一次实现了按人的意志来制造新的生物。他们将大肠杆菌的一个带抗四环素和一个带抗链霉素的遗传信息的基因重新组合，又放回大肠杆菌中复制，结果新的菌就同时既抗四环素又抗链霉素。

别看这个极小的实验，它的意义如同费米当年发现核裂变就可引来以后的原子弹爆炸一样，预示着人类在生命领域也将要大显身手了。比如脑激素是治疗糖尿病的良药，但是过去要从牲畜脑浆中提取，10 万只羊脑才能提取到 1 毫克，何等昂贵。1977 年人们已经能人工合成脑激素遗传基因，让那个繁殖很快的大肠杆菌按照这个基因去复制脑激素，它果然顺利完成了任务。提取 1 毫克脑激素，只需要 2 升大肠杆菌培养液，从此就不用那么多羊脑了，成本大大降低。

在农业方面，作物需要大量的氮，因此全世界每年要生产四千多万吨氮肥。人们早就发现豆科植物可以自己依靠土壤中的根瘤菌来吸收空气中的氮，如果我们能将这种遗传密码也送到小麦、水稻等作物中去，那么全世界的氮肥厂就都可以关门了。

随着人们解开遗传之谜和生命科学的发展，在不远的将来，人类将可以按自己的意志来制造新的生物，将可以通过修复和调节基因来治疗疾病，改造生命自身。试想，当人类对大自然还不甚了解时，曾是怎样的盲目、被动，是怎样地受着自然的嘲弄。但是随着自然之谜的揭开，一天一天，人类终于成了自然的主人。当人类对自己的生命还不甚了解时，也曾是怎样地受着疾病的折磨和嘲弄。现在，随着生命之谜的揭开，人对自身的认识便出现了一个飞跃，其意义绝不亚于当初哥白尼认识宇宙。从此，人类不但能改造世界，还能改造自己的生命，科学将使他们在宇宙间获得最充分的自由。

第七十一回　究方法写书人试谈相似论
论精神有志者不屈事竟成

——结束语

尊敬的读者，本书到这一回就要结束了。当我们合书默想之时，会发现一个问题，就是科学家费尽心机所探索到的自然现象，原来如此相似。你看那伽利略望远镜里的月亮和地球多么相似；牛顿眼里的月亮和苹果多么相似；卢瑟福发现的小小原子结构和哥白尼发现的庞大的太阳系结构多么相似；摩尔根发现的果蝇的遗传和孟德尔发现的豌豆的遗传多么相似，甚至高级的人的基因结构和那最简单的噬菌体病毒的基因结构多么相似；普朗克发现的能量的分束急跳和祖冲之发现的圆周可以看成正多边形的无数个边多么相似；电场和磁场多么相似；电波和光波多么相似；贝克勒尔发现的天然放射性和伦琴发现的阴极射线多么相似；德布罗意发现的物质波和光波多么相似；达尔文和华莱士远隔万里之外，分别发现的生物进化现象多么相似；戴维发现的钾与钠的化学特性多么相似；拉姆赛等发现的氦、氖、氩、氪、氙等惰性元素多么相似；还有焦耳发现的电流生热和摩擦生热之间的相似，法拉第发现磁变电和电变磁之间的相似，甚至我们乍一看来毫无关系的人血液中血红素与树叶里的叶绿素，其化学结构也很相似。

真是大至宇宙，小至原子，从动物到植物，从人到细菌，好一个相似的世界！

这到底是为什么呢？辩证唯物主义告诉我们，外部世界是客观存在的，是互相联系发展的。别的不谈，我们只说这“联系”的一种重要形式就是相似（当然还有对立、变异等形式的联系）。

原来客观世界不管它多么复杂都可以分解成一定的层次，每一层次又都有一定的单元。这种不同单元和层次的排列组合就是一个复杂的世界。我们观察客观世界时只要像剥竹笋一样层层剥去，就能发现它们各自间的相似关系，通过这种相似关系就能发现制约每一层次的规律。比如宏观宇宙间，众星围绕太阳运动是一个相似的层次，有开普勒定律管着；而在微观原子内，核外电子是一个相似层次，其作用力是电磁力；再深入到原子核中，质子、中子等又是一个相似层次，其作用力是强相互力和弱相互力。原子组成分子，分子组成各种物体，组成地球；众星又组成太阳系；很多个星系又组成银河系等；这样一层一层组成世界。但是层次再多，我们只要找到其中的一层，就可以找到其中相似的联系。正如，世界上的人有几十亿，但总可以分为少年、青年、中年、老年等几个层次，只要是青年人，他们之间总有一些相似的联系。

在人对自然的探讨中，无论是牛顿还是达尔文，阿基米德还是爱因斯坦，他们都是力图通过一些相似的现象去发现其中的联系，然后概括出某个层次上的规律。不过有的人只能在低层次、浅层次发现规律，管的范围小一些；有的人可以在高层次、深层次发现规律，管的范围大一些。当伽利略在比萨斜塔上一站时，他发现了地球上的自由落体定律；而 1666 年当牛顿迎着凉爽的秋风，在苹果树下仰望明月时，苹果与月亮的相似，使他发现了万有引力，完成了人类认识自然的第一次理论大综合（天、地间规律的综合）；当 1847 年焦尔分析了电、机械、化学等运动的做功发热的相似性时，确定了能量守恒定律，完成了人类认识自然的第二次理论大综合；当 1873 年麦克斯韦发现光、电、磁都是波的相似性时，将它们统一起来，建立了电磁理论，完成了第三次理论大综合。科学史上的第四次理论大综合，是迄今完成的一个最高层次，即 1905 年到 1915 年爱因斯坦创立的相对论，它揭示了“尺缩钟慢”“质能互变”等时间、物质在空间和运动中的相似变化，揭示了它们之间的本质的统一。

看来，自然界的事物常以相似(不是相同)关系来体现它们之间的联系，而抓住这种联系也就发现了规律。

人们在对相似规律的运用中又常表现为几种方式。一是从横向看，通过相似形的扩大来加大研究的深度广度。比如我们常见的白光，在牛顿之前，认为是一色的。牛顿第一次用三棱镜分出从红到紫的七色，创立了光谱学，光的范围由一段到七段，以后的研究者又向两边做相似形的扩大，紫外又有 X 光、β 射线、γ 射线，红外又有微波、电视波、无线电波，不断扩大战果，就出现一个大的相似系列。

二是通过发现两事物间的相似连接点，来开拓新的研究领域。比如本生发现不同元素都有自己的固定光谱，根据这一点相似联系便创立了光谱分析学，并得以发现铯、铷、铊、铟、氦、氩等，开垦出一片新元素的处女地；居里夫人根据一些不同元素都有一定的放射性的相似联系，创立了放射化学，据此，人们发现了钋、镭、锕、氡等，在元素王国里又拓出一片领地。作为物理学家的卢瑟福，在研究原子放射性时，却发现了原子的衰变，从而发现“放射性是原子现象，又是产生新物质的化学变化的伴随物”。他在这个十字路口不自觉地走进了化学领域。因此，当他获得 1908 年的诺贝尔化学奖时，连他自己也大吃一惊。他说这一生经历许多变化，想不到这一次从物理学家变成了化学家。量子力学兴起后，这个相似点更是联结了许多学科，出现了量子物理、量子化学、量子生物学等。作为量子物理学家的薛定谔写出了《生命是什么》，玻尔写出了《光和生命》，将生物学研究推向了一个新阶段。事物间的相似点常常是暗度陈仓出奇兵的好地方，只要选准，就会骤然取胜。

三是从纵向看，通过事物发展的周期相似波，来预测方向，推动新的发现。比如化学元素的发现，就由于新的研究方法的出现而相应出现了几次相似的发现高潮，即化学分析法之后，电解法之后，光谱分析法之后，放射法之后，等等。又如，人们对自然科学的研究，开始都包括在哲学里面，后来又分成各门学科，研究再深入，又在分子水平、量子水平上得到统一，经历了合——分——合的否定之否定的相似重复。前面说到，人类在认识自然过程中，每积累到一定程度就要出现一次相似的理论大综合，已经出现了四次。按照这个规律，现在科学家们都在摩拳擦掌，希望能在第五次大综合中立一头功。

大自然中相似的单元和层次决定了其客观存在的相似性，

我们就可以按照“相似形”“相似点”“相似波”等各种方式去指导科学发现，开拓未知领域。另一方面，大自然经过长期的进化，又筛选出了许多最优方案，所以我们还可以按照自然中的客观存在去指导技术发明，创造新的文明。

人们千百年来的发明创造，实际上是通过“人工”来再现“天工”，是向自然求得相似。当埃菲尔完成了300多米高的巴黎铁塔，全法国人都引为自豪时，人们发现其结构和人的一根小腿骨并无二致，甚至两者的表面角度都相符合。莫斯科人也为自己的184.3米高的电视铁塔而自豪，但人们仔细一分析，其结构不过是一根纤细的竹竿。飞机是1903年发明的，这是千百年来人类幻想与鸟相似的结果。而自从莱特兄弟的第一架飞机上天以来，这种飞行工具的每一次改进又都是从鸟身上继续发现一些新的相似点。鸟的翅膀是拱形的，飞行时空气会对它产生托举力，飞机双翅也是如此；鸟飞行时双腿收到腹下，是为了减少阻力，于是飞机的起落架也就收起，蜻蜓双翅的前上方各有一块深色的角质部分，这是为了消除飞行中空气阻力造成的震颤，于是飞机机翼上也有与此相似的抗震颤配重部分。数学家和物理学家发现六角柱状体是一种最经济的形体。他们经过长时间的测算，算出这些柱状体底面的三个菱形面积的锐角是73° 32′，钝角是

109° 28′，而这正是蜂窝的结构，竟连一分也不差。

我国生物学家贝时璋曾对生命下过一个定义："'生命'就是物质、能量、信息三者的变化、协调和有机统一的动作。"那神奇的计算机正是靠着硬件、电源、快速数模等接收信息的装置，相似于人的躯体、能量和视觉听觉，然后用软件将这些有机地统一起来，于是计算机就能听、能看、能写，俨然是一个有"生命"的东西了。

我们平常说向老师学习，是因为老师积累了很多知识，而大自然在亿万年间筛选、积累下来的最优模式正是一个最理想的老师。

我们在认识自然、改造自然的过程中，不但有相似的规律可循，有相似的模式可借鉴，更有趣的是，同时还产生许多相似的研究方法，甚至许多科学家还有相似的遭遇。门捷列夫根据元素周期律准确地预言了元素镓的性质，与勒维烈根据万有引力准确地预言了海王星的位置多么相似；法拉第由电变磁得到启发而发现了磁变电，与德布罗意由波是粒子启发而发现粒子也是波多么相似；本生利用不同元素有不同的光谱，和居里夫人利用不同元素的放射性能使空气产生不同的导电性来测量新元素多么相似。正是因为有了这些相似，我们才可以将科研方法大致分成几类，才产生了许多方法论方面的专著。

各位读者，当我们顺着科学史的长河顺流而下，这样漂行了一趟之后，我们知道了许多知识，也了解到一些学习方法和研究方法。但还有一样是更重要的，这就是为我们开辟这条航道的科学家，他们在与大自然斗争中所表现出来的伟大精神。也许我们并不从事科学工作，有些知识和方法对我们并不直接有用，但是他们的这种精神将会如阳光一样温暖着我们的周身，我们随时想起它都会受到一种鼓舞。择要而说，大概有三种精神。

第一是牺牲精神。对自然的认识是无数代人连续不断地工作才能完成的艰巨事业。所以凡是有志于从事自然科学研究的人，就要准备将自己短暂的一生全部投入到这无限的事业中去，这需要彻底的无私。除事业外，个人别无所求。只要能有一点儿发现，能为后人的再发现开辟一寸道路，他就心满意足了。所以开普勒在发现了天体运行规律后说："大事告成，书已写出，甚至可能要等一个世纪才有读者，这我就管不着了。"爱因斯坦在完成了广义相对论后说："我死不死无关紧要，广义相对论已经问世了，这才是真正重要的。"其甘为事业捐躯的心怀多么坦然。只要有了这一点便无坚不可摧，无峰不可攀。因为治学犹如打仗，未知世界变幻无穷，总要有一点儿风险。这就要敢于冒险，要有先干起来再说的胆量。正如历史上不敢铤而走险、揭竿而起，就永没有农民起义的胜利，从沛县的小吏刘邦到凤阳的放牛娃朱元璋，无不是以这种冒险之勇而得天下的。从达尔文在贝格尔舰上捞起第一块贝壳，到居里夫人在小木棚子里第一天支起炼镭的大锅，任何一项科学发现，无不是以敢斗敢闯才取得成功的，所以爱因斯坦说："物理学是一种认识的冒险。"只不过它不如政治、军事斗争那样会大量的流血，所以这一点不大为人注意，但其道路是一样的。

第二是创造精神。当我们开始登上治学之路时，第一是继承，是将前人已掌握的知识接受过来。一般人做到这一步也就为止了，但科学家却不甘心于只数别人的脚印，我们看牛顿、法拉第、巴斯德、达尔文、卢瑟福等这些伟人，他们读了一些书，一旦接受到一种新思想的启迪之后，便立即进入自己的创造轨道，去顽强追求前人没有发现的东西。当爱因斯坦还是个 16 岁的中学生时就有了自己对于世界的独特思考，一部科学发现年表几乎全部为青年人所占有。只有不断地创造，科学才能发展，才能延续。

创造是科学的生命，同时也是科学家的生命。科赫作为一名普通的乡村医生，经过顽强的观察和实验成了细菌学的开山鼻祖，他发现了结核杆菌这个可怕的杀人犯，获得了一种创造的飞跃。有人说得好："这出人意料的一跃，科赫离开了许许多多无名医生的队伍，降落在最有独创性的研究家之中了。"世界之大，历史之久，曾涌现过多少学者专家，为什么只有如牛顿、爱因斯坦这样的少数伟人永存呢？这是因为他们有所创造，历史才承认他，才肯回报他一席之地。他们在创造历史中也创造了自己的价值、自己的生命(一个科学家的生命)。当居里夫人从成吨铀矿渣中大海捞针般地寻找镭时，当卢瑟福决心打碎原子看个究竟时，他们觉得不这样做，活着就没有价值。正是这种强烈的创造欲望支持着他们不断发现，不断开拓。一个人云亦云、毫无创新的人，可能在官场上还能混下去，甚至可以红光满面，荣宠一生。但是在科学的讲坛上，他只要还是重复一遍昨天的话，就再没有一个人听。

第三是刻苦精神。就是要顽强、勤奋、认真。科学研究既然是从未知世界中探真知，就不会是囊中取物、瓮中捉鳖，不会易如反掌。它包含有比成功更多的失败、牺牲和挫折。没有这个思想准备就不要来敲科学的大门。但真正的学者既然抱定牺牲之心，吃苦也就算不得什么了。达尔文考察生物，五年环球，栉风沐雨；瓦特改进蒸汽机，二十年含辛茹苦；

弗莱明等人研究青霉素，十七年不间断，奔波于大西洋两岸；瑞利、拉姆赛等追踪氦元素二十七年，从天上找到地下。当这些科学家在一个早晨突然宣布自己的新发现时，人们羡慕、敬佩甚至嫉妒，但是有谁知道他们已付出了十年、几十年的心血呢？当居里夫人在成吨铀矿渣中炼得 0.1 克镭盐，当卢瑟福在两万五千万张基本粒子的照片中终于得到六张人工转变元素的照片时，人们尊他们为第一批敲开原子物理大门的人。但是这些开拓者的腿上、手上已经被沿途的荆棘划得伤痕斑斑。科学史上每一次光荣的发现背后都有一串浸满血、泪、汗的脚印。正如地面上每一棵迎着阳光的绿树，地下都有同样大、同样密的根系在艰难地穿过苦涩的土石，吸收养料和水分。

一个科学家当他不怕牺牲，善于创造，又特别能吃苦时，成功就在眼前了。

尊敬的读者，众位科学家发明创造的故事讲到这里告一段落。相信他们创造的知识，他们的治学方法和他们献身事业的精神，一定能对您有所裨益。

大家在紧张的学习、工作之余还能卒读这本小书，作者谨表深深的谢意。

附录

科学发现简表

公元前 6 世纪　[希] 毕达哥拉斯　古希腊数学的确立。

[希] 希帕索斯　发现无理数。

公元前 5 世纪　[希] 德谟克利特　完成古代原子论。

公元前 4 世纪　[希] 亚里士多德　开辟包括物理、天体、气象、宇宙、动物、植物等内容的自然哲学。

[希] 欧几里得　著《几何原本》。

公元前 3 世纪　[希] 阿基米德　发现杠杆原理、浮力定律、比重。

[希] 埃拉托色尼　测定地球的大小。

公元 1 世纪　[中] 张衡　发明地动仪。

公元 2 世纪　[希] 托勒密　创地心说。

公元 3 世纪　[希] 盖伦　建立医学、解剖学。

公元 5 世纪　[中] 祖冲之　算出圆周率到 7 位小数。

公元 8 世纪　[中] 张遂、南宫说　实测子午线。

1492 年　[意] 哥伦布（46 岁）发现美洲新大陆。

1543 年　[波] 哥白尼（70 岁）出版《天体运行论》，确立日心说、近代天文学起点。

[比] 维萨留斯（29 岁）出版《人体结构》，创立近代解剖学。

1590 年　[意] 伽利略（26 岁）发现自由落体法则。

1609 年　[德] 开普勒（38 岁）发表行星运动第一、第二定律。

1619 年　[德] 开普勒（48 岁）发表行星运动第三定律。

1620 年　[法] 笛卡尔（24 岁）创直角坐标系。

1628 年　[英] 哈维（50 岁）发现血液循环。

1632 年　[意] 伽利略（68 岁）出版《关于托勒密和哥白尼两大世界体系的对话》。

1643 年　[意] 托里折利（35 岁）发现真空。

1664 年　[英] 波义耳（34 岁）提出元素新定义，开始近代化学。

1665 年　[英] 牛顿（23 岁）发现太阳光谱。

1666 年　[英] 牛顿（24 岁）发现万有引力。

1669 年　[英] 牛顿（27 岁）发明微积分。

1683 年　[荷] 列文虎克（51 岁）发现微生物。

1687 年　[英] 牛顿（45 岁）出版《自然哲学的数学原理》，公布万有引力、力学三定律。

1705 年　[英] 哈雷（49 岁）确定哈雷彗星的周期。

1750 年　[美] 富兰克林（44 岁）发明避雷针。

1752 年　[美] 富兰克林（46 岁）发现雷电的本质。

1765 年　[英] 瓦特（29 岁）改进蒸汽机。

1772 年　[法] 拉瓦锡（29 岁）发现质量守恒定律。

1777 年　[法] 拉瓦锡（34 岁）推翻燃素说，确立新的燃烧理论。

1788 年　[法] 拉瓦锡（45 岁）将 33 种元素分类，新元素观确立。

1799 年　[意] 伏打（54 岁）发明电堆及电池。

1803 年　[英] 道尔顿（37 岁）提出分子原子说。

1807 年　[英] 戴维（29 岁）发明电解法，制得钾、钠。

1831 年　[英] 法拉第（40 岁）发现电磁感应现象。

1846 年　[法] 勒维烈（35 岁）、[英] 亚当斯（27 岁）发现海王星。

1847 年　[英] 焦尔（29 岁）确定能量守恒和转换定律。

1857 年　[法] 巴斯德（35 岁）发现微生物的发酵作用。

1859 年　[德] 本生（48 岁）、[法] 基尔霍夫（35 岁）创光谱分析法。

[英] 达尔文（50 岁）出版《物种起源》。

1864 年　[英] 麦克斯韦（33 岁）预见电磁波的存在。

1865 年　[瑞典] 孟德尔（43 岁）发现遗传学第一、第二定律。

1867 年　[瑞典] 诺贝尔（34 岁）发明安全炸药。

1869 年　[俄] 门捷列夫（35 岁）发现元素周期律。

1871 年 [英] 麦克斯韦（40 岁）提出光的电磁说。

1881 年 [美] 迈克尔逊（29 岁）否定以太的实验。

1882 年 [德] 科赫（39 岁）发现结核杆菌。

1888 年 [德] 赫兹（31 岁）证实电磁波存在。

1895 年 [德] 伦琴（50 岁）发现 X 射线。

1896 年 [法] 贝克勒尔（44 岁）发现放射性。

1897 年 [英] 汤姆孙（41 岁）发现电子。

1898 年 [法] 居里夫妇（39、31 岁）发现镭、钋。

1900 年 [法] 普朗克（42 岁）提出能量子假说。

1902 年 [英] 卢瑟福（31 岁）发现元素的衰变。

1905 年 [德] 爱因斯坦（26 岁）创立狭义相对论。

1911 年 [英] 卢瑟福（40 岁）提出原子“太阳系模型”。

1915 年 [德] 爱因斯坦（36 岁）完成广义相对论。

1923 年 [法] 德布罗意（31 岁）提出物质波概念。

1925 年 [德] 海森堡（24 岁）创立量子力学。

[英] 狄拉克（23 岁）提出量子力学基础方程式。

1926 年 [德] 薛定谔（39 岁）建立波动力学。

1927 年 [德] 海森堡（26 岁）提出测不准原理。

1928 年 [英] 弗莱明（47 岁）发现青霉素。

[美] 摩尔根（62 岁）发表《基因论》。

1932 年　[英] 查德威克（41 岁）发现中子。

1934 年　[意] 费米（33 岁）发现慢中子效应。

1938 年　[德] 哈恩（49 岁）发现铀原子核裂变。

1942 年　第一个原子反应堆建成。

1945 年　第一颗原子弹爆炸。

1953 年　[美] 华特生（25 岁）、[英] 克里克（37 岁）发现 DNA 双螺旋结构。